泥泞足迹深

复旦大学中文系教授荣休纪念文丛

朱文华 著

复旦大學出版社

作者近影

高中毕业(1968)

赴农村插队前,告别父母(1970)

在学术会议上发言

在中文系聚会上发言

1997年在台湾学术访问期间,日月潭留影

2001年在香港访问期间留影

与父亲、胞兄和叔父等合影

作者夫妇出席已毕业的博士研究生的聚会

书法条幅

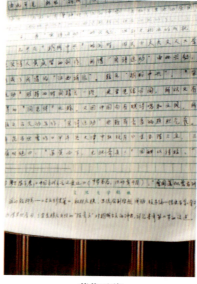

著作手稿

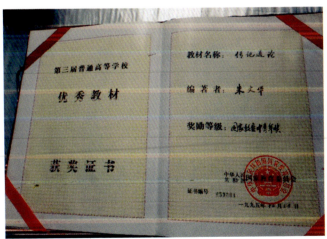

获奖作品证书

部分著作书影

自序

援引复旦大学中文系的成例,我也编选了这本论文集,作为退休的纪念。

常常有学生问起我与复旦大学的"关系",我总是颇为自豪地回答说,虽然我非"高龄"也不"资深",但与复旦大学结缘的时间却委实不短——至今已逾半个多世纪了,那是因为早在1965年9月,我从当时的上海市南市区嵩山中学考入了市重点中学"复旦大学附中"(高中),从此入住"复旦大学第三宿舍",而且由于佩戴了"复旦大学附中"的校徽,得以很自由地出入复旦大学的校园:或者在大礼堂看低价的电影,或者在新图书馆的开架阅览室翻阅附中图书馆所见不到的新旧报刊。这是我与复旦大学结缘的开始,是我一生最难忘的一个阶段。当时本以为一只脚已经踏进复旦大学,谁知风云突变,不到一年后就爆发了"文化大革命",我们大部分学生随即卷入了"红卫兵"运动。再过几年,我们作为"老三届"中学生又被迫离校而"上山下乡"了。然而世事难料,当我带着一箱图书赴淮北农村"插队"后不久,国内竟然有部分高校开始招收"工农兵学员"。于是在1973年秋,我也有幸(?)被推荐,旋为复旦大学中文系招收,便重返上海求学,正式接上了与复旦大学的中断多年的缘分。

1976年秋,我在中文系文学评论专业毕业后被安排留校工作,先后在学校机关(政宣组和校长办公室)任职(干事、秘书),期间还去复旦大学干校(崇明岛)劳动一年。直到1980年春,因我申请,被调入新组建的"鲁迅研究室"(隶属中国语言文学研究所)。从此,我就长期服务于复旦大学中文系(中国语言文学研究所),主要从事"中国现当代文学"专业的教学与研究工作,先后任实习研究员、讲师、副教授、教授,1998年起又获得担任博士生导师的资格。另外,根据组织上的安排,这期间我还承担过部分的基层党政社会工作。2013年春,我在年满65周岁时按学校规定办理了退休手续。因有几位由我指导的博士生尚未毕业,于是被中文系返聘,直到今年。如此说来,我为复旦大学(主要是中文系、语文所)服务计有四十余年,这是我所深感欣慰的。当然,我更感激的是复旦大学和中文系(语文所),承蒙他们不弃,也有赖于他们的培养(例如1985年,曾批准我去北京大学的"中国文化书院"短期进修),否则,像我那样头顶"工农兵学员"帽子的人,在20世纪80年代初,早该被打发了:如我这般没有一个正式的、像样的学历、学位的人,也很难长期跻身于大学教授队伍的。

说到"纪念论文集"的编辑,事实上可以有多种角度和方法(由此体现一定的目的意图)。就我个人而言,我不想约请(因为其实是麻烦)我所熟悉的师友和学生写稿说些褒扬性的话,只是希望对个人以往的教学科研工作做一个小结,以此向那些始终关怀我的亲友,以及曾经以各种形式帮助过我的同行师友们做一个汇报。于是决定采用编"自选集"的方法和形式,即选录个人的若干代表性论文(主要涉及广义的中国近现代思想文化史领域的几个课题),另附几份相关的资料。

记得本人当年在淮北农村"插队"时曾赋诗自励,其中有"泥泞足迹深"之句,颇受友人的称赞。既然如此,不妨以此作为这本纪念集的书名吧。

2017年9月23日
(农历八月初四,秋分节气,人生也步入秋季了)

目录

· 辑一 五四新文化运动研究 ·

资本主义在近代中国的曲折发展——兼论中国近代史的基本
　线索及其分期 ·· 3
改良主义问题考释——兼论中国近现代史上的改良主义 ········ 13
改造中国人的文化心态是中国现代化的前提——五四新文化
　运动的一条历史启示 ·· 47
"再造文明"的必由之路——对于五四新文化运动的伟大历史
　意义的再认识 ·· 60
五四新文化运动"偏激"说驳议 ································· 74
试论五四新文化运动爆发的历史必然性与合理性——纪念
　五四新文化运动一百周年 ····································· 88

· 辑二 中国现代作家研究 ·

也来重新审视陈独秀与杜亚泉的论争 ························· 103
陈独秀与1924年围绕太戈尔访华的文化论战 ················· 111
鲁迅与人道主义思想 ·· 129
略论鲁迅研究中的庸俗社会学倾向 ····························· 148
关于鲁迅讥评"胡适之法"的几个问题 ························· 164
关于胡适与辛亥革命的几个问题 ······························· 179

论胡适的"民族反省"思想 …………………………………… 190
论胡适的文化使命感 ………………………………………… 210
论胡适的思想文化人格 ……………………………………… 233

·辑三　传记学研究·

论传记作品的本质属性 ……………………………………… 253
把握矛盾,求得统一——传记写作理应把握的几个原则方法 …… 261
适可而止,过犹不及——关于传记作品文学色彩的度 ……… 273
梁启超的传记作品及其理论的文史意义 …………………… 287
胡适与近代中国传记史学 …………………………………… 310

·辑四　中国近现代文学研究·

着重研究"五四"前二十年的中国近代文学潮流 …………… 327
晚清各体文学的走向和中国文学的古今演变 ……………… 341
简论晚清"新文体"散文 ……………………………………… 361
关于晚清"新文体"的"恶评"问题及其他 …………………… 373
"中国现代小说史先声期"作品的再解读 …………………… 383
我的几个基本观点——关于中国现代文学史的分期 ……… 396
关于中国现代文学传统问题的初步思考 …………………… 401
郑振铎对五四新文学运动的理论贡献——纪念郑振铎先生
　　诞生一百周年 ………………………………………… 407
走向21世纪的中国作家 ……………………………………… 426

·附录·

一、主要著述目录(1979年以来) …………………………… 443

二、历年所指导的研究生及其学位论文一览 ·················· 455
三、历年所讲授的部分课程教学大纲 ······················ 458
　（一）《胡适文存》精读 ································ 458
　（二）现当代人物传记研究 ···························· 462
　（三）中国近现代重要作家研究 ························ 466
　（四）中国现代文学专题研究（之二） ···················· 468
　（五）近百年中国文学研究纲要（讲授提纲） ·············· 473
　（六）"中国近现代思想文化史"讲授纲目 ·················· 488

辑一
五四新文化运动研究

资本主义在近代中国的曲折发展

——兼论中国近代史的基本线索及其分期

史学家对于中国近代史的分期问题讨论多年,几次重提,但至今未有比较一致的意见。究其原因,似在于史学家们对中国近代史的分期标准问题的理解与确立各不相同;如果作进一步探究,则可以认为根本原因在于未能认识和把握中国近代史的基本线索。

笔者近年来结合中国近现代思想文化史的研究,也研究考察了中国近代史。一个总的认识是:根据马克思主义原理,"唯物史观是以一定历史时期的物质经济生活条件来说明一切历史事变和观念,一切政治、哲学和宗教的"[①],换言之,"应该从经济关系及其发展中来解释政治及其历史而不是相反"[②]。因此,处于社会经济和政治转型期的中国近代史(1840—1919),其基本线索可以用一句话来概括和揭示,即资本主义在近代中国的曲折发展,只不过这一曲折发展的资本主义形态,为特殊的历史背景和条件以及中国国情所决定,不能不带有显著的中国特点。现在把这一看法整理成如下文字,希冀得到大家的指正。

---

① 恩格斯:《论住宅问题》,《马克思恩格斯选集》第 2 卷,人民出版社,1972 年,第 537 页。
② 恩格斯:《关于共产主义者同盟的历史》,《马克思恩格斯选集》第 4 卷,第 192 页。

一

就理论上来说,值得指出的问题是:

第一,诚如毛泽东所说:中国封建社会内的商品经济的发展,已经孕育着资本主义的萌芽,如果没有外国资本主义的影响,中国也将缓慢地发展到资本主义社会。一方面,外国资本主义的侵入,促进了这种发展,即侵入中国的外国资本主义,不仅对中国封建经济(自给自足的自然经济)的基础起了解体的作用,同时又给中国资本主义生产的发展造成了某些客观的条件和可能。但从另一方面看,由于外国资本主义对中国的经济影响是以某种政治侵略的形态发生的,它们出自于本民族的经济利益考虑,又往往勾结中国封建势力压迫中国资本主义的发展,它们侵入中国的目的,决不是要把封建的中国变成资本主义的中国,而只是要把中国变成它们的半殖民地和殖民地。① 这是近代中国发展资本主义的特殊的历史背景和条件。

第二,正因为近代中国是在这样的历史背景和条件下发展资本主义的,所以资本主义在近代中国的发展过程中势必受到各种严重的制约。这种制约在很大程度上主要是政治性和文化性的。例如,中国的顽固的封建势力将本能地阻挠资本主义的发展;又由于外国资本主义对华侵入势必促使具有传统的"严夷夏之大防"观念的中国人(部分士大夫和广大农民)以强烈的民族主义意识起而抵制反抗,并且殃及池鱼般地反对资本主义,乃至盲目排外,所以这种情绪和行动既有可能为中国封建势力借用,也有可能促使外国资本主义-帝国主义与中国封建势力相勾结,以至他们在镇压人民的同时又有意的阻挠中国资本主义的发展。既然有如此严重的制约,资本主义在近

---

① 参见毛泽东:《中国革命和中国共产党》,《毛泽东选集》第2卷,人民出版社,1991年,第589—591页。

代中国发展过程中遭到种种曲折也就是必然的了。

第三,但是即使如此,由资本主义生产关系取代封建主义生产关系本是人类社会发展史的基本规律,这是不以人的意志为转移的。尤其在19世纪,世界资本主义市场业已形成,西方列强用坚船利炮轰开古老中国大门后,中国事实上也成了"世界的中国",因此从整体上看,在中国发展资本主义终究会成为大多数中国人的共识和自觉的追求,甚至封建统治集团中的某些开明的上层人物也是如此。诚如马克思恩格斯所说:外国资本主义对于落后国家的侵入,将"迫使一切民族——如果它们不想灭亡的话——用资产阶级的生产方式;它迫使他们在自己那里推行所谓文明制度,即变成资产者"①。这就意味着,资本主义在中国的发展尽管会遇到严重制约并出现多次曲折,但总体上已形成了一种不可逆转的趋势。

第四,问题在于,由于制约过重过深,乃是其他国家(如俄国与日本)发展资本主义过程中所未曾面临的,而在那些制约中,又特别明显地含有两种文化(东方传统文化与近代西方文化)的尖锐冲突的性质,所以,资本主义在近代中国的发展,其曲折往往大量表现为资本主义对于封建主义的某种妥协与折中调和,于是近代中国资本主义发展的每一个环节,在许多方面就不能不打上封建残余的烙印。试看近代中国人提出的各种救国方案(主要是发展资本主义的方案),尤其是各种经济思想和主张,无论是洋务派的、资产阶级改良派(立宪派)的,还是资产阶级革命派的,几乎无一是纯粹的典型的资本主义的。

第五,这就触及了中国特点的资本主义问题。所谓中国特点(中国式)的资本主义,相对欧美纯粹的典型的资本主义而言,有这样几点是最值得注意的:一是近代工业先从军事工业起步,而后扩展到其他经济部门,与此相适应,资本主义性质的工商业也大抵由"官

---

① 马克思、恩格斯:《共产党宣言》,《马克思恩格斯选集》,第1卷,第255页。

办"、"官督商办"为主而转向"商办"（私营）为主，因而资本主义生产关系和市场经济的建立是自上而下、自外而内的；二是不仅封建性的官僚政治体制对资本主义工商业有过多的干涉，而且因受外国资本侵入的影响，殖民地经济成分始终没有消除，即使是较纯粹的民族工商业，对外国资本也有一定的依附性，从而未能独立发展；三是原始资本积累程度不高，机器采用尚不普遍，生产力水平较低，全国范围的经济发展也不平衡；四是思想文化方面，反映资本主义经济力量并为之服务的资产阶级新文化，因受传统文化的腐蚀也显得比较芜杂。鉴于资本主义生产关系和市场经济本是一个系统工程，需要从政治、经济、文化乃至外交诸方面综合的协调发展，而从上述中国式的资本主义来看，其发展显然是跛足的。中国资产阶级在经济上的软弱性和政治上的两面性，以及近代中国革命问题的复杂性和艰巨性，包括近代中国文化思潮的复杂多变和中西文化冲突愈演愈烈，盖源于此。

第六，在认识了资本主义在近代中国的发展为中国近代史的基本线索的基础上，也就可以对中国近代史的若干主要问题作出理智的而不是感情的解释。例如：其一，怎样看待外国资本主义——帝国主义的对华侵略（包括各种不平等条约以及"租界"问题等）？根据恩格斯揭示的一条重要的历史原理："没有哪一次巨大的历史灾难不是以历史的进步为补偿的。"[①]可以认识到：尽管这种侵略对于中华民族带来了巨大的现实的灾难，但其客观意义则是促进了资本主义在中国的发展，促进了中国社会的进步。其二，怎样看待中国近代史上连绵起伏的改良主义思潮以及政治、经济和文化上的各种相应措施？应该说，改良主义思潮的最基本内容是要求中国社会在各方面发展资本主义，这种思潮是对中国近代史的发展线索的深切的体认，所以乃是值得基本肯定的。尽管改良主义思潮在革命风潮兴起之后

[①] 恩格斯：《致尼·弗·丹尼尔逊》，《马克思恩格斯全集》第39卷，人民出版社，1975年，第149页。

暴露了它的某种消极性,但是它与完全意义上的革命思潮的相异,主要在于手段与途径的择选,而不在根本的方向和目标。其三,怎样看待中国近代史上的革命运动? 应该指出,有些被称为"革命运动"的(如"太平天国"和"义和团")并非完全意义上的革命,只有辛亥革命才基本上含有完全意义的革命性质。另外,即使是辛亥革命,其实际注重的又主要是政治形态的革命("排满"和"推翻帝制"),就其领导者(孙中山)提出的纲领看,既承认中国资本主义"将大大发展",但又同时有"防止"资本主义(即"节制资本")一类的反动空想。① 所以,辛亥革命虽然有各方面的进步意义,但实际上对于资本主义在近代中国的发展并未带来更大的积极影响。

二

结合中国近代史的分期问题来看,中国近代史的基本线索即资本主义在近代中国的曲折发展的过程,大致可分为如下六个时期:

第一期:外国资本主义的侵入和中国城乡商品经济发展的第一步(1840—1850)

鸦片战争及其"五口通商",标志着中国在政治经济地理上开始成为世界资本主义市场的一部分。面对外国资本的侵入,当时的封建统治者虽然作出各种回应,但受传统文化观念束缚,未能清醒认识这一事实和历史趋势,所以主要还是以封建主义来抵制西方资本主义。然而随着外国资本主义对中国传统的自给自足的自然经济的破坏加剧,受此刺激,中国城乡资本主义商品经济的发展迈出了新的一步。这一时期,就大多数中国人来说,其政治观念与经济观念是分离的:在政治观念上,除了封建主义的愚忠愚孝之外,也萌发了近代性

---

① 参见列宁:《中国的民主主义和民粹主义》,《列宁选集》第2卷,人民出版社,1960年,第423—428页。

质的爱国主义(反帝);而在经济观念上,对田园牧歌式的传统的封建经济秩序有过分的迷恋,富国强兵和发展资本主义还只是少数先进分子的朦胧要求。

第二期:太平天国农民运动对中国城乡资本主义发展形成干扰和阻碍(1851—1864)

受外国资本主义侵入影响的中国城乡资本主义商品经济的发展,必然以广大小生产者(农民等)的破产为代价,这种情况加剧了国内原有的阶级矛盾,由此导致了太平天国农民运动。太平天国运动的性质,在于中国近代农民不认识资本主义在中国发展的必然趋势及其意义,反而迁怒于给自己的利益造成直接损害的在外国资本主义侵入影响下的中国城乡资本主义商品经济的发展,所以习惯地采用中国传统的农民武装起义的方式与现实的统治阶级作斗争。由于这一运动辗转发生在中国南方和整个长江中下游广袤的富庶地区,而持续时间又长达十余年,清政府为了把它镇压下去,不得不耗费庞大的财经力量,这样,其结局无疑是严重地削弱了中国的经济实力,同时也对中国城乡资本主义的发展起步较早地区的正常的经济发展带来了明显的干扰和阻碍。另外,太平天国运动的爆发,使得清政府在面对"外患"时又面临"内乱",并把清廷的注意力主要吸引到处理"内乱"问题上,由此未能更清醒地审视世界大势(包括近代中外关系),这对近代中国的历史进程也有潜在的消极影响。太平天国运动其间穿插发生的第二次鸦片战争的结局(既使得英、法扩大了在第一次鸦片战争中获得的权益,又促使清廷不得不借用外国军事力量去对付太平天国),似可说明这一点。至于太平天国有所谓的"反封建的纲领"(《天朝田亩制度》)和"接受资本主义生产方式的倾向"(《资政新篇》)问题,应该说,这在事实上是不曾兑现过的,所以不值得夸大,而如果承认这种纸上的东西,那么实际上只能说明:鸦片战争以来中国城乡资本主义商品经济的发展,作为一种时代的必然趋势,在农民运动少数领导者那儿多少得到了下意识的反映。

第三期：洋务运动促进中国式的资本主义的重大发展以及中国资本主义发展的第一次大挫折(1864—1895)

在太平天国后期开始形成的受到了清政府最高统治者支持的洋务运动，表明中国封建统治者以及封建统治阶级集团上层人物在现实的刺激下，已把发展资本主义的朦胧要求变成了自觉的追求。洋务运动不仅在理论上对中国发展资本主义有比较具体的设计，又在事实上奠定了中国资本主义发展的物质基础。随着一批近代工业（采用机器生产）的创办，也有一部分官僚、商人和地主纷纷投资近代工商业。这表明，资本主义生产关系在近代中国的重要经济部门开始基本确立，中国大体上也形成了市场经济（包括出现了近代性质的外贸活动）。总之，洋务运动期间近代中国的资本主义获得了重大发展，反映在思想文化方面，"富国强兵"成了绝大多数中国人的共识，甚至在经济理论上有"商战"口号的提出。但是洋务运动受到非经济因素的制约又十分明显，其中封建主义的官僚政治体制对近代资本主义工商业的侵蚀尤为突出，因而当时中国的资本主义经济中残存着浓厚的封建主义成分。从这一意义上说，洋务运动中发展起来的乃是中国式的资本主义，与几乎是同时发展起来的日本资本主义相比，性质和程度上都有很大的差距。而为洋务运动画上句号的甲午中日战争，其实质正是在世界资本主义进入帝国主义阶段之际，未能获得综合的协调发展（即发展不充分不完善，整个发展水平较低）的中国式的资本主义，在世界竞争（综合国力较量）中，对于能够综合的协调发展（即发展较充分较完善，整个发展水平较高）的日本式的资本主义的必然败北。"马关条约"的签订，表明中国式的资本主义在重大发展之后不可避免地遭受了第一次重大挫折。

第四期：戊戌维新变法前后中国资本主义发展的新思路、新干扰和新挫折(1895—1901)

甲午战争的失败，使得中国朝野人士在民族反省（包括"民族文化反省"）的基础上提出了发展资本主义的新思路：发展资本主义不能限于物质层次,同时应谋求政治体制的改革,以为资本主义在物质上的发展提供政治保证。这是康梁变法思想的精神,光绪帝也认同了这一点,于是就有戊戌维新变法运动。但这一运动因操作不当等原因引发了最高统治集团内部的尖锐的矛盾冲突,所以又有"戊戌政变"的发生。西太后为首的"后党"集团的政治报复措施包括废除新政在内,这对近代中国资本主义的发展又是一大干扰和阻碍。稍后,感受了前一时期中国资本主义发展过程中因受外国资本侵入影响而造成农村急剧破产刺激的北方农民,抱着笼统的"排外"心理发动了"义和团"运动,此举还曾一度得到比"帝党"的政治经济观念落后得多的"后党"的恣意支持,最终酿成外交事端,清政府也被迫签订丧权辱国更甚的"辛丑条约"。由此可知,虽然"义和团"运动在政治上自有反帝的进步一面,但它对近代中国资本主义的发展表现了比太平天国运动更大的敌意,客观上对近代中国资本主义发展又产生了新的干扰作用,因为"辛丑条约"规定的赔款数目之巨,不能不削弱中国的中央和地方政府在前一时期发展资本主义的资本积累过程中好不容易才形成的有限的财力,从而使得中国资本主义的发展再次遭受到重大的挫折。

第五期:辛亥革命前夕又一次资产阶级改良主义运动的政治性失败(1901—1911)

受"庚子事变"的政治刺激,以西太后为代表的清政府似有某种程度的醒悟,至少重新认识了"自强"或"自固"的必要性,所以在1901—1905年间连续颁布各种"维新"(推行"新政")的谕旨。其主要内容有办学堂、改法律、订商法、废八股、停科举等,接着从1905年起,又宣布"预备立宪"。尽管这些政策措施有其欺骗性,但毕竟衔接了被中断的"百日维新"运动,客观上有助于中国资本主义的发展,所以当时又形成了一次新的资产阶级改良主义运动。不过,以1902年"拒俄运动"为标志的革命风潮的兴起,表明清政府的上述政策措施在很大程度上丧失了时机,因为当时中国开始形成了一支完全与清政府对立的政治力量(资产阶级革命派)。但从实际上看,由于当时革命派的活动主要限于政治宣传和零星的军事手段等,所以对整个社会经济来说,还是基本上按改良主义运动的设计而运作。这一时期中国资本主义继续发展的主要标志有:私营工商业数量增多,且扩展到了更多的经济部门;工业生产中机器的输入量也有较大的增长,生产规模有所扩大;即使是仍然未采用机器生产的众多的城市手工工场和作坊,其生产也开始完全纳入了市场经济的轨道。另外,表现在上层建筑方面,尤其是近代教育制度的基本确立和近代教育的形成,对中国资本主义的发展更有潜在的积极影响。再看这一时期革命派与立宪派的论争,主要分歧在于政治体制的择选(君主立宪还是民主共和),虽然也涉及若干经济理论问题,但总的目标大体一致,都是主张在中国继续发展资本主义。至于清政府由于在政治改革问题上固守皇族利益,最终失信于有强烈的政治要求的立宪派,同时它对革命派的严厉镇压又引起了革命派更激烈的反抗。在这种情况下,武昌起义的爆发以及清政府的倒台(即辛亥革命前夕的又一次改良主义运动的政治性失败)也就是必然的。

第六期:中国资本主义在第一次世界大战的隙缝中的意外发展及其黯然前景(1912—1919)

辛亥革命推翻帝制按理是有助于推进资本主义生产关系和解放生产力的,然而由于袁世凯很快控制政权(北洋军阀政府),不仅使原革命派的经济纲领无以贯彻(事实上也不可能贯彻),而且随着原革命派(国民党)反袁斗争的开展,袁氏把主要精力(包括财力)用于对付国民党人,所以包括原立宪派在内的中国民族资产阶级的"振兴实业"的抱负,在民初的"共和"制度下同样得不到施展。所幸第一次世界大战(1914—1918)期间,因西方列强对华侵略留下较大的隙缝,中国资本主义也就获得了意外的发展,中国近代经济史料中的大量的统计数字足以证明这一点。只不过,即使这样,由于中国的民族独立问题尚未解决,所以中国资本主义的进一步发展仍然障碍重重,前景黯淡。好在中国无产阶级的力量随着几十年来的中国资本主义的曲折发展而逐步壮大。在这样的背景下发生的五四新文化运动以及俄国十月革命对中国的影响,就促使中国人民不能不探索新的社会发展道路。中国资产阶级旧民主主义革命的结束和新民主主义革命的开始,正是有这样的历史必然性。

〔初刊《中西学术》第一辑,学林出版社,1995年〕

改良主义问题考释

——兼论中国近现代史上的改良主义

一、世界近代史上的主要几种改良主义

（一）工人运动内部的改良主义

这是改良主义词意的本原。换言之，改良主义本是19世纪中叶以来在西欧工人运动高潮中产生并在国际共产主义运动内部发生影响的一种社会政治思潮，就思想性质而言，当是介于空想社会主义与科学共产主义之间的一种社会政治流派（假社会主义），在政治上属于工人运动的右翼。

改良主义的产生的历史背景和具体的社会环境非常特殊。资本主义生产关系的发展，迨至19世纪上半叶，使得资本主义制度的那些固有的和难以克服的社会矛盾和社会弊端暴露无遗。尤其是资本家为了追求更大的利润而加强对工人剥削，进一步激化了劳资矛盾，引起了工人运动的高涨。而当时的工人运动也已从最初普遍采取的破坏机器的形式发展到了建立工会和展开罢工斗争的新阶段。1831年和1834年的法国里昂丝织工人起义、1836—1848年间的英国宪章运动、1844年的德国西里西亚织工起义，便是最明显的标志。这表明，无产阶级开始作为独立的政治力量走上了历史舞台。

这样的社会形势变局必然引发新的社会思潮，但首先形成的却是那种幻想彻底消除资本主义的种种弊端而建立没有贫富对立的美好社会的空想社会主义。空想社会主义的理论要点是：认定资本主义社会是"本末倒置的世界"，使得社会财富的创造者反而处于最贫困和受压迫的地位，其根源在于私有制；由此主张在未来的理想的社会里，彻底消灭私有制，土地和生产资料归集体所有，变生产的无政府状态为有计划有组织的生产，对人的政治统治则由对物的管理和对生产过程的领导所代替，从而做到人人平等，人人劳动，按劳分配。① 可以认为，空想社会主义乃是从政治思想和理论上对工人运动的一种呼应和支持，也是对工人运动的斗争目标的一种设计。可惜的是，唯其空想性，又缺乏可操作性，所以对工人运动也没有实际的指导意义。

　　不过，空想社会主义却从一个重要的理论方面诱导和促使了另一股新的社会思潮即马克思主义科学共产主义的应运而生——以1847年年底召开的"共产主义者同盟第二次大会"和次年2月《共产党宣言》发表为标志。《共产党宣言》强调：资本主义本身具有不可克服的矛盾，无法消除经济危机，而要消除经济危机，只有进行社会主义革命，用社会主义公有制取代资本主义私有制，这是不以人的意志为转移的历史发展的总趋势；无产阶级的历史使命正在于推翻资本主义，建立社会主义和共产主义，这是由无产阶级在资本主义社会里的阶级地位所决定的；无产阶级的解放，必须以革命暴力反对反革命暴力，"只有用暴力推翻全部现有的社会制度才能达到"；其第一步"应该打倒本国的资产阶级"，夺取政权，使自己"成为统治阶级"。②

---

　　① 关于空想社会主义的主要思想的概括，参见恩格斯：《社会主义从空想到科学的发展》，《马克思恩格斯选集》第3卷，人民出版社，1972年。
　　② 引文从《共产党宣言》，人民出版社，1970年。

马克思主义的形成,对西欧各国工人运动的领导者而言,实际上面对着一个认同的问题,即是否赞同并遵循马克思主义来进一步开展工人运动？然而由于当时已有工人贵族的存在并成为工人运动的领袖,这些人虽然也承认资本主义社会的弊病,也有社会变革的要求,但又从根本上害怕激烈的社会革命,所以有意折中空想社会主义和科学共产主义,主张采用温和的、渐进的方法和手段,从改善工人的经济地位入手追求社会改革,同时否认从根本上推翻资本主义的合理性和必要性。典型的如法国的"蒲鲁东主义"和英国的"工联主义"。如蒲鲁东本人提出,革命应该是"和平的和不流血的","为了胜利不应损伤哪怕一个公民的头上的一根头发",或者说"我们决不应该把革命的行动看作是社会改革的手段,因为这种所谓的手段只不过是诉诸暴力和霸道,简单地说,是制造矛盾";总之,社会改革最好的办法是实行"互助制",如由劳动人民入股组织"人民银行",这是无产阶级解放的根本途径。[①] 而工联主义者则认为：工人运动的目的不应是推翻资本主义制度,而是通过经济斗争来改善工人的生活条件,保障工人的权利,即减少劳动时间和增加工资;至于改善工人生活处境的根本手段,当在于进行合法的和平谈判,以避免残酷的阶级斗争;总之,他们提出的信条和口号是"做一天公平的工作,得一天公平的工资"[②]。这样的政治思想甚至在 1864 年 9—10 月间于伦敦召开的第一国际的会议期间讨论制定国际的《成立宣言》和《临时章程》的时候也有集中的反映,例如英国工联主义的代表威廉-朗达耳-克里默(1838—1908)主张把国际建成为一个以限制资本剥削和保护劳动者权利为目的的国际性的工联主义组织;而法国蒲鲁东主义的代表维克多-勒-吕贝(1834？—？)则希望国际成为具有国际信贷或合

---

① 蒲鲁东的言论见其 1849 年在国民议会的演说和论著《贫困的哲学》等,转引自马克思：《论蒲鲁东》和恩格斯《蒲鲁东》,《马克思恩格斯全集》第 6 卷,人民出版社,1961 年。
② 关于工联主义的主要观点,转引自恩格斯：《雇佣劳动制度》和《工联》等,《马克思恩格斯全集》第 19 卷,人民出版社,1963 年。

作社性质的组织。①

由此可见,改良主义本质上乃是产生或表现在国际共产主义运动内部的一种不正确的即违背马克思主义基本原理的政治思想主张(流派)。从国际共运史看,起初,马克思主义者对它们还比较客气,就马克思本人而言,在执笔起草第一国际的《成立宣言》和《临时章程》以确定无产阶级运动的基本路线时,曾采取了"实质上坚决,形式上温和"的策略②,所以只是从正面强调"工人阶级的解放应该由工人阶级自己去争取"③,"夺取政权已成为工人阶级的伟大使命"④,甚至还避免了"共产党"和"共产主义"的字眼。然而,由于工人贵族作为一个社会阶层的存在,使得这种改良主义思想仍然有相当的社会基础,并且随着国际共运的发展,还不时地冒头,乃至集中地攻击马克思主义,这就不能不使马克思主义者对之作坚决的斗争。可以说,马克思主义发展过程中的几次重大的思想理论斗争,几乎都是由改良主义者挑起的。例如:

斐迪南-拉萨尔(1825—1864)在第一国际成立前后就宣称,国家是"全体人民的共同体","国家的使命就在于发展自由,使人类朝着自由的方向发展",无产阶级的任务在于依靠"国家帮助",争取普选权,因此实施普选权"是改善工人阶级物质状况的唯一手段",即无产阶级获得解放的"最合法、最和平又最简单的方法",由此也可以实现"公平的分配"的社会主义。⑤ 对此,马克思写下著名的《哥达纲领批判》,针锋相对地提出了"无产阶级专政"的问题。

---

① 北京大学国际政治系编:《国际共产主义运动史》,商务印书馆,1976年,第129页。
② 马克思:《致恩格斯》(1964.11.4),《马克思恩格斯全集》第31卷,人民出版社,1972年,第17页。
③ 马克思:《国际工人协会共同章程》,《马克思恩格斯选集》第2卷,第136页。
④ 马克思:《国际工人协会成立宣言》,《马克思恩格斯选集》第2卷,第134页。
⑤ 拉萨尔的言论,转引自马克思:《哥达纲领批判》,人民出版社,1970年。

欧根-杜林(1833—1921)在第一国际后期(巴黎公社失败后)认为,暴力的干涉,破坏了以"平等""正义"原则为基础的"经济的一般的自然规律",才产生了私有制和阶级,以及不平等的分配制度,因此,暴力是绝对的坏东西,换言之,资本主义的生产方式是好的,应予保留,但其分配方式不好,应予消灭。杜林还表示,他所主张的社会主义社会就是以"普遍的公平原则"为基础的"社会的自然体系",即由无数的"经济公社"组成的联邦。① 针对这样的意见,恩格斯著有《反杜林论》予以批判,坚持马克思主义的暴力论,强调"无产阶级将取得国家政权,并且首先把生产资料变为国家财产"②。

爱德华-伯恩施坦(1850—1932)在第二国际时期提出:随着时代的变化,马克思主义已经过时,应予修正,因为事实证明,资本主义-垄断资本主义具有"现代经济的适应能力","有比过去所假定的更长的寿命和更强的弹性",所以无产阶级应该争取"和平长入社会主义";换言之,"在一百年以前需要进行流血革命才能实现的改革,我们今天只要通过投票、示威游行和类似的威迫手段就可以实现了",如果再搞暴力革命,则是"无谓牺牲",主张无产阶级专政,更属"一种倒退"。③ 受伯恩施坦的影响,俄国的"工人阶级解放斗争协会"内部的"经济派"也主张,由于俄国的大多数工人还没有成熟到能够进行政治斗争,所以工人运动应该走"阻力最小的路线",即"以改良现代社会的意图"取代"夺取政权的意图"。他们还说:"为改善经济状况而斗争"当是工人运动的座右铭,"对每一个卢布工资增加一个戈比,要比任何社会主义和任何政治都更加切实而可贵"。④ 对此,列

---

① 杜林的言论,转引自恩格斯:《反杜林论》,人民出版社,1970年。
② 恩格斯:《反杜林论》,人民出版社,1970年,第277页。
③ 伯恩施坦的言论转引自列宁:《怎么办》,《列宁选集》第1卷,人民出版社,1960年。
④ "经济派"的言论转引自列宁:《怎么办》,《列宁选集》第1卷。

宁写下了一系列论著,全面地清算和批判以伯恩施坦为代表的第二国际修正主义,再次申明"工人阶级要实现自己的目的,除了革命就别无出路"①。

卡尔·考茨基(1854—1938)在资本主义进入帝国主义时代后,也掩饰和抹杀资产阶级民主的阶级内容,鼓吹"纯粹民主"和"一般民主",再次反对暴力革命和无产阶级专政,仍然主张无产阶级采用"和平地即民主方法",即首先利用普选权争取多数,取得国家政权,再在"彻底"或"纯粹"民主制的基础上组织社会主义。② 对此,列宁在《无产阶级革命和叛徒考茨基》等文中予以驳斥,并且进一步指出:无产阶级应以暴力革命手段推翻资产阶级,夺取国家政权;还应当粉碎旧的国家机构,建立苏维埃政权;同时运用革命手段、靠剥夺剥夺者来满足非无产阶级劳动群众的经济需要。③

在上述思想理论斗争之中,马克思和恩格斯一般都把斗争对象称之为"机会主义""假社会主义"等。例如,恩格斯称蒲鲁东为"小农和手工业师傅的社会主义者"④,马克思则把蒲鲁东主义称之为"小市民的幻想"⑤,并要求"共产主义必须首先摆脱这个'假兄弟'"⑥。恩格斯还指出,工联主义的政治思想实质,是企图把工人和资本家"两个互相斗争的阶级的利益调和于更高的人道之中的社会主义"⑦。总

---

① 列宁:《俄国社会民主党中的倒退倾向》,《列宁全集》第4卷,人民出版社,1984年,第242页。
② 考茨基的言论见其《帝国主义》等,转引自列宁:《无产阶级革命和叛徒考茨基》,《列宁选集》第4卷。
③ 列宁:《无产阶级革命和叛徒考茨基》,《列宁选集》第4卷,第129页。
④ 恩格斯:《法兰西内战1891年单行本导言》,《马克思恩格斯选集》第2卷,第333页。
⑤ 马克思:《论蒲鲁东》,《马克思恩格斯选集》第2卷,第146页。
⑥ 马克思:《致约瑟夫·魏德迈》(1859.2.1),《马克思恩格斯全集》第29卷,人民出版社,1972年,第554页。
⑦ 恩格斯:《〈英国工人阶级状况〉美国版附录》,《马克思恩格斯全集》第21卷,人民出版社,1965年,第297页。

之,马克思恩格斯并没有使用"改良主义"字眼,只是偶尔用过"改良"一词,如"对我们来说,问题……不在于改良现存社会,而在于建立新社会"①,只是到了列宁的笔下,才予以"工人运动内部的改良主义(реформизм)"的专门名目②,并且把它与"修正主义"联系起来,即认定"修正主义(机会主义、改良主义)和无政府主义(无政府工团主义、无政府社会主义)"乃是欧美现代工人运动中"离开实际上已经成为这个运动中的统治理论的马克思主义"的"两大流派"。③ 如列宁在批判第二国际的修正主义的论调时,不止一次地指出:"任何妄想通过和平的、改良主义的道路过渡到社会主义的作法",乃是"直接地欺骗工人,粉饰资本主义的雇佣奴役和蒙蔽真相"④;"他们否认社会主义革命,以资产阶级的改良主义顶替社会主义革命"⑤。这就表明,"改良主义"作为国际共运史中的专门名词以及现代政治思想的术语,始于列宁的论著。而列宁之所以确立"改良主义"一词,大概主要是就经济派的言论出发的。如上述"经济派"有"改良……现代社会"之语,而在列宁看来"历史的真正动力是阶级之间的革命斗争:改良是这种斗争的副产品",于是列宁就把"经济派"及其从蒲鲁东到伯恩施坦等人所信奉和提倡的类似思想理论主张定性为"改良主义"。⑥

值得重视的是,列宁在确立使用"改良主义"一词时,还通过回顾总结国际共产主义运动的经验教训,更明确指出了改良主义思想的

---

① 马克思恩格斯:《中央委员会告共产主义者同盟书》,《马克思恩格斯选集》第1卷,第385页。
② 列宁:《俄国社会民主主义运动中的改良主义》,《列宁全集》第17卷,人民出版社,1988年,第213页。
③ 列宁:《欧洲工人运动中的分歧》,《列宁全集》第16卷,人民出版社,1988年,第344页。
④ 列宁:《关于共产国际第二次代表大会的基本任务的提纲》,《列宁全集》第31卷,人民出版社,第163页。
⑤ 列宁:《论战争的提纲》,《列宁全集》第36卷,人民出版社,1985年,第82页。
⑥ 列宁:《再论杜马内阁》,《列宁全集》第11卷,人民出版社,1987年,第57页。

资产阶级政治思想性质:"那些以改良主义者的姿态加入第二国际"的社会民主党,"其实他们都是按资产阶级原则而不是按无产阶级原则指导全部工作的资产阶级"。①

归纳马克思主义经典作家的相关论述,可以认定,这种改良主义的理论要点及其与马克思主义的根本性的分歧和对立主要在于:

(一)否认阶级斗争,鼓吹阶级合作,期待资产阶级对资本主义制度的自我改革,把工人运动的目标限于改善经济地位方面;

(二)否定无产阶级的暴力革命,迷信资产阶级的"民主"和"普选制",主张采用"合法"的、和平的、渐进的方式方法"长入社会主义"。

西方学者认为,改良主义"这一名词特别用于社会主义运动中的一种倾向,即放弃革命暴力的思想,代之以依靠民主的方法对社会制度进行缓慢的改造"②。这样的理解当是符合实际的。

(二) 欧美资产阶级政府的改良主义

与上述"工人运动内部的改良主义"有某种联系的,还有另一种改良主义,可以称之为"欧美资产阶级政府的改良主义",而在列宁的著作中,则表述为"资产阶级改良主义",如"……这些笼统的词句连资产阶级改良主义者即进步业主和小业主的思想家都是可以接受的"。③

这种改良主义产生的历史背景和原因,乃是19世纪中叶以来的工人运动的高涨以及马克思主义开始发生实际的政治影响,引起了

---

① 列宁:《共产国际第二次代表大会:关于国际形势和共产国际基本任务的报告》,《列宁全集》第31卷,第203页。
② [英] A.布洛克,O.斯塔列布拉斯主编:《枫丹娜现代思潮辞典》(1977年初版),社会科学文献出版社,1988年。
③ 列宁:《哥本哈根国际社会主义者代表大会关于合作社问题的讨论》,《列宁全集》第16卷,第277页。

资产阶级统治策略的某种动摇或改变。就资产阶级而言,阶级本性决定他们不可能接受马克思主义所揭示的社会发展规律,同时又害怕工人阶级在马克思主义指导下的实际的革命斗争。作为这一阶级的思想政治方面的代表人物的知识分子,正是从维护本阶级的根本利益出发,也不排除一些人多少受空想社会主义的影响,以及以人道主义的立场对工人阶级表同情,所以首先在理论上提出了若干社会变革的意见,旨在通过缓和阶级矛盾而维护整个资本主义制度。其中典型的如:

德国的"讲坛社会主义"。这是19世纪70年代流行于德国的一股社会政治思潮,主要表现为在德国的各高校任教的一批资产阶级知识分子,通过讲课宣传阶级调和与阶级合作的主张,要求资产阶级政府改善劳动者的经济状况,实施对劳动者的疾病和不幸伤亡事故的保险制度;还要求工厂的立法中须有保障工人利益的具体措施等。①

英国的"费边社"。该团体主要由资产阶级知识分子组成,1884年成立。"费边"一词源于古罗马大将费比亚斯,他以擅长拖延时间使得对方疲于奔命再等待时机战而胜之的战术而著名,"费边社"以此命名,政治含义十分清楚。该团体所宣扬的"费边主义"的基本纲领大致可以归纳为三条:(1)实行渗透政策,即把社会主义思想与社会主义计划渗透到自由主义分子的思想里;(2)在立宪主义政府中进行议会政治斗争;(3)采取渐进的策略。② 稍具体地说,费边主义者倡导一种"市政社会主义",认为"通向社会主义的道路"应该是:通过地方自治的选民投票,民主选出地方自治的市政机关和政府,并由市政机关逐步掌握自来水、电灯、电车等公用事业的所有权,总之

---

① 关于德国"讲坛社会主义"的思想理论要点参见恩格斯《反杜林论》等。
② 参见黄嘉德:《肖伯纳研究》,山东大学出版社,1989年,第25—26页。

通过点点滴滴的改良,可以逐步实现社会主义。①

大致从19世纪下半叶开始,这样的意见得到了一些国家的资产阶级政府的基本认同而付诸一定程度的实施。依据列宁的分析,就是资产阶级采取了统治策略或"管理方式"的改变,即变以往的"暴力的方法"("拒绝对工人运动作任何让步的方法,维护一切陈旧腐败制度的方法,根本反对改良的方法")为"自由主义"的方法("趋向于扩大政治权利,实行改良、让步等等的方法")。例如,"英国在19世纪60年代和70年代是采用资产阶级'自由主义'政策的典型国家",至于德国资产阶级政府,"在1890年转而采取了'让步'政策"。② 应该说,这样的情形在20世纪以来还有延续,如20年代两度执政的英国工党政府(1924,1929)即是如此,以致肖伯纳曾经得意地说:"当我写这篇序言的时候,一个费边社会主义者正担任着英国的首相,两个《费边论丛》的作者也在上议院里,他们当中一个是内阁部长,另一个是前任的内阁部长。国会里充满了费边社员以及认为费边社还不够极端的一些社会主义团的成员。"③

由此看来,这种改良主义也是假社会主义的一种,只不过思想主导者是资产阶级,诚如恩格斯在批判"费边社"时所说:它"是一个由形形色色的资产阶级'社会主义者'——从钻营之徒到感情上的社会主义者和慈善家——拼凑的集团"④,"害怕革命,这就是他们的基本原则"⑤。同样,列宁也批判说:费边社"最完整的体现了机会主义和自由主义的工人政策"⑥。列宁还分析说:"近几十年来,资本主义的

---

① 关于"费边主义"的思想理论要点,参见肖伯纳主编:《费边论丛》,生活·读书·新知三联书店,1958年。
② 列宁:《欧洲工人运动中的分歧》,《列宁全集》第16卷,第349页。
③ 肖伯纳:《费边论丛1931年重版序》,《费边论丛》,第2页。
④ 恩格斯:《致卡·考茨基》(1892年9月4日),《马克思恩格斯全集》第38卷,人民出版社,1972年,第443页。
⑤ 恩格斯:《致弗·阿·左尔格》(1893年1月18日),《马克思恩格斯选集》第4卷,第498页。
⑥ 列宁:《英国的和平主义和英国的不爱理论》,《列宁全集》第21卷,人民出版社,1990年,第237页。

长足进步和一切文明国家的工人运动的迅速发展,使资产阶级过去对无产阶级的态度起了很大的变化,过去,欧美资产阶级为了维护私有制的绝对不可侵犯和竞争自由,总是通过自己的思想家和政治家,对社会主义的一切基本原理进行公开的直接的原则斗争,而现在却往往主张用所谓社会改良来反对社会革命的思想。不是用自由主义来反对社会主义,而是用改良主义来反对社会主义革命,——这就是现代'先进的'有教养的资产阶级的公式。一个国家的资本主义越发展,资产阶级的统治越纯粹,政治自由越多,则运用'最新的'资产阶级口号的范围就越广,这个口号就是:用改良来反对革命,用局部修缮行将灭亡的制度来反对用革命推翻资产阶级政权,以分化和削弱工人阶级,保持资产阶级的政权。"①这表明,在恩格斯那里,这种资产阶级改良主义还是被视之为"假社会主义"的一种,同样是列宁把这称之为"资产阶级(政府)的改良主义"。

对于这样一种改良主义,马克思主义者的态度立场是鲜明的,即如列宁所说:"假定有人认为,我们为了进行争取社会主义革命的直接的斗争,似乎可以或者应当放弃争取改良的斗争,这种看法也是完全错误的。……我们应当支持任何的改善,支持群众状况在经济上和政治上的真正改善。……我们向工人说:你们投票赞成比例制等等的选举吧,但是不要把自己的活动限于这一点,而是要把有步骤地传播实行社会主义革命的思想提到首要地位,做好这方面的准备工作,同时在各方面,在党的一切活动中做相应的根本改变。"②

值得重视的是,列宁在批判这种"资产阶级政府的改良主义"的时候,也联系着对"工人运动中的改良主义"的批判,认为正是这种"资产阶级(政府)改良主义",进一步"引起了工人运动中的机会主

---

① 列宁:《俄国社会民主主义运动中的改良主义》,《列宁全集》第17卷,第212页。
② 列宁:《关于战争问题的根本原则》,《列宁全集》第23卷,人民出版社,1988年,第159页。

义"①。换言之,"工人运动内部的改良主义和革命社会民主主义斗争的尖锐化,完全是世界各文明国家的整个经济政治环境的上述变化的必然结果"②。正是从这个意义上,列宁指出:第二国际的修正主义的泛滥,"不是个别人物的罪孽、过错和叛变,而是整个历史时代的社会产物"③。

据此可以认识到这样几点:

第一,"资产阶级政府的改良主义"其实是资产阶级对于工人运动的一种回应,或者说是工人运动的一种阶段性的斗争成果,如果"从社会主义的世界范围的发展来看,不能不认为这个变化是一大进步"④;

第二,"资产阶级政府的改良主义"同时又是资产阶级对付工人运动的一种策略手段,带有明显的欺骗性,本质上是为了瓦解由马克思主义指导的工人运动,诱导工人阶级放弃阶级斗争,尤其是放弃以暴力革命为手段的社会主义革命,从根本上维护资本主义制度;

第三,"资产阶级政府的改良主义"的根本性的危害,在于对工人运动的腐蚀,即对工人运动内部的改良主义起推波助澜的作用;

第四,"资产阶级政府的改良主义"与"工人运动内部的改良主义"既有联系,又有区别。这种区别主要表现为思想主导者(工人阶级)与客体(资产阶级)关系的置换:"工人运动内部的改良主义"是工人阶级对资产阶级的态度,而"资产阶级政府的改良主义"则是资产阶级对付工人阶级的手段。然而两者殊途同归,在反对马克思主义的社会革命论这一根本性的问题上是一致的,唯其如此,列宁就把两者都称之为改良主义,一般的学者也就往往把两者完全混淆起来。

顺便说,到了20世纪初,西方的实用主义思想家对于这样的改

---

① 列宁:《欧洲工人运动中的分歧》,《列宁全集》第16卷,第349页。
② 列宁:《俄国社会民主主义运动中的改良主义》,《列宁全集》第17卷,第213页。
③ 列宁:《第二国际的破产》,《列宁选集》第2卷,第654页。
④ 列宁:《俄国社会民主主义运动中的改良主义》,《列宁全集》第17卷,第213页。

(四) 改良主义的表现形态和抽象特征

根据对上述三种类型的改良主义的考察,可以认定,它在表现形态上有几个需要把握的问题:

第一,思想与思潮的关系,有的仅作为知识形态的学理(思想)而存在,有的则带有群体性和舆论性,为相当数量的人们所接受,由此表现出社会思潮的形态。两者既有联系,又有区别;

第二,理论与实践的关系,有的只是限于思想理论的范围,有的则在实际行为中表现出来。

第三,社会历史背景的制约,至少,不同类型的改良主义的涌现,都是为当时当地的具体社会历史背景所决定的,由此也形成了各种改良主义的思想出发点和根本政治目标的差异。

第四,思想主导者的可置换性,尤其是某些较为具体的改良主义主张,或由在野派人士抑或由在朝者提出,甚至得到另一方的承认或支持。

然而,由于各种改良主义作为一种社会政治思想、政治道路、乃至对具体的社会变革手段的选择和设计,均是在世界资本主义生产关系业已形成的社会历史条件下提出的,而从政治理论上看,一个共同点就是反对或者违背马克思主义的社会革命-暴力革命的理论,换言之,所谓改良主义主要是相对暴力革命论而言的,是暴力革命论的对立面。另外,由于它们又是从根本上代表或符合资产阶级利益的,最终目的在于建立或维护资本主义制度,从这一意义上,把三者笼统地称之为"资产阶级改良主义",大致也是可以的。

就此作进一步考察,如果抽象地凸现各种改良主义的理论主张和实际活动的特征,那么还可以认识到这样几点:

第一,改良主义的哲学基础,主要是庸俗进化论(相对马克思主义的历史唯物主义),所以只强调或承认渐变(点点滴滴的改革或改善),否认或反对突变(根本性的改造与变革);

第二，改良主义的思想方法，主要是形而上学的折中主义（相对马克思主义的唯物辩证法），所以只承认或只愿意进行局部的改革，否认或反对作全面的革命，由此往往主张调和矛盾或惯于妥协，诚如列宁所说："一般说来，改良主义就是在于人们只限于提倡一种不必消除旧有统治阶级的主要基础的变更，即是同保存这些基础相容的变更。"①

第三，改良主义的根本的政治心理，在于求稳怕乱，所以只主张合法的、和平的、常规的、有秩序的行动，害怕和反对任何激进的、激烈的、流血的、带有一定的破坏性的手段、方法、形式、途径。

以上三方面的结合，改良主义也就主张并认可自上而下的行动，否认自下而上的群众性运动的必要性与合理性。总之，所谓改良主义问题的关键词当是乃是和平的、渐进的、折中的、局部的、妥协的、自上而下的，相对的是马克思主义的社会革命论的暴力的、突进的、彻底的、全面的、不调和的、自下而上的。

二、中国近现代史上的改良主义及其思想原典的多元性

（一）汉语"改良主义"释义

说到中国近现代史（1840—1949）上的改良主义，问题显得更为复杂，需要首先从语词释义入手。

"改良"系近代（现代）汉语的双音节词汇，为古代汉语所未见用。这一词语其实是外来语，即本是日语中的汉字词汇，词义与汉语中的"改善"一词近似，而在被近代（现代）汉语吸收后，除了在"改善"的词义使用（如"改良工艺"、"风俗改良"等），义项有所扩大，也含有"改革""革新"的意思，由此与古代汉语词汇"维新"相接近。有论者说：

---

① 列宁：《关于纪念日》，《列宁全集》第17卷，第97—98页。

良主义,还予以哲学上的阐述,如杜威(J-Dewey)说,对于社会历史而言,"有意义的不是静态的结局和结果,而是生长、改良和进步的过程"①。据此,新中国的政治文献中曾有"改善主义"(译词)的提法,如认定"实用主义者自称反对对世界采取悲观主义的看法,也反对采取乐观主义的看法,而主张改善主义(meliorism)。他们……相信世界可以用渐进的方法来'拯救'"②。据有关辞典的释义,此为"西方资产阶级实用主义的一个观点,即反对用革命的方式来解决资本主义社会的尖锐矛盾,主张以渐进的改良的办法来改善世界关系。这种渐进的改善过程就是一切,不需要任何远大的目标"③。应该说,这里的"改善主义",其实体现的是欧美"资产阶级政府的改良主义"的伦理学原理。

(三) 日本明治维新式的改良主义

所谓日本明治维新式的改良主义,西方学者似乎都没有如此的说法,在日本,当时的政治家和思想家也没有明确的自称,只是偶尔有"改良"的表述,例如伊藤博文认为自己着手进行的制定宪法和筹备开设国会的工作,"今日若仅姑息应付,拖延时日,则终对制度对国家不利",于是决心"坚决进行改良,力求充分巩固朝廷之基础";他还认为,太政官制度的改革正是这种"改良"。④ 至于后来个别的日本学者,在论及明治维新时期受德国法学家指导设计的影响而确立的天皇制的性质时,指出它属于"社会化君主专制"(social monarchy),而这种"社会化君主专制"的思想理论的蓝本其实又是当时正在德国流行的"讲坛社会主义","因为'讲坛社会主义'所谓超越阶级各种利益

---

① [美]杜威:《哲学的改造》,商务印书馆,1958年修订版,第95页。
② 陈元晖:《现代资产阶级的实用主义哲学》,《红旗》1962年第1期。
③ 《新语词大词典》,黑龙江人民出版社,1991年。案:在近几十年出版的英汉词典里,meliorism已改译为"社会向善论",如《新英汉词典》(上海人民出版社,1975年)和《英汉大词典》(上海译文出版社,1993年)。
④ 转引自[日]信夫清三郎:《日本政治史》第三卷,上海译文出版社,1988年,第66页。

的'整体利益'的承担者,或曰'伦理国家'乃至'福利国家',在俾斯麦那里都被直接翻译成了普鲁士式'社会化君主专制'";在"讲坛社会主义"者看来,民主主义的社会主义是应该诅咒的,只有"社会化君主专制"才值得祝福,而且,"具有历史基础的君主制,或'王位世袭制'应当站在资本主义和社会主义的对立面来实现社会改良"。①

把明治维新视之为一种相对法国资产阶级大革命而言的资产阶级改良主义运动,大抵是中国思想家的理解,而且这一理解始于19世纪末20世纪初,如梁启超撰文明确表示:有两种社会革命(破坏)的形态,一是"无血之破坏",如日本明治维新;二为"有血之破坏",如法国大革命,"中国如能为无血之破坏乎,吾馨香而祝之"。② 因此,稍后有人作这样的分析与解释:"中国最新的中产阶级政治家如康有为和梁启超等曾经认为,这种(由封建社会转向资本主义)的改革也可以用革命以外的其他方式来完成,例如日本的方式,即依靠政府采取一些改良的方式来完成。"③

日本明治维新的基本情况是:19世纪中叶,当西方列强"叩关"日本的时候,实际上控制着这一东方的封建主义国家的德川幕府显得相当的无能,虽有一批上层人士主张并开展了"攘夷"运动,但最终归于失败。于是出身于中下层武士的一批青年知识分子开始认识到,日本必须向西方学习,走"富国强兵"的道路,同时把希望寄托于天皇。通过"倒幕运动",睦仁天皇于1867年开始执政,次年改元明治,在西乡隆胜和大久保利通等人的支持和辅助下,实行自上而下的社会政治改革。1868年3月以睦仁天皇的名义所发表的"五条誓文"的主要内容是:(1) 广兴会议,万机决于公论;(2) 上下一心,大展经纶;(3) 公卿与武家同心,以至于庶民,须使各遂其志,人心不倦;

---

① [日]大河内一男:《德意志社会政策思想史》,转引自《日本政治史》第三卷,第194、196页。
② 梁启超:《新民说·论进步》,《饮冰室合集》,《专集之四》,中华书局,1936年,第65页。
③ 吴玉章:《论辛亥革命》,收入《辛亥革命》,人民出版社,1961年,第3页。

(4)破历来之陋习,立基于天地之公道;(5)求知识于世界,大振皇基。① 在这前后,日本派出庞大的考察团赴欧美考察,所得的结论是:日本急需做到:(1)改变政体,建立集中权力制和法制;(2)改革旧的教育体制,实行全民义务教育。② 在这里,所谓政体,其实是法学意义上的"国体",所以"改变政体"其实就是要建立资本主义的社会政治经济体制,即变原先的封建主义国家为资本主义的国家,实行政治的近代化;而改革教育体制则是为了摆脱封建主义的旧式教育,同时学习西方的近代科学文化,培养能够适应新的社会政治经济体制的国民。大致依据这样的政治改革的思路,在整个明治维新时期,以立法为先导,各种配套措施跟上,日本社会在政治、经济、文化、军事、外交以及社会生活的各个领域,都实行了移风易俗、革故鼎新的改革。相对说来,其中的几条,例如"版籍奉还""废藩置县""地税改革"和创立国家银行等,由于统一政令,有力地改变了封建的生产关系,解放了生产力,大大刺激了全国的资本主义的经济发展。再加上通过外交斗争,使得英法撤走1863年以来驻扎在横滨的军队(1875),又与英美法德四国改约以获得关税自主权(1876),由此消除限制主权的因素,如此等等,更是促进了民族资本主义的迅速发展。另外,在明治维新的过程中,日本的一批最早接受西方思想文化的知识分子(包括直接参与维新运动的政治家)还发起了一场"自由民权运动",不遗余力地宣传西方近代资产阶级的社会政治学说,如坂原退之助创立的"立志社"(1874)对"天赋人权"论和"民选议会"的鼓吹,"国会期成同盟"的《恳求批准开设国会书》(1880)鼓吹的"国由民立"即人民的"自主自治"的思想,西原寺公望与中江兆民主办的《东洋自由新闻》(1881)对"人的自由和政治的自由"的倡导,矢野龙溪与小幡笃次郎等人组成的"交询社"起草著名的"私拟宪法"(1881),以及连篇累牍

---

① [日]大久保利编:《法令全书》,《近代史资料》,吉川弘文馆,1975年,第51页。
② 张福贵等:《中日近现代文学关系比较研究》,吉林大学出版社,1999年,第19页。

的"政治小说"①,这一切对日本资本主义的发展的积极影响也是很大的。在不到三十年的时间里,日本社会基本上完成了由封建主义到资本主义的转变,并跻身于西方列强。

由此可见,日本的明治维新作为一场由封建主义转向资本主义的社会政治经济变革,基本上是以和平的、渐进的、自上而下的方法和形式完成的②,其中又有一些向封建主义作妥协的情况。③ 正是从这一意义上,的确可以称之为一种改良主义,尽管当前中国学术的约定俗从的提法是"资产阶级改革运动"。④

当然,明治维新式的改良主义(C),比之上述"工人运动内部的改良主义"(A)和"欧美资产阶级政府的改良主义"(B),却有诸多的不同点,如下表1所示:

表1

要素	C	A—B
政治历史地理背景	东方的原封建主义的国家	西方的资本主义国家
思想主导者和斗争对象	资产阶级—封建地主阶级	工人阶级—资产阶级 或:资产阶级—工人阶级
斗争目的和目标	反对封建主义,发展资本主义	争取"社会主义" 或:维护资本主义
表现形态	除了思想宣传,更多地表现为社会变革的实践	除了相应的实践,更多地为理论的表述
实际效果	大体上成功,但也留下重大的隐患	被证明为"行不通",或被证明为局部有效

① "据统计,从明治十三年至明治三十年,共出版政治小说571部。在自由民权运动高潮的1887年、1888年的两年间,平均每3天出版1部",引自前揭书,第37页。
② 明治维新时期也曾有过流血,如"西南战争"等。
③ 可以说,最大的妥协正是反映在因"民权运动"的不彻底而确立"社会化君主专制"的问题上,这为日本后来走向军国主义和法西斯主义留下了政治思想的伏笔。
④ 如《辞海》1979年版的"明治维新"条目的释义即是如此。

改良一词"是在孙中山等 1895 年开始认为是'革命党'以后的岁月里始被采用"①。此说似不确。实际上，该词在近代汉语文献中出现之初，正是一般地当作"改善"或"改革"和"革新"的同义词来理解的，如梁启超说："数种相合，而种之改良起焉。所合愈广，则其改良愈盛。"②康有为也说："察万国得失，以求进步改良，罢去旧例，以济时宜；大借洋款，以举庶政。"③稍后梁启超又说："今日欲改良群治，必自小说界革命始。"④只是到 20 世纪初，随着革命思潮的涌现，因有"排满革命"与"保皇"的政见分歧与对立，"改良"一词才开始带有某种特定的涵义，即相对"革命"而言。然而即使如此，也有人在"改革""革新"乃至"革命"的意义上，继续使用或理解"改良"一词，直至"五四"前后。最显著的例子如，有的无政府主义者在辛亥革命前夜著文指出："革命之大义所在，曰自由，故去强权；……曰改良，故不拘成式。"⑤还如胡适在 1917 年发表的《文学改良刍议》⑥，其所谓"改良"，正是含一般意义上的"改革""革新"乃至"革命"之义。

进一步考察"改良主义"，应该说，这一词语主要是在以梁启超为代表的改良派与以孙中山为代表的革命派的论战中被运用的。例如，梁启超著文说："社会主义学说，其属于改良主义者，吾固绝对表同情，其关于革命主义者，则吾未始不赞美之，而谓其必不可行，即行

---

① 陈旭麓：《中国近代史上的革命与改良》，《陈旭麓学术文存》，上海人民出版社，1990 年，第 73 页。
② 梁启超：《变法通议——论变法必自平满汉之界起》（1895），《饮冰室合集》，《文集之一》，第 77 页。
③ 康有为：《上清帝第五书》（1898），《戊戌变法》（二），上海人民出版社，1957 年，第 194 页。
④ 梁启超：《论小说与群治之关系》（1902），《饮冰室合集》，《文集之十》，第 10 页。
⑤ 民（李石曾）：《革命》，《新世纪丛书》第 1 集，1907 年，转引自《辛亥革命前十年间时论选集》第二卷，读书·生活·新知三联书店，1963 年，第 1002 页。
⑥ 此文刊《新青年》第 5 卷第 2 号，1917 年 1 月。按：此文之前，胡适有《寄陈独秀》（1916 年 8 月，刊《新青年》第 2 卷第 2 号），在谈及"八事"（"八不主义"）时，明确指出其分为"形式上之革命"和"精神上之革命"。

亦在千数百年之后。"①又说:"吾以为如欧美学者所倡导之社会主义,举生产机关悉为国有者,最足以达此目的,然此事非可实行,即行矣,而于国民经济亦非有利。其次,则社会改良派所发明种种政策,苟能采用之,则不必收土地为国有,而亦可以达此目的。"②对此,革命派人士驳斥说:"梁氏谓吾人盗取社会主义之一节以为旗帜,夫梁氏所崇拜之社会改良主义,一方求不变现社会之组织,一方望其改革,得无亦盗取社会主义之一节者耶?"③应该说,尽管论战的双方对于"社会主义"问题都不可能有正确的理解④,但是,梁氏自称赞同改良主义,尤其是革命党人认定梁氏为"一方求不变现社会之组织,一方望其改革"的"社会改良主义"者,大抵是符合实际情况的。

  不过这一论战的细节似乎被人们所忽视,大致在20世纪30年代之初,随着列宁的有关著作陆续被译成中文,为列宁频频使用的这一"改良主义"的词汇(译词),才被一些"左"翼知识分子所再次运用,由此以"改良主义"或"资产阶级改良主义"为中国近现代史上的戊戌维新运动和"保皇党"的代表性人物定性。诚如有的学者分析指出:"对戊戌维新运动和康有为一派人,称之为改良(或改良主义)运动和改良派、改良主义道路,大致始于三十年代。1933年刊出的一篇论文中说:'康氏及其伙伴替代表旧中国的统治者找出了一条第三条的道路——改良主义的自上而下的变政的道路。'同年出版的一本近代

---

① 梁启超:《杂答某报——附驳孙文演说中关于社会革命论者》,《新民丛报》第86册,1906年,转引自前揭书,第357页。
② 梁启超:《再驳某报之土地国有论》,《新民丛报》第90—91册,1907年,转引自前揭书,第595页。
③ 民意:《告非难民生主义者》,《民册》第十二期,1907年,转引自前揭书,第695页。
④ 大量文献材料表明,在20世纪初,无论维新派(改良派)还是革命派(包括无政府主义者)对于马克思主义学说都有一定的介绍,唯因思想文化的隔膜过于明显,所以各方均无正确的理解。以孙中山提出的附会"社会主义"的"土地国有,平均地权"的政治纲领而言,诚如列宁所说,是"同社会主义空想、同使中国避免走资本主义道路,即防止资本主义的愿望结合在一起的",《中国的民主主义和民粹主义》,《列宁选集》第2卷,人民出版社,1960年,第425页。

史,也有'康有为曾经揭出资产阶级的改良思想'的话。1937年何干之的《近代中国启蒙运动史》,在戊戌维新一节中也泛泛地说:'政治革命,有折衷与彻底,改良与革命,调和与不妥协的不同。'其后,1945年范文澜撰著《中国近代史》,更明显地标出'甲午战争前改良思想的酝酿'、'第一次改良主义运动——戊戌变法'。随着范著的出版流行,称戊戌维新为改良运动或改良主义运动渐渐多起来,但还是局部的,国民党统治下的许多近代史著作仍只称维新运动、变法运动,到1949年全国解放后,近代史论著就一律称之为改良主义运动了。"①

值得补充的是,毛泽东在建国后写的《纪念孙中山先生》一文说:"纪念他在中国民主革命准备时期,以鲜明的中国革命民主派的立场,同中国改良派作了尖锐的斗争。"②这句话更是把上述的提法确立和巩固了下来。或许正因为如此,中国大陆在此后编写出版的辞书对"改良主义"一词的释义,在着重按列宁的思想分析解释"工人运动内部的改良主义"和"资产阶级政府的改良主义"后,大多添加了这样一句话:"在半封建半殖民地国家,一些主张实行局部改革而不触动原有社会制度基础的思想,也被称为改良主义。"③而《简明社会科学词典》④对这句话几乎照抄。显然,这样一句话主要指中国近现代史上的"戊戌维新和康有为一派人",如果也包括其他对象的话,那么至多还有印度的个别情况。⑤ 由此表明,以改良主义指"戊戌维新和康有为一派人",并非纯学理问题,而是带有一定的意识形态的烙印。

---

① 陈旭麓:《中国近代史上的革命与改良》,《陈旭麓学术文存》,第74页。
② 《毛泽东选集》第5卷,人民出版社,1977年,第311页。
③ 见《辞海》1979年。
④ 上海辞书出版社,1982年。
⑤ 《辞海》1979年版第3846页有"罗易"条目,释义说:"印度早期资产阶级改良主义运动的代表。……主张社会改革,反对种姓制度、寡妇殉葬及童婚等习俗。"另外,我国还有学者认为,两次大战以来在非洲兴起的各种社会主义思潮(运动),有"接受西方改良主义"的成分。参见蓝瑛:《非洲社会主义小词典》(华东师范大学出版社,1992年)之"综述",第16页。

不过,把信奉日本明治维新式的社会政治经济改革方法和途径的"戊戌维新和康有为一派人"称之为改良主义,应该说还是有道理的,如前所述,就主张自上而下的、和平的、渐进的、局部的改革而言,的确大致吻合与从上述"工人运动内部的改良主义"和"资产阶级政府的改良主义"所抽象出来的一般特征。①

(二) 中国近现代史上的改良主义的不同形态及其思想原典

改良主义问题在中国近现代史上的复杂性,在于有多元的表现形态,而它们各自所依据的思想原典又不尽相同。换言之,中国近现代史上的所谓改良主义,并非专指崇尚"日本明治维新式的改良主义"的"戊戌维新和康有为一派人"的思想和行为。例如,人们常常对中国近现代史上的其他一些事件(运动)、思想(思潮)和人物,如"晚清新政""实业救国""好人政府""乡村建设""第三党"以及"第三条道路"等,也都称之为改良主义,似乎从戊戌维新以来一脉相传,而事实上并不是这样。因为其中的一些,其思想原典分别是"资产阶级政府的改良主义"或"工人运动内部的改良主义",有的甚至还是上述三种中的某两种的混合。

稍作考察分析,整个中国近现代史上的似是此起彼伏连绵不断的各种具有一定的改良主义性质的思想(思潮)和事件(运动),大致构成了几个阶段,而与不同的阶段中所呈现的表现形态、思想原典等相适应,各自的价值意义也多有区别。但是,一个明显的事实是:在旧民主主义革命时期,思想原典基本上是"日本明治维新式的改良主义",其价值意义主要是积极的;进入新民主主义时期以来,思想原典则开始趋于多元,从整体上看,其价值意义的积极性越来越减弱,而

---

① 有学者说:"近年来,有些同志对戊戌变法的性质提出不同看法,认为不能称之为'改良主义'",但他本人是认同"改良主义"的提法的。参见汤志钧:《戊戌变法史》,人民出版社,1984年,第444页。

消极性则步步强化。

1. 旧民主主义革命时期

（1）洋务运动

洋务运动前后，有"早期改良主义（派）"[①]思潮的涌现，其代表性人物为当时的一批由封建士大夫转化而来的知识分子（如冯桂芬、容闳、王韬、薛福成、马建忠、何启、陈虬、陈炽和郑观应等），主张学习西方的科学技术，走"富国强兵"之路，并且在理论上也有"变法"之说。[②] 而当时封建统治集团内部的一些具有清醒的现实主义态度的实权派人物，也接受了这样的思想，并且付诸办"洋务"的实践，由此奠定了中国近代资本主义工商业的基础，中国资产阶级也随之诞生。这一情况虽然是着眼于对业已衰微的封建王朝的"中兴"，但由于同时有与西方列强竞争的意向，所以在实际上体现了顺应世界历史潮流即在中国发展资本主义的要求，这在整个中国思想发展史上有划时代的意义。换言之，尽管这种"早期改良主义"与本文上述三种改良主义没有直接的思想联系，大致属于鸦片战争以来形成的民族主义的一种反映，但由于它毕竟含有某种资本主义的性质[③]，所以也从一个方面为稍后的戊戌维新改良主义思潮的兴起作了重要的铺垫。

（2）戊戌维新运动

戊戌维新运动期间，在一批新兴的资产阶级知识分子的更为充分的思想鼓动下，清王朝的统治者决定实行变法，除了发布一系

[①] "早期改良主义（派）"的提法，参见刘健清等主编：《中国近现代政治思想史》，南开大学出版社，1993年。案：以往的论著（如石峻等著《中国近代思想史讲授提纲》，人民出版社，1955年），把"半殖民地半封建的统治秩序形成时资产阶级性的改良主义思想"析为"从封建统治阶级中初步分化出来的具有资产阶级观点的改良主义思想"和"中日甲午战争后资产阶级性的改良主义思想的高涨"两部分。相较而言，对其前一部分，以"早期改良主义（派）"的提法较为准确和明朗。

[②] 如王韬的《弢园文录外编》和薛福成的《筹洋刍议》中都有"变法"篇。

[③] 陈虬的《救时要义》有"开议院"的主张，当是典型的资产阶级民主政治的要求。

列鼓励发展资本主义工商业的政策之外,也触及了对封建主义的政治体制(如官制、科举制)的变革,由此表明封建主义统治集团中的一个开明的政治派别也有走资本主义道路的迫切愿望。戊戌维新运动的思想原典明显地来源于日本式的明治维新,倡导者的基本思路是:当前的中国与明治维新前的日本国情相似,所以应"取鉴于日本之维新"①。换言之,"凡旧国积弊,……日本旧俗既然,我中国尤甚,……伊藤所改,亦切中吾弊,深可鉴也"②。从整个戊戌维新运动的情况看,唯其有如此明确的政治榜样,即不仅旨在促进资本主义经济的发展,而且又谋求建立与之相适应的社会政治体制,它的意义就是非常积极的。也正因为戊戌维新体现了广大中国人民的要求,所以得到了广大人民群众的拥护,从民间看,"富国强兵"的思想深入人心,由此派生出来的"实业救国""教育救国"等,几乎成了口头禅,而且影响深远,在此后的各个历史时期都将得到呼应。

(3)梁启超的改良主义的思想宣传

梁启超在"戊戌政变"后逃亡日本,先后创办《清议报》(1998—1902)和《新民丛报》(1902—1907)等,主要从事思想文化方面的宣传工作,带有明显的改良主义性质。梁启超的宣传内容集中于两大方面。第一,触及社会现实政治,对中国社会变革问题作政治设计,并且与以孙中山为首的革命派直接的论战,事实上也有配合清政府在当时实行"新政"的意味,这主要是鼓吹"君主立宪",反对"反清革命"。在这一问题上,梁启超仍然沿袭戊戌维新时期的思路,取法日本明治维新,强调中国社会的变革应该走日本的道路,建立君主立宪政体。一般地说,当革命思潮涌现,资产阶级革命派已经提出更为激进的革命纲领和路线的时候,梁启超的这种改良主义主张确实呈现

---

① 康有为:《上清帝第六书》,《戊戌变法》(二),第 199 页。
② 康有为:《日本变政考》卷九之按语,北京故宫博物院藏本。

出反动的即反革命的性质。但是,问题的另一方面是,梁启超即使主张"君主立宪",并非是如同封建主义顽固派那样,为了维护封建主义,反对中国社会朝着资本主义方向的变革,可以说,在追求资本主义社会政治经济体制的问题上,他与革命派并无根本的区别,区别只是对方法、手段、途径,以及对于资本主义的"政体"形式的不同择选。关于这一点,其实革命派也是承认的,如有人说:"各国革命,有至君主立宪而止者,而我国今日为异族专制,故不能望君主立宪。"①第二,比较纯粹的思想文化宣传。主要是全面、系统地介绍西方哲学社会科学的基本原理和基本知识,同时引导中国人民(以知识分子为主体)自觉地改造思想文化心态,他所倡导的"新民说"更是在中国思想史上首次提出了"民族文化反省"的问题。② 这样的宣传,比之戊戌维新时期鼓吹"维新变法"大大地深入了一步,在广大知识分子中产生了重大而深刻的影响,即使是一些在政治上倾向"反清革命"的人们,在思想文化方面也同样接受了这一套。③ 这说明,当时梁启超所宣传的改良主义,虽然作为政治设计的一面,与已经带有主导性的革命潮流有一定的抵触和违背,但作为一种反封建主义的思想启蒙,仍然有着相当的积极意义。

(4) 晚清新政运动

戊戌政变后的最初几年,以西太后为首的清统治集团对于改良派人士确有政治报复,但大致从1902年开始,还是继续推行了戊戌维新运动时期的有关政策,甚至还有一定程度和相当范围的推进,如"预备立宪"等,史称"晚清新政"。晚清新政大体说来是封建统治者

---

① 精卫(汪兆铭):《驳新民丛报最近之非革命论》,《民报》第2期,1906年5月,《辛亥革命前十年间时论选集》第2卷上册,第417页。
② 关于民族文化反省的问题,参见拙稿《中国近现代史上的民族反省思潮》,《复旦学报》1993年第3期。
③ 典型的如邹容,他在《革命军》中说:"吾幸夫吾同胞之得与今世界列强遇也,吾幸夫吾同胞之得闻文明之政体、文明之革命也,……"又,陈天华在《警世钟》中提出的"十个须知"和"十条奉劝",也大多与梁启超的思想宣传相合。

的一种自觉的政治行为,尽管带有某种欺骗性,但其中的一些重要的举措,如最终废除科举制并建立近代教育制度、对于发展民族资本主义工商业的鼓励,以及制定各种具有近代资本主义性质的法律等等,这些都在客观上推动了中国社会向资本主义的演进,所以仍然有着一定的进步意义的。晚清新政这样的日本明治维新式的道路之所以没有能够走通,根本原因在于失去了改革的时机,因为这时候,"反清革命"的思潮已经形成并日益发生重大的社会影响,终于很快响起了武昌首义的枪声。

(5)民国初年

从民元以来到五四新文化运动前夜的几年中,虽说改良主义思潮处于低谷,但在实际上还有一定的发展,不过其形态以及思想理论的来源和性质有了变化。这里有几种情况:(一)以一度任临时大总统的孙中山而言,他的《建国方略》对于中国政治经济制度的设计,除了不同意"君主立宪"政体外,其余大都承袭日本明治维新式的改良主义;而以袁世凯为首的北洋军阀政府的实际施政(除了恢复帝制外),也大体如此。两者还有一个共同点,由于以执政者(在朝)的立场考虑问题,所以特别看重社会秩序的稳定,为这一点所决定,他们的改良主义思想就在实际上吸收了欧美"资产阶级政府的改良主义"的思想原典,如孙中山还在武昌起义的前几年就提醒他的党徒说:"我们实行民族革命政治革命的时候,须同时想法子改良社会经济组织,防止后来的社会革命。"①(二)相对在朝者的民间,对于改良主义的思想论方面的鼓吹,基本上没有起色,而在实际的行动方面,由于恰遇西方列强忙于欧战,所以乘机发展民族工商业,以追求"实业救国"的梦想。当然,从整体看,这样时期的改良主义的实际效果并不显著,但毕竟又把资本主义在中国

---

① 孙中山:《在东京民报创刊庆祝大会的演说》,《孙中山全集》第1卷,中华书局,1981年,第326页。

的发展推进了一步。

2. 新民主主义革命时期

(1) 五四新文化运动

这一时期的改良主义的思潮,是继戊戌维新后的再一次发展与高涨。它作为"五四新思潮"的主要的一支,集中体现在思想文化领域,而且又主要是由在野的知识分子鼓吹的。据其代表性人物胡适的说法,目的目标在于通过全面地吸收"西洋文明",实行中国社会政治和文化的根本性的改变,以实现欧美式的现代化,而具体步骤则是从思想文化的启蒙入手,"在思想文艺上替中国政治建筑一个革新的基础"①。应该说,这一出自"非革命的民主派"②的政治设计方案,所强调的是对于中西文化冲突的非武装的回应,在当时的形势下仍然有着进步意义,尤其是其中鼓吹的作为人生观的"个性解放"论和作为思想方法论的"实验主义",更有积极深远的影响。然而当时因爱国学生运动的兴起和群众性的救亡热情的高涨,尤其是由于马克思主义的社会革命论的输入和中国共产党的成立,使得这股改良主义思潮的积极意义和消极性,开始形成了此消彼长的趋势。而且,由于这股改良主义思潮的宣传,实际上也存在着与马克思主义的社会革命论对立和抵制,因此,它的思想原典不再单一地来源于日本明治维新式的改良主义,而同时融入了"工人运动内部的改良主义"和"资产阶级政府的改良主义"了。关于这一问题,与英国学者罗素(B. Russell)来华讲学有联系的,即中共建党时期以张东荪、梁启超为首的知识分子对假社会主

---

① 胡适:《我的歧路》,《努力周报》第4期,1922年5月28日,收入《胡适文存二集》。按:该报同期发表的《对于本报的批评》的提法为:"从思想文艺方面替中国政治建筑一个非政治的基础。"

② 毛泽东的早年文稿《外力、军阀与革命》(湖南自修大学校刊《新时代》,1923年4月),称"胡适、黄炎培等新兴的知识阶级"属于"非革命的民主派"。

义的鼓吹①,可以充分说明;至于胡适本人,在这前后涉及现实政治问题的一些言论,从"多谈些问题,少谈些主义",到批评中共提出的"反帝反封建"的纲领,再到对陈独秀的政治态度的批评②,如此等等,也是明证。

(2) 十年内战时期

当时的改良主义的现象更为复杂,并进一步分析成了几种。(一)就执政的国民党政府来说,其施政纲领中应该说有着某种改良主义的色彩,所以在一定程度上也促进了社会生产力的发展,这种改良主义的思想蓝本,大致依据孙中山的思想,也部分取法于西方"资产阶级政府的改良主义"。然而由于当时的中国与欧美资本主义国家的情况相异过大,这种改良主义只能是皮毛的,甚至在主观上也有一定的欺骗性。更由于当时面临着中共所领导的土地革命战争的威胁,国民党政府为了巩固自己的统治,所以最终还是走向某种程度的法西斯主义。(二)在野的广大知识分子、市民以及相当一部分民族资本家,因一方面不满于国民党的统治秩序,但同时对之还抱有一定的幻想;另一方面害怕革命,或者对当时革命实践中确实存在的某种"左"的倾向产生恐惧心理,两者的结合,所以依然相信上述"五四"时期的那股改良主义思想。这种思想在理论上的表述,大致集中于要求政治民主,保障人权,改善人民的经济状况,发展教育文化等等,而在实际的社会政治生活中,有的坚持"实业救国""教育救国"和"科学救国",有的作"乡村建设"一类的政治实验,如此等等,虽然未必有明显成效,甚至大抵以失败而告终,但应该说仍然具有积极意义,不可

---

① 英国学者罗素于 1920 年 9 月来华讲学的要旨是:鉴于中国实业不发达,所以应该"暂不主张社会主义,当开发中国资源",并"从教育入手",当时张东荪和梁启超等撰文呼应。对此,陈独秀先后写了《关于社会主义的讨论》(1920 年 12 月)和《社会主义批评》(1921 年 7 月)予以针锋相对的驳斥。陈文收入《独秀文存》,亚东图书馆,1922 年。

② 关于胡适这方面的政治改良主义的分析,参见拙著《胡适评传》,重庆出版社,1988 年。

完全抹杀。至于对共产党人来说,有这样的改良主义的思潮的存在,既是用来发动群众起来进行革命斗争的思想教育的第一步,又能够成为对敌斗争的一种掩体,也就具有别一种意义。(三)当时有所谓的"第三党"作为一股政治力量的形成,其对中国社会政治走向的设计(即"中间道路"),即在互相对立的国共两党之外,独树一帜,追求建立所谓的"农工平民政权"①,所以也具有一定的改良主义的特色。但这一政治设计者往往出身国民党统治集团的不同派别(或属于地方实力派),甚至受中共的某种政治影响,具有反蒋倾向,因此这种改良主义在很大程度上乃是一种政治方略,在思想理论方面并没有很明确的阐述。

(3) 抗战时期

由于全面的民族战争的开展,改良主义在这一时期处于明显的低潮,或者说转入了潜伏阶段。但当时有两个情况值得重视:(一)在朝的国民党重庆政府一度倡导"宪政运动",中共与其他党派对此有一定的响应,但同时又提出了一些为在朝者所难以接受的意见,这就暴露了国民党政府在推进改良主义问题上的虚伪性。(二)中共的政治斗争的策略有适应形势的调整,如运用某种合法斗争的手段,或在根据地实行"减租减息"政策等,但这并不是接受"工人运动中的改良主义"的影响,而是表明在政治上业已成熟的中共,结合中国革命的实际,对于马克思主义的灵活运用。(三)作为曾经是中共早期领袖和反对派(托派)首领的陈独秀,此时有"最后的政治意见"②的提出,在相当程度上接近了第二

---

① 中国农工民主党的前身"中国国民党临时行动委员会"("临委",即"第三党")所发表的政治纲领的要点是:推翻蒋介石统治,"建立农工平民政权,实现耕者有其田,通过国家资本主义进入社会主义"。转引自俞云波等:《中国民主党派史述略》,上海人民出版社,1989年,第198页。

② 关于陈独秀"最后的政治意见"与改良主义的某种思想联系,参见拙著《终身的反对派——陈独秀评传》,青岛出版社,1997年。

国际的社会民主党所信奉的"工人运动中的改良主义"的一套。只不过,这一思想理论纯是知识形态的,基本上没有产生现实的影响。

(4) 第三次国内革命战争时期

当时国共两党政治上的尖锐对立发展到了不可调和的地步,中国面临着两种命运的决战,但以自由主义—民主主义知识分子头面人物和各个资产阶级小党派为代表的一部分人,因得到美国政府的某种支持,再次提出了"第三条道路"("中间道路")的政治主张,即在中国建立一个既是非国民党专政的又是非共产党领导的、在外交上既不亲美又不靠苏的中立的资产阶级"民主共和国"。① 这是改良主义思潮在中国近现代史上的再一次也是最后一次的兴起。应该说,这股思潮在当时的确有相当的社会基础,因为就一般的人民群众来说,在饱尝长期的战乱苦难之后,迫切希望和平,得到休养生息,而且因为它也表示反对国民党的独裁和挑起内战,所以仍有一些进步意义。然而,从根本上说,这股思潮在意识形态上是明显反共的,即如同"资产阶级政府的改良主义"那样,旨在反对和抵制中国共产党领导的人民革命的胜利,这就同时含有了政治上的反动性。至于它另外还带有现实的参政执政的政治企图,这也根本不可能为国共双方所接受。再从国际环境看,大战后西欧各国的共产党又有修正主义("工人运动内部的改良主义")思潮的泛滥,这对国内也产生影响,有些自由主义知识分子正是以此来诱导中国共产党②,殊不知中国共产党因政治思想上的成熟而坚

---

① 这方面最有代表性的如中国民主党的"政纲":计划经济、民主政治、国家军队、全民教育、文化普及、民生幸福、民族自治、和平外交、种族平等、阶级消除。转引自《国民党统治时期的小党派》,档案出版社,1992年,第200页。

② 典型的如胡适致电毛泽东(1945.8.24)规劝中共:"痛下决心,放弃武力,准备为中国建立一个不靠武装的第二大政党","将来和平发展,前途未可限量"。转引自《胡适来往书信选》(下册),中华书局,1980年,第26—27页。

守革命立场,对此毫不动摇。总之,中国革命的逻辑决定这股改良主义思潮的破产,中国社会政治的演进,也就按照中国共产党的既定设计而出现了另一种局面。

(三)几个问题的分析和探讨

综上所述,可以认识到以下几个问题:

第一,在中国近现代史上,之所以会涌现如此多元的改良主义,尤其是在辛亥革命推翻帝制建立民国之后,各种改良主义仍然层出不穷,原因是非常复杂的,择其大端,主要是:

1. 封建主义的势力在各方面还有很大影响,以至社会政治始终不清明,资本主义的发展一直受到严重阻碍,普通的中国人的"富国强兵"或"国富民强"的愿望也始终未能实现。换言之,由于辛亥革命的不彻底,没有完成民主主义革命的基本任务,致使中国的半封建半殖民地的社会性质未有改变,政治经济文化各方面依然十分落后,所以戊戌维新时期的改良主义所期待的发展资本主义的愿望的社会基础依然存在,只是在不同的时期有所变化。

2. 中国革命的形势的发展,不断的有新的革命行动的发生,这也使得那些既希望中国社会的进步发展,但又不理解革命或害怕革命的人们寻求一种折中,由此自然地倾向于改良主义,诚如鲁迅所揭示的:"中国人的性情是总喜欢调和、折中的,譬如你说,这屋子太暗,须在这里开一个窗,大家一定不允许的。但如果你主张拆掉屋顶,他们就会来调和,愿意开窗了。"[①]

3. 就害怕革命一点而言,从中国历史上的历次农民起义,到近代中国的某些被赞誉为"革命"的一些重大事件,如"太平天国"和"义和团"之类,它们固有的落后面和消极性,给予人们(当然主要是资产阶

---

① 鲁迅:《三闲集·无声的中国》,人民文学出版社,1980年,第3—4页。

级和小资产阶级及其知识分子)的思想影响过于深刻[①],因此面对新的革命口号和相应的举动,及其已经暴露出来的某些极端性[②],也就很自然的以改良主义作反对或抵制。

第二,虽然改良主义在中国近现代史上具有进步的历史意义(戊戌维新时期更为突出),但终究遭到失败,这是由它的基本的政治性质所决定的,从根本上不合中国革命的逻辑。关于这一点,在中国共产党成立之后的那些改良主义思想(思潮)中,表现得尤为突出。对它们而言,存在两个互有联系、互为因果的问题:

1. 改良主义思想的主导者本身在政治上思想上的缺陷和软弱,因为他们所代表的那个阶级,与中国的封建地主阶级有着千丝万缕的联系,同时也对西方帝国主义抱有政治幻想,这就决定了他们不可能真正认识中国社会的基本性质和基本矛盾,由此在输入"学理"和择选政治方案时,大都表现得自以为是,甚至有一种排他性,以致在屡遭失败之后仍然自行其道,几乎不考虑到国情的适应性(尤其是为这一国情所决定的中国革命的逻辑),尽管他们自称是"符合国情"的。

2. 改良主义思想的主导者因受意识形态的制约,首先对马克思主义存在偏见,因而也就不愿意接受由中共依据马克思主义原理所提出和遵循的中国革命的逻辑,即认定变革中国社会的根本前提在于推倒西方列强对中国的压迫而取得民族独立,和推翻封建主义统

---

① 梁启超曾说:"欲用之以起革命之多数下等社会,其血管内皆含黄巾、闯、献之遗传性","吾言之犹有余栗也"。(《中国历史上革命之研究》)康有为同样说:"法以革命故,流血断头,殃及善良,祸贻古物,穷天地古今之凶残,未有比之。"(《法国革命史论》)上述议论对中国近代知识分子的思想影响是比较深远的,如对于"太平天国"和"义和团",除了个别人物外,在整体上都是敌视的。如陈天华表示:"我生平是最恨义和团的"(《警世钟》),至于鲁迅,其一生的著述,几乎对太平天国没有说过一句肯定的话。

② 革命口号和相应的行动的消极性问题,在相当程度上是由"左倾思想"引发的,在中国现代革命史上出现类似情况,则是推行"左倾机会主义"的结果,而这一点也正是诱发改良主义的原因之一。

治而发展资本主义生产关系;其基本方法和途径,又在于进行暴力革命;而且这一根本前提与基本方法和途径应该是统一的。例如,他们的种种意见,特别是表现为对现实政治秩序的设计方案,往往有意抵制马克思主义,防止"赤化"。胡适在抗战时期对国民党重庆政府说:"(国内)极多不满分子,政府当设法助之以免左倾,农工情形当有明显救济办法。如此,共党或可失去其号召能力,而不再扩充。"①这是非常典型的。

第三,尽管中国近现代史上的各种改良主义都是违背中国革命的逻辑,因而终究是破产的,然而从中国近现代思想文化史的角度看,也还体现了一些具有历史的进步意义的闪光之处,值得后人充分理解,而不是笼统地予以否定批判。所谓的闪光之处主要表现为,处于半封建半殖民地的社会,面临着中西文化的严酷冲突,为拯救积贫积弱的中国,唤醒愚忠愚孝的民族,清醒地认识到中国的根本出路在于改革,由此孜孜不倦地追求资本主义的发展,追求民主政治的实现,追求传统文化的革新改造,总之,贯穿着的是一种崇高的近代爱国主义的精神。至于其中的若干的代表性人物,在种种具体的社会政治活动、工商业活动、科学教育和学术文化活动中所做出的阶段性的成绩,以及从中体现出来的人格形象,同样是可宝贵的。而这一点,正是有的改良主义者后来能够转而服膺马克思主义的社会革命论,甚至直接投身于现实的人民革命斗争的重要原因之一。②

第四,也尽管中国近现代史上的各种改良主义的道路没有走通,——为中国革命的逻辑所抛弃。然而,这些历史上的各种改良主义的主张,作为一份思想遗产,如果对之作抽象的归纳,在某些方面,同样可以为已经处于执政党地位的中国共产党,在今天如何更好地执

---

① 胡适:《致陈希雷(电稿)》(1941年3月),《胡适书信集》(中),北京大学出版社,1996年,第857页。
② 杨度其人或许是一个典型。可以说,中国共产党在革命战争时期开展"统战"工作的对象,大都是具有改良主义思想的。

政问题,提供一些值得借鉴的思路。例如,重视教育,从提高人民的思想文化素质入手;重视社会稳定,尽可能地防止社会动乱;重视经济,切实推动社会生产力发展;减轻人民的经济负担,不断提高人民的生活水平;建立健全法制,保护人民的民主权利;讲究工作方法,实事求是,重视具体问题的逐一解决,反对盲目的、激进的"左派幼稚病",……总之,不要搞"悬空的革命"①。如"无产阶级专政下的继续革命"之类。或许可以说,中共十一届三中全会(1978年)以来所实行的改革开放的政策,正是在实际上吸收了中国近现代史上的各种改良主义思想(思潮)的某些合理的内核。从这一意义上说,现阶段的中国的改革开放,可以称之为"社会主义的改良主义",它是对中国近现代史(1840—1949)上的各种改良主义的一种否定之否定,由此呈现出中国思想文化史的螺旋形发展的形态。也如果说中国近现代史上的各种改良主义以其太多的特殊性,在世界现代政治思想史上未能具有如同上述"工人运动内部的改良主义""资产阶级政府的改良主义"和"日本明治维新式的改良主义"那样的地位和影响的话,那么,现实的中国的"社会主义的改良主义"将会取得这样的世界政治思想史的地位,因为它的思想政治的影响,已经令世界瞩目,并且必将发生更大的影响——不仅仅是对现存的少数几个社会主义国家而已。

2001年8月初稿

2002年1月改定

〔初刊加拿大《文化中国》2002年第3期〕

---

① "悬空的革命"是胡适在《我们走哪条路》(《胡适论学近著》,商务印书馆,1935年)中所提出的命题,即"悬空捏造革命对象因而用来鼓吹革命的革命"。胡适同时强调:"最要紧的一点是我们要用自觉的改革来代替盲动的所谓'革命'。"案:胡适的意见本是针对当时中共的"反帝反封建"的纲领,当然是反动的,但事过境迁,如此思路在今天似可为我们"抽象继承"。

改造中国人的文化心态是中国现代化的前提

——五四新文化运动的一条历史启示

一

七十余年前的五四新文化运动,留给当代中国人的历史启示,远远胜于在这之前的任何一次社会变革和政治动乱。这是因为,"五四"新文化运动最适时地为一个行将衰亡的民族提出了一个最深刻和最严峻的问题:当闭关锁国主义再也无法抵挡世界范围内的资本主义坚船利炮的猛烈冲击时,古老的中国要想避免亡国灭种的现实危险,必须不失时机地追随世界文化潮流,通过真正的经济变革和政治革新来迎接现代化的曙光,以此自立于世界民族之林,而欲达到此目标,改造整个中华民族的文化心态,不能不是一个最迫切的前提。

请看五四新文化运动的倡导者和先驱者们的呼声:

陈独秀"涕泣陈词"说:中国青年当择取"新鲜活泼而适于今世之争存"的思想,又必须摈弃"陈腐朽败而不容留置于脑里"的心态,具体说来,应求如此六义:"自主的而非奴隶的""进步的而非保守的""进取的而非退隐的""世界的而非锁国的""实利的而非虚文的""科学的而非想象的"①。

---

① 陈独秀:《敬告青年》,《青年杂志》一卷一号(1915年9月15日)。

李大钊同样以充满激情的语言宣称：为了追求"民族之自我的自觉，自我之民族的自觉"，中国青年也应敢于"犯当世之不韪，发挥其理想，振其自我之权威，为自我觉醒之绝叫"，以此惊破民族的"众之沉梦"。①

胡适则鼓吹：中国思想界需要像吴虞那样的"清道夫"，担来思想的清水"一勺一勺的洒向那孔尘弥漫的大街上"，现代中国人应该"打倒孔家店"，"正因为二千年吃人的礼教法制，都挂着孔丘的招牌，故这块孔丘的招牌——无论是老店，是冒牌——不能不拿下来，捶碎，烧去"。②

鲁迅在认定"中国人总不肯研究自己"③的基础上，更是明确地提出了"改造国民性"的主张："岂不是改革么？历史是过去的陈迹，国民性可改造于将来，在改革者的眼里，已往和目前的东西是全等于无物的。"④

这一切振聋发聩、石破天惊的言论充分表明：改造中国人的文化心态，既是五四新文化运动的出发点，也是"五四新思潮"的一个基本主题。

需要指出的是，正因有这样的出发点和基本主题，五四运动前期一度声明"不谈政治"——用陈独秀的话来说"批评时政，非其旨也"⑤，是无可厚非的。这表明，新文化运动的倡导者和先驱者们自觉地把握着启蒙主义思想家的冷静而严肃的态度，他们没有急于讨论具体的社会政治变革问题，而首先紧紧抓住思想文化问题，以最大的耐心做引导民族文化心态的反省的工作，正是认识到挖根子要比剪除枝叶来得更重要，诚如胡适后来所解释："我们应该知

---

① 李大钊：《〈晨钟〉之使命》，《晨钟》一卷一号（1916年8月15日）。
② 胡适：《吴虞文录·序》，《晨报副刊》（1921年6月20日）。
③ 鲁迅：《华盖集续编·马上支日记》（1926年7月4日）。
④ 鲁迅：《出了象牙之塔·后记》（1925年12月3日）。
⑤ 记者（陈独秀）：《答王庸工》，《青年杂志》一卷一号（1915年9月15日）。

道:政治不单是官吏与法制,也不单是裁兵与理财。我们这几年所以不谈政治,和许多不谈政治的人略有不同:我们当日不谈政治,正是要想从思想文艺的方面替中国政治建筑一个非政治的基础。"①事实也是如此,《新青年》早期虽然没有就袁世凯称帝和张勋复辟一类的政治问题发表言论,然而《孔子平议》(易白沙)、《文学改良刍议》(胡适)、《狂人日记》(鲁迅)和《吃人与礼教》(吴虞)等文所带给中国思想界的震撼,对于思想解放所起的重大作用,则是政论性文字所无可比拟的。

同样值得指出的是,正因为改造中国人的文化心态构成了"五四"新思潮的基本主题之一,因此,五四新文化运动的倡导者和先驱者们几乎都是有意识地对中外(东西)民族心态(素质)以及与之有密不可分关系的中外(东西)文明问题作了比较,从中找出我们这个"不长进的民族"(鲁迅语)的"卑劣无耻之根性"(陈独秀语),以求彻底的疗治。例如:

陈独秀指出:"西洋民族以战争为本位","恶侮辱,宁斗死","东洋民族以安息为本位","恶斗死,宁忍辱";"西洋民族以个人为本位","举一切伦理、道德、政治、法律,社会之所向往,国家之所祈求,拥护个人之自由权利与幸福而已","东洋民族以家族为本位","损坏个人独立自尊之人格","窒碍个人意思之自由","剥夺个人法律上平等之权利","戕贼个人之生产力";"西洋民族以法治为本位,以实利为本位","东洋民族以感情为本位,以虚文为本位"。②

李大钊也分析说:东西文明的根本差异表现为"东洋文明主静""西洋文明主动",虽然两者互有长短,但东洋文明之短至少有如下八端:"(一)厌世的人生观不适于宇宙进化之理法;(二)惰性太重;

---

① 胡适:《我的歧路》,《努力周报》第4期(1922年5月28日)。
② 陈独秀:《东西民族根本思想之差异》,《青年杂志》一卷四号(1915年12月15日)。

(三)不尊重个性之权威与势力;(四)阶级的精神,视个人仅为一较大单位中不完全之部分,部分之生存价值全为单位所吞没;(五)对于妇人之轻侮;(六)同情心之缺乏;(七)神权之偏重;(八)专制主义之盛行。"①

胡适更是一言以蔽之:"东西文化的一个根本不同之点"是:"一边是自暴自弃的不思不虑,一边是继续不断的寻求真理。"换言之,"东方文明的最大特色是知足,西洋的近代文明的最大特色是不知足":前者"自安于简陋的生活,故不求物质享受的提高;自安于愚昧,自安于'不识不知',故不注意真理的发见与技艺器械的发明;自安于现成的环境与命运,故不想征服自然,只求乐天安命,不想改革制度,只图安分守己,不想革命,只做顺民"。②

至于鲁迅,除了在文学作品中揭示了以"阿Q精神"为典型代表的民族劣根性外,还从理论上指出了中国人较之其他民族的"国民性的怯弱、懒惰、而又巧滑"③,如中国人只有"合群的爱国的自大"("党同伐异,是对少数的天才宣战"),并没有西方人那样的"个人的自大"("就是独异,是对庸众宣战")④;说到偶像问题,尽管中外都有,"但外国是破坏偶像的人多",因而即使我们"所崇拜的仍然是新偶像,也总比中国陈旧的好。与其崇拜孔丘关羽,还不如崇拜达尔文易卜生;与其牺牲于瘟将军五道神,还不如牺牲于Apollo"。⑤

上述言论在今天看来自然有偏面性,但是,这种深刻的偏面性或偏面的深刻性,在"五四"时代则是必须的,因为不采取这种"知耻近乎勇"的态度和言辞,就无法打破根深蒂固的封建主义旧思想旧文化

---

① 李大钊:《东西文明根本之异点》,《言治》季报第三册(1918年7月1日)。
② 胡适:《我们对于西洋近代文明的态度》,《现代评论》四卷八十三期(1926年7月)。
③ 鲁迅:《坟·论睁了眼看》(1925年7月22日)。
④ 鲁迅:《热风·随感录三十八》(1918年11月15日)。
⑤ 鲁迅:《热风·随感录四十六》(1919年2月15日)。

传统，无法缴掉封建主义卫道者手中的械，自然也就无法傲醒我们沉睡已久的民族，无法改造中国人的文化心态。

由此可见，五四新文化运动的倡导者和先驱者们的最伟大的历史功绩，正是比之他们的前辈（即被称为"先进的中国人"的那些人，从洪秀全、康有为、严复到孙中山），对于如何从根本上拯救积贫积弱的祖国、唤醒愚忠愚孝的民族的问题，有着一个关键性的深切把握。例如，洪秀全搞太平天国起义，虽然借用了西方的宗教武器，并且也有乌托邦的社会变革目标，然而终究走着朱元璋式的"农民革命领袖"的悲剧道路；康有为虽然认识到了中国已处于"三千余年，一大变局"的历史关头，倡导了对后来的五四新文化运动有所启示的戊戌维新运动，然而当封建顽固派势力以千百倍的疯狂作反扑时，他也回归到了封建王朝的"忠臣"的立场；就严复来说，他对于近代中国面临中西文化的严酷冲突的感受自然深于前两人，由此在救亡图存的目标下对于输入西方文化也做了更切实的工作，但是他最终又是返回了封建士大夫的阵营；至于孙中山，他所领导的辛亥革命无疑对于变革近代中国的现实政治环境作出了不可低估的贡献，但应当说，直到五四新文化运动爆发之时，他和他的战友们实际上还只是空怀救国志，未有回天术。五四新文化运动所造成的局面就完全不同：它不仅引发了"五四爱国运动"，而且它所弘扬的"民主与科学"的旗帜开始为每一个有良知的中国人所接受。这就是说，五四新文化运动的倡导者和先驱者们对于改造中国人的文化心态的期待，事实上已获得初步的成功，有此基础，中国革命就可以大做文章了。孙中山当时说："此种新文化运动，在我国今日，诚思想界空前之大变动。推原其始，不过由于出版界之一二觉悟者从事提倡，遂至舆论放大异彩，学潮弥漫全国，人皆激发天良，誓死为爱国之运动。倘能继长增高，其将来收效之伟大且久远者，可无疑也。吾党欲收革命之成功，必有赖于思想之变化，兵法'攻心'，语曰'革心'，皆此之故。故此种新文化运动，实为最有价值之事。"①孙中山作为一个从整体上说重社会政治革命甚于思想启蒙的革命家,有这样的带有自我反省意味的认识,也充分证明:五四新文化运动提出并致力于改造中国人的文化心态问题,的确是抓到了问题的要害。总之,如果说戊戌维新运动朦胧地提出了中国现代化的目标,辛亥革命为追求这一目标作了一次政治变革的尝试,那么,五四新文化运动则为中国现代化的实现,寻找了一条虽非捷径但却是更为切实的道路。

二

稍微具体地分析一下五四新文化运动的倡导者和先驱者们的主张,可以认为他们实际上已经提出了一个改造中国人文化心态的方案。这个方案含有如下几个要点:

第一,作为改造中国人的文化心态的关键点,中国人应作彻底的民族反省,从根本上破除民族自大狂,即通过向西方文化学习,向西方民族学习,打掉中国旧文化的暮气和中国国民性的惰性,而不能借口"中国人何必吃外国药"来作拒绝。鲁迅曾剖析了甲乙丙丁戊五种"爱国的自大家"的心态,其中对"戊派的爱国论"("中国便是野蛮的好","你说中国思想昏乱,那正是我民族所造成的事业的结晶,……你能把我们灭绝么?")的揭露批判尤为深沉:"这不但因其居心可怕,实因他所说的更为实在的缘故。昏乱的祖先,养出昏乱的子孙,正是遗传的定理。民族根性造成之后,无论好坏,改变都不容易的"②,因而鲁迅主张,每一个中国人应深刻地认识到:"多有不自满的人的种族,永远前进,永远有希望","多有只知责人不知反省的人的种族,祸

---

① 孙中山:《与海外国民党同志书》(1920年1月29日)。
② 鲁迅:《热风·随感录三十八》(1918年11月15日)。

哉祸哉!"①

第二,作为改革中国人的文化心态的途径之一,从消极方面来说,必须反对迷信、反对权威、打破奴隶意识、打破偶像崇拜,打破一切新老八股,一切服从于真理。李大钊指出：中国思想界之所以"死气沉沉","病全在惰性太深、奴性太深,总是不肯用自己的理性,维持自己的生存,总想用个巧法,走个捷径,靠他人的势力,摧除对面的存立,这种靠人不靠己,信力不信理的民族性,真正可耻！真正可羞！"因此他主张中国人应首先"对于这种事实,都有一种觉悟"②。

第三,作为改造中国人的文化心态的另一途径,从积极方面来说,就是要倡导个性解放,培养独立的人格,强化个人的社会责任感。胡适把这概括为"健全的个人主义",他强调说："发展个人的个性,须要有两个条件。第一,须使个人有自由意志。第二,须使个人担干系,负责任","自治的社会,共和的国家,只是要个人有自由选择之权,还要个人对于自己所行所为都负责任。若不如此,决不能造出自己独立的人格。社会国家没有自由独立的人格,如同酒里少了酒曲,面包里少了酵,人身上少了脑筋；那种社会国家决没有改良进步的希望"。③

第四,在改造中同人的文化心态的过程中,必须始终擎举"民主""科学"的旗帜。陈独秀说,"我们现在认定只有这两位先生,可以救治中国政治上道德上学术上思想上一切的黑暗","要拥护那德先生,便不得不反对孔教、礼法、贞节、旧伦理、旧政治；要拥护那赛先生,便不得不反对旧艺术、旧宗教；要拥护德先生又要拥护赛先生,便不得不反对国粹和旧文学"④。

第五,在改造中国人的文化心态的过程中,必须倡导和坚持一种

---

① 鲁迅：《热风·不满》(1919年11月1日)。
② 李大钊：《新旧思潮之激战》,《每周评论》第12号(1919年3月9日)。
③ 胡适：《易卜生主义》,《新青年》四卷六期(1918年6月)。
④ 陈独秀：《本志罪案之答辩书》,《新青年》六卷一号(1919年1月15日)。

求实的思想方法。对此,胡适有一个完整的阐述:五四"新思潮的根本意义只是一种新态度"即"评判的态度","评判的态度含有几种特别的要求":"(1)对于习俗相传下来的制度风俗,要问:'这种制度现在还有存在的价值吗?'(2)对于古代遗传下来的圣贤教训,要问'这句话在今日还是不错吗?'(3)对于社会上糊涂公认的行为与信仰,都要问:'大家公认的,就不会错了吗?人家这样做,我也该这样做吗?难道没有别样做法比这个更好,更有理,更有益的吗?'"①

很显然,上述改造中国人文化心态的方案,是基本完善和成熟的,它较之对中西文化、中西国民素质的比较论要完善、成熟得多,减少了偏面性。难能可贵的是,新文化运动的倡导者和先驱者们还认识到,改造中国人的文化心态是长期而艰巨的任务,不可能毕其功于一役。例如,陈独秀就明确地否定了"速成癖",指出"创造文化,本是一民族重大的责任,艰难的事业,必须有不断的努力,决不是短时间可以得着效果的事"②,鲁迅稍后也强调:"要治这麻木状态的国度,只有一法,就是'韧',也就是'锲而不舍'。逐渐的做一点,总不肯休,不至于比'踔厉风发'无效的。"③至于胡适说:五四"新思潮的唯一目的"是"再造文明",而"文明不是拢统造成的,是一点一滴的造成的。进化不是一晚上拢统进化的,是一点一滴的进化的"④,其实也正含有类似的意见。

这就表明,新文化运动的倡导者和先驱者们本身,已经具有比一切旧人物远为健康、进步的文化心态。当然,问题的复杂性在于:在稍后的一段时间里,这些倡导者和先驱者们发生了政治分化。然而,出现这种情况有许多极为复杂的社会政治方面的原因,例如现代中国的政治统治现实总是要以各种形式来箝制他们的思想,干扰他们

---

① 胡适:《新思潮的意义》,《新青年》七卷一号(1919年12月)。
② 陈独秀:《文化运动与社会运动》,《新青年》九卷三号(1921年5月1日)。
③ 鲁迅:《两地书·十二》(1925年4月14日)。
④ 胡适:《新思潮的意义》,《新青年》七卷一号(1919年12月)。

的活动,而进步政党所领导的实际的救亡活动所出现的幼稚过火的偏差,也从客观上强化了他们不同的政治倾向。不过,即使是有些人呈"落伍"状,但却与康有为和严复等人的"倒退"具有不同的性质。这是因为,康有为和严复等人的"倒退"是从根本上背叛了他们曾经鼓吹的维新思潮,而新文化运动的某些先驱者和倡导者的"落伍",其实是坚持了"五四新思潮",坚持了启蒙主义立场,也就是说,他们对于中国现代化的渴望、对于"改造中国人的文化心态是中国现代化的前提"这一问题的深刻认识,并没有反顾,没有动摇。以胡适论,他在20世纪20年代继续倡导"科学的人生观"("自然主义的人生观");在20年代末30年代初,或尖锐地指出国民党思想文化政策对于新文化运动的反动,或坚决地抨击鼓吹"中国本位的文化建设"的复古主义逆流;甚至晚年定居台湾时,仍然重申:"我相信,为了给科学的发展铺平道路,为了准备接受、欢迎近代的科学和技术和文明,我们东方人也许必须经过某种知识上的变化或革命","我还相信,必须有这样的对东方那些老文明、对科学和技术的近代文明的重新估量,我们东方人才能够真诚而热烈的接受近代科学"。① 由此可见,像胡适这样的人的所谓"落伍",仅仅是在具体的党派政治倾向方面的向右转,而不是根本的思想文化心态的"倒退",换言之,胡适这一类人物的错误,只是在处理启蒙与救亡关系上发生偏差,然而他们一贯坚持启蒙主义立场,强调对中国人进行思想启蒙以改造文化心态,仍然有着积极意义。

再从另一方面来看,像胡适那样的新文化运动的倡导者和先驱者的"落伍",在整体上也的确没有给日益发展的实际的救亡运动带来根本性的消极影响或冲击。例如,现代中国一批批进步知识青年,包括他们当中的一些早期共产党人,无一不是在"五四新思潮"的奶

---

① 胡适:《科学发展所需要的社会改革》(1961年1月16日),转引自《胡适之先生年谱长编初稿》。

汁哺育下长大的,即使在胡适等人"落伍"后,胡适等人在"五四"期间所倡导的新思潮仍然给他们以某种积极的思想启迪。以胡适与毛泽东的关系(毛泽东受胡适思想的某种积极影响)而论,已有学者作过初步分析①,此外还可以指出这样一点:直到30年代初仍被有些共产党人所肯定的胡适的"新底思想方法之提出"的"功绩"②,到了延安的整风期间,在毛泽东所撰写的有关整风文件中,其实还都有一定的体现③。有的台湾学者指出:胡适一贯坚持的启蒙主义思想立场是面对"近代西方文明汹猛地向中国挑战"而作出"非武装的""回应"。④ 这种意见是很可取的。因为对于现代中国来说,"武装的"回应(救亡)和"非武装的"回应(启蒙)都是必需的,两者不可偏废。

综上所述,"五四"新文化运动所提出的改造中国人文化心态的方案及其留下的深刻的历史启示。决不会,也不应该由于它的某些先驱者和倡导者的"落伍"而失去光彩。

三

不幸的是,五四新文化运动留下的那条深刻的历史启示,的确被轻视过,被遗忘过,被践踏过。换言之,在近四十年中,中国大地上又出现过对于五四新文化运动的反动,其显著标志,便是那一场号称旨在"触及人们的灵魂"、甚至也表示要实现"中国现代化"⑤,而实际上恰恰是最可怕地扭曲了本来就不太健康的中国人的文化心态、也最严重地阻碍了中国现代化进程的"文化大革命"。每一个经历过这场

---

① 参见黄艾仁:《毛泽东与胡适》,《安徽师大学报》(哲社版)1986年第4期。
② 参见艾思奇:《廿二年之中国哲学思潮》,《中华月报》第2卷第1期(1934年1月)。
③ 关于这一问题,本文先提出来,容日后专文分析。
④ 参见《胡适与中西文化》,台北,水牛出版社,1984年9月增订版之扉页语。
⑤ 在"文革"中被谱上曲调广泛传唱的、署名林彪写的《毛主席语录再版前言》,有这样的字句:"……为把我国建设成为一个具有现代工业、现代农业、现代国防和现代科学技术的社会主义强国而奋斗。"

浩劫的人都有这样的切肤之痛：当现代迷信弥漫、中国思想文化界出现前所未有的真正的"万马齐喑"的局面的时候，亿万中国人仿佛一下子被赶回到了五四新文化运动（甚至是戊戌维新运动）的前夜，至多只是做着洪秀全式的"天王"的臣民。

唯其如此，今天的中国人如果不想让"文化大革命"的悲剧重演，不想让自己再被关进"牛棚"，不想让自己的下一代再背"黑五类"子女的政治包袱，不想再被当作"白专典型"受批判并且胆战心惊地去写那写不完的思想检讨，甚至不想再在吃饭前也只得无可奈何地高呼"敬祝"的祷告，总之，要想做一个有着起码的人格尊严的人，那么就必须牢记"文化大革命"的惨痛历史教训，或者说，应当通过把"五四"新文化运动与"文化大革命"作一真切的对照，从中领悟五四新文化运动所留下的那条深刻的历史启示。我们不是要"彻底否定文化大革命"吗？这当是最有效的方法之一。

如果说"文化大革命"这场对于五四新文化运动的反动，从反面也留下了什么深刻的历史启示的话，那么最值得指出的也就是这样一点：五四新文化运动所提出的思想上反封建（也就是改造中国人的文化心态）的任务远没有完成。试看"文革"期间的种种怪状：党的领袖成了至高无上的"神"，得宠的一批近臣可以狐假虎威，国法荡然无存，党纪也是一纸空文，文字狱遍布国中，从共和国主席到普通公民，都无法保护自己基本的人身权利，当封闭的国民经济濒临崩溃边缘时，宣传机器还在为中国成为"反帝反修"的"世界革命中心"而沾沾自喜，而当"思想犯"被押赴刑场前，为了扼杀其最后一声微弱的呼喊，甚至不惜动用连欧洲中世纪也少见的酷刑……至于绝大多数的人民，从接受过五四新文化运动洗礼的老知识分子，到不久前曾经狂热过的"红卫兵"，面对这种种迷茫或屈辱，仍然不得不时时处处擎起"红宝书"跟着人摇动手臂。不妨说，即使在"四五天安门运动"的诗歌中，也不乏封建意识颇为明显的篇什。

还需要指出的是，由于我国近十年来的改革开放是在"文化大革

改造中国人的文化心态是中国现代化的前提 | 57

命"所留下的思想废墟上起步的,即绝大多数的中国人仍是以一种并不健康成熟的文化心态去迎接新的历史时期、去争取四个现代化目标的,因此,继续抓紧改造中国人的文化心态,也不能不是保证改革开放的顺利进行和四个现代化实现的前提,否则的话,搞改革开放,搞四个现代化建设,将无疑是南其辕而北其辙。

提出这样的问题并非是危言耸听。例如:

"民族自大狂"还有很大的市场,一本《丑陋的中国人》竟一度被视之为异端邪说、洪水猛兽,即是明证;

权力政治和官本位观念不仅严重存在于那些名为"公仆"实为"主人"的脑中,而且还为众多的"候补官员"或等待民主恩赐的普通老百姓所信奉;

现代迷信似乎受到了冲击,但却有不胜统计的新庙宇拔地而起,终日香烟袅袅,善男信女的队伍也不断扩大;

虽然在理论上是重视教育的,然而国中不乏岌岌可危的校舍,又有大批本该安心求学的少年儿童当了"童工",新文盲不断产生;

"孔教"虽然不灵了,但"孔方兄"(金钱)拜物教却吞噬着更多人的心灵,从肉体到人格都可以成为特殊的"商品"进入交易市场;

对于所谓的"全盘西化"论的并不科学并不准确的批判,反而使得更多人染上了真正的"崇洋媚外"的痼疾,或者为所谓的"新儒学"而俘虏;

至于全民性的浮躁情绪、急功近利观念、对于法律的轻视态度,以及本该在整个社会生活中发生最大作用的知识分子,绝大多数因陷于清贫而不得不把更多的精力去为个人和家庭的物质生活操劳,这些情况的潜在消极性更为可怕。

显然,这样的民族文化心态根本无法适应改革开放的时代,也迎接不了真正的中国现代化。党中央提出,应该重视社会主义精神文明的建设,精神文明要和物质文明一起抓,无疑地正是出自这样的认识和考虑。

至此,我们就可以作这样的强调:

在争取中国现代化的道路上,我们还需要对全国人民进行一次新的思想启蒙,而这个新的思想启蒙的核心课题,即是继承五四新文化运动的传统,完成五四新文化运动所未完成的反封建的思想任务,切实地领悟"五四"新文化运动所留下的那条深刻的历史启示——改造中国人的文化心态是中国现代化的前提。

〔此文入选国家教委主办的"纪念五四运动七十周年学术讨论会"(1989,北京)应征论文,初刊《复旦学报》(社会科学版)1989年第3期〕

"再造文明"的必由之路

——对于五四新文化运动的伟大历史意义的再认识

"再造文明"(即追求中国社会和思想文化的现代化)的口号,虽是胡适在五四新文化运动中正式提出来的,然而回顾此前七八十年间的中国思想文化史可知,自从随着西方列强的坚炮利炮而来的"西学东渐"在中国社会发生深刻影响,面对日益尖锐和严酷的中西文化冲突,开始"睁眼看世界"的中国知识分子,经过初步的民族(文化)反省,因痛感中国的落后——即与西方各国的种种差距,也已经初步形成了"再造文明"的强烈渴望。①

这是中国近代思想文化史的主旋律的第一乐章。其演奏者,自林则徐、魏源始,中经洋务运动思想家,改良主义思想家,直到资产阶级旧民主主义的革命家和宣传家,虽然他们各自的政治背景和思想水平有所差异,但在这个问题上的意见却有很大的一致性和连贯性。例如魏源在发挥林则徐的"师夷之长技以制夷"的命题时就期待说:"尽得西洋之长技为中国之长技","因其所长而用之,即因其所长而制之。风气日开,智慧日出,方见东海之民犹西海之民"②;而容闳作

---

① 关于"民族(文化)反省"问题,参见拙稿《试论近代中国的"民族反省"思潮》,《复旦学报》(社会科学版)1993年第3期。
② 魏源:《海国图志》。

为中国第一位留美学成归来的留学生又表示："当修业期内，中国之腐败情形，时触予怀"，"予之一身，既受此文明教育，则当使后予之人，亦享此同等之利益，以西方学术，灌输于中国，使中国日趋于文明富强之境"①；至于梁启超，更是进一步指出：鉴于"今日列国并立弱肉强食优胜劣败之时代"，"不欲强吾国则已，欲强吾国，则不可不博考各国民族所以自立之道，汇择其长者而取之，以补我之所未及"②；再看孙中山，他与梁启超的区别仅在于认定中国文明的改造不能走改良的道路，但对中国旧文明的否定也曾是坚决的："我们有自己的文明，但是，因为无法进行比较，选择而得不到发展，它也就停滞不前了。时至今日，这种文明已经和人民群众完全格格不入了"，"期望当今的中国政府能在时代要求影响下自我革新，并接触欧洲文化，这等于希望农场的一头猪会对农业全神贯注并善于耕作，哪怕这头猪在农场里喂养得很好又能接近它的文明的主人"。③ 不妨说，作为一种普遍的社会思潮，用当时出自于普通知识分子手笔的一篇报刊论文的话来说，也是主张"上九天下九渊，旁求泰东西国民之粹，囊之以归，化分吾旧质而更铸我新质"④。

不过，上述人们对于"再造文明"的憧憬，在事实上没有实现，或者说，他们虽然也为之努力过，但除了梁启超等个别人的工作留下了某些潜在影响外，其余大都收效甚微。究其原因，从总体上说，显然是缺乏一个在深广的范围内兴起的剧烈的思想文化的变革运动，进一步看，可以指出这样两点：

---

① 容闳：《西学东渐记》。
② 梁启超：《新民说》。
③ 孙中山：《与〈伦敦被难记〉俄译者等的谈话》，收入中华书局版《孙中山全集》第1卷。
④ 壮游：《国民新灵魂》，初刊《江苏》第五期（1903.8），转引自三联书店版《辛亥革命十年间时论选集》（第一卷下册）。

一是当时的人们对于"再造文明"的有关理论认识还是零散的,肤浅的,未有更全面更准确的把握,有的还显得比较空洞。唯其如此,即使是曾经渴望过"再造文明"的人们,在一定的历史条件下也会改变自己的思想主张。例如,严复这位曾经有力地输入西学,甚至主张"自由为体、民主为用"的思想家,不久就反顾中国旧文明,甚至对于梁启超的"新文体",竟也站在文化保守主义的立场予以诋毁①;以孙中山论,到了构筑他的旧三民主义的理论框架时,也从社会政治革命的立场反过来强调中国传统的封建文化的长处,夸耀中国旧文明的优点,甚至以恢复和发展"国粹"相号召。② 最典型的,还如晚清时期的那些最早提倡"文学改革"和"白话"的人们的一种文化心态,诚如胡适所揭示的:这些人把整个社会分成两个阶级,"我们"——"上等人"自己可以继续认汉字、念八股,做那"宇宙古今之至美"的古文,而"他们"(老百姓)——"下等人"因为无知无识、资质太笨,不配学古文,所以"我们"不妨教"他们"去认字母,读白话的拼音文字的书报。③

二是当时的知识分子也缺乏相应的切实的学术文化工作的实践,或浅尝辄止,不求精深,或因种种原因半途而废,甚至退回到文化保守主义立场。例如,曾经倡导"诗界革命"的黄遵宪,当他晚年编定《人境庐诗抄》时,就以忏悔的心情删除了大量的曾是体现"我手写我口"主张的篇什④;最初的晚清"谴责小说""政治小说"的积极意义尚未充分体现,也很快地转向了以游戏和消闲为主旨的"鸳鸯蝴蝶派"文学;还有"文明戏",其在兴起后又迅速堕落,也反映了类似的情

---

① 严复认为以"近俗之辞"入文,"此于文界,乃所谓陵迟,非革命也",参见《与梁启超书》。到"五四"时期,严复又对陈独秀、胡适的白话文主张多有诋毁,参见《与熊纯如书札》(八十三)。
② 参见孙中山论民族主义的有关论著,均收入中华书局版《孙中山全集》第9卷。
③ 参见胡适《五十年来之中国文学》和《中国新文学大系·建设理论集·导言》。
④ 参见有关黄遵宪的传记资料。

况①；至于"南社"诸子，尽管他们抱有"作海内文学之导师"的宏愿，但文化保守主义的基本立场——"共谋保存国粹，商量旧学，于是诗词歌曲，顿复旧观，晦盲否塞之文学界，遂有光明灿烂之望矣"②，终究限制了他们的本不太足的才力的表现。

由此可见，当辛亥革命换上了一块共和的招牌之后，中国社会和思想文化的局面并未随之有重大的改观，换句话说，民元以来的北洋军阀政府的统治，在思想文化方面推行复古主义，乃是具有现实的基础的，因而也是必然的，并非仅仅是袁世凯流者个人的政治品质太坏的问题。

依据上述背景来观照五四新文化运动的发生和发展，可知"五四"一代新人物比之他们的前辈更富有进取心和创造性，即通过冷静清醒的审视自鸦片战争以来半个多世纪的中国近代思想文化史的曲折道路并深刻地总结其经验教训，对于如何切实的"再造文明"，既作了更深入的理论思考并提出了更为具体的方向和目标，又卓有成效的解决了其态度、方法和程序问题，更在实践上以自觉的努力而取得了划时代的成果。以上三者的结合，就使得五四新文化运动以空前的辉煌为中国社会和思想文化的变革和进步奠定了牢固的基石，由此也在整体上构成了几千年来整个中国思想文化发展史上的一个革故鼎新、继往开来的环节。要言之，这一"再造文明"的工程从蓝图的绘制到具体的施工，便是五四新文化运动的实质性内容，所以，在由积贫积弱的封建主义的中华老大帝国转变为自觉追随世界文化潮流的科学意义上的现代中国的历史进程中，五四新文化运动委实是一段必由之路。

---

① 关于这一点，中国近代文学史研究者的意见大概是比较一致的。
② "作海内文学之导师"语见高旭《南社启》，"共谋保存国粹"句，语见冯平：《梦罗浮馆词集序》。

首先,关于理论思考和方向、目标的提出。

在这个问题上最值得重视的一点是:五四新文化运动的倡导者鉴于以往几十年中中国人对于中西文化冲突的回应,只是先后停留于器具层次和政制层次而基本上没有触及(至少是没有特别强调)思想文化层次上的切实的启蒙工作(即重在从根本上改变中国人的文化心态),开宗明义的提出了"伦理的觉悟"为"最后觉悟之最后觉悟"①之命题,按照陈独秀的阐述,中国人当在"孰为新鲜活泼而适于今世之争存,孰为陈腐朽败而不容置于脑里"的问题上作出抉择,而正确的抉择又当是如下六大原则:自主的而非奴隶的;进步的而非保守的;进取的而非退隐的;世界的而非锁国的;实利的而非虚文的;科学的而非想象的,总之——

> 国人欲脱蒙昧时代,羞为浅化之民也,则急起直追,当以科学和人权并重。②

在这里,陈独秀张扬的"科学"与"民主"(人权)的旗帜,正是提出了"再造文明"的方向和目标。

这一"再造文明"的方向与目标的揭示,由于是以近代的世界性文化潮流的主体为参照系的,而五四新文化运动的其他倡导者和先驱者同时也对以儒学为代表的、足以阻碍中国社会和思想文化的变革与进步,事实上也给近代中国带来了太多的消极影响的中国传统思想文化作了清算与扫荡,(用胡适的话来说:"正因为二千年吃人的礼教法制都挂着孔丘的招牌,故这块孔丘的招牌——无论是老店,是冒牌——不能不拿下来,捶碎,烧去!"③)因而招致了种种守旧分子的攻击。这些攻击由于往往以"爱国主义"或"维护民族文化传统"为遁词,这就给新文化运动的倡导者和先驱者设

---

① 陈独秀:《吾人最后之觉悟》,《青年杂志》第一卷第六号(1916年2月15日)。
② 陈独秀:《敬告青年》,《青年杂志》第一卷第一号(1915年9月15日)。
③ 胡适:《吴虞文录序》,初刊《晨报》副刊(1921年6月20日—21日)。

置了投鼠忌器的障碍。但是"五四新人物"还是以可贵的理智力量顶住了压力,这方面自然还是陈独秀的斩钉截铁般的宣言最有代表性:

> 要拥护那德先生,便不得不反对孔教、礼法、贞节、旧伦理、旧政治;要拥护那赛先生,便不得不反对旧艺术、旧宗教;要拥护德先生又要拥护赛先生,便不得不反对国粹和旧文学。……我们现在认定只有这两位先生,可以救治中国政治上道德上学术上思想上一切的黑暗。若因为拥护这两位先生,一切政府的压迫,社会的攻击笑骂,就是断头流血,都不推辞。①

这就意味着,"再造文明"的方向和目标一经提出,"五四新人物"就不再动摇过。

不妨指出,从"五四"时期的新旧思潮的交锋来看,有些守旧者似乎也承认"再造文明"的必要性,不过其对"再造文明"的内容(即方向和目标)的理解,却是对五四新文化运动的反动。例如当时《东方杂志》记者杜亚泉认为,近代以来中国社会和思想文化界出现混乱的责任与根源在于西学的输入,对此"迷途"的"救济之道,在统整吾固有文明"如"君道臣节名教纲常诸大端"。② 杜氏还说,如果也需要"输入西洋文明"的话,那么应当"使其融合于吾固有文明之中",因为"吾国固有之文明,正足以救西洋文明之弊,济西洋文明之穷者"。③ 对于这样一种建立在"严夷夏之大防"的传统观念基础上的以中国传统文化为本位的"同化论"(即主张用中学对西学作腐蚀性的改造),陈独秀

---

① 陈独秀:《本志罪案之答辩书》,《新青年》第六卷第一号(1919年1月15日)。
② 杜亚泉:《迷乱之现代人心》,《东方杂志》第十五卷第十二号(1918年4月)。按:杜亚泉的"统整"论在近年来被有的学者肯定为提出了"新文明模式",参见高力克:《杜亚泉与陈独秀东西文化论争再评价》(《文汇报》1994年1月2日)等。笔者对此有不同意见,参见《也来重新审视陈独秀与杜亚泉的论争》(《近代史研究》1995年第5期)。
③ 杜亚泉:《静的文明与动的文明》,《东方杂志》第十二卷第8号(1916年10月)。

当然又予以义正词严的驳斥。① 这一驳斥的意义,自然也再次坚持了"再造文明"的方向和目标。

正是在这样的背景下,胡适就接着陈独秀的话头用更明确的语言首次正式提出:

> 新思潮的唯一目的是什么呢? 是再造文明。②

联系到胡适还在留美期间就开始思索为祖国"造不能亡之因"的问题③,在归国投身五四新文化运动之初又决心"要从思想文艺的方面替中国政治建筑一个非政治的基础"④,稍后又再次认定"新文化运动的根本意义是承认中国旧文化不适宜现代化的环境,而提倡充分接受世界的新文明"⑤,无疑可以进一步认识到:正是由于被赋予了明确而具体的方向和目标的"再造文明"的口号的提出,才使得"五四"新文化运动在深广的范围内进行思想启蒙工作的同时,也开始着手了中国思想文化的现代化建设。

其次,关于态度、方法和程序。

五四新文化运动的倡导者在明确提出"再造文明"的方向与目标时,还从思想方法的角度确立了适应文化选择的时代要求的若干原则,从而为如何切实地进行"再造文明"提供了具有可操作性的方法。这一问题的解决,包括三个层次。

一是根本的态度。对此,胡适的阐述简洁明了,即认定"凡事要重新分别一个好与不好",所以必须树立一种"评判的态度",其实质意义与尼采所说的"重新估定一切价值"同。这一"评判的态度"只是

---

① 陈独秀的驳斥文章是:《质问〈东方杂志〉记者》《新青年》第五卷第三号(1918年9月15日)、《再质问〈东方杂志〉记者》《新青年》第六卷第二号,1919年2月15日)。
② 胡适:《新思潮的意义》,《新青年》第七卷第一号(1919年12月1日)。
③ 参见胡适:《藏晖室札记》卷十二之"1916年1月11日"和"1916年1月25日"条。
④ 胡适:《我的歧路》,初刊《努力周报》第7号(1922年6月18日)。
⑤ 胡适:《新文化运动与国民党》,《新月》第二卷第6、7号合刊(1929年9月10日,衍期)。

包含如下几个特别的要求:

　　(1) 对于习俗相传下来的制度风俗,要问:"这种制度现在还有存在的价值吗?"

　　(2) 对于古代遗传下来的圣贤教训,要问:"这句话在今日还是不错吗?"

　　(3) 对于社会上糊涂公认的行为与信仰,都要问:"大家公认的,就不会错了吗?人家这样做,我也该这样做吗?难道没有别样做法比这个更好,更有理,更有益的吗?"①

如此提出问题,明显的针对着"天不变道亦不变"的封建主义的文化观念,也旨在纠正中国人普遍存在的迷信和盲从的愚昧心态,所以在提倡"价值重估"的同时又指示了"价值重建"的路径。可以说,整个五四新文化运动作为一次伟大的思想解放运动,正是以此为根本的态度。

二是基本的方法。其要点在于把破坏与建设统一起来,当然,鉴于现实情况的特殊性(中国旧思想旧文化传统的强大和根深蒂固),又强调破字当头,立在其中,认定"建设必先以破坏"②,换言之——

　　不塞不流,不止不行,犹之欲兴学校,必废科举,否则才力聪明之士不肯出此途也。方之虫鸟,新文学乃欲叫于春啼于秋者,旧文学不过啼叫于严冬之虫鸟耳,安得不取而代之耶?③

现在看来,这样的方法或许存在某种片面性,然而,处于新旧思潮激战之时,社会政治文化转型之日,如此做却不得不然,否则以纯刀子割肉半天不出血,既于破坏不利,更于建设无补。事实上,五四新文化运动之所以能在社会上起到振聋发聩的影响,其具体的创造和建设之所以能够以另起炉灶的形态而显示实绩,正是有赖于这一舍旧

---

① 胡适:《新思潮的意义》,《新青年》第七卷第一号(1919年12月1日)。
② 陈独秀:《三答常乃悳》,《新青年》第三卷第一号(1917年3月1日)。
③ 陈独秀:《答易宗夔》,《新青年》第五卷第四号(1918年10月15日)。

取新的方法为大多数人普遍的接受与运用。

三是具体的程序。应该说,在新文化运动发生之初(如《青年杂志》创刊后的一两年中),思想革命(解放)的磅礴气势虽然业已显示,但一时却未有更大的社会影响力,而在1917年年初的"文学革命"的旗号的打出,由于为整个五四新文化运动寻找到了一个更为切实的突破口,作为一次空前伟大的思想解放运动的五四新文化运动,才进入了高潮并发生极为深广的社会影响。这种情况表明,思想解放运动也需要一个具体的切入点。如果说,新文化运动的倡导者如陈独秀起初对此还没有迅速地予以理论总结的话,那么,在紧接着兴起的具有相对独立性的"文学革命"中,其倡导者则及时地从理论上提出了"程序"说。

其代表人物是胡适,他明确表示:

> 我们认定文字是文学革命的基础,故文学革命的第一步就是文字问题的解决。……我们也知道单有白话未必能造出新文学;我们也知道新文学必须要有新思想做里子。但是我们认定文学革命须有先后的程序:先要做到文学体裁的大解放,方才可以用来做新思想新精神的运输品。①

如果换作从形式与内容的关系的角度来看问题,胡适的表述则是——

> ……形式和内容有密切的关系。形式上的束缚,使精神不能自由发展,使良好的内容不能充分表现。若想有一种新内容和新精神,不能不先打破那些束缚精神的枷锁镣铐。②

这样的一种"程序"观,显然是对"五四"前几十年中的中国近代思想文化史上的经验教训的又一深刻总结。对此鲁迅予以了充分的肯定

---

① 胡适:《尝试集·自序》,《新青年》第六卷第五号(1919年10月1日)。
② 胡适:《谈新诗》,《星期评论》纪念专号第5张(1919年10月10日)。

和强调,认为以倡导"白话文"为开端的五四文学革命,正是变"无声的中国"为"有声的中国"的第一步,鲁迅同时还驳斥"思想革新紧要,文字改革倒在其次"的那种"似乎也有理"的论调时说:

> 然而我们知道,连他长指甲都不肯剪去的人,是决不肯剪去他的辫子的。①

事实上也的确如此,唯其以"剪辫子"为目标的文学革命运动以"剪长指甲"为第一步,同样,唯其有文学革命的发动并取得实绩,思想革命也就得以进一步的深入,包括马克思主义学说也开始得到广泛的传播并逐步获得相当一部分知识分子的认同。②

另外,还值得指出的是,在关于"再造文明"的态度、方法和程序的问题上,五四新文化运动的倡导者还提出了"一点一滴"的进化或改良的命题。如胡适指出:"文明不是笼统造成的,是一点一滴的造成的。"③应该说,从学理上讲,这一意见是正确的,事实上,五四新文化运动的倡导者、先驱者和广大追随者也都对此有理论上的认同,如陈独秀说:"创造文化,本是一民族重大的责任,艰难的事业,必须有不断的努力,决不是短时间可以得着效果的事"④;鲁迅也强调:"要治这麻木状态的国度,只有一法,就是'韧',也就是'锲而不舍'。逐渐的做一点,总不肯休,不至于比'踔厉风发'无效的"⑤。尽管在"五四"之后的一段时间里的主流的思想文化观念对此有所否认,但这一思想方法实际上还在一定的范围内发生积极影响,这也正是"五四"新文化运动的精神并未完全中断的主要原因之一。

---

① 鲁迅:《三闲集·无声的中国》,1927年2月。
② 在"五四"之前,中国知识分子如梁启超,刘师培等人也曾介绍过马克思学说,但几无影响。除了当时中国人的思想接受水平的限制外,介绍者用文言也是重要原因之一。鲁迅在这一问题上似有切肤之感,他早年用文言译《域外小说集》,同样也毫无社会反响。
③ 胡适:《新思潮的意义》,《新青年》第七卷第一号(1919年12月1日)。
④ 陈独秀:《文化运动与社会运动》,《新青年》第九卷第三号(1921年5月1日)。
⑤ 鲁迅:《两地书·十二》,1925年4月14日。

四是关于实践上的努力。五四新文化运动的显著特点之一,在于理论与实践的统一:既在理论上提出那么多的问题,又在学术文化活动的实践中进行种种尝试性的解决。连结这两者的,乃是所谓"研究问题",用胡适的话来说:"再造文明的下手功夫,是这个那个问题的研究,再造文明的进行,是这个那个问题的解决。"①

"五四"时期所涉及的问题,也据胡适在《新思潮的意义》中的概括,至少有孔教、文学改革、国语统一、女子解放、贞操、礼教、教育改良、婚姻、父子、戏剧改良等。这些问题看起来琐碎,但却无一不触及中西文化的冲突,因而的确是中国人的"再造文明"所必须解决的。由于五四新文化运动的倡导者和先驱者不仅都是全面参战,而且也形成了整体上相一致的意见②,这对广大群众来说,就是一种十分切实的引导。从另一角度看,正因为广大群众(尤其是作为新文化运动的追随者的主体——知识青年)对此完全服膺,两者之间呈知识文化界精英与普通民众的思想沟通状,因而当时在"再造文明"方面就有上下一致的共同的自觉的实践。试看《新青年》上的大量的通信,各地纷纷组织建立新文化社团,以及在1918年中国国内一下子涌现出200余种白话报刊等盛况,足以证实这一点。显然,这样的真正意义上的思想文化的大变动的局面,是"五四"前所不可比拟的。

五四新文化运动期间,除了那些倡导者和先驱者,作为追随者的广大青年知识分子,他们在"再造文明"的实践中主要做了如下两件大事:

一是追求个性自由和个性解放,开始养成独立的人格,相应的举动如进行家庭革命,与封建主义旧家庭决裂,自主地解决婚姻问题,

---

① 胡适:《新思潮的意义》,《新青年》第七卷第一号(1919年12月1日)。
② 这种整体上相一致的意见,可参看《新青年宣言》,《新青年》第七卷第一号(1919年12月1日)。

同时也从事社会改造活动,其中,工学互助团的建立,勤工俭学的兴起,平民教育的实践等等,乃是最具代表性的。正是这种在人格和人生态度上对于新文化运动的精神的实践,"五四"一代的新知识分子便以与戊戌时代、辛亥时代知识分子所截然不同的文化心态而走上社会,他们中的相当一批人稍后也就接受了马克思主义。试看中国共产党和中国社会主义青年团的最早的一批成员的传记资料,他们无不吮吸过"五四"的奶汁。对于更多的"五四"一代知识分子来说,虽然他们后来主要是工作在学术文化领域,然而正是他们依据"五四"新文化运动培养起来的"再造文明"的文化使命感并本着从"五四"新文化运动中学习得来的现代科学态度和方法,坚持做着与世界文化潮流相衔接的工作。

二是从投身五四新文化运动的那一天起,就以自己的学业特长为新文化的建设("再造文明"的具体化)添砖加瓦。例如,顾颉刚、傅斯年等人对于中国现代史学发展的贡献,文学研究会和创造社诸子乃至其他新文学社团成员为文学革命创造出第一批经典性作品,稍后郑振铎、孙楷第等人对于中国古代文学史料的整理和研究,乃至金岳霖、贺麟等人对于中外哲学的研究的成绩,都在中国学术文化的现代化上留下了深刻印痕。试看一套《民国丛书》[①]其中有多少为《四库全书》或《四部备要》所没有也不可能有的新东西!

说到"五四"一代知识分子对于中国学术文化的现代化所作的贡献,不能不提到"整理国故"的问题。本来,胡适就是把"输入学理、研究问题、整理国故、再造文明"看作是一个完整的过程,"整理国故"也是达到"再造文明"的目的的一个手段与途径,其前提同样是运用"评判的态度"。[②] 这表明,胡适并不忽视中国的国情——文化传统的悠

[①] 《民国丛书》由上海书店从 20 世纪 80 年代开始编辑影印出版,凡三辑,每辑百部,其中绝大部分是五四新文化运动以来撰写出版的,其作者自然也大都是"五四"一代知识分子。

[②] 胡适:《新思潮的意义》,《新青年》第七卷第一号(1919 年 12 月 1 日)。

久与文化惰性的强大的交织,也承认在中国"再造文明"并非完全割断文化传统而只是对西方文明作横向移植。另外,这一主张的提出似乎也含有有意纠正五四新文化初期对待传统文化的某种偏颇倾向。总之,胡适强调的是用科学的精神整理民族文化遗产,既还其本来面目,又予以实事求是的评价,而这样做,也正可以既粉碎守旧分子的"国粹"论,又恰当地肯定或承袭民族文化遗产中的某些合理成分。胡适本人大体上实践了这一点,"五四"时代的新知识分子在人文科学诸领域的努力工作,从根本上说也是如此。这样,整个五四新文化运动在"再造文明"的实践方面的成绩,毕竟还是相当显著的。

总而言之,按照胡适晚年的说法:"我相信,为了给科学的发展铺平道路,为了准备接受、欢迎近代的科学和技术和文明,我们东方人也许必须经过某种知识上的变化或革命。"①可以这么说:当年的"五四"新文化运动,正是我们古老的国家和民族及其思想文化在迈向现代化过程中的"必须经过某种知识上的变化或革命"的最重要也最切实的一步。

最后还不妨简要说几句似是题外的话:

第一,五四新文化运动的伟大历史意义,本来已经是十分明确的

---

① 胡适:《科学发展所需要的社会改革》(1961年1月16日),转引自胡颂平:《胡适之先生年谱长编初稿》。引者案:关于"五四"以来中国的教育、科学和学术文化的进步,海外学者周策纵在《五四运动:现代中国的思想革命》(周子平等译,江苏人民出版社,1996年)一书中综合有关文献资料而指出:"……普及教育得以扩大,其他教育改革也开始实行,一般知识分子的生活和学术研究有了很大提高。……学校里越来越多地讲授现代知识,工业方面的职业训练开始与民族工业建立起更密切的联系。……西方的哲学和逻辑学被介绍进来,社会科学和新的史学编纂方法很快得到传播,现代经济学、政治科学和社会学开始在中国生根。……自然科学也取得显著的进步,大多数重要的中国自然科学研究会都是在1915年以后的10年间创立的,在生物学、地质学、古生物学、气象学、物理学和生物化学都取得了引人注目的进展。更为重要的是,科学的方法和态度比以前任何时期都广泛得到引入和采用。"另外,除了新文学外,"其他文艺形式,如绘画、雕塑、音乐"等也受到了"五四"新文化运动的巨大的影响。

了。然而近年来却多有学者对之表示质疑,其中,海外某些"新儒家"的意见影响大陆学人,当是事实。不管怎么说,此乃一种谙于中国近现代思想文化史的深切理解和把握的社会文化思潮,即新的文化保守主义。笔者坚持认为,文化保守主义,无论是"五四"时期的,还是当前的,都是阻碍中国"再造文明"的东西,当明确反对之。

第二,近来的一些学者对于五四新文化运动的否定,大都以夸大"五四"的缺点(某种历史局限)为切入点。其实,五四新文化运动的缺点都是在特定的社会政治文化背景中产生的,因而也都是值得理解的,因为其中或是矫枉过正,或是投鼠而未忌器,有的属思想论战的策略,有的则是为论敌所逼出来的。总的说来,五四新文化运动的若干缺点不足以构成全面否定"五四"的史实依据。至于称五四新文化运动造成中国文化的"断裂"云云,同样是没有根据的。

第三,五四新文化运动以来,中国的思想文化界在整体上发生了历史性的巨大进步,中国社会政治的变革与进步也以此为基础。这也是一个不争的事实。如果说,"五四"以来的中国社会政治变革和思想文化发展的过程中也多有曲折,其原因是多方面的,决非仅是五四新文化运动的某些缺点的消极影响问题。

第四,当然,五四新文化运动为中国"再造文明"而做的工作,在今天看来还是初步的。唯其如此,我们作为后人不应当去苛求它"开的花还不多"①,而是应该考虑如何精心地培育先驱者播下的种子。

1997 年 8 月

〔初刊《海上论丛》第三辑,复旦大学出版社,2000 年〕

---

① 胡适曾写有一首《小诗》:"开的花还不多,/且把这一树嫩黄的新叶,/当作花看罢。"(《晨报副刊》,1922 年 4 月 10 日),自有深刻的寓意。

五四新文化运动"偏激"说驳议[①]

在近二十年的时间里,海内外学术界对五四新文化运动多有所谓的"反思",由此获得的"共识"之一,乃是认定五四新文化运动严重存在所谓"偏激"的缺点。更有甚者,在竭力夸大这种缺点的同时,还通过对五四新思潮的对立面的不切实际的褒扬,把本在整个中国思想文化史上具有划时代意义的五四新文化运动视为一股"逆流"。[②] 问题既然被如此尖锐地提出,笔者作为吮吸"五四"思想奶汁长大的中国当代学人之一员,自然有责任站出来予以严肃的答辩。

一

五四新文化运动的基本性质是什么?笔者坚持认为:五四新文

[①] 标题为编者所拟,文章原题为《如何认识与评价五四新文化运动的所谓"偏激"问题》。

[②] 所谓"逆流"的判断,"反思"者自然不敢如此公开宣称,但根据他们的有关言论的逻辑可以推出。如有学者说,"五四"时期《东方杂志》杜亚泉对于《新青年》和陈独秀的思想攻击,表明杜氏"是在时代的潮流中,以其独立人格'力挽狂澜'"。参见胡晓明:《王元化答问录》(《文汇读书周报》1994年1月1日)。又,由许纪霖、田建业所编的杜亚泉纪念文集题为"一溪集",书名典出宋人杨万里诗句("万山不许一溪奔……浩浩荡荡出前村"),其含义当是认为杜亚泉的思想之溪曾为"大山"(陈独秀发起的五四新文化运动)所阻拦,这与上述王氏的话无疑是呼应的。

化运动是中国在由积贫积弱的封建主义的老大帝国转变为自觉追随世界文化潮流而走向现代化的历史进程中的一次最重要、最伟大,也是不可或缺的思想解放运动。这是因为,五四新文化运动的倡导者鉴于以往几十年里中国人对中西文化冲突的回应,只是先后停留在器具层次和政制层次而基本上没有触及(至少是没有特别强调)思想文化层次上的切实的启蒙工作(即重在根本上改变中国人的文化心态)的缺陷与不足,开宗明义地提出了"伦理的觉悟"为"最后觉悟之最后觉悟"之思想命题①,同时又明确地号召:"国人欲脱蒙昧时代,羞为浅化之民,则急起直追,当以科学和人权(民主)并重。"②而"科学与民主"旗帜的张扬,正是表明"五四"一代新人物比之他们的前辈更富有进取心和使命感,即通过冷静清醒地审视自鸦片战争以来半个多世纪的中国近代思想文化史的曲折道路,并深刻地总结其经验教训,终于为中国的现代化指出了方向,并寻找到了一个突破口和切入点。事实上,五四新文化运动的实际展开,也就为中国社会和思想文化的进步与发展奠定了牢固的基石,由此也在整体上构成了几千年来整个中国思想文化发展史上的一个革故鼎新、继往开来的重要环节。

五四新文化运动的这一基本性质,决定了其实际展开的主要内容之一,便是坚定而又坚决地对现实的那种足以阻碍中国社会变革和思想文化进步的中国思想文化传统予以彻底清算和扫荡,用胡适的话来说,就是"新文化运动的根本意义是承认中国旧文化不适宜现代化的环境,而提倡充分接受世界的新文明"③。相对而言,陈独秀说得更具体一些:"要拥护那德先生,便不得不反对孔教、礼法、贞节、旧伦理、旧政治;要拥护那赛先生,便不得不反对旧

---

① 陈独秀:《吾人最后之觉悟》,《青年杂志》第一卷第六号(1916年2月15日)。
② 陈独秀:《敬告青年》,《青年杂志》第一卷第一号(1915年9月15日)。
③ 胡适:《新文化运动与国民党》,《新月》第二卷第六~七号(1929年9月10日合刊,延期)。

艺术、旧宗教;要拥护德先生又要拥护赛先生,便不得不反对国粹和旧文学。"①

由此可见,五四新文化运动期间,新旧思潮的对立是一种基本的态势,两者之间难以调和,而这又是古今中外所有思想文化论战中的普遍现象,因为思想论战的本质和形态,事实上就是相对"偏激"的双方的短兵相接。既然如此,在时过境迁之后,只是去指责其中的某一方(甚至是代表了新的、进步的一方)在论战中表现过于"偏激",显然是可笑的。

当然,问题在于,代表了新的、进步的一方即五四新文化运动的倡导者、先驱和追随者们(以下简称"五四新人物")对于他们所竭力批判与清算的所谓"旧思想""旧文化"(即中国古代的"封建专制主义的思想文化传统")的内涵的把握与界定是否准确。诚然,"五四新人物"一度有过笼统的"打(倒)孔家店"之说,甚至对于整个过去时代的一切文学现象,也曾简单化地笼统斥之为"旧文学",并予以"桐城谬种""选学妖孽"之类的恶谥。但应该说,在一般情况下,"五四新人物"所激烈抨击的中国"封建专制主义的思想文化传统",主要是指以孔门儒学为代表的作为封建地主阶级主流意识形态的各种旨在维护封建专制主义的政治、伦理、道德和文化学说与观念,其中并不包括中国古代学术思想文化中的若干精华部分(如被正统儒家视为"异端"的有关学说,以及其他一些局部的带有某种程度的民主色彩的作品),甚至对于孔孟本人乃至中国儒学史上的若干代表性人物本身及其在历史上的地位与影响,事实上也有一定程度的具体分析与肯定,并且还表达了某种崇敬之情。以胡适为例,在其代表作《中国哲学史大纲》和《白话文学史》中,对于中国古代的思想文化(从逻辑到哲学)与文学(从民间文学到文人创作)的优秀成果的价值予以高度评价的段落,简直是不胜枚举。诚如有的研究者所指出的:《中国哲学史大

---

① 陈独秀:《本志罪案之答辩书》,《新青年》第六卷第一号(1919年1月15日)。

纲》一书,"作者每不失时机地彰显古代哲学中近似民主的观念和个人主义。如肯定墨子非命论中的自由意志,揭示杨朱'为我'的合理性因素,称扬'孟子的政治哲学很带有尊重民权的意味'等等",还"赞许孔子进取的人生态度,尤其对其知其不可而为之奋斗的精神特别予以张扬"①。同样,陈独秀在激烈批孔之时,事实上对于孔儒学说也有具体分析,并非一概否定,他所着力批判的只是被历代反动统治者所利用的那些部分,如他多次表达了这样的观点:"孔学优点,仆未尝不服膺,惟自汉武以来,学尚一尊,百家废黜,吾族聪明,因之锢蔽,流毒至今,未之能解;又孔子祖述儒说阶级纲常之伦理,封锁神州。斯二者,于近世自由平等之新思潮,显相背驰,不于根本上词而辟之,则人智不张,国力浸削,吾恐其敝将只有孔子而无中国也。"②他又说:"我们反对孔教,并不是反对孔子个人,也不是说他在古代社会无价值。不过因他不能支配现代人心,适合现代潮流,还有一班人硬要拿他出来压迫现代人心,抵抗现代潮流,成了我们社会进化的最大障碍。"③此外,陈独秀对于中国传统思想文化中的优秀遗产也是充分肯定的(并且不满于儒家对此排斥),如说:"墨氏兼爱,庄子在宥,许行并耕,此三者诚人类最高之理想,而吾国之国粹也。奈均为孔孟所不容何。"④上述材料表明,有的"反思"者抓住"批孔"的问题,在整体上指责"五四新人物"一方在论战中过于"偏激",无疑是缺乏充分和足够的事实证据的,他们在这一问题上采取的才是一种以偏概全的做法。

事实上,"五四新人物"所激烈批判(抨击、清算、否定、抛弃)的那些东西,其实主要是中国思想文化史上最落后反动,流毒也最为深

---

① 胡适:《中国哲学史大纲》,耿云志等导读,上海古籍出版社,1997年,第15页。
② 陈独秀:《再答常乃惠〈古文与孔教〉》,《新青年》第2卷第6号(1917年2月1日)。按,类似内容观点的答信稿,在《新青年》上发表的至少有4篇。
③ 陈独秀:《孔教研究》,《每周评论》第二十号(1919年5月4日)。
④ 陈独秀:《答李杰》,《新青年》第三卷第三号(1917年5月1日)。

广,尤其是在现实的社会政治生活与文化生活中仍然产生恶劣作用与消极影响的东西,而这恰恰又是旧的封建专制主义的思想文化传统的卫道者,以及五四新文化运动的其他各类反对者所竭力主张保存、维护和发扬的东西,即所谓的"国故""国粹"之类——统称"固有文明"。例如,被"反思"者们不负责任地吹捧的《东方杂志》的杜亚泉(伧父),当时在与陈独秀的论战中就曾经露骨地声称,"吾人在西洋学说尚未输入之时,读圣贤之书,审事物之理,出而论世,则君道若何,臣节若何……关于名教纲常诸大端,则吾人所以为是者,国人亦皆以为是,虽有智者不能以为非也,虽有强者不敢以为非也",此乃我国"固有文明"与"国基",换言之,足以构成"吾人今日在迷途中之救济"的"希望"的"固有文明"的主要内容成分即是"以君道臣节名教纲常为诸大端"的"儒术孔道"。① 这就意味着,"五四新人物"之所以激烈地批孔,在整体上并不"偏激",因为他们敏锐地认识到:孔儒的某些学说实际上成了中国历史上的封建专制主义旧思想旧文化的原典,并且还在为中国的反动社会政治的复辟与倒退张目。——无怪乎,在"五四"时期,胡适会义正词严地指出:"正因为二千年来吃人的礼教法制都挂着孔丘的招牌,故这块孔丘的招牌——无论是老店,是冒牌——不能不拿下来,捶碎,烧去!"②陈独秀则尖锐地追问:"以固有之文明与国基治理中国,他事之进化与否且不论,即此现行无君之共和国体,如何处置?"③而鲁迅也是针锋相对、旗帜鲜明地主张"从现在起,立意改变:扫除了昏乱的心思,和助成昏乱的物事(儒道两派的文书)"④。

我们现在回顾五四新文化运动期间"新旧思潮大激战"的史实,

---

① 伧父:《迷乱之现代人心》,《东方杂志》第十五卷第四号(1918年4月)。
② 胡适:《〈吴虞文录〉序》,原载《晨报·副刊》1921年6月20—21日,收入《胡适文存一集》,《胡适全集》第1卷,安徽教育出版社,2003年,第763页。
③ 陈独秀:《质问〈东方杂志〉记者》,《新青年》第五卷第三号(1918年9月15日)。
④ 鲁迅:《随感录(三十八)》,《新青年》第五卷第五号(1918年11月15日)。

如果承认中国思想文化传统中的主体性内容(即所谓"以君道臣节名教纲常为诸大端"的"儒术孔道")本身的反动性与腐朽性,同时也承认"五四新人物"所宣传的以"科学与民主"为核心价值观的"五四新思潮"属于先进的思想文化,那么,还有什么理由去指责"五四新人物"的"偏激"呢?

二

回顾五四新文化运动期间"新旧思潮大激战"的全局情况,我们并不讳言"五四新人物"在思想方法上的确存在某些缺点。对于这种缺点,亲历过五四新文化运动的毛泽东同志其实早就作过科学的、实事求是的分析。他说:"那时的许多领导人物,还没有马克思主义的批判精神,他们使用的方法一般地还是资产阶级的方法,即形式主义的方法。……他们对于现状,对于历史,对于外国事物……所谓坏就是绝对的坏,一切皆坏;所谓好就是绝对的好,一切皆好。"①现在的问题在于,有些"反思"者不去科学地考察分析当时之所以形成这些缺点的历史文化环境条件,而是采用形而上学的方法,机械地看问题,有的甚至还故意夸大了这种缺点。

关于这方面的问题,值得指出的至少有如下几点:

第一,五四新文化运动的倡导者对于当时这场启蒙主义(思想解放)运动的方向与目标的设计与规划在整体上是正确的。所谓方向与目标,用胡适的话概括说,即"研究问题,输入学理,整理国故,再造文明"②。这里最值得重视的是"再造文明"的问题,因为这是主张对

---

① 毛泽东:《反对党八股》,《毛泽东选集》第3卷,人民出版社,1991年,第832页。
② 胡适:《新思潮的意义》,《新青年》第七卷第一号(1919年12月1日)。按:这十六个字是胡适这篇文章的副标题。

中国思想文化传统的"否定之否定",这表明"五四新人物"之所以义无反顾地批判中国的封建专制主义的旧思想旧文化,其根本着眼点完全在于为本民族最终创造一种顺应世界历史潮流的新文化,以此取代(接续)曾经辉煌过而至今因种种原因却黯然失色的旧文明。显然,这样的文化憧憬,不仅在学理上贯通了文化的时代性与民族性,深沉的爱国主义立场与情感也得以充分体现。从逻辑上说,人们只要承认这一点,那么也就应该承认,"五四新人物"对于民族思想文化传统中的消极面的彻底清算,可谓"爱之深而责之切",非但不应指责,反而应予同情和理解。

第二,由上述胡适提出的十六字方针可知,"五四新人物"开展思想论战所持立场的出发点是"研究(讨论)问题",而这种"研究(讨论)问题"的根本立场与态度,就是"评判的态度",具体说来,因为认定"凡事要重新分别一个好与不好",所以,(1)对于习俗相传下来的制度风俗,要问:"这种制度现在还有存在的价值吗?"(2)对于古代遗传下来的圣贤教训,要问:"这句话在今日还是不错吗?"(3)对于社会上糊涂公认的行为与信仰,都要问:"大家公认的,就不会错了吗?人家这样做,我也该这样做吗?难道没有别样做法比这个更好,更有理,更有益的吗?"①

显然,这样的实验主义的态度和方法尽管与西哲尼采的"重新估定一切价值"的激进思想有相通之处,但至少在语调上和方式上比较平和,很难说是"偏激"的。

第三,有的"五四新人物"在当时的思想论战中发表了若干显得比较"偏激"的言论,在一定程度上,其实是出自论战策略的考虑。这是因为,当时旧思想旧文化的影响力还相当强大,其代表性人物又蛮不讲理,在这种情况下,主张变革(鼓吹新思潮)的一方,如果仅仅满足于所谓心平气和、慢条斯理、四平八稳、不偏不倚地讲道理,则如同

---

① 胡适:《新思潮的意义》,《新青年》第七卷第一号。

钝刀子割肉，大半天也不见血；相反，如果采取矫枉过正的态度，"语不惊人誓不休"，则必然发生重大社会影响，给人以剧烈的思想震动，由此取得以"深刻的片面性"与"片面的深刻性"相互影响的奇效，切实促进思想启蒙（解放）运动的深入发展。另外，对于"五四新人物"来说，这样一种策略方法的应用，事实上又可能是因为受到了所谓"国情"（即中国"国民性"的某种弱点）的启发引导——如鲁迅稍后所总结指出的那样："中国人的性情是总喜欢调和、折中的，譬如你说，这屋子太暗，须在这里开一个窗，大家一定不允许的。但如果你主张拆掉屋顶，他们就会来调和，愿意开窗了。没有更激烈的主张，他们总连平和的改革也不肯。"①由此可见，在那个不主张"拆屋顶"就难以"开窗户"的特定的历史文化环境里，"五四新人物"的那些类似"拆屋顶"的激烈主张，并非通常意义上的所谓"偏激"，而是完全可以理解的。

第四，还要指出的是，有的"五四新人物"在当时发表若干显得比较"偏激"以至不当的言论，在一定程度上，其实又是在激烈的论战过程中被对立面（五四新文化运动的各种反对者）逼（激）出来的。这是因为，在当时的论战中，作为五四新文化运动对立面的一方，全然不懂得思想文化论战的游戏规则，更遑论应有的"绅士风度"，而是采用泼妇骂街的方式，造谣污蔑，恶语相加，无所不用其极。在这种情况下，"五四新人物"在应战时不免显得天真、幼稚，尤其常常在"以其人之道还治其人之身"时不幸跌入了狡猾的对方精心所设的语言（理论逻辑）陷阱。如胡适在批驳"中国人何必吃外国药"的谬论时，曾经先回击了一句"这样的中国人，哼！"②可能是感到意犹未尽，所以后来在另外的文章中又说：中国人"这样又愚又懒的民族，不能征服物质，便完全被压死在物质环境之下，成了一

---

① 鲁迅：《三闲集·无声的中国》，人民文学出版社，1973年，第8页。
② 胡适：《文学进化观念与戏剧改良》，《新青年》第五卷第四号（1918年10月15日）。

分像人九分像鬼的不长进的民族"①。乍看起来,这样的话显然是过于偏激、刺耳的,似可扣以某种帽子。但是,我们如果结合着去读读鲁迅于五四新文化运动期间发表在《新青年》上的《随感录》诸篇,由此了解当时的旧思想旧文化的卫道者(即被鲁迅称为"民族自大狂"者)的种种体现"合群的爱国的自大"的奇谈怪论,那么就可以深切了解到:鲁迅也讲过的"不长进的民族"②的话,的确是"五四新人物"的激愤之语,它也的确是被论争的对方逼(激)出来的。不过同时要看到,"五四新人物"在说这样的话的同时,其实更着眼于"疗救方法"的问题。③ 唯其如此,如果说"五四新人物"果真有所谓"偏激"的缺点,那么首先应该承认这种缺点的性质,乃是在当时复杂的思想论战中未能精确做到投鼠忌器而已,所以实在不值得更不应该被夸大。

三

进一步考察五四新文化运动的所谓"偏激"问题,还必须指出的是:"五四新人物"在客观上出现过的某些"偏激"的情况,又正是首先由"五四新人物"阵营自身引起警觉,并且主动、自觉、公开地提出问题和着手解决问题(即"自我纠偏")的。这恰恰反映了"五四新人物"整体人格上的光明磊落。

例如,"五四新人物"当时所提出的一系列破旧立新的言论主张中,典型的"偏激"意见,莫过于钱玄同的"废除汉字"说,大体意思是:

---

① 胡适:《介绍我自己的思想》,系《胡适文选》(上海亚东图书馆,1930年12月)自序,又收入《胡适文存四集》,《胡适全集》第4卷,第666页。

② 鲁迅发表在《新青年》上的多篇《随感录》,后被编入杂文集《热风》,其中的《三十八》一篇专辟"合群的爱国的自大"问题,"不长进的民族"之语亦见该篇。

③ 鲁迅在《随感录(三十八)》一篇中直接点出关注"疗救方法"的问题。同样,胡适在《介绍我自己的思想》一文中表示,自己之所以"很不客气的指摘我们的东方文明",也是着眼于"我们如果还想把这个国家整顿起来,如果还希望这民族在世界上占一个地位"(《胡适全集》第4卷,第666、667页)。

中国封建主义的传统思想文化以古籍图书为物质载体,既然这些图书充满着思想毒素,就不如把它们都丢到茅坑里去。而又鉴于传统的思想是由汉字著录的,所以也就不妨废除汉字。① 对此,首先提出异议的是至少可被称为"五四新人物"的"亲密朋友"的任鸿隽,他在致胡适的信中说:"《新青年》一面讲改良文学,一面讲废灭汉文,是否自相矛盾? 既要废灭不用,又用力去改良不用的物件。"② 陈独秀当时公开发表了意见③,尽管简短,但还是委婉地表述了多层意思,尽可能地为钱氏的明显偏激的意见打圆场。其中可注意的是,第一,把"废汉字"主张追溯到康有为头上(因为康氏曾明确说过"必烧中国数千年之历史书传,俾无四千年之风俗以为阻碍");第二,把"汉语"与"汉字"相区分,强调"国语之所以不易废";第三,同意"先废汉文,且存汉语,而改用罗马字母书之";第四,把改用罗马字母书写汉字,视为文化的"进化"。现在看来,尽管这样的意见也未必完全可取,但在当时的情势下,由于陈独秀煞费苦心地为同阵营的人士的这一明显偏颇的主张尽可能地作了补救和纠正,所以在"五四"之后,国内语文学界所讨论的中心(焦点)问题,就从"是否废汉字"而转移到了"汉字改革是否走拉丁化道路"问题。

---

① 钱玄同:《中国今后之文字问题》,《新青年》第四卷第四号(1918年4月15日)。钱玄同在文章中说:"欲废孔教,不可不先废汉文;欲驱除一般人之幼稚野蛮的顽固的思想,尤不可不先废汉文。……欲使中国不亡,欲使中国民族为二十世纪文明之民族,必以废孔学、灭道教为根本之解决,而废记载孔门学说及道教妖言之汉文,尤为根本解决之根本解决。"

② 任鸿隽是胡适留美期间关系亲密的同学,1912年在美国与胡适一起发起成立"中国科学社",并出任具体负责人。1918年学成回国后,继续领导"中国科学社"的活动。1920年受聘到北京大学任教。任鸿隽当时是拥护"科学与民主"的,无疑属于"五四新人物",至少是"五四新人物"的友人。1918年,他写信给胡适,批评《新青年》所刊文章在观点上"自相矛盾"(这封信收入《胡适文存一集》,《胡适全集》第1卷,第90页),是一种善意的提醒,尽管在措辞上容易招人误解。事实上,鲁迅当时对任鸿隽的这些话就产生了严重误解,由此斥之为"戊派的爱国论"。参见《随感录(三十八)》,原刊《新青年》第五卷第五号(1918年11月15日),收入杂文集《热风》。

③ 陈独秀:《四答钱玄同(中国今后之文字问题)》,《新青年》第四卷第四号(1918年4月15日)。

又如，在五四新文化运动期间的"文学革命"论争中，陈独秀的确曾提出过一个偏激的主张："改良文学之声，已起于国中，赞成反对者各居其半。鄙意容纳异议，自由讨论，固为学术发达之原则，独至改良中国文学，当以白话为文学正宗之说，其是非甚明，必不容反对者有讨论之余地，必以吾辈所主张者为绝对之是，而不容他人之匡正也。"①应该说，就陈独秀而言，他在这前后，其实多次撰文提倡过"自由讨论""百家争鸣"，如他明确表示："本志自发刊以来，对于反对之言论，非不欢迎……（如）立论精到，足以正社论之失者，记者理应虚心受教。……讨论学理之自由，乃神圣自由也。"②而现在讲这样的话，只是反映了他的思想的矛盾而已。至于胡适，对于陈独秀的"不容他人之匡正"的主张，则完全是不赞成的。除了相应的公开的理论表述外，在实际的文化活动中，陈独秀等更有正确的举动。例如，北大学生张厚载，作为五四新文化运动的反对者，除了散布政治谣言之外，还坚决反对"戏剧改良"等主张，但是《新青年》还是发表了他所撰写的多篇文稿。③ 这仅仅是个案。事实上，在整个五四新文化运动期间，国内主要新闻媒体和舆论阵地（报刊）虽然大部分为"五四新人物"所创办与掌握，但这些报刊对于当时的新旧思想论争的反映，在整体上还是比较充分的。其主要原因，正是在于"五四新人物"在整体上并没有刻意追求在自己的阵地上完全封杀对

---

① 陈独秀：《再答胡适之〈文学革命〉》，《新青年》第三卷第三号（1917 年 5 月 1 日）。
② 陈独秀：《答崇拜王敬轩者〈讨论学理之自由权〉》，《新青年》第四卷第六号（1918 年 6 月 15 日）。
③ 张氏的《新文学与中国旧戏》发表于《新青年》第四卷第六号。另外，《新青年》第五卷第一号（即胡适负责编辑的"戏剧改良专号"）又把张氏的另一篇文章《我的中国旧戏观》以及一封为旧戏剧辩护的信稿《"脸谱"——"打把子"》作为"附录"发表。据张氏在《我的中国旧戏观》一文中说，该文正是应胡适要求——"把中国旧戏的好处，跟废唱用白不可能的理由，详细再说一说"——而写。实际上，陈独秀在《新青年》第 4 卷第 6 号发表的答张氏的信中也表示，对其旧剧观"愿闻其详"。

立面的声音。① 既然如此,指责"五四新人物""偏激",看来又是说不过去的了。

至于讲到"五四新人物"的自觉的"自我纠偏",其中最具全局影响和整体意义的,不能不首推胡适提出的"整理国故"的理论主张及其相应的实践活动。

应该说,随着"文学革命"论争的胜利,即白话战胜文言局面的形成,作为中国传统文化一个重要组成部分的"国学"("国故学")在社会上备受崇敬的情形,的确大为削弱,甚至在相当程度上还成为人们讥讽嘲笑的对象。在这种局面的形成过程中,某些"五四新人物"的不同程度的"偏激"言行曾起了一定的推波助澜的作用,那也是可能的。尽管从思想启蒙的角度看,此为值得夸耀的胜利,但按照纯文化的观点,即单从民族文化的必要的传承角度来说,似乎又未必是值得欣喜的,而这大概就是某些"反思"者所关注的可能造成所谓"文化断裂"的问题。问题的复杂性还在于,面对这样的情形,当时作为"五四"新文化运动对立面的旧思想旧文化的卫道者们,尽管依然迷恋于所谓的"国学""国故",而在实际上,他们中的大多数人只会说些不着边际的空话大话(如"保存国粹"之类)而已,本身则压根儿不具备对之做科学研究的起码的学术文化能力,更遑论什么传承发展问题。胡适作为"五四新人物"的领袖的高明之处恰恰在于,既然早有把"整理国故"视为"再造文明"的重要一环的文化设计,现在又适时地强调对于中国的文化遗产要"用科学的方法来做整理的工夫"②,期待学者们"打倒一切成见,为中国学术谋解放"③。

胡适提出"打倒一切成见",尤其具有明显的针对性。这是因为,

---

① 关于这方面的情形,可以参看中共中央马克思恩格斯列宁斯大林著作编译局研究室编《五四时期期刊介绍》。另外,对于《新青年》同人制造的"双簧信"事件,或许也可以从这一角度去解读。
② 胡适:《新思潮的意义》,《新青年》第七卷第一号。
③ 《胡适日记》,1922年8月26日,《胡适全集》第29卷,第725页。

对于主张"文学革命"的"五四新人物"一方,在思想方法上多少受传统的"目的热方法盲"的影响,对于中国传统思想文化往往有着"太旧(落后)"的成见,所以在整体上还不善于对之作具体的认真细致的分析,由此难以区分其中的精华与糟粕。关于这一点,从"五四新人物"的早期代表对于中国古代文学史上的所谓"十八妖魔"的全盘否定可见一斑。至于旧思想旧文化的卫道者一方(包括一般的旧学者),由于长期受以孔儒为代表的封建专制主义的政治思想和文化观念的影响,对于中国传统思想文化则往往持另一种相反的成见:至善至美,仿佛腐朽即神奇。很显然,这两种成见,其实都带有"偏见"的性质,都足以严重阻碍国人科学地认识丰富而复杂的民族文化遗产,由此也就根本谈不上本民族的学术文化的"解放"乃至发展问题。正是从这个意义上说,胡适着眼于"为中国学术谋解放"而提倡"打倒一切成见",运用"科学方法"来"整理国故",无疑是"五四"以来在学术文化问题上的一次重大的"纠偏"。

如果联系胡适对于"科学的方法"的倡导,以及胡适本人在"整理国故"工作中的具体实践及其所取得的具有重大示范意义的学术成果,人们显然可以进一步认识到:胡适的这一"纠偏"工作的更为深远的意义,乃是很好地规划了并且又切实地引导了"五四"以来的中国现代学术文化的进步与发展。例如,哲学方面,他对中国古代逻辑思想发展史的系统梳理,对于作为"印度佛教的中国化"的禅宗史轨迹的考订;史学方面,他对"古史辨"讨论的诱导;文学方面,他所建立的"中国古代小说研究"的学术主题以及"新红学"的提出等,对于"五四"以来的中国现代学术文化的各个专门学科的创建及其进一步发展,无不具有重大的意义。还要指出的是,引领"五四"以来的中国哲学社会科学各个学科的建立与发展的优秀、杰出的现代学者,主要是典型的"五四新人物"(如陈独秀、胡适、李大钊、鲁迅、郭沫若、顾颉刚、傅斯年、郑振铎、朱自清、闻一多、阿英等)以及他们的学生,而不是他们的对立面阵营中的人物(如林纾、辜鸿铭、章士钊等)。在如此事实面前,所谓五四新文化运动造成中国文化"断裂"的说法还能站得住脚吗?

在今天看来,五四新文化运动在另一个方面的确留下了遗憾,即由于某种原因,它的结束(中断?)似乎过早了一点①,以致"彻底的反封建"②的历史任务没能圆满完成。在现实的中国社会里,封建主义的思想残余之所以还在一定的场合发生消极影响,尤其是有的传媒还在打着"弘扬民族传统文化"的旗号公然有意无意地宣扬封建主义的思想意识,而人们对此也缺乏应有的警惕,一切盖源于此。因此,在纪念"五四"九十周年的时候,我们完全有必要强调一下:在沿着中国特色社会主义道路继续前进的过程中,为加强和推进我们的社会主义政治文明和精神文明建设,仍应高举"五四""科学与民主"的旗帜,继续清除封建主义的思想残余。

(2009年2月写定)

〔初刊《安徽大学学报》(哲学社会科学版)2010年第1期〕

---

① 关于这一点,胡适当年解释为"政治运动的干扰"(《胡适口述自传》)。近年来,人们一般依据李泽厚先生的理论,理解为"救亡压倒启蒙"。笔者认为,这一问题似还值得深入讨论。但不管何种解释更为合理,现在的人们至少值得对这样的事实表示遗憾:陈独秀创办于1915年的《新青年》杂志,根据其盟友如胡适的理解,本欲"在思想文艺上替中国政治建筑一个革新的基础"(《我的歧路》,《胡适文存二集》,《胡适全集》第2卷,第467页),并且也曾明确声称"批评时政,非其旨也"(陈独秀:《答王庸工(国体)》,《青年杂志》第一卷第一号),但毕竟还是以直接的政治原因,先遭受查禁,至1921年10月出至第九卷第六号后而停刊。

② 所谓"彻底的(不妥协的)反封建",本是中国学术文化界对于五四新文化运动的性质与意义的肯定性评价之语,但在近年来的所谓"反思"中,却成了一个备受指责和嘲讽的话头。现在,如果客观地说,把"彻底的反封建"视为五四新文化运动的立场与态度,当是符合历史实际的,但如果视为五四新文化运动已经达到的实际效果,则过于乐观了。

试论五四新文化运动爆发的历史必然性与合理性

——纪念五四新文化运动一百周年

近二十年以来,受海内外的新一轮文化保守主义思潮的影响,学界似乎热衷于对五四新文化运动进行所谓的"反思",而所谓的"反思"意见,集中到一点,即是认定五四新文化运动是"偏激"的(或曰体现了"激进主义"思潮),由此夸大五四新文化运动的缺点,同时则不切实际的抬高当年的五四新文化运动的对立面人物的思想主张的学理价值。①

对此,笔者完全不能苟同。在笔者看来,对于包括五四新文化运动在内的任何历史事件(现象)予以"反思",本属正当,问题在于需要持正确的思想理论立场、冷静客观的态度,以及科学的方法。而从某些所谓"反思"意见来看,却是明显的偏离了唯物史观和实事求是的精神。正是针对如此名曰"反思"实则否定五四新文化运动的论调,笔者已经撰写发表了若干论文明确表达了异议,②此不赘述。

---

① 这种情况的突出标志为1995年前后由某些人发起的纪念杜亚泉诞生多少周年的活动,活动期间的相关舆论几乎呈一边倒的态势。
② 参看拙稿《也来重新审视陈独秀与杜亚泉的论争》(《近代史研究》1995年第5期);《"五四"新文化运动"偏激"说驳议》(《安徽大学学报》(哲学社会科学版)2010年第1期)。

本文旨在通过对导致五四新文化运动爆发的具体社会历史背景（条件）的考察，论证五四新文化运动发生发展的历史必然性，以及同时所蕴涵的历史合理性，而正是这种必然性与合理性，又可以从另一角度解释五四新文化运动的所谓"偏激"问题。

一

从 1840 年的鸦片战争以来的近代中国社会历史进程看，接踵着诸如太平天国运动、洋务运动、甲午中日战争、戊戌维新及其政变、庚子事变、辛亥革命等重大历史事件之后，最重要的一次足以从根本上扭转中国历史走向的历史事件，无疑是五四新文化运动。① 换言之，五四新文化运动承上启下，从新的思想启蒙切入，由此深刻的施积极影响于政治、经济、外交与教育文化、伦理道德等各领域，全面促进了近代中国的新一轮的伟大的社会变革，也带动了中国社会的更大进步。可以说，中国社会大致随着五四新文化运动的发生发展而更切实地顺应世界文化潮流并步入现代化的道路（尽管尚是初步的，而且过程又是曲折的），所以中国在 20 世纪以来的历史性进步，其实是以五四新文化运动为又一转折性的开端的。②

---

① "五四新文化运动"是一个特定的也是广义的历史概念，学界一般认为其时间段自 1915 年 9 月陈独秀创办《新青年》杂志（爆发的标志）始，大致到 1925 年"五卅运动"前夜落幕，由此衔接"大革命（国民革命）运动"，这在习惯上又被称为"五四时期"。至于发生于 1919 年 5 月的北京学生爱国运动（史称"五四运动"），则是"五四时期"的一个具体的政治事件，其内涵与"五四新文化运动"有差异；还有"五四文学革命"，乃是在"五四时期"发生发展的一场新文学活动，由于其深刻体现"五四"新文化运动的根本精神，实际上又把"五四"新文化运动的发展引向深入，且自身的活动展开的内容具有相对的独立性，所以学界通常把"五四文学革命"视之为整个"五四新文化运动"的重要组成部分。本文即在上述意义上使用相关的名词概念。

② 关于整个"五四新文化运动"的价值、意义和历史作用与影响等问题，笔者也发表过一批论文提出了个人的观点，至今坚持不变。可参看：《五四与中国思想文化的进步》（《文汇报》1999 年 4 月 17 日）；《再造文明的必由之路——对于五四新文化运动的伟大历史意义的再认识》，收入《海上论丛》（三），复旦大学出版社，2004 年。

唯物史观认为,研究任何历史问题,需要把问题提到一定的历史范围。因此,欲对五四新文化运动进行"反思",亦理当如此。换言之,具体考察五四新文化运动,首先值得关注的是其爆发的社会历史背景,或曰当时中国已形成(具备)的历史条件。

在笔者看来,五四新文化运动的爆发,具有历史的必然性。这是因为,当时("辛亥革命"之后,史称"民元时期")的中国社会呈现出了若干明显区别以往的即新的社会景象,其中最主要的有如下三端——

第一,辛亥革命推翻了封建帝制,建立了体现"民主共和"精神的社会政治体制。尽管"辛亥革命"并不彻底,"民主共和"的精神也并未真正得到贯彻,离国人所期待的"民主政治"还有很大的差距。但是,即使如此,即使辛亥革命的胜利在相当程度上还只是体现在空洞的形式方面,但这一新构建的现实政治局面毕竟有着巨大的积极意义,因为一举结束箝制国人思想达两千余年之久的专制主义政治,极大的解放了国人的思想、改变了国人的观念,由此也将必然使得国人的各种创造能力获得大释放。例如,由于"民主共和"观念深入人心,任何欲复辟专制主义的封建帝制的言行必然招致全国全民的一致反对与抵制,袁世凯与张勋的可耻下场都证实了这一点;另外如,民元时期已一度有"党派政治局面"的出现,甚至有的党派还努力践行"政党政治"(虽然是失败了)。再说,从普遍的社会情况看,正因为随着皇帝的下台,传统的"文字狱"之类也不兴了,被写上《中华民国临时约法》的所谓"言论自由"一条至少得到了相当程度的落实与保障。仅就这一点而言,标志当时的中国社会已经多少步入了现代政治环境(不幸的是再后又有大曲折),这就为整个民族、国家与社会的发展进步与新的变革,提供了最基本和必需的前提条件,——世界范围的各国的思想文化发展史对此也反复证明。胡适曾经指出:"满清帝室的颠覆,专制政治的根本推翻,中华民国的成立。这个政治大革命虽然不算大成功,然而它是后来种种革新事业的总出发点,因为那个顽固腐败势力的大本营若不颠覆,一切新人物与新思想都不容易出头。"① 显然,这里虽是谈论"五四文学革命",但也完全适合于对整个五四新文化运动所处政治环境的分析。

第二,自鸦片战争以来,"西学东渐"步伐加快,在短短的几十年时间里,西方在此前几百年中发展和形成的一整套近代资本主义的意识形态(社会政治文化学说),从"天赋人权""自由平等博爱"到"契约论"乃至"乌托邦"等,大致被系统而完整的介绍到古老的中国,期间虽然有中西文化冲突现象(如各种"教案")的发生,但从整体上看,国人对于"西学"是逐步接受的,岂止是接受,在相当程度上还积极仿效实行,并且在不断总结经验教训的基础上有所改进。例如先有"洋务运动"的自觉开展,而在认识到其"变器不变道"的局限之后,转而追求政治体制的变革,至于政治体制变革的方法途径,在"维新变法"(英日式的"不流血的革命")的尝试遭遇失败之后,紧接着又走法国式的"流血的革命"的道路(即"辛亥革命")。而"辛亥革命"以来的社会现实并不令人满意,所幸此时"西学东渐"的文化影响仍处于持续发酵阶段,何况"西学"中又不断形成和产生新的东西,如美国的"实验主义哲学",甚至苏俄式的"社会主义"之类,当它们也以某种形态与途径被介绍到中国之后,同样将发生重大的影响,即被国人视之为变革中国社会现实的一种思想武器。

第三,中国现代知识分子的思想成熟。中国进入近代社会以来,与中国社会从经济基础到上层建筑各领域的全方位的变革相适应,传统的封建士大夫开始自觉或不自觉的向现代知识分子转化,尤其是新式教育事业的发展(其中包括各种形态的海外留学),加上国内

---

① 胡适:《中国新文学大系——建设理论集——导言》,转引自赵家璧主编:《中国新文学大系——建设理论集》,上海良友图书公司,1935年,第16、21页。

其他文化事业的现代化推进(主要是近代传媒机构的剧增,以及其他自由职业岗位的大量涌现),一支现代知识分子的队伍由此形成。更重要的是,这批现代知识分子大都经历了戊戌维新运动的风风雨雨,又普遍接受了辛亥革命运动(包括与之有密切联系的"立宪运动")乃至"二次革命"的洗礼,在思想上也趋于成熟,虽然他们大抵属于(民族)资产阶级与小资产阶级阵营,但却是那个时代的先进生产力与先进思想文化的代表。这种思想成熟的主要标志是:他们在理智的接受"西学"的同时,能够以清醒的现实主义态度审时度势,由此牢固的确立了自身的社会责任感,而且这样的社会责任感又不仅仅局限在社会政治方面,像同盟会会员那样追求"毕政治革命社会革命于一役",而是在明确自身具有"救亡"的社会政治职责的同时,还确立了一种深沉的文化使命感,即致力于中国新文化的建设,以为中华民族的复兴与进步、为中国社会顺应世界历史文化潮流即真正的走向现代化而打下一个切实的基础。① 这种情况表明,到民元时期,以知识分子为代表的中国人民对于中国社会变革的切入点的寻找、择选与确立,大致已从政治体制转移到了思想文化领域,这是对"辛亥革命"的经验教训的最深刻的总结,也是对"辛亥革命"的某种历史局限性最切实的补正。

　　上述三大景象也可以说是当时的三股新的社会力量,而三者的综合,即是构成了民元时期刺激与诱导五四新文化运动爆发的客观的实际的历史条件。应当说,这样的历史条件乃是反映了一定历史阶段的社会经济基础与上层建筑的互动,是所谓的"天时"(20世纪初,中国的"辛亥革命"后的乱世)、"地理"(处于社会转型的又一转折点的中国)、"人和"(中国现代知识分子的成熟)三者的

---

① 这样的文化使命感,由五四新文化运动的代表性人物胡适表述得最为完整与准确,其主旨可以归结到一点即为祖国"再造文明"。参见拙稿《论胡适的文化使命感》,《徐州师范大学学报》(哲学社会科学版)2011年第3期。

"合力"所促成的一种历史性的"势",唯其有如此的社会历史条件,唯其有如此的"势"的刺激、牵引、催发,就有五四新文化运动的合乎历史发展逻辑的爆发。这也正是五四新文化运动爆发的历史必然性。

二

西哲说,凡是存在的即是合理的。如作逻辑的演绎,那么也可以说,凡是必然(发生)存在的事物,更是绝对合理的。根据上文的论述,对于五四新文化运动无疑也可以作如是观。换言之,正因为五四新文化运动的爆发具有历史必然性,所以同时表明它也具有历史的合理性。

关于这种历史的必然性与合理性的融合问题,可以通过具体考察五四新文化运动爆发的标志性事件(即陈独秀为何以及怎样创办《新青年》杂志)①来获得认识与理解。这一标志性事件的基本史实是:

1913年年初,"二次革命"兴起,曾参加过辛亥革命并出任皖督柏文蔚的秘书长的陈独秀又追随柏文蔚兴兵讨伐袁世凯,兵败后离安庆抵芜湖时,曾为当地军阀龚振鹏拘捕,经友人营救获释,潜回上海,一度闭户读书;次年夏,再赴日本(流亡性质),期间曾协助章士钊编辑《甲寅》杂志,又一度参与"欧事研究会"的反袁活动;1915年6月回国,居上海,继续从事反袁的政治活动。期间,经过深刻的人生思索,对于"救国"与"革命"问题有了新的理解与认识,即开始获得"最后觉悟之最后觉悟",由此也选择了更为切实的途径与方法:从对国人进行新的思想启蒙入手。于是,陈独秀立即联

---

① 陈独秀创办的杂志,最初刊名为《青年》,自第二卷以后改称《新青年》。本文称陈氏"创办《新青年》杂志",系沿用通常的说法。

系友人,着手创办旨在鼓吹"科学与民主"的新报刊,同年9月,《青年》杂志于上海问世。①

这里首先值得考察的是陈独秀的思想状况,尤其是所谓"最后觉悟之最后觉悟"的思想政治内涵。由"选学妖孽"到"康党"再到"乱党"的陈独秀,在他身上典型的体现了"五四"一代中国现代知识分子的思想演进的历程。以他们的深沉的爱国主义立场与坚定的拥护革命的政治思想倾向,自然能够积极投身辛亥革命和"二次革命",以及稍后的反袁政治活动。就1915年前后国内兴起的反袁活动而言,其具体的政治背景(或曰"诱发点""针对性"),除了国人获知袁世凯拟接受日本政府提出的旨在灭亡中国的"二十一条"而群情激怒之外,更在于袁世凯为恢复帝制而倡导"尊孔读经"的一系列举动(其中主要是把"尊孔"条款写入"天坛宪法"草案,拟以"孔教"为"国教"等)引起了国人的相当的政治警惕。当时陈独秀的政治警惕的思想逻辑是:"今吾国之患,非独在政府。国民之智力,由面面观之,能否建设国家于二十世纪,夫非浮夸自大,诚不能无所怀疑。"因为在陈独秀看来,中国人的国民性有太多弱点,而这些弱点"无一而非亡国灭种之资格,又无一而为献身烈士一手一足之所可救治"。唯其如此,陈独秀认为对于国人作切实的思想启蒙使之获得伦理上的"最后觉悟之最后觉悟"乃是救国之要道即"根本之救亡"。(这一点正是陈独秀创导新文化运动的思想基础和出发点。)另外,对于新的思想启蒙的具体内容,陈独秀的设计又是有破有立,即一方面批孔,旗帜鲜明地清除以儒学为主体的中国传统思想文化对于中国社会历史发展的消极影响以及对于国人的思想腐蚀,另一方面则具体明确地引入西学中最有普世价值的思想成

---

① 在海内外出版的几种陈独秀传记中,对于陈独秀早年活动踪迹的记述或有抵牾,但关于这一段史实,各文本记述则是一致的。至于更为详细具体的描述,可参见拙著《终身的反对派——陈独秀评传》,青岛出版社,1997年。

分,号召"国人而欲脱蒙昧时代,羞为浅化之民也,则急起直追,当以科学与人权并重"①。

由此可以认识到,陈独秀当时所作的选择,即暂时离开实际的政治斗争而专事思想启蒙,其思想水平并非由革命派而退回到维新派的立场,而恰恰是退一步而进两步,即期望通过发动一场较之戊戌维新更深刻的思想启蒙运动,从更深广的思想文化背景上来寻找改造中国的突破口,也以此来补正辛亥革命的某些不足。② 从这一意义上说,陈独秀倡导五四新文化运动,实际上是对从康有为到孙中山的前辈思想家、政治家在探索中国社会改造的途径与方法问题上的一种发展创新,也标志着中国近代思想文化史的发展轨迹的合乎逻辑的突破式的延伸,自然是具有历史的必然性与合理性的。

其次,陈独秀发动新的思想启蒙运动而主要采用创办杂志的方法,这里也具有多种必然因素。例如,鸦片战争以来,受来华传教士活动(其中一条是大量创办报纸杂志)的启发,中国知识分子也认可了这种思想传播形态,所以近代传播媒介的发展极为迅速,而在具有

---

① 陈独秀之语,分别见陈氏文《爱国心与自觉心》(1914年11月10日)、《《我之爱国主义》,1916年10月1日)、《敬告青年》(1915年9月1日)。转引自《陈独秀著作选》第一卷,上海人民出版社,1993年,第118、207、135页。

② 所谓"暂时离开实际的政治斗争",佐证材料是陈独秀在《新青年》上发表的通信,其中明确表示"本志主旨,固不在批评时政"。参见陈独秀:《答顾克刚(政治思想)》,转引自上揭书,第331页。而关于陈独秀有意汲取辛亥革命的经验教训问题,他当时似乎未作明确的表述,但后来在总结辛亥革命的经验教训时则明确指出:革命党人"只看到军事行动在革命上有价值,办报只不过是无聊文人混饭吃的把戏",殊不知"只专力军事行动不做民众宣传这一点","是辛亥革命失败的原因"。参见陈独秀:《辛亥革命与国民党》(1924年10月8日),转引自《陈独秀著作选》第二卷,第792页。顺便说,后来孙中山本人对于五四新文化运动的价值意义的肯定性认识也正是由此着眼的,如他曾说:"此种新文化运动,在我国今日,诚思想界空前之大变动。推原其始,不过于出版界之一二觉悟者从事提倡,遂至放大异彩,学潮弥漫全国,人皆激发天良,誓死为爱国之运动。倘能继长增高,其将来收效之伟大且久远者,可无疑也。吾党欲收革命之成功,必有赖于思想之变化,兵法'攻心'、语曰'革心',皆此之故。故此种新文化运动,实为最有价值之事。"参见孙中山:《与海外国民党同志书》(1920年1月29日),收入《孙中山全集》。

一定的言论自由的政治文化环境中,创办杂志较之以办教育之类,确实是一种最简便的、最具操作性的、同时最易于见到实效的方式。就陈独秀而言,他早就从事过新闻出版工作(如曾主编过《安徽俗话报》《国民日日报》等),而且他当时身居上海这个属于国内近代媒介最发达的大都市,而他的社会关系中,又多有新闻出版界的从业人员(如承印《新青年》的上海群益书店的老板陈子沛兄弟,以及上海亚东出版社的老板汪孟邹等),再加上他的朋友圈子中又有一批现成的高水准的撰稿人。① 唯其如此,对陈独秀来说,新办一份杂志简直是轻而易举得心应手的。这是陈独秀一旦决定从事新的思想启蒙运动而《新青年》得以在短时间内迅速问世的具体原因,不消说,其深层次的文化背景也正是可以由历史的必然性与合理性的角度予以解释。

三

从近年来的对于五四新文化运动的所谓"反思"意见看,认定其体现"激进主义"的主要理由之一,不外乎在于判断五四新文化运动对于中国传统思想文化采取了全盘否定的态度。诚然,客观地说,五四新文化运动在思想方法上多少存在某种片面性的缺点,即如毛泽东同志曾经分析指出的那样:"那时的许多领导人物,还没有马克思主义的批判精神,他们使用的方法,一般地还是资产阶级的方法,即形式主义的方法。……他们对于现状,对于历史,对于外国事物,……所谓坏就是绝对的坏,一切皆坏;所谓好就是绝对的好,一切皆好。"②但是,也应当说,近期某些学者的所谓"反思"意见,其实主要

---

① 《新青年》最初两卷的主要撰稿人有汪叔潜、陈瑕、李亦民、高一涵、易白沙、刘叔雅、高语罕、李大钊、胡适、吴稚晖、马君武、苏曼殊、杨昌济、吴虞和陶履恭以及谢无量等,应该说他们中的绝大多数属于那个时代的进步的新知识分子的精英人物。
② 毛泽东:《新民主主义论》,转引自《毛泽东选集》第3卷,人民出版社,1991年,第788—789页。

是一种文化上的"趋时"态度的表现,因为国内的主流媒体近年来对于中国传统思想文化的价值判断发生了重大转变。[①]

有鉴于此,似有必要正面回答一个问题:当年的五四新文化运动对于以儒学为主体的中国传统思想文化的彻底批判否定,这样的举动本身也是否也具有历史的必然性与合理性?笔者坚持认为:即使从学理角度作观照,答案也应该是肯定的。这是因为:

第一,据五四新文化运动的倡导者解释:五四新文化运动之所以坚决彻底的批判否定以儒学为主体的中国传统思想文化,其思想出发点是鉴于其具有太多的弊端,而且现实影响在各方面又都是明显恶劣的,如陈独秀说:"吾国学术思想,尚在宗教玄想时代,故往往于欧西科学所证明之常识,尚复闭眼胡说,此为国民根本大患,较之军阀跋扈犹厉万倍,况复明目张胆,倡言于学校,……诚学界之大辱。"[②]而胡适稍后也归纳总结说:"新文化运动的根本意义是承认中国旧文化不适宜现代的环境,而提倡充分接受世界的新文明。"[③]显然,如果承认"五四"前夜中国主流思想文化界的整体性落后与黑暗,那么五四新文化运动着力清算以儒学为主体的中国传统思想文化,实在是一个思想启蒙(解放)运动的题中应有之义。所以鲁迅当年就提出一个有力的诘问:如果以儒学为主体的中国传统思想文化果真

[①] 1949年以来,受现实政治影响,国内主流媒体对于中国传统文化的价值判断多有变化:1965年之前,大致有区分"糟粕与精华"以及"批判继承"之说;"文革"时期则基本上予以否定,只是一度主张所谓的"评(尊)法批儒";"文革"结束以来,大致返回1965年前的立场;20世纪90年代初以来,开始改而持基本肯定的态度。不妨说:与之相适应,对于"五四"新文化运动的价值意义的评价意见,也是有所反复的,主要表现为根据时事政治而强调(肯定)其不同的侧面,如1965年前,主要强调"反帝反封建";"文革时期"主要强调"文化革命"和"批孔";1978年以来,突出"思想解放"和"科学与民主";而90年代以来,开始所谓的"反思"。笔者按:中国当代的思想文化的"语境"有其显著的特殊性(不确定性),鉴于五四新文化运动实属史学研究的对象,凡是严肃的学者,无疑应坚持独立思考而拒绝"趋时"。
[②] 陈独秀:《答汤尔和〈学术思想〉》,转引自《陈独秀著作选》第一卷,第379页。
[③] 胡适:《新文化运动与国民党》,收入《胡适论学近著》,商务印书馆,1935年。

如"国粹派"所夸饰的那么"特别而且好,又何以现在糟到如此地步,新派摇头,旧派也叹气"?①

第二,五四新文化运动的倡导者们的一个基本的思想观念是:思想文化问题与政治问题是相关联的,两者存在一定的因果关系,换言之,思想文化传统往往是政治问题的"根子"或"祖宗",所以为改革不良政治,有必要先从根本上解决思想根子的问题。例如陈独秀强调"今欲革新政治,势不得不革新盘踞于运用此政治者精神界之文学……"②这里虽然就"文学革命"问题立论,但揭示的乃是整个"五四"新文化运动的最基本的思想逻辑,其合理性显然不难理解。

第三,那么五四新文化运动又为什么集中力量"打孔家店"?这就涉及五四新文化运动的倡导者们对于以儒学为主体的中国传统思想文化本身的分析认识问题。应该说,他们的这方面的意见大体是辩证的,如陈独秀当时就明确指出:"孔教为吾国历史上有力之学说,为吾人精神上无形统一人心之具,鄙人皆绝对承认之,而不怀丝毫疑义",但问题在于"秦火以还,百家学绝,汉武独尊儒家,厥后支配中国人心而统一之者,惟孔子而已。以此原因,二千年来讫于今日,政治上、社会上、学术思想上,遂造成如斯之果","今不图根本之革新,仍欲以封建时代宗法社会之孔教统一全国之人心,据以往之成绩,推方来之效果,将何以适应生存于二十世纪之世界乎?"③换言之,对于孔儒学说:"吾人所不满意者,以其为不适于现代社会之伦理学说,然犹支配今日之人心,以为文明改进之大阻力耳。"④这里值得重视的是,"五四新人物"在论述这一问题时,反复强调关注如何使国家民族"适应生存于二十世纪之世界"的问题,也反复指出孔儒思想学说已不适应于新的社会时代的问题。这就表明,五四新文化运动对于中国旧

---

① 鲁迅:《随感录·三十五》,收入《热风》,人民文学出版社,1981年。
② 陈独秀:《文学革命论》,转引自《陈独秀著作选》第一卷,第263页。
③ 陈独秀:《答俞颂华(宗教与孔子)》,上揭书,第279—280页。
④ 陈独秀:《再答俞颂华(孔教)》,上揭书,第309页。

文化的批判,完全是基于社会进步发展的立场,合理而正确。另外,胡适当时也曾解释说:五四新文化运动之所以集中批孔,主要是鉴于历来的反动势力无不挂"孔丘的招牌",于是不得不把这"招牌"取下并砸碎。① 这一切表明,无论从思想政治的是非抉择,还是从思想论争的策略方法角度看,五四新文化运动的着力"批孔"都是合理的。至于胡适后来的另一番的分析解释:"国内一班学者文人并非不熟悉中国历史上的重要事实,他们所缺乏的只是一种新的看法。譬如孔子,旧看法是把他看作'德侔天地、道冠古今'的大人物,新看法是把他看作许多哲人里面的一个,把孔子排在老子、墨子一班哲人之中,用百家平等的眼光去评量他们的长短得失。"②这更是表明,五四新文化运动的"批孔"(实质为革除传统的"尊孔"思想观念),即使从纯粹学理角度看,同样是合理的,何况其中还凸显了一种科学的方法论意义。

进一步说,回顾近代中国思想文化发展史,鸦片战争以来,尤其是自甲午中日战争之后,面对具有古老文明的"泱泱大国"竟然再三败于西洋或东洋的"蕞尔小国"的令人难堪的现实,国人普遍地开始了某种程度的"民族反省",后经梁启超的深入阐发,这种思想反省渐趋深入,并主要扩展到思想文化领域,到"五四"前后,遂有"民族文化反省"思潮的充分发展。因此,五四新文化运动集中批判以儒学为主体的中国传统思想文化,正是这一思潮的具体反映,或者说,作为这一思潮发展的派生现象,它的实际意义与影响又都是积极的③,诚如鲁迅当年所说:"多有不自满的人的种族,永远前进,永远有希望。多

---

① 参见胡适:《吴虞文录序》(收入《胡适文存》),胡适在此文中也有一个有力的诘问:"何以那种种吃人的礼教制度都不挂别的招牌,偏爱挂孔老先生的招牌呢?"
② 胡适:《中国新文学大系——建设理论集——导言》,转引自赵家璧主编:《中国新文学大系——建设理论集》,上海良友图书公司,1935年,第16、21页。
③ 参见拙稿《试论近代中国的"民族反省"思潮》,《复旦学报》(社会科学版)1993年第3期。

有只知责人不知反省的人的种族,祸哉祸哉。"① 唯其如此,应该说,五四新文化运动当年对于以儒学为主体的中国传统思想文化的批判,尽管在今天看来可能有些不那么准确之处,但从总体上说,不仅其社会政治方面的历史必然性和合理性值得肯定,而且从学理上关照,同样具有不容忽视的基本的合理性。

综上所述,那种根据今天的主流媒体的因故而改变了的价值观去衡量并由此否定在历史上必然出现的并且也在历史上起到了积极意义的学理性意见,显然不是一种科学的态度。

(2014 年 10 月)

〔提交国内召开的学术讨论会论文,2015 年〕

---

① 鲁迅:《〈随感录〉六十一·不满》,收入《热风》,人民文学出版社,1981 年。

辑二
中国现代作家研究

也来重新审视陈独秀与杜亚泉的论争

在杜亚泉诞生 120 周年(1993)前后,学术界除了召开纪念性学术会议之外,还发表了一系列论文,大多数论文无不重提杜亚泉与陈独秀在"五四"时期关于中西文化问题的论争,其"再评价"的结论之一,便是充分肯定杜氏文化思想的深刻性,同时认定陈氏文化思想的缺陷。如高力克先生说:杜氏在这一论争中以"多元论文化观提出了一个被'五四'主流思想界所轻忽的重要课题:文化的民族性以及现代化中的文化认同问题。杜的多元论文化观是对新青年派之文化进化论范式的补正",换言之,杜氏的"东西新旧"调和论(即文化"统整"说)所建立的"新文明模式",比之有激进主义倾向的"新文化运动之'科学民主'模式,显然更为深刻而宏伟。"①

对于这样的观点,笔者是难以苟同的。可以商榷的问题很多,本文仅就如何认识陈杜论争的性质以及如何分别为陈独秀、杜亚泉在中国近现代思想文化史上定位的问题,简要地提出如下的意见。

---

① 均见高力克:《杜亚泉与陈独秀东西文化论争再评价》,《文汇报》1994 年 1 月 2 日;《重评杜亚泉与陈独秀的东西文化论战》,《近代史研究》1994 年第 4 期。

一

　　从陈杜论争的基本线索及背景来看,自陈独秀创办《青年杂志》(《新青年》)倡导"科学与民主"由此发动新文化运动以来,杜亚泉便在《东方杂志》发表一系列文章,如《静的文明与动的文明》(1916.10)、《战后东西文明之调和》(1917.4)、《迷乱之现代人心》(1918.4)和《功利主义与学术》(1918.6)等,明显地反对新文化运动的思想主张,尤其着重指责新文化运动的倡导者对于西方近代的进步的社会政治文化学说的输入和对于以儒学为代表的中国封建主义传统思想文化的清算。尽管杜氏的意见基本上是学理性的,但实际作用却与社会上的其他非学理性的守旧派人物的言论态度相呼应,由此构成了新文化运动的阻力。唯其如此,陈独秀除了发表著名的《本志罪案之答辩书》(1919.1)作出总回答外,还有针对性的发表《质问〈东方杂志〉记者》(1918.9)。杜亚泉的反应则是针锋相对地以《答〈新青年〉杂志记者之质问》(1918.12)作反诘,同时更为系统地阐述了自己的观点。在这种情况下,陈独秀又发表《再质问〈东方杂志〉记者》(1919.2),进一步批判杜亚泉的言论,论争至此达到高潮。由此可见,陈杜之间的论争,本是杜氏挑起的,杜的文化思想,完全是作为新文化运动的对立面而出现的。换言之,这一论争并非如稍后的"问题与主义"论争是在新文化运动阵营内部展开的,因而不具有内部论争的性质,高力克先生认为杜氏文化思想"当属20世纪新文化运动之重要一翼"[①],这样的说法显然不符合事实。

---

　　① 均见高力克:《杜亚泉与陈独秀东西文化论争再评价》,《文汇报》1994年1月2日;《重评杜亚泉与陈独秀的东西文化论战》,《近代史研究》1994年第4期。

二

稍稍具体地分析杜亚泉的文化思想,可以认为,它的确是一种反进步反革新的"文化保守主义"。杜氏在其代表作《迷乱之现代人心》中说:"吾人在西洋学说尚未输入之时,读圣贤之书,审事物之理,出而论世,则君道若何,臣节若何,仁暴贤奸,了如指掌;退而修己,则所以处伦常者如何,所以励品学者如何,亦若有规矩之可循。虽论事者有经常权变之殊,讲学者有门户异同之辨,而关于名教纲常诸大端,则吾人所以为是者,国人亦皆以为是,虽有智者不能以为非也,虽有强者不敢以为非也",至于西洋学说,杜氏认为"今日种种杂多之主义主张,皆为破坏以后之断片。不能得其贯串联络之法,乃各各持其断片,欲借以贯彻全体,因而生出无数之障碍"。由此出发,杜氏认为,西学东渐以来乃至五四新文化运动以来中国思想界所出现的混乱,责任与根源在于西学的输入,对此"迷途","救济之道,在统整吾固有之文明",而所谓"吾固有之文明",则是"君道臣节名教纲常诸大端"。应该说,就这种主张来看,既然如此否定西学东渐以来的中国近代思想文化界的进步,实际上要比20世纪初的维新派——改良派的思想水平还要落后,因为它所承袭的不过是"国粹派"的文化观。当然,杜氏同时也有某种"调和论"的观点,如上述那篇文章还写道:"西洋学说之输入,夙为吾人所迎。"不过杜氏在《静的文明与动的文明》一文中又表示:"尽力输入西洋学说"的目的应"使其融合于吾固有文明之中",因为"吾国固有之文明,正足以救西洋文明之弊,济西洋文明之穷者"。在这里,杜氏的"调和论"的实质,无疑是一种建立在"严夷夏之大防"的传统观念上的以中国传统文化为本位的"同化论",即主张以中学去"同化"(腐蚀性地改造)西学。也正因为如此,杜氏实际上又沿袭了"国粹派"的另一个观点,即所谓"中国有精神文明,西方只有物质文明",如杜氏说:"西洋人于物质上虽获成功,得致富强之效,而其精神上之烦闷殊甚。"

三

再看陈独秀"五四"时期的文化思想。陈独秀作为近现代中国的最杰出的启蒙主义思想家,在"五四"时期确立了两个互有联系的思想主题:一是"根本之救亡论",强调引导大多数国民"伦理之觉悟"以至"国民性质行为之改善",此可参见其著名论文《吾人最后之觉悟》。这一把改造中国人的文化心态视之为中国社会现代化的根本前提的思想主题的确立,代表了当时中国知识分子的最高的思想认识水平,从而超越了以孙中山为代表的更多地相信狭隘的社会革命论(通过军事手段)的资产阶级旧民主主义革命家。二是文化观上的"求新择优"论,即认定西方近代资产阶级的社会政治文化学说在整体上比中国传统思想文化进步,而以儒术孔道为代表的中国传统思想文化"与近世文明社会绝不相容"(《答吴又陵》),由此主张通过"采用西洋的新法子"对之作彻底的革新改造,"断断不可调和牵就"。(《今日中国之政治问题》)很显然,陈氏的文化思想在本质上是一种"民族反省论"(或"民族文化反省论"),这样的思想主题在如何从根本上拯救积贫积弱的祖国、唤醒愚忠愚孝的民族的问题上,比以往任何思想家都有更深切的把握。胡适曾说,"新文化运动的根本意义是承认中国旧文化不适宜现代化的环境,而提倡充分接受世界的新文明"(《新文化运动与国民党》),的确,就"五四"时期的陈独秀来说,他的文化思想的最可贵的价值意义正在于此。

四

关于陈独秀与杜亚泉之间所涉及的问题分歧,根本的一点在于是否认为可以而且应该用中国的"固有文明"(即以"君道臣节名教纲常"为诸大端的"儒术孔道")来"统整"中外思想文化？按照高力克先生的解释和理解，杜氏的肯定性意见是"融会东西，以中国传统文化之'绳索'贯穿西方文化之'散线'的'文明统整'主张，强调传统资料在现代化中的承续性和立体性"，因而这是对陈氏的否定性意见即"新文化运动之激进主义偏弊的补正"。其实，杜氏主张的立足点本有偏颇，因为他对"固有文明"缺乏分析，看不到它的明显的落后性和腐朽性（如"君道臣节名教纲常"），所以在强调文化的民族性问题上，跌入了鲁迅所斥责的"民族夸大狂"（《随想录·三十八》）的泥坑。同时，杜氏以"散线""断片"之说夸饰西学价值的局限性，这也明显地否定了文化的时代性问题，从而也否定了世界文化的发展趋向。另外，杜氏主张的归结点在于强调思想文化的"统一"，即以某种文化模式为一尊，这在学理上也是不可取的。这样的归结点，实际上只能是排斥那些在杜氏看来不符合"固有文明"但却符合世界文化发展趋向并足以给中国思想文化界带来生机的西洋进步学说。例如，按杜氏的逻辑，马克思主义根本不应在中国传播介绍，即使流传进来了，也应该用"固有文明"去改造和同化它。而从陈独秀的意见来看，他激烈地抨击"固有文明"，主张大量地输入西洋学说，显然有助于诱发和促进发源于欧洲的马克思主义在中国的传播。面对这样一个不争之事实，怎么能说杜氏的思想主张是对"新文化运动之激进主义偏弊的补正"呢？高力克还认为，杜氏的"东西新旧"调和论，构建的是"既富加教"、效率与公正统一的"新文明模式"。① 这也是不确的。因为这一"新模式"是为高先生改塑的。查杜氏那些谈论中西文化的文章，讲来讲去，大致类似于19世纪末外国传教士所倡导的"孔子＋耶稣"说，实在没有提出什么新东西。杜氏曾热烈地表示赞同"近日美国卫西琴博士在北京教育联合会演说，谓中国须'将固有之经史，藉西国

---

① 均见高力克：《杜亚泉与陈独秀东西文化论争再评价》，《文汇报》1994年1月2日；《重评杜亚泉与陈独秀的东西文化论战》，《近代史研究》1994年第4期。

最新之学理及最新之心理学,重新讲译'"(《战后东西文明之调和》),足以说明这一点。还不妨指出,杜氏的言论本身也存在明显的矛盾与混乱,诚如陈独秀所诘问的:杜氏既然明知"此等主义主张之输入,直与猩红热梅毒等之输入无异","何苦又主张尽力输入而欢迎之?"(《再质问〈东方杂志〉记者》)

五

在这一论争中,陈独秀所表述的中西文化观自然也有不尽准确之处,应该说,这是正常的情况,究其原因,既有陈氏本人理论上的某种缺陷(如一定程度的形式主义),也在于受论敌刺激而不够冷静、未能投鼠忌器,另外还出于启蒙主义宣传的策略考虑(矫枉过正等)。例如,陈氏在质问杜氏的学理性意见时,曾提到"复辟"问题。不过,以杜氏而言,又何尝没有这样的缺点?如他说:"今日之主义主张者,盖苦于固有文明之统整,不能肆其竞争权利,寻求奢侈之伎俩,乃假托于西洋思想,以扰乱之",实属"魔鬼"行为。(《迷乱之现代人心》)这显然是一种非学理性的人身攻击。所以,总的说来,陈独秀当时坚持的基本的文化思想是正确的、进步的,也有说服力,代表的是中国现代思想文化的健康主流和发展方向。高力克先生说:"陈独秀反孔时并未意识到,孔子被毁弃后中国文化势所难免的意义危机和认同危机",意谓陈独秀倡导"科学与民主"而导致了中国"传统资源失范"。① 陈独秀是否要承担这样的历史责任?这是一个大问题,本文限于篇幅难以展开论述,但有必要先指出一点:这一问题本是海外某些学者(所谓"新儒家")提出来的,不过未必提得准确,也未必可以构成中国现代思想文化史研究中的一个正常课题。事实上,自陈独

---

① 均见高力克:《杜亚泉与陈独秀东西文化论争再评价》,《文汇报》1994年1月2日;《重评杜亚泉与陈独秀的东西文化论战》,《近代史研究》1994年第4期。

秀倡导五四新文化运动以来,正是通过"反孔",中国思想文化界在整体上才发生了历史性的巨大进步,而中国社会政治的变革与进步也是以此为基础的。因此,新文化运动至今仍是整个中国思想文化发展史上的一座丰碑,陈独秀的名字已毫无愧色地镌刻在上面。换言之,五四新文化运动的思想乳汁,哺育了几代中国知识分子,陈独秀功莫大焉。至于"四五"以来中国思想文化发展过程中所出现的一些曲折,个中原因至为复杂,但这却不能由"五四"时期的陈独秀去承担责任。何况,这些曲折又正是表明中国思想文化的"传统资源"其实并未真正"失范",不信,回顾一下所谓的"文化大革命",尽管它表面上也是"批孔"的。

六

至于杜亚泉在中国近现代思想文化史上的地位问题,笔者认为,像历史上任何一位思想家一样,杜亚泉当然也是值得尊重的。然而对他的思想的深浅得失,却应该作实事求是的评判。总的说来,他的文化思想中固然有若干合理成分,但有更多的消极的东西、落后于时代的东西。因此,杜氏不过是戊戌维新以来至五四新文化运动期间的最后一位有影响的"文化保守主义"的代表人物,与以陈独秀为代表的"五四新人物"之间隔着一道鸿沟,而他在"五四"期间引发的那场中西文化论战,最大的价值意义并不在于其提出的思想文化观的本身(因为其中不少观点,他的前人已经提出,他只是强化了某种学理色彩),倒在于这客观上刺激了"五四新人物"对于某些问题的深入思考,致使他们在稍后的论战中有更为准确的论述,从而使中国近代"民族文化反省"的思潮得以深入一步。例如,1924 年前后印度诗人泰戈尔来华,所作演讲的主旨也在极端排斥西方文化和极端崇拜东方文化,又把所谓"欧洲文化破产"的责任归于"科学与物质文明",对此陈独秀等人又予以猛烈的抨击;而在 30 年代,"左"翼文化界人士对于复古主义的批判,胡适等人对于十教授的所谓"中国本位的文化建设宣言"的批判,均是如此。最后也不妨指出,有学者认为杜亚泉当时与陈独秀的论争表明杜氏"是在时代的潮流中,以其独立人格'力挽狂澜'"①。对此需作两点辨析:第一,虽然杜氏确是敢于坚持自己独立的思想学说的,然而一个思想家的人格品质与他的思想学说的正确进步与否,毕竟是两回事,不可混为一谈。换言之,力挽"时代潮流"之"狂澜"者,虽然其行为值得尊重,但其思想学说本身却不一定值得肯定。第二,岂止杜亚泉有"独立人格",陈独秀的"独立人格"更是毋庸置疑,因为陈氏在"五四"期间并非是借助某种政治力量来倡导新文化运动的。所以,从中国近现代思想文化史的大背景来看,真正"以其独立人格'力挽狂澜'"由此推动"时代的潮流"的,乃是陈独秀。就这一点来说,杜亚泉是与其无可比拟的。

〔初刊《近代史研究》1995 年第 5 期〕

---

① 参见胡晓明:《王元化答问录》,《文汇读书周报》1994 年 1 月 1 日。

陈独秀与1924年围绕太戈尔访华的文化论战

印度诗人、诺贝尔文学奖获得者罗宾德拉·太戈尔（1861—1941）于1924年4月来华访问,这是中国现代思想文化史上的一件大事。因为围绕这一次的太戈尔访华,在一片啧啧赞颂声中,当时中国共产党的领袖陈独秀及其党内同志独发异议,对太戈尔思想中的消极面以及太戈尔在华演讲中所散布的错误观点,都予以了激烈和尖锐的批判,而这种批判,其实又构成了中国现代思想文化史上的又一场中西文化论战。近年来学术界对于中国现代思想文化史上的其他几次中西文化论战甚为关注,多有探讨研究,而唯独对于围绕太戈尔访华而引起的这场文化论战,几乎不置一辞。笔者认为,无论从何种意义上来说,这次论战更具有深广的文化内涵,也更值得作认真严肃的探究。

一、太戈尔访华的政治文化背景的特殊性

按学术界通常的说法,五四新文化运动自1921年前后开始落潮,至1923年前后,这一落潮表现得更为明显:一大批曾经追随五四新文化运动的知识青年,程度不同地出现了思想的迷茫,行动也处于彷徨摇摆之中,与此相适应,"五四"的思想旗帜"科学与民主"也受

到怀疑,"五四新人物"倡导的"重估一切价值"的"民族文化反省论"又被逐步抛弃,复古主义思潮已有卷土重来之势。①

出现这一情况的原因自然是复杂的,而其中与梁启超当时的思想活动以及实际的影响力又有密切联系。梁氏在"五四"高潮中赴欧,欧游期间,他对第一次世界大战后欧洲社会政治经济文化的新局面产生了片面的认识,再由于受到部分欧洲知识分子面对欧洲各国革命形势发展而产生的恐惧心理的影响,明显地接受了所谓的"欧洲文明破产论"。这样,在1920年3月至6月,当梁氏尚未踏进国门,就以《欧游心影录》为题在国内的《晨报》(北京)和《时事新报》(上海)连载发表文章,鼓吹东方文化的"复兴",强调以东方文化去救西方文化之弊,认为这乃是"中国人对世界文明的大责任"。② 自此,有所谓的"东方文化派"的旗帜在中国现代思想文化史上打了出来。这一派的首要人物,除了梁启超、张君劢、张东荪一系外,还分别有梁漱溟一系和章士钊一系。尽管这三系人物的具体的文化思想有所差异,但在主张以东方"精神文明"去取代西方"物质文明"问题上大致是相同的。所以,这个"东方文化派"的思想衣钵,与晚清时期资产阶级革命派中的"国粹派"以及在五四新文化运动期间作为新文化运动的对立面之一的杜亚泉的"文化统整"论是一脉相承的。

相对其他人而言,梁启超考虑得更深远一些。为了扩大宣传"东方文化派"的思想观点,他在回国后有意接办中国公学,创办"共学社",有计划地邀请外国学者来华讲学,并编辑出版西方哲学和社会科学著作中那些与"东方文化派"观点大体吻合的部分。上述各项中,"共学社"的创办已付诸实践,而关于邀请外国学者访华,鉴于国内曾有过邀请英国哲学家罗素访华的经验,梁启超还发起组织"讲学

---

① 如1924年初《时事新报·学灯》曾发表东南大学教授柳翼谋的讲演稿《什么是中国的文化》,鼓吹"三纲五常"。
② 梁启超:《欧游心影录》。

社",具体计划每年从国外请一位"西哲"。就太戈尔来说,他来华访问带有自荐性质①,而太戈尔入选,作为东方人,当然更为合适。因此,太戈尔实现访华,从表面名义看,是由北京大学出面邀请的②,但实际上主要由梁启超的"讲学社"安排牵线。③ 又鉴于张君劢等人对于太戈尔访华表现了异乎寻常的热心④,所以,太戈尔实现访华,实际上就是梁启超与张君劢联手,也是"东方文化派"在遭受了前不久的"科学与玄学"的论战败北之后的又一次有意识地鼓吹自己的文化观点的活动。

从另一方面来看,至1924年年初,与五四新文化运动的落潮相适应,当时的中国革命的形势也发生了新变化,中国社会已步入大革命的前夜:刚成立不久的中国共产党已三次发表"对于时局的主张",且有"反帝反封建"的政治纲领的提出,与此同时,以1924年1月中国国民党第一次全国代表大会的召开和孙中山重新解释三民主义为标志,国共合作的政治局面业已正式形成。在这种情况下,反对帝国主义的侵略、打倒卖国的北洋军阀政府,也已经构成了中国革命的明确目标,而为了推进实际的革命运动,在思想上坚持五四新文化运动的路线,坚持批判封建主义旧思想旧文化旧道德,不仅是题中应有之义,而且也显得非常紧迫。换言之,在当时的历史条件下,如果再鼓吹政治改良主义,反对马克思主义的社会革命论,尤其是再空洞

---

① 1923年年初,太戈尔的友人爱莫哈司(Elmhirst)访问北京时,曾向瞿世英、徐志摩等人谈及太氏有访华之意。参见《太戈尔到华的第一次纪事》,《小说月报》第十五卷第四号,1924年3月。

② 《太戈尔之来华谈感想》,《申报》1924年4月14日。

③ 也据《太戈尔到华的第一次纪事》:瞿世英、徐志摩得知太氏有访华之意后,"立刻跑去与'讲学社'诸君商议。决计托爱氏回印度去请他来游历并讲演",太氏抵沪后,主持欢迎活动的主要团体之一也是"讲学社"。

④ 张君劢当时任"江苏自治学院"院长,参与了对太戈尔在上海活动的接待,其中太戈尔的一次演讲,即安排在张氏家中,见《申报》1924年4月13日报道《印度诗人太戈尔昨已到沪》。另外,张氏主持的"自治学院"是受北洋政府当局资助的,对此陈独秀曾作文揭露,参见《宪法与自治学院》,《向导》第49期,1923年12月19日。

地宣传所谓"泛爱"思想,提倡"非暴力主义",包括在文化上极端地鼓吹"东方文化"和东方"精神文明",排斥和诋毁事实上包括马克思主义在内的"西方文化",不仅在学理上是荒谬的,而且在政治上也是十分有害的。

据此可以认识到:与当年杜威或罗素访华相比,1924年太戈尔访华时中国的社会政治文化背景已发生了重大变化,以陈独秀为代表的中国共产党人之所以激烈地批判"东方文化派",批判太戈尔思想中的消极面,批判太戈尔在华言论中的那些政治观点和文化学理上的错误,正是出自这样一个最基本的把握。

二、太戈尔在华言论的主旨及其错误

太戈尔自然是近世以来东方国家涌现的最杰出的文学家之一。但是,作家的创作成就与世界观往往有着深刻的矛盾,太戈尔也不例外。换言之,太戈尔的思想中确有不少消极的东西。例如,在政治思想方面,他在承认神的前提下,主张建立一种以自由、平等、博爱为核心的人生宗教和社会理想,与此相联系,他主张阶级调和,倡导所谓的各国家民族的"大同",都经不起学理上的推敲,证之以他所在的那个时代的国际政治生活的现实,也无疑是一种乌托邦空想。再从文化思想来看,他鄙视西方的"物质文明",认定所谓的"东方文明"最健全,主张用"东方文明"去反抗西方的物质的、现实的、商贾的文明与精神,这种昧于世界文明发展史的消极的文化保守主义色彩和偏见也特别浓厚。

问题还在于,太戈尔到中国后虽然表示"余非政治家、亦非外交家,不过一纯粹之诗人"[①],但他在华的全部言论中,几乎没有谈诗歌,讲文学,而主要是谈政治问题,另外也站在文化保守主义立场上大谈

---

① 《申报》1924年4月19日报道:《太戈尔欢迎会记》。

中西文化的比较。正是这些言论，集中地反映了他的政治思想和文化思想中的消极成份。

例如，太戈尔在谈及所谓"东洋思想"和"亚细亚文明"时说："欲图此贵重而高洁之东洋文化之复活，惟立国东方之中国、日本、印度等各国民一致团结、为东洋文化复兴张目而达成之，是即人类救济之大要谛也。东洋之二大独立国中国与日本，如因细故而相反目，由亚洲之对外局势言，又于图谋东洋文明之复兴上，皆至不利。"①太戈尔还说："吾人对于世界，当不分种族，互相切磋，择善而从。吾人可将此道由东方推到全世界，尚劝导不尚武力。"②在这里，太戈尔把近代以来的中日关系、把日本军国主义对中国的步步侵略，以及中国人民的反日斗争视之为"因细故而相反目"，这显然是谬见，客观上又是偏袒日本。如果太戈尔这种话是正确的话，那么同年同月 27 日，北京各校及民众团体联合宣言反对日本帝国主义对华文化侵略，岂非成了惹是生非之举？再说，从 19 世纪末以来，日本帝国主义不断侵略亚洲近邻国家，在"东洋思想"和"亚细亚文明"中哪有什么"不尚武力"之道？

又如，太戈尔在另一演讲中说："人类要用爱来调和。……现世可怕都是人类自杀的情形，所以大声疾呼，想要回复人类精神上的乐土。"③在这里，太戈尔同样是用一种空谈去审视现实的国际关系，即把压迫民族与被压迫民族之间的关系，包括被压迫民族反对压迫民族的斗争一概视之为"人类自杀"，从而既否定了帝国主义者的反动性，也否定了被压迫民族的革命斗争的正义性。显然，按照太戈尔的意见，如果印度人民起而反抗英国的殖民统治，也属"人类自杀"行为，相反，只有甘当亡国奴，才不致妨碍"回复人类精神上的乐土"。

---

① 《太戈尔之来华谈感想》，《申报》1924 年 4 月 14 日。
② 《申报》1924 年 4 月 15 日报道：《四团体欢迎太戈尔之茶会》。
③ 转引自陈独秀：《评太戈尔在杭州上海的演说》，《民国日报·觉悟》1924 年 4 月 25 日。

这样的逻辑哪里说得通呢？

再看太戈尔关于东西文化比较的意见。太戈尔说："泰西之文化单趋于物质，而于心灵一方缺陷尤多。此观于西洋文化因欧战破产一事，已甚明显。彼辈自夸为文化渊丛，而日以相杀反目为事，其文明之为皮相，与基础之薄弱，足可窥知矣。"①这是在重复东方文化保守主义者的所谓西方只有物质文明而没有精神文明的老调，其文化偏见自不待言。至于太戈尔还说："余至中国，如居古庙，每觉背后有无数牺牲之精神，因得成就如此伟大之文化。惟世界日趋败坏，故吾人在任何地方，均得见彼死笨无生气之痕迹，而予吾人以无限之创痛。即如□（原文印刷不清，下同。——引者）来上海，在城市间固未曾得见丝毫足以表现中国文化之精神，此诚深以为憾……"②这段话乍看是表彰中国传统文化，但着眼点却在于抹杀近代中国在思想文化和物质上的进步，即希望中国永远保持"古庙"般的封建主义的社会政治经济秩序和文化秩序。唯其如此，太戈尔又说："亚洲之一部分青年，有抹杀亚洲古来之文明，而专追随于泰西文化之思想，努力吸取之□，是实大误"③；"只看现在的工具主义、物质主义，仿佛一块大石头，在碧柔的草上摇滚，所向无不压伤，而这种牺牲所得的结果，也只不过如美国人所说的 Etticiensy 而已，便是凡事只求一个'快'字。朋友们，这样的破坏的牺牲，岂是值得的？"④显然，在这里太戈尔又直接地否定了中国的五四新文化运动，并且在这一否定中还传达了以梁启超为代表的"东方文化派"对于五四新文化运动的倡导者的责难，其中包括他们对于自己在前不久的"科学与玄学"的论战中败北的不服输的心理。

太戈尔在华论东西文化问题时的一段稍有学理色彩的话是："吾

---

① 《太戈尔之来华谈感想》，《申报》1924年4月14日。
② 《申报》1924年4月19日报道：《太戈尔欢迎会记》。
③ 《太戈尔之来华谈感想》，《申报》1924年4月14日。
④ 转引自《太戈尔到华的第一次记事》。

人历史之初期,为洪水猛兽时代。在彼时人与洪水战,又与猛兽之爪牙战,以争生存。虽吾人之力,不如洪水猛兽,而吾人因有脑力之故,卒战胜之。至于第二期,则为体力智力战争时代。体力智力强者,遂征服其较己为弱者。今西方人士,到达于此时代,故彼所用以征服一切之具者,均不出于此智力体力之范围。唯吾东方人士,则已超过此时期矣,吾东方人士今已达到于第三期。吾人已霍然觉悟,知体力智力征服之世界而外,尚有一更光明、更深奥、更广阔之世界。"①撇开玄理言词不论,太戈尔在这段话中有一个明显的逻辑矛盾:东方民族既然在智力体力上较西人为弱,又为西人战胜,还能自夸什么精神文明吗? 这种自夸不也是病态的阿Q精神胜利法吗?

太戈尔在访华的那一年曾写信给罗曼·罗兰说:"自己的天性中也有一种经常发生的内战"②,即积极的与消极的、正确的与错误的思想观点相互交锋。综上所述,太戈尔访华期间的言论,从主旨到具体观点,大体上都是错误的,究其原因,可能是由于受到梁启超等人的腐蚀性的赞颂,从而张扬了自己思想中消极面并压下了积极面的东西。这也就是说,太戈尔其实是在中国的一个特定的社会政治文化背景中,讲了一系列与中国人民革命斗争形势不符、也与中国现代思想文化史的发展潮流相抵牾的话,客观上做了以梁启超为首的"东方文化派"的思想传声筒。尽管太戈尔本人或许根本没有意识到这一点,但是,既然有这样的社会政治文化现象的出现,以陈独秀为首的中国共产党人对之作猛烈尖锐的批判,也在情理之中。

三、陈独秀等人对太戈尔的批判

围绕太戈尔访华问题,在短短的几个月中,陈独秀在报刊上公开

---

① 转引自泽民:《评"人类第三期之世界"》,《中国青年》第31期,1924年5月17日。
② 转引自王向远:《东方文学史通论》,上海文艺出版社,1994年。

发表文章近20篇①,这在陈氏一生参与的思想文化斗争的历史上是绝无仅有的,表明陈氏对于批判太戈尔错误思想的问题予以特别重视。

陈独秀对太戈尔的批判,先后有三个阶段,各阶段的批判的内容和侧重点有所不同。一是在太戈尔访华前夕,针对当时文学界赶着翻译出版太戈尔著作以及舆论界对于太戈尔访华的殷切企盼的情景②,陈独秀的批判文章主要是从整体上对太戈尔的文化思想定性,同时表明反对太戈尔访华的基本态度。如陈独秀说:太戈尔的文化思想的要点乃是"根本的反对物质文明科学","昏乱的老庄思想上,加上昏乱的佛教思想,我们已经够受了,已经感印度人之赐不少了,现在不必又加上泰谷儿了!"③二是在太戈尔访华期间,陈独秀根据当时报章披露的太戈尔在华言论以及有关人物对于太戈尔言论思想的吹捧,有针对性地揭露批判太戈尔言论的主要错误。在陈独秀看来,太戈尔并非是一个"中西文化调和论者",恰恰相反,"乃是一个极端排斥西方文化极端崇拜东方文化的人",因此,对于太戈尔的文化思想,值得讨论的问题是:他所提倡复活的"东洋思想、亚洲文化"的具体内容究竟是些什么?"这些思想文化复活后,社会上将发生什么影响,进步或退步。"④根据太戈尔在杭州上海的演说,陈独秀又明确指出:太戈尔的言论有两个"错误的根本观念":(一)"太戈尔觉得科学及物质文明足以促进人类互相残杀的危机,乃由于不明白社会制度之效用并误解科学及物质文明本身的价值";(二)太戈尔空洞抽

---

① 其中在标题上点出太戈尔名字的有十余篇,其余各篇或在文中点名,或是明显影射批判太戈尔的言行。

② 除了各报的零星文字外,主要是《小说月报》,其第14卷第9期、第10期(1923年9月—10月)为《太戈尔号》(上、下)。当时中国作家翻译太戈尔作品的大致情况,可参看《研究太戈尔的书籍提要》(调孚),刊《小说月报》第15卷第4号(1924年4月)的"欢迎太戈尔"临时增刊。

③ 陈独秀:《我们为什么欢迎泰谷儿》,《中国青年》第2期,1923年10月27日。

④ 陈独秀:《太戈尔与东方文化》,《中国青年》第27期,1924年4月18日。

象的宣扬"人类要用爱来调和",这足以"引导东方民族解放运动向错误的道路",总之,陈独秀认为太戈尔"并不是站在一个纯粹诗人的地位上谈诗说艺"。① 三是在太戈尔离华后,继续批判太戈尔的思想,旨在肃清太戈尔在华言论所产生的消极影响,如陈独秀指出:"大同主义、世界和平、废战、博爱"等几个名词,"在强大民族口中喊出,虽未必有益而却无损;在被压迫的弱小民族口中喊出,则是何等昏聩无耻的话! 是何等可怕的麻醉药、催眠剂"。②

配合陈独秀批判太戈尔的主要是《中国青年》杂志。据陈独秀在太戈尔访华前夜致胡适的信说:"《中国青年》将出特刊号反对太戈尔。"③事实上,在此前几个月中,刚创刊不久的《中国青年》就已发表了多篇批判太戈尔的文章。如有的文章说:"近来许多作品,实在不敢恭维。太哥尔号新译小说两篇,我取来与原文对读两过(遍),每篇错误多至十余处。"④这显然是对陈独秀《我们为什么欢迎泰谷儿》一文的呼应。又有文章指出:"英国人常赞美印度人'安分'、'爱和平','思想渊源',印度人这些美德,是他们的主人所推奖不置的,中国亦不少提倡这种奴隶道德的人们。"⑤这便是对舆论界推崇太戈尔的一种批判。1924年4月12日,就在太戈尔访华抵沪那一天出版的《中国青年》第26期,又有一篇署名文章,斥责太戈尔是一个思想上的"大魔术家"。至于"反对太戈尔"的特刊号,在同年4月18日(第27期)也果真推出了,除了陈独秀的《泰戈尔与东方文化》一文外,还有秋白的《过去的人——泰戈尔》,泽民的《太戈尔与中国青年》和亦湘的《太戈尔来华后的中国青年》等文。其中,秋白的文章是从政治思想批判的角度评论太戈尔的小说《家庭与世界》,而泽民的文章的观

---

① 陈独秀:《评太戈尔在杭州上海的演说》。
② 陈独秀:《大同主义与弱小民族》,《向导》第68期,1924年6月4日。
③ 陈独秀致胡适的信(1924年4月9日),收入《胡适来往书信选》。
④ 济川:《今日中国的文学界》,《中国青年》第5期,1923年11月17日。
⑤ 光东:《印度的殷鉴》,《中国青年》第9期,1923年12月15日。

点与陈独秀更为接近,明确指出太戈尔的思想错误主要是:"他根本肯定神的存在是错了","他不曾晓得思想与生活方法的关系",所以"他的思想实在是中国青年前途的一大障碍"。

从陈独秀及其党内同志的批判意见来看,可以认识到:

第一,在大体上,陈独秀等人反对和批判的不是作为诗人的太戈尔,而主要是批判太戈尔的思想错误。关于这一点,陈独秀事实上已有过一个说明:"太戈尔果以诗人身份来中国谈诗,我们虽不会做诗,也决不反对一个诗人,尤其是反对欢迎一个被压迫民族的诗人。"①

第二,陈独秀等人对于太戈尔的批判,也大抵限于太戈尔在华言论中的错误观点,而并非对之作全盘否定。关于这一点,泽民也有一个明确的表白:"太戈尔不是没有他的价值,他的诗是我所爱读的,他的小说也有他的魔力,他的散文可以卓然成立一派,他的人格也一定比梁启超张君劢等辈高出万倍,可是他的思想实在是中国青年前途的一大障碍。"

第三,唯其如此,陈独秀等人之所以批判太戈尔,是把它当作一场严重的政治思想斗争来看待的,批判的重点则是太戈尔政治思想的消极部分以及文化思想上明显地与五四新文化运动所倡导的"科学与民主"相抵牾的观点。这种批判表明了陈独秀等人的政治思想的敏锐性,因为如果听任太戈尔的那些错误思想言论的传播,的确足以腐蚀中国青年,同时对于中国革命的发展产生消极影响。

第四,进一步说,陈独秀等人对于太戈尔的批判,其实是借了一个批判的靶子,因为这一批判运动的真正目标和对象,乃是梁启超等人为代表的"东方文化派"在当时特殊的历史条件下所散布的旨在反对新民主主义革命运动的反动的政治思想和文化思想。所以,围绕太戈尔访华问题的论战,其实质乃是"五四"以来一系列重大的思想文化斗争的继续,并且把这一思想斗争递进到了新的层次。

---

① 陈独秀:《诗人却不爱谈诗》,《向导》第68期,1924年6月4日。

第五，综上所述，陈独秀等人对于太戈尔的批判，从政治上和思想文化斗争的角度来看，是正当的、正常的，也是必须的。不仅如此，即使从学理上来看，也是基本正确的，可取的。例如，在涉及中西文化的比较分析以及如何认识精神文明、物质文明的问题时，陈独秀的观点较之他本人在"五四"之前的有关看法，明显地减少了片面性，由此显得更为准确："我们不是否认有精神生活这回事，我们是说精神生活不能离开物质生活而存在，我们是说精神生活不能代替物质生活。我们不是迷信欧洲文化以为极则，我们是说东方文化在人类文化中比欧洲文化更为幼稚"①，"我们更相信社会制度可以左右个人的意识，个人的意识不能左右社会制度"，因而不能"再迷信化石的东方文化或宋儒道学足以救济今之世"②，"中国诚然因物质文明而被制，但太戈尔要知道，创中国的不是中国自己发生的物质文明，乃是欧美帝国主义者带来的物质文明，这正是中国自己的物质文明不发达的结果。魔鬼是驱使物质文明的帝国主义者，不是物质文明本身"。③

第六，当然，陈独秀等人的批判太戈尔的言论中，也存在着若干不当之处，有些措词比较偏激，甚至多少带有人身攻击的意味。如说"中国老少人妖已经多的不得了"④，言下之意，太戈尔也属"人妖"之列；又说太戈尔"在北京未久竟染了军警和研究系的毛病，造谣诬陷异己"⑤，并直斥"太戈尔是什么东西"⑥之类，这都是正常的思想文化论争中所不应出现的语言。另外，对于国人翻译介绍太戈尔的文学作品的本身予以否定，并且对于译作的吹毛求疵等，也都是不甚妥当的。造成上述情况的直接原因，可能主要是"杂文笔法"的缘故，但毕

---

① 陈独秀：《精神生活东方文化》，《前锋》第3期，1924年2月1日。
② 陈独秀：《圣人也得崇拜商品》，《前锋》第3期，1924年2月1日。
③ 陈独秀：《评太戈尔在杭州上海的演说》。
④ 陈独秀：《太戈尔与东方文化》，《中国青年》第27期，1924年4月18日。
⑤ 陈独秀：《太戈尔与金钱主义》，《向导》第68期，1924年6月4日。
⑥ 陈独秀：《太戈尔是一个什么东西！》，《向导》第67期，1924年5月28日。

竟表明陈独秀等人当时对于政治问题与文化学理问题还有一定的混淆。他们开展思想文化斗争时还不那么注重科学性和准确性。然而,上述缺点和不足,从整体上看,应当说是次要的,不足以从根本上冲击陈独秀等人在这场文化论战中表现出来的合理性。

四、其他几个问题的分析探讨

首先,怎样认识当时新文学家们对于太戈尔的推崇?

应该承认,以文学研究会为代表的包括早期"新月派"的若干成员在内的"五四"新文学家,对于太戈尔是十分推崇的,从大量译介太戈尔作品,到对太戈尔在华活动的不厌其烦的追踪报道,都说明了这一点。在这里,人们主要是从纯文学的角度,或者从已经变得空泛的人道主义观点上去认识作为文学家的太戈尔的,当然其中也包含了对于加强中外文化交流的渴望,对于推动新文学创作的渴望。

但是,问题的另一方面是,这些"五四"新文学家在当时又的确处于某种思想迷茫之中,因此,他们对于太戈尔的推崇,也爱屋及乌般地肯定了太戈尔思想中的消极成分,因而说了不少明显带有片面性以及政治思想观点不正确的话。典型的如郑振铎。郑氏说:"泰戈尔之加入世界的文坛,正在这个旧的一切,已为我们厌倦的时候,他的特异的祈祷,他的创造的新声,他的甜蜜的恋歌,一切都如清晨的曙光,照耀于我们久居黑暗的长夜之中的人的眼前","他同时又是一个伟大的哲学家。……他在举世膜拜西方的物质文明的时候,独振荡他的银铃似的歌声,歌颂东方的森林文化。他的勇气实在不能企及"。[①] 在这里,如果说郑氏肯定太戈尔作品的有异于西方文学情调的东方特色,那当然是无可非议的,但郑氏却同时肯定太戈尔的"东

---

① 郑振铎:《泰戈尔传》,商务印书馆,1925年4月。按此书的不少篇章其实都写于1924年太氏访华前后。

方文化"观,则是显然受到了梁启超思想的消极影响,对照郑氏本人在"五四"高潮时的思想观点,也是一种倒退。① 关于这一点,郑氏后来也觉悟了,所以在1929年的有关文章中,又有否定之否定。②

由此可见,当时一批新文学家们的文学敏感与政治思想上的迟钝是结合在一起的,他们之所以受到梁启超思想的影响,之所以招致陈独秀等人的批判,主要原因之一也正在于这一点。再以徐志摩的文章来看,他说:"我们所以加倍的欢迎泰戈尔来华,因为他那高超和谐的人格,可以给我们不可计量的安慰,可以开发我们原来淤塞的心灵泉源,可以指示我们努力的方向与标准,可以纠正现代狂放恣纵的反常行动,可以摩沙我们想见古人的忧心,可以消平我们过激时期张皇的意气,可以使我们扩大同情与爱心,可以引导我们入完全的梦境。"③这样的观点无疑是对以梁启超为首的"东方文化派"的文化思想以及政治思想的一种自觉或不自觉的阐发。

其次,陈独秀等人为什么有意发起批判太戈尔的思想文化斗争?

关于这一点,除了前已论述分析的政治思想文化背景之外,还有一个重要的原因,即以陈独秀为代表的中国共产党人有一种政治思想上的自信,认为在这一问题上可以组成"思想的联合战线",并且已有现实的盟友的存在。

这种自信是建立在对于当时中国思想文化界情况的客观分析基础上。例如,毛泽东早些时候分析说:中国的政治思想派别有三:革命的民主派、非革命的民主派、反革命派。其中,胡适和黄炎培等新兴知识阶级代表人物属于非革命的民主派,可以争取。④ 作为中共主

---

① 郑振铎在"五四"时期写有《现在的社会改造运动》,刊《新社会》第11期,1920年2月11日,该文的思想观点是激进的。
② 关于这一问题的分析,可参见金梅、朱文华:《郑振铎评传》,百花文艺出版社,1992年。
③ 徐志摩:《泰戈尔来华》,《小说月报》第14卷第9期,1923年9月。
④ 毛泽东:《外力革命与军阀》,《新时代》第4期,1923年4月10日。

要领袖人物的陈独秀则更明确地指出:"真正了解近代资产阶级思想文化的人,只有胡适之。张君劢和梁漱溟的昏乱思想被适之教训得开口不得,实在是中国思想一线曙光",所以尽管"适之所信的实验主义和我们所信的唯物史观,自然大有不同,而在扫荡封建宗法思想的革命战线上,实有联合之必要。"①对于陈独秀提出的建立反封建的"思想联合战线"问题,当时的中共宣传干部也有切实的领会,如邓中夏说:胡适办的《努力周报》"最近几月把张君劢梁漱溟的东方混乱思想打倒,究竟值得我们表同情"②,从当前中国思想界看有如此三派:第一派,"东方文化派"(梁启超、梁漱溟、章行严),"非科学"的;第二派,"科学方法派"(胡适之、丁文汇、杨铨);第三派,"唯物史观派"(李大钊、陈独秀);后两派属"科学"的,"现有中国思想界的形势,后两派结成联合战线,一致向前一派进攻,攻击"。③

由此也可以认识到:以陈独秀为代表的中国共产党人之所以把胡适等人看作自己的思想盟友,之所以有建立联合的思想战线的愿望,前提在于胡适等人在前不久的"科学与玄学"的论战中的确表现了很好的思想风貌。

再进一步说,陈独秀等人的建立"思想的联合战线"的问题的提出,又是时势的必然,因为国共合作政治局面的形成,为配合实际的国民革命的开展,在思想战线上坚持进行反封建斗争乃是不可或缺的,而胡适作为反动的北洋军阀的思想上的敌人,正是开展这一斗争的最合适不过的盟友。④

唯其如此,在陈独秀首先发动对太戈尔批判不久,就明确地约请

---

① 陈独秀:《思想革命上的联合战线》,《前锋》第1期,1923年7月1日。
② 中夏:《努力周报的功罪》,《中国青年》第2期,1923年10月27日。
③ 中夏:《中国现在的思想界》,《中国青年》第6期,1923年11月24日。
④ 1924年春夏间,北洋军阀政府为"取缔新思想"而查禁《胡适文存》等,胡适多次表示抗议。

胡适为《中国青年》拟推出的"反对太戈尔特刊"撰稿①，便是十分自然的了。换言之，陈独秀等人既有建立"思想的联合战线"的意愿，便是想把开展对于太戈尔的批判作为实行这一意愿的具体行动的第一步。有的学者认为陈独秀"主张应和胡适的实验主义建立联合战线"的意见是"错误"的②，事实上显然并非如此。

复次，为什么当时思想界对于批判太戈尔并没有明显的呼应？

当时思想界对于以陈独秀为代表的中国共产党人发起的批判太戈尔的思想文化斗争没有明显的呼应，这大抵是事实。然而，虽说没有"明显的呼应"，但实际上呼应是有的，只不过表现形态有其特点。

例如，就胡适而言，虽然对于陈独秀的那封约稿信没有作明确回答，甚至在太戈尔抵北京活动时，胡适还出席了庆祝太戈尔生日的活动。③ 然而，胡适在实际上根本不赞同太戈尔的"东方文化观"，他当时写作发表的讽刺小品《差不多先生传》④，从立意上来说，显然是对太戈尔及国内的"东方文化派"不切实际的吹捧"东方精神文明"的言论表示异议。至于他稍后写的《我们对于西洋近代文明的态度》⑤，如果把该文与太戈尔在华言论以及梁启超等"东方文化派"的观点对照起来读，完全可以看出该文的思想观点的针对性，而且就有关问题的分析和论述来看，也比陈独秀的意见更为深入。

又如，以鲁迅、周作人等为代表的"语丝派"（包括刘半农、钱玄同和林语堂等），实际上也是支持陈独秀等人对于太戈尔思想以及"东方文化派"观点的批判的，尤其是《语丝》在当时集中发表的一批批判

---

① 陈独秀致胡适的信（1924年4月9日），收入《胡适来往书信选》。
② 参见王光远编：《陈独秀年谱》，重庆出版社，1987年10月。
③ 查《胡适年谱》，1924年5月8日，北京各界人士为太戈尔庆祝64岁生日，胡适曾到场致词。
④ 《差不多先生》刊于《申报》1924年6月28日。
⑤ 《我们对于西洋近代文明的态度》虽然写作发表于1926年，但主要观点实际上是批驳梁启超为代表的"东方文化派"的，且有针对太戈尔言论的痕迹。

"国民性"的文章更是如此。稍稍触及太戈尔访华问题的,有鲁迅的《论照相之类》和周作人的《"大人之危害"及其他》①,这些文章虽然笔墨很淡,但毕竟表明了对于太戈尔思想以及"东方文化派"观点的轻蔑。此外还有吴稚晖,他的意见更直率:"太先生你做诗罢,管不了人家的家国,你莫说天下事!"②

综上所述,从当时进步思想界的情况来看,虽说陈独秀等人期待的"思想的联合战线"没有呈现十分明显和热烈的场景,但是确有相当多的人是支持陈独秀的思想观点的,尽管各自的思想出发点未必完全一致。而之所以出现这样的特殊形态的呼应,其原因可能有三点:其一,在这些人看来,太戈尔毕竟是世界文化名人,其思想和作品自有长处,轻易的批评难以避免投鼠忌器;其二,鉴于陈独秀及其党内同志对太戈尔的批判染有较浓烈的政治斗争色彩,如果一窝蜂似的明显响应支持,可能造成"围剿"之势,不合一般的思想文化论争的游戏规则。而这两点,虽说带有某种消极性的考虑,但总的说来,却表明了这些人物较之"五四"时期的通常的开展思想文化斗争的态度和方式方法起了重大的变化。这既是一种进步,表明了思想方法趋于成熟,但从某种意义上来说,也是某种退步,即不再那么疾恶如仇,不再那么旗帜鲜明,也不再那么崇尚短兵相接、刀刃见血。至于第三点,如上文所说,大概主要是因为陈独秀等人对于太戈尔的批判本身存在一些缺点,以至他人即使在整体上赞同他们的基本观点,但又不满于他们的那些有所偏激的言论态度。当时有一篇《双方视线以外——太戈尔的欢迎与反对》③,多少透露了这一信息。

第四,怎样认识"东方文化派"对于批判太戈尔运动的冷淡反应?

---

① 鲁迅的《论照相之类》,刊《语丝》第9期,1925年1月12日,其对太戈尔的讽刺与陈独秀《太戈尔是一个什么东西》有暗合。周作人的《"大人之危害"及其他》,刊《晨报副镌》1924年5月14日,又有《泰戈尔与耶稣》,刊《晨报副镌》1924年6月30日。
② 转引自陈独秀:《诗人却不爱谈诗》。
③ 此文刊《文学旬刊》第34号、1924年5月8日。

按理说,既然以陈独秀为首的中国共产党人主动发起对于太戈尔思想言论及其"东方文化派"的批判运动,"东方文化派"也会作出激烈的反应,但事实上,"东方文化派"的态度是冷淡的,几乎没有予以直接的回答。如梁启超本人除了一次正面的演讲①,只写有短文《泰谷尔的中国名——竺震旦》②,而两者均未有论战性文字。梁启超如此,其他人也大抵是这样。③ 所以,从这个意义上来说,这场围绕太戈尔访华的思想论战基本上是单向的。

出现这样的情况,显然不能简单地理解为"东方文化派"的理屈词穷,甘受审判。据笔者推测,以梁启超的丰富的政治斗争经验,这在很大程度上可能出自梁启超的策略性考虑:鉴于陈独秀等人的批判性言论确有浓烈的政治色彩,所以自己一方宁可缄口不言,以示"秀才遇到兵,有理说不清"的委屈状,由此引诱陈独秀等人的言论观点再偏激些(最好走向极端),从而招致思想界的普遍反感;而从自己一方来说,则不妨以逸待劳,以守为攻,等待时机,再作反击。应该说,这样的局面在 20 年代末 30 年代初果然是出现了,只不过那时梁启超本人已经谢世,披甲上阵的是另一批人马了。

总之,正因为围绕太戈尔访华问题引起的中西文化论战基本上是单向的,所以这场论争所涉及的许多问题仅仅是提了出来,远未得到深入的讨论。这同时表明,唯其如此,今后关于中西文化论战还会继续下去。值得指出的是,中国近现代思想文化史上的任何一场中

---

① 梁氏的演讲《印度与中国文化之亲属的关系》,刊《晨报副镌》1924 年 5 月 3 日。
② 此文似未公开发表,后收入《饮冰室文集》第 41 册。
③ 陈独秀于 1924 年 5 月 25 日写有《答张君劢及梁任公》(刊《新青年》季刊第 3 期,1924 年 8 月 4 日),该文主要答复张君劢在《人生观之论战》序中对陈氏的驳斥。所以,此文作为"科学与玄学"论争的延续,与太戈尔访华问题尚无直接联系。但值得注意的是,张君劢对陈有"岂与求真哉?亦曰政治之手段耳!墨司哥之训令耳!"的攻击,而陈氏则表示自己"应该服从墨司哥共产国际之训令",同时也以"研究系之训令""北洋政府之训令"相讥。这表明,在当时的论战中出现"这类逾越讨论道理之轨道以外的话"(陈独秀语)确是不可避免的。

西文化论战,都有一定的政治背景,所以都不是纯粹的学理性论争,如果只从抽象的学理之争的角度去考虑问题,那是难以求得深切的认识的。

1994年9月初稿,1996年2月改定

〔初刊《上海文化》1996年第3期〕

鲁迅与人道主义思想

鲁迅思想中是否有人道主义的成分？鲁迅的人格是否体现有人道主义精神？鲁迅又是怎样认识人道主义的？——概括地说：我们应该如何看待鲁迅与人道主义思想的关系？这曾经是鲁迅研究者们所感兴趣的问题，不少人也都曾对此提出过自己的见解，即使是在1960年文艺界错误地批判巴人同志的《鲁迅的小说》一书所谓用人道主义来"歪曲鲁迅"的时候，批判者们也都肯定了鲁迅有人道主义思想这一基本事实，并对此作出了区别于巴人同志的见解的意见。可是到了1963年，有的同志则连这一点也否定了，认为"即使是在20世纪20年代的前期"，鲁迅"也不是什么人道主义者"[1]。从此，由于政治气候的影响，几乎再也没有人提出鲁迅与人道主义思想的关系的问题了，即是说这一问题实际上成了鲁迅研究领域中的一大禁区。笔者认为：鲁迅与人道主义思想的关系的问题是不应回避也无法回避的，鉴于当年人们对这一问题的研究尚不深入，因而现在有必要再提出来讨论。

一

纵观鲁迅的生平活动以及他的全部作品，可以看到一个明显的

---

[1] 沈鹏年：《反对用抽象的人道主义解释鲁迅的思想》，《学术月刊》1963年第11期。

事实：鲁迅具有深厚的人道主义思想。

这里，且不说他的革命实践，一贯地体现着人道主义精神，也不说他在私人交往中，不论是对师长、朋友、青年乃至并非深交的普通群众，也总是充满了人道主义的感情，仅就他作为一个文学家来说，他的人道主义思想就浸透在他的作品中。无论是他的小说、杂文、译作，还是诗歌、书信、日记，无不体现了强烈的人道主义思想，而其中一些又是正面地阐述了他对人道主义问题的认识。有人认为：鲁迅作品中使用"人道主义""人格""人性"和"人的价值"一类的词句，所"表达的真正含义"并不是人道主义思想①，这是不符合事实的。

就小说来看，其取材"多采自病态社会的不幸的人们中，意思是在揭出痛苦，引起疗救的注意"（《南腔北调集·我怎么做起小说来》）。例如鲁迅塑造了一系列被压迫、被剥削、被侮辱和被损害的普通群众的形象如祥林嫂、闰土和阿Q等，就寄托了作者对他们贫困艰苦的物质生活和贫乏枯竭乃至麻木的精神状态的深深的同情。由于鲁迅把作品的故事放到广阔的社会历史的背景中，因而他在塑造那些值得同情的人物形象的同时，总是着力揭露腐朽反动的社会制度本身以及它的卫道者的种种非人道的东西。这两者的结合，就使得鲁迅的小说更具有了人道主义的力量。例如《祝福》主要是用强烈的对比手法，揭露了上流社会的残暴和虚伪以及下层人民的悲惨的生活遭遇；至于《故乡》除了对劳动人民的困苦生活表示同情外，还流露了作者期望广大饥寒交迫的人民群众能够过上新生活的理想。还有一些近似小品的小说如《兔和猫》，则是通过记述动物世界里小白兔为大黑猫吞噬的故事，表达了同情弱小者和憎恨残暴的强者这一最显露的人道主义思想。法捷耶夫曾说："鲁迅在他的所有短篇小说中都善于触及人类的主要部分——良心，社会良心"，"他那种人道主

---

① 沈鹏年：《反对用抽象的人道主义解释鲁迅的思想》，《学术月刊》1963年第11期。

义的性质"使"俄罗斯人感到亲切"。[①] 这样的概括分析虽然是不全面也不够准确的,但他毕竟指出了鲁迅小说实际上显示的人道主义的力量,以及它和人类进步文化(包括俄罗斯文学)在体现人道主义思想方面的共同点。

从杂文来看,鲁迅直接表达他人道主义思想的言辞就更丰富了,也显得更激烈了。以"五四"前后的杂文为例,鲁迅表示:"要除去于人生毫无意义的苦痛。要除去制造并赏玩别人苦痛的昏迷和强暴",总之希望"人类都受到正当的幸福"。鲁迅还表示:"我现在心以为然的,便只是'爱'","觉醒的人,此后应将这天性的爱,更加扩张,更加醇化,用无我的爱,自己牺牲于后起新人",形象地说即是"自己背着因袭的重担,肩住了黑暗的闸门,放他们到宽阔光明的地方去;此后幸福的度日,合理的做人"。(《坟·我们现在怎样做父亲》)在这期间,鲁迅的杂文常常提出的社会政治命题之一是中国人的做"奴隶"问题。在鲁迅看来,"中国人向来就没有争到过'人'的价格,至多不过是奴隶,到现在还如此";因而"所谓中国的文明者,其实不过是安排给阔人享用的人肉的筵宴。所谓中国者,其实不过是安排这人肉的筵宴的厨房"。鲁迅于是主张:"世上如果还真要活下去的人们,就先该敢说、敢笑、敢哭、敢怒、敢骂、敢打,在这可诅咒的地方击退了可诅咒的时代!"并且号召:"扫荡这些食人者,掀掉这筵席,毁坏这厨房,则是现在的青年的使命。"显然鲁迅在这里提出的"扫荡食人者"的口号也还是以人道主义思想为理论支柱的。至于他所说的"六敢",虽然表面上是同"爱"的伦理观念相抵触的,然而由于它的对象是"吃人"的非人道行为,因此这一主张实际上是人道主义思想的一种表达形式。在1927年以后,鲁迅的杂文仍然继续抨击反动派的黑暗野蛮的法西斯统治,用他自己的话来说:"我有生以来,从未见过近来这样的黑暗,网密犬多,奖励人们去当恶人,真是无法忍受。非反

---

① 法捷耶夫:《论鲁迅》,收入费德伦科等:《鲁迅论》。

抗不可。"①于是，凡是当时社会的一切非人道行为，诸如妓院主人悬赏拿人、国民党贵州省教育厅长下令枪杀进行抗日游行的小学生，以及反动派"大造监狱"等，鲁迅的杂文都给予了尖锐的揭露。

再从翻译来看，鲁迅所译的外国文学作品中，有很大一部分是明显地宣传了人道主义思想的，对此鲁迅总是给予肯定并且特别地提出来以引起读者的重视。例如他在译了《医生》（俄国阿尔志跋绥夫作）后指出：该文"虽然算不得杰作，却是对于他同胞的非人类行为的一个极猛烈的抗争"②；在译了《一篇很短的传奇》（俄国迦尔洵作）后，又称赞说：作者"那非战与自我牺牲的思想，也写得非常之分明"（见《译丛补》）；对于雅各武莱夫的作品，鲁迅又分析说："他的艺术的基调，是博爱和良心，而认农民为人类正义和良心的保持者，且以为惟有农民，是真将全世界联结于友爱的精神的"，而他的《穷苦的人们》"所发挥的自然也是人们互相救助爱抚的精神，就是作者所信仰的'人性'"。③至于鲁迅晚年花了很大精力翻译的果戈理的长篇小说《死魂灵》，无疑更是一位伟大的人道主义作家体现了强烈的人道主义思想的作品。

总之，鲁迅一生与人道主义思想结下了不解之缘。在革命活动中，他张扬着人道主义的旗帜，以此来批判封建主义，批判帝国主义，抨击从北洋军阀到国民党新军阀的法西斯专政的暴行；在文学活动中，则是借助人道主义思想表达了对一切反动派的强烈的憎恨和对人民群众的伟大而深沉的爱。鲁迅生活在半封建半殖民地的旧中国，在这一特定的社会历史条件下，一方面是反动统治阶级的赤裸裸的和血淋淋的法西斯专制主义的统治，另一方面却是广大人民群众受到非人道的待遇。因此鲁迅作为一个伟大的现实主义作家不可能

---

① 鲁迅致山本初枝的信（1934年7月30日）。
② 见《现代小说译丛》。
③ 《竖琴·后记》，收入《鲁迅译文集》第八卷。

对这种现实闭上眼睛,他接受人道主义思想,并以此作为自己的一种斗争的思想武器,而在实践中又使自己思想性格上的"横眉冷对千夫指"和"俯首甘为孺子牛"的两个侧面统一起来,这完全是由中国革命的实际情况所决定的,因而是完全可以理解的。至于鲁迅的人道主义思想中铸进共产主义世界观的成分,那是肯定的(这点后面将分析),然而这种情况并不能否定鲁迅有人道主义思想这样一个最基本的事实,即是说,鲁迅的人道主义思想是一种客观的存在,是不以人们的主观意志为转移的。

二

那么鲁迅的人道主义思想的主要内容和性质是什么呢?它又具有怎样的特点呢?

还是在五四运动前夜,鲁迅表示:"大约将来人道主义终当胜利。"(鲁迅致许寿裳的信,1918年8月20日)应当说鲁迅当时对于实行人道主义的具体内容的理解尚是空泛的,他在晚年自己认识到了这一点。然而我们如果把鲁迅一生中所有的涉及人道主义问题的言论归纳起来分析,则可以看到:鲁迅的人道主义主张还是比较具体、广泛和全面的,基本上综合了所有的人道主义的一些最基本的进步意见。

这就是说,鲁迅的人道主义主张从消极方面看,主要表现为:(1)揭露、控诉和抨击人剥削人和人压迫人的社会制度的本质是"吃人";(2)反对任何形式的"愚民的专制"即法西斯主义的独裁统治;(3)反对一切非人类行为,包括非正义的侵略战争。

如果从积极方面来看,则主要是:(1)要求人类平等,消灭人与人之间政治上、经济上的差别;(2)要求每个人都有生存权利以及其他最基本的民主权利;(3)主张每个人应该同时在精神上得到发展。

至于如何实现这种理想,鲁迅除了赞同进行革命斗争以从根本上消灭不合理的社会制度外,还从伦理学的角度提出了"自我牺牲"的要求。

无疑,上述主张是对当时的世界资本主义统治秩序的否定,也是对当时中国的半封建半殖民地社会制度以及由此产生的一切黑暗和罪恶的社会现象的否定,同时又表达了人民大众对于建立新生活的理想和要求。这样,鲁迅的人道主义思想就与中国新民主主义革命的目标是一致的了,也是同广大劳动人民的根本利益相吻合了,因而总的说来具有革命民主主义的性质。

人们现在正确地承认:根据马克思主义的观点,广义的人道主义"泛指一般主张维护人的尊严、权利和自由,重视人的价值,要求人能够得到充分的自由发展等等的思想和观点"①,而这种思想和观点与马克思主义的唯物史观并不矛盾,因为马克思主义者也明白地承认:"人的根本就是人本身"②;无产阶级的解放也必须消灭"集中表现在它本身处境中的现代社会的一切违反人性的生活条件"③;因此他们为之奋斗的共产主义社会,"将是这样一个联合体,在那里,每个人的自由发展是一切人的自由发展的条件"④。由此看来,鲁迅以上那些关于人道主义的思想虽然来源于欧洲文艺复兴时期的狭义的人道主义理论,但却没有如同不彻底的人道主义者那样仅仅局限于此,而是同马克思主义有相通之处。这就表明,即使在鲁迅尚未接受马克思主义的学说之前,他作为激进的小资产阶级革命家而提出的革命民主主义性质的人道主义主张已经具有通向共产主义世界观的基础。周扬同志曾经分析说:"鲁迅一生最大的战绩,是在他是第一个站在最坚决的民主主义的立场上,反对人吃人,主张人的权利的。这

---

① 汝信:《人道主义就是修正主义吗?——对人道主义的再认识》,《人民日报》1980年8月15日。本文所说的人道主义的"广义"和"狭义",从此文。
② 《马克思恩格斯选集》第一卷,人民出版社,1972年,第9页。
③ 《马克思恩格斯全集》第二卷,人民出版社,1957年,第45页。
④ 《马克思恩格斯选集》第一卷,第273页。

个立场正是他的批判的现实主义的基本,他后来走向能彻底废除人吃人的制度的那个阶级的思想的根源。"① 这种分析应当说是正确的。

这里还有必要把鲁迅的人道主义思想同他的同时代的其他资产阶级或小资产阶级民主派的人道主义思想作一比较。

欧洲文艺复兴时期的人道主义思想早在戊戌变法前后就传入我国并对我国的思想文化界发生了影响。在旧民主主义革命时期,举凡中国近代史上著名的启蒙主义思想家和革命家如严复、康有为、梁启超、谭嗣同、章太炎乃至孙中山等人,都是不同程度地接受和宣传了人道主义的,只是由于他们的直接的政论的社会影响更大,因而他们的人道主义观点便为之所掩,没有被研究者们着重地发掘出来,当然上述诸人的人道主义思想一般说来基本上是局限于狭义的范畴。到了五四新文化运动期间,国内思想文化界对人道主义的接受和宣传则形成了一股巨大的社会思潮。无论是新民学会、少年中国学会和觉悟社,还是国民杂志社、新潮社以及主要是宣传合作主义或无政府主义的其他社团,几乎都打出了或者曾经打出过人道主义的旗帜,以致使得同一个人道主义思想衍殖出许多杂有其他思想色彩或依附于其他社会政治思想的分支来。撇开新民学会、少年中国学会和觉悟社这些社团不论(因为它们的大部分成员后来很快地接受了马克思主义),其他一些社团及其代表人物反复宣传的"新村主义""平民教育""劳工神圣""妇女解放"和"工学互助"等口号,无不以人道主义作为理论基础之一。例如,国民杂志社的宗旨的第一条即是"增进国民人格"②;傅斯年说:"《新潮》的将来大约也是宣传文艺思想,人道主义的。"③特别是当时的无政府主义者关于"新村主义"的主张,其表面上的人道主义的色彩更为浓厚。他们有这样一段完整的意见:

---

① 周扬:《一个伟大的民主主义现实主义者的路》,原载《时论丛刊》(第一辑),1934年4月。
② 《国民杂志组织大纲》,转引自《五四时期的社团》(二)。
③ 傅斯年:《新潮之回顾与前瞻》,转引自《五四时期的社团》(二)。

"所以旧社会里的旧生活,实不外(一)禽兽的生活;(二)强盗的生活;(三)牛马的生活,绝没有'人'的生活。他既然够不上'人'的生活,所以他——

"肉体生活(一)受政治的支配;(二)受法律的制裁;(三)受经济的困迫。

"精神生活(一)感情不能适当的表现;(二)思想不能充分的自由;(三)本能不能尽量的发展,或发展而用于不正当的方面去;(四)意志的动机恒为境遇所迁移或消灭。

"所以我们要脱离现实的生活,另创一种新社会的新生活——新村的生活。"

"新生活——人的生活——是要:

(一)要先尽了自己的所能,然后可取自己的所需。(正当劳动。)

(二)要尊重自己和他人的人格。(不属于人,不役于人。)

(三)精神肉体无束缚。(打破我和人类间的一切阶级,完全自由。)

(四)要只受理性的制裁,不受人为的约束。(铲除一切伪道德和习惯的迷信"。)①

再如"五四"时期另一些资产阶级民主派代表人物如蔡元培、胡适和周作人等的言论。蔡元培强调:必须"教之以公民道德。何谓公民道德?曰:法兰西之革命也,所揭示者,曰自由、平等、亲爱。道德之要旨,尽于是矣"②。胡适认为:"社会最大的罪恶莫过于摧折个人的个性,不使他自由发展",而"发展个人的个性须要有两个条件。第一,须使个人有自由意志。第二,须使个人担干系,负责任"。③ 至

---

① 邰先典:《文化运动中的新村谭》,转引自《五四时期的社团》(三)。
② 蔡元培:《对于教育方针之意见》,见《蔡元培选集》。
③ 胡适:《易卜生主义》,见《胡适文存》(卷四)。

于周作人,他除了赞同"新村主义"外,还主张:"我们希望从文学上起首,提倡一点人道主义思想。"①如此等等。

从以上这些形形色色的人道主义主张来看,虽然也对现实的政治制度和社会现状表示不满,但有的是在最根本的问题上——否认现实社会制度本身的不合理和不人道是社会上一切非人道现象的根源——望而止步了,只是满足于在狭义的人道主义的框框里提出改革社会的意见;有的虽然也激烈地提出消灭阶级的意见,但却把人道主义引向了无政府主义的乌托邦的歧途。把鲁迅关于人道主义的完整的主张同这些意见相比较,其思想性质上的差异是十分明显的。

出现这种差异的原因是什么呢?主要是如下三点:

第一,鲁迅有着特殊的生活道路,这是他接受真正的彻底的人道主义思想的坚实基础。

鲁迅出生的时候,其曾经煊赫一时的官僚地主大家族已经坠为小康之家了,到了他童年,又遇祖父的科场案,家道更加中落,"几乎什么也没有了",于是鲁迅只得一度寄住在乡下亲戚家里,"有时还被称为乞食者"。(《集外集·俄文译本〈阿Q正传〉序及著者自叙传略》)就在这"从小康人家而坠入困顿"的途中,鲁迅初步消极地认识了"世人的真面目"。所幸的是童年鲁迅在和劳动人民的接触和亲近中,"逐渐知道他们毕生受着压迫,很多苦痛、和花鸟并不一样",而不再像以前那样"有时感到所谓上流社会的虚伪和腐败时,我还羡慕他们的安乐"。(《集外集拾遗·英译本短篇小说选自序》)这种思想转变的原因,如瞿秋白分析,是因为他"混进了野孩子的群里,呼吸着小百姓的空气,这使得他真像吃了狼的奶汁似的,得到了那种'野兽性'"②。鲁迅年轻时,虽然已经接受了"新学",但迫于旧礼教的压力,他在婚姻问题上(同朱安女士"结婚"),却承担了极大的痛苦:母亲

---

① 周作人:《人的文学》,《新青年》第五卷第六期。
② 瞿秋白:《鲁迅杂感选集·序言》。

送他的"礼物",他尽管不喜欢,但还是从形式上接受了下来。这表明,封建旧思想旧道德对于人的尊严和个性自由的否认,鲁迅是有切肤之痛的。另外,鲁迅留学日本期间,曾参加过"光复会",用他自己的话说,是"当过山贼"的,"有关山贼的事情,我可知道得多啦"。① 以上这种特殊的生活道路,是他同时代的其他文学家和思想家所没有的。这样,鲁迅虽然和其他人一样是从封建绅士阶级的队伍中走出来的,但却能够作彻底的叛逆:"他不惭愧自己是私生子,他诅咒自己的过去,他竭力的要肃清这个肮脏的旧茅厕。"②正因为如此,鲁迅一旦接受了人道主义思想后,就能够以此来分析中国社会的种种不人道现象,或者用中国社会的种种不人道现象来印证人道主义思想的合理性,从而不断地走向彻底的人道主义。

第二,鲁迅接受人道主义思想并不是学究式的,即不是从理论到理论,而是结合着他对中国现实社会的一切重大问题的深深的探索。

20世纪初,中国沦为半封建半殖民地社会已有大半个世纪的历史了,当时满清王朝的内政外交愈来愈病入膏肓。鲁迅沉痛地把这情况概括为"二患交伐":"往者以本体自发之偏枯,今则获以交通传来之新疫",总之,"中国之沉沦以益速矣"。(《坟·文化偏至论》)许寿裳回忆说:鲁迅在日本时他俩"见面时每每谈中国民族性的缺点。因为身在异国,刺激多端,……我们又常常谈着三个相联的问题:(一)怎样才是理想的人性?(二)中国民族中最缺乏的是什么?(三)它的病根何在?"③鲁迅也回忆说:"那时满清宰华,汉民受制,中国境遇,颇类波兰,读其(按指波兰资产阶级民主主义诗人)诗歌,即易于心心相印。"④正是从这种思想方法出发,鲁迅立下了"我以我血荐轩辕"的誓言,从而把对包括人道主义思想在内的"新学"的学习同

---

① 增田涉:《鲁迅的印象》(1973年5月)。
② 瞿秋白:《鲁迅杂感选集·序言》。
③ 许寿裳:《我所认识的鲁迅》,人民文学出版社,1952年。
④ 《且介亭杂文二集·"题未定"草(三)》。

探索中国社会问题结合和沟通起来。他早期的几篇论文,都反映了这一特点。从某种意义上说,鲁迅为之奋斗终生的工作就是诊断和治疗国民性弱点的病症。既然如此,他对于改造国民性问题有密切联系的人道主义思想的不断探索,分析,并且随着中国革命实践的发展而不断深化自己的认识,便是必然的了。

第三,鲁迅是自觉地把自己当作普通的中国国民的一员,置身于人民群众之中,从下层人民的立场上来分析中国社会问题,而不是像其他人那样,从俯视的角度即站在人民群众之上,满足于对人们表示怜悯和同情来提出问题的。因而鲁迅的人道主义主张并不以付诸空洞的泛论为终结,而是把它同维护人民的最根本利益结合起来,这就使得鲁迅观察和分析问题更加全面,更加深刻——特别是在他掌握了马克思主义世界观之后。

例如,在1929年至1930年年初这期间,鲁迅曾对冯雪峰说过这样两段话:

> 大家现在又在骂人道主义了,不过我想,当反革命大屠杀革命者,倘有真的人道主义者出而抗议,这对于革命为什么会有损失呢?……我未见有人道主义者挺身而出的事,但骂人道主义的人们为什么也吓得不敢响一声,或者还是没有想出另外好方法呢?……我想,中国大概并没有真的人道主义者,而另外的好方法也似乎想不出来,除去明白的直接的斗争。倘一面骂人道主义,一面又不斗争,我不知道这是什么主义!

> 人道主义也的确是无用的,要实行人道主义就不是人道主义者所主张的办法所能达到。除非也有刀在手里,但那样,岂不是大悖他们的主义,倒在实行阶级斗争了么?于是,就反而要如"托尔斯泰样"(Tolstoyan,托尔斯泰主义或托尔斯泰信徒的意思)一般,倒只向革命者要求人道主义了。托尔斯泰还是难得

的,敢于向有权力的反动统治阶级抗争,"托尔斯泰样"可就不高明,一代不如一代。①

这两段激愤之辞,表明鲁迅对人道主义问题的认识达到了真正的、彻底的即无产阶级人道主义者的水平。即是说,他对人道主义问题采取了历史的分析态度,从而全面地认识了人道主义问题的各个侧面,特别是强调了在当时张扬人道主义的旗帜对于中国革命的积极意义,否定了对待人道主义问题的"左"倾态度。

总之,鲁迅比之他同时的人道主义者的高明之处,不仅在于提出了彻底的人道主义的主张,而且还运用唯物辩证法提出了正确把握人道主义的几个原则关系,从而构成了他的人道主义思想的显著特点。

概括地说来,鲁迅提出的把握人道主义思想的主要原则是:

(一)人道要靠自己争取,而不能靠别人施舍。他说:"对于人道只能'……'的人的头上,决不会掉下人道来。因为人道是要各人竭力挣来,培植,保养的,不是别人布施,捐助的。"(《热风·六十一·不满》)这种重视人道主义而又反对空谈,主张以斗争求人道的意见,无疑地同伪善的或浅薄的人道主义理论划清了界限。

(二)爱与憎实际上是对立统一的。他说:"在现在这'可怜'的时代,能杀才能生,能憎才能爱"(《且介亭杂文二集·七论"文人相轻"——两伤》),因为社会现实是:"被压迫者对于压迫者,不是奴隶,就是敌人,决不能成为朋友,所以彼此的道德,并不相同。"(《且介亭杂文二集·后记》)这就把伟大的爱和伟大的憎同时当作了人道主义的两个侧面。鲁迅的"打落水狗"和"血债必须用同物偿还"的战斗口号无疑是建立在这理论基础上的。

(三)人道主义的最后归宿应为消灭了阶级的共产主义社会。

---

① 摘自冯雪峰:《回忆鲁迅》,人民文学出版社,1952年。

他说:"或者憎恶旧社会,而只是憎恶,更没有对于将来的理想,或者也大呼改造社会,而问他要怎样的社会,却是不能实现的乌托邦"(《三闲集·现今的新文学概观》),这种态度并不可取。鲁迅早年表示:"我对于'人人都是人类的相待,不是国家的相待,才得永久和平,但非从民众觉醒不可'这意思,极以为然,而且也相信将来总要做到。"①等到他晚年信服了当时苏联的社会主义制度的优越性后,认识到"无产阶级专政"正是"为了将来的无阶级社会"。(《南腔北调集·我们不再受骗了》)这就是说,鲁迅认为只有真正地解放了全人类的共产主义社会才是人道主义的最后归宿,从而堵住了从人道主义引申到无政府主义的乌托邦的道路。

三

我们既然承认鲁迅有人道主义思想,就有必要进一步分析鲁迅的人道主义思想的形成发展过程,由此判定人道主义思想在鲁迅整个思想体系中的地位,即人道主义思想同鲁迅的其他社会政治思想的内在联系。

鲁迅接受和宣传人道主义思想的第一阶段是在日本留学期间。当时,鲁迅由于痛感于中国国力的贫弱以及国民性的弱点,便把自己所接触到的一些西方资产阶级政治哲学思想都综合归纳在一个最基本的问题上,即承认每个人本身的平等原则,承认每个人都应具有独立的价值,反对人对人的压迫、摧残、侮辱和损害——特别在精神方面。因此,鲁迅期待"精神界之战士"的出现,重视那些"立意在反抗,指归在动作,而为世所不甚愉悦者"的外国资产阶级民主主义作家的作品,由此提出了把"沙聚之邦"转为"人国"的政治理想。(《坟·文化偏至论》)什么是"人国"呢?鲁迅认为:无论是君主立宪还是共和

---

① 《一个青年的梦·译者序》,收入《鲁迅译文集》第一卷。

政体,都不值得肯定:"呜呼,古之临民者,一独夫也;由今之道,且顿变而为千万无赖之尤,民不堪命矣,于兴国究何与焉。"(同上)显然,这种民粹主义性质的思想在反映鲁迅的反对人压迫人和主张人人平等幸福的人道主义的问题上是鲜明的。辛亥革命后不久,鲁迅提出"纾自由之言议,尽个人之天权"(《集外集拾遗·越铎出世辞》),表明鲁迅这一时期的人道主义思想的主要内容是强调"天赋人权"。

从1918年到1927年的新文学运动的第一个十年中,是鲁迅宣传人道主义思想的第二阶段。当时鲁迅的一个基本信念是:"无论什么黑暗来防范思潮,什么悲惨来袭击社会,什么罪恶来袭渎人道,人类的渴仰完全的潜力,总是踏了这些铁蒺藜向前进。"(《热风·六十六·生命的路》)因而在这一时期鲁迅就主要是用人道主义的武器向封建主义思想以及半封建半殖民地的中国社会现实中一切非人道的现象进行全面的抨击。在鲁迅的一系列小说和杂文中,他从广义的人道主义原则出发,不仅同情被剥削者和被压迫者,而且还坚决地诅咒剥削者、压迫者以及整个剥削制度的灭亡。这样,鲁迅虽然在思想理论上尚未接受马克思主义的阶级斗争学说,但却是高出于他的同时代的其他人道主义者的水平。这种认识水平是使得鲁迅在日后能够很快地从进化论到阶级论,从个性主义到集体主义的主观上的主要原因。

在1928年至1936年间,鲁迅由于接受了阶级斗争学说,因而在其论著中一般地不再直接提出人道主义问题了,而且他还明确地指出了狭义的人道主义的局限性:"托尔斯泰正因为出身贵族,旧性荡涤不尽,所以只同情于贫民而不主张阶级斗争。"(《二心集·"硬译"与"文学的阶级性"》)另外鲁迅又批判了某些资产阶级作家为反对马克思主义理论而提出的"文学没有阶级性"和"文学就是表现这最基本的人性的艺术"等虚伪的"超阶级"观点。(《二心集·"硬译"与"文学的阶级性"》)特别要指出的是,鲁迅在评论卢那卡尔斯基的《解放了的堂·吉诃德》时指出:剧本"极明白的指出了吉诃德主义的缺点,甚至于毒害。……革命终于起来,专制者入了牢狱;可是这位人道主义者,这时忽又认国公们为被压迫者了,放蛇归壑,使他又能流毒,焚杀淫掠,远过于革命的牺牲。他虽然不为人们所信仰——连跟班的山嘉也不大相信——却常常被奸人所利用,帮着世界留在黑暗中"(《集外集拾遗·〈解放了的堂·吉诃德〉后记》)。这表明在这一阶段中,鲁迅对于人道主义问题的倾向性认识是:不能让虚伪的人道主义来取代阶级斗争中的必要行动,特别是要警惕那些非人道主义者(奸人)打着人道主义的旗号来恢复黑暗的世界。但是,鲁迅的这些意见,并不意味着他从根本上否定了人道主义思想,恰恰相反,而是由于他思想水平的提高,已经能够区分真正的人道主义与虚伪的人道主义了。事实上,在这一时期鲁迅一刻没有放弃过对反动统治阶级的非人道暴行的揭露和批判,而且这种批判也不仅仅是从阶级斗争的学说出发,同时也是张扬着人道主义的旗帜的。如《航空救国三愿》(《伪自由书》)、《娘儿们也不行》(《集外集拾遗》)、《同意和解释》(《准风月谈》)和《偶成》(《南腔北调集》)诸篇即是。另外,鲁迅当时还针对某种"左"的倾向,提出了"无产者的革命,乃是为了自己的解放,并非因为要杀人"(《南腔北调集·辱骂与恐吓决不是战斗》)的思想,表现在行动上,当他风闻"流传着中共杀害附近农民"的消息时,曾对增田涉说:"杀害农民不管因为什么都不好,我们派人去调查,如果是真的,一定要劝告共产党不可杀害"[1];又如他秘密会见陈赓将军时,听说苏区的某些住宅四面都开了窗子,就很高兴地说:"这是因为人民生活好了,已经知道注意居住的卫生条件。……这是一个进步。"[2]无疑这也深深体现了鲁迅热爱人民的人道主义精神。

人们现在通常认为,在以上鲁迅思想发展的三个阶段中,其主要

---

[1] 增田涉:《鲁迅的印象》(1973年5月)。
[2] 张佳邻:《陈赓将军和鲁迅先生的一次会见》,收入《回忆伟大的鲁迅》,新文艺出版社,1958年。

的思想特征分别是：启蒙主义和爱国主义——进化论和个性主义——阶级论和集体主义。如果这一说法是建立在这样一个前提下，即承认鲁迅有人道主义思想，但考虑到人道主义思想并非是一个严整的世界观而是一种思想倾向的话，那么这基本上是符合鲁迅思想的实际情况的。反之，如果从根本上否认鲁迅思想中的人道主义成份，那么这样的分析和概括不能不说有某些缺陷了。事实上，就鲁迅的启蒙主义和爱国主义、进化论和个性主义以及阶级论和集体主义这三段式的思想体系来看，都明显地程度不同地映着人道主义思想的折光。换言之，人道主义思想是鲁迅的整个思想体系中的一个有机组成部分。

具体地分析，这就是：

第一，鲁迅的启蒙主义和爱国主义是同人道主义思想互为因果的。

大家知道，留学日本期间的鲁迅在探索祖国积贫积弱的原因时，认为最可怕的一点是国人精神上的麻木，即缺乏"理想的人性"，缺乏"精神界之战士"，于是他"当时觉得对于祖国的唯一的救济方法是革命"①，而革命的第一步又是应该提倡文艺运动，用精神的力量来改造国民性。这样，鲁迅在其当时所写的一系列论文中，一方面强调"思想之自由""个性之尊严"和"人类之价值"（《坟·文化偏至论》）对于启蒙国人精神的意义，另一方面则斥责帝国主义列强的"兽性的爱国"以及他们的"援引德皇威廉二世黄祸之说"。（《集外集拾遗·破恶声论》）由此可见，鲁迅的爱国主义和启蒙主义，不仅以人道主义的基本观点为出发点，而且又把实行人道主义作为爱国主义和启蒙主义的一个必然的内容。在鲁迅后期思想中，他的爱国主义思想依然十分强烈，甚至把爱国主义看得高于一切。例如他曾经说："同样被

---

① 许寿裳：《我所认识的鲁迅》，人民文学出版社，1952年。

杀,总不如被自国人底手所杀来得好。"①他还就中国人在英国殖民地——香港的非人待遇的情况发表了这样的意见:"要别人承认是人,总须在自己本国里先争得人格。否则,此后是洋人和军阀联合的吸吮,各处将都和香港一样,或更甚的。"(《集外集拾遗·〈行路难〉按语》)此外,鲁迅在批判那些貌似"憎恶洋鬼子"的"爱国主义者",即所谓"高等华人"的"奴才的品行"时说:"他们也象洋鬼子一样,看不起中国人,棍棒和拳头和轻蔑的眼光,专注在中国人的身上。"(《准风月谈·"揩油"》)这又表明,贯穿鲁迅思想发展始终的爱国主义,总是同他的人道主义思想联系在一起的。

第二,鲁迅的进化论和个性主义也是以人道主义思想为基础的。

鲁迅接受的进化论和个性主义,其思想材料有很大一部分明显地渊源于尼采的"超人哲学"。然而,尼采"超人哲学"的核心本质是颂扬强者,主张以强凌弱,即人对人的压迫——这正是这种思想日后成为法西斯主义的理论基础的原因之一。而鲁迅当时提出"任个人而排众数"的主张所强调的个性主义,却不是把目光专注在"超人"或"强者"身上,即并不对弱者过分地轻视和对强者极端的崇拜。鲁迅承认每一个人都应自重,例如他希望"烛幽暗以天光,发国人之内曜",从而使"素为吾志士所鄙夷不屑道者,则咸入自觉之境"。(《集外集拾遗·破恶声论》)而且鲁迅当时还对尼采与拜伦的思想作过比较:尼采"欲自强,而并颂强者";拜伦"欲自强,而力抗强者"。(《坟·摩罗诗力说》)这就表明,鲁迅的进化论和个性主义的实质内容主要是主张每个人的"个性解放",他的具体意见是:主张每个人应该有生存的权利、发展的要求,如他说:"无论如何,不革新,是生存也为难的,而况保古","我们目下的当务之急,是:一要生存,二要温饱,三要发展。苟有阻碍这前途者,……全都踏倒他"。正是从这种思想出发,鲁迅才愤怒地斥责那些"勒派腐朽的名教、僵死的语言,侮

---

① 内山完造:《回忆鲁迅先生》,收入费德伦科等:《论鲁迅》。

辱尽现在"的"现在的屠杀者":"杀了'现在',也便杀了'将来'——将来是子孙的时代。"当然,鲁迅主张的进化,不只是人类的本能的衍殖,而是强调从"旧人"到"新人"的发展,他以封建制度下父母与孩子的关系为例,深刻地阐述说:"所有小孩,只是他父母福气的材料,并非将来的'人'的萌芽,所以随便辗转,没人管他,……大了以后,幸而生存,也不过'仍旧贯如之何',照例是制造孩子的家伙,不是'人'的父亲。他生了孩子,便仍然不是'人'的萌芽",因而关键的问题是:"各自解放了我们的孩子"。鲁迅在这里把腐而不朽的封建主义的旧思想旧道德当作了人道主义思想的尖锐的对立面,正是表明他的进化论和个性主义是以人道主义思想为基础的。

第三,鲁迅的阶级论和集体主义同人道主义思想也具有一致性。

鲁迅的阶级论和集体主义的主要内容是:承认当前世界上阶级对立和阶级压迫的事实,用他自己的话来说,即是"世界上有两种人:压迫者和被压迫者"(《南腔北调集·祝中俄文字之交》),由此出发,鲁迅承认被压迫者运用暴力手段对压迫者进行阶级斗争的必要性:"中国现在的社会情状,止有实地的革命战争,一首诗吓不走孙传芳,一炮就把孙传芳轰走了。"这种言论似乎是强调了"火与剑",歌颂了"流血",其实作深入的分析,即可知道:它的意思与广义的人道主义并不对立。例如,鲁迅在分析当时帝国主义为什么要进攻苏联时指出:"工农都象了人样,于资本家和地主是极不利的,所以一定要先歼灭了这工农大众的模范";又说他之所以把当时的苏联看作是"从地狱底里涌现而出"的"一个簇新的、真正空前的社会制度",是因为那里的"几万万的群众自己做了支配自己命运的人"。(《南腔北调集·林克多〈苏联闻见录〉序》)在这里,鲁迅显然不仅从人道主义的角度指出了通过阶级斗争而获得的无产阶级专政的社会制度的合理性,而且还揭示出帝国主义的侵略行为是从根本上违背人道主义原则的。再有,鲁迅当时还提出了"合群改革"的思想,他说:"人能组织,能反抗,能为奴也能为主,不肯努力,固然可以永沦为舆台,自由解放,便能够获得彼此的平等。"(《花边文学·倒提》)这就进一步表明,鲁迅这时的阶级论和集体主义,非但没有同人道主义冲突,而且却是有一致性的了。

综上所述,在鲁迅的全部丰富的思想中,如果要找出其共同的东西,那么人道主义无疑是一个方面。从这个意义上来说,把鲁迅称作为伟大的人道主义者,也是可以理解的。当年许寿裳说:"鲁迅的思想,其实质是人道主义","他的创作,即以其以仁爱为核心的人格的表现"①,这样的分析虽然不够准确和完全,但是至少把握了鲁迅生平思想的一个特点。至于巴人同志认为:鲁迅"是从同情不幸人民的立场,站到无产阶级革命立场上来了,而这中间是一条红线似的贯穿着他那伟大而深厚的人道主义精神"②,平心而论,这样的分析是有其理由的,并不存在着所谓"歪曲"和"贬低"鲁迅的问题。

大约是在1930年的时候,鲁迅在回答一位青年的提问时感慨地说:人道主义思想"可惜在中国是打死得过早了一些"③。无疑,在今天看来,鲁迅的这一"可惜"仍是有其道理的。人们记忆犹新:在逝去并不太远的"十年浩劫"期间,人道主义思想作为整个进步人类的思想结晶的一个部分,曾经是怎样地遭到了挂着"马克思主义"招牌(甚至打着鲁迅招牌)的"左"派们的嘲弄、诋毁和侮辱。因此,当我们今天纪念鲁迅诞生一百周年的时候,对每一个声称尊重鲁迅思想的人来说,重温鲁迅对于人道主义问题的论述,重新考察鲁迅与人道主义思想的关系,该是有益的。

一九八〇年十一月,二稿

〔初刊《中国现代文学研究丛刊》1981年第2辑〕

---

① 许寿裳:《我所认识的鲁迅》,人民文学出版社,1952年。
② 巴人:《鲁迅的小说》,新文艺出版社,1956年。
③ 柳静文:《关于鲁迅先生》,原载《北新》第四卷第16号(1930年8月)。

略论鲁迅研究中的庸俗社会学倾向

鲁迅是中国人民的伟大儿子,他博大精深的作品和思想,是中国人民宝贵的精神财富,也是现代中国贡献给世界文化的一份珍品。因而,对之作认真而深入的研究,是一项意义重大的科学事业。几十年来,通过广大研究工作者的努力,在鲁迅研究方面的确已经取得了不少成果。然而,由于庸俗社会学的观点和方法影响下,形成了一种偏离科学研究轨道的倾向,甚至几次误入歧途。1956年,茅盾在纪念鲁迅逝世二十周年大会的报告中就曾指出:"近几年来,研究鲁迅的工作……也有缺点。其中应当引起我们警惕的是研究工作中的教条主义倾向。这种研究方法,往往不从鲁迅著作本身去具体地分析,不注意这些著作产生的背景材料(社会的和个人的),而去主观地这样设想:某年某月发生某事,对于鲁迅思想不能没有某些影响罢?然后在鲁迅著作中找证据。或者是:马克思主义的大师们对于某一问题抱着怎样的见解,马克思主义者的鲁迅也不可能抱着另外的见解,于是也在鲁迅著作中找证据。对于鲁迅作品的解释,也曾有过庸俗社会学的观点,……企图在鲁迅的片言只语中找寻'微言大义',在某些人中,也成为一种癖好。"[①]本文拟就庸俗社会学倾向谈几点粗浅

---

① 茅盾:《鲁迅——从民主主义到共产主义》,《人民日报》1956年10月20日。

的看法。需要说明的是,拙稿指出某些已故的和健在的鲁迅研究工作者的论著的缺点,意在总结鲁迅研究史的经验教训,并无借此否定他们全部业绩和著述成就的意图。倘有偏颇不当之处,恳请大家批评指正。

一

在1949年以来的鲁迅研究中,庸俗社会学的观点和方法的消极影响是一直存在的,但各个时期的表现形态却不尽相同,具有一种明显的变幻性。

1949—1965年间,大量的鲁迅研究论著,往往是用西方的或苏联的文艺理论中的一些现成的术语和概念来套鲁迅,如"批判现实主义""社会主义现实主义"和"人民性"等。由此出发,对于鲁迅思想及其作品的具体分析,又每每采用"时代背景+主题思想+艺术成就"一类的程式,甚至连谈思想性、艺术性的篇幅,大致上也有固定的比例(如七比三),很少有新的理论视野和研究角度。还有一种情况,则是以诠释毛泽东同志有关鲁迅的论述来代替对鲁迅的研究:或引用鲁迅的话来证明毛泽东的话是完全正确的;或援引毛泽东的话来证实鲁迅的伟大。这样,就势必出现研究的出发点与研究结论的归宿之间的同义反复,这种封闭在固定圈子里原地踏步的"研究",除了不可能提供出什么新的东西外,还束缚了整个鲁迅研究在学科发展方面的开拓和研究方法的革新。结果,有的步"乾嘉考据学"后尘,有的重蹈"旧红学"派之"索隐"覆辙,而着眼于"为现实阶级斗争服务"者,则以各种方式曲解鲁迅的作品和思想,从而在更严重的程度上把鲁迅研究引入歧途。试举几例:

"钻牛角尖"。为了证实鲁迅的伟大,有人考证说:《尔雅》曰:"牝狼,其子獥,绝有力,迅",注曰:"狼子绝有力者曰迅",可见"鲁迅的笔名意味着:一个姓鲁的母亲,生了好几个儿子,其中最勇猛、最具有野性、最激烈的一个就是鲁迅——周树人"。接下来该文又来了一个"猜猜看":鲁迅为什么在其小说中"偏要取个名字叫'阿Q'呢?""我认为鲁迅先生大概取 Question(问题)的头一个字母,但他没有直接地用'?'而已。因为鲁迅先生亲历了辛亥革命以至'五四'以前的中国革命史,而这革命的果实……还不是落在了又一批统治者的手头,……他对这样的革命历史不能不真正地发出疑问,在他的脑子里简直可以说是充满 Question,到处在写???!"①其实据鲁迅自己解释,这一笔名并无特别的深意②,他甚至还这样说过:"鲁迅就是姓鲁名迅,不算甚奇。"③再说取名阿 Q,也只是把"Q"代作汉字中的"桂"或"贵"而已。④唯其如此,花力气"考证""猜想"鲁迅笔名和作品中的人名的意义,不能不是钻入牛角尖而无法自拔。因为如果这种"考证""猜想"能够成立,就无法解释其他一些问题:鲁迅既为"狼子",那么周作人算什么?阿 Q 的 Q 是 Question,那么鲁迅小说中其他人物的姓名(如小 D)是否也同某一英语单词有联系?瞿秋白曾说过鲁迅是吃"狼汁"长大的而具有的"野性"⑤,其实,只是用了一个比喻而已,因此牵强附会地为这个比喻去寻找证据,就显然是缘木求鱼了。

"繁琐考证,本末倒置"。《鲁迅讲学在西安》⑥的作者在介绍本书宗旨时宣称要"正确而系统地介绍"1924 年鲁迅西安之行中"所到过

---

① 侯外庐:《从鲁迅笔名与"阿Q"人名说到怎样认识并怎样向鲁迅学习》,《光明日报》1951 年 1 月 26 日。侯氏持其意见,始于 20 世纪 40 年代,近年来仍坚持,参见其文《祝贺与希望》,收入《鲁迅研究年刊》1979 年号,陕西人民出版社。

② 鲁迅说:"因为新青年编辑者不愿意有别号一般的署名、我从前用过迅行的别号……所以临时命名如此。理由是:(一)母亲姓鲁;(二)周鲁是同姓之国;(三)取愚鲁而迅速之意。"转引自许寿裳:《亡友鲁迅印象记》,人民文学出版社,1953 年。

③ 鲁迅致宫竹心(1921 年 9 月 5 日)。

④ 参见《阿 Q 正传》第一章序。

⑤ 瞿秋白:《〈鲁迅杂感选集〉序言》。

⑥ 单演义著,长江文艺出版社 1957 年 12 月版。前几年著者对此书作了较好的改写,并由陕西人民出版社出版。

的地方,所接触过的人们,所做过的事情,以便看出当时或以后对他的生活、感情、思想、著作,一切发生着什么样的影响? 也便于看出他的一切对当时当地或以后的社会与人们起着什么样的作用"。如此用意当然不错,然而书中的绝大部分篇幅却是不厌其烦地逐条考证鲁迅的生活细节,如鲁迅怎样淋浴,怎样腹泻,怎样被臭虫咬等,其琐碎甚于历代帝王的"起居注"。在这种情况下,正常的研究课题,反而被淹没了。

"穿凿附会,强求微言大义"。鲁迅小说《药》的末尾有一段文字写到了乌鸦,于是众多的研究者便在乌鸦身上大做文章,发掘其"象征意义"。如有的说:鲁迅对乌鸦的描写,"是象征革命者的战斗的雄姿,象征着革命者的海阔天空的远大前程"[1],有的认为:"以那样姿态出现的乌鸦,只能是象征革命和革命者",因为"鲁迅对革命的渴热就只有反映在乌鸦身上了","用乌鸦象征着革命和革命者,反映了……鲁迅对于反动派的愤怒和敌忾。这名词本身就是个武器"。[2] 还有人则指出:据中国风俗,乌鸦是不吉利的,因此不可能象征革命,它的飞去可理解为鲁迅有意用来暗示革命的"否去泰来"[3]。本来,对《药》中的"乌鸦""花环"之类作一番分析也未尝不可,然而上述研究者对"乌鸦"的分析完全脱离了作品,所以不能不是在搞"索隐"的一套。讨论这类问题虽然在表面上点缀了所谓"百家争鸣"的气氛,实际上显然是人为地制造了一个梦魇,只能使人越搞越糊涂。

"迎合时尚、强加于人"。《鲁迅怎样对待欧洲资产阶级文学遗产》[4]一文,为配合刚刚兴起的作为"文革"序幕的对《海瑞罢官》的批判,捏造了一个"对资产阶级文学采取""革命的批判精神"的假鲁迅的形象。文章借鲁迅之名而提出的一系列所谓在"对待一切历史文

---

[1] 李何林:《中国新文学史研究》,新建设杂志社,1951年。
[2] 朱彤:《鲁迅作品分析》(第二卷),上海东方书店,1954年。
[3] 吴奔星:《文学作品研究》(第一辑),上海东方书店,1954年。
[4] 作者公盾,《新建设》1965年第11—12期合刊。

化遗产和文学遗产"问题上的"根本对立的两种原则",实际上把鲁迅打扮成"文革"的旗帜了。

如此等等的庸俗社会学的研究方法及其结论,显然是同辩证唯物主义和历史唯物主义相悖的,使得鲁迅研究的科学性受到了相当严重的损害。

"文革"期间,鲁迅研究中的庸俗社会学倾向达到了登峰造极的地步,表现得更为赤裸裸。"四人帮"直接操纵的鲁迅研究实际上是篡党夺权的一个工具,不属科学研究范围。就绝大多数鲁迅研究工作者来说,由于受到"文革"理论、极"左"思潮以及"四人帮"的"鲁迅论"的影响,也自觉或不自觉地用庸俗社会学的方法,殊途同归地把鲁迅塑成了一尊先知先觉、一贯正确、能够回答一切现实问题的"神"。总之,鲁迅的思想和作品在最广阔的范围内被曲解,被庸俗化了。

这里暂且不去说鲁迅怎样成了"捍卫毛主席革命路线的忠诚战士",鲁迅又如何在"批刘少奇","批'四条汉子'""评法批儒""批投降派"以及"反击右倾翻案风"中体现了"反潮流精神,"仅从对鲁迅若干生平史实以及他的一些非主要的思想理论观点的歪曲的情况,就可看出问题的严重性:

鲁迅和瞿秋白本是亲密战友,互视为"知己",在瞿氏遇害后,鲁迅深情地为之编《海上述林》,史实十分清楚,本无疑义。但是为了证明鲁迅有很高的"路线斗争觉悟",便说:"鲁迅在编《海上述林》时,只收瞿秋白的翻译,而不选他的文章,这就证明马克思主义者鲁迅对('左'倾机会主义者)瞿秋白是有所保留的。"①

关于鲁迅在"五四"时期的思想水平,有人作了这样的论证:"我有一个设想:1919年毛主席在《湘江评论》上发表了著名的《民众的大联合》,这是一篇有马克思主义因素的文章,……鲁迅当时在北京

---

① 《学习鲁迅 认真读书》,《光明日报》1971年9月25日。

很可能也看到。如果我这个假定成立,那么鲁迅从1919年就开始接受毛主席思想的影响了。……这种影响对于鲁迅思想的不断进步,自觉的改造,是起着潜移默化作用的。"①

北京一位小学生顶撞教师,有的文章就把这件事视作"新生事物",其题目就叫《学习鲁迅热情扶植新生事物的精神——为黄帅的公开信叫好》②。

在粉碎"四人帮"后,庸俗社会学的方法论在鲁迅研究中仍有市场,甚至在那些旨在批判"四人帮"破坏鲁迅研究的罪行的文章中也有表现。如有的文章批判姚文元,说其"紧跟瞿秋白屁股后面","像苍蝇逐臭一样把机会主义路线的货色当作宝贝"。③ 又如有篇文章在谈到鲁迅"五四"时期的思想水平时,先指出毛泽东的有关论述,接下来便是一大段推理:既然"鲁迅是'五四'以后中国完全崭新的文化生力军的最伟大和最英勇的旗手和主将","当然应该属于'大批的赞成俄国革命的具有初步共产主义思想的知识分子'的阵营,他在进行战斗时的主要思想武器,也正是无产阶级的宇宙观和社会革命论"。文章还如此反问说:"作为'五四'文化新军旗手的鲁迅,怎么能以(进化论)这个软弱得很而且破产了的资产阶级思想作为自己进行战斗的主要思想武器呢?"④在这里,科学研究应有的具体分析,完全为抽象的逻辑推理取代了。

党的十一届三中全会以来,情况起了变化。但是,庸俗社会学方法论犹如"百足之虫,死而不僵",还时时在已基本上纳入科学轨道的鲁迅研究领域中发出不和谐的声响(具体的分析详后)。唯其如此,我们说庸俗社会学一直在鲁迅研究领域中发生消极影响,并不是一

---

① 李何林:《鲁迅的生平和杂文》,陕西人民出版社,1973年。
② 作者李桑牧,《长沙日报》1974年3月14日。
③ 甘竟存:《姚文元是典型的反革命两面派》,《人民日报》1976年11月26日。
④ 刘国盈等:《"五四"文化新军的最伟大和最英勇的旗手》,《南开学报》1978年第1期。

种夸张的说法。

二

庸俗社会学在鲁迅研究领域中如此作祟,难道没有人起来批评、抵制吗?当然不是。问题在于尽管有人作过批评,挖过它的根子,然而由于其赖以生长的土壤和气候条件没有根本改变,或者说总有一些人自觉或不自觉地喜欢它,所以它依然得到了滋长和蔓延。

早在 1949—1965 年期间,针对那种钻牛角尖式的、搞繁琐考证的和强求微言大义的情况,不少研究者公开发表文章作了指名道姓的批评①,也有文章从整体上指出了这种研究方法的庸俗社会学性质,如崔巍等人在一篇述评中说:不少鲁迅研究论著,"常常不是从占有可靠的事实材料出发,而是以主观主义的唯心观点去代替实事求是的科学研究,穿凿附会和主观臆测之处屡见不鲜。有的甚至以'猜谜''索隐'的方法,企图从鲁迅作品中去找寻'微言大义'。也有的研究者在研究鲁迅作品的时候,抛弃其产生的具体历史条件,而生硬地把它变成政治口号的说明和历史事件的佐证。这样,在这些研究者的著作中,就或多或少地存在着主观主义的和唯心观点的庸俗社会学的错误倾向"②。可是,稍后文艺界就兴起了扩大化的"反右派"斗争和"反对修正主义"的斗争,由此出现了更适合于庸俗社会学发展的政治气候,人们对于庸俗社会学的正确批评,反而成了错误和罪状。这里有几种情况。先是在扩大化的"反右派"斗争中,"反对庸

---

① 批评侯外庐的有唐弢《关于鲁迅笔名与"阿 Q"人名问题》,《光明日报》1951 年 2 月 20 日;批评单演义的有张宏勇等:《反对庸俗的繁琐考证》,《西北大学学报》1958 年第 4 期;批评在"乌鸦"问题上搞"索隐"的主要有箭鸣:《鲁迅小说研究中的错误倾向》,《文艺报》1956 年第 7 期。

② 《我国学术界近二十年来普遍重视整理和研究鲁迅遗产》,《光明日报》1956 年 10 月 19 日。

俗社会学"的旗帜被一些人接了过去,他们对所谓"右派分子"的鲁迅研究论著的批判,也斥之为"庸俗社会学",如有人批判说:"徐中玉是一个庸俗社会学的研究者。"①同时值得注意的是,也有人开始在"反对庸俗社会学"的问题上埋下了钉子,如那个自己曾搞过庸俗社会学的姚文元,在批判陈涌时,就别有用心地说陈涌"讨厌强调政治标准第一的'庸俗社会学'",联系到姚文元把陈涌的鲁迅研究指为"反马克思主义的修正主义思潮"②,这样,在一些人眼中,"反对庸俗社会学"的正确口号似乎已经是一种变质的东西了。继而在1960年前后,文艺界尽管还有人承认庸俗社会学在文学批评和文学研究活动中的客观存在,但是却认为不继续开展思想斗争反对修正主义而主要反对庸俗社会学,是"完全错误的"③。再后,可能由于考虑到"反对庸俗社会学"的口号是从苏联舶来的,因此几乎不再有人提出这个问题了。很显然,上述这些情况,使得"反对庸俗社会学"的口号本身也被庸俗化了,其结果当然只能是导致各种形态的庸俗社会学的更大泛滥。

值得指出的是,在1949—1965年间,针对鲁迅研究中庸俗社会学的倾向,也有不少研究者比较谨慎地从正面提出了一些很好的意见。如赵俪生撰文指出:不能用"分割的方法"来研究鲁迅,"'鲁迅论美国'、'鲁迅论妇女'、'鲁迅论科学'……像这样分割下去,直到'鲁迅论小脚'、'鲁迅论辫子'、'鲁迅论鸦片',……是会有无穷无尽的'科学研究'的题目的",然而这一类论文,"即便积累到九千九百九十九篇",也不会"赶上世界的先进的科学水平"。作者的结论是:"鲁迅遗产是一个整体",如果要对这一研究对象的有机整体进行逻辑划分,那应"首先深

---

① 王明堂:《徐中玉的"鲁迅研究"》,《文艺月报》1957年第9期。
② 《论陈涌在鲁迅研究中的反马克思主义的修正主义思潮》,《文艺月报》1957年第10期。
③ 《更高地举起毛泽东文艺思想的旗帜》,《文艺报》1960年第1期。该文这段话的批评对象是《文学知识》1959年第10期的编辑部文章《欢呼中国文学的重大成就和发展》。

入到内容,从深入中找到自然的逻辑划分的线索"。① 又如张瑾之在一篇文章中提到:研究鲁迅作品,"学习和引用经典著作"当然是"完全必要的",但"首先应该掌握经典文献的精神实质,全面考虑问题,不能抓住一点,不计其他",虽然"不应该忽略其中的一段一句,但是一定要把它和全篇乃至作品的一贯思想联系起来并从全篇的总的思想来加以理解,不能为了证明自己的观点,只摘引表面上与之相符合或自以为相符合的片断,断章取义,离开文献的总的精神"。② 然而人们还来不及思索这些中肯的意见,劈头而来的政治运动的浪潮就把它们冲掉了。既然如此,庸俗社会学方法论当然要发挥更大的影响了。

有的研究者本来对鲁迅研究中的方法论问题很重视,或提出过一些正确的科学方法论的原则,或旗帜鲜明地批评过庸俗社会学的现象,或在自己的科研实践中表现了对于科学方法论的重视和追求,但最终却仍可悲地投入了庸俗社会学的怀抱。有人在解放初期曾正确地指出:"研究鲁迅不能为了时髦,为了他是名作家便于介绍,或者当他是神,是偶像,是化石,对他抱着'生意眼'的态度。却是希望依照毛主席的指示,以'实事求是'的精神,把这位文化革命巨人,更完整、更正确的介绍给读者。"③然而几年之后,便放弃了自己原来的主张。至于其他一些鲁迅研究工作者,他们对于鲁迅的基本认识,对于鲁迅思想的理解,对于鲁迅若干代表作的分析,前后有变化,有矛盾,这中间也有相当的成分是自觉或不自觉地根据一时一地的"精神""指示"和政治口号等来改塑鲁迅,即程度不同地接受了可能也为他们的内心所鄙视的庸俗社会学方法论。例如,一篇《论"费厄泼赖"应该缓行》,几十年来,分析、介绍的文章不计其数,一会儿发现了它的"反潮流精神",一会儿发掘了"无产阶级专政的思想",就很可以说明

---

① 《稍谈研究鲁迅的方法》,《文汇报》1956年10月15日。
② 《研究阿Q典型与引用经典著作》,《江西师院学报》1964年第1期。
③ 收入胡今虚:《鲁迅作品及其他》,泥土社,1950年。

这一点。这就表明:庸俗社会学之所以在鲁迅研究领域中盛行,也同研究者本身的思想水平和理论勇气的不足有关。人们常说要"以鲁迅精神来研究鲁迅",这真是谈何容易!

1979年以来,在党的十一届三中全会精神的鼓舞下,广大鲁迅研究工作者解放思想,在对鲁迅研究的历史和现状作了深刻反省的同时,提出了诸如"实事求是地研究鲁迅""科学地研究鲁迅"和"创造性地研究鲁迅"的口号,其中也包括重新提出了"反对庸俗社会学"的问题。一场关于"神化鲁迅"问题的论争,可以说是鲁迅研究领域中的"真理标准的讨论"。可惜的是,论争并未深入,一些提出要反对"神化"鲁迅的研究者,还不时受到他们的同行发出的"贬低鲁迅""往鲁迅脸上抹黑"一类指责。这样,庸俗社会学仍然没有得到全面的清除。例如,不少文章仍然硬把鲁迅同革命导师拉上关系,有说《湘灵歌》是表现鲁迅对"毛主席亲密战友杨开慧烈士"的"深切悼念"的,也有编造"毛泽东会见鲁迅"的神话的。还有一些论著也仅仅满足于对鲁迅语录的"排列组合",或者仍靠摘引鲁迅的片言只语来印证现行的某些政策口号的正确性。此外,"分割研究"的趋势还在发展,什么"鲁迅与回族""鲁迅与乒乓球""鲁迅与桂林莘荠"等,也都成了研究课题。至于搞"起居注"式的考证研究,也很不少,诸如鲁迅的"家宴""失眠"之类,还被郑重其事地写上了有关"年谱"。总之,直到目前,把鲁迅当作"神""偶像""化石",对之"抱生意眼态度",依然存在,用鲁迅研究界的"戏言"来说,就是仍有人在"吃鲁迅饭"。

本文指出上述情况,当然不是追究鲁迅研究者个人的责任,因为"人们自己创造自己的历史,但是他们并不是随心所欲地创造,并不是在他们自己选定的条件下创造,而是在直接碰到的、既定的、从过去承继下来的条件下创造"[①],这就是说,庸俗社会学方法论之所以在

[①] 马克思:《路易·波拿巴的雾月十八日》,《马克思恩格斯选集》第一卷,人民出版社,1972年,第603页。

鲁迅研究领域如此长久地发生影响,其根本原因在于民族心理和民族文化传统中消极因素的影响。在长期的中国封建社会里,特别是秦汉以来进入高度的中央集权的封建社会之后,从远古时代到先秦期间,人们业已形成的根深蒂固的偶像崇拜的观念得到了鼓励和巩固,而且原先多元的偶像又为单元的偶像——"圣人"所取代。换言之,从这个时候起,只要谁(如孔子)被钦定为"圣人",谁就能够享受唯其独尊的荣誉和地位,而人们也都会心悦诚服地向他顶礼膜拜,并在这种虔诚的偶像——圣人崇拜中,求得一种在物质上得不到的精神安慰和满足。至于圣人本身,由于不断地被神化,被改塑,在他身上加了许多不属于他的思想和理论,所以也就逐渐变成了一种抽象的和凝固的"观念",从而被后人当作量度、规范和剪裁新的社会现实的价值标准。这种民族心理的消极面,影响到知识分子,体现在他们的学术活动中,就构成了民族文化传统的一个消极面:心甘情愿地拜倒在"圣人"(孔子)的脚下,把他看作至高无上、完美无缺的"神","咸以孔子是非为是非","天下六艺皆折中于夫子",由此出发,所谓的学术著述活动,也就只是为了"载道",即"代圣贤立言",如果有谁敢"离经叛道"、"非汤武而薄周孔",那只能是自蹈死地。所谓"曾经圣人手,议论安敢到",实际上是当时的知识分子从血的教训中悟出来的经验之谈。既然如此,理学家们标榜并实践的所谓"六经注我,我注六经",是必然的,也是很自然的了。戊戌维新以来,特别是在五四新文化运动中,包括鲁迅在内的启蒙主义思想家们虽然竭力提倡反对迷信、破除偶像崇拜①,但毕竟未能毕其功于一役,以至于这种民族心理和民族文化传统的消极面至今还在小生产者意识仍旧颇为浓厚的现代中国发生影响。

1949年以来的鲁迅研究当然无法摆脱这种民族心理和民族文化传统的消极面的制约(尽管绝大多数鲁迅研究工作者并不认识到

---

① 参见《新青年宣言》,《新青年》第七卷第一期(1919年12月)。

这一点),另外,由于毛泽东同志本人被不断地"神化",而鲁迅是为毛泽东所高度评价的,爱屋及乌,于是鲁迅也就成了"神",成了"圣人"。既然如此,不少人对鲁迅作研究,也当然只能是围绕着"圣人崇拜"的轴心而各显神通了。当年,毛泽东曾说过鲁迅是"中国的第一等圣人""现代中国的圣人"①,近年中,又有人称鲁迅为"现代中国的孔夫子"②。尽管上述说法是局限在一定的意义上的,但应当承认,鲁迅研究领域中确有"圣人崇拜"的观念,而且这种观念至今尚未消除。正因为这样,我们在讲到鲁迅研究工作中的庸俗社会学方法论的问题时,不能不把它同民族心理和民族文化传统的消极面——"圣人崇拜"的观念联系起来。

三

现在回过头来谈谈庸俗社会学观点的理论方面的实质以及同清除庸俗社会学有关的几个理论问题。

庸俗社会学这一概念,是从苏联引入的。20世纪二三十年代以来,苏联的文学批评界就存在着一种严重地阻碍文学创作和文学批评健康发展的非马克思主义的、反科学的批评方法,一些严肃的文艺理论家把它看作为哲学上庸俗社会学观点在文学艺术中的反映,所以鲜明地提出了"反对文学艺术中的庸俗社会学"的口号。根据留里科夫在第二次全苏作家代表大会上的解释,"庸俗社会学教人简单表面地看待生活和艺术,取消了艺术技巧问题和艺术的完整问题",所以庸俗社会学的文学批评既是形式主义的一种——"这种形式主义的特征是脱离生活,无视作品的思想和社会作用,因而它对形式的理解也是狭隘的、空虚的、简单的",而且又是唯美的虚无主义的,即"降

---

① 《论鲁迅》(1937年10月19日),重新刊登于《人民日报》1981年9月22日。
② 许杰:《希望有一个纵深的突破》,《鲁迅研究》第四辑(1981)。

低世界观在创作中的作用,歪曲现实主义"。另外,庸俗社会学还"以力求符合党性和关心提高文学的教育作用为理由,令人絮烦地要求文学成为教学法和纠缠着要求文学德道说教"。总之,庸俗社会学是"把马克思主义简单化和庸俗化","庸俗社会学这一概念,及其对艺术的冷漠态度,对艺术上层建筑这一复杂而细致的领域中的现象机械的看法,把文学研究者弄得麻木不仁,使他离开科学分析的道路,扼杀了对艺术的理解和热爱"。① 由此可见,庸俗社会学实际上是文学批评和文学研究中种种非马克思主义的方法的大杂烩,它既含有"拉普派"文艺观的残余,又揉合了托落茨基的"政治—文艺"二元论。庸俗社会学的变幻性,就是由此出发的。

"反对庸俗社会学"的口号传入我国文艺理论界之后,立刻为包括鲁迅研究工作者在内的文艺批评家们所欣然接受,因为经过前几年我国文艺界的一系列既有一定必要、但又不够科学的批判运动(如对《武训传》《红楼梦研究》和胡适的批判),或者本身是基本错误的、由此留下了消极影响的斗争(如对肖也牧作品的批判、对"胡风集团"的斗争),庸俗社会学的倾向在我国文艺界也同样有露骨的表现。当然,如同外国的其他一些理论在传入我国后总要发生某些变化一样,我国文艺理论界当时对庸俗社会学的概念,作了更为宽泛的理解:举凡文艺批评和文艺研究中的粗暴的指责,政治判决式的批评、主观主义的臆测、简单化的类比、庸俗繁琐的考证以及在对于文艺现象和文学作品的评价中所表现出来的种种形态的曲解,都视作为庸俗社会学。唯其如此,也有人把"教条主义""机械唯物论"或"观念论的机械论"视作为庸俗社会学的同义词。

由此可见,所谓庸俗社会学,其实质是政治上的"左"倾教条主义

---

① 《苏联人民的文学(第二次全苏作家代表大会报告、发言集)》(上册),人民文学出版社,1955年。关于"庸俗社会学观点"的哲学性质,可参见苏联哲学百科全书(1960年版)对该条目的解释。

同思想方法上的主观唯心主义和形而上学的结合,它是文艺上"左"的指导思想的产儿,同时反过来又对"左"倾路线和"左"的指导思想起推波助澜的作用。

为了清除庸俗社会学的影响,需要解决如下两个理论问题。

首先,所谓文艺批评和文艺研究要为"无产阶级政治服务"一类的口号应当抛弃,因为事实已证明:文艺批评和文艺研究一旦着眼于"为无产阶级政治服务"之类,就必然会让庸俗社会学钻空子。几十年来鲁迅研究方面的汗牛充栋的"服务"性东西,究竟有多少是有价值的呢?如果说,对社会主义的文艺批评和文艺研究需要有一个总的政治功利方面的要求的话,那么提倡和强调科学性就足够了,因为社会主义的文艺批评和文艺研究只有作为正常的科学研究活动的形态出现,才会有价值有意义,也才会从根本上符合社会主义和人民的利益。

其次,要正确看待毛泽东同志对于鲁迅的有关论述。毛泽东对于鲁迅的论述,大致有两种情况:一是提出对鲁迅的基本认识和总的评价,如《鲁迅论》及《新民主主义论》有关章节;二是对鲁迅的若干作品的内容、观点作某种阐发,如《在延安文艺座谈会上的讲话》和《反对党八股》等文的有关段落。应当指出,无论属于那种情况,由于行文的关系(政论文体写作的特殊性),毛泽东的上述论述,更多地呈现结论性,而没有如同一般的文学批评和文学研究文字那样作充分的、具体的分析和论证。如果我们不相信"一句顶一万句"之类的神话,那么就应当承认:毛泽东并没有穷尽对于鲁迅的认识。这样,人们对于鲁迅的研究,当然不能只是停留在对毛泽东的有关论述的"注解"和"诠释"上,而是需要通过自己的独立的创造性的研究,不断地提供一些新的东西,以更全面更准确地把握和认识鲁迅。讲到毛泽东关于鲁迅的论述对于其他研究者的指导作用,其实主要表现为他所持的立场、观点和方法有相当的启示意义,而不是说其他研究者必须服从他的每一个具体的结论性意见。另外,即使是这种方法论方面的启示意义,也决不是唯一的和排他性的,因为其他研究者也可以尝试运用其他科学方法论,从新的角度、新的侧面对鲁迅进行研究,由此获得其相应的新的结论。总之,其他鲁迅研究工作者对于毛泽东的一些结论和研究方法,有所修正,有所深化,有所突破,有所发展,完全是一种正常的情况,鲁迅研究工作的深入和学术水平的提高,正是取决于此。

很显然,如果社会充分保证文艺批评和文艺研究的自由,凡是独立思考的精神、科学的怀疑精神、创造性的研究方法,乃至所谓有"离经叛道"之嫌的观点和见解,不仅不会被当作错误乃至罪行受到压制或惩处,反而会得到热情的支持和鼓励,包括容忍在科学探索中可能出现的失误,那么在科学昌明的今天,对每一个严肃的文艺批评家和鲁迅研究工作者来说,谁还愿意同庸俗社会学这一不光彩的东西携手呢?即使有个别人为贪图省力计,自觉或不自觉地搬用了庸俗社会学方法论,也不会造成文学批评和文学研究中的一种倾向性问题,由此从整体上影响鲁迅研究学术水平的提高。

至于在摈弃了庸俗社会学方法论之后该用什么科学方法来研究鲁迅,这已属于另一个问题了。笔者曾写过《重视科学方法论的学习和运用》①,对此有所论及,此不赘述。现在看来,该文的某些表述还很粗糙,偏颇之处也有一些。其实,广大鲁迅研究工作者积自己多年来的经验教训,对此自有高见,本用不着我这个才刚刚起步搞鲁迅研究的人来饶舌。不过我想强调的是:不彻底消除庸俗社会学的消极影响,要在鲁迅研究工作中引入新的科学方法论将是困难的。

梁启超指出:学术思潮的发展遵循这样的轨道:启蒙期—全盛期—蜕分期—衰落期(此又为下一个新思潮的启蒙期),如此循环。② 我们如果把梁氏的循环论理解为螺旋式的上升,那么这一见解

---

① 《鲁迅研究》1983 年第 5 期。
② 梁启超:《清代学术概论》。

无疑是很正确的。就目前的鲁迅研究来说,由于在纪念鲁迅百年诞辰的1981年,发表了不少新成果①,这之后又有一批新的成果问世,相对说来鲁迅研究的学术水平有了一定的提高,所以似可把发展到了今天的鲁迅研究专题学科史,视作进入了第一个衰落期即第二个启蒙期。梁启超又说:"凡启蒙时代之大学者,其造诣不必极精深,但常规定研究之范围,创革研究之方法,而以新锐之精神贯注之"②,此言极是。因此,为了促成鲁迅研究专题学科史早日进入再次全盛期,"创革研究之方法"是一个关键的问题。综上所述,这一问题的前提就是彻底摈弃庸俗社会学方法论。

最后不妨再次指出,庸俗社会学的观点和方法对于鲁迅研究工作的侵蚀,说到底也是一种历史现象,所以,"从历史的观点来看,这件事也许有某种意义:我们只能在我们时代的条件下进行认识,而且这些条件达到什么程度,我们便认识到什么程度"③。正因为这样,在我们这个思想路线上几经反复曲折的国家里,学术研究工作中发生某些偏差是不足为怪的,它决非全是研究者个人的过失。问题在于需要正确地总结历史经验,坚持实事求是这一马克思主义的根本原理,以更新研究方法,提高学术水平,开拓学术研究工作的新局面。想来广大的鲁迅研究工作者对此是充满信心的。

1985年3月改定

〔初刊《复旦学报》(社会科学版)1985年第4期〕

---

① 安明明、白海写的《一九八一年鲁迅研究述评》(《鲁迅研究》第八辑)对此有具体的分析、可参看。该文认为:1981年的鲁迅研究成果主要表现为:"一些新的研究领域开拓了,一些长期被忽视或不能正视的问题受到了重视和重新认识;不少领域增加了理论深度,并且出现了一些有分量的比较研究和综合研究的论文和专著。"这一看法是符合实际的。

② 梁启超:《清代学术概论》。

③ 恩格斯:《自然辩证法》。

关于鲁迅讥评"胡适之法"的几个问题

鲁迅在致友人的信中,曾如此论及郑振铎及其文学研究的成果:

> 郑君治学,盖用胡适之法,往往恃孤本秘籍,为惊人之具,此实足以炫耀人目,其为学子所珍赏,宜也。我法稍不同,凡所泛览,皆通行之本,易得之书,故遂了然于学林之外,《中国小说史略》而非断代,即尝见贬于人。……郑君所作《中国文学史》,顷已在上海豫约出版,我曾于《小说月报》上见其关于小说者数章,诚哉滔滔不已,然此乃文学史资料长编,非"史"也。但倘有具史识者,资以为史,亦可用耳。①

在这里,所谓"恃孤本秘籍"而"为惊人之具"的"胡适之法",显然是一种讥评。这一讥评,虽说以郑振铎为对象,但根本上却表明了对于胡适的学术研究方法的某种否定。——如此理解,想来不至于曲解鲁迅的原意。

然而,鲁迅认定郑振铎的《插图本中国文学史》缺乏文学史专著应有的"史识"因而不过是稍具"文学史资料长编"性质,这一评判意

---

① 鲁迅《致台静农》(1932年8月15日),《鲁迅全集》第12卷,人民文学出版社,1981年,第102—103页。

见应当说是不准确的,也不符合郑著实际的学术水平和价值意义,而且这一评判意见在方法论上也有欠妥处,因为鲁迅只是在根据已刊出的"关于小说者数章"而不是以全书内容立论的情况下作整体性判断的,未免有以偏概全之嫌。——关于这一点,笔者已经作过较为深入的分析评述①,兹不赘述。

问题在于,鲁迅对"胡适之法"的讥评,本身是否具有合理性?对此学术界似乎尚未有专门集中的探讨。因此,实事求是地回答这个问题,不是没有意义的。

当然,对于这一问题的解答,将自然涉及另一些相关的具体问题,至少如:什么是"胡适之法"?而鲁迅对"胡适之法"的内容的理解与把握是否全面准确?从鲁迅对"胡适之法"所作的那点限定来看,本身又是否有可取性?联系到鲁迅本人的学术文化思想及其学术研究活动实践,"胡适之法"是否值得构成讥评对象?而鲁迅之所以讥评"胡适之法"的原因又是什么?

笔者不揣冒昧,拟对提出的上述问题试作分析讨论,有不妥之处,祈求方家指正。

一

在中国现代学术文化史上,胡适无疑是一位最具有方法论的自觉性的学者。他并非只是一般地反对"目的热,方法盲"的问题②,而是通过对杜威实验主义哲学的改造建立了自己的科学的思想方法的体系,由此还提出了相当系统完整的治学方法,并且付诸本人的学术研究活动的实践。用胡适自己的话来说:"我治中国思想与中国历史

---

① 参见金梅、朱文华:《郑振铎评传》,百花文艺出版社,1992年。该书第三章(未入盟的左翼作家)第四节(文学研究的收获)有专门段落评述这一问题。

② 关于胡适反对"目的热、方法盲"的思想观点,可以参见其《问题与主义》和《我的歧路》,分别收入《胡适文存》和《胡适文存二集》。

的各种著作,都是围绕着'方法'这一观念打转的。"①揆之于事实,此言可谓不虚。

通观胡适的科学的思想方法体系,大致含有如下几个层次的内容:

首先,在整体上倡导科学的怀疑精神和批判态度,反对一切迷信与成见,反对种种教条主义、本本主义,主张以"评判的态度"对待社会人生和前人提出的思想学说理论,并且认为这种"评判的态度"所含"几种特别的要求"是:

(1) 对于习俗相传下来的制度风俗,要问:"这种制度现在还有存在的价值吗?"

(2) 对于古代遗传下来的圣贤教训,要问:"这句话在今日还是不错的吗?"

(3) 对于社会上糊涂公认的行为与信仰,都要问:"大家公认的,就不会错了吗?人家这样做,我也该这样做吗?难道没有别样的做法比这个更好,更有理,更有益了吗。"②

其次,进而揭示科学的思想方法的两个互有联系的侧面:一是"历史的方法"——"祖孙的方法",即不把一个制度和学说视为孤立的东西,而仅看作为一个"中段",强调要着重发掘其所以发生的原因和历史背景等,由此给其以历史上的地位与价值,由于这是"处处拿一个学说或制度所发生的结果来评判他本身的价值,故最公平,又最厉害";二是"实验的方法",所注重的三个要点分别为:(一)"从具体的事实与境地入手",以"免去许多无谓的假问题,省去许多无意义的争论";(二)"一切学说理论,一切知识,都只是待证的假设,并非天经地义",以此"解放许多'古人的奴隶'";(三)"一切学说理论都须

---

① 胡适《胡适口述自传》,收入《胡适自传》,江苏文艺出版社,1995年,第207页。
② 胡适《新思潮的意义》,《新青年》第六卷第四号,1919年4月15日,收入《胡适文存》,亚东图书馆,1921年。

用实行来试验过,实验是真理的唯一试金石",这也就"可以稍稍限制那上天下地的妄想冥思"。①

再次,指出科学的思想方法在广义的学术文化研究中运用的几个根本性原则,例如:善于提出问题,从疑难问题出发;充分占有研究资料,并把对资料的整理鉴别作为研究工作的基础;必须充分尊重事实和证据,有一分证据说一分话,任何判断须以可靠的证据材料为基础;在逻辑方法上注重"演绎与归纳的相互为用";"假设和证验"是科学研究的必不可少的两环,如此等等,对这一切,胡适自己也有一个比较集中的概括:

> 科学精神在于寻求事实寻求真理。科学态度在于撇开成见,搁起感情,只认得事实,只跟着证据走。科学方法只是"大胆的假设,小心的求证"十个字,没有证据,只可悬而不断;证据不够,只可假设,不可武断;必须等到证实之后,方才奉为定论。②

最后,就文史研究的更具体的治学方法而言,也根据不同的情况而提出了相应的方法、手段和途径。例如,关于学术史(具体如哲学史、文学史之类)的整理研究,胡适以"中国哲学史"为例而指出:其总的方法论原则乃是"用正确的手段,科学的方法,精密的心思,从所有的史料里面,求出各位哲学家的一生行事、思想渊源沿革,和学说的真正目的",其中又当特别注意的是:对于史料"不可不审定",以防"古代作伪之人的欺骗";审定史料的方法,又当从"史料""文学""文体""思想"和"旁证"五方面着手,"凡审定史料的真伪须要有证据,方能使人心服";史料审定后的整理,其具体方法又有"校勘""训

---

① 胡适《杜威先生与中国》,《民国日报·觉悟》,1921 年 7 月 13 日,收入《胡适文存二集》,亚东图书馆,1924 年。
② 胡适《介绍我自己的思想》,《新月》第 3 卷第 4 号,1931 年 6 月,收入《胡适论学近著》,商务印书馆,1935 年。

诂"和"贯通"三端。① 至于撰写一部可靠的哲学史,方法上的基本步骤乃是:

述学
- 一、搜集史料
- 二、审定史料的真伪
- 三、剔去不可信的史料
- 四、对可靠的史料作仔细的整理

明变　依时代的先后看他们传授的渊源、交互的影响、变迁的次序

求因　研究各家学派兴废沿革变迁的原故

评判　用中立的眼光、历史的观念,寻求各家学说的效果影响,再用这种影响效果来批评各家学说的价值。} 目的②

又如,关于中国古代小说的考证研究,胡适在相关论著中提出的主要方法论原理有:(一)必须确定考证的正当范围;(二)考证当从作品本身以及可以考定作者、时代、版本等的证据出发,反对那种以收罗"不相干的零碎史实"作穿凿附会的做法;(三)从作品实际出发对不同类型的对象采取不同的方法。③ 至于在方法的具体运用中,胡适所表现的特点和长处还至少有:结合其他学科专题的研究;重视提出"假设的通则",演绎重于归纳,虽然反对"参之以情验之以理"的非科学态度,但也不排斥借助于心理学的分析方法;引入中外文学比较研究的方法。④

由此可见,所谓"胡适之法",无论作为一种广义的科学思想方

---

① 参见胡适《中国古代哲学史大纲·导言》,商务印书馆1919年2月,第10—33、3—5页。
② 同上。
③ 此据胡适有关研究考证中国古代小说的论著中提出的意见而作概括,参见笔者:《论胡适〈中国章回小说考证〉的方法论》,《江淮论坛》1982年第6期。
④ 此为笔者对胡适在研究考证中国古代小说时运用的方法特点的概括,参见文献同上。

法论,还是作为一种治学方法,确是丰富的、完整的,在整体上和哲学抽象的意义上,都是正确而可取的,它的价值和意义,早在"五四"新文化运动期间,就为《新青年》同人所推崇,这有他们的宣言为证:

> 我们相信尊重自然科学实验哲学,破除迷信妄想,是我们现在社会进化的必要条件。①

而且,直到20世纪30年代,虽然胡适以其不良思想政治倾向引起马克思主义知识分子的不满,但中国的马克思主义哲学家仍然承认:

> 五四文化运动是德先生和赛先生的得意时代。在哲学上,胡适所标榜的实验主义占了一时代的上风,其他的哲学思潮自然何尝没有介绍,但对于传统的推翻,迷信的打倒,科学的提倡,是当时的急务,以"拿证据来"为中心口号的实验主义被当作典型的科学精神。……实验主义的治学方法在某种意义上可以说是与传统迷信针锋相对,因此就成为五四新文化中的天之骄子。在这种意义上,与其说胡适对于新文化有何种新的创见,不如说他的功绩仅仅在于新的思想方法之提出。②

唯其如此,鲁迅那封信中对"胡适之法"的内涵的理解,仅限于"恃孤本秘籍"一端,当是不全面不完整的。即使就胡适提出的狭义的治学方法的角度看,也同样如此,因为"恃孤本秘籍"问题,其实乃是胡适在谈到史料的鉴别和运用时所强调的"根据可靠的版本与可靠的材料",以及推究"这书曾有何种不同的本子,这些本子的来历如何"③的意见。

---

① 《本志宣言》,《新青年》第七卷第一号,1919年12月1日。
② 艾思奇《廿二年来之中国哲学思潮》,《中华月报》第二卷第一期,1934年1月。
③ 胡适《红楼梦考证》(改定稿),《胡适红楼梦研究论述全编》,上海古籍出版社,1988年,第86页。

二

诚然,胡适的广义的思想方法论以及相对具体的治学方法,其关键词是"证据",而和"证据"问题紧密联系的,则是"事实""材料"乃至更为具体的"版本"问题。如果说鲁迅对"恃孤本秘籍"的"胡适之法"的讥评,由此在实际上也触及了这一点,那么进而需要探讨的是:"恃孤本秘籍"作为一种治学方法,其本身是否合理可取?

在笔者看来,回答应该是肯定的。原因很简单,研究任何问题,其前提和基础当是尽可能详尽地占有资料,所谓资料,如以书本典籍论,用图书馆学的术语来说,自然包括"常见本""通行本"(即鲁迅所说的"通行之本,易得之书")以及"孤本秘籍"。如果说,"通行之本,易得之书"大致已经能够提供了最基本的材料,那么如果再拥有"孤本秘籍",由此或许可以发掘发现为"通行之本,易得之书"所未见的其他材料,这有何不好呢?即使那"孤本秘籍"中的某些材料纯属"孤证不信"的东西,但对研究者来说,至少可以在史料的整理鉴别过程中扩大对照比较的范围,有助于校勘等,这不也是一件好事吗?

还应该承认,"孤本秘籍"虽然与图书馆学意义上的"善本"的概念并不完全吻合,但是既为"孤本秘籍",在通常情况下总有其除了单纯的文物价值以外的文献价值,例如,它们往往不为以往的目录学著作所著录,或虽有著录但散佚已久,由此为一般学者所不能寓目;另外,它们一般都刻印(或誊抄)比较精细,从中大都保存着若干相当重要的文献信息,如此等等。尤其是"孤本秘籍"与"通行之本"并存,那么它更具有校勘学上的价值,在某种情况下,对于作出正确的校勘结论,还会起到关键的乃至决定性的作用。唯其如此,对于研究工作来说,拥有"孤本秘籍"实在是有百利无一害,只是那些东西往往为藏书家或达官贵人所收藏,一般的学者难以睹目利用而已。

这就表明,对于研究工作来说,本不该将"恃孤本秘籍"与利用

"通行之本,易得之书"对立起来,至少不应因种种原因未有"孤本秘籍"而去否认利用"孤本秘籍"者。在这里还有一个问题值得指出,即有些"通行之本,易得之书"——尤其是其中的"坊本"一类,多有粗劣者,手民误植的情况相当普遍,作为材料的援引,往往不太可靠。既然如此,就更不能以"通行之本,易得之书"作为可夸耀之点了。

当然,从实际情况看,对于绝大多数研究者来说,大概主要只能凭借"通行之本,易得之书"来做研究工作,这实在是无可奈何的事。根据笔者理解及其些许体会,学术研究工作或许可分为两种类型:一是主要作宏观考察研究的,或者整个研究工作以理论分析探讨为主;二是主要作微观的局部的具体细小的课题研究的,如文史考据之类。对于前者来说,主要凭借"通行之本,易得之书",尤其是相当程度上为了"泛览"取得知识信息,这是可以理解的。而对于后者来说,仅仅靠"通行之本,易得之书",或许也能作出若干成绩,但同时又容易留下种种错讹,因而应对"孤本秘籍"之类予以充分的重视,手头没有,则当千方百计地寻找求访。

综上所述,"恃孤本秘籍"对于学术研究工作的合理性和可取性该是彰显的。而胡适、鲁迅两人的经验教训也足以证明。

先看胡适受"孤本秘籍"之益的两个实例。例一,关于对《红楼梦》及其作者身世的考证研究。据胡适说:他曾获得一本《四松堂集》(稿本),"此本系最初的稿本,上有付刻时的校记,删节的记号,改动的添注。刻本所收,皆打一个'刻'字的戳子。此本真不易得,比刻本还更可贵","若不得此稿本,则不能知四个要点:……"[①]从四个要点看,涉及曹雪芹的确切的卒年以及死后"似无子"以及尚有"新妇飘零"等重要身世材料。显然,曹氏身世的有关重大问题已是由"孤本秘籍"帮助解决的。例二,关于中国中古哲学史的研究。胡适20世纪20年代初继续研究中国哲学史时,其中触及禅宗问题,因对有关史料发生怀疑而搁

---

① 《胡适的日记》(下册)(1922.4.19),中华书局,1985年,第320、323页。

笔,而后因在赴欧参加会议期间从伦敦和巴黎的图书馆分别抄得了一批敦煌卷子,正是凭借这些"孤本秘籍"所提供的重要资料,使得胡适在禅宗史研究问题上有重大创见,这也有效地促进了他的中古哲学史的研究工作,致有《中国中古思想史长编》一书(手稿七章)的完成。

再看鲁迅因缺乏"孤本秘籍"而给自己的学术研究工作带来的缺憾。据鲁迅自己承认:"我的《中国小说史略》,是先因为要教书糊口,这才陆续编成的,当时限于经济,所以搜集的书籍,都不是好本子,有的改了字面,有的缺了序跋。"①这就使得《中国小说史略》一书在材料和结论方面留下了一些疵点。据有的学者对此所作的"笺补"来看,在总共99条中,明显的因为所用"本子不好"而形成的错讹至少有十余条,兹举两例(见表1)②:

表1

《中国小说史略》原文	丁氏笺补	笔 者 按
罗贯中本《三国志演义》,今得见者以明弘治甲寅(1494)刊本为最古。(《鲁迅全集》第八卷,人民文学出版社,1957年,第103页)	"弘治甲寅"应为"嘉靖壬午"。《三国志通俗演义》卷首有弘治甲寅庸愚子(金华蒋大器)序和嘉靖壬午(1522)关中修髯子(张尚德)引言。商务印书馆影印本抽除引言,所以被误认为弘治甲寅年刊行。(《纪念鲁迅诞生一百周年论文集》,第144页)	这表明鲁迅未见原本,径以"通行之本,易得之书"为立论依据,上了当。
时又有《拍案惊奇》三十六卷。(第164页)	明刊尚友堂《初刻拍案惊奇》原本为四十卷,三十六卷本为原刊的残本,存覆尚友堂本、消闲居本和松鹤斋本等。所缺之目为:(略)(第150页)	这表明鲁迅只见原刊的残本,由此误认为原刊本如此。原刊当属"孤本秘籍",时已不易获见。

---

① 鲁迅:《通讯(柳无忌来信按语)》,《鲁迅全集》第8卷,第299页。
② 参见丁锡根:《〈中国小说史略〉笺补拾零》,复旦大学中国语言文学研究所鲁迅研究室编:《纪念鲁迅诞生一百周年论文集》。本文的举例以及笺补性文字皆从此。

另外,《中国小说史略》因运用第二手资料而出现的讹谬也有十几条,这说到底似乎也与没有掌握"孤本秘籍"有关。

糅合鲁迅和胡适在这方面的经验教训,还有一个实例可借玩味:关于清代著名小说家蒲松龄的生卒年,鲁迅的《中国小说史略》依据的是"坊本"即中华图书馆的石印本《聊斋文集》,该书附录的张元撰《柳泉浦先生墓表》说:蒲氏"以康熙五十四年正月二十二日卒,享年八十有六",据此,《中国小说史略》说:蒲氏"……至康熙辛卯始成岁贡生,……越四年遂卒,年八十六(1630—1715)"。胡适对此有怀疑,因为据他掌握的卢见曾《国朝山左诗抄》(乾隆戊寅刻本)卷四十五中的《蒲松龄小传》所引张元撰的《墓表》,相应文字是"七十有六"。胡适怀疑的理由是:卢著刻于乾隆戊寅(1758),距张元之死(1756)不过两年,大致可以认定所用的"必是张元的原本,应该是可信的本子",何况《济南府志》等其他文献典籍也都说蒲氏"卒年七十六"。经过一番详尽的考证,胡适下明确结论:蒲氏的确享年76岁,其生卒当为1640—1715,而"坊本"《聊斋文集》乃有意作伪。① 事实证明,胡氏依据"孤本秘籍"所提出的判断是正确的,至今为学术界信服。②

既然如此,对所谓"恃孤本秘籍,为惊人之具"的"胡适之法"予以讥评,是缺乏说服力的。

或许会有读者诘问:鲁迅所说的"恃",含有"仅仅凭借(依靠)"的意思,具有方法论上的排他性,这样的倾向当然值得否认。在笔者看来,此言似是而非。这是因为,在通常的学术研究中,求助"孤本秘籍"中的材料(证据)来促使某个学术疑点的解决,本是正常现象,事实上不存在整个研究方法手段的排他性问题,即使是"相当纯粹"的以"孤本秘

---

① 参见胡适:《辨伪举例(蒲松龄的生年考)》,收入《胡适论学近著》,商务印书馆,1935年。笔者按:胡适这一结论后又为《墓表》的原石所证实。

② 人民文学出版社1973年8月版(重印)《中国小说史略》,编者对书稿的"年八十六(一六三〇——一七一五)"句作注:"一六三〇应为一六四〇,年七十六",这表明认同了胡适的考证意见。

籍"为据,汇集有关史料,作为学术研究的一个基础性工作,也不失其学术意义,何况学术史的大量实践已经表明,利用"孤本秘籍"大都是学者们的全部治学方法中的一个具体手段。当然,以"孤本秘籍"为据而作出的某些学术性判断(结论),可能有对有错,但这不足以构成一概地抹杀利用"孤本秘籍"做研究工作的理由。胡适当年说过:"考据是一种公开的学问,我们不妨指出某个人的某种考据的错误,而不必悬空指斥考据学的本身。"①显然,人们对于学术研究中利用"孤本秘籍"的问题(它事实上多与"考据"联系在一起),也该作如是观。

三

可以说,联系到鲁迅基本的学术文化思想来看,以鲁迅作为严肃学者的立场而言,在通常情况下其实是不会去讥评"恃孤本秘籍"的"胡适之法"的。这也有大量的文献材料能够证明。例如:

首先,鲁迅对于学术研究中充分占有包括"孤本秘籍"在内的文献资料的问题,本认为是题中应有之义,只是为自己主要出自经济原因未能掌握类似"孤本秘籍"的好本子而深感遗憾,前文所引《集外集·通讯(柳无忌来信按语)》中的这段话可以说明。此外还有两个佐证材料:鲁迅早些时候谈到自己的《中国小说史略》时曾说:因"识力俭隘、观览又不周洽,不特于明清小说阙略尚多,即近时作者如魏子安、韩子云辈之名,亦缘他事相牵,未遑博访。况小说初刻多有序跋,可借知成书年代及其撰人,而旧本希觏,仅获新书,贾人草率、于本文之外大率刊落,用以编录,亦复依据寡薄,时虑讹谬……"②稍后鲁迅谈及同一问题时又明确承认:"说起来也惭愧,我虽然草草编了

---

① 《胡适致郭沫若、郁达夫(稿)》,1923年5月15日。中国社会科学院近代史研究所中华民国史组编:《胡适来往书信选》(上),中华书局,1979年,第202页。
② 《中国小说史略·后记》(1924.3.3),《鲁迅全集》第9卷第296页。

一本《小说史略》,而家无储书,罕见旧刻,所用为资料的,几乎都是翻刻本,新印本,甚而至于是石印本,序跋及撰人名,往往缺失,所以漏略错误,一定很多。"①这里对于"初刻""旧本""旧刻"与"翻刻本、新印本"以及"石印本"一类的"新书"作为史料价值大小的比较意见,充分表明鲁迅对于"孤本秘籍"的肯定。

其次,鲁迅以自己的学术研究工作的实践,其实也深知"孤本秘籍"的作用,而且在事实上也尝到过甜头。例如:鲁迅早年进行《古小说钩沉》《会稽郡故书杂集》和《唐宋传奇集》等辑录工作以及校录《后汉书》和《嵇康集》等书的时候,均程度不同地得益于某些"孤本秘籍",在南京的一段时间里,他一度经常去江南图书馆阅读和抄录古书②,也正是这个缘故。这一点在《中国小说史略》的撰写过程中也有反映,如该书第十二篇("宋之话本")谈到南宋"说话人"的节目内容中有"'合生',与起今随今相似,各占一事也"③,虽然鲁迅在这里采用的是吴自牧《梦粱录》中的材料,然而该书的通行本(今本)其实已脱"合生"两字,因此鲁迅乃根据灌园耐得翁的《都城纪胜·瓦舍众伎》作补,致使文献材料得以完整。再如,鲁迅曾说起他的《中国小说史略》的立论以及所据版本与盐谷温的《支那文学概论讲话》多有不同:"六朝小说他据《汉魏丛书》,我据别本及自己的辑本,……唐人小说他据谬误最多的《唐人说荟》,我是用《太平广记》的,此外还一本一本搜起来……"④就这点来看,显然也是肯定了重视"孤本秘籍"之类对于提高学术研究质量的意义。

唯其如此,在许多场合鲁迅对于包括郑振铎和胡适在内的其他

---

① 《关于〈三藏取经记〉等》(1926年12月20日),《鲁迅全集》第3卷,第387页。
② 参见蔡元培:《记鲁迅先生轶事》,《宇宙风》第29期,1936年11月16日。该文说:"在南京时,先生于办公之暇,常与许君季茀影抄一种从图书馆借来的善本书,后来先生新完成的有校订本《魏中散大夫嵇康集》。按:许季茀(寿裳)的《亡友鲁迅印象记》(人民文学出版社,1953年)也有类似的回忆。"
③ 据丁锡根《〈中国小说史略〉笺补拾零》,其中的"起今随令"系"起令随令"之误。
④ 鲁迅《不是信》,写于1926年2月1日。《鲁迅全集》第3卷,第229—230页。

学者利用"孤本秘籍"中的材料而获得的合理正确的考证研究成果，表示了由衷的敬意。例如，对于郑振铎，鲁迅曾经明确地说过："……郑振铎教授又证明了《四游记》中的《西游记》是吴承恩《西游记》的摘录，而并非祖本，这是可以订正拙著第十六篇的所说的，那精确的论文，就收录在《佝偻集》里。"①至于对于胡适，类似的话更多。如鲁迅说：胡适为《水浒》写的两种考证性的序文"极好，有益于读者不鲜"②，"我没有做过序，做起来一定很坏，有《水浒》《红楼》等新序在前，也将使我永远不敢献丑"③。再从《中国小说史略》一书来看，在论及《水浒》《水浒后传》《红楼梦》《西游记》等古代小说时，无不明确地指出了吸收胡适的考证意见的地方，④不仅如此，鲁迅在指导日本学者翻译《中国小说史略》时还特别嘱咐他要根据《胡适文选》来订正自己的有关错误。⑤

既然如此，那么鲁迅为什么在事实上还会对"胡适之法"予以讥评，而且又是抓住"孤本秘籍"的问题呢？个中原因当是复杂的，而从一般的诱导因素而言，鲁迅分别与郑振铎和胡适之间的私人感情恩怨问题不容忽视。

鲁迅与郑振铎虽然同为学者，且有若干共同的学术文化兴趣，由此也有一定的交往，甚至还有过学术合作⑥，但两人的思想情感并不

---

① 《〈中国小说史略〉日本译本序》，写于1935年6月9日，《鲁迅全集》第6卷，第347页。这里所说的郑氏的证明，指郑氏的《西游记的演化》一文，收入《佝偻集》，生活书店1934年12月。
② 鲁迅：《致胡适》(1924年1月5日)，《鲁迅全集》第11卷，第421页。
③ 鲁迅：《致胡适》(1924年6月6日)，《鲁迅全集》第11卷，第429页。
④ 例如《中国小说史略》第十五篇中有"又有一百十回之《忠义水浒传》，亦《英雄谱》本，'内容与百十五回本略同'(《胡适文存》三)"句，该书《后记》又说："雁宕山樵陈忱，字遐心，胡适为《后水浒序》，考得其事尤众。"
⑤ 参见鲁迅：《致增田涉》(1934年5月31日)，《鲁迅全集》第13卷，第579页。这里所说《胡适文选》，亚东图书馆，1930年，其中有《红楼梦考证》等文。
⑥ 鲁迅郑振铎曾共同编选过《北平笺谱》(1934年出版)和《十竹斋笺谱》(1934年出版)。

和谐,这样,或由具体的学术文化观点的歧异①,或因思想政治方面的差距②,再加上当时"左翼"——进步文化人圈子中的复杂多变的人事关系③,鲁迅尽管承认过郑氏"热心好学,世所闻知""既无色采、又不诡随"④的一面,但更多时候的倾向性看法,则认为郑氏有"投机者"之嫌⑤,鲁迅还对友人说:"谛君曾经'不可一世',但他的阵图,近来崩溃了,许多青年作家,都不满意于他的权术,远而避之。他现在正在从新摆阵图,不知结果怎样。"⑥

鲁迅与胡适的关系大抵也是如此。20 世纪 20 年代末以来,两人曾有过的某种程度的私谊因双方的思想政治歧异加剧而消解,尤其是鲁迅对胡适的反感更为明显。⑦ 这样,当鲁迅在否定郑振铎的学术成绩的时候,以习惯性的"杂文笔法"顺手刺一下胡适,或许是合于逻辑的。

至于对直接的诱发因素的探讨,有如下几点似乎值得重视。例如:在郑振铎的《插图本中国文学史》由北平朴社于 1932 年 12 月初版之后,海内外学术界总的说来是好评如潮,如日本学者长泽规矩也在日本的《书志学》(第 1 卷第 2 期,1933 年 3 月)发表文章,推崇郑著,谓此书引用材料既新且富,又不墨守旧说,不像王国维那样拘于儒家之见,而是突破了传统的旧套。⑧ 但与此同时,也有学者对郑著作了苛评,如吴世昌发表在《新月》(第 4 卷第 6 期,1933 年 3 月)上的

---

① 主要如郑振铎曾对"阿 Q"形象的塑造有不同看法,鲁迅曾予以反批评。
② 郑振铎曾自认为属"左翼作家"阵营,但是鲁迅对此不表赞同。
③ 这种人事关系集中表现为《译文》事件前后,鲁迅对于郑振铎等人多有误解。以上三例的详细情况可参见金梅、朱文斐著《郑振铎评传》的"与鲁迅的关系"一节。
④ 鲁迅:《致许寿裳》(1935 年 1 月 9 日),《鲁迅全集》第 13 卷,第 14 页。
⑤ 参见鲁迅:《致李霁野》(1929 年 10 月 20 日),《鲁迅全集》第 11 卷,第 688 页。
⑥ 鲁迅:《致曹靖华》(1936 年 4 月 1 日),《鲁迅全集》第 13 卷,第 340 页。
⑦ 当时瞿秋白以鲁迅笔名(何家干)写的几篇杂文,集中地从思想政治角度批判胡适,多有偏激之处,鲁迅显然表示赞同。
⑧ 参见陈福康:《郑振铎年谱》(1933 年 3 月条),书目文献出版社,1988 年,第 189 页。

《评郑著中国文学史》,彻底否定此书,认为对读者(即使中学生)来说,该书不值得有"最低限度的信仰"。① 据笔者推测:可能长泽规矩也与胡适、郑振铎有一定的交往,但与鲁迅没有特别联系②;再说鲁迅本对郑振铎的治文学史能力大有怀疑③,对长泽规矩也写的书评意见自然不以为然,而郑著事实上也留下了一些疵点④;再说乍看起来郑著的新奇似乎在于体例上的独特性——"插图本",而那些珍贵的插图的确采自"孤本秘籍"。如此种种原因,导致鲁迅在私人通信中忍不住地讥评"恃孤本秘籍,作惊人之具"的"胡适之法",或许算得上是"言之成理,持之有故"了。

当然,这样的讥评与鲁迅的一贯的严肃的学术立场(主要如前文所分析指出的那种正确的意见和诚恳的态度等),毕竟是一种矛盾,这一矛盾表明,鲁迅在个别学术问题上,的确羼杂了某种个人感情因素。

由此可以说:以鲁迅一生的整体性的睿智,在如此一个较为细小的具体问题上留下疵点,虽说是一眚不足以掩大德,属一种可以理解的历史文化现象,然而终究是令人惋惜的。对于今人来说,也值得从中摄取经验教训。

1999 年 12 月改定

〔初刊《鲁迅研究月刊》2001 年第 12 期〕

---

① 参见陈福康:《郑振铎年谱》(1933 年 3 月 1 日条),第 188—189 页。
② 长泽规矩也(1902—1980)日本汉学家。曾与增田涉同学,1926 年毕业于东京帝国大学中国哲学文学科。又曾在北京大学学习。此人与增田涉的实际关系如何,似可探究。总之,关于这一问题,笔者纯为推测,有待求证。
③ 据增田涉回忆,鲁迅认为郑振铎"没有写历史的力量"。参见增田涉:《鲁迅的印象》,钟敬文译,湖南人民出版社,1980 年,第 73 页。
④ 郑振铎曾于 1933 年 7 月 14 日致函赵景琛,感谢其为《插图本中国文学史》作勘误表。参见陈福康:《郑振铎年谱》,第 191—192 页。

关于胡适与辛亥革命的几个问题

胡适(1891—1962)无疑是经历过辛亥革命(1902—1912)历史时期的。英雄造时势,时势造英雄。关于胡适与辛亥革命的关系问题,如下几点是值得关注的。

一、胡适早年在一定程度上参与了辛亥革命的活动

胡适就读地处吴淞的上海中国公学期间(1906—1910),由于该校实际上由当时的革命党人(同盟会员)所创办并控制,该校师生中有不少革命党骨干成员(如于右任、马君武、但懋辛等)频繁地进行各种革命活动,校内还公开传阅革命派刊物《民报》,而胡适平时与这些进步师生的关系又十分密切,所以也在一定程度上参与了革命党人的活动。有关细节,胡适后来谈起来记忆犹新。例如:

> 有一晚十点钟的时候,我快睡了,但君来找我,说:有个女学生从日本回国,替朋友带了一只手提小皮箱,江海关上要检查,她说没有钥匙,海关上不放行。但君因为我可以说几句英国话,要我到海关上去办交涉。我知道箱子里是危险的违禁品,就跟了他到海关码头,这时候已过十一点钟,谁都不在了。我们只

好快快回去。①

另外，胡适当时还参与编辑（甚至实际主编）《竞业旬报》，该刊名义上为该校学生社团"竞业学会"的会刊，实质上是一份具有明显的革命宣传的意图与实际内容的公开出版物，所以国民党的史学家明确地称胡适为"民国前革命报人"的代表人物之一。②

还应该指出：胡适当时涉足辛亥革命的活动，并非是被动卷入，而是有相当的思想基础。这是因为，尚在胡适入读中国公学之前一年（1905），即革命思潮在全国范围内刚兴起不久，他不仅如饥似渴地偷偷捧读了邹容著《革命军》，甚至作了全文抄写。③ 与之相适应的一个举动是，胡适因对当时的清廷上海道袁海观袒护杀害中国老百姓的凶手（一名帝国主义分子、沙俄水兵）的做法严重不满，他除了坚决拒绝学校当局推荐的由上海道衙门主持的考试，还约了两位同学，直接写匿名信给袁海观，对其严词斥责。④ 这一做法的指归及其政治性质，显然与前几年由激进的留日学生发起的"拒俄运动"相近似，两者甚至可以说是一种暗合。

由此可以认为，后来国民党政府的以蒋介石为首的"党国要员"之所以能够在一定程度上对胡适表现了亲近、尊重和宽容的态度，究其根本原因，正在于胡适早在同盟会成立前后就在一定程度上参与了辛亥革命的活动，大致属于国民革命的"元老"级人物。如果胡适没有这一历史政治资本，20世纪20年代末，当他在"人权与约法"问题上首次与国民党政权发生尖锐冲突的时候，就不可能化险为夷。

---

① 胡适：《四十自述》，《胡适全集》第18卷，安徽教育出版社，2003年，第67页。按：文中所说的但君，即该校教师中的革命党人但懋辛。《四十自述》还说："二十年后，但懋辛先生才告诉我，当时校里的同盟会员曾商量过，大家都认为我将来可以做学问，他们要爱护我，所以不劝我参加革命的事。"（同上）

② 冯自由：《革命逸史》第4集，中华书局，1981年，第241页。

③④ 这两件事，胡适在《四十自述》之第三章"在上海（一）"中有比较具体的回忆。

二、辛亥革命对胡适人生道路的重大影响

在胡适的人生道路上,有几次重大的转折。其中的一次是:1912年年初,正在美国康乃尔大学留学的胡适,毅然决定由农科(农学院)转为文科(文学院)。而直接或间接诱导、促成这一重大转折的,正是因为辛亥革命(武昌首义)的爆发。

原来,1910年胡适赴美留学,入康乃尔大学读农科,当时之所以选读农科专业,乃出自世俗的考虑(因农科不收学费,由此可节省若干公费以赡养在家乡的寡母)乃至庸俗的考虑(所谓"振兴家业")①,以致有意压抑了本人的学科兴趣爱好与专长。而武昌首义发生,尤其是中华民国成立后,当时的美国民众对于发生了重大事变的古老中国一时产生浓厚兴趣,纷纷邀请留美的中国学生演讲,为他们介绍有关中国的各方面情况(尤其是"中国革命和共和政府"问题)。在这一背景下,经同学介绍,本擅长演讲的胡适自然成了当地的美国人争相邀请的演讲者。而对胡适来说,为了保证演讲的质量与水平,不得不花相当时间与精力研究近代中国社会政治史,尤其是资产阶级革命派的活动情况(包括一些著名的革命党人的生平思想等)。唯其如此,随着胡适的演讲活动的成功,他本人对演讲的兴趣更浓,再进一步,导致了他对中国文学兴趣的复振。与之相适应,即由农学院而转入文学院。

转入农学院后,胡适主修哲学,又以政治、经济、文学为副修科目,而正是这样的专业学习背景以及知识结构,又使得他稍后接触与接受了实验主义哲学,以致进一步升入哥伦比亚大学师从杜威专攻

---

① 胡适晚年在一次演讲中曾坦然承认这一点,参见《中学生的修养与择业》,该文收入《胡适全集》第20卷。

实验主义哲学。①

显然,类似于当年鲁迅的弃医从文,这一弃农从文的决定,对于胡适的人生道路与思想发展变化的影响也是根本性的,而细究起来,这一重大的人生转折,主要源于辛亥革命(武昌首义事件)的直接或间接诱导。胡适当年虽然可能并不完全意识到这一点,但他在思想感情上却已一定程度地把辛亥革命与自己的人生联系在一起,并表示愿意以自己的方式为之服务,以致在学成归国前夜有如此坦陈:

> 故国方新造,纷争久未定。学以济时艰,要与时相应。文章盛世事,今日何消问?②

至于胡适晚年作"口述自传"的时候,才相当明确地回忆指出:"使我改行的另一原因便是辛亥革命。"③这一点,更是表明胡适在实际上完全承认了辛亥革命的发生对于自己的人生道路所带来的深刻影响。

三、胡适对辛亥革命的基本认识与评价

台湾同人曾评论胡适"最看重中国近代的革命与进步"④,这是确切的,而这一点正是主要指胡适对于辛亥革命的伟大历史意义有着明确认识与高度评介,即胡适始终强调辛亥革命极大地推动了近代中国的巨大的历史进步意义,尤其强调辛亥革命所带来的近代中国的思想文化史的发展环境的重大变化。例如,胡适在

---

① 参见《胡适口述自传》(《胡适全集》第 18 卷)之第三章《初到美国:康乃尔大学的学生生活》中"放弃农科,转习哲学"一节。
② 胡适:《文学篇——别叔永、杏佛、觐庄》,收入《尝试集》,《胡适全集》第 10 卷,第 69—70 页。
③ 《胡适口述自传》,《胡适全集》第 18 卷,第 190 页。
④ 《祭文》,转引自《胡适之先生纪念集》,台湾学生书局,1973 年。

谈到"五四"白话文运动的"政治原因"问题时有这样一段完整的话：

> 满清帝室的颠覆，专制政治的根本推翻，中华民国的成立（1911—1912）。中国政治大革命虽然不算大成功，然而它是后来种种革新事业的总出发点，因为那个顽固腐败势力的大本营若不颠覆，一切新人物与新思想都不容易出头。戊戌（1898）的百日维新，当不起一个顽固老太婆的一道谕旨，就全盘推翻了。——我们若在满清时代主张打倒古文，采取白话文，只需一位御史的弹本就可以封报馆捉拿人了。——当我们在民国时代提倡白话文的时候，——幸而帝制推倒以后，顽固的势力已不能集中作威福了，白话文运动虽然时时受点障害，究竟还不到"烟消灰灭"的地步。这是我们不能不归功到政治革命的先烈的。①

显然，这里强调辛亥革命为此后的中国社会的"种种革新事业的总出发点"，乃是对于辛亥革命的历史意义的最准确最到位的评价。

四、关于对梁启超与孙中山的历史地位的判定

这是与如何认识与评价辛亥革命相关联的大问题。1912年秋，闻讯梁启超经过多年的政治流亡后随着帝制被推翻而得以归国的消息后，胡适写下了这样一篇日记：

> 阅《时报》，知梁任公归国，京津人士都欢迎之。读之深叹公道之尚在人心也。梁任公为吾国革命第一大功臣，其功在革新

---

① 胡适：《中国新文学大系·建设理论集·导言》，上海良友图书印刷公司，1935年，第16页。

吾国之思想界。十五年来,吾国人士所以稍知民族思想主义及世界大势者,皆梁氏之赐,此百喙所不能诬也。去年武汉革命,所以能一举而全国响应者,民族思想政治思想入人已深,故势如破竹耳。使无梁氏之笔,虽有百十孙中山、黄克强,岂能成功如此之速耶!近人诗"文字收功日,全球革命时",此二语惟梁氏可以当之无愧。①

应该说,梁启超自1898年被迫流亡海外之后,在十多年的时间里,先后创办《清议报》和《新民丛报》等,从鼓吹"开启民智"到倡导"新民",坚持对广大国民进行思想文化的启蒙,即大量灌输西方近代资本主义的进步的思想文化观念,由此切实的引导了广大中国人民(通过留学生—知识青年)的政治觉醒,为他们勇于投身民族救亡运动提供了锐利的思想武器。这是梁启超在近代中国思想文化史上所留下的最大的历史功绩,而他所做的这"广泛思想启蒙工作"又是为当时一般性的号召"反清革命"的革命党人所"忽视"的。② 从这一意义上,胡适强调梁启超为辛亥革命的"第一大功臣",大体上是合乎实际的。至于所谓其作用胜过"百十孙中山、黄克强"云云,其实只是一种语言修辞手法,不过是胡适无意中袭用了梁氏之的"新民体"的笔法而已,不必深究。

当然,这段话多少也涉及了对辛亥革命的另一角度的总认识问题。在笔者看来,在1902—1903年的"拒俄运动"高潮中成立的激进(革命)团体"军国民教育会"曾提出以"鼓吹、暗杀、起义"为三大行动纲领。③ 事实上,在以"拒俄运动"为启端的"辛亥革命"的全过程中,各地各团体的革命党人的革命活动在内容形式上均无不

---

① 胡适日记(1912年11月10日),《胡适全集》第27卷,第222—223页。
② 李泽厚:《梁启超王国维简论》,《中国近代思想诗论》,人民出版社,1979年,第427页。
③ 参见《东京军国民教育会》,冯自由:《革命逸史》初集,中华书局,1981年,第112页。

围绕这三方面,但就"鼓吹"一端而言,虽然梁启超并不强调"流血的革命"之类,但他所鼓吹的"民族主义""新民"主张,以及"自由""民主"之类,却是一种带有根本性的思想政治命题,比之革命党人单纯宣传的"排满革命"之类,显然是深刻地说到了点子上,任何激进的人们完全可以从中推演出更激进的政治主张及其相应的方法途径。正是从这一意义上可以说,胡适之所以特别肯定梁启超在辛亥革命期间的"鼓吹"工作的价值,乃是看到了辛亥革命形态的本身的复杂性和多层次现象。如此分析问题与认识问题,当是值得理解的。

至于胡适对孙中山的评价,一生有过多次,相对说来最主要的一次也是更郑重而又更完整的一次,是抗战时期在海外的一次专题演讲,他不仅明确肯定了孙中山领导辛亥革命的伟大历史功绩;进而还深刻指出了孙中山的历史贡献在抗战时期所仍然发生的重大的现实政治意义:

> 孙博士对中国民族主义最伟大的贡献在于他的个人领导中所蕴含着的巨大活力和力量。这使中国人民的民族意识重新复苏并成为不可抵抗的动力。首先反对满清的异族统治,继而反对外国对中国的占领。他亲眼见到了满清统治的被推翻,但历史无疑将充分肯定他在新民族主义运动中的作用,这一运动使中国的政治统一成为可能,能持久抵抗日本的侵略并取得最后顺利。①

显然,欲求胡适对于孙中山的整体的历史评价,当以此为主要依据,而不必过于拘泥其早年日记中的出自一个特定视角那段话,何况,个人的思想观点往往是发展变化的,胡适也是如此。

---

① 胡适:《孙逸仙》(1944),《胡适全集》第19卷,第686页。按:这里所说的"政治统一"系指当时国共两党组成的民族统一战线,合作抗日。

五、关于胡适的革命观

众所周知,胡适是坚定的政治改良主义者,总的说来,他是不赞成马克思主义的"社会革命论"的。既然如此,他又为什么能够充分肯定以暴力革命为基本手段的辛亥革命呢?

在笔者看来,这里有两个方面的问题:

首先,胡适有自己的政治逻辑。胡适对于革命与改良的关系问题,持如下基本的立场:

> 政府不许爱共和之士以和平手段改造国家,而夺其言论出版之自由,绝其生路,逐之国门之外,则舍激烈手段外,别无他道。党禁一日不开,国民自由一日不复,政府手段一日不改,则革命终不能免。政府今日翻然而悟犹未为晚,否则政府自取败亡耳。①

不难理解,根据胡适这样的逻辑思路,如果爱国者志在"以和平手段改造国家",而昏庸的执政当局非但不容许反而对之百般阻挠压制(包括采取政治高压手段),在这种情况下,救国心切的爱国者改而走暴力革命之路,乃是势所必然,可以理解、理应支持的;因为这对革命者来说是"逼上梁山",而对执政当局而言,则是咎由自取,自食恶果。一部近代中国革命史正是反复作如此证明:本来,康梁发动"戊戌维新"运动也不过追求自上而下的和平改良,但为满清当局的封建顽固派所不容(以致有"戊戌政变"),于是紧接着国内就有革命思潮的生成,以谋更激进的社会革命;即使是辛亥革命的领导人孙中山,在从事社会政治活动之初,何尝不是寄希望于和平改良,为此曾郑重其事满怀希望地上书李鸿章陈述改良之策?唯

---

① 胡适日记:《所谓爱国协约》(1914年11月6日),《胡适全集》第27卷,第547页。

其遭到冷遇,才退而寻求"毕社会革命政治革命于一役"的革命途径。显然,胡适的上述政治逻辑,实际上是承认并强调辛亥革命发生发展的历史必然性和政治上的合理性。这表明,整体上作为政治改良主义思想家的胡适,唯其有深沉的爱国主义情怀以及追求进步、主持正义的思想底蕴,才会由衷地肯定某些具有革命性质的历史活动。

其次,胡适也有实验主义的理论依据。在辛亥革命十周年(1921)的某夜,胡适曾写了他平生所写的最激烈的一首诗,深切悼念在辛亥革命运动中因从事暗杀活动而不幸遇难的四位烈士:

> 他们是谁?
> 三个失败的英雄,
> 一个成功的好汉!
> 　他们的武器:
> 　炸弹!炸弹!
> 　他们的精神:
> 　干!干!干!①

值得注意的是,诗中的另一节还写道:"他们不能咬文嚼字,他们不肯痛哭流涕,他们更不屑长吁短叹!"②联系到胡适在《文学改良刍议》中的一段话——

> 国之多患,吾岂不知之?然病国危时,岂痛哭流涕所能收效乎?吾惟愿今之文学家作费舒特(Fichte),作玛志尼(Mazzini),而不愿其为贾生、王粲、屈原、谢皋羽也。③

---

① 胡适:《四烈士冢上的没字碑歌》,《尝试集》,《胡适全集》第 10 卷,第 138—139 页。
② 同上。
③ 胡适:《文学改良刍议》,《胡适全集》第 1 卷,第 8 页。

可以认定,胡适这里依据实验主义的理论,强调的是:凡立志改革的爱国者,理应投身实际的改革(革命)活动而不尚空谈,不能以终日痛哭流涕地吟诵"哀国之将亡"的诗篇为满足。据此,胡适认为,那些辛亥革命烈士的最可贵的正是那种义无反顾地投身实际的革命活动并不惜为之献身的英雄主义精神。

所谓实验主义的理论依据还有另一点:根据胡适的理解,"实验主义教训我们:一切学理都只是一种假设,必须要证实了(verified),然后可算是真理"①。据此胡适又承认任何"政治实验"的正当性,如他甚至还一度表示:"我们应该承认苏俄有作这种政治试验(按即搞社会主义革命)的权利",因为如此的"政治试验"与"美国试验委员会制与经理制的城市政府有同样的正当。这是最低限度的实验主义的态度"。② 无疑的,正是在这一意义上,胡适才认为辛亥革命作为一种对某一救国主张(思想学理,如民族主义之类)的付诸实践的运动,乃是完全值得肯定的。

总的说来,唯其有上述的理论支撑,整体上作为政治改良主义思想家的胡适,除了有可能在一定程度上或一定范围里肯定历史上的某些革命运动,甚至也不妨碍他在某种特定的场合说出一些非常激烈的话语,如由于对民元时期北洋军阀政府的反动统治实在太失望了,在纪念辛亥革命十周年的前夜,胡适曾写一诗,借辛亥先烈鬼魂的口吻说:

> 大家合起来,
> 　赶掉这群狼,
> 　推翻这鸟政府;
> 　起一个新革命,
> 　造一个好政府;

---

① 胡适:《四十自述》,《胡适全集》第 18 卷,第 126 页。
② 胡适:《欧游道中寄书》,《胡适全集》第 3 卷,第 52 页。

那才是双十节的纪念了！①

由此看起来,对于改良主义者(譬如胡适)的言论也需要作具体的分析,而不应以"先入的成见"出发而作一概否定,因为思想的问题往往是复杂的,简单的定性分析(一般的逻辑推理)难免失之偏颇。

不妨顺便说,梁启超同样也是一位典型的改良主义思想家,甚至一度成为革命派的直接的政治对立面。但为什么他的作为改良主义者所作的思想启蒙工作居然主要收效于革命派所领导的实际的革命运动？如果再联系胡适对于辛亥革命的肯定性言论,那么显然值得我们进一步认真深刻地重新思考中国近代史上的"革命"与"改良"的关系问题。

(2011 年 4 月)

〔初刊《文汇报》2011 年 8 月 29 日,发表时略有删节,现为原稿〕

---

① 胡适：《双十节的鬼歌》,《尝试集》,《胡适全集》第 10 卷,第 144 页。

论胡适的"民族反省"思想

笔者曾有专文考察近代中国的"民族反省"思潮问题,文章指出:

"民族反省"是世界资本主义市场形成之后所出现的一种常见的思想文化现象,它通常与一些国家的思想启蒙运动、革命宣传活动或重大劫难之后的广泛的群众性反思活动联系在一起的。因而"民族反省"思潮体现的决非是"民族虚无主义"或"民族自卑感",恰恰相反,从整体看乃是一种深沉的爱国主义形态,浸透在其中的清醒的忧患意识和强烈的革新意识,构成了一个民族的觉醒与进步的起点。

近代中国的"民族反省"思潮也是如此。它作为中西文化冲突的产物,是一部分怀有深沉的爱国主义情感的人士,面对民族战争的失败,在严肃地比较中西科学技术、政治制度、思想文化等各个层次上的明显差距的基础上形成的,它要求中国人冷静地(哪怕是痛苦地)承认中国落后的现实,并且进一步清醒地承认:近代中国的落后并非完全由西方列强的侵略所造成,其中也有中国自己的包括传统文化和民族素质方面的深层原因,由此出发,强调经过深切的"民族反省",尤其是打破根深蒂固的"民族自大狂"的病态心理,虚心向外人学习一切先进的东西,以求得中国国民素质的改善与提高,中国社会的革新与进步,直至以真正的国富民强而自立于近代世界民族之林。①

联系到胡适来说,他正是近代中国的"民族反省"思潮的代表人物,主张进行"民族反省",也是胡适整个社会政治思想和文化思想的一个重要方面。而几十年来,人们对于胡适的毁誉,其原因往往正是集中表现为对于胡适这方面的言论价值的不同认识和评判。唯其如此,本文拟根据上述对近代中国的"民族反省"思潮的整体认识,结合对胡适的"民族反省"思想的梳理,进一步分析探讨胡适的"民族反省"思想的特点、价值意义以及与此有关的几个问题。

一、胡适"民族反省"思想的形成和发展

可以说,"民族反省"的思想主张在相当程度上贯穿于胡适的一生。至于发展的阶段性及其相应的特点,大致是这样的:

(一) 上海求学时期

胡适于1904年由家乡来上海读书。他虽然没有赶上戊戌维新运动的洗礼,但求学上海期间却补上了维新思想的一课。这是因为,当时他接触了梁启超的著述。梁启超作为近代中国的"民族反省"思潮的最杰出的鼓吹者,他在这方面的深刻警策的言论主张,深深地感染了胡适,诚如胡适后来所追述的那样:"我个人受了梁先生无穷的恩惠",其中一点便是"新民说诸篇给我开辟了一个新世界,使我彻底相信中国之外还有很高等的民族,很高等的文化",并且领悟到"'新民'的意义是要改造中国的民族,要把这老大的病夫民族改造成一个新鲜活泼的民族"。② 联系到胡适在1907—1908年主办《竞业旬报》

---

① 参见拙稿《试论近代中国的"民族反省"思潮》,《复旦学报》(社会科学版)1993年第3期。
② 胡适:《四十自述》,商务印书馆,1933年。

时所发表的一系列白话文章来看,或者是抨击国人的自私心理,或者是呼吁国人破除迷信意识,或者是沉痛地揭示国内腐败的社会现象和国民的愚昧状态,从根本上说,都是对梁启超思想的呼应。这表明,胡适在形成"民族反省"思想之初,就对这一思想赋予了"改造民族"的理解和把握。

（二）留学美国时期

胡适在1910—1917年间留学美国。随着对美国社会的感性认识的加深,尤其是开始系统地接受了以实验主义方法论为重要内容的西方近代社会政治文化学说后,胡适的"民族反省"思想有了新的发展,且呈现了可贵的创造性,由此染上了个人的思想特色。例如,针对当时国内有人不恰当地鼓吹"民族主义"的情形,胡适指出:"今之挟狭义的国家主义者,往往高谈爱国,而不知国之何以当爱;高谈民族主义,而不知民族主义究作何解(甚至有以仇视日本之故而遂爱袁世凯且赞成其帝政运动者)。"[①]显然,这是提出了一个十分重要的命题:狭隘的"民族主义"其实是弘扬"民族反省"思潮的主要对立面,也是进行"民族反省"的巨大的思想观念上的障碍。此后的近代中国思想文化史的大量事实证明了这一点,就胡适本人来说,也正是从此与狭隘的"民族主义"作不懈的斗争。另外,胡适当时坚持"民族反省",还具体深入到了文化(文学)层面。胡适认定,"神州文学久枯绥,百年未有健起者"[②],换言之,中国传统的文言诗文"徒有形式而无精神,徒有文而无质,徒有铿锵之韵貌似之辞而已"[③],实属用"死语言"写的"死文学",当在革除之列,并以"活语言"(白话)作工具的"活文学"(白话文学)取而代之。[④]——这便是以"白话文学正宗"论为核

---

① 胡适:《藏晖室札记》卷十五(1917年3月7日),亚东图书馆,1939年。
② 胡适:《送梅觐庄往哈佛大学》,收入《尝试集》,亚东图书馆,1920年。
③ 胡适:《藏晖室札记》卷十二(1916年2月3日)。
④ 胡适:《藏晖室札记》卷十三(1916年6月16日)。

心的"文学革命"论。"文学革命"论的酝酿和提出充分表明,胡适当时已不再满足于一般化的"民族反省"的思想主张,而是既有理论,又有行动,不仅有破,而且有立,所以也就更有实际的效果,——胡适的"文学革命"论经陈独秀推崇后立即产生巨大的社会影响即是明证。

(三)五四新文化运动时期

在五四新文化运动期间,由于倡导者和先驱者们服膺于"科学"与"民主"的旗帜,并确定近代西方文明为参照系,因而更直接地采用对照比较中外(东西)文明(包括民族素质和文化心态)的方法,从更高层次上宣传"民族反省"的思想主张,由此把近代中国的"民族反省"思潮纳入了一场新的启蒙运动的轨道。就胡适而言,他在整个五四新文化运动期间继续坚持的"民族反省"的思想主张,与陈独秀、鲁迅和李大钊等人的水平是大抵相似或接近的。不过,由于他更全面的参战,以此不断扩大"民族反省"的具体化的领域,因而社会影响相对说来也就更大一些。在这一时期,胡适的"民族反省"思想在理论上的最大特点和贡献在于:通过更明确集中的中西文化的比较研究,从而把"民族反省"主要定位在对民族传统的思想文化进行深切反省的范围内,用胡适的话来说:"现在国中最大的病根,并不是军阀与恶官僚,乃是懒惰的心理,浅薄的思想,靠天吃饭的迷信,隔岸观火的态度。这些东西是我们的真仇敌!他们是政治的祖宗父母。我们现在因为他们的小孙子——恶政治——太坏了,忍不住先打击他。但我们决不可忘记这二千年思想文艺造成的恶果。打倒今日之恶政治,固然要大家努力;然而打倒恶政治的祖宗父母——二千年思想文艺里的'群鬼',更要大家努力!"[1]另外,胡适在这期间提出的一个重要口号——"研究问题——输入学理——整理国故——再造文明"[2],

---

[1] 胡适:《我的歧路》,《努力周报》第4期,1922年5月28日。
[2] 胡适:《新思潮的意义》,《新青年》第7卷第1号,1919年12月。

更是为"民族反省"——"民族文化反省"规划了操作步骤和最终的目标。

(四) 20 年代末到 30 年代上半期

在这一时期,总的说来,由于中国革命形势的变化,"民族反省"思潮趋于低落了。然而胡适仍然坚持自己的"民族反省"的思想立场。这除了他本人思想发展的固有的连贯性外,还有几个明显的诱发性因素:一是国民党政府的文化政策对于五四新文化运动的反动(具体表现之一,是对孙中山的本有理论缺陷的"民族主义"思想的更为片面的宣扬),令胡适无法接受,胡适在 1928—1930 年间发表在《新月》等报刊上的一系列政论文,正是以此为论战对象;二是"九一八"事变以来,民族危机日益加深,而风起云涌的抗日救亡运动以及各种救亡方案中存在着若干简单化倾向,也引起了作为改良主义者的胡适的忧虑,因而在 1931—1934 年间,胡适又在《独立评论》上发表了一组集中探讨救亡运动与"民族反省"关系的论文;三是 1935 年前后,当国内思想文化界有一股并非纯粹的学理性的"文化保守主义"思潮借助政治力量而抬头的时候,有切肤之痛的胡适又起而反击,于是又有发表在《独立评论》等报刊上的一系列继续宣传"民族反省"思想主张的论文。总之,当时胡适坚持"民族反省"的思想立场带有明显的论争性,而且由于论争的激烈,随着论争的深入,胡适又不断补充和完善自己的意见,因而在这一时期对自己的"民族反省"思想表述得更为系统完整了,由此成为近代中国的"民族反省"思潮在知识形态上的、继梁启超之后的又一个集大成的代表人物。

(五) 晚年时期

胡适晚年先是侨居美国,尔后定居台湾。在这期间,他针对台湾社会的与政治保守主义相结合的"文化保守主义"思潮,仍然坚持了自己一贯的"民族反省"的思想主张,而其中,又特别强调着重对中国旧文化旧文明进行彻底反省的必要性。因为在胡适看来,"我们自夸精神文明,是因为被物质文明压得抬不起头来的一种说法,应该忏悔!应该惭愧!"①由此出发,胡适郑重地表示:"为了给科学的发展铺路,为了准备接受、欢迎近代的科学和技术的文明,我们东方人也许必须经过某种知识上的变化或革命。"②应该说,这里所讲的"知识上的变化或革命",与胡适在"五四"时期提出的"再造文明"的目标是一致的。

二、胡适"民族反省"思想的要点和价值意义

综观胡适在"民族反省"思想的形成和发展过程中所提出来的一系列主张,尤其是他在 20 世纪 20 年代末 30 年代上半期对于"民族反省"问题所作的最为集中的阐发,不难归纳出他的"民族反省"思想的要点。这些要点是:

(一)近代以来的中国人从整体上说"从不曾悔悟,从不曾彻底痛责自己,从不曾彻底认错",而只是"事事责人"③,"还有许多人不信我们的民族国家是有病的","也还有一些人不肯费心思去诊断我们的病究竟在哪里",在这种情况下,就更需要去"做那已经太晚了的诊断自己的工作"④,即"民族反省"。

(二)从根本上说,中国旧文明是落后的,"那五千年的精神文明,那'光辉万丈'的宋明理学,那并不太丰富的固有文化,都是无济于事的银样镴枪头"⑤,换言之,中国的"几千年几百年之久的固有文

---

① 此系胡适 1953 年 1 月 4 日在台湾一个座谈会上的演讲词。
② 胡适:《科学发展所需要的社会改革》,台北《文星》第 9 卷第 2 期,1961 年 12 月。
③ 胡适:《请大家来照照镜子》,《生活》第 3 卷第 46 期,1928 年 9 月 30 日。
④ 胡适:《惨痛的回忆与反省》,《独立评论》第 18 号,1932 年 9 月 18 日。
⑤ 胡适:《信心与反省》,《独立评论》第 103 号,1934 年 6 月 3 日。

化,是不足迷恋的,是不能引我们向上的"①。

（三）联系到中国社会的现实,最可令人焦虑的是"政治的形态,社会的组织,和思想的内容和形式,处处都保持中国旧有种种罪孽的特征,太多了,太深了"②,或者说,由于中国社会深受"五大恶魔"(即贫穷、疾病、愚昧、贪污、扰乱)的毁坏,"遂没有抵抗的能力了"。③

（四）正因为近代中国的落后之因主要在于"我们的老祖宗造孽太深了","这些老祖宗遗留下来的孽障,是我们这个民族的根本病",而"这些大病根的真实是绝对无可讳的"④,因而中国人现在应该先"责己","不要尽说是帝国主义害了我们"⑤,也不要"把一切我们自己不能脱卸的罪过都归到洋鬼子身上"⑥。

（五）据此,中国人应该"睁开眼睛看看自己,再看看世界。我们如果还想把这个国家整顿起来,如果还希望这个民族在世界上占一个地位——只有一条生路,就是我们自己要认错。我们必须承认我们自己百事不如人",然后"死心塌地的去学人家"。⑦

（六）进行"民族反省"与建立"民族信心"其实并不矛盾。因为如果把"民族信心"建在散沙(即夸大狂心理,遮羞心理等)之上,是禁不起风吹草动的⑧,由于"民族反省"依据的是一种"实事求是"的态度⑨,因而只有把"民族信心"建立在"民族反省"这个"唯一基础"上才有力量:"经过这种反省与忏悔之后,然后可以起新的信心:要

---

① 胡适:《再论信心与反省》,《独立评论》第 105 号,1934 年 6 月 17 日。
② 胡适:《试评所谓"中国本位的文化建设"》,天津《大公报》1935 年 3 月 31 日。
③ 胡适:《我们走哪条路》,《新月》第 2 卷第 10 号,1930 年 12 月 10 日。
④ 胡适:《惨痛的回忆与反省》,《独立评论》第 18 号,1932 年 9 月 18 日。
⑤ 胡适:《请大家来照照镜子》,《生活》第 3 卷第 46 期,1928 年 9 月 30 日。
⑥ 胡适:《我们走哪条路》,《新月》第 2 卷第 10 号,1930 年 12 月 10 日。
⑦ 胡适:《介绍我自己的思想》,收入《胡适文选》,亚东图书馆,1930 年。
⑧ 胡适:《信心与反省》,《独立评论》第 103 号,1934 年 6 月 3 日。
⑨ 胡适:《三论信心与反省》,《独立评论》第 107 号,1934 年 7 月 1 日。

信仰我们自己正是拨乱反正的人,这个担子必须由我们自己来挑起。"①

(七) 鉴于我们的根本目标是"救国,救这衰病的民族,救这半死的文化"②,因而进行"民族反省"的根本意义,在于"教我们生点愧悔,引起一点向上的决心"③,由此能够"虚心接受这个科学工艺的世界文化和它的背后的精神文明,让那个世界文化充分和我们的老文明自由接触,自由切磋琢磨,借它的朝气锐气来打掉一点我们的老文化的惰性和暮气"④。

从上述意见来看,既根据历史经验和社会现实论证了进行"民族反省"的必要性和迫切性,也分析了进行"民族反省"对于"改造民族"(包括改造民族传统文化)和实现"民族自强"的意义;既明确地指出了"民族反省"的主要课题范围即需要解决的主要问题,又揭示了进行"民族反省"所应采取的正确方法和步骤。另外,上述意见也不仅回答了进行"民族反省"与建立"民族自信心"的相互关系,还强调了"民族反省"所追求的积极目标。唯其如此,这些思想主张的基本点是合理的,可取的,值得重视的。或者说,正因为胡适是着眼于如何切实有效的实现"民族改造"和"民族自强"问题而系统完整地阐述自己的"民族反省"的思想主张的,因此,这些思想主张也就深切地反映了他作为一个富有社会责任感的启蒙主义思想家,在审视中西文化冲突问题时所表现出来的清醒的忧患意识和强烈的革新意识。

应该说,历来对于胡适的"民族反省"思想的一个主要的责难和非议是所谓"责己"不"责人"问题。其实,对于这一问题需要作具体的分析。诚然,胡适是强调"责己"的,也主张不要过分"责人",不要把应由我们自己负责任的问题都推给"洋鬼子"。然而,从胡适提出

---

① 胡适:《信心与反省》,《独立评论》第103号,1934年6月3日。
② 胡适:《介绍我自己的思想》,收入《胡适文选》,亚东图书馆,1930年。
③ 胡适:《请大家来照照镜子》,《生活》第3卷第46期,1928年9月30日。
④ 胡适:《试评所谓"中国本位的文化建设"》,天津《大公报》1935年3月31日。

问题的角度来看:首先,这是为了探究近代中国落后的根本性和主导性(矛盾的主要方面)的原因。胡适曾这样说过:"帝国主义为什么不能侵害美国和日本,为什么偏爱光顾我们的国家,岂不是因为我们受了这五大恶魔的毁坏,遂没有抵抗的能力了吗?"[1]查查美国的开国史,或日本明治维新前后的历史,再依据唯物辩证法的有关原理(内因是变化的根据,外因是变化的条件,外因必须通过内因才起作用),可知重在"责己"不算为过。其次,这一问题的实质不在摆正"责己"与"责人"的关系,重要的是否承认"己"有过而又有可"责"之处? 由于中国历史文化传统中确有太大的惰性,旧中国的国民素质也确有明显的缺陷,那么,既然是反省,而反省又属必要,所以在反省时偏重"责己"也就是正常的。再次,问题的关键在于"责己"的态度是否实事求是? 应该说,胡适在理论上是明确这个问题的,不过由于思想方法上的原因(分析详后),语言表述未尽准确,但这已属于另外的问题。总之,所谓"责己"不"责人"的问题,不足以成为否认胡适的"民族反省"思想的合理性的理由,诚如鲁迅所说:"多有不自满的人的种族,永远前进,永远有希望。多有只知责人不知反省的人的种族,祸哉祸哉!"[2]另外还不妨说,尽管胡适似有否认帝国主义侵华事实的言论[3],但从整体上说,他却是承认这种事实的,因而在谈到"责己"问题时就表示:"即为抵抗帝国主义起见,也应该先铲除这五大敌人。"[4]

据此,我们可以认识到,尽管胡适的政治倾向大抵从 20 世纪 30 年代起靠近了国民党,甚至也明确地反对中国共产党,另外,他的某些"民族反省"的思想主张,既对国民党的政策多有激烈的批评,又多少带有向国民党当局献"条陈"的色彩,但是,由于胡适在本质上是自由主义者而不是党派人物,所以他是站在自由主义知识分子的立场

---

[1] 胡适:《我们走哪条路》,《新月》第 2 卷第 10 号,1930 年 12 月 10 日。
[2] 鲁迅:《热风·六十一 不满》,人民文学出版社,1981 年。
[3] 可参看胡适:《国际的中国》,《努力周报》第 22 期,1922 年 10 月 1 日。
[4] 胡适:《我们走哪条路》,《新月》第 2 卷第 10 号,1930 年 12 月 10 日。

上来观察社会和提出问题的;同样,胡适本质上又是思想家而不是政治家,所以他提出自己的经过独立思考的意见,为的是向国家民族和全社会负责,而不是单纯为了迎合或反对某一党派的政治路线。这就表明,胡适关于"民族反省"的思想主张,乃是以他为代表的现代中国的自由主义知识分子对于如何回应中西文化冲突问题的一种纲领性意见,因而也带有设计"救国方案"的性质,至于设计者的爱国主义的情感无疑也是深沉的。胡适在30年代初表示:"今日正是大火的时候,我们骨头烧成灰终究是中国人,实在不忍袖手旁观。我们明知小小的翅膀上滴下的水点未必能救火,我们不过尽我们的一点微弱的力量,减少良心上的一点谴责而已。"①这段话足以证明这一点。

当然,胡适不是社会革命论者,从他的关于"民族反省"的全部思想主张来看,政治上的改良主义性质至为明显。例如,按照胡适的"民族反省"的思想主张,要实现"民族自强",首要的不在于从政治上推倒三座大山,而应该从改造中国人的国民素质和文化心态入手,用他的话来说,"悬想一个意义不曾弄明白的封建阶级作革命对象,或把一切我们自己不能脱卸的罪过归到洋鬼子身上",乃是"盲动"之举。② 这就意味着,胡适所提出的回应中西文化冲突的方案,具有某种排他性,即只重视启蒙而排斥实际的救亡运动。显然,这是一种偏颇,在一定的场合和范围内(如民族危机日益严重,国内政治统治又极为腐败,不进行社会政治革命已不足以振兴祖国民族了),是容易产生消极的政治影响的。然而,以上是问题的一个方面,问题的另一方面是:在近代中国,由于社会革命论者以及进步政治力量在救亡问题上往往求胜心切,亟欲"举政治革命、社会革命毕其功于一役"③,因而普遍存在轻视或忽视启蒙工作的情形,甚至从某种狭隘的"民族

---

① 胡适:《人权论集·序》,新月书店,1930年。
② 胡适:《我们走哪条路》,《新月》第2卷第10号,1930年12月10日。
③ 孙中山:《民报发刊词》,收入《孙中山全集》第1卷,中华书局,1981年。

主义"或"文化保守主义"观念出发而否定含有"民族反省"内容的启蒙工作,其间,意在维持现实的社会秩序的统治当局及其御用文人,也会接过"救亡"的旗帜来抵制启蒙——惯用的手法是以陈腐的旧思想旧文化来阻碍新思想新文化的传播,如鲁迅当年曾尖锐指出的那样:"在这'国难声中',恰如用棍子搅了一下停滞多年的池塘,各种古的沉滓,新的沉滓,就都翻着筋斗漂上来,在水面上转一个身,来趁势显示自己的存在了。"①由此可见,在整个社会因救亡高涨而启蒙工作受到忽视即"民族反省"思潮趋于低落的情况下,胡适坚持并进一步阐发自己的关于"民族反省"的思想主张,不仅有着一般的政治上反对现实社会统治秩序、思想上弘扬启蒙主义精神的意义,而且对于社会革命论者以及进步政治力量的革命实践活动,也是一种必要的提醒,并在客观上可以起着某种补正的作用。总之,从中国近现代思想文化史来看,胡适的"民族反省"的思想主张的根本的价值意义,正是集中体现在这一点上。

三、几个问题的探讨

从学理上看,胡适的"民族反省"思想涉及了不少思想理论问题。因而,在评判这一思想的深浅得失的时候,也有必要对其中的几个重要问题作一番探讨。

第一个问题:胡适提出并坚持"民族反省"思想为什么始终以狭隘的"民族主义"为论战对象?"民族反省"与"民族主义"是怎样的一对矛盾关系?

应该说,近代中国的"民族反省"思潮与"民族主义"思潮是同源而分流的,即是说,两者本是同时萌芽,又有相近的目的和出发点("救国"和"保国"),只是由于一开始有着侧重点的不同,所以尔后就

---

① 鲁迅:《二心集·沉渣的泛起》,人民文学出版社,1981年。

分道扬镳,歧异渐深。试看魏源对"师夷之长技以制夷"的一个解释:"尽得西洋之长技为中国之长技","因其所长而用之,即因其所长而制之。风气日开,智慧日出,方见东海之民犹西海之民"。① 所谓"制夷",旨在保国或民族自强自立,这无疑体现了"民族主义"思潮的核心,但也是"民族反省"的追求目标。问题在于:把"师夷"作为"制夷"的前提和基础,是"民族主义"思潮不屑强调的;重要的是,"东海之民犹西海之民"的憧憬,"民族主义"思潮不愿认同,而"民族反省"思潮却把这看作为一个根本性的问题:必须革除中国人的传统落后的民族心理,提高中国人的国民素质。由此可知,"民族主义"思潮所考虑的重点是单纯的"制夷",而"民族反省"思潮思考的重点却在于如何才能从根本上"制夷"。也就是说,前者特别看重社会革命(社会政治形态的迅速变革),而后者则主张通过启蒙工作来为社会革命奠定基础。魏源说:"欲平海上之倭患",则必"先平人心之积患"②,集中表达了"民族反省"思潮的要旨。1905年间严复与孙中山在英国有一场著名的对话,严复说:"以中国民品之劣,民智之卑,即有改革,害之除于甲将见于乙,泯于丙者将发之于丁。为今之计,惟急从教育上着手,庶几逐渐更新乎!"而孙中山则认为:"俟河之清,人寿几何?君为思想家,鄙人乃实行家也。"③这也生动地反映了"民族反省"论者与"民族主义"论者旨趣的异同。

就胡适来说,他对于他的前辈的"民族反省"论者的上述思想观点是接受的。另外,"民族主义"思潮在近代中国的流变,总的说来是趋于狭隘的理解和把握,而且在这过程中又往往与"文化保守主义"思潮相携手,同时攻击"民族反省"思潮,辛亥革命前夕是这样,北洋军阀统治时期和国民党统治时期也是如此。这就是说,首

---

① 魏源:《海国图志》。
② 同上。
③ 严璩:《侯官严先生年谱》。

先是因为狭隘的"民族主义"论者把"民族反省"的思想主张当作主要的论争对象,因此,以启蒙为己任的、相信从思想文艺方面入手"替中国政治建筑一个革新基础"①的胡适,自然勇于迎接挑战,即通过对狭隘的"民族主义"的抨击来宣传和弘扬"民族反省"思潮。

第二个问题:胡适在阐发自己的"民族反省"的思想主张时,为什么着重批判"文化保守主义"思潮?胡适与"文化保守主义"者之间最根本的思想分歧又是什么?

首先需要指出,近代中国的"文化保守主义"思潮的问题极为复杂,本文不可能叉开去作深入的讨论,但有一点可以明确:"文化保守主义"思潮本身有两种表现形态——一是纯粹学理性的,二是非纯粹学理性的。前者暂不论,就后者来说,其代表人物并非完全意义上的学者,而大抵是政界人物如政府官员、地方实权派以及政客幕僚之类。他们的思想特征,诚如鲁迅早就指出过的那样是"两重思想",即"既许信仰自由,却又特别尊孔;既自命'胜朝遗老',却又在民国拿钱;既说是应该革新,却又主张复古"。② 事实上,胡适所着重批判的,正是这些人物——从"五四"以来算起,如林纾、章士钊、南京国民党政府文化官员(叶楚伧、陶希圣等)、地方军阀(何键、陈济棠等)和CC派"十教授",如此等等。

当然,就上述人物而言,有的还与胡适有某种私谊,所以胡适对他们的批判就不是出自个人意气,而是鉴于这些人的思想文化观点,其实与整个"文化保守主义"思潮有共同点,即对中国传统的思想文化的价值意义作了不恰当的夸张和颂扬,由此作为回应中西文化冲突的一个僵硬的出发点,并且其消极影响在事实上又为狭隘的"民族主义"运动所利用。因此,胡适有一个基本的看法——用他晚年的话

---

① 胡适:《我的歧路》,《努力周报》第4期,1922年5月28日。
② 鲁迅:《热风·随感录五十四》。

来说:"个人深为爱国,集七十年之经验,得到一个结论,即中国文化并不最高于世界者"①,如果"过于颂扬中国传统文化",就"可能替反动思想助威",殊不知"凡是极端国家主义运动,总都含有守旧的成份,总不免在消极方面排斥外来的文化,在积极方面拥护或辩护传统的文化。所以我总觉得,凡提倡狭义的国家主义或狭义的民族主义的朋友们,都得特别小心的戒律自己,偶一不小心,就会给顽固分子加添武器了"。②

这就表明,胡适与"文化保守主义"者之间的最根本的思想分歧,除了在对中国传统思想文化的整体的价值判断上有明显的距离之外,更重要和更深刻的在于:为了中国民族的复兴,为了中国社会的现代化,在思想文化方面能否只满足于简单地继承和弘扬民族思想文化传统(如"恢复固有的道德"之类),或者说,是否必须认定民族的思想文化传统应随着时代的变化进步而作革新改造,即通过对民族传统的思想文化的切实反省而"再造文明"? 显而易见,尽管"文化保守主义"论者(即使是非纯粹学理性的)在某些局部问题上提出过真知灼见,但对于上述问题的总回答,无疑是胡适的"民族反省"的思想主张更合理,更闪烁着理智的光芒。

第三个问题:胡适在展开论述自己的"民族反省"的思想主张时,确立并重新解释一种近代西洋民族和西洋文化的参照系,这是否必要、合理? 而这种参照系本身是否科学?

"民族反省"从思想逻辑方法来看,是从对照比较入手的,因为有比较才有鉴别,而比较得出的结论,又构成了反省的课题。至于用于比较(参照)的对象,在近代中国,在中西文化冲突的总的文化背景中,定位于给中国民族以巨大刺激的近代西洋民族,给中国传统思想文化带来严酷冲击的近代西洋文化,这是很容易理解的。试看胡适

---

① 此系胡适1958年12月8日在台湾台中农学院的演讲词,刊次日《台湾新生报》。
② 胡适:《怀念曾慕韩先生》,台湾《民主潮》第11卷第18期,1961年9月。

之前或与胡适同时代的"民族反省"论者,无论是魏源、王韬、容闳、康有为、梁启超和严复,还是陈独秀、李大钊、鲁迅和周作人,莫不如此。而只有那些狭隘的"民族主义"者以及"文化保守主义"者,由于否定"民族反省"的必要性而采取鸵鸟政策,干脆拒绝承认这一参照系,或者把这一参照系曲解为明显谬误的东西——如据胡适的概括:"崇拜所谓东方精神文明的人说,西洋近代文明偏重物质上和肉体上的享受,而略视心灵上与精神上的要求,所以是唯物的文明。"①因而,胡适在展开论述自己的"民族反省"的思想主张时,毫不动摇地把近代西洋民族和西洋文明作为一种参照系而确定下来,不仅是理论逻辑使然,同时也含有论争的考虑。

说到胡适对这一参照系的重新解释,这是指胡适较之近代中国的其他"民族反省"论者,对于这一参照系的本质和内涵有更充分的发掘,更合理的把握。这里涉及一个重大理论问题即胡适的整体的文化—文明观。在胡适看来,"文明是一个民族应付他的环境的总成绩","文化是一种文明所形成的生活的方式",至于文明的形成,来自两个"因子":"一是物质的,包括种种自然界的势力与质料;一是精神的,包括一个民族的聪明才智、感情和理想。凡文明都是人的心思智力运用自然界的质与力的作品;没有一种文明是精神的,也没有一种文明单是物质的",进一步说,一切文明都有物质和精神的两部分,而这两部分是密不可分的,因此,不同民族的文化—文明只有"程度上的差异,却没有根本的不同"。正是据此出发,胡适认为,近代西洋民族所创造的近代西洋文明的程度比东方(中国)旧文明高,如其最大的特色是"不知足","物质上的不知足产生了今日钢铁世界、汽机世界、电力世界。理智上的不知足产生了今日的科学世界。社会政治制度上的不知足产生了今日的民权世界、自由政体,男女平权的社

---

① 胡适:《我们对于西洋近代文明的态度》,《现代评论》第 4 卷第 83 期,1926 年 7 月 10 日。

会、劳工神圣的喊声、社会主义的运动"①,因而值得成为我们进行"民族反省"的参照系,并且构成直接的学习借鉴和"再造文明"的榜样,如"我们必须学人家怎样用铁轨、汽车、电线、飞机、无线电,把血脉贯通,把肢体变活,把国家统一起来。我们必须学人家怎样用教育来打倒愚昧,用实业来打倒贫穷,用机械来征服自然,抬高人的能力与幸福。我们必须学人家怎样用种种防弊的制度来经营商业、办理工业,治理国家政治"。② 由此可见,胡适的整体的文化—文明观,触及了文化—文明问题的本质,在这基础上对于近代西洋民族所创造的西洋文明的进步性的认识是正确的,因而他在提倡"民族反省"时所确立的参照系的本身也就是科学的了。

此外还可指出,正因为胡适所确立的参照系本身是科学的,因而他在提倡"民族反省"时牢固地确立这一参照系,实际上是把"再造文明"的方向和目标具体化了。这也就是说,把近代西洋民族所创造的西洋近代文明作为一种参照系确立,本是中国人进行"民族反省"的题中应有之义,胡适对此特别强调,这又表明他的整个的"民族反省"的思想主张,不仅是从消极方面(破坏意识)着眼,而且更有积极方面(建设意识)的把握。

四、关于胡适"民族反省"思想主张的方法论

胡适的"民族反省"思想主张长期以来引起误解和招致攻击的一个重要原因,在于他提出问题和解决问题的方法论(具体表现为语言的逻辑表达方式)有明显的特殊性。

应该说,这一特殊性其实与整个近代中国的"民族反省"思潮的

---

① 胡适:《我们对于西洋近代文明的态度》,《现代评论》第 4 卷第 83 期,1926 年 7 月 10 日。
② 胡适:《请大家来照照镜子》,《生活》第 3 卷第 46 期,1928 年 9 月 30 日。

方法论的固有特点是相一致的,即首先把近代西洋民族在几百年来发展资本主义过程中所创造出来的高度文明(体现在器物、制度和思想文化观念等各方面),从整体上作为一种参照系(既比中国先进,又是中国的学习榜样和发展方向)而毫不动摇地确立下来,由此以"知耻近乎勇"的逻辑思路,不惜用某种以偏概全的方法、夸大其辞和危言耸听的语言,来反省本民族的种种在事实上的确值得反省的缺点。且不说梁启超和严复,即令是"五四"时期的"民族反省"论者也莫不如此。如陈独秀说:"一国之民精神上物质上如此退化,即人不伐我,亦有何颜面生存于世界?"[1]李大钊表示:"中国文明之疾病已达炎热最高之度,中国民族之运命已臻奄奄垂死之期,此实无容讳言。"[2]而鲁迅除了在文学作品中揭示出以"阿Q精神"为典型代表的民族劣根性外,还从理论上具体分析了中国国民性的遗传的根本性缺陷(即各种形态的"民族自大狂"),至于钱玄同更是表示同意林语堂的说法:"您说中国人是根本败类的民族,有根本改造之必要,真是一针见血之论。"[3]唯其如此,胡适在坚持"民族反省"的思想主张时说出一些更偏激的话——如认为中国人"这样又愚又懒的民族,不能征服物质,便完全被压死在物质环境之下,成了一分像人九分像鬼的不长进的民族"[4],因而需要"大彻大悟地承认我们自己百不如人"并"死心塌地的去学人家"[5],并不奇怪。

当然,胡适的这些话是很片面的,也很刺耳的,从思想方法来说,缺陷也至为明显,诚如毛泽东在分析"五四新人物"的普遍存在的思想方法的片面性问题时所指出的那样:这种"所谓坏就是绝对的坏,一切皆坏;所谓好就是绝对的好,一切皆好"的论调,乃是一种"形式

---

[1] 陈独秀:《我之爱国主义》,《新青年》第2卷第2号,1916年10月。
[2] 李大钊:《新旧思潮之激战》,《每周评论》第12号,1919年3月。
[3] 钱玄同:《回语堂的信》,《语丝》第23期,1925年4月。
[4] 胡适:《介绍我自己的思想》,收入《胡适文选》,亚东图书馆,1930年。
[5] 胡适:《请大家来照照镜子》,《生活》第3卷第46期,1928年9月30日。

主义的方法"。①

然而,这也只是问题的一方面。从另一方面来看,无论是其他"民族反省"论者还是胡适,他们之所以采用这种思想方法,其实还含有某种论争策略的考虑,即有意的矫枉过正——为了深深刺激鼓动对象,以求得反省的实效,明知其片面性和绝对化而不予纠正,因为片面的深刻性或深刻的片面性愈是得到强化,也就愈能扩大社会影响。对此鲁迅曾有一个十分剀切的解释说明:"中国人的性情是总喜欢调和,折中的,譬如你说,这屋子太暗,须在这里开一个窗,大家一定不允许的。但如果你主张拆掉屋顶,他们就会来调和,愿意开窗了。没有更激烈的主张,他们总连平和的改革也不肯行。"②

就胡适来说,他正是这样来考虑问题的。如他在"中国文化本位"问题的论争时就明确指出:对于中国人来说,现在"不应该焦虑那个中国本位的动摇,而应该焦虑那固有的文化的惰性之太大",换言之,"中国的旧文化的惰性实在大的可怕,我们已可以不必替'中国本位'担忧。……如果我们的老文化里真有无价之宝,禁得起外来势力的洗涤冲击的,那一部分不可磨灭的文化将来自然会因这一番科学文化的淘洗而格外发挥光大的"。③ 这就表明,胡适反复强调"民族反省",的确不是鼓吹所谓的"全面反传统"或鼓吹字面意义上的"全盘西化"而由此宣扬"民族虚无主义",其出发点和追求的目标正在于改造国家、改造民族、改造民族旧文化,以期"建立一个治安的、普遍繁荣的、文明的、现代的统一国家",并且能够"在国际上享受独立、自由、平等的地位"。④

还应该指出的是,在近代中国,"民族反省"思潮的对立面几乎主要是封建主义顽固派、各种盲目的排外主义者以及以"文化保守主义

---

① 毛泽东:《新民主主义论》,收入《毛泽东选集》第2卷。
② 鲁迅:《三闲集·无声的中国》,人民文学出版社,1981年。
③ 胡适:《试评所谓"中国本位的文化建设"》,天津《大公报》1935年3月31日。
④ 胡适:《我们走哪条路》,《新月》第2卷第10号,1930年12月10日。

者"面目出现的各类政客(纯学理上的"文化保守主义者"另当别论)。同样,作为坚定的"民族反省"论者的胡适,其论争对象也大抵是这些人,如北洋军阀政府和国民党当局中的某些官员以及御用文人。而这些人在否定"民族反省"论包括对胡适的"民族反省"思想作直接的攻击的时候,思想方法其实更为片面武断,往往是断章取义,任意曲解,攻其一点,不及其余,同时又惯于扯出"民族主义"的旗号,以诱人入罪,致使对方的反击有时陷入投鼠忌器的尴尬的境地。典型的如1935年初胡适南下讲学,在广州逗留时,地方军阀陈济棠曾当面斥责胡适:"你们都是忘本!难道我们五千年的老祖宗都不知道做人吗?"①在胡适返回北平后,湖南军阀何键还致电广州当局声讨胡适,谓"自胡适之倡导新文化运动,提出打倒孔家店口号,煽惑无知青年,而共党乘之,毁纲灭纪,率兽食人,民族美德,始扫地荡尽"②,稍后陶希圣也撰文从所谓"学理""方法"上驳斥胡适的否定所谓"中国本位文化"的意见。③ 在这样的背景下,胡适于1935年上半年在"中国本位文化"或"全盘西化"问题的论战中所发表的一系列言论,其某些措词的偏激也就难以避免。这表明,胡适对近代中国"民族反省"思潮思想方法上的偏颇的承袭乃至有所发展,一半也是在论争中被逼出来的。唯其如此,我们今天在指出这种情况的同时,也应该看到上述历史条件和客观原因,而不能以其语言的逻辑表达方法上的某些缺陷去否定他的整个关于"民族反省"思想主张的价值意义。

综上所述,胡适的"民族反省"的思想主张是一份值得重视的思想遗产,尽管它存在种种缺点和不足之处,但其基本的价值意义是积极的,因为它所表达的是一位深沉的爱国主义者从某个为人所忽视

---

① 转引自胡适:《南游杂忆·二·广州》,《独立评论》第142号,1935年3月17日。
② 何键:《佳电》,原刊香港《循环日报》1935年2月24日。
③ 陶文题为《思想界的一个大弱点》,刊《独立评论》第154号,1935年9月9日。

的角度而提出的深思熟虑的意见。当年胡适曾对他的论敌说过这样一段话——

> 请你注意我们提倡自责的人并非不爱国,也并非反民族主义者。我们只不是狭义的民族主义者而已。我们正因为爱国太深,故决心为她作诤臣,作诤友,而不敢也不忍为她讳疾忌医,作她的佞臣损友。①

通观胡适关于"民族反省"的全部思想主张,对于这一点是完全可以相信的。

(原稿为提交青岛"胡适思想研讨会"的论文,1993年5月;1994年1月作大修改,定稿)

〔初刊《胡适研究丛刊》第一辑,北京大学出版社,1995年〕

---

① 胡适:《再与希圣书》(1935.6.12),转引自胡颂平编:《胡适之先生年谱长编初稿》第四册,台湾联经出版事业公司,1984年。

论胡适的文化使命感

一、引论：知识分子的"社会责任感"与"文化使命感"

关于知识分子的"社会责任感",乃是近年来学术界谈得比较多的一个话题。虽说各家对这一概念的理解与认识并非一致,但多少有些共同点,如一般认为,在现代社会中,知识分子作为一个重要的社会阶层,对于本国(民族)乃至整个世界的社会发展与进步,理当承担着较之普通人民群众更大的责任,至少应该本着服膺现代民主政治的理念,为最广大的社会民众代言,同时督促本国的执政者乃至整个国际社会尊重人权、实行法治、和平发展经济、提高人民生活水平,维护社会的正义与公平。换言之,所谓知识分子的"社会责任感",即是要求现代社会的广大知识分子,具有一定的政治意识,并以一定的形式与方法参与进步的社会政治活动,至少勇于承担社会监督与社会批判的义务,由此成为全社会的健康的精神力量的舆论代表,成为现代人类的良知的表征。

笔者认为,作为一个现代知识分子,只要他是追求进步的、崇尚民主的,也愿意促进社会发展的,那么,的确应该具备(首先是自觉培养)这样的"社会责任感",以此作为对于社会(国家与民族)的回报。但是,知识分子的"社会责任感"事实上是有多种层次的。以上所说,仅是就一般情况而言,至于对处于特殊的政治环境或不同的历史时期(如半封建半殖民地的旧中国)的知识分子而言,上述形态与水平的"社会责任感",可能还只是被视之为较低的层次。因为曾经有一种更激进的理解和要求,即希望进步的知识分子直接投身革命政党所领导的实际的革命活动,例如当年"左联"领导人经常要求左翼作家参加"街头游行",李立三甚至亲自动员鲁迅发表公开的政治宣言之类。① 于是,就有一个严肃的问题应予提出:一个现代知识分子理应具备的"社会责任感"究竟含有怎样的质的规定性?

现在看来,当年鲁迅之所以婉拒李立三的政治动员,还有不少进步的甚至是"左"翼知识分子,即使在抗战军兴之时也并非一味地投笔从戎、浴血疆场,而是甘于平淡、义无反顾地坚守在建设与发展民族科学文化教育的岗位上,乃是因为他们认识到:现代知识分子的"社会责任感"的表现与具体的落实,有不同的层次,有多种形态与道路可供选择,而不必强求一律。② 换言之,一个社会(国家、民族)对于知识分子在表现与落实其"社会责任感"问题上的期待,也应该是多元的,基本的原则当是从实际出发,希望每一个知识分子都能够选择最适合其本人情况的、最能发挥各自才能特点的、由此也就能够更好地承担自己社会责任的形式和方法,如同在一支作战部队里,总要安排若干优秀的军事人才在某些特定的机构部门任职而并非把这些

---

① 据巴人回忆,"有些左联的领导人,对作家最紧迫的要求,就是走上街头去示威游行"(《杂忆、杂感和杂抄——纪念鲁迅先生》),茅盾的回忆也证实这一点(《"左联"前期》)。有的研究者还根据冯雪峰的回忆文字(《一九二八至一九三六年间上海左翼文艺运动两条路线斗争的一些零碎参考材料》,收入《雪峰文集》第4卷)进而分析指出:当时"立三路线的执行者虽然并不要求鲁迅上街游行,但还是希望他能够以实际行动来配合这条政治路线。1930年5月7日晚上,李立三亲自出马,约鲁迅到爵禄饭店去谈话,要鲁迅公开发表一个宣言,表示拥护立三路线的各项政治主张,……但鲁迅没有同意"。以上材料均转引自吴中杰:《鲁迅传》,复旦大学出版社,2008年,第332—333页。

② 又据冯雪峰回忆,鲁迅当年曾明确表示:"知识分子本身的工作,还是思想的工作。"(《关于知识分子的谈话》,转引自《我心中的鲁迅》,湖南人民出版社,1981年,第158页)。按:鲁迅《对于左翼作家联盟的意见》中说:"知识阶级有知识阶级的事要做,不应特别看轻",表达了同一思想。顺便说,当年中共另一高级干部瞿秋白倒是真正理解与尊重鲁迅的,这从瞿氏曾自嘲是"犬耕"一事中也可以得到合理的推论。

全部组成冲锋队一样,因为只有这样,才能最大限度地发挥人才的作用。

这也就是说,在现代社会中,知识分子与广大社会民众(以工农为主体)相比较,最大的区别与特点在于,他们因接受过系统的严格的现代教育而具有较高的科学文化素质,也相应地掌握了专业的科学技术的能力与本领,而这种能力与本领,正是引导社会改造、促使社会进步发展的重要力量,所以知识分子在很大程度上成为现代社会的先进生产力和先进思想文化的代表。在这种情况下,知识分子的"社会责任感"的表现与落实,与他们处于何种社会岗位、扮演何种社会角色、具体地承担何种社会任务(职业),往往是成正比的——一般说来,知识文化领域的职业岗位更有利于发挥知识分子的作用。社会(国家民族的执政者)应该认识到这一点,广大民众也应认识到这一点,重要的是,一个开明的社会,一个明智的执政者,以及凡是精神健全、思想成熟的国民,也理应允许并理解知识分子们(从整体上说)自身也能够认识(甚至强调)到这一点,因为此乃是"尊重知识、尊重人才"的题中应有之义。

如果认同以上所说,那么还应合乎逻辑地进一步承认:根据知识分子的特点,又期待知识分子发挥更大的社会作用,对处于社会转型时期的现代中国知识分子来说,其"社会责任感"的最高层次可以设定为——以战略高度充分认识到:采取各种有效方法,切实发展与提高本民族的科学文化建设的水平(包括对民族传统文化中的不适应现代社会生活的部分予以革新与改造),使之顺应世界文化潮流,达到与保持国际上的高水准,由此真正促进与推动国家的社会发展与进步。即对于增强综合国力,提高国际竞争力,真正实现民族复兴,毫无愧色地自立于世界民族之林,具有无比重大的根本性的意义;进而明确自己作为知识分子的一员,对此负有不可推卸的责任与义务,并且应该由此出发来规划与设计自己的人生道路(包括选择相应的职业活动)——具体的活动则包括对全民族予以思想启蒙,引导全社会(国家、民族)的知识文化界人士致力于文化革新,以及本人也坚持从事相应的创新性的学术文化活动,等等。总之,需牢固确立使命意识,一切着眼于此,做到终身奋斗,矢志不渝,即使在遭受社会不公正待遇(包括一时为国人所不理解)的情况下依然如此,虽九死而不悔。

  如此层次的"社会责任感",显然可以更准确地命名为"文化使命感"。它虽然是社会上的广义的"仁人志士"通常所具有的庞大的"社会责任感"的一个组成部分,但作为一个重要的组成部分,其中深沉的爱国主义立场与深邃的文化创新意识的紧密结合,无疑使之更凸显了相对独立的价值意义。因为在这样的"文化使命感"里,文化忧患意识以及与此紧密联系的"民族文化反省"意识是前提性的,而文化创新意识则是思想核心。进一步说,这样的"文化使命感",不仅是理论形态性的,它更强调与看重的是实际的落实,由此,它的价值意义也将主要在实践活动中得以体现。另外,也可以说,这样的"文化使命感"又明显地融合了民族思想文化传统中的某些优秀、合理的思想要素,如古代士人的那种"天降大任予余"般的自觉、"舍我其谁"式的自许,对文化活动(广义的"文章")提升到"经国之大业、不朽之盛事"的高度的认识,以及树立"继绝学"①式的文化追求等。总之,其整体上的思想质地,既有现代性与传统的贯通,又有西学特色与民族文化要素的结合,属于中国现代思想文化史上的一种新气象。胡适在"五四"时期曾郑重其事地倡导"健全的个人主义"②,可以认为,对于

---

  ① 关于"继绝学"的命题,由宋儒张载明确提出:"为天地立心,为生民立命,为往圣继绝学,为万世开太平。"(《语录拾遗》)其中"为往圣继绝学"的要旨可理解为:继承民族文化的传统,并推进民族文化的革新与建设;值得注意的是,其紧接着说"为万世开太平",则表明张氏是把文化的革新与建设视为实行良好政治之前提(基础)环节的。

  ② 胡适在"五四"时期对"健全的个人主义"的倡导的主要言论,见《易卜生主义》(《新青年》第4卷第6期,1918年6月,稍后在收入《胡适文存》时略有修改)。这一"健全的个人主义"论,"主张个人须要充分发达自己的天才性,须要充分发展自己的个性"(《胡适全集》第1卷,安徽教育出版社,2003年,第612页)。

中国现代知识分子来说,如上所说的"文化使命感",当是"健全的个人主义"的基本要素之一。

而一部中国近现代思想文化发展史表明,培养、确立并践行这一崇高的"文化使命感",事实上成为了20世纪以来中国进步知识分子共同追求的精神境界。或者说,20世纪以来,特别是"五四"以来,中国社会的变革以及中国思想文化的发展与进步,从某种意义上说,正是有赖于一大批中国现代知识分子对于这一"文化使命感"的践行,尽管各人的具体情况有所不同。①

应该说,以上的认识,可以成为人们进一步理解、认识与探讨以胡适等人为代表的中国现代知识分子的思想活动特点的一种新视角。

二、胡适"文化使命感"的形成、确立与强化

在20世纪以来的中国现代进步知识分子群体中,相对而言,胡适是最具有清醒的、自觉的和鲜明的"文化使命感"的一位。通看他一生的活动轨迹与思想历程,他在各个人生阶段,虽然所处的具体的社会政治文化的环境有所不同,个人的境遇也有所差异,但总是一贯地提醒自己必须树立一种"文化使命感"并且践行之。

胡适在各个人生阶段所怀有的"文化使命感",本人都有及时的书面表述。胡适早年在家乡接受传统的旧教育,自1904年到上海接受近代教育之后,开始接触以"科学与民主"为核心的西学。正是在走上新的人生道路之初,作为一个刚刚读了《天演论》的中学生,他在一篇课堂作文中写道:

---

① 拙著《鲁迅胡适郭沫若连环比较评传》(上海文艺出版社,1991年)的卷末文字中曾首次提出中国现代知识分子的"文化使命感"问题,并对鲁、胡、郭三人的"文化使命感"及其践行的情况,作了初步分析。本文的思考意见较之有所修正。

> 国魂丧尽兵魂空,兵不能竞也;政治学术,西来是效,学不能竞也;国债累累,人为债主,而我为借债者,财不能竞也;矿产金藏,所在皆有,而不能自辟利源,必假手外人,艺不能竞也。以劣败之地位资格,处天演潮流之中,既不足以赤血黑铁与他族相角逐,又不能折冲樽俎战胜庙堂,如是而欲他族不以不平等之国相待,不渐渍以底灭亡亦难矣!呜呼!吾国民其有闻而投袂奋兴者乎?①

在当时为《天演论》所惊醒的广大中国知识分子中,一般只是承认本民族因国贫兵弱而无力对抗西方列强的坚船利炮的现实,而少年胡适却可贵地进一步认识到:中国在世界"天演潮流"中之所以处于"劣败之地位资格",重要的甚至是首要的原因还在于思想文化的落后(具体表现为国民的愚昧),即"学不能竞也"。唯其如此,胡适提醒包括自己在内的中国国民"投袂奋兴",也就必然含有自觉地革新民族的传统思想文化的要求。显然,这一点,正是胡适终身所坚持的"文化使命感"的第一块思想基石。而在两年后,当胡适就读于上海中国公学并一度主编校刊《竞业旬报》时著文说:

> 想对于我们四万万同胞,干些有益的事业,把那从前种种无益的举动,什么拜佛哪!求神哪!缠足哪!还有种种的迷信,都一概改去,从新做一个完完全全的人,做一个完完全全的国民。大家齐来,造一个完完全全的祖国,这便是兄弟们的心思,这便是我们这个报的宗旨。②

这就是他对如何践行自己的"文化使命感"的初步具体的设计。

---

① 胡适:《物竞天择适者生存试申其义》(中学作文,1906),初刊上海澄衷中学《智识》(1924年6月16日),转引自耿云志:《胡适年谱》,四川人民出版社,1989年;《胡适全集》第21卷,第2—3页。

② 希彊:《本报之大纪念》(《竞业旬报》第二十九期,1908),收入周质平编:《胡适早年文存》,远流出版事业股份有限公司,1995年。《胡适全集》第21卷,第74—75页。

胡适于1910—1917年间留学美国,这是他思想发展和人生活动的一个最重要阶段。在这一时期,不仅他的"文化使命感"得到了强化,而且还对如何践行自己的"文化使命感",也有了比较深入的思考和具体的设计。从理论上看,最值得注意的是,他在反省了近代以来中国派遣大量留学生而实际成效不大的情况后提出:"今日教育之唯一方针,在于为吾国造一新文明"①,而对于自身,则以"为国造不能亡之因"作为不可推卸的责任与义务。因为在他看来,对一个国家来说,政制的新旧、兵力的强弱尚在其次,暂无海军之类也并非可耻,可耻的在于文化教育的落后,尤其是国民上下对之均不重视。由此他明确表示:

> 适近来劝人,不但勿以帝制撄心,即外患亡国亦不足顾虑。倘祖国有不能亡之资,则祖国决不致亡。倘其无之,则吾辈今日之纷纷,亦不能阻其不亡。不如打定主意,从根本下手,为祖国造不能亡之因。②

至于如何"造不能亡之因",胡适的理解是:"今日造因之道,首在树人;树人之道,端赖教育",即发展民族教育事业,为国家社会培养各种有用之才,而联系到本人的职业选择,胡适又明确表示:"别无奢望,但求归国后能以一张苦口、一支秃笔,从事于社会教育,以为百年树人之计,如是而已。"③由此可见,正是在留美时期,胡适明确了自己的"文化使命感"的具体内容,甚至在此基础上也确定了个人的职业志愿。至于如何践行自己的"文化使命感",在本时期,胡适的重大举措是,除了热心支持几位志同道合的友人共同发起成立"中国科学

---

① 胡适:《非留学篇》,初刊《中国留美学生年报》(第三年本,1914),《胡适全集》第20卷,第18页。
② 胡适:《再论造因,寄许怡荪书》(1916年1月25日),收入《胡适留学日记》,《胡适全集》第28卷,第306页。
③ 同上。

社"之外①,他本人则郑重其事地倡导"文学革命",即"欲为祖国造新文学"②,并自誓"且准备擎旗作健儿"③。

另外,当时胡适在自己的学位论文中还提出了一个重大的文化命题,即中西文化的交流与融合问题。胡适认为:现代中国在文化上面临一个严峻的问题是:"我们应怎样才能以最有效的方式吸收(西方输入的)现代文化,使它能够同我们的固有文化相一致、协调和继续发展?"换言之,"我们在哪里能找到可以有机地联系现代欧美思想体系的合适的基础,使我们能够在新旧文化内在调和的新的基础上建立我们自己的科学和哲学?"胡适当时曾表示,他在学位论文中所作的相关研究,希望"可以使中国避免因不经批判地输入欧洲哲学而带来的许多重大错误"④,这样的意愿实际上也构成了胡适的"文化使命感"的基本内容之一。联系到胡适在留美学成归国前夜有诗赠友人说:

> 故国方新造,纷争久未定。学以济时艰,要与时相应。文章盛世事,今日何消问?⑤

这里的"文章盛世"句,明显典出曹丕的《典论·论文》("经国之大业,不朽之盛事"),指的是那些旨在促进新的思想文化建设的著

---

① "中国科学社"系中国最早的现代科学学术团体,由留美学生于 1914 年 6 月在康乃耳大学发起,次年 10 月在哥伦比亚大学正式成立,1918—1949 年间在国内开展活动。胡适与 10 位发起人(任鸿隽、赵元任等)关系密切,对该社的发起与日后的活动亦多有支持(有关发起情况,即由《胡适留学日记》记载)。目前国内的有关中国科学社的评述性文本,往往不提胡适之名,此非历史主义态度。
② 胡适:《论译书寄陈独秀》(1916 年 2 月 3 日),收入《胡适留学日记》,《胡适全集》第 28 卷,第 318 页。
③ 胡适:《沁园春——誓词》(1916 年 4 月 13 日),收入《胡适留学日记》,《胡适全集》第 28 卷,第 353 页。按:胡适后来几次修改该词的文句,但这一基本精神不变。
④ 胡适:《先秦名学史——导论》(1917),《胡适全集》第 5 卷,第 10、11、13 页。
⑤ 胡适:《文学篇——别叔永、杏佛、觐庄》(1917 年 6 月 1 日),收入《尝试集》,《胡适全集》第 10 卷,第 69—70 页。

述。应该说,胡适的"文化使命感"至此又有了切实的发展,即寻到了落实的载体(文字著述),而这又是他所擅长的。

在归国投身方兴未艾的五四新文化运动之初,胡适还对自己如何履行"文化使命感"的问题,确立了更切实而明晰的目标定位,根据他在几年后的追述,即:

> 一九一七年七月我回国时,船到横滨,便听见张勋复辟的消息;到了上海,看了出版界的孤陋,教育界的沉寂,我方才知道张勋的复辟乃是极自然的现象,我方才打定二十年不谈政治的决心,要想在思想文艺上替中国政治建筑一个革新的基础。①

应该说,从胡适在"五四"时期的所有社会活动来看,无论是教学、著述、演讲和社会指导,也无论是涉及文学革命、教育改革、道德建设与思想方法等各个思想文化领域以及家庭婚姻、妇女解放等社会问题,包括在若干狭义的学术文化活动中的建树(如丰富与完善"文学革命"理论、介绍科学的思想方法、建立"新红学"、诱导"古史辨"讨论等),其性质无不都是对"文化使命感"的践行,即从思想文艺问题入手,以为中国政治革新而建筑基础。更重要的是,胡适在"五四"时期为求得当时的新文化运动的深入发展,还高屋建瓴地提出了纲领性与方向性的意见,即:

> 输入学理,研究问题,整理国故,再造文明。②

这里对于"再造文明"的方向与目标的揭示,显然是胡适对他本人在前一阶段所提出的那个如何争取中西文化交流与融合的文化问题的富有启迪性的初步回答,而这样的语言表述,在实际上又是表明

---

① 胡适:《我的歧路》(1922年6月16日),收入《胡适文存二集》卷三,《胡适全集》第2卷,第467页。
② 胡适:《新思潮的意义》(1919年11月1日),收入《胡适文存》卷四。案:"研究问题、输入学理、整理国故、再造文明"系《新思潮的意义》一文的副题,《胡适全集》第1卷,第691页。

胡适对于自己的"文化使命感"设定了新目标。换言之,至此,胡适的"文化使命感"不再只是个体的,而同时也是期待全民族的知识分子为之共同奋斗的最终目标。从这一意义上说,如撇开意识形态问题的争论,胡适不愧为那个时代的中国进步知识分子的精神领袖。①

在"五四"后的一段时间里,胡适对于自己所服膺的"文化使命感"及其践行的问题,结合到对于一些具体学术文化问题的思考,又有一系列新的表述,其中重要的如:

关于坚持"五四"新思潮的宣传。在"五四"落潮之初,胡适因惋惜《新青年》的旨在"文学革命与思想革命"的"这个使命不幸中断了",于是本着"至今还认定思想文艺的重要"的理念②,又通过自己的另一些活动(如创办《努力周报》附《读书杂志》,参与"科学与玄学"的思想论争等),意在"再下二十年不绝的努力,在思想文艺上给中国政治建筑一个可靠的基础"。③

倡导"学术救国"。即强调各专业知识分子立足本职岗位发展民族科学文化:"救国不是摇旗呐喊能够行的,是要多少多少的人投身于学术事业,苦心孤诣实事求是的努力才行","我们(知识分子、大学生)的责任是在研究学术以贡献于国家社会"。④

开展"整理国故"的活动。胡适在宣传"整理国故"的问题时特别

---

① 关于胡适实际上成为中国现代知识分子的精神领袖问题,文化界其实是认同的。如反动人士早就讽刺说:"五四"后的青年人往往"以适之为大帝,以绩溪为上京,遂乃一味于胡氏文存中求文章义法"(章士钊:《评新文化运动》,原刊《新闻报》1923年8月21—22日,转引自《中国新文学大系》之《文学论争》集)而"左"派人士直到1954年还承认:"在某些人的心目中胡适还是学术界的孔子。这个'孔子'我们还没有把他打倒。"(《中国科学院郭沫若院长关于文化艺术界应开展反对资产阶级错误思想的斗争,对光明日报记者的谈话》,原刊《光明日报》1954年11月8日。)

② 胡适:《答伯秋与傅思棱两先生》(1922年5月27日),系《我的歧路》之附录,《胡适全集》第2卷,第475页。

③ 胡适:《与一涵等四位的信》(1923年10月9日),收入《胡适文存二集》卷三,《胡适全集》第2卷,第513页。

④ 胡适:《学术救国》(1926),《胡适全集》第20卷,第143、145页。

警惕文化保守主义者（"国粹派"）钻空子（借尸还魂），同时也含有某种"纠偏"的考虑，两者相结合，所以尤其强调"科学方法"的运用，要旨为"用历史的眼光来扩大国学研究的范围"，"用系统的整理来部勒国学研究的资料"，"用比较的方法来帮助国学的材料的整理与解释"。① 而针对国人对于"整理国故"问题上的种种误解，胡适还特别提出："我们的使命是打倒一切成见，为中国学术谋解放。"②

关于民族文化发展道路的探求，胡适认为，中国文化在历史上经过多次复兴运动，可惜由于种种原因，"返老还童的目的，仍是没有达到"③，而国内文化保守主义者鼓吹所谓的"中国本位的文化建设"，其"根本错误在于不认识文化变动的性质"，为此，胡适旗帜鲜明地主张："我们肯往前看的人们，应该虚心接受这个科学工艺的世界文化和它背后的精神文明，让那个世界文化充分和我们的老文化自由接触，自由切磋琢磨，借它的朝气锐气来打掉一点我们的老文化的惰性和暮气。"④

综上所述，可获得如下几点最基本的认识：

第一，胡适确立的"文化使命感"的根本性题旨是：经由一系列切实的学术文化活动，通过革新与改造民族传统文化，以此促使中国文化获得顺应世界文化潮流的进步与发展，最终求得中国社会包括思想文化在内的全面现代化。关于这一点，诚如胡适晚年曾对记者所揭示说：自己的思想——自己的"葫芦"里到底是什么"药"——"葫芦里的'微物'，那就是要为中国文化、思想、教育，建

---

① 胡适：《国学季刊发刊宣言》（1923年1月），收入《胡适文存二集》卷一，《胡适全集》第2卷，第17页。
② 《胡适的日记》（1922年8月26日），《胡适全集》第29卷，第725页。
③ 胡适：《中国再生时期》（1935年1月12日），初刊《梧州日报》（1935年1月22—25日），《胡适全集》第13卷，第185页。
④ 胡适：《试评所谓"中国本位的文化建设"》（1935年3月30日），初刊《独立评论》第145号（1935年4月7日），收入《胡适文存四集》，《胡适全集》第4卷，第583页。

立新的基础。"①

第二，胡适在少年学生时代因读《天演论》而获得一种睿智的觉悟，由此初步形成自己的"文化使命感"，之后又因受时代文化风潮的感染与刺激，到了中壮年时期进而使得这一"文化使命感"完全牢固地确立，显得更为丰富、饱满，并具有切实的可操作性了。这样，从"为国造因"的整体立志到确定"再造文明"的终极目标，从提出为国家民族的社会政治进步而建立"革新的基础"的愿望，再到对这一"基础"内容的把握具体落实在"为中国学术谋解放"的问题上，如此从感性的激奋到理智的思虑，从笼统的表述到富有逻辑的论证，再加上在实践层面上的活动，如此理论与实际的结合，就充分表明：胡适所确立的"文化使命感"，并非一时心血来潮，不是"五分钟的热度"，也不是慷慨激昂的空话大话，或者是哗众取宠的做秀。总之，完全是作为一位生于忧患的深沉的爱国知识分子，面对国家民族处于社会政治与文化转型时期，所表现出来的一种自觉的大义凛然的文化担当。

第三，进一步说，胡适之所以确立这一"文化使命感"，主要不是为了设计个人的世俗意义的人生道路，即考虑如何实现所谓个人的"人生价值"，而完全是本着深沉的爱国主义立场，在明确了作为中国现代知识分子的个体对国家民族负有天然的责任与义务的基础上，才郑重选择的一种人生态度。只不过，这种人生态度的选择即"文化使命感"的确立，充分考虑到了知识分子的特点问题，包括对于本人作为中国现代知识分子的思想素质的水平以及从事相应文化活动的能力等的充分自信：自己应该可以而且也能够去承担那种为同时代其他知识分子所不愿去、或没有能力去承担的那部分意义重大、任务艰巨的工作。

---

① 彭麒：《天，为什么不许他再活十年》，初刊台湾《征信新闻》(1962年2月26日)，转引自《胡适之先生纪念集》，学生书局，1973年。

以上第二、第三两点其实是有联系的。胡适在著名的《文学改良刍议》一文中有这样一段往往为人所忽视的话：

> 国之多患，吾岂不知之？然病国危时，岂痛哭流涕所能收效乎？吾惟愿今之文学家作费舒特（Fichte），作玛志尼（Mazzini），而不愿其为贾生、王粲、屈原、谢皋羽也。①

所谓"贾生、王粲、屈原、谢皋羽"者，系中国历史上面临亡国危机而痛哭流涕的著名文人，通常也被誉之为"爱国主义文学家"；至于费舒特（Fichte）、玛志尼（Mazzini）则是欧洲近代史上杰出的为着争取本民族国家（意大利）的独立、自由和解放而矢志不渝终身奋斗的英雄人物。他们与"贾生、王粲、屈原、谢皋羽"等人的重大区别在于：面对着亡国局面，不像"贾生、王粲、屈原、谢皋羽"那样，只是满足于在诗文中反复痛哭，而是毅然投身于实际的救国活动。胡适在这里表达的意思十分清楚：尽管像"贾生、王粲、屈原、谢皋羽"那样也是爱国的，但爱国者重要的在于要有实际行动——显然，在胡适看来，知识分子本着深沉的爱国主义立场而做相应的工作，即使是思想文化工作，如对国人作思想启蒙等，同样是重要的实际的爱国行动，这远比写写"痛哭流涕"式的诗文更有实际意义。显然，只要理解了胡适的这段话，就可以深切地把握胡适所确立的"文化使命感"的思想真谛。

三、胡适践行"文化使命感"的形态与特点

胡适既已确立并反复强调自己的"文化使命感"，也就注重践行，而且是终身的和全方位的。由于他还公开提出过反对"目的热、方法

---

① 胡适：《文学改良刍议》（1917年1月），初刊《新青年》第五卷第二号（1917年1月），收入《胡适文存》，《胡适全集》第1卷，第8页。

盲"的思想命题①,所以在践行"文化使命感"时又很注重方法问题。唯其如此,胡适对于自己的"文化使命感"的践行,也就显现了不少特点,既是"胡适之"式的,又具有普遍的启示意义。

(一) 抵制诱惑,慎对参政从政的机会

胡适唯其以文化使命感而矢志终身从事思想文化工作,便保持人格,甘守清贫,绝不艳羡官宦生涯、谋求仕途之利,而是坚决抵制参政从政的诱惑,尽管有的参政从政的机会并不需要自己以降身辱志来换取,而是当局出自诚意、虚位以待。如20世纪30年代初,胡适当时任教于北大,除了授课与著述外,还因兼任教务长而须处理大量杂务,业余又与一班友人一起自筹资金编辑出版非营利性的《独立评论》周刊,终日辛劳。在这种情况下,面对国民政府的首脑人物蒋介石和汪精卫的关于参政从政的多次邀请(官职为驻德大使、外交部长或教育部长等),他均予以婉拒。当然,胡适也有从政的经历,但这属于特殊情况,即在抗战初期一度出任国民政府驻美大使,用胡适自己的话来解释,那是因为"现在国家到这地步,调兵调到我,拉夫拉到我,我没有法子逃,所以不能不去做一年半年的大使。我声明,做到战事完结为止。战事一了,我就回来仍旧教我的书"②。事实也大致如此,在4年后大使任期届满,他就卸任转而重新从事被中断的学术文化活动。

(二) 重视学术文化机构的岗位并认真履行职责

从广义上说,胡适一生也做过一些官,这是指他曾在几个学术文

---

① 胡适曾明确指出:"如果是为了实际的改革,那就应该使主义和实行的方法,合为一件事",换言之,须反对那个"不单是中国人"的"一个大毛病":一方面是"目的热",一方面是"方法盲"。见《问题与主义》(1919),收入《胡适文存》卷二,《胡适全集》第1卷,第351页。

② 胡适:《致江冬秀》(1938.9.24),《胡适全集》第24卷,第408页。

机构里担任过行政领导职务,主要有:中国公学校长(1928—1931)、北大校长(1945—1949)、"中研院"院长(台湾,1958—1962)等。由于这样的职务岗位对一个践行文化使命感的知识分子来说,实际上是一个不可或缺的工作平台,所以胡适是很看重的,并且积极认真地履职,其中不乏创新的思路和举措。例如,他在中国公学校长任上对于中国公学的教学体制的革新(包括筹组负责任的董事会、改善与健全校务管理、多方延请名师、为提高办学质量水平而调整课程设置等),无疑是值得肯定的。尤其在北京大学校长任上,面对复杂的社会政治局势,他在安抚学生的情绪和安定学生的生活、保持与稳定正常教学秩序等方面,尽可能地做了大量工作,这大致也是不错的。

(三) 为发展民族的科学教育文化事业,高瞻远瞩地提出带有全局性战略意义的问题和意见

在抗战胜利后不久,胡适郑重其事地提出了旨在提高中国高等教育水平的"学术独立的十年计划",主要内容为通过集中财力建设国内的 10 所重点大学,以期"在十年之中建立起中国学术独立的基础"。所谓"学术独立的基础",包括"提高各大学研究的尊严""减少出洋镀金的社会心理""让国内有资格的大学自己担负授予博士学位的责任"和"修正学位授予法"等①。在同一时期,胡适还提出了"建立国防工业"的重要设想,即通过延请留美的华裔核物理学家回国,"在北京大学集中全国研究原子能的第一流学者,专心研究最新的物理学理论与实验,并训练青年学者,以为国家将来国防工业之用"②。以上建议虽然没有得到当时正忙于打内战的国民党政府的采纳,但作为一种发展民族科学文化教育的战略思考,显然是难能可贵的。另

---

① 胡适:《争取学术独立的十年计划》,初刊《中央日报》(1947 年 9 月 28 日),《胡适全集》第 20 卷,第 235 页。
② 胡适:《致白崇禧、陈诚》(1947),收入《胡适来往书信选》,《胡适全集》第 25 卷,第 285 页。

外,胡适也善于结合履职而制定高水准的文化发展目标,如在接任台湾"中研院"院长时宣布的三个愿望,其中第一条是:"近日台湾,将来大陆,应成为世界汉学中心。"[①]应该说,撇开某些政治因素,这样的履职目标与文化愿望,同样是值得尊重的。

(四) 重视本人的学术文化活动,并与践行"文化使命感"挂钩而追求创新

胡适集中精力,通过自己日常的职业性学术文化活动而践行"文化使命感",大致始于"五四"前后,即留美归国投身新文化运动以来。在整个新文化运动时期,胡适之所以主动参与思想文化各个领域的斗争,又之所以采用了一个知识分子所能采用或曰比较擅长的形式与方法如教学、著述、办报、演讲、社会指导等,主要原因之一,在于他本人认为这正是践行自己文化使命感的主要途径,所以相当重视,决不苟且,并且尽可能追求创新。事实上也是如此,并且实际产生的文化效果也是不俗的。且不说他所倡导的"五四文学革命"的重大而深远的意义,其他如对于实验主义思想方法的介绍,在中国传播了科学的思想方法的新观念;对于"易卜生主义"的宣传,在中国引发了"个性解放"的进步社会思潮;对于《红楼梦》的有关考证研究,引导了"新红学"的建立;对于学生顾颉刚的读书指导,也诱发了著名的"古史辨"的讨论与"疑古学派"的建立;等等。这一切都显然推动了中国现代思想文化的进步。

另外,还有一点:关于胡适在践行文化使命感过程中具体的文化表现,尽管细小,却是值得特别重视的,这就是胡适的著述态度。他曾郑重地表示:在自己的著述活动中,总算不曾做过一篇潦草不用气力的文章,总算不曾说过一句自己不深信的话:"只有这两点可

[①] 《敬悼胡适博士》,初刊台湾《新生报》(1962 年 2 月 25 日),转引自《胡适之先生纪念集》,学生书局,1973 年。

以减少我良心上的惭愧。"①检索胡适一生的著述文字,的确如此。应该说,在中国现代知识分子群体中,著述数量有比胡适多的或少的,但敢于说这样的话的,几乎没有。

当然,胡适在践行文化使命感的过程中,在今天看来也有若干可议之处。例如,有时太迁就个人的学术趣味,以致选择了某些事倍功半的研究课题,多少浪费了学术精力,典型的如对于《水经注》版本研究的历史悬案(戴是否窃赵)的考证,虽前后延续二十年时间而最终未能求得为学术界同行所一致认可的结论,洵为可惜。

至于有人时常讥笑胡适的另一个问题——其两部学术代表作(《中国古代哲学史大纲》与《白话文学史》)都未在生前写完全书,这却是可以作具体分析的。笔者认为,从表象看,这两部重要学术著作的确可以说是没有"写完",所以胡适自己在晚年也一直视之为一笔"学术债务"。不过,从实际情况看,他在生前大致已经完成了这两个学术研究课题的研究,只是最终的研究成果在知识形态上具有特殊性而已——

关于《中国古代哲学史大纲》。根据题旨,理应对整个中国古代时期的哲学史现象作完整的评述,但出版于"五四"时期的《中国古代哲学史大纲》(上卷)只是写到秦统一之前。本来,胡适是要继续写下去的,但鉴于汉代以来的中国哲学史(思想史)因印度佛教的东传而出现许多新情况,而当时国内学术界对于这方面相关资料的收集与整理尚不完备,不少原为敦煌所藏的资料却被西方国家占有,为此,胡适不得不一度搁笔,直到1926年借赴英国开会的机会,才在英、法两国的文物机构查寻和摘抄了所需的若干重要资料。在这基础上,胡适便继续从事中国古代哲学史的研究,同时在有关高校讲课并编写讲义。大致在20世纪30年代他所写成的《中国中古思想史长编》(共七章)曾先由上海的中

---

① 胡适:《胡适文存——序例》(1921年11月29日),收入《胡适文存》(上海亚东图书馆,1923),《胡适全集》第1卷,第2页。

国公学以讲义形式油印,其中部分章节又公开发表。另外,1931—1932年间任教北京大学时,胡适又编写了题为《中国中古思想小史》的讲义(共十二讲),并交付北京大学出版部铅字印行(以上两份讲义现被收入《胡适全集》第6卷)。如果说以上两份讲义对中古哲学史(思想史)的研究论述还只限于从秦汉、魏晋到隋唐时期,那么,胡适的另一些单独写作出版的专题论著,主要是对宋元明清时期的若干重要思想家,如程廷祚、颜习斋、朱熹、邵雍、程颐、李塨、郭象、戴东原等的个案研究的文稿,其内容无疑是对前两书的续接。依当时知识界的理解,"先秦(上古)"加"中古"即为一般意义上完整的古代。因此,上述两份讲义的编写与出版,加上上述已发表的其他论著,表明胡适对于"中国古代哲学史"课题的研究与著述在事实上的完成,只是胡适出自严肃的学者的谨慎态度,对有关书稿视之为可能尚不成熟的"讲义",而不以成熟的学术专著自诩。应该说,在现代学术观念中,一位学者编写的大学教材("讲义")与所谓正式公开出版的"学术专著"之间,是不存在质的区别的。既然如此,我们还能说胡适对他所开创的"中国哲学史"的课题研究只留下了"半部书"吗?

再说《白话文学史》。诚然,1928年出版的《白话文学史》(卷上),对整个中国文学发展史的评述只写到中晚唐(白居易)。但是事实上,胡适在这前后还陆续编写、出版了下列重要著述:

《词选》,该书的长篇"序言"以及为各词家编写的小传,实际上对唐五代和两宋时期的中国文学(以"词"为中心)作了由点到面的翔实的评述;

《宋元话本小说序》,该文通过对宋元时期的话本小说的考证与研究,又勾勒并科学评价了一个断代的专门问题的文学史现象;

《中国古代章回小说考证》①,该书通过对宋元明清期间涌现的中

---

① 该书当为伪满的"大连实业书店"于1942年盗印的本子,系从已在上海出版的《胡适文存》诸书中抽取同类文稿汇编而成,虽不完整(因为还有几篇重要稿件漏收),但流传甚广,直至20世纪80年代还被有的出版社影印出版,在客观上成为胡适文学研究论著的一个重要选本。

国古代小说的 10 余部代表性作品逐一考证研究，提出并解决了中国小说发展史研究中的若干重要问题，其实际知识容量，大致相当于半部系统的"中国小说史"，或半部断代的"中国文学史"；

《五十年来中国之文学》，该长篇论文，系对 1872—1922 年间的中国文学史现象的系统的全方位的评述，并且特别抓住了中国古代文学经由晚清（近代）时期的特殊发展演变而衔接过渡到五四新文学的重要的主线索，由此解答了有关中国文学新旧转型的若干重大问题，史识与史才均属一流。

综合以上各种著述情况，可以认为，胡适作为一个中国文学史家，他对整个中国文学发展的整体风貌和一系列重大个性特点的把握与研究是完整的，在知识形态上也有着相应连贯和完整的表述，其中又不乏创新见解。唯其如此，讥笑胡适只写了"半部"《中国文学史》，也是没有道理的。

四、两个问题的探讨和一个简要的结论

在对胡适的"文化使命感"及其践行活动作价值判断时，可能会遇到两个问题，不妨提出来作一番探讨。

其一，有人或许会说，胡适的"文化使命感"及其践行，在政治思想上是改良主义性质的，所以不值得肯定。诚然，胡适的"文化使命感"及其践行，具有明显的改良主义性质，而改良主义也的确是与马克思主义的"社会革命论"相对立的。然而问题在于，在半封建半殖民地的旧中国，不少爱国知识分子所信奉的"改良主义"有没有一定的积极意义（进步意义）？笔者的理解与回答是肯定的。[①] 因为中国近现代史上所涌现的改良主义思想（思潮），尤其是爱国的进步知识

[①] 关于对中国近代改良主义思想（思潮）的政治性、哲学性的分析探讨，参见拙稿《改良主义问题考释》，加拿大《文化中国》（季刊，中文）2002 年第三期（总三十四期）。

分子对于它的理解,一般说来主要是看重它的思想启蒙意义,而这种"启蒙"与"社会革命论"者所强调的"救亡",在"爱国"乃至"救国"的问题上,虽有一定的差异,却无根本区别,甚至可以说,"启蒙"本身即是"救亡"的手段与途径之一。换言之,"启蒙"活动本身也总含有一定的"救亡"性质,因为"启蒙"所追求的最终目标与"救亡"是完全一致的。对此,胡适早在留学美国时,就有一种理性的思考与认识:

> 作为个人来说,吾倒宁愿从基础建设起。吾一贯相信,通向开明而有效之政治,无捷径可走。……吾个人之态度则是,"不管怎样,总以教育民众为主。让我们为下一代,打一个扎实之基础。"
>
> 这是一个极其缓慢之过程,十分必须之过程,可是,人却是最没耐心的!以愚所见,这个缓慢之过程是唯一必需的:"它既是革命之必需,又是人类进化之必需。"①

既然如此,中国现代知识分子中的信奉"改良主义"的启蒙主义者的言行,都是值得肯定、值得尊重的。

其二,有人或许也会说,胡适确立"文化使命感"的思想前提之一——"民族文化反省"论,其中含有一种不值得肯定的"民族虚无主义"的观念。说胡适所确立的"文化使命感"的思想前提之一是"民族文化反省"论,这大抵是符合事实的。但胡适坚持的"民族文化反省"论,绝非所谓的文化上的"民族虚无主义",关于这一点,笔者也曾有专文作过论证②,现在还可以补充强调说:其实胡适早年(中学阶段与留

---

① 胡适:《论革命》,《胡适留学日记》(1916年1月31日),《胡适全集》第28卷,第316页。
② 参见拙稿《论胡适的"民族反省"思想》,《胡适研究丛刊》第一辑,北京大学出版社,1995年5月)。顺便说,国内知识文化界对于胡适郑重提出的"民族(文化)反省"思想,长期以来多有误解而少有严肃的思索、接受,所幸近期在《文汇报》组织的"创新障碍在哪里"的讨论中,有的学者明确承认:我民族文化传统事实上构成了某种"科学创新的文化障碍",进而认定:"文化反思已成当务之急",应"提倡文化反思,促进科学创新"(汪品先:《直面科学创新的文化障碍》,《文汇报》2011年2月27日)。显然,问题又回到了胡适在大半个世纪之前就提出的思想原点。这一问题希能引起国人的重视。

美之初)一度也是受"国粹派"思想影响的,只是他在认真地、实事求是地比较了中西文化之后,经过独立思考,才获得一种新的思想觉悟以及相应的文化结论,即开始承认以"科学与民主"为核心的西方近代资本主义文化,整体上先进于以孔儒学说为主体的中国封建主义的传统思想文化,因此西学值得为中国人所学习吸收。① 应该说,这样的文化结论是合乎事实的,并非有意地扬西抑中;而敢于承认这一点,乃是理智的表现,所依据的正是中国传统思想文化中的某一合理的思想逻辑(即"知耻近乎勇")。所以,这样的"民族文化反省"论不仅与所谓的"民族虚无主义"无涉,而且又是对"民族自大狂"一类落后的民族意识②的必要纠正。总的说来,胡适根据"民族文化反省论"而确立自己的"文化使命感",其实是反映了一位深沉的爱国者在文化上清醒的忧患意识,以及迫切渴望革新与发展民族思想文化的责任意识。胡适当年在辨析"全盘西化"与"充分世界化"问题时指出:

> 文化上的大趋势、大运动,都是理智倡导的结果,这是毫无可疑的。……我们必须承认,在文化改革的大事业上,理智是最重要的工具,是最重要的动力。③

如果我们现在还承认这一点,那么就容易理解:为什么胡适闪烁着理智光芒的"民族文化反省论",较之同时代的"国粹派"人物无不感情充沛地倡导的"尊孔读经"论之类,更能够警醒中国人。

综上所述,可以获得一个简要的结论——

---

① 胡适发表在《竞业旬报》上的文稿中,对中国传统文化就多有溢美之词,但从留美以来,他逐渐纠正了自己这一思想观点,而这正表明了胡适思想的发展。关于这一问题的分析,参见周质平先生的论文《胡适早期思想中的"爱国"》(收入《胡适早年文存》,台湾,远流出版事业股份有限公司,1995年)。

② "五四"时期,鲁迅曾著文对"民族自大狂"的思想意识作深刻的揭露与批判,参见《热风——(随感录)三十八》(初刊《新青年》第五卷第五号,1918.11)等文。应该说,在这一点上,当时胡适与鲁迅的思想观点大致是接近的,人们对之不应采用"两种标准"。

③ 胡适:《答陈序经先生》(1935年7月9日),初刊《独立评论》第160号(1935年7月21日),《胡适全集》第22卷,第323页。

作为中国现代民族知识分子思想代表的胡适,他的"文化使命感"的确立及其践行,从根本上说,乃是从深沉的爱国主义立场出发,本着对世界文化潮流的把握,立足于中国国情(包括文化国情),而励志以个体的社会文化活动,报效于民族和国家社会进步与发展(尤其是整体的思想文化建设,又集中表现为提高国民思想文化素质)的一种可贵的努力,其实质是一种"文化报国"。如果说有什么"胡适思想"的话,此即"胡适思想"的精髓;如果说有什么"胡适精神"的话,这同样是"胡适精神"中最具光彩、也最具有深刻文化价值内涵的一面。

还应该说,由于胡适在中国现代思想文化史上的重要地位,胡适"文化使命感"的确立及其践行,还产生过重大的社会影响,曾为他的学生辈和追随者们所仿效。或者说,"五四"以来,事实上有不少知识分子,因自觉不自觉地受胡适思想言行的感染,在自己的人生道路上,尤其是在对待自己所从事的社会职业文化活动中,多多少少也表现了"胡适之式"的形态。例如,西南联大的以高级知识分子为主体的教师群,在极其艰苦的工作环境与生活条件下,坚持教学与科研工作,并取得不俗的成绩;著名艺术家常书鸿几十年如一日守护敦煌艺术,为中国的"敦煌学研究"作出巨大贡献;老学者陈寅恪即使在受冷落的晚年,面对命运可能的转机,仍然坚持强调"独立之精神,自由之思想"为其从事学术文化活动不可动摇的原则。如此等等,在上述当事人身上,无疑都体现了一种胡适式的中国现代知识分子的"文化使命感"。由此可以认为,胡适"文化使命感"的确立及其践行,以及在社会上发生的实际影响等,又构成了"五四"以来现代中国的一种显著的社会文化形态。

有学者指出:在当代中国社会,事实上存在两种文化传统:一是以儒家思想为主导的古代文化传统;二是从"五四"开始形成的新文化传统。后者与前者"既有历史联系又有很大区别","在思想上有力地推动中国走上现代化道路,从而开辟了一个新时代"。[①] 笔者赞同

---

① 王铁仙:《两种中国文化传统:区分、辩证与融通》,《中国社会科学》2010年第5期。

这样的认识,并且进而认为,上述社会文化形态,正是那个"从'五四'开始形成的新文化传统"的组成部分之一。当前,如果我们承认需要弘扬那个"从'五四'开始形成的新文化传统"的话,那么,充分肯定胡适"文化使命感"的确立及其践行,无疑是一个逻辑前提。

以上所说,其实是一种很简单的认识,但在以往相当长的一段时间里,却没有人认识到,更没有人敢于说出来。现在,在纪念胡适诞辰 120 周年的时候,笔者之所以能够平静地撰写本论文,应该说,正是有赖于我们的民族(国家社会)在思想文化上的发展与进步。

〔初刊《徐州师范大学学报》(哲学社会科学版)2011 年第 3 期〕

论胡适的思想文化人格

一

笔者已撰文专门考释"人格"概念,并且提出了社会知识分子的"思想文化人格"的命题。笔者认为,人格属于道德的范畴,乃是人的精神世界(思想观念、性格特征、道德品质等)在其具体的人生活动(言行举止)方面的一种综合性体现,或曰个人在各种社会活动中自然流露出来的足以体现其思想风格、精神状态特征的道德品质。人格意识的确立,表明了人类思想文明的重大发展与进步。人格通常可分为两大层次:"基本人格"和"社会人格"(又可析出"政治人格"和"普通人格";也涵盖所谓的"职业道德"),而由于知识分子作为社会阶层及其社会活动内容的特殊性(大多从事职业性的思想学术文化和科学技术工作),所以除了与其他阶层人员那样具有共同的"社会人格"现象外,事实上还有着为他们所特有的另一类型而又自成体系的人格现象即"思想文化人格"。这种"思想文化人格",在人格的层次与内容构成方面具有综合性、集大成式,人们常说的所谓以"学风"问题为核心的"学术道德(人格)",显然也为其所涵盖。因此,"思想文化人格"充分体现了知识分子整体性的社会政治人格的个性特点与风格特征,其作为全体社会成员中的人格形态最高层次,当是一般的社会政治人格与狭义的道德品质素养的有机结合,也是梁启超所说的"公德"与"私德"的和谐统一。①

本文即对中国现代知识分子的"思想文化人格"问题作个案考察,之所以选择胡适为考察的具体对象,主要考虑到胡适作为中国现代知识分子的代表性人物,在人格问题上具有充分的典型性。例如:

胡适具有明确的人格意识,既有大量的学理性表述,又有实践中的身体力行;

胡适一生活动中所表现出的人格特点,尤其是在长期的职业性的思想学术文化活动中(主要形式如教学、著述、编辑、翻译等,广泛涉及了文学、语言学、史学、哲学、新闻学和教育学等学科领域)所流露出来的各种鲜明的人格形象,更是充分呈现了知识分子的"思想文化人格"诸要素以及体系上的完整性特点;

胡适对于"思想文化人格"的践行,虽然大体上具有模范性,但也自有某种历史局限性;

重要的还在于,胡适的文化人格特点,事实上又深刻触及了从学理上考察人格问题(尤其是现代知识分子的"思想文化人格"问题)的许多难以回避的重要而复杂的课题,以致持不同意识形态的人们对于胡适的思想文化人格的性质特点及其社会影响和历史地位问题,形成了某种特别的认识。例如,在20世纪20年代,五四新文化运动的反对派的代表性人物,曾酸溜溜地指斥当时的青年学生"以绩溪为上京,以适之为大帝"②,无独有偶,在20世纪50年代开展的那场至今看来缺乏严谨的科学性的"胡适反动思想批判"运动中,其具体的组织领导者中也有人愤愤不平地指出胡适思想"在不少的一部分高级知识分子当中还有着很大的潜势力,——在某些人的心中胡适还

---

① 拙文《释人格》,原系本文的导论,因篇幅过长故作为独立文稿待发表。
② 参见章士钊:《评新文化运动》,原刊《新闻报》1923年8月21—22日,转引自《中国新文学大系》之《文学论争集》(郑振铎编,上海良友图书出版公司,1935年)。

是学术界的'孔子'"。① 如此现象,显然折射出了中国现代思想文化史上的若干令人寻味的问题,有必要予以适当的解读。

顺便指出,在近四十年来的重新科学评介胡适的过程中,有的学者似乎也触及了对胡适的人格问题的研究②,虽然尚是初步的,但也值得珍视。本文拟在这样的基础上,主要根据笔者本人对"文化人格"概念内涵外延的科学界定意见,专门集中评述胡适的"思想文化人格"精神及其具体表现形态,而其实证事例,则依据国内学术界已发掘整理的可靠的胡适传记资料。③

二

胡适(1891—1962),字适之,安徽绩溪人,现代中国著名诗人、学者、思想家。早年在家乡接受传统的旧教育,1904年到上海后开始

---

① 参见《中国科学院郭沫若院长关于文化艺术界应开展反对资产阶级错误思想的斗争对〈光明日报〉记者的谈话》,《光明日报》1954年11月8日。

② 如沈卫威著《文化·心态·人格——认识胡适》(河南大学出版社,1991年),可惜该书虽然在书名上标示出"人格"一词,但全书所收入的各散篇文章,还只是对胡适的某些思想个性的心理特征,作一般化的分析、解读,伦理学的学理深度似乎不足。又,耿云志编有《胡适语萃》(华夏出版社,1993年),该书虽然没有特别揭示出"人格"或"文化人格"的概念,但编者从胡适的全部著述中完整系统的辑录了足以体现胡适"文化人格"特征的一系列语录,这不仅为专题研究胡适的"文化人格"做了资料性的基础工作,而且书中的《编序》一文所论,以及对于胡适语录所作的分类编排并拟标题,实际上也具有专题研究的性质和形态,对于笔者撰写本论文起到了启示作用。特此说明并向耿先生致谢。

③ 这方面的资料除了经过全面整理的《胡适全集》(安徽教育出版社,2003年)之各卷文字外,主要还有:

胡颂平著《胡适之先生年谱长编初稿》(台北,联经出版事业公司,1984年)。

胡颂平辑《胡适之先生晚年谈话录》(台北,联经出版事业公司,1984年)。

唐德刚编译注《胡适口述自传》(台北,传记文学出版社,1981年)。

唐德刚著《胡适杂忆》(台北,台湾商务印书馆,1980年)。

耿云志编《胡适遗稿及秘藏书信》(黄山书社,1994年)。

本文所列举的有关胡适的文化人格的例证材料,均出自以上资料文本。但为了行文的简洁,不一一标示书名与页码;所引用胡适的言论,仅标示篇名。另外,有关例证材料,行文上一般也只是予以线索性提示,点到为止而不作具体展开。

接受"新学",1910—1917年间留学美国,先后毕业于康乃尔大学(本科)与哥伦比亚大学(博士研究生);1917年归国后,长期从事现代思想学术文化教育活动,曾任北京大学教授、教务长和校长、(上海)中国公学校长,以及(台湾)"中研院"院长。胡适也一度涉足国内政治活动和国际外交活动,抗战时期曾出任中国(国民政府)驻美大使,战后又在一定程度上参与了联合国创建活动。

由于胡适曾积极倡导五四新文化运动(含"文学革命"运动),后又组织领导了英美派知识分子的相关重要活动(如创立"新月社"并出版《新月》杂志;又召集同人编辑出版《独立评论》杂志等),另外与国际学术界(汉学界)也有密切交往(曾多次出席国际学术会议)。唯其如此,胡适被中外文化界公认为现代中国自由派知识分子的精神领袖、现代中国思想学术文化界的首席代表。

在笔者看来,根据上文提出的对于知识分子的"思想文化人格"所包含的特定的基本内容与性质的几个具体层面的理解,具体考察胡适的实际人生活动(主要是职业性的学术文化活动),笔者认为,胡适的自成体系的"思想文化人格",大致有如下几个主要方面的构成要素及其相应的道德特色。①

(一)思想文化人格的哲学基础:自由主义的"独立人格"论

胡适具有专业的哲学素养,其"思想文化人格"自有扎实的哲学基础,即坚定的信奉自由主义原则,由此强调必须保持个人的"自由独立的人格"(主要体现为人身自由和思想言论自由);从消极角度说,即是反对各种形态的专制主义、反对超经济强制的人身依附关系。在胡适看来,社会的最大罪恶是剥夺人的自由、摧残人的个性,

---

① 本文把胡适的思想文化人格的形象,分析归纳为九个方面,其中一至四项是纲领性的,且有逻辑上的递进关系;而五至九项大抵是并列的几个子目。两方面合起来则构成较完整的体系。

不使他自由发展；而作为现代人,自身也必须摆脱奴隶意识,首先"把自己铸造成器",敢于争自由、争人格,而争"个人的自由"和"个人的人格",实际上就是"为国家争自由""为国家争人格",因为"自由平等的国家不是一群奴才建造得起来的！"至于对于这种"独立人格"的思想内涵的理解,胡适还从积极的角度称之为"健全的个人主义",并强调说：其有两个侧面的表现形态,一是如同挪威剧作家易卜生的剧作《玩偶之家》女主人公娜拉所声称的那样,"我就是我自己,要为自己的事做主"；二是如易卜生另一剧作《国民公敌》主人公斯铎曼医生那样,敢于坚持个人正确的意见而不屈从各种打击迫害,即使被人视之为"国民公敌"也在所不惜,因为他相信坚持真理的"孤独者","才是世界上最有力量的人"。总之,胡适强调："社会国家里没有自由独立的人格,如同酒里少了酒曲,面包里少了酵,人身上少了脑筋,那种社会国家决没有改良进步的希望。"(参见《易卜生主义》《介绍我自己的思想》)

由此看来,胡适之所以能够在倡导五四新文化运动中面对反动势力的政治高压以及各种文化保守主义者的强烈攻击而绝不动摇,以及之所以敢于主动发起"人权与约法"的政治性论争,以及晚年定居台湾后仍不时批评当局的专制主义统治等,其一贯的思想前提就在于深切认识到"思想信仰的自由与言论出版的自由是社会改革与文化进步的基本条件"(《我们必须选择我们的方向》)。胡适曾说过,"我们这个国家今日所缺少的是有力量的诤臣义士"(《为学生运动进一言》),直到晚年还有针对性的表彰本民族古代知识分子的"争自由的宣言"——"宁鸣而死,不默而生"(《"宁鸣而死,不默而生"》),这又表明了其"自由独立的人格"的思想基础。

(二) 思想方法：实事求是的科学精神

胡适深受以杜威为代表的美国实用主义哲学思想的影响,但是,他作为中国的实验主义者,从中国思想文化界的实际情况和现实需要出发,主要是从思想方法论的角度予以接受的。换言之,他始终倡导并践行的,乃是他的有着自己独特理解的实验主义的思想方法论,而其核心内容则是集中在反迷信、反盲从,提倡科学的怀疑、批判态度和求实精神,又针对民族传统思想的某种弊病而强调反对"目的热"和"方法盲"现象等诸端,归结为一点,就是实事求是的科学精神。

例如,胡适睿智地指出:"不肯用气力,不肯动手脚,不肯用自己的耳朵眼睛而轻信别人的耳朵眼睛,话到归根,还只是无为的思想方法"(《从思想上看中国问题》);"这种懒惰下流不思想的心理习惯,是我们的最大敌人,……万不可容纵这个思想上的敌人。因为在这种恶劣根性之上,决不会有好政治出来,决不会有高文明起来"(《致李幼春、常燕生》,1929年7月1日);"思想切不可变成宗教,变成了宗教,就不会虚而能受理,就不思想了"(《致陈之藩》,1948年3月3日)。据此,胡适反复强调"科学的思想方法",其要点即是"重新估定一切价值"式的"评判的态度":"无论对于何种制度,何种信仰,何种疑难,一概不肯盲从、一概不肯武断,一概须要用冷静的眼光,搜求证据,搜求立论的根据,搜求解决的办法。"(《一师毒案感言》)

胡适有时还把这种"科学的思想方法"称之为"科学的态度",由此还特别强调"证据"意识,谓"科学精神在于寻求事实寻求真理。科学态度在于撇开成见,搁起感情,只认得事实,只跟着证据走"。(《介绍我自己的思想》)

胡适有时还从另一角度解释说:"科学之最精神的处所,是抱定怀疑的态度;对于一切事物,都敢于怀疑。凡无真凭实据的,都不相信。——怀疑的态度是建设的、创造的,是寻真理的惟一途径。"(《东西文化之比较》)

上述种种,落实到治学方面,就是胡适的一句名言:"科学的方法,——只不过'尊重事实'、'尊重证据'。在应用上,科学的方法只不过是'大胆的假设,小心的求证'。"(《治学的方法与材料》)换言之,"什么东西都要拿证据来。大胆的假设,小心的求证。这种方法可以打倒一切教条主义、盲从主义,可以不受人欺骗,不受人牵着鼻子走"(《就任"中央研究院"院长典礼致词》)。

胡适曾说自己的一生的思想文化活动是"围着'方法'问题打转的"(《介绍我自己的思想》),的确如此。

在社会政治活动中,他正是凭借这样的"科学的思想方法"坚守了本人的自由主义立场;而纵观胡适一生的学术文化活动,尤其是在其中占很大一部分的文史研究(胡适称之为"整理国故")工作中,更是完全践行了如此"科学的思想方法",并取得了不俗的成绩,例如"新红学"的创立、"疑古学派"的形成、"白话(国语)文学史"的梳理、"禅学史"的研究等,均是中国现代学术文化史上的大手笔。

(三) 具有"文化使命感"特色的社会责任感(包括社会服务牺牲精神)

胡适具有强烈的社会责任感,可贵的是,作为社会公共知识分子的代表性人物,他对如何践行本人的社会责任感(包括社会服务牺牲精神)的问题,结合社会、国家、民族的实际情形和知识分子的职业工作的特点,具体理解为一种"文化使命感"而付诸活动。①

在践行文化使命感的问题上,胡适的人格形象特别鲜明。例如:正是考虑到辛亥革命后中国思想文化界的实际局面,"故国方新造,学以济时艰"(《尝试集——文学篇》),胡适才义无反顾地回国投身五四新文化运动;也正是为了推动五四新文化运动的深入,他又运用各种文化形式全面参战,尤其是自觉担负起了社会指导的职责;而在"九一八"事变后的民族抗日救亡运动期间,他又主动联络友人,挤出时间,自掏腰包,编辑出版《独立评论》,以"负责任"的态度"说老实话",由此积极影响民众。在这期间,所谓"胡适之做礼拜"事件(即主

---

① 关于胡适的"文化使命感"问题的深入的探讨,参见拙稿《论胡适的文化使命感》,《徐州师范大学学报》(哲学社会科学版)2011年第3期。

动向社会宣布承诺：每星期天上午在米粮胡同的私宅接待任何身份的来访者、回答他们的问题），最具典型意义，此乃现代中国的一个文化创举。

(四) 理智的文化心态

由于践行"科学的思想方法"，胡适在所有的社会活动乃至思想文化活动中，都能够保持一种理智的文化心态，这在整个现代中国思想文化界普遍呈现出急躁的乃至过于激进的文化氛围下，更显可贵。

例如，在当时中国知识分子无法回避的"中西文化观"问题上，胡适持清醒的"民族文化反省"立场①，即反对夸耀"遥远的光荣"，而老实承认本民族文化在近代以来处于落后乃至"事事不如人"的现实，由此主张以"知耻近乎勇"的态度，认识虚心采纳学习西方文化的必要性和迫切性。胡适同时也曾多次辩证的分析指出，如此做并非丧失"民族自信心"，而恰恰是强调把民族自信心建筑在坚实的基础上、确立追赶先进的西方文化并创造民族新文化（新文明）的最终目标。应该说，胡适这方面的体现了"深刻的片面性"和"片面的深刻性"相交织的言论，虽然当时并未为更多的国人所理解，甚至引起过严重误读，但胡适却是始终坚持的，直到他去世的半年前，仍然以此提醒国民说："我们东方人也许必须经过某种智识上的变化或革命。"（《科学发展所需要的社会改革》）

在胡适一生的学术文化活动中，与各种文化保守主义者反复进行激烈的不妥协的论争，是一个重要的侧面，而支持他的，或曰他所依凭的，从根本上说就是这样一种作为一个深沉的爱国主义者所特有的健康的文化理性。

还值得一提的是，胡适的文化理性也使得他在对待文化问题上

---

① 关于胡适的"民族文化反省"问题的深入分析，参见拙稿《论胡适的"民族反省"思想》，《胡适研究丛刊》第一辑，北京大学出版社，1995年。

能够摆脱意识形态的藩篱而采取客观公正的自由主义立场与态度。如他虽不认同马克思列宁主义,但却充分肯定以列宁为代表的"当日在西伯利亚冰天雪地里受监禁拘囚的十万革命志士"作为"新俄国的先锋"的"爱自由、爱真理"的精神,同样也赞颂中国的"共产青年"的英勇不屈的革命精神。(《个人自由与社会进步》)另外,他虽然对共产党执政的新中国持敌对态度,但仍然啧啧称赞新中国在文字改革(简化汉字)方面的成绩,也才能够承认新中国知识分子在学术文化研究方面所取得的成绩(如钱锺书的《宋诗选注》等)。

(五)以端正学风为核心的从业精神、敬业态度

以知识分子而言,学风最足以反映其个性,而胡适的高尚的文化人格在学风上的反映也是非常显著的。胡适治学基本特点之一,乃是重视方法论与秉持优良学风互为表里,而其优良学风的具体表现大致可以概括为:学习刻苦、认真、踏实,不是浮光掠影、浅尝辄止,由此掌握广博的知识面,形成合理的知识结构,追求厚积薄发;进而则自觉训练学与思的同步,用心用力,勤于钻研、敢于怀疑,又善于提出问题与解决问题;这些再与科学的思想方法相结合,于是使得学风严谨、扎实。例如,胡适在治学中非常重视证据,主张"有一分证据说一分话","严格的不信任一切没有充分证据的东西"(《胡适演讲集——治学方法》),而前提却是严格拷问"证据"本身的可靠性,主张必须追问:"(1)这种证据是在什么地方寻出的?(2)什么时候寻出的?(3)什么人寻出的?(4)地方和时候上看起来,这个人有做证人的资格吗?(5)这个人虽有证人的资格,而他说这句话时有作伪(无心的或有心的)可能吗?"(《古史讨论的读后感》)这就是胡适所谓的"做学问要于不疑处有疑"(《致白薇》,1930年4月14日)。另外,虽然胡适也多次强调治学中的"大胆假设"的意义,但他同时却严肃指出,"假设"须接受科学的检验(即经过"实验"),以"限制那上天入地的妄想冥思"。(《杜威先生与中国》)

由此也可以说,胡适后来反复强调治学方法的"勤、谨、和、缓"的"四字诀",其实也融入了其个人平生所坚持的那种严谨学风的体会。中国现代学术史上有一实例:在当年的一场关于"蒲松龄的卒年"的学术争论中,正是胡适的建立在严谨学风基础上的学术判断,最终为新发现的地下文物资料所证实。① 这是很能说明问题的。

易言之,胡适的这种优良的端正的学风,从根本上来说也体现了知识分子的一种可贵的文化从业态度、敬业精神——大匠不示人以朴。

胡适的学术文化活动的主要的形态之一是著述,一生既发表了不少面向社会、与读者作思想交流的政论性文字,也刊布了大量与同行师友切磋研讨问题的专业性学术论著。当年胡适在为自己的第一本文集作序时曾郑重表示:"我总算不曾做过一篇潦草不用气力的文章,总算不曾说过一句自己不深信的话:只有这两点可以减少我良心上的惭愧。"(《胡适文存——序例》)可以认为,这正是养成了严谨学风的胡适的思想文化人格的闪光点之一。在"五四"以来的中国思想文化界,著述方面有重大业绩者或许不少,但敢于说这样的话的人无疑委实是少见的。

(六) 职业文化活动中的创新精神与创新能力

对于从事职业性的思想文化和学术研究的知识分子来说,其"文化人格"的高尚性,无疑还应该具体表现为职业文化活动中的创新精神与创新能力。在这方面,胡适的实际表现同样是突出的。

一般说来,胡适对于中国现代文化的建立与发展的独创性的贡献主要有:一是深入倡导语言文字的改革,进一步为建立现代中国社会的统一而便利的思想交流工具奠定了基础;二是从理论与实践

---

① 关于这一争论的具体情况,可参见拙稿《关于鲁迅讥评"胡适之法"的几个问题》,《鲁迅研究月刊》2001 年第 12 期。

的结合上首创"文学革命",开一代诗风,从而将民族文学的发展引入现代化;三是积极投身并在一定程度上实际引导"新文化运动",通过在思想文化各领域提出一系列重大的思想文化命题(如反对孔教、倡导新伦理、主张教育改革、提倡妇女解放等),带动了全民族全社会的思想解放与文化革新;四是通过理论倡导或率先示范,建立了中国现代学术文化的范式(大如实证主义的论文写作方法模式、小至新式标点符号的应用);五是在一些具体的学术课题研究中,留下了一批富有学术创见的成果,足以启迪后学,如中国古代思想史(哲学史,含禅学史)研究、中国古代文学史和近代文学史研究(含章回小说考证等)、中国古代史研究,以及西方哲学、文学与教育学的研究等。对于一位中国现代知识分子来说,如能在上述各项中占其一,即堪称优秀、杰出,在学术史上也自有地位。而胡适却是如此"全能",即使置身董仲舒、韩愈、苏轼、沈括、朱熹、王阳明、戴震等前代哲贤之行列,也可谓有过之而无不及。

(七)处理人际关系方面的民主、平等作风与宽容态度

按世俗的说法,胡适"人缘好",所以赢得了同行师友弟子,以及社会各界人士(包括许多不曾相识者)的普遍的好感与尊敬,以致在当时的社会上许多人竟把"我的朋友胡适之"当作口头禅。这种情况令人寻味,其深层次的原因在于,就胡适而言,他不是出于所谓"人情世故"的考虑,有意把"树人缘""结人脉"当作一种功利性的处世哲学而实践,而完全是因为本性善良、心存忠厚,真诚的爱人、尊敬人、相信人、理解人,所以能够时时处处与人为善,他所说的"待人于有疑处不疑"这样的话,尽管经不起"阶级分析",但作为一种抽象的道德观念,深刻体现了人道主义的博爱精神,那是难能可贵的。

试看胡适的实际处理人际关系的情况,即他在日常的接人待物方面的具体作风——

对于有恩于自己的老朋友(如许怡荪、胡近仁等),他终生感恩

怀念；

对于亲密的友人、老同事，他真诚相劝，无论政治性的（如劝周作人离开北平）还是生活方面的（如劝蒋梦麟慎重处理续弦问题）；

对于学术同行（包括前辈，如梁启超、章太炎、王国维等，乃至戴震、全祖望等），始终抱崇敬的态度，从总体上同情与理解他们的思想与学术成就，即使有不同的学术见解，也是严格局限在学理探讨的范围内予以分析，而决不作政治判决或人身攻击（如对李大钊、陈独秀等）；如认为是被诬者，则勇于为之辩白雪冤；

对于学生，他除了学业上认真指导、循循善诱、诲人不倦，还给以工作上和生活上的关心、帮助（如对待傅斯年、顾颉刚、吴晗、罗尔纲等），另外，对于任何学生，他也从不以恩师自居，完全平等相待；

对于文学青年，他一贯热情鼓励、奖掖（如对待康白情、俞平伯、汪静之等），有的还予以多方面的帮助、扶植（如对待沈从文）；

对于青年学人（甚至并不熟识），他也给予及时的热情援助，有经济方面的（如给留美作家林语堂寄送美元）；也有学术方面的（如将《红楼梦》的珍稀版本材料借给吴世昌）；

对于自己的工作助手（如章希吕、胡颂平等），他也完全平等相待，充分尊重他们的人格，也包括尊重他们的学术方面的工作成绩，不敢掠美（如对姚名达）；

对于社会各界请求帮助指导的人们（其中有后来的著名政治家或文学家如毛泽东、郑振铎等），他也无不予以真诚接待，尽可能的提供参考意见，如果面对的是问学者（如当年台北市的一个卖炊饼的袁姓小贩），则更以谦和的态度予以回答。

此外，最值得一提的是对于论敌的态度，尽管胡适的论敌曾对他多有激烈的攻击、谩骂，但胡适并不采取"以牙还牙"的态度，而是尽可能避免正面冲突，至多是视实际情况而温和地作某种书面解释（如对郁达夫、郭沫若），或者有意争取化解矛盾，以"相亲"取代传统的"文人相轻（相鄙）"（如对章士钊）。尤其是对于鲁迅的态度：鲁胡本是同事(任教于北京大学并参与《新青年》编辑)和学术同行("中国小说史"研究),但鲁迅在思想政治上转向激进后,视胡适为政敌,曾在多篇杂文中刻薄的讽刺挖苦胡适(其中有对胡适思想的曲解),对胡适予以政治性的全盘否定。但在鲁迅病逝后,当有人致函胡适要求其出面组织发起所谓"取缔鲁迅宗教"运动的时候,胡适却在公开的回答中冷静地指出:"凡论一人,总须持平。……鲁迅自有他的长处,……说鲁迅之小说史是抄袭盐谷温的……我们应该为鲁迅洗刷明白。"(《致苏雪林》,1936年12月14日)这样一种态度,用胡适本人的话来说就是"容忍"——"比自由更重要"的"容忍"精神。(《自由主义》)

(八)"爱惜羽毛"式的自律精神:"以期作圣"

胡适有"以期作圣"的家训。[①] 受此影响,他在道德人格养成方面的自觉意识较为强烈,有相当的自律精神。可贵的是,这种自律精神是从小培养的、又是注重从小事情一点一滴的做起的,所以胡适生前身后均被人提起具有"爱惜羽毛"的个性特点。例如:

胡适那个时代,为人介绍职业本是寻常事,但胡适长期来坚持做到不替亲朋好友介绍工作,以免对方的朋友为难,据胡适自己说:"我四十多年不写荐人的信给任何朋友,这是一种'自律',我的意思只是要替朋友减轻一点麻烦,不让他们感觉连胡适之也不能体谅他们的困难,也要向他们推荐人。"(《致水泽柯》,1961年2月11日)对此胡适还有另一解释:"我现在的地位不能随便写信介绍工作的。我写一封信给人家,等于压人家,将使人家感到不方便。"(《胡适之先生晚年谈话录》)

胡适的职业工作特点在于与各种图书打交道,但图书在财产性质上有公私之分,胡适于此区别对待:如是个人的书,常常随意在书

[①] 胡适父亲胡铁花信奉理学,著有《学为人诗》(其中有"以学为人,以期作圣"等句),胡适的私塾教师曾以此为教材。参见胡适:《四十自述》。

上写写划划，但面对属于公家单位部门的藏书，则本着自觉爱护公物的要求不敢在上面任意划写；

胡适出任社会公职时期，在工作作风和生活习惯等方面也十分注意以身作则。如在"中研院"院长任上，住所也在院内，因为妻子江冬秀作为家庭主妇为消遣而经常召集友人来住所打麻将牌，为使本单位的工作环境和风气不受影响，胡适就在院外为妻子另外租赁用于打牌的房屋。

胡适每天从事著述，得写许多字，但他却能够"时时刻刻警告自己，写字不可潦草，不可苟且！写讲义必须个个字清楚，免得'讲义课'错认抄错；写杂志文章必须字字清楚，免得排字工人认不得，免得排排错"（《胡适之先生晚年谈话录》）。

（九）作风廉洁，清清白白为人处世，坦然面对名利问题，绝不见利忘义或争名夺利。

胡适一度担任公职，难免面对实质上涉及公私矛盾的一些具体问题，但他能够谨慎对待，没有丝毫贪欲，用他自己的话说："我主办公家事业三十余年，向持一个原则，宁可令公家受我一点便宜，且不可占公家一点小便宜。"（《致王重民》，1943年4月23日）据此，他曾多次拒绝在他看来按道德属于不应收取的钱款——如当年蔡元培提供的送人情式的中研院的"特约撰述员"虚衔月俸（每月300大洋），国民政府发下的"驻美大使"生活补助费，中国文化教育基金会给予的工作津贴费等。相反的，胡适还有意减少个人的合理收入，如曾多次表示，希望有关出版社对自己的著作用小号铅字排印，以降低书价、方便读者购买。这在版税制条件下，意味着自觉缩减自己的稿酬。至于他自己掏钱，雇人修建家乡的山路，在当地也传为美谈。

而在对待"名"的问题上，胡适也大致做到不贪图虚名，不沽名钓誉。本来，他早年就暴得大名，虽说毁誉交加，但总的说来还是称誉更隆。胡适没有像其他人那样，为保持自己的声誉而使用各种手法刻意包装自己(包括曲意迎合社会而媚俗媚众之类)。这一点甚至更集中地体现在他的自我评价方面。例如,对于他本人在中国现代思想文化史的实际地位问题,他不曾自吹自擂,一个基本的自我定位,只是"中国新文化运动"中的"一个开路的工人"(《四十自述》),但同时又坦承自己"提倡有心、创造无力","但开风气不为师",至多在有的场合声称"自己的葫芦里也有些东西",以此表示一定的文化自信。显然,这是一种尊重历史而又客观谦逊的自我评价,大师风范宛在。

三

欲全面考察和认识胡适的思想文化人格,似乎还无法避免这样两个问题:

第一:胡适毕竟不是纯粹的经院式的文化人,因为他确实一度与政治走得很近,或卷入过政治漩涡,并担任过重要的官职,这与他的文化人格的表现是一种怎样的关系?或者说,他是如何面对(处理)政治与学术文化的矛盾的两难的?由此留下了怎样的经验教训或启示意义?

第二:胡适当然也不可能是道德的完人,他的思想文化人格表现也有若干瑕疵,今天的人们该如何正确认识这方面的问题?

关于第一个问题,值得作具体分析的是:

首先,胡适参与政治活动的原因何在?是否因为主观上的谋求个人飞黄腾达与荣华富贵?事实证明,并非如此,即胡适参与政治活动多为被动的,主要由于政治当局援引历史经验而对像他那样的"社会贤达"类知识分子的某种借重。其次,政治活动本身也可以分析,有正义与非正义之分、正当合理与肮脏龌龊之别,而胡适参与的政治活动的性质又如何?以胡适一生中的政治履历看,最主要的无疑是出任民国政府的驻美大使。但这是处于民族战争的特殊背景下,用胡适自己的话说:是国家在"战时"对自己的"征召",所以义不容辞。

(《给江冬秀的信》,1937 年 7 月 30 日)既然如此,就不该否定之。当然,从今天看来,胡适也曾参与过一些似乎不当的政治活动(如当年出席"善后会议",又如出席国民党政府的"制宪国大"和"行宪国大"等)。但也应当说,这对于作为政治上的改良主义者胡适来说,主要是属于政治立场与意识形态倾向方面的问题,与人格问题无涉。而且,由于传统的儒家思想影响,中国知识分子历来信奉"修身齐家治国平天下"的理念,甚至中间还难以摆脱的夹杂着封建主义"正统"观念,于是往往把参与某种由当时的"合法"的执政当局所主导的活动(或出仕)理解为践行"社会责任感"。胡适大抵也是如此,这该是属于一般的历史局限性问题,不必苛求。

还应当说,以胡适的文化个性,以他对"社会责任感"的个性化理解(即主要是"文化使命感"),曾诫勉自己"二十年不入政治界,二十年不谈政治",那是真诚的,所以一生曾多次婉拒最高当局邀其出任"教育部长""外交部长"一类官职。他虽然有浓厚的"政治兴趣",但也大抵限于"议政",而自认最佳途径为"办报"而已。不过,他又有太热切的社会政治理想,尤其推崇欧美民主政治模式,盼望"民主宪政"移植于现代中国。唯其如此,在某种很特殊的政治背景下,他会暴露出政治上天真的一面,如当有人游说其参与"竞选总统"时竟然有某种心动。当然,相较而言,面对政治活动的诱惑,胡适表现出冷静的一面还是基本的,所以直到晚年,他还多次明确拒绝参与"组党"活动,包括拒绝发起组织所谓"第三势力"之类。由此看来,尽管胡适与政治有复杂的联系,但绝非"政客","书生"本色尚是保存的,其思想文化人格在整体上也未受玷污。

关于第二个问题,首先应该承认,胡适这方面的瑕疵的确存在,不必掩饰。笔者认为,其主要事实有如下几例:

1. 所谓"假冒博士"问题,尽管梅光迪提出问题是恶意的,但就事实而言,胡适 1917 年归国后即以"博士研究生"的学历自称"博士"(博士学位因故在十年后取得),的确不妥。

2. 蔡元培1919年为胡适的《中国哲学史大纲》作序时特别称赞胡适有家学渊源：谓胡适"出生于世传汉学的绩溪胡氏,禀有汉学的遗传性",这里其实有误,因为绩溪有三胡,胡适的宗族("明经胡")与乾嘉时期著名汉学家胡培翚的宗族并无关联。熟悉家族史的胡适本人自然明白这一点,但对此他没有及时作出说明,此后当梁启超等几位中外学者重复蔡氏之说时,胡适仍然未作澄清更正。这显然不是诚实的态度。

3. 尽管胡适在理论上曾"劝告一切学人不可动火气"（《致吴相湘》,1961年8月4日）,对自己却没能完全做到,如在鲁迅逝世后致苏雪林的信中,虽然提出了著名的"持平"论,但行文中不经意地出现"鲁迅猙猙攻击我们"的谩骂式语句,可谓有失君子之风。

4. 抗战胜利后,曾经"附逆"的周作人受审时,曾请求胡适为之开脱,胡适居然也有相应言论。这显然有徇私之嫌,至少是不慎之举。

5. 对于大陆学者的批胡文章,当被问及"难道没有一点学问与真理"时,胡适回答说"没有学术自由,哪里谈得上学问"。这种态度也是"动火气"的表现,显然缺乏对于问题的具体客观分析的态度,也是缺乏学者应有的自省精神的。

6. 晚年在对待"雷震案"问题上,其"仗义执言"的力量无疑不足。

以上几点,自然都有当时具体的社会政治条件方面的原因,但也确实表明胡适的思想个性有弱点、在思想文化人格方面也有某些不足之处。不过,同时也应该承认,这些均属枝节性的瑕疵,一眚不足以掩大德。

笔者认为,在回答了上述两个问题后,对于胡适的思想文化人格问题的认识,可以获得如下几点简要的结论——

第一,胡适既有自觉的人格意识与高尚的人格目标,又注重实践中的自律养成,他的自成体系而富有特色的思想文化人格,在同时代的中国知识分子中可谓最突出的,也堪称优秀。

第二,胡适一生体现出来的优秀的思想文化人格,是中国传统思想文化中的某种积极成分与西方近代资产阶级的民主主义和自由主义的新伦理道德观念的有机融合,既反映了民族特点,也契合了时代精神。

第三,胡适的思想文化人格的形成,标志着五四新文化运动[①]以来的中国人(尤其是知识分子阶层)的现代道德建设取得了实际上的优秀成果,并具有典范意义。

第四,依据"道德的抽象继承"原理,胡适的思想文化人格的基本方面完全值得肯定,它或许在一定程度上可以被改造成能够为今天的"社会主义精神文明建设"的可吸纳的成分。

【作者附识】笔者从事胡适研究凡四十年,已发表相关题旨的专著多种、论文数十篇。本文系笔者撰写的胡适研究方面的最后一篇论文(因为已决定此后将不再"炒冷饭"式的撰写同类文稿了,以表示对于严肃的学术活动的敬畏),算是对个人的专题学术研究活动及其主要观点的一个小结,希望得到同行师友的切实的批评。2016年10月。

(系提交北京大学召开的学术研讨会论文,2016年)
〔初刊《关东学刊》2017年第1期〕

[①] 五四新文化运动的思想要旨之一,用陈独秀的话来说,期望以青年为主体的国民本着"最后觉悟之最后觉悟"(即"伦理的觉悟")而自觉改变文化心态,陈独秀当时所提出的一系列要求(如《敬告青年》的六条:"自主的而非奴隶的"、"进步的而非保守的"、"进取的而非退隐的"、"世界的而非锁国的"、"实利的而非虚文的"、"科学的而非想象的"),其实都属于人格道德修养方面的问题,而归结点则是提倡"存国民一线之人格",即"独立自主之人格"。(《我之爱国主义》)

辑三
传记学研究

论传记作品的本质属性

就我国现代学术界的情况来看,对于传记作品的本质属性问题的认识,大致有如下几种意见:

一是历史属性说。除了梁启超的有影响的意见外,其他如孙犁认为:史学方法与文学方法并非一回事,甚至是矛盾的;史学重事实,而文学好渲染;史学重客观,而文学好表现自我;就传记作品论,自古以来就被看作为历史范畴的文体。① 这是文学家的意见。史学家如胡华和孙思白等人也都赞同这一意见。② 而中国的图书馆学专家几乎是毫无例外地持这一看法。③

二是文史分离说。这种意见以《辞海》(1979)为代表,该书认为传记有两大类:(一)"史传或一般纪传文字",以记述翔实的史实为主;(二)"属文学范围,多用形象化方法,描写各种著名人物的生活经历、精神面貌及其历史背景"。

三是文史结合说。如有人认为,"传记就其主要的性格讲,是历史的一个支庶,是文学的一个部门"④;也有人说,"传记可以说是史学

---

① 孙犁:《与友人论传记》,收入《孙犁文集》(4),百花文艺出版社,1982年。
② 参见《关于传记作品的写作问题》(座谈会发言),《人物》1982年第2期。
③ 除中国目前流行的图书分类法外,具体如《1900—1980 八十年来史学书目》,中国社会科学出版社,1984年。
④ 湘渔:《新史学与传记文学》,《中国建设》一卷一期,1945年。

与文学的结晶。就史学的立场说,它需要以科学的方法,按排所得的材料,要正确,要系统,材料愈丰寓,工作愈复杂。就文学的立场说,它需要艺术的匠心,描述其时的情景,要生动,要美丽,情景愈复杂,描写愈不易"①。类似的意见还有:传记作品是"用文学的手法和语言,来反映已经过去的(包括刚刚过去的)形形式式的历史人物的生活、成长和斗争经历,它是用文学的形式和人物的业绩反映的历史"②。

四是文学属性说。朱东润等人力持此说(详后)。另外,如董鼎山认为,"传记既称之为'传记文学',便应有浩荡的文学气概",他还援引法国当代著名传记作家莫洛亚的话——"传记虽是叙实事的,但其本身也是一项艺术。传记作者的诀窍是在将一个人的生活的记述给予读者一种美感的满足(aestetic pleasure)"——来支持自己的意见。③

值得指出的是,传记作品的文学属性说似乎被更多的中国学者所接受。在这里,关键原因在于引入了西洋"近代传记"的概念。首先反映这一意见的似是郁达夫,他说,"传记文学,本来是历史文学之一枝",而"经过二千余年,中国的传记,非但没有新样的出现,并且还范围日狭,终于变成了千篇一律、歌功颂德、死气沉沉的照例文字",因而必须用西洋近代传记(即"有文学价值的传记",或称"新的解放的传记文学")来取代中国的"刻版的旧式的行状之类"。④ 郁达夫还进一步解释说,西方的新传记的基本特征是,"把一人一世的言行思想,性格风度,及其周围的环境,描写得极微尽致",或"以飘逸的笔致,清新的文体,旁敲侧击,来把一个人的一生,极有趣味地叙写出

---

① 郑士镕:《邱吉尔传》(书评),《文史杂志》二卷一期,1942年。
② 戚方:《让传记文学之花怒放》,《光明日报》1982年12月2日。
③ 董鼎山:《作为严肃文学的传记》,《读书》1987年第1期。
④ 郁达夫:《什么是传记文学》,收入郑振铎等编:《文学百题》,生活书店,1935年。

来"。① 朱东润的传记文学理论②,实际上是阐发了郁达夫的意见。他指出,"史汉列传底时代过去了,汉魏别传底时代过去了,六代唐宋墓铭底时代过去了,宋代以后年谱底时代过去了,乃至比较好的作品,如朱熹的《张魏公行状》、黄榦的《朱子行状》底时代也过去了。横在我们面前的,是西方三百年以来传记文学的进展",而所谓"西方三百年来传记文学经过不断的进展,在形式和内容方面,起了不少变化"的情况,指的是以20世纪初斯特拉屈的《维多利亚女王传》为代表所打开的"现代传记文学"的局面。③ 据此,朱东润坚持认为,现代的传记文学,当"是文学中的一个独立部门","有人认为传记文学只是史学的一个支流,不是什么独立的文学样式,其实这种看法并不一定正确",即使以中国古代的情况论,传也只是"用经学家的本意,是训诂,是注释,在史书中所占的地位,……在作者的目光里,地位是不怎样重要的"。④ 朱东润还进一步论证说,例如,《史记》《汉书》中的列传有互见法,对于一个人的评价,常需要通读全书各卷,才能得其大略,可是在传记文学中,一个传主只有一本书,所以史传的价值虽大,但是对于近代的传记,在写作上也是没有帮助的。⑤

那么,西方的"近代(现代)传记"的概念内涵究竟是怎样的?有必要去看看西方学术界的原始意见。

被称为现代西方"传记文学的理论和实践两方面的专家"的高斯曾在给《大英百科全书》撰写的条目中说:传记作品是"通过生活,对人的冒险经历的忠实描写",而且"真实的传记所满足的独特的好奇

---

① 郁达夫:《传记文学》,收入《闲书》,上海良友图书公司,1936年。
② 朱东润曾提出,当用"传叙文学"一词来取代"传记文学",见其《关于传叙文学的几个名辞》,《星期评论》第15期,1943年3月,不过后来又用"传记文学"一词。
③ 朱东润:《张居正大传·序》,开明书店,1943年。
④ 朱东润:《传记文学》,转引自《问题讨论:关于传记文学的写作问题》,《人物》1982年第1期。
⑤ 参见朱东润:《朱东润自传》,收入《文献》(第八辑),文献书目出版社,1981年。

心基本上是现代的概念,它决定了我们对生活的观察不过分地为道德的热情或偏见所遮蔽"。因此高斯毫不强调传记的文学成分,甚至主张传记作品的基本成份只是事实的准确性和传主的个性,他还认为,传记作品的形式远不如内容来得重要。①

20世纪20年代,另一英国现代著名的传记理论家尼科尔森在《英国传记文学的发展》一书中提到了高斯的上述意见,并表示"同意他的观点(即传记作品的形式不如内容重要——引者注)"。然而尼科尔森同时又指出:从高斯本人写的传记作品如《父与子》等来看,并"没有准确地解决作品的内容与形式的问题",因为《父与子》一书虽然"在实质上"具有科学性,但它注入了作者的"巨大的勇气,赋予巨大的独创性以及完美无缺的文学色彩"。由此出发,尼科尔森探讨了传记与科学的关系以及传记与文学的关系,其主要观点是,"在传记文学中,它的科学性对文学性是有害的。科学性所要求的不仅是事实,而且是全部的事实;而文学性则要求对事实进行描写,这种描写是有选择性的,或是人为加工过的。科学愈发展,其本身的需要也愈难满足,综述的能力和描写的才干将不胜其职。因此,我认为科学性与文学性必将分道扬镳",即一方面是"科学性的传记将趋于专门化和技术化",这类传记"由于把重点放在了注重分析和科学性方面,就不可避免地要削弱作品的文学效果。传记的科学化程度愈高,其文学性相应就愈差",而另一方面,"文学成分也会存在下去,只是会向其他的方向发展","总的说来,文学传记将会步入想象的天地,离开科学的闹市,走向虚构和幻想的广阔原野"。② 不难理解,尼科尔森在这里所说的"科学性"专指作为史学范畴的传记作品所遵循的严格忠于史实的真实性和准确性问题,从而否定了

---

① 参见尼科尔森:《现代英国传记》,刘可译,《传记文学》总第三期,文化艺术出版社,1985年。
② 这里援引的是《现代英国传记》的第六部分中语,该书出处同本页注①。

传记的文学属性。也就是说，在他看来，传记与所谓的文学传记是不同的两回事。

30卷增订版的《新大英百科全书》(1980)对"现代传记"的问题又有新的把握，认为"传记文学是文学表现的最古老的形式之一"，"有些时候，传记被认为是历史的一支，……但如今人们已认识到历史和传记是性质截然不同的文学形式"，"无论是传记还是历史，它们都同过去有关。其相同之处在于，它们都要追溯过去，评价事实，选择原始资料。从这种意义而论，传记与其说是艺术，倒不如说是一种技巧"，换言之，"虽然传记在搜集事实、对真实负责这方面与历史有关，但它实际上是文学的一个部门。它试图通过选材、构思，从事实中得出生活形象，在给定的材料范围内，传记作者努力把素材加工成闪光的东西，如果他捏造或隐瞒材料来制造一个效果，那么它在真实方面就是失败的；如果它仅满足于列举事实，那么它在艺术方面就是失败的"。[1]

而《简明不列颠百科全书》的理解又有微妙的区别。它认为，"传记文学是最古老的文学体裁之一，它以各种书面的、口头的、形象化的材料和回忆为依据，用文学再现作者本人或他人的生平。传记有时常被认为是史学的一个分支，最早的传记常被人们当作史料看待。现在举世公认，传记和史学是两种明显不同的文学形式"；"传记文学经历了漫长的进程。今天，文字虽说不是唯一的或主要的叙事工具，但就目前来说，要展示人生的全过程，文字仍然是最好的工具。由于传记文学把基点放在事实真相的基础上，因此它的地位比文学艺术的其他体裁更趋稳定"。[2]

---

[1] 译文(梅江海等译)刊《传记文学》总第一期，文化艺术出版社，1984年，引者按：这段译文中，"文学形式"当是"文献(文章)形式"之意，否则，"……历史……是文学形式"句，显然不合逻辑。

[2] 中文译稿见中国大百科全书出版社1986年7月版《简明不列颠百科全书》(第九卷)，引者按：此段译文中"文学形式"也当为"文献(文章)形式"之意。

至于莫洛亚,他在把英国维多利亚时代(19世纪上半叶)的传记作品与20世纪以来以斯特拉屈为代表的新的传记作品作了比较后指出:两者虽然在结构上都是完美的,但前者"只不过是一篇文献",后者"却是一件艺术品",而斯特拉屈"同时还是一个正确的历史家,可是他有本领用一种完美的艺术形式来表达出他的资料,而这种形式在他是最关重要的东西"。[①]

从以上援引的材料来看,西方学术界对"近代传记"的理解的一个根本性的共同观念是:传记作品这种文字形式所载荷的内容,无论古今都属于史学范畴,只是其表述的形态、方法和技巧等,到了现代,过去那种较为拘谨的史学笔法逐步被突破,相当一部分传记作品开始在形式方面染上了较多较浓的文学色彩,或者说,古代传记与现代传记的区别和差异,主要在于表述笔法方面,即前者多用史学笔法,而后者强化了文学笔法,尽管处理的内容对象是同一的。由此可见,我国现代学者郁达夫和朱东润等人其实都是从这一角度去理解"现代传记"的含义的。最典型的是朱东润,例如尽管他把传记当作文学作品的一种形式来倡导,但他所写的任何一部传记作品,都是史学类型的,而不是什么文学创作。

正因为这样,可以认为,无论是某些西方学者还是中国现代学者,他们对于"现代传记"的把握,其实涉及的并不完全是传记作品的基本属性问题,同时也反映了对于传记作品的某种内在的知识形态的发展变化的认识。应当说,一种具有相对独立性的文体在长期的发展过程中有所变化是正常的。例如,属于文学范畴的诗歌体,其在中国就有由四言而五言,由五言而七言,由古风而律诗,由诗而词曲,再由旧诗体而为自由体白话新诗的演变。传记文体也是如此:在世界各国,传记文体发轫的直接原因似乎都是为了表彰死者,随着人类文化的发展,传记文体在记述的形态、手法和技巧等方面趋于丰富而

[①] 转引自曹聚仁:《我与我的世界》之代序《谈传记文学》,人民文学出版社,1983年。

多变化,即除了保持固有的史学笔法外,再引入甚至强化各种文学手法,因而,如同不能否认自由体白话新诗不是诗那样,也不能因为某些传记作品染有了若干文学色彩,便依据"白马非马"的逻辑而认定它已变质为文学的一个样式并由此完全脱离了它最本质的属性——属于史学范畴的文体的一种。鉴于以上的认识,笔者既不能同意所谓传记作品的"科学性与文学性是格格不入的",甚至"科学性对文学性是有害的"观点,也不能苟同关于传记是"文学的一个(独立)部门"的意见。

还可以说,某些西方学者对于"现代传记"的把握,实际上又涉及了关于传记作品的内容和形式的关系问题。就内容来说,他们并不否认传记作品的基本成分是事实的准确和传主真实的个性,或者说,是与"过去"有关的,即追溯历史、评价历史生活内容和选择历史上的原始资料等。既然如此,这无疑是认为传记作家所处理的是历史学课题而不是文学的课题。而这样的内容课题,又必然决定传记作品的基本属性是史学而非文学。至于尼科尔森说,科学性要求的是全部事实,而文学性则要求对事实作有选择性的描写;30卷增订版《新大英百科全书》说,传记作品不但"满足于列举事实",还要"通过选材、构思、从事实中得出生活形象",即"对素材进行加工"。这些意见虽有一定的道理,然而,诚如《新大英百科全书》所说,这实际上属于"技巧"问题。道理很简单,即使是用拘谨的史学笔法写的传记作品,同样有选材、构思的问题,甚至像中国古代帝王的"起居注"一类的传记性文字,也并非对传主一生的所有的生活细节都作录像般地再现,至多是选材的筛网的口子比较小一些。由此可以认定,既然传记作品所处理的内容课题毫无疑义地属于史学范畴(否则不是传记作品而是小说了),那么,用史学笔法抑或用文学笔法,就只是一个形式问题,犹如人的相片,在照相馆里摄下的正面免冠的黑白相片,与在风景区里拍摄的彩色的生活照,实质上并无两样。

总之,"现代传记"中有不少作品的文学色彩较浓,这种情况只是表明,传记文体经过长期的发展演变,至今就表述形态、手法和技巧等方面来说,已经有了一个明显的分支(如图所示)。然而,从根本上来说,这属于传记作品的分类问题,并非表明传记作品的基本属性发生了变异。

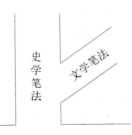

认定传记作品的本质属性归于史学范畴,其实际意义在于坚定不移地强调传记的写作必须贯彻历史科学所必须遵循的事实和材料的真实性、可靠性原则。这是关系到传记作品的兴亡的关键问题。

〔初刊《江苏社会科学》1990 年第 6 期〕

把握矛盾，求得统一

——传记写作理应把握的几个原则方法

与一般的文学作品不同,传记作品的载荷内容具有限定性,其写作的根本任务(目的)是写人,换言之,只是真实地再现某一历史人物的富有独特个性和人格形象的生平思想活动,从而使得读者能够通过这一个体人物而比较真切地了解与认识某一段社会历史的实际风貌。

由此说来,能否写好这一个体人物(传主)决定着一部传记作品的深浅得失。那么,怎样才算是写好了传主这一人物形象呢?

鉴于传记作品在本质上属于史学文本[1],讲求的是"传真纪实"[2],视"真实"为生命,并坚守这一底线,所以,判断其是否把传主的人物形象"写活写好"(成功),不能去套通常的文学标准,即不应看其是否娴熟地运用了"小说家言",也不追求所谓的"典型化"手法,如所谓的通过"合理想象"而作种种"虚构""编造""夸张"之类,由此"塑造"出什么"典型形象"。相反,应该遵循一般的史学理论,即对于历史人物的科学的研究与认识,主要看其是否用朴素的"白描"手法(包

---

[1] 参见拙稿《论传记作品的本质属性》,《江苏社会科学》1990年第6期。据此,本文所说的传记作品专指史学性质的作品,不包括"传记体小说"之类的文学作品。

[2] 胡适:《南通张季直先生传记序》,《胡适文存三集》卷八,亚东图书馆,1930年,第1091页。

括简洁而准确的评述),把传主这一个处于特定的社会历史条件下的人物的基本的个性特点和人格形象比较充分、完整而又逼真地揭示出来,同时能够对于相关的问题予以合理的解释,即如俗话所说,"还其历史本来面目"。总之,在这里,史学的要求与方法同文学标准格格不入,而遵循史学的要求与方法显然是传记写作的题中应有之义。

稍稍具体地说,从中外传记写作史尤其是近几十年来海峡两岸及香港地区的传记写作实践所提供的正反两方面的经验教训来看,如何比较充分、完整而又比较逼真地揭示出传主形象,似乎应该把握如下几个原则方法。①

一、个体与全局

就传记写作而言,经常遇到的实际问题往往有:怎样认识传主个人的活动特点及其所受到的内因与外因的条件的制约?怎样认识与传主个人活动有联系的历史事件的因果关系?怎样看待传主个人的活动和特定历史事件中的偶然性与必然性问题?又怎样认识传主与其他人物的关系?这些就是传记写作中所必须把握的"个体与全局"的矛盾,其要点在于如何正确理解和处理传主个人(特别是正面的政治人物类型)的活动情况与他所处的那个历史时代的关系,即不能依据"唯心史观"("英雄史观"),把传主视为横空出世、独来独往、单枪匹马打天下的"孤胆英雄",仿佛这样一个伟大的天才,完全靠一己之力,改变了历史。换言之,在把握与处理这一矛盾关系时,需要注意两个层次的问题:首先是传主个人与时代(历史条件)的关系,因为根据唯物史观,即使是历史巨人(伟

---

① 关于这几条原则方法问题,笔者在《传记通论》(复旦大学出版社,1993年)中曾做过初步分析论述,本文则在此基础上有所发挥与补充。

人),也不可能随心所欲地创造历史,因为他们的活动不能不受到在他们诞生的时候就已经具备的一定的现成条件的制约,或者说,他们的一切活动动机,其实不是从琐碎的个人欲望中,而正是从他们所处的历史潮流中得来的。因此不应夸大传主的"天才性"一面的历史;二是传主与他同时代的人物(尤其是同一阵营、集团中的其他重要成员)之间的关系,因为无数史实表明,站在任何一个历史巨人(伟人)身后的那个团队的成员们,对于这个巨人(伟人)的成功所给予的实际帮助,往往是极其重要的和不可或缺的,如果只讲作为传主的巨人(伟人)的丰功伟绩,而对其身后的那个团队的成员们的相应活动与贡献讳莫如深、不置一词,那么这样的传记所反映的历史面貌显然不会是全面而真实的。

可以认为,关于第一层次的问题,从近几十年来海峡两岸的传记写作实践来看,大致在20世纪70年代之前,大陆与台湾所写作出版的有关孙中山、毛泽东等人的传记,是一定程度存在的;而第二层次的问题,在大陆的传记写作中,自1949年以来是普遍存在的,但大致从20世纪80年代以来,随着"文革"结束和"造神运动"的破产,情况有了显著的改变,而这正反映了大陆学术文化界的某种进步。

二、静止与发展

历史本身是一种矛盾运动,历史的发展往往是曲折迂回的,其过程既有统一性,也呈现复杂的多样性。同样道理,每一个作为历史人物的传主,其生平思想和活动往往也是复杂的,至少不可能是从小到大、由生到死而一成不变。唯其如此,落实到传记写作,就不能以静止的眼光看传主,相反,应把传主视为处于不断演变中的生物体,即用发展的眼光来看待(认识与评价)传主,尤其要把握其人生成长活动过程中所体现出来的阶段性特点,由此避免可能出现的种种以偏概全的情况——如对于一个生平思想和活动复杂多变的传主,仅仅以其中的某个人生阶段的思想活动的性质特点为其整个一生定性,而对其在各个不同人生阶段里的客观的功过是非及其相应的历史作用与地位不作具体的分析评判。换言之,传记写作最忌这样的简单化、形而上学。仿佛伟人、好人一生为伟人、好人,事业顺利,只有丰功伟绩,没有任何挫折与失败,更无缺点错误,而坏人则从小头上生疮脚下流脓,平生坏事做绝,如果曾经在进步阵营里有所活动,也必定为"投机"行为,如此等等。

从近几十年来海峡两岸的传记写作实践来看,在20世纪80年代前,因受对立的意识形态问题的明显影响,对于某些被各自特别肯定或否定的历史人物,相关的传记作品在这一问题上体现的简单化的弊病均比较明显。相对说来,大陆在近三十年来的传记写作的进步的主要标志之一,正在于对那些曾被认为应彻底否定与批判的"反面人物",不仅可以为之立传,而且也写得比较客观,所谓的"比较客观",正是主要表现为正确地把握了"静止与发展"的矛盾关系,从而以着眼发展的"阶段论"取代静止的"阶级论"。例如对于中共党史上的一些曾犯过路线错误的人物(陈独秀、瞿秋白、李立三、王明、张国焘、林彪)和中国近现代史上的各方面的代表性人物(康有为、梁启超、胡适以及孙中山、蒋介石、汪精卫)等,相关的传记作品不再是根据政治定性而"轧倒账"式的追述其"罪恶的一生",而是对他们在某一人生阶段或某一历史事件中曾经作出的功绩或所起过的进步的历史作用等,也予以了符合史实的评述,这就避免了简单化、脸谱化,从而有助于读者全面正确地认识理解历史和历史人物的复杂性。

三、平面与立体

事实表明,不少历史人物的复杂性,往往还深刻地表现为其在思想言行和个性特征等各个方面都存在显著的矛盾,从而使得他的社会政治活动方面的是非功过,和个性方面的优点缺点等,形成紧密联系、相互影响与渗透,以致难以简单区分,至少难以从单一侧面予以把握与认识的情况。显然,为这样的历史人物写传记,在对传主的人格形象描述上,就面临一个视角选择的矛盾:着眼于"平面的"抑或"立体的"? 在这里,所谓"平面的"视角,如同上述的"个体"观与"静止"观一样,都是简单化的、片面的、形而上学的,虽易于操作却难以真正做到"传真纪实";而"立体的"视角,乃是不把传主的生平思想活动和由此反映的种种人格面貌和个性特点看作为孤立的东西,反而把传主在上述诸方面所反映出来的现象,视之为一个互有联系而不可简单分割的整体,即使对于其中的相对突出的一小点,也尝试用多种角度、多个侧面去分析认识,如把这一点置于一定的历史背景(包括传主的生平思想活动和个性特点的整体)作具体的考察。另外,对于传主本身的具有矛盾性的种种方面的情况,则尽可能地分别予以揭示和表现,而不是有意地去扬长避短或隐善扬恶等。

显然,平面与立体的两者相比,孰优孰劣,何者值得成为传记写作的基本原则方法,答案是明朗的。然而可以说,从近几十年来海峡两岸的传记写作实践来看,传记作家和传记理论家们对于这一正确答案的领悟,事实上是建立在相当一批的传记作家的作品曾经交了学费的基础上的。例如,在 20 世纪 50 年代以来,大陆写作出版过多种鲁迅传记,可惜几乎一致地着重显现出传主的"横眉冷对"的平面,而传主作为思想家、文学家、学者以及为人师者、为人夫者、为人父者的其他各个人生侧面(其实是更为丰富、深刻、生动而感人的东西)却大都付之阙如。

四、重大活动与私生活

所谓私生活,这里是广义的,并非专指属于"隐私"范畴的内容,而主要指传主的除重大的社会政治活动和主要职业活动以外的作为普通人的通常的生活状况(如婚姻家庭生活、人生萍踪、日常生活起居、一般的人际交往等方面),其最集中的表现与反映,往往是传主的所谓"逸事趣闻"之类。根据笔者对于传记作品的分类意见,传记作品事实上有"主题内容"的差异,有一类传记作品偏重于"佚事主题",其内容以写广义的"私生活"为主,这是可以理解的。① 但对一般的传记作品(即偏重于表现"生平思想""职业活动"等主题者)来说,如果也去大量表现传主的"私生活"内容,这就属于把握不当了。

当然,问题的另一方面是,一般的传记作品重视对传主重大的社会政治活动(尤其是功绩和成就)的充分反映,虽说是正当的,但又不应仅仅满足于此,同时还必须对传主的"私生活"方面予以恰当的关注,其意义,诚如古希腊著名的传记作家普鲁塔克所说:"最显赫的业绩不定总能表示人们的美德或恶形,而往往一桩小事,一句话或一个笑谈,却比成千上万人阵亡的战役,更大规模的两军对垒,或著名的围城攻防战,更能清楚地显示人物的性格和趋向。"②

从近几十年来海峡两岸的传记写作实践来看,凡是一般的传记作品,就整体而言,大都能够把握与处理好传主的重大活动与私生活的关系,相对而言,大陆的传记写作在这一方面表现出来的把握与处理不当的情况,主要有这样两种倾向特点:一是在20世纪80年代之前,在重视充分反映、表现传主的重大社会政治活动的同时,虽然对于传主的"私生活"的情况也有一定的描述、反映,但总的说来,手法上过于拘束和谨慎,带有明显的"点缀性";二是在20世纪80年代以来,有的则一改以往的那种在表现传主的"私生活"方面的羞羞答答,不仅是给予充分的表现,而且有某种程度的走极端的趋势,即除了把

---

① 参见拙著《传记通论》,复旦大学出版社,1993年,第36页。
② 普鲁塔克:《传记集》之《亚历山大传》第1节,转引自黄宏熙主编:《希腊罗马名人传》,商务印书馆,1990年,"中译本序",第13页。

对"私生活"的表现反映在篇幅上压过对"重大活动"的评述外,还把"私生活"本身内容范围也不断扩大,直至涉及"隐私"性质的内容。出现这种明显转变,其原因除了这近几十年来商业大潮对于文化的冲击与影响之外,应该说也与近几十年来文化理论观念乃至传记理论本身的某种变化有关。例如,有人片面地强调图书的"经济效益",不恰当地鼓吹图书的"可读性"等,有的传记作家受此影响而有"跟风"之作,也就不奇怪了。——当然,在今天看来,这样的经验教训是沉痛的。

应该说,上述的原则方法,其实各条之间有紧密联系,所以是互为一体的。唯其如此,一部优秀的传记作品,其对于传主形象的揭示,不仅需要分别把握处理好这四个方面的矛盾关系,而且还要进而从整体上协调上述各方面,由此求得从各个局部的辩证统一提升为整体的即全局的和谐统一。

再进一步说,在传记写作中,确立与实际应用上述这些原则方法,其实还只是属于"史才""史识"层次的问题,而"史才""史识"本非孤立的存在,他们有一个服从"史德"的问题。①

所谓的"史德",就中国古代优秀史学家的实践与相应的理论概括而言,最精当的显然是《汉书》的作者班固对于司马迁所著《史记》的评价:"其文直,其事核,不虚美,不隐恶,故谓实录。"②

这里所说的"实录"精神,联系到传记写作,作为一个严肃的传记作家所应遵循的"史德",简要的说来,无非就是"实事求是",即本着敬畏历史、尊重历史,为社会历史和读者负责的思想文化理念,一切从传主的实际情况出发,依据确凿可靠的事实与材料,对于传主的生平活动与思想状况予以客观、公允地描述,在此基础上求得对于传主

---

① 关于"史才""史识"与"史德"之说,参见〔唐〕刘知幾著《史通》。
② 班固:《汉书》卷六十二《司马迁传》,中华书局,1962年,第2738页。

的真实的历史面貌的比较全面和准确的认识,进而引导读者对于某个历史阶段、某些历史事件、某种历史现象和历史规律的接近真理的把握。换言之,从中外传记写作史的情况来看,如果一个传记作家,欲遵循这样的"史德",而不愿做"谀墓匠",不想写"秽史""污史",那么势必坚定地摒弃如下的情况:

或者从明显的非学术立场出发,如受金钱物质的诱惑等而任意褒贬历史人物;或者从狭隘的意识形态和党派政治观念出发,受种种成见(偏见)影响,由此对于各种史料作随心所欲、为我所需般的处理应用,其中包括有意歪曲历史、篡改与编造史实之类;这里还包括另一种情况:即从某种道德评价出发,完全引入文学手法,即依据创造"艺术典型"的原理与方法,以"小说家言"的文笔语调"塑造"传主的形象,由此通篇充斥着想象、夸张、虚构、编造、移花接木、张冠李戴等内容材料。

或者带着浓厚的情感色彩,对于作为尊者、贤者或亲者的传主,任意吹捧拔高,通篇充满溢美之词,不仅讳言其缺点错误,甚至把缺点与错误也当作美德予以赞扬,仿佛其为天地间唯一完美无缺之人;与此相适应,对于所谓的被否定的"反动人物",则是一味贬低与丑化(妖魔化、脸谱化),总之很有点"爱之者欲其生,恨之者欲其死"的味道。

应该说,就大陆自1949年以来的传记写作的情况看,在很长一段时间里,后一种情况曾经带有普遍性,尽管笔者在20世纪80年代曾提出过这一问题①,但应该说直到今天,这样的情况还不同程度地存在,看来是一个顽症。这也表明,在今天的传记理论界,还有必要继续强调传记作家的"史德"问题。

从史才、史识与史德关系的角度来考察,还值得指出的是:坚持史才、史识的不断进步,也可以从某种角度促使史德的发展,由此提出新的史德。唯其如此,笔者认为,根据当前传记界的情况,似有必要在传

---

① 笔者曾写有《学术研究与感情》论及这一问题,刊上海《文汇报》内刊《理论探讨》总第54期(1985—325)。

记写作理论上引入法学学科中的"无罪推定"的原理和方法,使之构成深化"史才、史识与史德关系"问题上的一个重要的具体环节。

所谓法学学科中的"无罪推定"的原理和方法,其要点是:任何刑事被告人,在未经法院判决确定其有罪之前,应当被认为是无罪的。换言之,任何刑事被告人,最初仅仅是作为"犯罪嫌疑人"(而不是"罪犯")走上法庭的被告席的;法庭审判的最重要的程序之一是:对于起诉方控诉被告人的犯罪事实问题进行法庭调查,在这过程中,被告本人或律师可以作无罪的辩护;经过法庭辩论后,法官才根据这一辩论所澄清、核实的事实,对被告人作出罪与非罪的裁决。显然,这一产生于欧洲18世纪启蒙运动时期、尔后为法国《人权宣言》乃至1948年12月联合国大会通过的《世界人权宣言》所肯定与确认的法学原则[1],思想理论的核心在于强调罪与非罪不是主观认定的,而必须以有无确凿的犯罪事实为依据。如果把这样的思想理论抽象为一般的学理原则,无疑就是:认定某人是一个什么样的人,理应从其本人的大量的(包括某些重大的或特别的)活动事实出发而予以归纳性评判,一切以事实为依据。

由此而联系到传记写作,从理论上说,传记作家欲为某一传主立传,不应事先对传主(无论是正面的历史伟人,还是被否定的反动人物)的人格形象的政治性质、道德水准、职业文化成就,以及历史地位与影响等问题形成一种"先入为主"的意见,恰恰相反,正当的方法与程序应该是:通过一点一滴地收集某一传主的传记资料,逐步地(即由点到面,由表及里,由浅转深,由单侧面到全方位)对传主的各种情况(思想、人格、社会政治活动性质、职业文化活动特点,乃至历史地位与影响等)形成认识。诉诸于文字也是如此,从排比材料、拟写提纲、形成初稿,经反复修改至杀青定稿,直到出版面世,即一部传记作

---

[1] 本段文字参见《中国百科大辞典》(中国大百科全书出版社,1999年)第8卷之"无罪推定"条目。

品在知识形态上的完成,才能表明传记作者最终完成了对某一传主的全面认识(评价),如同法官对被告人宣读判决书一般。总之,在这样的过程中,传记作者必须跟着材料走,依据材料说话。换言之,凡是对传主的某一活动的记录与描述,以及对此作某种必要的评论等等,也都必须有相应的确凿可靠可信的文献资料作佐证。

不妨指出:作为20世纪西方最杰出的传记作家兼理论家之一的法国的莫洛亚(A-Maurois,1885—1968),其实已经初步提出过类似的意见,如他说:

> 一个现代的传记作者,如果他是诚实的,便不会容许自己这样想:"这是一位伟大的帝王,一位伟大的政治家,一位伟大的作家,在他的名字的周围,已经建立一个神话一般的传说;我所想要叙述的,就是这个传说,而且仅仅是这个传说。"他的想法应该是:"这是一个人,关于他,我拥有相当数量的文件和证据。我要试行画出一幅真实的肖像,这幅肖像将会是什么样子呢?我不晓得。在我把他实际画出之前,我也不想晓得。我准备接受对于这个人物的长时间的思量和探讨所向我显示的任何结果,并且依据我所发现的新的事实加以改正。"
>
> 我们这个时代,对于真实的观念,已经形成正确的想法。我们不会让传记作者由先入为主的观念来左右他的判断;我们要求他根据对于事实的观察,来做出整个的叙述,然后再细心而不带感情地做一番新的独立的研讨,借以证实那些叙述的内容。所有的文件,只要有助于了解传记主人公的一个新的方面,都要加以利用;传记作者绝不要因为怀着恐惧、赞美,或敌对心理而忽略任何一项文件。①

---

① 莫洛亚:《现代传记文学的特质》(该文系莫洛亚的《传记文学的面面观》中的一篇),吴奚真译,收入刘绍唐等:《什么是传记文学》,传记文学出版社,1985年,第47—48页。

从中外传记理论的发展线索来看,由于莫洛亚的上述意见乃是在强调传记作家的怀疑精神与求实态度的问题时提出来的,而他对于这一问题的强调,对于这一问题的进一步的思考与阐述,又分明是承袭了倡导"传记革命"并引导了20世纪以来的"现代传记"潮流的英国现代著名传记作家(理论家)的斯特拉屈(L-Strachey,1880—1932)的相关理论主张。① 正是从这一意义上说,我们现在把法学上的"无罪推定"的原理与方法引入传记写作理论,即把"无罪推定"也奉为传记写作的原则方法之一,该是顺理成章的。

也值得指出的是,这里所说的"顺理成章",还有另一番意义。即:以此为一个重要的理论视角和切入点,有助于我们深刻总结近几十年来海峡两岸的传记写作实践所留下的正反两方面的经验教训。其中最显著的实例反映在有关鲁迅、胡适的传记编写上。如关于鲁迅传记,一般说来,自1949年以来的长时间里,甚至在1981年前后,大陆学者所编写出版的十多本鲁迅传记,除了个别的,大都是本着"先入为主"的观念,有选择性地罗列有关材料,按照毛泽东对鲁迅的评价("三个伟大九个最")演绎传主的形象,各本之间所差异的,大抵只是为配合不同历史(政治运动)阶段的思想理论宣传的重点而有所微调而已;而同时期在港台地区所出版的几部鲁迅传记(作者分别为郑学稼、曹聚仁、胡菊人等),也何尝不是明显地演绎了从党派政治观念出发的各种成见、偏见。至于胡适传记,在大陆1954年前后的批判运动中写作发表的几部(篇),无不是先定性(所谓"反动学者""买办文人"之类),再轧倒账,由此对传主的各阶段各方面的所有言行,不加具体分析,均作严厉的政治批判,直到1979年以来,随着实事求是的思想路线的恢复,上述情况才得以根本扭转,所以此后出版

---

① 斯特拉屈在《维多利亚时代名人传——序言》(该文被西方传记理论界称之为"传记革命的宣言")中提出了"新的传记"的"三大信条",其第二、三条分别是:保持传记作家的"自由精神""不偏不倚地追求真实"。莫洛亚强调传记作家的怀疑精神与求实态度,显然与之相通。

的近十部传记,尽管也还存在若干不足之处,但总的说来都是写得严肃的,至少在"史德"方面没有亏缺,或者说,这些胡适传记的写作,较之1954年前后的同类作品,在写作的原则方法方面的最大的差异,恰恰在于从"先定罪,再坐实"而转变为"无罪推定"。显然,这样的差异,体现了一种思想学术文化的进步。

综上所述,把法学学科的"无罪推定"的原理与方法引入作为传记写作理论,确定其也应成为传记写作的原则方法之一,不仅在学理上是讲得通的,而且对于引导传记写作的健康发展,也具有实际意义。

因此对于海峡两岸的传记作家(理论家)来说,在汲取以往的经验教训的基础上,为了坚持中华思想学术文化的进步,促进现代传记写作实践的繁荣发展,似乎有必要在这一问题上形成共识。

〔初刊《中华传记文学国际学术研讨会论文集——理论探讨与文本研究》,中华书局(香港),2010年〕

适可而止,过犹不及

——关于传记作品文学色彩的度

一

传记(biography),又称传记文学(biographical literature),其实是同一个概念,指的是那些再现(描述、反映)真实的历史人物的实际的生平活动事迹的作品。由这样的特定的处理对象即载荷内容所决定,传记也就只能是史学范畴的作品,而并非所谓的文学作品。道理应该说是很简单的:传记(史学作品)的内容有明显的限制性,其描写的人物只能是真实存在的而非子虚乌有的,其反映的人物事迹又必须是实际发生过的而非想象虚拟出来的;至于文学作品在内容上根本无此限制,作者可以随心所欲地去创造任何种类的人物(不管历史上是否确有其人),更可以调动一切手法去编造他们的生平事迹。

可是,由于目前我国学术文化界对于传记理论的研究尚不充分和深入,更由于不少人对"传记文学"一词作望文生义的理解,所以对于传记作品的本质属性的认识是含糊混乱的。例如,有些文学家和文学理论批评家,提出了"传记小说"或"纪实小说"一类的新概念新名词,而从实际上来看,凡是冠以这类名目的作品,大抵只是借某一历史人物的由头,完全袭用文学创作的手法来改塑历史人物,虚构、编造、夸张、想象和移花接木、张冠李戴等,无所不用其极。显然,这样的作品,根本不是真正意义上的传记,它们比之中国文学史上的"历史演义"(又称"演义小说")更加远离历史的真实。

如果说,对于上一类作品不值得构成传记理论研究和批评的对象的话,那么,另一类作品却是不能不加以批评和讨论的:这些作品在理论上似乎也承认"历史的真实性"问题,只不过它们同时强调,为了"更本质"地反映历史的真实,在内容处理上不得不作了些"艺术加工"。对此,还有人作了理论上的解释,如韩兆琦先生说:

> 彻底的、百分之百的"真实"是永远表现不出来的,所能表现的只能是一个方面、一种倾向,一个大概而已,有时那些经过作者夸张想象、补充出来的东西,也许比未曾补充过的东西更本质,更真实。更何况每一个作者的立场、思想、观点、兴趣都不同,每一个人看问题的角度都不一样,谁能说哪个人的看法就一定是"实录"呢?真实,只能是相对的;历史,只能是历史学家笔下的历史,传记文学当然更是如此。①

笔者认为,如此提出问题和回答问题是不妥当的,对于传记写作也是有害的。这是因为,第一,尽管"彻底的真实"可能难以被表现出来,但是搞清楚最基本的史实,不作任何形式和任何程度的歪曲和改塑,该是传记作品的最起码的要求,同时,作为目标,也应该是在一切方面尽可能最大程度地追求真实的再现历史,如果片面地强调"彻底的真实"为不可能,那么势必在理论上冲击传记的"历史的真实性"的基本原则。第二,所谓"夸张想象、补充出来的东西"也根本不能成为传记的要素和必要的内容成分,殊不知"夸张想象、补充出来的东西"本身并无质的规定性,其伸缩性极大,如果承认它们的合理性和必要性,那么任何歪曲史实的东西和无中生有凭空杜撰的东西将在这一

---

① 《关于传记文学的几个问题》,《北方论丛》1992年第3期。

遁词的掩盖下泛滥成灾,由此从根本上阉割和扼杀传记作品的生命,即导致史学范畴和性质的传记作品的消亡。至于说"夸张想象和补充出来的东西"可能"更本质,更真实",这里是把文学创作中的"艺术真实"的概念与史学类作品所要求的"历史真实"的问题混为一谈了。第三,借口传记作者因立场、思想、观点和兴趣不同以及看问题的角度相异,否认传记作品的"实录"的可能性,并强调所谓历史的"相对的真实",这又是明显地否认事实的客观性,其理论错误至为明显。其实,史学家之间对某一历史事件、历史人物有不同的看法,这只是属于"解释"的不同,而并非表明事实本身没有客观性形态。总之,承认不承认所谓的"艺术加工"(即"夸张想象、补充出来的东西"),涉及的不仅是传记作品的优劣问题,归根结底,在于真伪问题。因此,对于传记来说,恪守真实性原则无论如何是不能动摇的,否则,世界上将只有属于文学作品的假传记,而寻不到一本史学范畴内的真传记。

不妨举一个实例。《传记文学》(文化艺术出版社)1994年第1期连载的《宋美龄海外四十年》,其中这样写到:在中华人民共和国成立之际,宋美龄随蒋介石一起在台湾会晤了美国驻华大使司徒雷登。诚如读者指出的那样:这是一种无中生有的编造,因为当时宋美龄尚在美国,而司徒雷登其人则一生从未到过台湾,怎么可能会有这样一幕场景呢?然而作者辩解说,读者的批评是"武断"和"偏执"的,因为作者采用的是"以心写史"的方法。(参见《传记文学》1994年第4期《编者·读者·作者》栏)看来《宋美龄海外四十年》中杜撰的那一幕,大概可以说是"夸张想象、补充出来的东西",甚至也可以说是"比未曾补充过的东西更本质、更真实",但是,这样的作品既已违背了史实,其"更本质,更真实"也就失去了载体,"皮之不存,毛将焉附",还哪有什么"以心写史"的价值可言?据此,笔者认为,有些作家既然深受文学的诱惑,大可干脆搞纯粹的文学创作(例如标明写的是"历史演义"),而不必去争传记的名目,因为传记作品与通常意义上的文学作品之间,的确横亘着一条不可逾越的鸿沟。

那么，这是否意味着作为史学范畴的传记作品与文学是完全绝缘的？倒也不是。传记作品与文学的确有比较密切的联系，传记作品的写作，事实上也完全可以（甚至在一定程度上需要）借用若干文学手法，以增添传记作品的某种程度的文学色彩，增强传记作品的可读性。但是问题在于：传记作品对于文学手法的借用，并不等同于对文学的典型人物的创造方法的移植。换言之，传记借用文学手法，并非是要把传记作品靠向文学作品，而只是让本质上属于史学范畴的传记作品点染上一些文学色彩而已。一句话，受传记作品的本质属性所制约，也为传记作品的载荷内容的特定的限制性所决定，其对文学手法的借用不是无限制无约束的，实际上只能主要地限于如下两种情况：

一是传记作品在谋篇布局的技巧、对于材料的剪裁取舍和组织等属于"文章学"问题方面，可以借用文学作品的艺术构思的一般原理和方法，这大致包括：强化和凸显传主的命运遭遇或性格形成的基本线索、重视对某些自然的戏剧性场景的处理、注重撷取某些富有典型意义的细节等来反映传主的个性特征和人格形象等。例如，英国著名传记作家斯特拉屈（L. Strachey）的《维多利亚女王传》，传主在世八十年（其中在位近七十年），可供采用的传记资料很多，国内外大事背景也相当繁杂，但该书仅以二三十万字的篇幅为之立传，这就不能不精心地取舍和组织材料，又不能不独具匠心地安排篇章结构，从而使得作品的内容和形式构成有机的统一体，传主的人格形象由此得到了很好的体现。同样，法国著名传记作家莫洛亚（A. Maurois）的代表作《雨果传》，在谋篇布局上也颇具小说家的匠心，情节跌宕起伏，传主的命运线索也体现得相当的鲜明。以上两例还是较明显地采用文学笔法的传记，即使是基本上采用史学笔法的传记作品，也有这样的情况。例如，中华书局版的《民国人物传》中有一篇《蒋梦麟》，全文凡4 000余字，但却用近400字记述了这样一件事：

……日本帝国主义对蒋梦麟极力拉拢和威胁，蒋均未为所动。1935年11月,日本帝国主义策动"华北自治",蒋梦麟领衔发表了一个反对分裂中国领土的宣言。不久,他听说日本人已将他列入黑名单,随时可能被逮捕,但没有避走。29日,日本宪兵径至北京大学邀蒋到日本大使馆武官处谈话。蒋即前往。日本武官质问蒋为何反对"华北自治潮流"?为何怂恿学生进行大规模反日宣传?他进行了辩解,该武官仍要他当晚赴大连。他说:"我不是怕。如果我真的怕,我也不会单独到这里来了。如果你们要强迫我去,那就请便吧——我已经在你们掌握之中了。不过我劝你们不要这样做。如果全世界,包括东京在内,知道日本军队绑架了北京大学的校长,那你们就要成为笑柄了。"日本武官通过电话请示后,放他回家。不久,日本使馆又向北平当局提出,因蒋梦麟煽动学生抗日,要他们强迫蒋离开北平。北平当局劝蒋离开北平,他没有同意,继续主持北大校务。

二是在语言表述方面,采取各种修辞手法,如有的学者所指出的那样,"力求把沉闷的资料堆积变成趣味丛生的活文学"[①],由此不仅使得传主的人格形象得到鲜明生动的反映,也使得作者的情感和思想倾向得以自然妥帖的流露,这两者的结合,也就是使得传记作品因点染文学色彩而增强了可读性。例如,奥地利籍著名传记作家茨威格(S. Zweig)在《巴尔扎克传》中对于传主的写作活动的特点有这样的描述:

> 咖啡才是再三推动这部想象力丰富的劳动机器的黑色机油。……没有咖啡,他就无法工作。换句话说,至少不能从事巴尔扎克誓必专心致志的这种马不停蹄的工作。……咖啡同一切兴奋剂一样,为了保持它一定的效力,份量便需不断增加。因而,他的神经越是承受不了过度的紧张,越是需要服用愈来愈多

---

① 张作耀:《谈谈历史传记编写中的一些问题》,《江汉论坛》1992年第7期。

的这种致人于死的灵药。……虽然五万杯特别浓郁的咖啡(这数量是一位统计学家所估计的),促进了《人间喜剧》这部巨构的完成,它却也过早毁了他卓越而强壮的心脏。

又如,我国当代传记作品《"人性的治疗者"沈从文传》(吴立昌著)是这样描述传主在解放初期的职业活动情况的:

> 五十年代初期的历史博物馆设在午门城楼上,为了文物的安全,库房、陈列室不许生火装电灯。北方冬天来得早,沈从文每天总是在太阳尚未升空时,就身穿一件灰布棉袄,迎着如刀寒风来上班。他常常两手捧块才出炉的烤白薯,倒来倒去的边暖手边站在天安门前的一个避风墙角,仰望天边残月游星,等候警卫逐一开门。

从上述两种情况来看,传记作品对于文学手法的借用,实际上是从这样的原则前提出发的:任何材料都必须真实可靠,任何细节也都要有确凿的文献依据。换句话说,借用文学手法,绝非是那种允许虚构、编造、想象、推测、夸张、补充的"艺术加工",而仅仅是对于历史的真实用某种程度的艺术化的语言来作描述。所以,尽管传记作品可以有文学色彩,但文学色彩在传记作品中的体现却有一个度的问题,只能适可而止,否则就是过犹不及。从这个意义上来说,借用某种文学手法写传记,也就如同戴着镣铐跳舞,跳得好不好,这是对传记作家的功力的考验,而如果要求拆除镣铐,舞虽然可以跳得更潇洒,但所跳的已不是原先的那个舞蹈了。曾有学者指出:"传记文学只能写真事,不容许有虚构和夸张,这似乎于创造形象不利。然而生活又完全能弥补这一缺陷,因为传记人物都是极有个性的人物,……不仅在政治上、事业上各有创见,而且个人生活上也各异其趣,作者无须夸张和虚构,就可以勾出具有鲜明个性特征的典型形象。"[①]而如

---

① 张景超:《在真人真事的原则下,创造出"这一个"》,《人物》1982年第1期。

果有些史实"没有弄清或无法弄清","就宁可粗一点,不必作过多的细节描绘,以免画蛇添足"。[①] 笔者认为,这样的意见才是正确的。

二

具体联系到中外传记写作的实践中所提出的问题,应该说:传记作品的文学色彩的度,至少体现在如下几个主要方面:

（一）戏剧性场景可以重点描述,但不能虚构编造和想象补充

有的传主曾遇到过戏剧性场景,而他在这一场景中的活动表现又足以反映出他的人格形象,传记作品据此而作重点描述,这是正当的。不过,如果有的传主本无如此经历,而作品从某种既定的意图出发,虚构某种戏剧性场景,这就不可取了。例如国内前几年曾有一本某电影表演艺术家的传记,作品为了"塾补"传主后来受江青迫害的背景,除了把传主的生年提前三年之外,还虚构编造了传主20世纪30年代在上海与江青成为"舞台姐妹"的内容,而实际上,传主与江青两人在解放之前根本没见面过。显然,这样的写法是没有任何理由的。

还有一种情况是,有的传主的确遭遇过某一富有戏剧性的场景,这在文献资料上是有记载的,然而这种记载是语焉不详的,本人与他人的回忆甚至也是有牴牾的。对于这种情况,传记作品首先应该对材料作认真的考订,然后根据确凿的材料来描述这一场景,同样不能从想象推测出发作渲染性的描写,如"补充"细节、设置非真实的人物关系,设计人物对话和营造故事气氛等,因为这也属于虚构编造之列。目前国内出版的一些传记作品,类似的情况较普遍的存在,即把文献资料上的几句简单的记述演绎成一个矛盾冲突复杂而激烈的戏剧性场景,这显然是对传记的真实性原则的一种明显的破坏。

---

① 范寅铮、徐日晖:《传记作品应注重真实性》,《人民日报》1980年7月9日。

对此有人或许会举出《史记·项羽本纪》的实例来反驳：司马迁也不是如此描写"鸿门宴"的场景的吗？应该说，第一，司马迁对"鸿门宴"场景的描写，带有文学创作成分，这是不容讳言的，所以也难以构成完全意义上的"信史"。后来班固写《汉书》，就没有延袭这样的手法，从传记写作角度来说，班固的态度显然比司马迁严谨。既然如此，我们今天写传记，也就不能以司马迁的是非为是非。第二，如果认为司马迁写的完全符合史实，没有任何想象推测和虚构编造，那么司马迁可能是根据采访所得的材料而如此写作的，只不过他在书中没有交待材料来源。倘如我们现在要按司马迁那样的手法来写传记，那么应该确凿地交待材料来源并考订材料的真伪，否则就不能取信于人。

（二）重要的细节（或富有小说情趣的细节）可以抽取采撷，但同样不能编造杜撰

在传记写作中，对于传主的各种重要的生活细节（包括私生活情况、人物交际情况、文化学术活动的特点特征，以及能够充分反映传主个性的言行动作等）予以充分的重视，这是题中应有之义，诚如古希腊著名传记作家普鲁塔克（Plutarch）所说："轰烈的事业并不能显出被传人的好坏，有时一件小事，一句谈话，一点笑谑，比起最有名的攻地略地，最厉害的兴师动众和流血最多的会战，更能暗示出被传人的品格性情。"试看《苏格拉底传》（A·泰勒著）在写到传主临死前的情形时，就发掘和描述了这样一系列细节：传主被宣判死刑后，其学生克里多买通了狱卒，由此劝他越狱，但传主则说："这是我死的时候，再没比这更好的机会"；至临刑前，传主又对克里多说："我还欠阿斯克里皮亚斯一只公鸡，请别忘了还给他"；最后，当传主接过狱卒递来的毒胡萝卜汁欲饮下时，站在一边的弟子们忍不住地哭泣起来，传主又说了一句话："我所以把女人支开，就是怕她们太激动，因为我听说男人得安静地死。好啦，平静些吧，忍住别哭。"正是这些细节描

写,传神地反映出了传主的人格精神。

细节是需要从浩瀚的史料中发掘的,这与编造杜撰是不同性质的两回事,法国著名作家 A·莫洛亚在这个问题上的正反面的经验教训值得注意。莫洛亚曾指出:"传记的美妙之处,恰恰在于显示从看似平庸的人生里,怎样迸发出超凡入圣的业绩来。我力图从传记人物伟大的人生里抽取富有小说情趣的细节。"从他的成功的代表作如《雨果传》和《乔治·桑传》等来看,正是借助于"抽取富有小说情趣的细节",因而对传主的悲剧命运或富有戏剧性的多姿多彩的人生作了相当深入细致的描述,从而给读者留下了深刻的印象,但他的另一本《拜伦传》,也正由于在重要细节方面有不少刻意的编造,明显地损害了内容的真实性,所以也就招致了人们的批评。

(三)对于未被充分证实的传说和口碑资料等,必须慎用,宁可疑而不信

这条原则在史学理论上叫做"孤证不信",这也是传记作品与以某一人物为模特儿的文学(小说)创作的一条分界线。道理同样是简单的:传记讲究的是真人真事,如果把那些未被充分证实的传说和口碑资料等照搬到传记作品里,乍看材料是生动形象和有趣了(因为某种传说和口碑资料往往经过传说者的加工,戏剧性色彩往往越来越浓),但由于它们毕竟经不起推敲,毕竟不合于史实,所以只能从根本上影响传记作品的价值。例如荣孟源的《蒋家王朝》中写到民初时候蒋介石奉命去医院杀害陶成章。此事的真伪历来有争论,即使认为可靠者,也提不出确凿的证据。既然如此,一本传记轻易采用这样的传说和口碑资料就是不妥的了。还如沈醉的《我所知道的戴笠》,其中谈到戴笠与某电影演员的关系等问题时,也是凭道听途说,根本不是史实,如此做法也是极不严肃负责的。相反正确的态度如朱东润,他写的《张居正大传》,所采用的史料均是可靠的,而对于那些难以证实的材料则舍弃不用,据他说:传主是"几乎没有私生活的人

物,……关于居正底私生活,我们所知道的太少了;明代人笔记里面,也许有一些记载,我们为慎重起见,不敢轻易采用"。

同时还应指出,对于传记作者来说,即使是对于那些似乎可靠的材料也要作考订,做到去伪存真,而不应轻易相信并作援引。例如,许广平曾写有《鲁迅回忆录》,按理说书中的材料该是不会有错讹的,然而实际上并非如此。朱正写的《〈鲁迅回忆录〉正误》,就对许著所提供的几十条可怀疑的材料逐一地作考订,最后证实为误,在这样的基础上,朱正修订自己的《鲁迅传略》,所采用的任何材料就无不是准确可靠的了。

(四)对于传主的心理描写或揭示其内心独白,必须要有相应的可靠的文献材料为依据,而不能想当然耳

所谓相应的可靠的文献材料,主要是指传主的日记、书信和有关的档案文件等。例如关于俄国著名作家屠格涅夫的传记有多种,但人们大致公认苏联学者鲍格斯洛夫斯基著的那一本《屠格涅夫传》写得最好最可靠,正是因为该书在描述传主生平思想活动的一些关键问题(包括对传主作某种心理描写)时,都能援引传主的书信、日记等原始的文献资料。如果不是这样,传记对传主的心理描写越充分越细腻,其含有的虚假成份往往也就愈多。

与此有关的问题是应该慎用传主晚年的回忆性(追述性)文字,这是因为由于事过境迁,传主晚年的回忆和追述,除了可能的记忆的错误之外,还必然会出现"意想化"的情况,即对于记忆表象(所追忆的史实,包括当时真实的思想活动、心态心理等)自觉或不自觉地按照追忆时的种种主客观情况而作一种不易觉察的加工。所以如果完全轻信这个追忆,以此去回溯描写传主早年在某一事件活动中的心理,也可能离史实很远。

与传记作品的心理描写有关的还有心理分析问题。20世纪以来,随着弗洛伊德创立精神分析学说,不少传记作品也引入了精神

分析方法。虽说这种方法自有某种可取之处,但决不能迷信,更不能全盘的照搬,否则的话,就会把传记写作当作心理学研究的附庸,从而使得一本本应是有血有肉地反映传主生平思想活动的传记变成心理学家的个案报告,由此既脱离史学,也与文学绝缘。在国外的传记写作中,这方面的经验教训很多,一位名叫狄福托(Defoetho)的批评家甚至这样评论说:"心理分析用来撰写传记,推求事实真相,实在毫无价值可言。到目前为止,还没有一本用心理分析写成的传记,值得我们可以严肃对待的,因为它们往往皆非事实。这样的评语也适用于弗洛伊德大师本人的著作,他所写的《达尔文》就是一部无聊之作,完全未与许多明显的纯净的事实相参照。"在我国,目前似乎尚未出现典型的所谓"心理分析传记",但在某些传记的部分章节中也已经有所显露,这种倾向显然是应该及早地纠正克服的。

(五) 对于传主的重要经历、活动的时间与地点的交待应该尽可能的完整准确,不宜模糊。

关于这一点,在传记作品中往往是被忽视的,由此使读者产生误解。例如最近上海《文汇读书周报》上有一篇文章批评某历史学家所著的《郑观应传》,认为该书关于传主于 1860 年在上海跟随英人傅兰雅学英语的说法与史实不符,因为傅兰雅在 1865 年才来到上海开办英华书馆。查该书第 6 页原文写到:传主 1860 年返沪后任职于宝顺洋行,"在宝顺期间,……他在工作之余,约……梁纶卿,一起到英国博士傅兰雅办的英华书馆读夜班课";第 271 页又写到:1860 年,传主"从天津回到上海,即被宝顺洋行派管丝楼兼管轮船揽载事宜。……在此后的一段时间里,他与梁纶卿一起跟傅兰雅学英语"。而书中其他场合有交待说,传主在宝顺洋行任职时间是 1860—1868 年。由此可知,该书其实并没有断定传主跟傅兰雅学英语的事发生于 1860 年,而只是说此事发生在 1860 年之后的"一段时间里"即传主任职宝顺洋行期间。既然如此,读者的指责显然是不确的。但从另一角度来说,如果该传记把传主学英语的时间(确切的年月)交待清楚,岂不是更好吗?

所谓把时间和地点交待清楚,其实也是传记写作的起码要求。一般说来,凡可考订而未作考订的,都应视之为传记作品的质量疵点,而这样的疵点又不是传记作品的文学色彩可以冲淡和掩盖的。举一个正面的例子:以往的李大钊传记,大都说李大钊被北洋军阀政府通缉以及随之赴苏的时间是1925年4月间,但人民出版社版《李大钊传》则明确交待说,传主被通缉当在该年5月下半月,赴苏则在6月上旬,其具体的考证是:根据文献记载,1925年5月13日,传主还在北京大学政治学会上作公开演说,通缉当在此之后;又据北洋军阀政府内务部档案,该部正式下达搜捕文书的时间是6月11日,但此前已对传主作搜捕(扑空);再据苏联《真理报》报道,该年6月17日至7月8日,莫斯科召开共产国际第五次代表大会,传主在会议期间有发表声明之举,由此可知传主在6月上旬就动身赴苏了。很显然,在这里,可考订的问题都作了考订,因而时间地点的交待是十分确凿的。

(六) 在评论性或抒情性的语言段落中,对于史实、材料的归纳和综合,也应具有可靠的材料依据

在传记作品中出现一些评论性或抒情性的语言段落是正常的,而且这些段落往往又比较重视语言修辞,如上所说,这是传记作品的文学色彩的体现的一个重要方面。然而这里有一个前提,就是其对史实材料的归纳和综合,是从可靠的文献材料出发的,是建立在确凿的史实基础上的。例如瑞士著名传记作家卢德威克(E.Ludwich)在其代表作《拿破仑传》中,凡是用评述性和抒情性语言来分析传主的个性特点和某种心态时,就依据可靠的史料归纳出若干问题,而不是离开材料史实去作故作玄虚的心理分析。再如苏联学者A.施捷克

里的《布鲁诺传》中的最后一段文字:

……死刑定于 1600 年 2 月 17 日执行。

……

广场上人山人海,等着押送犯人的队伍来到。行刑不太匆忙。犯人用铁链绑在一根高高的柱子上。直到最后一刻,各个修会的神父还在劝说他悔罪。但,任什么都动摇不了布鲁诺坚定的决心。被钳子夹住的舌头,身上绑着的铁链,慢慢燃烧的树枝,眼看化为灰烬的书——这些岂能阻挡人类思想的发展?

"心智的力量决不会安生,决不会停留在已经认识到的真理上,它不断向前,不断向尚未认识的真理前进!"

他以罕见的英勇迎接死亡。全在痛苦中慢慢死去;此际,一根长长的杆子把耶稣受难像向他伸过去——他眼睛炯炯发光,愤怒地转过了脸。代达罗斯之子的坠落并非堕落!

浓烟未能遮住无边无际的天仵。荒诞的天球被布鲁诺勇敢的思想所摧毁,从此荡然无存。无限的宇宙和无数的世界展现在人类的眼前。

人类是经过火刑架飞向宇宙的。

在这里,作品对于布鲁诺受火刑而死的场景的夹叙夹议(包括抒情),显然是归纳和综合了可靠的史实材料,唯其如此,也才充分显示了感人的力量。不妨设想一下,如果作品抛弃可靠的材料依据而作想当然耳的描述,再加上其他的评论性和抒情性文字,尽管文字画面可能显得更富有感染力,但由于毕竟不是再现一个真实的历史场景,整部传记的质量也就要大打折扣了。

以上所说的六个方面,归结到一点,还是这样一句话:传记写作的一个最基本的原则是恪守历史的真实,一切从史料出发,尽管传记写作可以借鉴吸收某种文学手法,但不能过于受文学的诱惑。鉴于在传记写作中,准确地采撷和组织运用史料(包括对于材料的必要的考订），远比虚构、编造、夸张、想象和补充等困难得多，所以我们不妨对传记作家提出一条忠告：你既然已有相当的文学素养，那么，何不用更多的心思去自觉地接受严格的史学训练呢？

〔初刊《天津文学》1994年第11期〕

梁启超的传记作品及其理论的文史意义

梁启超(1873—1929)作为中国近现代最著名的历史学家之一,具有多方面的史学和文学成就。其中,他在传记写作与传记理论方面的建树,更是鲜明地构成了他的区别于同时代其他史学家的特点,从而具有重大的史学意义。然而文献表明,以往的研究,对此似乎尚未引起足够的重视,至少论述尚欠深入。[①] 有鉴于此,本文拟通过对梁启超的传记作品与传记理论的较为深入的考察,尽可能客观地评判梁启超在中国史学(尤其是传记编撰)发展史上的作用、地位和影响。

[①] 拙著《传记通论》(复旦大学出版社,1993年)的有关章节虽然有所论及,但还比较粗略。陈兰村、张新科《中国古典传记论稿》(陕西人民教育出版社,1991年)、杨正润《传记文学史纲》(江苏教育出版社,1994年)、陈兰村、叶志良主编《20世纪中国传记文学论》(天津人民出版社,1998年)、陈兰村主编《中国传记文学发展史》(语文出版社,1999年)和俞樟华《中国传记文学理论研究》(湖南文艺出版社,2000年)等,相关的评述也欠充分。但陈兰村和俞樟华均提到梁启超是站在"中西文化的汇合点(交叉点)"上认识传记问题,杨正润提出梁氏传记作品体现了"英雄史观"等,堪称卓识。

一

以《饮冰室合集》[①]为材料依据,可知梁启超编撰的传记作品总计有85篇,近百万字。其中,短文(千字上下)约占半数;凡重要的或著名的优秀的约20余篇,且多为中长篇幅(几千至万字上下,或几万十几万字)的专文或专书,总字数约60万。

需要说明的是,上述篇目不包括这样两部分:

(1) 明显的"述学"性质的文章(即对于学者-思想家的学术思想的介绍和评判)。这类作品为数不少,典型的如《霍布士学案》、《斯片挪莎学案》、《卢梭学案》(《文集》之六)以及《亚里士多德之政治学说》、《进化论革命者颉德之学说》(文集之十二)、《近世文明初祖二大家之学说》《法理学大家孟德斯鸠之学说》《政治学大家伯伦知理之学说》(文集之十三)等,其中也有一定的篇幅(事实上可以独立成篇)较为集中地描述该思想家-学者的生平事迹。

(2) 有关的学术史专著,如《清代学术概论》(专集之三十四)、《中国近三百年学术史》(专集之七十五)和《论希腊古代学术》(文集之十二)等,在这类作品中,也含有一批中外人物的小传。

同时值得指出的是:以传记分类[②]而言,由于梁启超不仅熟悉中国传统的传记,同时对西方的从普鲁塔克(Plutarch,46—120)到鲍斯威尔(J. Boswell,1740—1795)以来的传记作品及其理论,也有相当的了解,例如,他提到在现代欧美史学界,"一人的专传,如《林肯传》、《格兰斯顿传》,文章都很美丽","多人列传,如布鲁达奇(今译普鲁塔

[①] 《饮冰室合集》,中华书局,1936年,1989年影印本,凡12册,计《文集》5册(卷一至卷四十五),《专集》7册(卷一至卷一百四),由各卷分别排页码。因篇幅关系,作品细目从略。本文所引梁启超著述,参考文献分为《饮冰室专集》和《饮冰室文集》两种,版次同上。

[②] 中外学术界对传记作品的分类意见很不一致,拙著《传记通论》曾提出过比较系统的意见,本文的分析即以此为依据。

克)写的《英雄传》,……在欧洲史上有不朽的价值"。① 因此,他所编撰的传记作品,几乎涵盖了中西新旧传记的各种类型(当然有侧重点)。例如:著者身份,既有自传又有他传(以他传为主);传主情况,有单传也有合传,有死者也有生者,有闻人和非闻人(均以前者为主);作品内在知识形态的著述体例,有一般传记、评传、年谱,也有传略、诔文、墓志铭之类;至于著述手法,有纯史学性和含有相当文学性的,也有带新闻性的(均以前者为主);而在主题内容上,有生平思想主题、学术主题、职业活动主题,也有佚事主题(以前者为主);作品外在知识形态,以文字著述为主,又有演讲(口述)形式;文献性质和级别,有正式传记和非正式传记之分;作品篇幅,也有大中小之分。另外,从语言文字工具看,既有用古文、半文半白和文白相间的语言,也有纯粹的白话文。鉴于中国的传记文体从晚清到"五四"前后,因受到西方传记的影响,出现了由传统的中国式的旧传记向西式现代传记的过渡情况,而梁启超的传记作品,既有传统的典型的中国旧式传记文体(如史传、传略、诔文、墓志铭、年谱等),又有接近西式近代传记样式(如评传、回忆录和游记等)。两者相较,由于后者的数量更大,质量更高,思想和学术文化的内涵更深广,所以社会影响也更大。这就表明,梁启超的传记写作,不仅完全切合了中西新旧传记演变和过渡的趋势和方向,而且他本身就是领潮流的人物。

二

梁启超并非纯史学家,作为中国近现代杰出的启蒙主义思想家,他的相应著述的显著特色在于,不仅鲜明地体现了顺应历史潮流的进步的社会政治观念,而且还有意识地同本人所倡导的"新民说"紧密结合起来。"新民说"的要旨是"开启民智"——"取大学新民之义,

---

① 梁启超:《饮冰室专集》卷九十九,第 29—30 页。

以为欲维新吾国,当先维新吾民——务采合中西道德为德育之方针,广罗政学理论以为智育之本原。"①梁启超同时认为,"凡一国之能立于世界必有其民独具之特质。上至道德法律,下至风俗习惯、文艺美术,皆有一种独立之精神"②,因而"为中国今日计,必非恃一时之贤君可以弭乱,亦非望草野一二英雄崛起而可以图成,必其使吾四万万人之民德、民智、民力,皆可与彼相埒,则外自不能为患,吾何为而患之"③。由此,梁启超对于传记写作的热情就不难理解了。

从这一意义上说,梁启超的传记作品,在很大程度上正是把它们当作宣传"新民说"的个案来写的。关于这一点,还突出地表现在对于传主选择的思想倾向性问题上。梁启超所选择的传主集中这样五类:

(a) 中国古代思想家、文学家(如孔子、墨子、屈原、陶渊明、辛稼轩等);

(b) 中国古代政治家、军事家,以及中外文化交流史上的代表性人物(如赵武灵王、张骞、班超、梁道明等"殖民八伟人",王安石、郑和、袁崇焕、朱舜水等);

(c) 与中国近代史有密切关系的重要政治人物(如光绪帝、康有为、戊戌六君子、李鸿章、袁世凯等);

(d) 西方古往今来的著名思想家(如亚里士多德、达尔文、康德等);

(e) 西方近代杰出的政治家、爱国者、民族英雄(克林威尔、噶苏士、罗兰夫人、意大利建国三杰等)。

归纳起来看,凡中国人物,大都是对整个多民族的中国的社会进步和文明发展起过重大作用的。例如,梁道明等"中国殖民八大伟

---

① 《本报告白》,《新民丛报》第一册,1902年2月8日。
② 梁启超:《饮冰室专集》卷四,第6页。
③ 同上书,第5页。

人",旧史记载本不详细,有的甚至一笔不提,仅靠口碑流传,以至传主佚其名,遑论承认他们的较之其他帝王将相更可贵的历史功绩,但梁启超却对他们情有独钟,认为发掘和表彰这些"受压于畴昔奄奄齷齪之时代精神以下枉死者"①的事迹,乃是自己的责任。其中尤可注意的是,梁启超所选择的传主,赵武灵王和光绪之外的历代帝王(尽管旧史家特别赞颂他们的"文治武功"),袁崇焕之外的在国内历次重大的民族战争中涌现出来的著名的汉民族英雄(也尽管当时的史家对其推崇备至),均不在此列。就这一点论,显然比之那些"知有朝廷而不知有国家"②的旧史家高明得多。

至于西方人物,梁启超所选择的,是其思想学说或政治人格值得中国人吸收或学习仿效者。梁启超说:"求其爱国者所志所事,可以为今日中国国民法者,莫如意大利之三杰。"③又说,匈牙利的噶苏士"其理想,其气概,其言论行事,可以为黄种人法,可以为专制国之人法"④。

由此可见,梁启超虽有相当的英雄崇拜意识,但着眼于"新民","新民说"的思想几乎贯彻了他的全部传记,这便是梁启超比他同时代的史学家更具"史识"之处。

三

如果以中国古代传记的基本风貌为参照系,把梁启超的那些在传记要素、表现形式和方法方面具有明显的创造性的优秀代表作作为比较对象,进一步考察梁启超的传记作品在一般意义上的学术质量,应该说,其成就是相当突出的。

---

① 梁启超:《饮冰室专集》卷八,第1页。
② 梁启超:《饮冰室专集》卷八,第3页。
③ 梁启超:《饮冰室专集》卷十一,第2页。
④ 梁启超:《饮冰室专集》卷十,第1页。

（一）注重传主人格的凸现

在中国古代传记中，以史传为主的传记作品，其叙事内容，一般说来更看重传主的仕途沉浮，末流者则类于履历表，典型的往往以"官至××"结束全篇。而在梁启超笔下，却是着力描绘（包括解释）传主的人格形象。试看《新英国巨人克林威尔传》：

> 克林威尔尝使画工为图其形，画工见其左目上黑子不适于美观也，为阙去之，彼谛视，乃呵画工曰："画我当画如我者（Paint me as I am）。"盖其生平不欲一毫有所掩饰，不欲以一毫虚假之相。①

又如《谭嗣同传》：

> 被逮之前一日，日本志士数辈苦劝君东游，君不听。再四强之，君曰："各国变法无不从流血而成，今中国未闻有因变法而流血者，此国之所以不昌也。有之，请自嗣同始。"卒不去，故及于难。②

如此笔法，如此场景，传主的人格形象无疑是鲜明生动的。

中国古代传记也有注重对传主人格形象刻画的。梁启超的可贵之处是同时还揭示了人格的发展演变轨迹，使之呈动态，而并非像绝大多数的中国古代传记那样，一般只作静止的反映。例如，《罗兰夫人传》四次写到传主读普鲁塔克《英雄传》的情形，以时间、地点、环境、心绪的不同，写出传主的个性层次的变化。再如，在《康南海先生传》中，也以典型性的言行，把传主的幼年时代、修养和讲学时代、委身国事时代的思想行为特点的差异，很好地揭示了出来。胡适曾比较中西传记的异同，谓中式"大抵静而不动"，即"但写其人为谁某，而

---

① 梁启超：《饮冰室专集》卷十三，第3页。
② 梁启超：《饮冰室专集》卷一，第109页。

不写其人之何以得成谁某是也"①。应该说,在这一点上,梁启超已使中国传记与西方近代传记接轨了。

(二) 史识与历史意味的流露

所谓史识有多层含义,上述对传主择选问题也属一方面。但具体到对历史人物与整个社会历史的关系的把握,以及对某一具体的传主的功过是非和历史地位的评判,则显得更为重要。梁启超认为:"前者史家,不过记述人间一二有权力者兴亡隆替之事,……实不过一人一家之谱牒。近世史家,必说明其事实之关系,必探察人间全体之运动进步,即国民全部之经历,及其相互之联系。"②由于"一个人的性格与兴趣及其作事的步骤,皆与全部历史有关",因此,传记作品应"从全社会着眼,用人物来做一种现象的反影,并不是专替一个人作起居注"。③ 由此出发,梁启超的传记作品,总是力图把传主的生平思想活动置于最深广的社会历史的背景中予以表现。例如《李鸿章》,仅从该篇的另题《中国四十年来大事记》就可知,它所关注的是传主与所处的那个社会时代的密切关系。诚如作者所说:"四十年来,中国大事,几无一不与李鸿章有关,故为李鸿章作传,不可不以近世史之笔力行之。"④该篇的"结论"部分,先把李鸿章与霍光、张之洞和俾士麦、伊藤博文等古今中外的首相作比较,又评述他的若干逸事,然后对传主的人格形象和历史地位予以简评,作者的史识由此得到了很好的体现。

传记与其他纯粹的史学著作的不同,在于它对史识的体现还须有丰富的方法手段。例如议论方法,在梁启超的笔下,有的在描述有传主在场的某种戏剧性场景或传主的带有典型意义的言行细节时,插入若干情感色彩浓烈的评论性语言。如《罗兰夫人传》:

---

① 胡适:《传记文学》,《胡适古典文学研究论集》;上海古籍出版社,1988年。
② 梁启超:《饮冰室文集》卷六,第1页。
③ 梁启超:《饮冰室专集》卷九十九,第29页。
④ 梁启超:《饮冰室专集》卷三,第1页。

> 泰西通例,凡男女同时受死刑,则先女而后男,盖免其见前戮者之惨状而战栗也。其日有与罗兰夫人同车来之一男子,震栗无人色,夫人怜之,乃曰:"请君先就义,勿见余流血之状以苦君。"乃乞刽子手一更其次第云。呜呼,其爱人义侠之心,至死不渝,有如此者,虽小节亦可以概平生矣。①

而较为普遍的,是在卷首篇末乃至叙事的同时,直接插入大段的议论性文字来点化题旨。如《张博望班定远合传》的第一节甚至专门谈"世界史上的人物"问题。

值得重视的是,梁启超的传记作品采用这样的手法,由于视野开阔,开掘深入,字里行间就自然地透露出一股醇厚的历史意味。如《克林威尔传》:

> 呜呼,东西古今之英雄其名,而乱臣贼子、奸物凶汉、迷信发狂、专制伪善其实者何限?而彼等顾不肯尸此徽号,而独以让诸克林威尔。克林威尔之所以为英雄者在此,克林威尔之所以为圣贤者亦在此。②

又如《祖国大航海家郑和传》:

> 郑和之所成就,在明成祖既已踌躇满志者。然则此后虽有无量数之郑和,亦若是则已耳。呜呼,此我族之所以久为人下者。③

从这样的语言看,所谓历史的意味,主要表现为历史的深邃性和沉重感的结合,且以苍凉和悲壮为情感基调,由此足以引导读者深深的回味和思索。

---

① 梁启超:《饮冰室专集》卷十二,第11页。
② 梁启超:《饮冰室专集》卷十三,第3页。
③ 梁启超:《饮冰室专集》卷九,第11—12页。

(三) 史学笔法与文学笔法的有机融合

关于这一点,《史记》已有先例,然而以《史记》的文学笔法的过度(过于夸饰、明显的戏剧化等),多少有失真失实之处。应该说,梁启超吸取了太史公的经验教训,因此在他的传记作品中,总的说来,文学笔法的运用是比较得体的,而且富有鲜明的个性特点。其主要表现是,将文学笔法主要限制在语言修辞的范围内,又把自己所擅长的政论性散文的"新文体",即所谓"务为平易畅达,时杂以俚语韵语及外国语法,纵笔所至不检束",且"条理明晰,笔锋常带情感"[①],移用于传记,形成独特的语气语调。

换言之,梁启超的传记作品,足以感动广大读者的,除了思想题旨外,主要在于通篇所洋溢着的那种具有奇异的审美效果的语言文字魅力。试看《罗兰夫人传》开头的一段文字:

> "呜呼,自由自由,天下古今几多之罪恶,假汝之名以行。"此法国第一女杰罗兰夫人临终之言也。罗兰夫人何人也?彼生于自由,死于自由;罗兰夫人何人也? 自由由彼而生,彼由自由而死;罗兰夫人何人也? 彼拿破仑之母也,彼梅特涅之母也,彼玛志尼、噶苏士、俾士麦、加富尔之母也。质而言之,则十九世纪欧洲大陆一切之人物,不可不母罗兰夫人;十九世纪欧洲大陆一切之文明,不可不母罗兰夫人。何以故? 法国大革命,为欧洲十九世纪之母故;罗兰夫人,为法国大革命之母故。[②]

如果这纯粹是议论性语言,那么再看《意大利建国三杰传》中的叙事:

> ……卒以六月二十九日,会敌之大袭击,为最后之决战。加

---

① 梁启超:《饮冰室专集》卷三十四,第62页。
② 梁启超:《饮冰室专集》卷十二,第1页。

(富而)将军万死不顾一生,挥刃叱咤,突入敌营。师子奋迅,毙敌无算。玛志尼知非仅恃一将之勇可以济事也,又恐遂丧加里波的也,乃以急使衔国会之命召还之,以议善后。加里波的入议场,鲜血淋漓,胄铠全赤,既折既缺之刀,插半鞘而未入,乃拍案厉声曰:"今日舍迁都他处,别图恢复之外,更无他图。"虽然,大声不入里耳。除玛志尼外,无一人赞成之者。此新罗马国会上蠕蠕然百五十颗之头颅,惟以乞降免难为独一无二之善后策,而所谓达官显吏,已纷纷挈其孥以遁于城外。加里波的愤郁不能自制,复提孤军袭敌,却之于第二战斗线之外。蓦然回首,则一片惨白之降旗已悬于桑安启罗城上,夕阳西没,万种苍凉。①

回顾中国近现代思想文化史,在梁启超的全部传记作品中,因史学笔法与文学笔法的有机融合,从而使得作品的文学色彩更浓烈、语言文字更具特色和感染力,以及所产生的实际的社会政治文化影响更为强烈,由此代表了最高的史学成就的,可以说主要就是这样一些篇什,郭沫若的相关回忆也足以证明这一点。②

(四)传记文体的体例改造或革新

在这一方面,梁启超也卓有成绩,尤其是以下三种:

(1)评传型的专传

梁启超谈到《李鸿章》时说:"此书全仿西人传记之体,载述李鸿章一生行事,而加以论断,使后之读者,知其为人。"③所谓西人传记之体,就是通常所说的"评传"。梁启超通过学习借鉴西方近代传记的经验而形成的体例特点主要是:夹叙夹议,叙议结合,传中有评,评中有传,评传相间。其中,特别注重对相关问题的分析,由此做到描

---

① 梁启超:《饮冰室专集》卷十一,第21—22页。
② 郭沫若:《少年时代》,《郭沫若全集》文学编第十一卷,人民文学出版社,1992年。
③ 梁启超:《饮冰室专集》卷三,第1页。

述、阐释、评判三位一体；另外，又往往在全篇中设置章节并拟标题，卷首篇末也多有"绪论"（"发端"）、"结尾"（"结论"，或为"新史氏曰""国史氏曰"）之类的文字，由此强化评论的色彩，这在传记文体上当然属于一种创造和进步，有助于丰富和扩展传记作品的基本要素以及相应的表现力。如《王荆公》作为评传，以纵横交错的谋篇布局的方法，把传主的生平思想活动和相应的时代背景组织成几大块面予以全面系统的评述，令人耳目一新。有学者批评说，如此的"八大块的处理"，"从传记文学来看，这实在是一种倒退"。① 这是出自对"传记文学"概念的不同理解的误评。诚如某美国学者指出：梁启超的这篇传记，篇中已"专设两章，一章叙述王安石之朋友及同僚，另一章则描写其家庭生活。梁氏并引用王安石同时代资料及王安石信札等以说明其生活及思想，此则与中国传统写作传记方法大不相同"②。

（2）完全意义的合传

中国古代传记中虽有"合传"的名目，但"合"字只是做在题目上，实际上还是两篇以上的单传的简单组合，如《史记》中的《老子韩非列传》、《屈原贾生列传》等。梁启超虽然也承认这种类型的合传，并有相应的作品（如《戊戌六君子传》），但又不满足于此，另外创造了完全意义的合传，即在同一篇文章中，为两位或两位以上的传主立传，典型的如《意大利建国三杰传》。这种合传所显现的体例上的新特点，主要在于引入了历史的比较研究的方法，从而使得传记的内容题旨在深度和广度上获得了自然的扩展，同时也有助于克服旧体传记的"互见法"在史料背景的剪裁取舍等问题上的弊端，用梁启超的话说：如此"两两比较，容易公平，而且效果更大，要说明位置价值及关系，亦较简切省事"③。例如《意大利建国三杰传》的第一节介绍三杰以前

---

① 朱东润：《论传记文学》，《复旦学报》1980年第3期。
② ［美］霍理斋（R. C. Howard）：《现代中国传记写作》，张源译，《传记文学》第二卷第2期，1963年2月。
③ 梁启超：《饮冰室专集》卷九十九，第64页。

意大利之形势及三杰之幼年,行文正是如此。

(3) 新式年谱

梁启超在肯定年谱作为中国古代史学所创造的一种传记文体的价值的同时,也对它的表现能力的"简陋"①表示了不满,所以他本人对旧年谱的改造,着重于扩展传记要素和修改体例两个问题。总的说来,梁启超认为,无论是哪种类型的(自传—他传,创作—改作,附见—独立,评叙—考订),内容上都要具备这些要素:记载时事(谱主的背景)、记载当时的人(与谱主有重要联系者)、记载谱主的重要文章、必要的考证、必要的批评、附录(难以入正文的材料),以及"谱前""谱后"等。② 他本人撰写的《朱舜水先生年谱》等基本如此,而晚年作品《辛稼轩先生年谱》尤为完备。

当然,梁启超的传记作品,即使是那些优秀的代表作,也还存在一些欠缺甚至弊病,除了某些观点问题外,还有如对材料的出处,或不作注,或注释不规范,然而,这是学术文化转轨时期的普遍现象,同时代人无不如此,所以是可以理解的。

四

梁启超的传记写作,也是对他自己所提出的"新史学"理论的认真实践。因此,他的作为史学理论的重要组成部分的传记理论,也具有相对独立的学术价值,值得重视。

梁启超一生著述甚勤而内容甚杂,但对于传记写作,却有两个明显的相对集中的高潮时期:一是光绪二十七年至三十一年(1901—1905)。当时梁启超在日本先后主编《清议报》和《新民丛报》,着力进行启蒙主义思想宣传,"新史学"的基本观点正是在这一时期酝酿并

---

① 梁启超:《饮冰室专集》卷九十九,第 65 页。
② 同上书,第 70—80 页。

提出的。① 因此,他在该时期大量写作传记,显然带有自我实践的意味。二是民国九年至十六年(1920—1927)。当时,梁启超已重新转入学术文化的研究工作,且以主要兴趣和精力涉足史学领域。他的专著《中国历史研究法》(1920)及其讲稿《补编》(1926—1927),尤其是后者中的"人的专史",对于传记基本原理和写作要求等问题阐述甚详,并多处结合谈到了本人的经验体会。② 这时期所写的传记,不仅是通常的史学研究成果,而且还是对作者本人更趋成熟的史学传记理论的再体验。总之,梁启超不仅是中国近现代著名的传记作家,同时也是一位具有明显的创新力的传记理论家,两者完全融为一体。

毋庸讳言,虽然中国有着源远流长的史学传统,但史学理论并不发达,所以也谈不上丰富。构成一部中国古代史学史的基本内容,主要是各类史籍本身,鲜有理论性论著,即使有,也大多以"读史札记"一类形式出现,像唐人刘知幾《史通》那样的著述实属罕见。与此相适应,中国古代的传记理论同样是薄弱的,除了《史通》以及清人章学诚等少数史学家有相对集中的论述外,其他多为残篇断章,不成系统,有的甚至还从根本上否定士大夫以个人立场撰写传记的必要性,如顾炎武认为:"不当作史之职,无为人立传者……自宋以后,乃有为人立传者,侵史官之职矣。"③在这一背景下,梁启超的既对中国古代传记理论有所扬弃、又吸收了西方传记理论精华的传记理论,可以说是中国整个现代史学理论的一个重要开端。

撇开那些与传记理论虽然也有联系,但相对说来属于广义的史学理论(如著史目的意义、重视史料考订鉴别等),梁启超狭义的传记

---

① 梁启超著《新史学》连载于《新民丛报》,第 1、3、11、14、16、20 册,1902 年 2—11 月,但其中的基本观点,在他于 1901 年所写作发表的《中国史叙论》中已初步提出。
② 梁启超在《中国历史研究法补编》中提到本人编写的传记作品有《戴东原传》《朱舜水年谱》《孔子》和《王荆公》等,又说本人"多年来想做"而未及做的有玄奘、苏轼、王守仁和清圣祖的传记。
③ 顾炎武:《日知录》卷二十一。

理论,大致含有基本原理和方法论两个层次。

(一) 关于传记基本原理

梁启超在这方面所探讨、思考和回答的,都是带全局性和根本性的问题,有的为中国古代传记理论所未涉及,有的则与西方近代传记理论相通,但又有进一步的阐发。其中最有学理价值的几点是:

(1) 传记与史学的关系

梁启超指出:尽管欧美近代史学界出现了"历史(研究)与传记(编写)分科"的趋势,"但是传记体仍不失为历史中很重要的部分"。① 据此,他把整个史学研究划分为人的专史、事的专史、文物的专史、地方的专史、断代的专史等并列的五个方面,这就明确肯定了传记与史学有联系而又具有相对独立性的学科地位,较之中国古代史学理论把传记视为史学的附庸,在学术观念上是一个重大的创新。梁启超甚至还建议选择中国历史上的一百人,"代表全部文化,以专传体改造通志"②。

(2) 传记的人物本位和人格重点

梁启超强调,传记以人物为本位,"记个人之言论行事及性格"③,而人物系纯指历史上的真实可靠的人物,"无论古人近人,只要带有神话性,都不应替他作传"④。明确地排除虚拟人物的传主资格,严守了传记从根本上属于史学范畴的立场,划清了史与非史(文学)的界限,从基本理论上强调了传记的真实性原理,维护了传记的生命。这一理论实际上也是对《史记》缺点的批评,因为《史记》中的《五帝本纪》以及近于地方志性质的《南越列传》、《西南夷列传》等,依据现代观念,的确不能算是传记。就今天而言,出于有

---

① 梁启超:《饮冰室专集》卷九十九,第29—30页。
② 同上书,第91页。
③ 梁启超:《饮冰室专集》卷七十,第6页。
④ 梁启超:《饮冰室专集》卷九十九,第50页。

人对"传记文学"一词作望文生义的理解,①所以梁启超的理论也具有现实的学理意义。

至于传记须突出人格问题,梁启超更为强调。他说,传记的基本要求就是要把传主"整个人格完全写出"②,换言之,传记的"唯一职务在描写出那人的个性","最要紧的是写出这个人与别人不同之处"③;人格"不能光看他外表的行事,还要看他内在的精神,不能专从大处看,有时还要从小处看"④。这些意见显然是抓住了传记写作的关键和核心。

(3) 传记的基本内容要素

新旧传记的差异,很大程度表现为对于传记内容要素的把握。在梁启超看来,传记作品必须关注的基本问题,在于传主与他所处的社会时代的关系。"对于伟大人物的自由意志和当时此地的环境,都不可忽略或偏重偏轻"⑤,换言之,"一方面看时势及环境如何影响到他的行为,一方面看他的行为又如何使时势及环境变化"。所以,传记"不但要留心他的大事,即小事亦当注意。大事看环境、社会、风俗、时代,小事看性格、家世、地方、嗜好、平常的言语行动,乃至小端末节,概不放松。最要紧的是看历史人物为甚么有那种力量"⑥。唯其如此,梁启超在探讨《玄奘传》的写法时设计了这样的提纲:

(一) 他在中国学术上伟大的贡献
(1) 他所做的学问在全国的地位如何

---

① 这主要表现为把传记作品看作文学的一个分支,如韩兆琦著《中国传记文学史》(河北教育出版社,1992年)有"传记体小说"专章,乃是一个典型的反映。
② 梁启超:《饮冰室专集》卷九十九,第54页。
③ 同上书,第17页。
④ 同上书,第6页。
⑤ 同上书,第89页。
⑥ 同上书,第30页。

(2) 他以前和同时的学术状况如何

(3) 他努力工作的经过如何

(4) 他的影响在当时和后世如何

(二) 他个人留下伟大的范畴

(1) 他少年时代的修养和基础如何

(2) 他壮年后实际的活动如何——某时期如何,某一部分如何

(3) 他平常起居状况、琐屑言行①

可以说,这是从另一角度较为完整地揭示出了传记的基本要素。

(4) "理想的专传"

梁启超根据对传记基本要素的把握,结合考虑传记的体例问题,提出了"理想的专传"的重要命题。专传即"独立成为专书",他说:

> 我的理想专传,是以一个伟大人物对于时代有特殊关系者为中心,将周围关系事实归纳其中,横的竖的,网罗无遗,……此种专传,其对象虽只一人,而目的不在一人……若做专传,不必依年代的先后,可全以轻重为标准,改换异常自由,内容所包,亦比年谱丰富。无论直接间接,无论议论叙事,都可网罗无剩。……人的专史以专传为最重要。②

(5) 传记的真实观

梁启超并不是一般化的提出传记的真实性要求,而是进一步以捍卫根本的文化精神的立场强调说:

> 史家第一件道德,莫过于忠实。
>
> ——当如医者之解剖,奏刀砉砉,而无所谓恻隐之念扰我心曲也。乃至对本民族偏好溢美之辞,亦当力戒。良史固所以促

---

① 梁启超:《饮冰室专集》卷九十九,第109—110页。
② 同上,第38—39页。

国民之自觉,然真自觉者决不自欺,欲以自觉觉人者尤不宜相蒙。①

可以认为,这一意见的思想意义的深刻性不限于传记理论本身。

(二) 关于传记方法论

梁启超在这方面提出来的意见,有些虽是就整个史学研究而言,但于传记写作也是切合的,且具有明显的可操作性。其中值得重视的如:

(1) 立传对象的确立原则

梁启超专门论述过"人的专史的对相(象)"问题,认为有七类人物最值得立传:"思想及行为的关系方面很多,可以作时代或学问中心的";"一件事情或一生有奇特处,可以影响当时与后来,或影响不大而值得表彰的";"在旧史中没有记载,或有记载而太过简略的";为旧史家因偏见或挟嫌而被诬的;旧史的本纪、列传中记载得过于简略的帝王和政治家;"与中国文化上政治上有密切关系"的外国人;近代中国"学术事功比较伟大的"。② 梁启超还指出,"普通人物,多数的活动,其意味极其深长,有时比伟大[人物]还重要些,不要看轻他们,没有他们,我们看不出社会的真相,看不出风俗的由来",所以可用合传的形式为他们立传。③ 这样的意见,应该说与五四新文化运动的精神(如批判、怀疑、价值重估等)是吻合的,也表明梁启超此时已摆脱了旧史家在学术文化上的某种贵族意识。

(2) 重视口碑资料

梁启超说:"现在日日所发生之事实,其中又构成史料价值之一部分也。吾侪居常慨叹于过去史料之散亡。……吾侪今日不能将其

---

① 梁启超:《饮冰室专集》卷七十三,第32页。
② 梁启超:《饮冰室专集》卷九十九,第42—49页。
③ 同上书,第64页。

耳闻目见之史实搜辑保存,得毋反欲以现代之信史责望诸吾子孙耶?……其资料皆琅琅在吾目前,吾辈不速为收拾以贻诸方来,而徒日日唏嘘望古遥集,奚为也?其渐渐已成陈迹者,……躬亲其役或目睹其事之人,犹有存者。采访而得其说,此即口碑性质之史料也。"①在这里,既肯定口碑资料的史料价值,又强调采访收集的必要性,意思是完整的。

(3) 材料的剪裁与谋篇布局

梁启超重视传记作品的整体构思和相应的谋篇布局问题,同时对史料的剪裁取舍等具体方法也有论述。他认为,一部传记作品的篇章结构理应达到这样的要求:"所叙事项虽千差万别,而各有其凑笋之处;书虽累百万言,而筋摇脉注,如一结构精悍之短札也。"②

(4) 文采

梁启超说:"历史的文章,为的是作给人看,若不能感动人,其价值就减少了。"他十分强调文采问题,尤其要求做到"简洁"与"飞动","一面要谨严,一面要加电力,好像电影一样活动自然"。③

此外,在梁启超的传记理论中,还有一部分内容涉及对包括司马迁在内的旧史家的批评,以及对自己的传记作品在撰写过程中的经验教训的分析。前者如认为"《史记》别裁之书也,其所叙述,往往不依常格,又以幽愤不得志,常借古人一言一事以寄托其孤怨,若管晏列传,亦其类也"④;"(《屈原传》)事迹模糊,空论太多,这种借酒杯浇块垒的文章,实在作的不好"⑤。至于后者,如承认"吾二十年前所著《戊戌政变记》,后之作清史者记戊戌事,谁不认为可贵之史料,然谓所记悉为

---

① 梁启超:《饮冰室专集》卷七十三,第39页。
② 同上书,第35页。
③ 梁启超:《饮冰室专集》卷九十九,第27页。
④ 梁启超:《饮冰室专集》卷二十八,第2页。
⑤ 梁启超:《饮冰室专集》卷九十九,第52页。

信史,吾已不敢自承。何则? 感情作用所支配,不免将真迹放大也"①。或申明自己写《袁世凯》并非出自"个人私怨、党派成见",而是借此揭示"全国最大多数人之共同心理"。② 这样的意见在传记理论上也都有一定的意义。

梁启超的传记理论当然也存在一些缺点错误(包括英雄史观)和自相矛盾的地方,如他曾说:"我们若信仰一主义,用任何手段去宣传都可以,但最不可借史事做宣传工作,非惟无益,而又害之。"③这就难以解释他的传记作品整体上所贯穿着的爱国主义和启蒙主义精神。但这同样属于次要问题。另外,有的学者虽然承认梁启超的传记理论"主要从史学范畴入手",但往往从文学的角度作理解,由此批评梁氏的传记作品"更注重史学性,文史结合不够完美。如《李鸿章》《王荆公》这些传记过多引用条约、条款,有损艺术的连贯性,影响了作品的可读性"④。这或许又是一种误读。

五

根据以上的考察,联系梁启超多次强调过的几句话:

> 前清为一切学术复兴之时代,独于史界之著作,最为寂寥。……史之改造,真目前至急迫之一问题矣。⑤
> 泰西新体传记,……其体例实创中国前此所未有。⑥

---

① 梁启超:《饮冰室专集》卷七十三,第191页。陈兰村主编《中国传记文学发展史》认为:"这里的'放大'不是虚构,更不是胡编乱造,显示了清醒的传记文学意识。"(第427页)其实并不符合梁启超的原意,因为他承认此属"言之过当"。
② 梁启超:《饮冰室专集》卷三十四,第9页。
③ 梁启超:《饮冰室专集》卷九十九,第15页。
④ 陈兰村、叶志良:《20世纪中国传记文学论》,天津人民出版社,1998年。
⑤ 梁启超:《饮冰室专集》卷七十三,第25—28页。
⑥ 《新书介绍》,《新民丛报》第一册,1902年2月8日。

新近有这种专传出现,大致是受外国传记的影响。①

只要用新体裁做传,不必多而必须可以代表一部分文化,……新史一定有很大的价值。②

可以求得如下几个结论性意见:

第一,梁启超是以民族文化的反省的立场,以知耻近乎勇的态度,自觉地站在中西文化的冲突和融合的思想高度来认识传记(乃至整个史学)问题的。所以,他既能够对西方近代传记经验以及传记理论予以充分的理解和肯定,择善而从之,又敢于和善于据此对民族传统形式进行改造。这种健康的文化心态和切实的文化使命感,在近现代中国思想文化史上具有开风气的作用以及普遍的启示意义。

第二,梁启超的传记作品优秀代表作,达到了同时代的最高史学成就。至少,中国传记的发展,到梁启超手中,古代正史编撰在语言文字方面的清规戒律(如《北周书》式的"行文必《尚书》,出语皆《左传》")开始得到了破除。因此,这些作品不仅以思想内容的特色在中国近代启蒙主义思想史上留下深刻而积极的影响,而且在文体形式方面,也为中国现代传记的确立提供了范式。例如,中国现代另一著名的传记作家(理论家)胡适,受梁启超的影响就极为明显。③ 另外,自"五四"以来,在全部的中国史学研究论著中,传记文体(即梁启超所说的"专传")已占了相当的比例,而中国现代图书馆学通行的图书分类也把传记作品作为相对独立的一个大类④,如此等等,都有力地证明了其影响之深远。

第三,梁启超的传记理论,在吸收西方传记理论的基础上,对中

---

① 梁启超:《饮冰室专集》卷九十九,第39页。
② 同上书,第90页。
③ 有关情况可参见拙稿《胡适和中国近代传记史学》,《江淮论坛》1992年第2期。
④ 中国社会科学院历史研究所:《1900—1980 八十年来史学书目》,中国社会科学出版社,1984年。

国古代传记理论作了重大的改造,其中又融合和总结了本人的传记写作经验,富有鲜明的创新色彩,以其学理上的正确性和知识形态上的系统性,丰富和发展了中国的传记理论,有助于传记理论学科的确立。"五四"以来中国现代学者对于传记理论的研究,都受到了梁启超的积极影响,至今不衰。①

可以这样说,梁启超当是整个中国传记发展史上的承上启下、继往开来者,他的传记作品及理论典型地代表了中国古代传记向现代传记的过渡与衔接的轨迹和方向。

最后不妨指出:学术界凡认定传记作品系文学性质的学者,对于梁启超的传记作品及其理论往往多有苛求,除了上文提到的两例外,还有学者说:

> 纵观梁启超的传记实践,人们也不无遗憾地发现,无论是在其采取的传记形式还是于中所体现的传记观念上,梁启超都未能跳出传统传记的格局,传记在其手中依然只是作为人物研究或史学研究的一种手段或工具而运用。梁启超晚期的传记创作实践更多在人物的年谱研究方面,对于中国现代传记文学的发展,已无多少意义可言。②

笔者在整体上当然不能苟同这样的意见(尤其是所谓"未能跳出传统传记的格局"云),但注意到这一意见中含有某种合理的东西,即在客观上承认梁启超的传记作品及其理论的价值意义主要是史学性的。

【补记】

本文完稿后,获读了新书《梁启超、明治日本、西方——日本京都

---

① 拙著《传记通论》的基本理论观点即受梁启超的启发,其中提出"建立传记学"的倡议,也在学术界获得了一定的响应,但相比之下,似乎文学家对此更感兴趣,而历史学家的关注不够。笔者认为,传记学的建立,更需要历史学家的努力。
② 李祥年:《传记文学概论》,安徽文艺出版社,1993年。

大学人文科学研究所共同研究报告》([日]狭间直村编,北京,社会科学文献出版社,2001年)。该书收有松尾洋二的论文《梁启超与史传——东亚近代精神史的奔流》,该论文依据确凿的文献材料论证说:梁启超的"西洋史传"(尤其是《噶苏士传》《意大利建国三杰传》和《罗兰夫人传》),除了"发端"和"结论"性文字外,正文部分大抵是对日本作家德富苏峰等人的相关作品的"抄译"和"编译",这是令人信服的。本文没有指出这一点,显然是一大欠缺,现特地说明和补正。

然而,松尾洋二先生的论文,似乎也有若干可商榷之处。兹提出两点:

1. 该文的"结论"之一是:明治维新以来"繁兴的日本史传,催化了梁启超一系列史传的诞生"。案:这一说法未免以偏概全。该文所专门探讨的梁启超的"西洋史传",仅是梁启超的全部史传作品的一个部分,所以,从逻辑上说,不能因梁启超的"西洋史传"与当时的"日本史传"有着某种直接联系,就认定梁启超的"一系列史传"都是在"日本史传"的"催化"下产生的。至于梁启超为什么对传记编写问题有强烈的兴趣,本文已有所分析,相较而言,最重要的一点,乃是他有意对自己所倡导的"新史学"的实践。这是决定一个大学者的学术文化活动特点特色的内因。

2. 该文还依据梁启超的那几篇"西洋史传"在当时还被朝鲜学者中采浩等人翻(编)译为朝鲜文的史实,认定这表明了"东亚近代精神史的奔流"。案:此话也不确切。揭示以上史实,自有学术意义,但就这一史实本身而言,在当时乃属一种正常的文化传播现象,不必从中发掘什么微言大义,至于"东亚近代精神(史)"的提法,不仅是夸饰的(应该说,在20世纪前后的一段时间里,中国对西洋文化的接受,往往以日本为媒介,个中原因相当复杂,但日本并没有成为"东亚近代精神"的"源头"或"中心",这一点却可以肯定),还足以引起歧义,易于与所谓的"大东亚文化(圈)"之类相混淆。唯其如此,该论文以

"东亚近代精神史的奔流"为副标题是不合适的,它也与同书内的其他论文标题不协调。

2002 年 4 月 8 日

〔初刊《南京师范大学文学院学报》2002 年第 4 期〕

胡适与近代中国传记史学

在近代中国，传记文学一词的最早运用，似始于胡适，之后通行于世。① 就胡适来说，综观其所有谈及传记问题的言论，虽然也常常把传记与传记文学两词置换互用，但总的说来，则是把传记界定为史学类作品。唯其如此，胡适倡导的传记，也可称之为传记史学。② 胡适较之同时代的其他学者，其一生学术文化活动的显著特点之一，正是在于他几十年中一贯地从理论和实践的结合上倡导近代传记史学在中国的建立和发展。

一、胡适倡导传记的几个阶段及相应特点

（一）中国公学主编《竞业旬报》时期

胡适早年在家乡接受旧式教育时，即对朱子《小学》等古籍注释中记载的若干古代人物的轶事琐闻等产生浓厚兴趣。1904 年来上海后，他开始接受新学，而在 1906 年就读中国公学并于次年起主编

---

① 胡适的《藏晖室札记》卷七的 1914 年 9 月 23 日条即题为《传记文学》。此后，郁达夫等人便袭用"传记文学"一词，而朱东润是先译用"传述文学"，后改"传记文学"。
② 中国旧学在习惯上有"史传"一词，盖指纪传体正史中的"列传"。这一"史传"的概念与本文所说的"传记史学"有所不同，因为后者涵盖面更大。

《竞业旬报》以后,则开始有意识地写作发表白话短篇传记作品,主要有《姚烈士传》《中国第一伟人杨斯盛传》《世界第一女杰贞德传》和《中国女杰王昭君传》等。联系到辛亥革命前后国内进步报刊大量发表中国历代政治文化伟人、民族英雄和当时资产阶级革命家以及中外女界豪杰的传记①的情况,可以说,胡适的上述传记作品是与当时的进步社会思潮相吻合的。当然,虽然胡适在本阶段尚未从理论上把握传记的有关问题,但他的写作实践却无疑地使他巩固了对于传记的兴趣,他一生的"传记热"正是由此而奠基。

(二) 留美时期

胡适于1910—1917年间留学美国。当时,他广泛地涉猎了西方传记作品,且对古希腊罗马的普鲁塔克(Plutarch)的《英雄传》和色诺芬(Xenophon)的《苏格拉底回忆录》,欧美近代传记名家鲍斯威尔(Boswell)、莫烈(Morley)、洛楷(Lockhart)等人的长篇传记,以及穆勒(Mill)、斯宾塞(Spencer)、弗兰克林(Franklin)和吉朋(Gibbon)等人的自传(aubobiography),都有一定的研究。② 与此同时,胡适结合以前阅读中国历代传记作品获得的总印象,首次写下了题为《传记文学》的札记,从理论上比较分析了中西传记的"差异益不可掩"的情况③,由此使得自己对传记的感性上的兴趣上升到了理论上的重视。在这前后,胡适也开始自觉地以西方近代传记理论为指导尝试写作新的传记作品,其中最可注意的是那篇六千余言的《康南耳君传》④。至于《藏晖室札记》⑤,因随时记录了自己的学习、生活、社交等情况,以及思想(包括学术文化思想)的发展演变轨迹,也具备了相当的传

---

① 参见阿英:《传记文学的发展——辛亥革命文谈之五》,《人民日报》1961年11月10日。
② 参见胡适:《藏晖室札记·传记文学》和《建设的文学革命论》等文。
③ 胡适:《藏晖室札记·传记文学》(1914年9月23日)。
④ 此传写于1911年,刊《留美学生季报》1915年春季第1期。
⑤ 此书1939年由亚东图书馆出版,后商务印书馆改题《胡适留学日记》重版。

记要素,如胡适本人所说,至少构成了"留学时代的自传原料"①。

(三)"五四"前后至40年代末

在本时期,胡适的"传记热"呈高峰值,突出表现为:

一是理论阐述。胡适当时因讲授中国哲学史编写讲稿而系统地阅读研究了中国古籍中的历代哲学家传记,兼及其他,并撰文从传记理论的角度评论了其中若干篇什。他还先后为许多传记作品写序,对传记理论中的一些问题作了重要的阐述。另外,在《领袖人才的来源》这篇政论文中,又以近一半的篇幅论及传记问题,并对中国古代传记作了总评价。上述各文从各个侧面深化了胡适的传记理论。

二是劝人撰写传记(自传)。据胡适说:"我在这几十年中,因为深深的感觉中国最缺乏传记的文学,所以到处劝我的老辈朋友写他们的自传","替将来的史家留下一点史料"。② 受胡适劝说的,至少有梁启超、蔡元培、陈独秀、梁士诒、熊希龄、林长民、张元济、高梦旦、范静生和施植之等人,其中一些人后来果然着手写了。

三是本人写作实践。(1)自传,胡适除写有大量的自传性质的单篇文字(如《我的歧路》《我的信仰》《介绍我自己的思想》等),还专门写了一组系统的自传稿,其结集出版的则为《四十自述》③。(2)他传(包括年谱、回忆录以及回忆性兼评论性的讲演稿),按传主的情况大致有三类:一为纯粹的友人,如许怡荪、胡明复、徐志摩、田中玉、高梦旦和丁文江等,这些传记(尤其是《追想胡明复》等篇)因追述本人与传主的交往,所以也留下了本人的许多重要的传记资料;二是有所接触交往的同时代的各界人士或在某方面令其感兴趣的中国近代人物,如辜鸿铭、曾孟朴、陈独秀、胡汉民、伍廷芳、孙中山、林森、溥仪、吴稚晖、张伯苓、齐

---

① 胡适:《四十自述·自由中国版自记》。
② 胡适:《四十自述·自序》。
③ 该书1933年由亚东图书馆出版,后在台湾再版,把《逼上梁山》一文作为附录。

白石、曾国藩、康有为和李超等,这些传记的评论性大都较强,学术性也较浓,在社会上产生重大影响的主要有《李超传》和《齐白石年谱》等;三是中国历代著名文学家或思想家等,如老子、崔述、费经虞父子、达摩、王梵志、贺双卿、吴敬梓、戴震、章实斋、赵一清、朱敦儒、神会、曹雪芹、王若虚、欧阳修和王莽等,这些作品大都是考证性内容,学术气息更浓。

(四)晚年寓居美国和定居台湾时期

胡适于1949年春去美国,至1958年返台湾定居,1962年春在台北"中研院"院长任上病逝。这期间他继续传记学术活动,且有若干新特点。

一是局部深化了原先的传记理论,即除了在台湾以《传记文学》为题再次演讲外,还通过为友人的传记作品写序的形式,对台湾地区的传记(自传)写作实践中所提出的若干普遍性的问题,作了进一步的理论探讨。

二是更切实地劝说、支持乃至组织他人的传记(自传)写作,如他曾建议台湾当局"参政会"成员写自传,甚至建议台北当局的"光复大陆设计委员会"增设"个人传记资料组"。① 特别是在1958年年底,胡适接受旅美学者唐德刚的建议,在自己主持的"中研院"内增设"口述历史"(oral histoiy)的专门机构,该机构从次年起即开展工作。②

三是本人的传记写作也有新收获。1956年前后,胡适应哥伦比亚大学之邀作口述自传,其文字稿即为唐德刚校译注的《胡适口述自传》。至于他在本时期写的他传,除了零星的短篇之作(其中最有史料价值的有《追忆吴稚晖先生》等),也有长篇的《丁文江的传记》和以考证见长的《薛瓒年表》等。

四是发表大量谈话,以亲见、亲闻、亲历的点滴史料入手,忆及某

---

① 参见胡颂平编:《胡适之先生年谱长编初稿》1959年12月23日条。
② 参见唐德刚:《文学与口述历史》,台湾《传记文学》1984年第45卷第4期。

些友人或其他各界人士,由此为中国近现代史上的若干重要人物的生平活动和人格特征等情况,提供了一批鲜为人知的宝贵的传记资料。仅从胡颂平编的《胡适之先生年谱长编初稿》和《胡适之先生晚年谈话录》两书所记载保存下来的材料看,涉及的主要历史人物就有宋耀如、张继、马君武、葛里普、梁启超、王国维、李石曾和于右任等。1962年2月24日,即在胡适逝世的那天,他还由袁家骝的身世谈到其父(寒云)和其祖(袁世凯)的部分情况。① 由此可以说,胡适的传记学术活动是与他的人生一起终结的。

二、胡适的传记作品的深浅得失的示例分析

(一)自传类(以《四十自述》为例)

相较而言,在胡适的所有自传作品中,《四十自述》最有特色,也最为成功,社会影响又最大。该书的主要价值至少有如下几点:

(1)敢于真实地近于赤裸裸的揭示家庭身世和本人少年生活的实际情形,做到既不避父母之讳,也不掩饰自己曾有过的不光彩的历史。例如,年方十七、出身清贫的胡母,主要是出自"做填房可以多接聘金"的庸俗而现实的考虑而主动答应去做时年四十七岁的胡父的继室的;胡适本人在留美前有一段日子"在昏天黑地里胡混",乃至某雨夜因发酒疯而入拘巡捕房并被课以罚款。这些情况,书中都一一如实写出。

(2)有意识地记载保存了涉及中国近代教育史的重要史料。如对因反对日本"取缔清国留学生规则"愤而返国的留学生于1906年在上海创办的中国公学的概况,以及该校学潮的前因后果等,书中均作较详细而客观的追述,并请有关当事人批评改正了若干与当日事实不符之处。

(3)自我评判能够尊重客观历史。如书中承认自己早年思想

---

① 参见《胡适之先生晚年谈话录》,第313页。

"受了梁(启超)先生的无穷恩惠"而并非"先知先觉";承认自己之所以赴京参加庚款考试由此走上人生道路转折点,主要有赖于友人们从精神上到物质上的种种帮助,而不在单纯的"自我奋斗";至于自己留美期间萌生文学革命理论和尝试白话新诗写作,认为"一半是在朋友们一年多讨论的结果",而后又因为有了陈独秀"这样一个坚强的革命家做宣传者,做推行者",才发展"成为一个有力的大运动"。这些都避免了名人自传中常见的自我吹嘘的弊病。

(4)从文笔上看,虽然起初有意借用文学方法,即想从这四十年中挑出十来个比较有趣味的题目,用每个题目来写一篇小说式的文字,但胡适"究竟是一个受史学训练深于文学训练的人",所以在写了一章"序幕"后"就不知不觉的抛弃了小说的体裁,回到了谨严的历史叙述的老路上去了"。这表明,该书整体上采用"谨严的历史叙述"的笔法,尽管其中也很注意行文的修辞色彩,因此全书的简洁、清晰、流畅的文笔和传记作品所要求的内容的真实性是相吻合的。

顺便说,上述特点在《四十自述》以外的自传作品中也都有不同程度的体现。另外,胡适其他的自传作品还有一个共同的特点,即偏重于对自己社会政治思想和学术文化思想的梳理,尤其是《胡适口述自传》,更是一部"别开生面、自成一格的学术性的自传",是"辞简意赅,夫子自道的胡适学案"。①

(二) 他传类

能够从各个不同侧面反映胡适的传记观念,体现他的传记(他传)写作特点和经验教训的,主要有:

(1)《李超传》②

传主是一个与胡适本无任何联系的普通女学生,而胡适为之立

---

① 唐德刚:《胡适口述自传·写在书前的译后感》。
② 此文刊《新潮》第 2 卷第 2 号,1919 年 12 月 1 日。

传,则是考虑到"这一个无名的短命女子的一生事迹,很有作详传的价值",因为"她的一生遭遇可以用做无量数的中国女子的写照,可以用做中国家庭制度的研究资料,可以用做研究中国女子问题的起点,可以算做中国女权史上的一个重要牺牲者",换言之,李超的一生遭遇,与"家长族长的专制""女子教育问题""女子承袭财产的权利"和"有女不为有后的问题"等有密切联系。显然,这篇写于五四新文化运动高潮中的传记,其社会功用正在于配合"五四"新思潮的宣传而以真实典型的社会材料向中国封建主义旧思想旧道德宣战。

(2)《章实斋先生年谱》①

年谱是中国传记中的一种独创的形式,宋代以来久为袭用。胡适虽然以这种旧传记形式为章实斋立传,但在体例上却有明显的创新。据该书《自序》说,鉴于中国旧年谱"太简略",即"只有一些琐碎的事实,不能表现他的思想学说变迁沿革的次序",所以该书不仅记载谱主一生事迹,还特别注重"写出他的学问思想的历史"。具体如,对谱主的著述,"凡是可以表示他的思想主张的变迁沿革的,都择要摘录,分年编入";与此相适应,凡谱主"批评同时的几个大师"的重要言论,不问其对错,"也摘录抄出,系在被评者死年",由此"不但可以考见实斋个人的见地,又可以作当时的思想史的材料";此外,又在年谱中移用"评传"的体例,不时地对谱主的思想学术成就等作评判。据胡适说,"这种批评的方法,也许能替年谱开一个创例"。这表明,该书通过对旧年谱的体例的改造,使之更接近了西方近代传记,即使年谱类著作也具有了更完备的传记要素。

(3)《菏泽大师神会和尚传》②

此篇是以传记为载体而学术研究色彩尤为浓烈的作品,其最大特点乃在考证性的内容占很大篇幅,即根据大量的原始文献资料,通过对

---

① 此书1922年由商务印书馆出版,后经姚名达补订,1931年再版。
② 此书收入《神会和尚遗集》,亚东图书馆,1930年。

一个人物生平事迹作逻辑严密、丝丝入扣的考证研究,由此解答某一重大的学术悬案。由于该文提出的新的学术见解(神会是新禅学的建立者,也是《坛经》的作者)具有推翻旧说的性质,所以全文特别注重材料证据的发掘,即把每一个基本史实的揭示、解释,以及每一个观点和结论的提出,都建立在确凿的文献资料的基础上。这篇传记的价值,除了本身提出的新的学术见解外,更在于提供了考证性的传记作品的写作范例。

(4)《丁文江的传记》①

这是胡适晚年写的最主要的一部传记,长达 12 万字,用纯粹的白话写成。传主是胡适生前最亲近的友人之一,据该书"引言"说:传主逝世二十年来的"天翻地覆大变动,更使我追念这一个最有光彩又最有能力的好人"。唯其如此,该传的主旨是把传主"这一个天生的能办事、能领导人、能训练人才、能建立学术的大人物"的一生经历、思想学问和品德描述出来。不过,由于此传较多地掺入了作者的感情因素,却留下了某些"避讳"性质的严重失误,例如有的研究者已指出的那样,对传主曾"帮助军阀孙传芳的一段经历,则颇有曲护"②。由此可以说,这表明胡适晚年的学术思想有某种退步。

三、胡适的传记理论要点及其价值意义

胡适一生在有关的论文、序跋、书信、日记、演讲和谈话中,广泛涉及了传记理论的许多基本问题,其中有价值的理论要点,体现在以下几方面。

(一)对于传记要素与功用的认识

西方近代传记理论的主要观点之一是"藉传窥史"说(A

---

① 此文刊《丁文江先生逝世二十周年纪念刊》,台北,1956 年印行。
② 耿云志:《胡适年谱》,四川人民出版社,1989 年。

biographical approach to human experience),而不满足于所谓的"以传属史"说(Biography is not a branch of history)。①胡适在赞同这一理论的基础上又有发挥。例如,他所理解的"史",不只局限于一般的社会政治情况,而更着重于社会经济、思想文化乃至风俗习惯等方面的课题。他强调传记作品要留下有关思想史的线索②,强调传记要充分反映传主所处时代的各种特殊的政治文化背景③,称赞友人的传记能"坦白详细的描写他做学问的经验"④,在劝人写回忆录时建议"把他少年时代的乡土风俗习惯都写出来"⑤,乃至表示"我将来如有工夫来写自己的传记,要用很大的一章来写我那个时代的徽州的社会背景"⑥,如此等等,都表明了这一点。

与此相适应,胡适又特别强调传记作品对于各方面的史料的尽可能的充分保存,并把这视为评判传记作品质量优劣的一条重要标准。如他在劝人写自传或回忆录时,总强调"真正的历史都是靠私人记载下来的"⑦,而他之所以认为《梁任公先生年谱长编初稿》一书"最值得印行",也正是鉴于这部"没有经过删削"的稿本中有"最值得保存"的"最可宝贵的史料"。⑧

此外,胡适也十分重视以"模范人物"为传主的传记作品在人格教育方面的特殊功用。他鉴于世界文化史上"《新约》里的几种耶稣传记影响了无数人的人格"、普鲁塔克的"《英雄传》影响了后世的许多的人物"的事实,表示赞赏并支持中国的当代史学家编撰《士大夫

---

① 转引自[美]汪荣祖:《史传通说》之"传记·第八章",台北联经出版事业公司,1988年。
② 参见胡适:《章实斋先生年谱·自序》。
③ 胡适:《施植之先生早年回忆录·序》,《胡适书评序跋集》,岳麓书社,1987年。
④ 胡适:《师门五年记·序》,《胡适书评序跋集》。
⑤ 参见《胡适之先生晚年谈话录》第207页。
⑥ 同上书,第321页。
⑦ 同上书,第187页。
⑧ 胡适:《梁任公先生年谱长编初稿·序》,《胡适书评序跋集》。

集传》和《外国模范人物集传》一类的书,认为"这都是很应该做的工作",因为这"未尝不可以做少年人的良好的教育材料,也未尝不可介绍一点做人的风范"。① 联系并且对比胡适的另一著名的学术观点——"整理国故只是研究历史而已,只是为学术而作工夫,所谓实事求是是也,从无发扬民族感情的作用"②,很显然,胡适特别肯定传记作品的社会教育功用,是以认识到传记作品的要素与其他史学著作的明显差异为前提的。

(二) 关于传记作品的真实性原则

传记作品在内容上应该高度的真实,无论是中国古代史学家推崇的"其文直、其事核,不虚美,不隐恶,故谓实录"③,还是西方学者强调的"唯真无它"(nothing but the truth)或"赤裸无隐之真"(the naked and plain truch)④,表述的是同一意思。胡适反复强调"传记的最重要的条件是纪实传真"⑤。如在评论沈宗瀚的《克难苦学记》时说:"这本自传最大贡献在于肯说老实话,平平实实的老实话,写一个人,写一个农村家庭,写一个农村社会,写几个学堂,就成了社会史料和社会学史料,教育史料。"⑥

在谈及许世英的《回忆录》时指出:"写回忆录,一定要有材料,如日记、年表、题名录等等,……不能专靠记忆。记忆是很危险的。"⑦

另外,鉴于自传作品所提供的史料往往未必完全可靠,所以胡适对自传的真实性原则有别一种理解,如他明确指出:有的自传"也许是要替他自己洗刷他的罪恶;但这是不妨事的,有训练的史家自有防

---

① 胡适:《领袖人才的来源》,《胡适论学近著》第四卷。
② 胡适:《致胡朴安》(1928年11月29日),《胡适来往书信选》中册。
③ 班固:《汉书·司马迁传》。
④ 转引自[美]汪荣祖:《史传通说》之"传记·第八章"。
⑤ 胡适:《南通张季直先生传记·序》,《胡适文存》第3集第8卷。
⑥ 胡适:《介绍一本最值得读的自传》,《胡适书评序跋集》。
⑦ 《胡适之先生年谱长编初稿》,第3589页。

弊的方法",自传只要能"写出他心理上的动机,黑幕里的线索,和他站在特殊地位的观察"就好了。① 显然,这意见与西人所说的"回忆录的主要价值不在于提供了事实,而在于他常常无意暴露的思想"②,是基本一致的。强调这一点,无疑是具有更深刻的传记的真实观。

(三) 关于传记写作的史学方法论训练和传记作者的学术作风问题

胡适作为一位受过严格的史学训练的学者,对于如何写出一部纪实传真的传记所要求的史学方法论训练,他认为"但用大刀阔斧的人也须要拿得起绣花针儿的本领"③。所谓"绣花针儿"的本领,包括这么几个环节(程序):一是广泛收集并熟悉各种传记资料和相关的文献材料;二是重视对有关文献材料的实地调查,如为了求证蒲松龄的卒年,胡适曾请人访求蒲氏的墓碑④;三是依据校勘学的原理对传记资料作考订(尤其是辨伪)工作,特别注意"寻求古本"——原稿本或最接近原稿的古本,以"多寻求最直接的、最早的证据"。⑤

胡适针对近代中外传记写作实践中暴露出来的普遍性问题,强调"四忌":一是忌"商业投机"⑥;二是忌"借题发挥"⑦;三是忌"轻薄的批评"⑧;四是忌"妄语"⑨;另外,胡适又指出,对于自传作者尚有一个正确对待自己的问题,如修族谱、家谱之类谈到先祖的世系,要破除"源远流长"的迷信,不要"不肯承认自己的祖宗,都去认黄帝、尧、

---

① 胡适:《四十自述·自序》。
② 爱·克兰克肖:《赫鲁晓夫回忆录续集·前言》。
③ 《胡适的日记》"1922年2月26日"条,中华书局,1985年。
④ 胡适:《辨伪举例》,《胡适论学近著》第3卷。
⑤ 胡适:《校勘学和考据学的题语》,《胡适手稿》第2集上册。
⑥ 参见《胡适之先生晚年谈话录》,第275页。
⑦ 同上书,第280页。
⑧ 同上。
⑨ 《胡适之先生年谱长编初稿》,第3092页。

舜等不相干的人作远祖"①,至于写回忆录,又应充分肯定那些曾匡助过自己的人,要有"终身不忘人之功"的"伟大风度"②。

(四)中西传记比较和对中国旧传记的清理和批判

胡适认为,中西传记在整体上是西优于中。例如中国旧传记一般过于简略,"所择之小节数事或不足见其真",而西方近代传记涉及内容广泛,尤其"写琐事多而详,读之者如见其人,亲聆其谈论"。总之,中国旧传记"惟以传其人之人格"(character),而西方近代传记则"不独传此人格已也,又传此人格进化之历史"(The development of a character);中国旧传记"大抵静而不动","但写其人为谁某",而未能像西方近代传记那样又写"其人之何以得成谁某是也"。③

由此出发,认为中国旧传记弊病太多:"历史人物往往只靠一些干燥枯窘的碑版文字或史家列传流传下来,很少的传记的材料是可信的,可读的已很少了;至于可歌可泣的传记,可说是绝对没有"④,欧美的鲍斯威尔和莫烈等的长篇传记以及穆勒、弗兰克林和吉朋等人的自传,"都是中国从不曾见过的体裁"⑤。

胡适又进而分析中国传记不发达的根本原因是:"没有崇拜伟大人物的风气""多忌讳""文字的障碍"。⑥ 其中第一点,诚如有的学者指出的那样,胡适1953年作讲演时对此已作了修正取消⑦;关于"忌讳",胡适说:由于"圣人"立下"为尊者、亲者、贤者讳"的"谬例",因而后人作传便"对于政治有忌讳,对于时人有忌讳,对于死者本人

---

① 胡适:《曹氏显承堂族谱·序》,《胡适文存》第4卷。
② 胡适:《施植之先生早年回忆录·序》,《胡适书评序跋集》,岳麓书社,1987年。
③ 胡适:《藏晖室札记·传记文学》(1914年9月23日)。
④ 胡适:《领袖人才的来源》,《胡适论学近著》第4卷。
⑤ 胡适:《建设的文学革命论》。
⑥ 胡适:《南通张季直先生传记·序》,《胡适文存》第3集第8卷。
⑦ 参见耿云志:《胡适研究论稿》,四川人民出版社,1985年。

也有忌讳"①,延至现在,"社会里还有太多的忌讳,史家就没有勇气去整理发表那些随时随地可以得罪人,或触犯忌讳的资料了"②。讲到"文字的障碍",胡适认为,中国古文本来就难以担负起写出传主的"真实身份、实在精神、实在口吻"而"使读者如见其人"或"可以尚友其人"的"传神写生的工作",更何况"后来的古文家又中了'义法'之说的遗毒,讲求文句之古而不注重事实之真,……硬把活跳的人装进死板板的古文义法的滥套里去"。③

应该说,胡适的上述看法在今天看来虽有一定的偏颇,但在当时以西方近代传记理论和作品为参照系,对中国旧传记所作的整体的清理批判,却是必要的和合理的。因为胡适毕竟抓住了影响中国传记(其实何止是传记)未能按其本身规律正常健康发展的根本原因:政治上的封建专制主义的统治与文化上的保守主义惰性的结合。

四、胡适对近代中国传记史学发展的积极影响

中国传记发展的基本轨迹是:它在先秦时期以"脱胎于经"和"依附于史"(即记事之作无一与人相始终)的形式萌芽。至两汉和魏晋南北朝时期,因先后分别形成"史传"和"杂体传记",由此才基本确定传记的人物本位观念。而自唐宋以降直至晚清,其间虽有"年谱"和"学案"一类传记新形式出现,由此表明中国传记一定程度上按自身规律有所发展。但总的说来,中国并不发达的旧传记也正是在这一时期内不可避免地走向了以"谀墓"和"程式化"为主要特征的衰败。而就传记理论来说,虽然自刘勰《文心雕龙》到刘知幾《史通》再

---

① 胡适:《南通张季直先生传记·序》,《胡适文存》第3集第8卷。
② 《胡适之先生年谱长编初稿》,第3341页。
③ 胡适:《南通张季直先生传记·序》,《胡适文存》第3集第8卷。

到章实斋《文史通义》等书有所论及,但大抵也是零散的。如果说其中有些论述多少指摘了中国旧传记的固有弊病,同时也不无正确地强调过传记的真实性原则的话,那么由于它们终究未能像胡适那样触及要害问题,所以在事实上也就未能发生明显的积极影响,其对中国旧传记的批判力度,甚至还逊于纪昀在《阅微草堂笔记》中以寓言形式所作的批判。① 何况明人的"传乃史职,身非史官,岂可为人作传"②之说,倒在事实上为一大批迷恋功名仕途而皓首穷经的知识分子所接受。

中国新旧传记的交替过渡始于西风东渐的戊戌维新前后,梁启超在这方面作了开创性贡献。他因接受西方近代传记理论的初步影响,曾撰写过若干带有新的传记观念的篇什,还在《新史学》和《中国历史研究法补编》等书中运用西方近代传记理论初步探讨了新传记的写作问题。不过梁氏的研究没有深入下去。

唯其如此,在近代中国文化界和史学界,真正从理论和实践的结合上有力地倡导传记史学的,不能不首推胡适。——根据上文的评述可以认定:胡适最早从理论上批评了中国旧传记,也最早且是较系统完整地把西方近代传记的基本理论观念介绍给中国学者,与此同时,他也通过自己持续不断的写作实践,扩大了新传记(特别是白话文体传记)在读者中的影响力。至于胡适提出的若干有独到见解的传记理论,在某些方面又是对西方近代传记理论的丰富和发展。总之,正是由于胡适几十年来身体力行的倡导,中国新旧传记的交替过渡才得以最后完成。

这一事实具体表现为:五四新文化运动以来,在胡适的影响下,中国近代传记史学开始作为一个相对独立的史学文体(史学研究著作的一种特殊的载体形式)为越来越多的史学工作者和一般读者所

---

① 参见《槐西杂志》(三),《阅微草堂笔记》第13卷。
② 转引自章学诚:《文史通义·传记》。

接受,以至在20世纪30年代和80年代的大陆,以及五六十年代的台湾,三次形成了"传记热"。再试看郁达夫、许寿裳、孙毓棠、朱东润、湘渔、寒曦、郑天挺、曹聚仁和刘绍唐等人的传记理论①,以及郑振铎、吴晗、朱东润、李长之、蔡尚思和沈云龙等学者,乃至一批受胡适直接劝说而写传记(自传)的人们的作品,事实上都不同程度地留下了接受胡适传记理论影响的痕迹,而不管他们本身是否愿意承认。

综上所述,可以这样说:如果把胡适看作一位纯粹的近代中国史学大家,那么他对中国近代传记史学的倡导,如同他倡导"整理国故"、诱发"古史辨"讨论,建立"小说研究"的学术主题,从事禅宗史研究,以及提倡重视方法问题(主张去"目的热"和"方法盲")一样,有着相似的价值意义,都是对中国近代资产阶级史学发展的一大贡献。

如果说胡适的传记学术活动尚有欠缺的话,依笔者的看法,那主要是因为受到种种主客观条件的限制,胡适对于西方近代传记理论——从高斯(E·Gosse)到斯特拉屈(L·Strachey)、尼科尔森(H·Nicolson)再到莫洛亚(A·Maurois)以及日人鹤见祐辅等人的传记理论,缺乏一种全面系统的介绍评判,同时对于西方传记理论界的几个争论不休的问题(如传记的史学笔法与文学笔法的关系、传记写作与精神分析法的关系)也未作明确的回答——而根据胡适的学力,他是能够这样做的。但即使如此,也无损于胡适在近代中国传记史学发展史上的地位和影响。

〔初刊耿云志、闻黎明编:《现代学术史上的胡适》,生活·读书·新知三联书店,1993年〕

---

① "五四"以来到1949年间,传记理论的代表作有:郁达夫《传记文学》《什么是传记文学》,许寿裳《谈传记文学》,孙毓棠《传记与文学》(论文集),朱东润《张居正大传·自序》《传叙文学与人格》,湘渔《新史学与传记》,寒曦《现代传记的特征》,郑天挺《中国的传记文》。又,曹聚仁《谈传记文学》和刘绍唐编著的《什么是传记文学》《传记文学与文史新刊》等书,近几年施影响于港台地区。

辑四
中国近现代文学研究

着重研究"五四"前二十年的中国近代文学潮流

笔者认为,鉴于完全性质的中国近代文学潮流发生发展于自戊戌维新前后到"五四"文学革命前夕的二十余年间,因而有理由指出:在中国近代文学史的学科研究中,应把"五四"前二十年的种种中国文学现象,作为中国近代文学史研究的主要内容和对象。换言之,着重研究"五四"前二十年的这股中国近代文学潮流,将有助于促进中国近代文学史乃至"五四"以来中国新文学史研究的深入。

一、期限问题:中国近代文学研究的一个简要回顾

众所周知,在一段较长的时间里,我国学术界把自鸦片战争(1840)以来直至"五四运动"(1919)前夕的八十年称之为"中国近代史"时期(或曰"旧民主主义革命时期"),与之相适应,也把这一时期的中国文学发展,视之为"中国近代文学史"阶段。

应当说,鸦片战争以来,中国社会在各个方面的确发生了急遽而重大的变化,由此把鸦片战争的爆发看作中国近代史的开端,是毋庸置疑的;同样,由于"五四运动"自有其明显的划时代意义,所以把它判定为中国近代史的下限标志,也有其充分的理由。然而问题在于:尽管文学的发展与社会政治史的演变往往有着相当密切的关系(在

中国,19世纪中叶以来似乎更是如此),但文学史毕竟不等同于社会政治史,文学的发展变化除了受社会政治史的某种影响和制约外,还有其自身的特殊的规律性。唯其如此,考察文学发展的轨迹而简单地套用现成的社会政治史的分期,其不准确性即牵强性当是不言而喻的了。

进一步说,如果我们承认,在迄今为止的整个中国文学发展过程中,的确曾经有过一个可以称之为"近代文学"的时期,那么需要解决的一个前提,无疑在于对"近代文学"的根本性质及其发展线索(主要是期限)作科学的界定和把握。

回顾20世纪以来的文学研究的情况,最早标示出"近代文学"概念的,似是沈雁冰(茅盾)的《近代文学体系的研究》[①]。该文凡一万三千字,其第一章设"近代文学何以重要""近代文学的界说"和"近代文学的渊源"三节,显而易见,这是把"近代文学"作为中国文学史的一个独立的发展时期而提了出来。1922年,胡适应《申报》之约而撰《五十年来之中国文学》[②],又初步梳理了《申报》创刊以来和曾国藩死后的五十年间的中国文学现象及其发展线索,尽管没有标示"近代文学"一词,但该文研究的内容对象,也无疑属于目前人们所理解的"近代文学"的范畴。再后,陈炳堃(子展)著有《中国近代文学之变迁》[③],更是明确地勾勒了作者所理解的(且大致符合于目前人们所普遍理解的)中国"近代文学"的基本风貌。在这前后,郑振铎也编有《文学大纲》和《晚清文选》[④],前书第四十四章标题为"十九世纪的中国文学",所评述的对象以目前人们所理解的"近代文学"为主,后书则提

---

① 此文收入刘贞晦、沈雁冰编:《中国文学变迁史》,新文化书社,1921年。
② 此文收入《申报五十周年纪念刊》,1923年,又收入《胡适文存二集》。
③ 该书由中华书局1929年4月出版。陈氏稍后又出版《最近三十年中国文学史》(太平洋书店,1937年)明确认定自甲午中日战争后,中国文学大变。这实际上承认完全意义的中国"近代文学"始于戊戌前夜。
④ 《文学大纲》,商务印书馆,1927年;《晚清文选》,生活书店,1937年。

出"晚清文学"的概念,并且正是把鸦片战争断为"晚清"的开始。另外,20世纪30年代所出版的一系列书名标有"中国现代文学史"或"中国新文学史"的专著,也大都把五四新文学运动之前的某段时期的文学发展,视之为整个中国文学史中的一个相对独立的阶段,其中有代表性的如钱基博著《现代中国文学史》①,该书特别指出中国文学发展的"近代"阶段,而王丰园著《中国新文学运动述评》②,全书凡六章,其第一章即以"戊戌政变与文章的新趋势"为题,专门探讨了"五四"前的一个阶段的文学现象。

如果说,在1949年以前,文学研究者只是提出了"近代文学"的概念,但却没有对"近代文学"的基本性质作深入的分析探讨,同样,对于"近代文学"的期限断定存在着一种明显的随意性③的话,那么在建国以来,这种情况得到了改变,并且在期限问题上似乎形成了相当一致的意见,即从李何林发表《从鸦片战争到"五四"的社会背景和文学概况》④以来,人们普遍地认为:中国近代文学史即是中国近代史(1840—1919)期间的文学发展史,换言之,中国近代文学史=中国旧民主主义革命时期的文学史=从鸦片战争到五四运动之间的文学史。而从完全的理论知识形态上(编写文学史研究专著)把这种认识肯定下来的,则是复旦大学中文系1956级中国近代文学史编写小组的《中国近代文学史稿》⑤。再从近几年来的研究情况看,陈则光著《中国近代文学史》、任访秋主编《中国近代文学史》、郭延礼著《中国

---

① 该书当以世界书局1936年9月的增订本为定本。
② 该书由新新学社1935年9月出版。
③ 王俊年等在《建国三十年来中国近代文学研究的回顾》(收入《中国近代文学论文集》,1949—1979,概论卷,中国社会科学出版社,1981年)一文中指出:1949年以前"对于近代文学还没有形成一个完整的概念,仅从历史的分期来看,就有着很大的随意性,虽然有了一些有关近代文学的研究,但没有建立起这门学科"。笔者基本同意这一看法。
④ 此文刊《新建设》1954年第10期。
⑤ 该书由中华书局1960年5月出版。

近代文学发展史》和叶易著《中国近代文艺思潮》等①,也都承认和支持了这样的分期意见。

然而笔者认为,建国以来对于中国"近代文学史"研究有得有失。其失之一,正是首先反映在对于"近代文学史"的期限的界定上。而根本原因所在,如前所述,乃是简单化地把中国近代史与"近代文学史"的起讫时间相重叠,殊不知,从语言学角度来看,"近代文学史"是一个偏正结构的词组,其语义有二:第一,主词(名词)为"文学史",但着眼于广义的历史时期划分,因而用"近代(的)"这个形容词来限定,意即"近代史时期的文学史";第二,主词(名词)为"史",但着眼于史的具体内容的差异,所以用"近代文学(的)"这个形容词来限定,意即"具有近代文学性质的文学的专门史"。应当说,以探讨具有一定性质的文学现象为主要内容的文学史研究,或者说文学史作为一种区别于通史和其他专门史的史学分支,显然应取第二种语义。

同时不妨指出,近年来虽然也有若干学者对上述传统的中国近代文学史的期限界定提出了商榷,有的甚至在事实上也是强调断定近代文学史的期限应当着眼于文学的近代性质,但是由于未能在理论上更明确地指出这一点,加上其具体的论述分析又留下了若干疏陋之处,所以就显得缺乏足够的说服力。例如:有的学者认为,中国近代文学史的研究范围应是从道光初年(19世纪20年代初)到20世纪20年代末一百一十年间的旧体文学(文言文、旧体诗、用文言或半文言写成的章回体小说和文学评论、旧戏曲等),这是因为,被一般学者视之为从1840年鸦片战争开始的中国近代文学史上的第一位代表性作家龚自珍(1792—1841)其主要文学活动是在道光初年,更重要的是五四新文学运动后的十年间,一大批近代作家的文学活动还

---

① 上述四书对于中国近代文学史的期限断定,虽略有不同,但基本上都认定1840—1919年。它们的共同之处,在于未能注意到本文下面所说的"近代文学史"含有两种不同的语义的问题。

相当活跃,只有梁启超的卒年(1929)可以标志一代近代作家及其文学活动的结束。① 这样的意见,虽然有相当的合理成分,不过,从龚自珍作品到戊戌前的文学现象,在整体上有多少"近代文学"性质,仍值得讨论。至于"近代文学"的性质与成分,其实也不是"文言文、旧体诗、用半文言写成的章回体小说和文学评论、旧戏曲等"所能完全概括的。

二、近代以来的中国文学发展的特殊性

所谓"具有近代性质的文学",从根本上来说,是指那种在思想内容乃至艺术表现形式和手法上,迥然相异于古典的传统的旧文学(即建立在封建主义经济基础之上并鲜明地反映着封建宗法社会正统的意识形态的文学观念和文学作品)的新的文学现象。就中国的具有近代性质的文学而言,与古典的传统的旧文学相比较,它的主要特征就是:

变拥戴封建专制主义统治为崇尚资产阶级的民主政治;变颂扬凝固的所谓田园牧歌式的封建主义的社会经济秩序为主张顺应世界资本主义经济潮流的改革;变以封建帝王的臣民的立场观察社会抒发情感为从独立的人格立场出发发表种种人生见解;变拘泥于传统的单调的文学表现方法为有意识地吸收借鉴西洋近代文学的创作经验。另外,在文学活动的基本动机方面,对传统的"诗言志"或"文以载道"说赋予新的解释和理解,努力地使之成为能够促进和配合整个社会变革的一种重要手段;而在文学的活动范围和社会影响力方面,则突破文人士大夫的狭小圈子而面向更广泛的读者群。

据此,笔者认为,虽然科学意义上的中国近代文学产生于中国近代史时期,但是中国近代文学史与中国近代史却不可能同时起步,两

---

① 张中:《试论中国近代文学史的研究范围》,《社会科学辑刊》1984年第4期。

者之间显明地横亘着一个时间差。

在这里,涉及的一个具体问题是:自中国近代史发端以来,中国文学的发展带有显著的特殊性,它自然地形成了前后两个不同的发展阶段,并且分别具有不同的性质:在中国近代史的前一段时期,古典的传统的中国旧文学仍按其自身的规律发展,从延续性的挣扎直至步入衰亡;而在中国近代史的后一段时期,具有近代性质的中国文学得以真正的产生,由此标志着科学意义上的中国近代文学史的开始。如果说,这两个不同的发展阶段存在着某种联系,那么这一联系的主要内涵也仅仅是:前者为后者在客观上提供了一张雏形的温床,因为前者虽然多少有了若干稍稍区别于古典的传统的中国旧文学的迹象,但它却是极为模糊的,而具有近代文学性质的文学现象的真正完全的发生,更需要一种为前者所不具备的外力的刺激。

再从科学意义上的中国近代文学史来看,它的发生发展的轨迹同样带有相当的特殊性,即它并非如同一般事物(一般时期的文学发展史)那样,体现普遍的规律性(从萌芽、形成、发展到繁荣,其间又经过某种反复曲折包括停滞,直到走向最后的衰亡,总之呈波浪形的曲线),而是在迅速兴起后达到繁荣的顶峰,但随即又在迅速的分流过程中跌入衰亡的低谷,由此呈现出大起大落的马鞍形曲线。(见示意图)

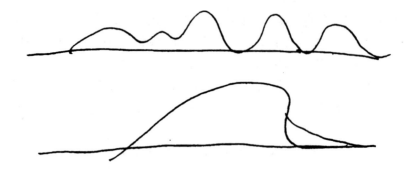

另外，如果说一般时期的文学发展史往往是先有具体作品，再有理论概括与指导，由此转而影响创作的话，那么具有近代性质的中国文学的发展，却是理论先行，并且理论的指导性对于创作实践的两重影响（积极性和消极性）都十分明显。这种情况，再加上具有近代性质的中国文学的产生事实上缺乏切实的酝酿准备阶段，也正是构成科学意义上的中国近代文学史发生发展轨迹的特殊性（大起大落）的根本原因之一。

稍稍具体地说，足以成为区分近代以来的中国文学发展的两大不同性质阶段的分水岭，乃是19世纪末伴随着甲午中日战争（1894）失败之后在全国范围内兴起的戊戌维新思潮。这是因为，在戊戌维新思潮之前的五六十年间，中国社会政治的剧烈动荡和变化，在文学上的反映极为缓慢，也很不显著，尽管有某种含有"近代文学"的萌芽性质的文学现象，且在一定程度上自觉不自觉地摆脱传统旧文学的束缚，但其力量却相当微弱，在整体上不具有排他性的气势，也不足以构成一种新兴的文学潮流。相反，中国古典的传统的旧文学在各个方面还都占据明显的优势，还在依自己本身发展规律而延续，尽管这种延续在现代人看来带有挣扎性。而戊戌维新思潮兴起后的情况就完全不同了。首先，新的文学观念以一种完全的知识理论形态，作为整个戊戌维新思潮的派生物而迅速出现，并且也迅速地为人们所普遍接受。紧接着，在这种新的文学观念指导下的各种各类明显地染上"近代文学"性质的文学现象，如火山爆发，似江河决堤，无不以激烈的形式、迅猛的气势，自觉地摆脱与古典的传统的旧文学的联系，由此很快地促成了古典的传统的旧文学同完全意义上的近代文学之间的此消彼长。正是从这个时候开始，一股新的文学潮流即科学意义上的中国近代文学的主潮也真正涌现奔腾。只不过，中国近代文学的主潮涌现奔腾之日，又是它趋于衰败枯竭之时，因为当时中西文化的冲突加剧，社会政治局面的变动也更加激烈，本是先天不足的中国近代文学的发展，既得不到相对稳定的社会政治文化秩序的保障,也未能被已经逐渐产生了新分化和新组合的近代作家群齐心协力地推进,所以又很快地为更富有生命力的中国现代文学(即五四新文学)潮流所取代。

三、"五四"前二十年:中国文学发展的一个相对独立的阶段

学术研究信息表明,近年来有人提出:关于中国近代文学史的起讫期限的划定问题,在不同程度上带有人为的性质,因而正当的态度是,应该允许有各种各样的分期意见的存在,也允许大家从不同的理论体系、从各种不同的视角看问题,而不必强求统一的分期。①

笔者基本上赞同这样的意见,但需要补充和强调一点:即使撇开分期问题的争论,也应该承认——无论从何种理论体系何种视角来看,从戊戌维新思潮的兴起到"五四"文学革命运动前(即笔者所说的"五四"前二十年),总是整个中国文学发展史上的一个相对独立的阶段。因为在这段时间里,确凿地形成了一股完全不同于中国古典的传统的旧文学的新的文学潮流,而这股带有诸方面的特殊性的文学潮流的兴衰,又为整个中国文学的真正的革故鼎新(即变封建主义的旧文学为新民主主义的现代新文学)作了不可或缺的过渡与衔接。

关于这一点,可以从以下几个方面来得到确证。

首先,相较于鸦片战争之前的两千余年的中国古典的传统的旧文学。两者的相异比比皆是,不胜枚举,择其要者有二。(一)文学活动圈子和社会影响范围:在古典的传统的旧文学发展时期,虽有民间文学(俗文学)存在,也出现过若干布衣作家,但在整个社会文学

---

① 参见袁进的报道:《开创近代文学研究的新局面——第三届全国近代文学学术讨论会综述》,《社会科学报》1987年1月8日。

舞台上不占主导地位,因为当时的文学活动主要限于士大夫文人圈子,所谓"庙堂文学"和"贵族文学"一类的说法,正是着眼于此。而"五四"前二十年的中国文学潮流,情况完全不同,虽然作家队伍也仍以各式文人为主,但他们的创作因借助于近代的传播媒介(报纸、杂志和书局),及时地影响了最广泛的社会阶层,由此,文学的典雅而神秘的面纱被揭去,文学与普通老百姓的距离也大大缩短了。(二)文学的内容题材和表现形式:古典的传统的旧文学,从整体上说是"代圣贤立言",诠释儒家正统思想,即使是民间文学作品,忠孝节义之类也浸透其中。至于士大夫"诗言志",也不过是"治国平天下"之类,而更多的作品,无非是颂皇恩,表心迹,或者写闺情,发愁绪,偶尔涉及社会问题,虽然哀纲纪不振,叹民不聊生,但所谓的"人民性"在本质上也是封建主义的。在艺术表现形式上,又奉诗文为正宗,小说戏曲不登大雅之堂。而"五四"前二十年的中国文学潮流,则一反这种既定局面,内容题材大量触及各种社会人生问题,同时又提出种种改革方案,其广度和深度远非以往的"治安疏"一类文章可比拟。至于艺术形式上,开始奉小说戏曲为正宗,这既为作家们普遍择用,也为广大的读者所接受。应当说,上述两大方面的重要变化,标志着中国文学(文化、文明)发展到了新的水平,并且在表象上开始接近了西洋资本主义国家,或者说,它也标志着中国文学的近代化的局面的形成。

其次,相较于从鸦片战争到戊戌维新思潮兴起前的五六十年间的中国文学现象。这两者之间虽有某种联系,但体现出来的差异有着重大的本质性。仅从文学阵地和作家队伍来看:戊戌维新思潮兴起前的五六十年间,作家队伍的主干仍是封建士大夫(尽管其中一些人在思想文化观念上开始产生某种变化),他们写的旧式诗文,也主要通过手抄或翻刻本来流传的,因为他们还不太懂得去利用已在国内出现的新的传播媒介。而"五四"前二十年的文学潮流中的作家队伍,变化至为明显,除了一些人由旧的士大夫转化而来外,大量的则是从一开始便以职业作家（近代社会的自由职业者）的身份登上文坛，并且又自觉地把新的传播媒介作为自己发表作品的阵地。不妨说，职业作家群的出现，也正是近代文学现象的主要标志之一。再看文学作品的内容和形式，在维新思潮兴起之前，除了若干"报章文"和几部与古典的传统的旧文学血缘关系甚近的白话章回小说外，仍是以旧体诗和桐城派古文为主，尽管个别人的作品在内容形式方面有着一些切合于社会进步之处，但总的说来受旧思想旧形式的束缚还是极为明显的。而在"五四"前二十年，随着社会政治文化思想的进步，科举制度被废除，桐城派后继无人，旧体诗在整体上一蹶不振，相反，体现着批判现实主义精神的且以白话文体为主的"晚清小说"崛起，并且如同"唐诗、宋词、元曲"一样，成了为社会各阶层普遍承认，也足以代表一个时代的文学风气和文学成就的新的文学载体。另外，如果说在戊戌维新思潮兴起前，随着西风东渐，中国已出现翻译介绍西洋文学的萌芽，那么正是在"五四"前二十年间，大规模地译介外国文学才构成一种突出的社会文化现象，并且对同时期的中国文学发展施以深刻的影响。综合以上几个方面，所谓"三千余年一大变局"的说法，移之于文学现象，也是十分妥帖的。

复次，再相较于"五四"文学革命运动以来的新文学发展史。关于这一点，诚如毛泽东所指出的那样："在'五四'以前，中国文化战线上的斗争，是资产阶级的新文化和封建阶级的旧文化的斗争"，"可是，因为中国资产阶级的无力和世界已经进到帝国主义时代，这种资产阶级思想只能上阵打几个回合，就被外国帝国主义的奴化思想和中国封建主义的复古思想的反动同盟所打退了"，"'五四'以后则不然。在'五四'以后，中国产生了完全崭新的文化生力军"，"这个文化生力军，就以新的装束和新的武器，联合一切可能的同盟军，摆开了自己的阵势，向着帝国主义文化和封建文化展开了英勇的进攻"，"这个文化新军的锋芒所向，从思想到形式（文字等），无不起了极大的革命。其声势之浩大，威力之猛烈，简直是所向无敌的。其动员之广大,超过中国任何历史时代"。① 然而值得补充的是:五四新文学决非从天而降,"五四"前二十年的中国文学潮流虽然粗陋,但也唯其粗陋,却从正反两个方面刺激和催发了"五四"新文学。这样,"五四"前二十年的文学潮流与"五四"后的现代新文学主潮之间,在联系之外,更存在着重大的差异。

总之,"五四"前二十年之所以能够成为迄今为止的整个中国文学发展史上的一个相对独立的阶段,乃是因为在这期间交汇着一股完整的也最能典型地反映出文学的近代性质的中国文学潮流。

四、着重研究"五四"前二十年中国近代文学潮流的意义

总的说来,正因为"五四"前二十年是中国文学发展史上的一个相对独立的阶段,"五四"前二十年间发生发展的中国近代文学潮流又有显著的特殊性,因此择选这种带有承上启下继往开来的文学现象作专题研究,无疑有助于深入地探讨涉及整个中国文学发展史的一系列重大问题,例如:如何总体评判古典的传统的中国旧文学及其余波的价值地位?怎样认识戊戌维新前后的中国社会政治局面的变化与中国文学现象的演变间的有机联系?如何把握具有近代性质的中国文学的形成原因以及发展演变的基本轨迹?又怎样理解近代和现代以来的中国文学发生发展的深层的历史文化背景(包括中外文化关系和文学关系等问题)?如此等等。

另外,在笔者看来,着重研究"五四"前二十年中国文学潮流,似乎也有助于克服或纠正目前的中国近代文学史研究工作中的某些不足之处。

---

① 毛泽东:《新民主主义论》,《毛泽东选集》第二卷人民出版社,1991年,第696—698页。按:毛泽东所说的"五四"系指"五四爱国运动"(政治事件),如果改指广义的"五四(新文化、新文学)运动",那么这段论述则更富有理论的力量。

例如,目前有不少研究者由于认定中国近代文学史起讫自鸦片战争到"五四"前夕,所以对这八十年间的文学现象和性质一视同仁,平均投入研究生产力,甚至对鸦片战争至戊戌维新前的五六十年予以更多的注意,由此反而把对戊戌维新到"五四"前的二十年的文学现象的研究冲淡了。这种情况派生出来的研究工作的缺陷,或者对所谓的"太平天国文学"之类予以拔高和作不切实际的溢美;或者只是注目于"晚清小说"的研究而忽视对当时的整体的文学环境以及其他有重要意义的文学现象的深入考察;尤为突出的是,很少有人去深入地探究"五四"新文学与"五四"前二十年的中国文学潮流的有机联系,至多只是在论述中国现代文学发生背景时附带说几句。由此可见,如果不对"五四"前二十年中国文学潮流作深入的专题研究,要想提高中国近代文学史或现代文学史的整体的研究水平(突破原有的视角和框架等)似乎是困难的。

还如,近年来学术界有"20世纪中国文学史"问题的提出,也得到了一些研究者的响应。而在笔者看来,尽管"20世纪中国文学史"的范围在启端上接近于19世纪末戊戌维新思潮的兴起之时,20世纪的前二十年也大抵与笔者所说的"五四"前二十年所吻合,但是两者在性质上是不同的。所谓"20世纪中国文学史",本身不具有严格的科学涵义。这是因为,第一,文学现象有自身的发展规律,决不是以简单的世纪单元作为划分的标尺,所以时间上的偶然巧合决不能成为划分文学史分期的内在依据。更何况20世纪的中国文学发展尚未终结,虽说其发展趋势可以作某种预测(笔者也曾有过预测)①,但预测不可能代表事实。第二,所谓"20世纪中国文学史"发展到今天,显然已经构成了几个明显的不同阶段,而其中发生在20年代前后的五四新文学运动,在整个中国文学发展史上的划时代意义是不

---

① 笔者曾发表如下两文:《中国当代文学发展趋势和前景的预测》,《当代文艺思潮》1983年第2期;《走向二十一世纪的中国作家》,《学习与探索》1987年第1期。

容置疑的。既然如此,如果一方面承认"五四"文学革命运动的划时代意义,一方面又把"五四"前后的近百年的中国文学现象视为一个整体,岂不是自相矛盾? 第三,有论者说:"把鸦片战争以来的中国文学切成'近代''现代''当代'三段,这种史学格局显然存在着根本性的缺陷:一是分割过碎,造成视野窄小褊狭,限制了学科本身的发展,二是以政治事件为界碑,与文学本身的实际未必吻合(如小说的发展,在鸦片战争前后变化并不显著,真正给小说带来重大影响的,倒是上世纪末兴起的维新思潮,而它迄今又未被人们视作分期的依据)。"①这一意见自然含有一定的合理性。不过撇开"当代"的习惯说法不论,中国的近代文学和现代文学之分是难以否认的,因此不能把近代文学史和现代文学史的划分看作是"分割过碎"等,至于"以政治事件为界碑",一般说来的确不可取,但如果它"与文学本身的实际"恰好吻合,则不失为分期的依据或习惯性提法。殊不知,论者感叹"上世纪末兴起的维新思潮,而它迄今又未被人们视作分期的依据",而那个维新思潮,其实它本身便是"政治事件"(从 1894 年的甲午战争到 1898 年的戊戌变法运动)的一种反映形态。所以,笔者正是据此而不能苟同"20 世纪中国文学史"的概念。② 顺便说,倒是"20 世纪中国小说史"可以在一定意义上被接受,因为它不属于科学意义上的

---

① 严家炎:《二十世纪中国说史·前言》,收入北京大学出版社 1989 年版陈平原著《二十世纪中国小说史》。

② 1995 年 6 月 18 日在复旦大学召开"第五届上海近代文学研究者联谊会","与会者围绕'二十世纪(中国)文学'一说而展开,发言者倾向于认为,'二十世纪(中国)文学'是一个不甚明晰的概念,表面上看,这是现代文学研究视界前移的结果,实际上这一说法,忽视了'五四'新文化运动对于中国文学发展的重要转向作用。'五四'前后的(中国)文学分别具有不同的性质,因此,'二十世纪(中国)文学'的提出,显然会对(中国)文学进程的研究和阐述造成逻辑上的困难。强调(中国)近代文学的独立性,即既不依附于(中国)古代文学,也不依附于(中国)现代文学,有利于(中国)近代文学研究的深化和揭示(中国)近代文学的独特性"(刘诚:《第五届上海近代文学研究者联谊会在我校召开》,《复旦学报》(社会科学版)1995 年第 4 期)。笔者系该讨论会的与会者与发言者之一,基本上同意刘诚先生对会议意见所作的概括和综述。

文学史划分，只是对文学现象的一个横剖面作纵向的专题研究。

最后也不妨指出，"五四"前二十年的中国近代文学潮流在客观上留下极为丰富和深刻的经验教训，这是中国文学发展史上任何一个历史时期所不可比拟的。而且，探讨这些经验教训，对于我们认识当代文学的某些现象，以及有针对性地引导当代文学的健康发展，也可以获得许多有益的启示。唯其如此，着重研究"五四"前二十年中国近代文学潮流，其意义并不是太仄狭的了。

〔附注：本文曾以《着重研究"五四"前二十年中国文学潮流》为题，发表于《中国文学研究》（季刊）1992年第4期。然而该刊发表时却发生了严重的排印错误，即漏排了整整一页（第9页），同时又把第11页重复排印在第9页上，由此使整篇论文变得混乱不堪，我只得将拙稿重新发表。重新发表时，我对原稿的文字略有润饰，同时也恢复了若干曾为《中国文学研究》编辑的误改（或手民误植）之处，还补写了最后一条注解。另外，本文的有关观点，笔者曾在其他论文中从某种角度作过阐发，如《"五四"前二十年中国文学潮流的基本性质》（《江淮论坛》，1993年第5期）、《"民族文化反省"和中国文学的变革》（《上海文化》，1993年，创刊号）、《西学东渐与中国近代文学的萌芽》（《广东社会科学》，1994年第5期），可参看。1995年10月〕

〔初刊《中西学术》第二辑，复旦大学出版社，1996年〕

晚清各体文学的走向和中国文学的古今演变

一

中国传统的古典文学按其本身的规律发展,进入清季,整体上已经由盛而衰,不过余波尚在涌动。其中,就文学文体而言,自古以来的各种样式,经积累而臻于齐备,且形成几种在文坛上占重要地位又发生重大影响的分支流派①,一时间还争胜称雄。迨至晚清②,中国的社会政治毕竟出现了"三千余年未有之变局",与之相适应,思想文化界引起震荡,况且"西学东渐"之风日盛,受此影响,于是在原有的文体分支流派外,也有若干应运而生者。

正是由于晚清时期的社会政治文化环境的特殊性,决定了当时

---

① 文体分支流派,系指隶属于各大文学体裁(诗歌、散文、小说、戏剧)的,且与某种特定的艺术表现手法技巧相结合的那种低一层次的文体样式,如诗歌,中国古代有"诗""词""曲",西方则有"自由体""商籁体"(十四行诗)等,余类推。事实上,这种文体分支还往往与一定的内容题材、艺术风格特色以及作家队伍等情况相联系,由此含有某种程度的流派性质。但即使如此,在"文体分支流派"的概念中,文体要素还是最基本的。

② 本文所认定的"晚清",系指自戊戌维新前后至武昌起义前后的那一段社会历史,同理,本文所说的"晚清文学",则指通常所说的"近代文学"或"20世纪文学"中的那个具有相对的独立意义的一个文学史阶段(1895?—1911)。

的各体文学的走向,在整体上不能不处于所谓"变亦变,不变亦变"(梁启超语)的境地,即开始摆脱自我封闭,而是自觉或不自觉地适应着社会现实的需要予以不同程度的变革。从这一意义上说,晚清时期各体文学(具体表现为各种分支流派)的发展,标志着中国文学的古今演变的酝酿和启动,而其各自发展的趋势、过程和结局,又大致构成了中国文学的古今演变的基本内容线索。换言之,由于整个中国文学的古今演变,在相当的程度是由文体变革问题引起的,所以值得从这一视角对之作专门的考察分析。

整个晚清文学时期,在诗歌、散文、小说、戏剧四大体裁中,大致并列存在(或原有,或新生)十余种文体分支流派,尽管各自实际上占有的文体优势地位,以及所发生的社会影响并不相同,但无不反映了文体演变的相关形态。

二

尽管自《诗经》《楚辞》以来的中国诗歌史上出现过若干白话诗,而且民间诗歌又主要是白话的,但中国诗歌史的主流却是文言体。这种局面虽然在晚清文学时期继续得以维持,但从内容到形式两方面都有所变动。

(一)同光体(江西诗派)

宋诗的基本特征是,"以文字为诗,以才学为诗,以议论为诗"[①],这较之唐诗自然是别具一种美学风格,但这一特征特点同时孕育着忽视形象思维的倾向,由此在语言上也靠近散文化。因此,虽然宋诗中不乏优秀之作,然而相当一些篇什却流露出诗味淡薄的弊端。明清以来,虽然唐风流韵不绝,但由于文人士大夫在整体上崇尚"程朱

---

① 严羽:《沧浪诗话》,郭绍虞校释本,人民文学出版社,1962年。

理学",进而专摹宋诗,宋诗的影响日益扩大,至清代道咸年间,始有"宋诗运动"的开展,并且形成了"江西诗派"。进入晚清时期,由于"江西诗派"的代表性人物多为同治、光绪两朝入仕者,所以又有"同光体"之称。

"同光体"诗人队伍,通常的说法有赣派(陈三立为代表)、浙派(沈曾植为代表)和闽派(郑孝胥、陈衍为代表)之分,但在暴露"宋诗派"的弊端的问题上,却是共同的。这主要表现为:过多的发议论讲道理,而这些议论和道理本身是陈旧的或粗浅的,了无新意;在发议论讲道理时,又追求语词的枯涩深微,既好用生硬的典故,又喜择填冷僻的字眼。如果说,有些篇什在内容上也有若干触及时事之处,其中所抒发的情感(如时代危机感等),也在一定程度上体现了时代的精神,但大体说来,因受"江西诗派"的表现手法的制约,又往往以词害意,模棱两可,含糊不清,至多是流露出古人的口吻。总之,"同光体"所追求的目标,实际上只是在于"酷似宋诗",即满足于成为宋诗的"赝品"①,而并非为了诗歌艺术的创造,所以在这样的作品中,总的说来就难以寻得诗味,遑论创新的诗歌意境。

唯其如此,这一派诗歌尽管在当时占有特别的文体地位,社会影响也很大,也尽管这一派的诗人,就纯粹的诗学功力而言,在当时属于最深厚的一辈,但终究由于缺乏创造力而只能呈现出重重暮气,随着清王朝的垮台,"同光体"也就必然归于了衰败,尤其是在"五四"文学革命兴起后,虽有一批遗老遗少尚在玩赏,但在整体上毕竟退出了主流文坛。②

---

① 胡适:《五十年来中国之文学》,收入《胡适文存二集》,黄山书社,1996年。
② 典型的如,北京大学部分师生所编的《国民》杂志的第一卷各期(1919年1月—1919年4月)还发表章炳麟、汪东、吴梅和黄侃等名家的旧诗词,但从第二卷(1919年11月)起,则完全摈弃之,由白话新诗取代。

（二）常州词派

自从词带着民间文学的清新气息进入文人士大夫的文学殿堂以来，经过千百年的琢磨，到清代中叶又出现了一个文人词的小高潮，即由张惠言首倡的标榜"比兴寄托"的"常州词派"。迨至晚清，其创作上的余波，则主要是以王鹏运、郑文焯、朱祖谋和况周颐为代表的"近代四大词人"的作品。这些作品在整体上的水准较高，艺术感染力较强，而且在题材内容方面也有所突破，其中不少篇什所抒发的，乃是面对处于多事之秋的故国现实生活的刺激所引起的种种复杂的心理感受，从中透露出来的是一种历史的苍凉感。从这一点来说，这一派词作在一定程度上也是体现时代精神的。

然而，与"同光体"相近似，因受传统文体的消极影响，以及士大夫习气的下意识的流露，"常州词派"的艺术表现手法，仍然纯粹是旧式的，或者说基本上沿袭两宋时期的口吻，本是富有时代特点的社会生活场景，由于被传统的甚至是陈陈相因的诗歌意象来处理，反而显得模糊。唯其如此，这一派作品在本质上也是"复古"或"拟古"的，充其量是中下水平的宋词的翻版，缺乏文学史上的革新意义。当然，这一派还有相应的词学理论，如王鹏运主张的又为况周颐阐发的"重、拙、大"说，以及另一位常州词派理论家陈廷焯的"沉郁"说等[①]，但这样的理论同样是传统型的，只是相较以往有些许发展，而不属于那种适应于新的文化时代的理论创新。总之，"常州词派"在晚清文坛也属于传统的旧文学的一支，这决定了它如同"宋诗派"一样难以获得脱胎换骨式的改造，以至成为"五四"文学革命的首要对象，经猛烈批判后而归于沉寂。

---

① "重、拙、大"说参见况周颐《蕙风词话》，"沉郁"说参见陈廷焯《白雨斋词话》。

(三) 诗界革命派

一般认为该派的倡导者是黄遵宪,事实上黄氏早年的"我手写我口"之作,仅是一种个别性的试验,他本人在晚年也对之持忏悔的态度,所以没有辑入《人境庐诗抄》。真正鼓吹"诗界革命"的是梁启超,时在1899年前后[①],他所标举的代表性作家作品,提到了黄遵宪(后期)、谭嗣同、蒋智由和夏曾佑等,其实他本人的诗作更具典型性。

这一派作品的理论要点,据梁氏的总结概括为"以旧风格含新意境"或曰"熔铸新理想入旧风格",而从具体的作品看其风格特点,梁启超曾指出的"颇喜寻扯新名词以自表异"的情况普遍存在,而有的甚至"渐成七字句之语录"。[②] 由此看来,诗界革命在文学(文体)史上的主要意义,只是向中国传统诗歌的正统流派轰了一炮,破坏性既不强,自身的成绩也不大。

(四) 南社派

筹备于1907年、至1909年正式成立的南社,系当时的反清革命的政治社团,虽然曾表示过"作海内文学之导师"[③]的愿望,然而终究以其整体上的志大才疏(至少,南社成员的诗学水平并不整齐)而未获成功。

在具体的诗歌创作上,南社标榜唐音而力斥同光体,然而此举纯粹出自政治性的考虑,用柳亚子的话说,鉴于同光体的代表性诗人均是满清臣子(遗老遗少),"我呢,对于宋诗本身,本来没有什么仇怨,我就是不满意于满清的一切",所以才对之作猛烈攻击。[④] 至于南社

[①] 黄霖:《近代文学批评史》,上海古籍出版社,1993年。
[②] 本文所引梁启超语参见《新大陆游记》(1899)和《饮冰室诗话》(1902)等。
[③] 高旭:《南社启》,转引自杨天石、王学庄编著:《南社史长编》,中国人民大学出版社,1995年。
[④] 柳亚子:《我和朱鸳雏的公案》,转引同上书。

成员的标举唐音之作,即使水准较高的(如柳亚子本人和高旭、陈去病和苏曼殊等),大抵也没有特别的艺术创新。究其原因,他们的诗学理论实际上接受了其另一政治对立面即梁启超的"诗界革命"派理论,仍然跳不出"复古""拟古"的一套,如柳亚子声称"内容宜新,形式宜旧"①,高旭甚至还说:"新意境、新理想、新感情的诗词,终不若守国粹的用陈旧语句为愈有味也。"②在这种情况下,南社在改革诗体的问题上就不可能有实际的动作③,最后连自身也构成"五四"文学革命的冲击对象之一。

三

中国古代散文主要是文言文,白话文只是偶尔见用,如译经文字或讲学语录等,未成气候。从文言散文看,又有骈、散两支壁垒分明,明清以降,大致分别构成唐宋派和选学派而并争,相较而言,前者取得优势,所以有桐城派的大盛。进入晚清,虽有白话文的提倡,但尚不成熟,未能构成流派,唯有新出现的文白相间的"新文体派",则以咄咄逼人之势,与前两派激烈竞争。

(一) 桐城派

桐城派形成于清初,由于其标榜的"义理、辞章、考据"④,除了狭义的文章学意义上的合理因素外,还由于它不仅切合于当时的政治

---

① 柳亚子:《与杨杏佛论文学书》,转引自杨天石等编:《南社史长编》,中国人民大学出版社,1995年。
② 高旭:《愿无尽庐诗话》,转引同上书。
③ 虽然南社另一诗人马君武有"须从旧锦翻新样,勿以今魂托古胎"(《寄南社同人》)之句,但没有为南社成员所实践,即使马氏本人也不例外。
④ 先是戴名世说:"道也,法也,辞也,三者有一之不备焉,而不可谓之文也";(《乙卯行书小题序》)至方苞、姚鼐发展而认定"天下学问之事,有义理、文章、考证三者之分,异趋而同为不可废"(姚鼐:《复秦小岘书》)。

伦理道德(即所谓"文统"与"道统"的结合),而且在事实上又引导当时的文人士大夫,承认并维护以文字狱为主要形态之一的文化专制主义的统治秩序,所以也获得了最高统治者的肯定,以至有钦定的文章范本(如《古文约选》和《古文辞类纂》)的刊行。以上两者互为因果,一时造成了"天下文章,其出于桐城乎"①的态势。同治年间,当桐城派散文的程式化的弊端明显加剧,其不适应时代的一面(如所谓"不可入语录中语、魏晋六朝人藻丽绯语、汉赋中板重字法、诗歌中隽语、南北史佻巧语"②)也开始严重暴露之时,由于已在政治上崛起的、而本身又是服膺于桐城派理论的曾国藩在上述三端的基础上补了"经济"一条③,勉强联结了"经世致用"的思潮,于是桐城派散文的局面才得以维持到晚清时期,如当时有所谓"曾门四弟子"(吴汝纶、张裕钊、黎庶昌、薛福成),还有所谓"湘乡派"之称。④ 至于当时的其他散文(古文)名家如严复和章炳麟等,虽然并不标榜"桐城派",但他们的古文笔法至少与桐城派出自同一源。⑤

　　桐城派散文在晚清时期的维持性发展过程中,由于受到其对立面即新兴的"新文体派"的严重挑战,且其本身的衰落又难以招架,所以影响日益缩小,至少难以进入主流媒体(报刊和新书)。至于林纾以所谓的桐城古文的笔法译述西洋近代小说,与其说是对桐城派散文的改造,毋宁说正是如此的改造,反而促使了桐城派散文的变质,由此也表明它从传统的应用范围的撤退,尽管林纾本人

---

① 姚鼐:《刘海峰先生八十寿序》,收入《桐城派文选》,安徽人民出版社,1984年。
② 此为方苞语,转引自沈廷芳:《隐拙轩之钞》卷四《方望溪先生传》附"自纪"。
③ 曾国藩说:"义理之学最大,义理明则躬行有要,而经济有本、词章之学,亦所以发挥义理者也。"(《曾国藩家书》)
④ 因为曾国藩是湘乡人,故称。事实上,这是献媚的说法。
⑤ 以严复论,其文字风格"骎骎与晚周诸子相上下"(吴汝纶《天演论》序),也杂以骈俪,但总的说来,与桐城派古文同出一源,这从他与吴汝纶的学术关系也可以看出来,钱基博《现代中国文学史》把严复归为"新文学逻辑文"一支的代表,似不确。至于章炳麟,虽然不满于桐城派,但他作为文化上的复古主义者,又直接仿效魏晋古文笔法,所以同严复一样,其实也是与桐城派同源而分流。

不会承认这一点。总之,到民元前后,桐城派散文全面步入衰竭,到"五四"文学革命揭幕,则被恶谥为"桐城谬种",刨掘祖坟,前后共"十八妖魔"。①

(二) 骈文派

又称选学派,从历史上看,骈文自形成以来,经久不衰,明清之后,依然如此,尤其在乾嘉年间,汪中与洪亮吉的作品才力,大致可与六朝的徐、庾相比肩。重要原因之一,在于科举制度的刺激和影响,尽管形式上同属骈文系统的"八股制艺",一般并没有被士大夫视之为真正的文章。到晚清时期,随着科举制的正式废除,骈文派的社会影响骤然削减,阵势也大大退缩,因而,被后来的文学史家特别提及的骈文名家寥寥无几。② 在这前后,虽然还有若干骈文作家仍有写作,如为冒鹤亭所称颂的"北王(式通)南李(详)"。③ 然而这种情况主要发生在遗老遗少的小圈子里,缺乏作为文学史现象的普遍意义。

当然,由于这一文体的文学意味更浓(尤其是语言修辞),文体的形式美(含音乐美)也更雅致,更合乎士大夫的情调,也更适宜表现文学家的才情,因此它的文化影响仍然存在,如若干有影响的政论文大致采用骈文的笔调④,而风行的"新文体"对于骈文手法技巧的吸收,也是明显的,另外,当时及稍后的鸳鸯蝴蝶派小说,也有明显的间用骈文笔法者,典型的如徐枕亚的《玉梨魂》。只是这样的情况,在当时不足以作为一个完整的文体支流而显现。

总之,在晚清时期,骈文派事实上作为当时唯一的一个表现手法

---

① 参见钱玄同:《寄胡适之》(1917年7月2日)、陈独秀:《文学革命论》(1917年2月1日),均收入《中国新文学大系·建设理论集》,良友图书公司,1935年。
② 文学史家一般提到的是皮锡瑞。至于被钱基博《现代中国文学史》列为"古文学·骈文"第一作家的刘师培,其实不是专一服膺于骈文者。
③ 有关的材料和分析,参见钱基博《现代中国文学史》的"古文学·骈文"章。
④ 如柳亚子的《二十世纪大舞台发刊辞》等,可以说是骈文体的,南社其他成员的散文,也多有这种情况。

被肢解了的文体流派,已经整个地趋于了衰亡。因此,它也自然地成为"五四"文学革命的另一个直接的攻击目标,获得了"选学妖孽"的恶谥。①

(三) 新文体派

所谓新文体派,指的是晚清前后那种明显区别于"桐城派"并与之对立,最终又在实际上取而代之的新颖的文体,它的发展演变过程具有明显的阶段性,由此充分反映了一种新兴文体的确立与社会历史环境的联系。

新文体其实萌芽于桐城派散文的废墟,由于若干桐城派阵营的作家自觉或不自觉地对桐城派散文的理论教条产生不满,在写作实践中也追求"称心而言,不必有义法"②,由此涌现了最初一批在思想内容和表述语言与桐城派散文大相径庭的新式作品,如冯桂芬、郑官应和薛福成等人的那些初步倡言变法的篇什。

在这前后,受传教士办报的影响,国内新知识分子起而仿效,于是有"报章文"的形成,此以王韬发表在香港《循环日报》上的作品为代表,至戊戌维新期间,梁启超等人在《时务报》上刊行的文章,成功地巩固发展了"报章文"的特色,时称"时务文"。③ 梁启超东渡日本后,先后又创办《清议报》和《新民丛报》等,对已发展到"时务文"水平的报章文体再作改造,进一步就有"新民体"的完全确立,用梁氏自己的话说:"自是至解放,务为平易畅达,时杂以俚语、韵语、外国语法,纵笔所至不检束,学者竞效之,号新文体,老辈

---

① 参见钱玄同:《寄胡适之》(1917年7月2日),收入《中国新文学大系·建设理论集》,良友图书公司,1935年。
② 冯桂芬:《复庄卫生书》,收入《中国文论选》近代卷(上),江苏文艺出版社,1996年。
③ 报章文的名目似出现在戊戌维新之初,最早是守旧者提出的蔑称,但经谭嗣同、梁启超等人的理论提倡后,则成褒义名词。其与时务文、新民体等,均属于新文体派散文发展过程中的阶段性名目。

则痛诋为野狐。然其文,条理明晰,笔锋常带感情,对于读者,则别有一种魔力焉。"①

大致到 1907 年前后,新文体随着在梁启超笔下获得集大成式的成功,产生的影响也趋向极端,在这种情况下,所谓受影响者开始分化,其中的一支在民元以来演变为"逻辑文",代表性的作家是《甲寅》杂志主编章士钊及其主要撰稿人如黄远庸、高一涵、李大钊等;另一支则以吴稚晖和胡适等人为代表,通过对当时的白话文的进一步肯定,又结合着对梁启超式的"新文体"学习,择善而从之,主要表现为采用纯粹的白话化,但又注重语词的简洁、明朗、生动、活泼,以及相关的修辞手段,由此扩大白话文的表现手法和适用的文体范围。唯其如此,到五四新文化运动发生时,这种新文体散文最终衔接过渡到了"五四"新文学的白话散文文体。

四

中国古代小说的发展,到晚清前夜,从纯文体角度看,大致可以分为笔记体、聊斋体(以上主要是文言短篇)、三言两拍体(主要是白话短篇)和章回演义体(主要是长篇,或文言,或白话,以白话居多)。由于中国古代小说发展到本时期,其内容题材和思想旨趣的分野更值得关注,因此鲁迅就把有清一代的小说流派划分为这样七支:拟晋唐小说及其支流,讽刺小说,人情小说,"见才学者"小说,狭邪小说,侠义小说及公案,谴责小说。②

具体到晚清时期,先后作为主流文学现象而确立的,其实主要是如下三支:

---

① 梁启超:《清代学术概论》,收入《饮冰室合集》第 9 册,中华书局,1932 年。
② 鲁迅:《中国小说史略》"目录",人民文学出版社,1973 年。

(一) 传统小说派

这一派其实可以包括除谴责小说外的各个类型的作品,其中,又以狭邪小说与侠义小说及公案为主,其代表作分别如《品花宝鉴》(陈森)、《海上花列传》(韩子云)和《三侠五义》(石玉昆)、《儿女英雄传》(文康)。就这两类作品而言,较之中国古代优秀小说的传统,思想题旨方面反而有所退步,按鲁迅的观点,即分别表明了"《红楼梦》余泽"的"消亡"和"《水浒》精神在民间的消灭"。① 当然,作为这一时期的作品,有的在内容题材方面毕竟留下了时代的影子,如《海上花列传》所描绘的青楼场景,因处于"十里洋场",所以也多少折射出了半殖民地社会的生活气息。但对这一点的表现,其实又不够充分,况且,作者所持的也还只是旧式士大夫的立场。

总的说来,传统派小说发展到晚清时期,以其思想内容的陈旧陈腐和艺术表现手法的落后,表明已经失去了生命力。

(二) 政治小说派(谴责小说派)

"政治小说"为梁启超所倡导②,即主张当时的知识分子本着"开启民智"的考虑,以小说作为干预社会政治的工具。从文学观念上看,这虽是传统的"文以载道"论的翻版,但由于既对"道"的内涵作了切合社会形势的新的理解,又把小说提高到了文学的"正统"文体的地位,这就充分适应了时代的需要,使得"政治小说"很快风行天下。因此,这一派乃是晚清文学中特有的。

从政治小说创作的实际情况看,真正形成流派的则是所谓的"谴责小说"。其基本的特点是:用写实的手法,结合着讽刺的手段,不

---

① 参见鲁迅:《中国小说史略》之"第二十六篇 清之狭邪小说"和"第二十七篇 清之侠义小说及公案"。

② 参见梁启超《译印政治小说序》和《论小说与群治之关系》等文。在后文中,梁氏对小说的特点和审美作用的认识分析多有新意。

乏夸张地暴露现实的社会统治秩序的各个方面的黑暗腐败现象,从中也比较明确地表达作者的政治思想立场:或主张革命,或鼓吹改良。应该说,"谴责小说"的思想艺术水准是参差不齐的,除了《官场现形记》(李伯元)、《二十年目睹之怪现状》(吴趼人)、《老残游记》(刘鹗)和《孽海花》(曾朴)四部长篇,成绩是主要的,更多的作品,普遍存在的问题是:艺术上相当粗拙,观念大于形象,因此其艺术价值明显不如其思想文献的价值。至于末流者,尤其是众多的仿效《现形记》和《怪现状》之作,从故事场景到人物形象,更是存在着程式化、类型化的弊端,尤其是对于讽刺手法的运用,虽说与以往的"讽刺小说"有某种联系,但由于是出自"以合时人嗜好"的考虑,所以整体上显得"辞气浮露,笔无藏锋,且过甚其辞",与前者的"度量技术之相去亦远"。① 这就表明,"谴责小说"的深浅得失,都是属于时代的产物。更可注意的是,这一派作品发展到民元以来,还"堕落为谤书及黑幕小说"②。虽说这是对"政治小说"的"异化",但之所以会有这种"异化"的发生,正因为"政治小说"论作为一种文学观念,本身已含有某种致命的缺陷。

(三) 鸳鸯蝴蝶派

大致从 1905 年以来,"政治小说"(谴责小说)的泛滥并形成普遍性的弊端,开始引起读者的不满;就一部分小说家而言,于是也对"政治小说"的观念与功能表示质疑;而当时对西洋近代文学(主要是通俗小说)的翻译所产生的社会影响,事实上也引导了一批具有创作能力的作家,认识到文学(小说)的娱乐意义和商业价值,从而有意摆脱"政治小说"论,反顾中国古代的小说的基本的创作理念:重在讲故

---

① 参见鲁迅:《中国小说史略》之"第二十八篇　清末之谴责小说"。
② 同上。

事,由此给读者以消遣娱乐。① 这一点反映在创作实践上,就有"鸳鸯蝴蝶派"作品的出现(代表性作家当首推吴趼人)②,并蔚成风气,以至与仍在延续的"谴责小说"形成对峙。

所谓"鸳鸯蝴蝶派"小说,大多采用白话,其内容题材主要有三大类:一是描写现实社会中婚姻家庭生活,更多的又是"才子佳人"式的爱情故事,恩恩怨怨、生死离别,缠绵悱恻,曲折离奇,时称"言情小说",如《瑶瑟夫人》(李涵秋)、《鸳鸯碑》(小白);二是以风尘女子为主人翁,以其生平遭遇(包括与各类男子的感情瓜葛)为主线,反映一定时期的社会生活场景,时称"社会小说",如《九尾龟》(张春帆);三是历史题材、武林题材或侦探题材,当时则分别称之为"历史小说""武侠小说"和"侦探小说"。

在以上几类作品中,前两类与中国古代小说的血缘关系是比较清楚的,大致说来,"言情小说"沿袭了"人情小说","社会小说"采用的是"狭邪小说"的套路,与此同时,由于通过学习借鉴西洋(翻译)小说的经验,在艺术技巧(主要如叙事手法等)方面有不同程度的改进。至于第三类,历史小说与以往的同类作品的区别不是太大(至多添加了一定的影射色彩);"武侠小说"具有相当的创造性,但整体的思想倾向,却羼入了封建意识的杂质;而"侦探小说"对以往的"公案小说"的改造是明显的,相当程度上属于直接取法于西洋小说的产物。

由此看来,鸳鸯蝴蝶派小说的形成,在继承传统和适应时代两个方面,都具有合理性。问题在于,它在晚清时期还不成熟,除了思想品位不高(主要是庸俗性),艺术上也比较粗糙。民元以来,除了这种

---

① 朱自清认为:"在中国文学传统里,小说和词曲(包括戏曲)更是小道中的小道,就因为是消遣的,不严肃","鸳鸯蝴蝶派的小说意在供人们茶余酒后的消遣,倒是中国文学的正宗"。(《论严肃》)

② 从吴趼人的创作情况看,自 1906 年发表《恨海》以来,虽然还写谴责小说,但却以创作言情小说为主了。

局面大体维持之外,还因为受一度的文化复古主义的影响而多用文言写作,所以也被"五四"文学革命的倡导者视为"游戏和消遣"之作而予以清算。只不过,如此的清算由于缺乏严格的科学性,鸳鸯蝴蝶派小说并没有像传统派小说那样归于衰亡,而是通过"文腔的投降"①在既定的圈子里获得新发展。重要的是,由于鸳鸯蝴蝶派关键在于文学观念的问题,当文学观念发生由信奉"游戏与消遣"到"为人生"的转变②,这一派的作家,如果已经学得了外国文学的某些经验,又采用白话,那么也有可能成为"五四"文学革命的先驱者,典型的如刘半农和叶绍钧等。从这一意义上说,鸳鸯蝴蝶派小说其实也是"五四"新文学运动所确立的西洋式的小说文体(尤其是短篇小说)的文体来源之一。③

五

中国古代戏剧发展到晚清前夜,主要有"北剧"④和"传奇(杂剧)"两大支,在整个晚清时期,两者都有所变化,所以一时还都有所谓"新剧"之称。但真正意义上的"新剧",则是1907年后兴起的"文明戏"。

(一) 北剧派

所谓"北剧"派,大致从嘉庆、道光年间崛起,指的是以"京剧"为代表的、包括各种(汉族)地方戏的民间戏剧形式,其属于皮黄和梆子

---

① 瞿秋白说:"礼拜六派在五四之后,虽然在思想上没有投降新青年派——可是在文腔上却投降了。"(《鬼门关外的战争》)
② 参见《文学研究会宣言》:"将文艺当作高兴时的游戏或失意时的消遣的时候,现在已经过去了。我们相信文学是一种工作,而且又是于人生很切要的一种工作。"
③ 鲁迅在谈到自己的小说创作缘起时说:"大约所仰仗的全在先前看过的百来篇外国作品和一点医学上的知识。"(《我怎么做起小说来》)
④ 这里采取洪深的说法,参见《中国新文学大系戏剧集·导言》。

两大声腔系统,又融入了由弋阳腔演变的高腔,戏剧界又称之为"花部"。一般说来,它更重视戏剧表演本身的趣味性,说念唱打,煞有其事,而且程式化牢不可破。以念白与唱词而言,大抵比较粗俗,文学性不高。晚清时期,它所发生的变化,在内容题材方面,主要是响应"梨园革命"[①]的号召而新编若干含有政治影射意味的剧目(如汪笑侬的《党人碑》和《哭祖庙》);在形式方面主要是:因受商业化的影响,或表现现实生活题材,演员着当代(清朝)服饰,时称"时装剧",如上海夏月润和天津金月梅的演出,曾出现过西装人物执马鞭唱西皮的场景[②];或舞台美术方面借助于声光电化,突破传统的象征式的布景,时称"连台本戏",如当年引起轰动的《火烧红莲寺》之类。这种情况在民元以来仍然存在并延续下去。然而,这样的变化虽有"趋时"的考虑,但毕竟没有戏剧改革的实质意义。

值得指出的是,北剧派的某种改革,事实上曾受到过当时的外国戏剧或教会学校的"学生剧"的某种程度的影响和启发,如汪笑侬对学生剧多有好评,夏润月则一度师从日本戏剧家市川左团次[③],但由于未能更进一步,最终未能开创革新局面。

(二) 传奇(杂剧)派

相对而言,传奇(杂剧)派所继承的是中国古典戏剧文学体裁,其演出则以"昆曲"为戏剧载体,戏剧界称之为"雅部"。它更看重的是戏剧文本的文学性,追求高雅的艺术意境和情趣,其中的唱词严格地按曲牌格律填写,由此可见一斑。传奇(杂剧)派作品即使不供演出,仍然可作案头的阅读欣赏,因此带有明显的"文人剧"和"案头剧"的特征。

[①] "梨园革命"(戏剧改良)的思想其实也是梁启超最早提出的,尔后陈独秀等人有所发挥,但从知识形态看,"梨园革命"一词最早见于柳亚子《二十世纪大舞台发刊辞》(1904):"清歌妙舞,招还祖国之魂;美洲三色之旗,其飘飘出现于梨园革命军乎。"

[②][③] 有关材料参见洪深《从中国的新戏说到话剧》广州《国民日报》,1929年2月。

晚清时期,较之北剧盛行天下的局面,传奇(杂剧)一派自然是式微的,但总的说来还有一批人在维持。在"梨园革命"的口号提出后,传奇(杂剧)派发生的变化,主要是从配合当时进步社会政治思潮宣传的考虑,突破传统题材,改而表现现代生活,甚至是外国题材,如梁启超所撰反映意大利革命史的《新罗马传奇》,以及《断头台》(感惺,反映法国大革命)和《海天啸》(刘钰,反映日本明治维新)等。问题在于,传奇(剧)的旧瓶,因其固有艺术要素的制约,表现手法与能力的适应性有限,所以在整体上并不成功,也未能为中国戏剧的发展寻找到一条新路。

(三) 文明戏派

文明戏又称"新剧",指的是晚清时期中国知识分子对于西洋近代话剧的移植性的戏剧形式,即纯粹以剧中人物的对话演绎剧情故事,同时设置写实性的舞台布景,由此完全舍弃了中国传统戏剧的"唱词"以及器乐伴奏等。这一派形成的标志是由留日学生组成的"春柳社"演出《黑奴吁天录》,时在1907年,旋即影响国内,剧社蜂起,演出不断,一时大盛。

但是这样的移植有先天不足,主要表现为忽视剧本的创作,导演者只是把基本剧情抄出,在指定角色后,由演员作临场发挥表演,是谓"幕表剧"。从当时的实际情况看,这种幕表剧的故事题材大致来自鸳鸯蝴蝶派小说,取法乎中,仅得其下,而演员本身都缺乏起码的艺术训练,又常常为了取媚迎合观众的低级趣味而不惜插科打诨,因此,到民元以后,文明戏在整体上走向了堕落,直到五四新文学运动发生,其作为中国"早期话剧"的一些基本形式(以人物对白为主)才重新融入新文学的话剧(剧本)文体。

(四) 学生剧(游戏剧)

学生剧,本指晚清时期国内一些新式学堂(包括教会学校)的学生的课余的戏剧演出（最早的大约是在上海，1899年），没有特别的意义。但由于这样的演出，剧本或由外国教师推荐，自然采用西洋近代话剧形式，即使由学生自编，也仿效前者，何况学生的演出，没有商业考虑，能够完全服从既有的剧本，表演态度又是认真严肃的，因此可谓得西洋近代话剧（爱美剧）的嫡传。这种学生剧发展到民元以后，已有一定的社会影响（典型的有天津南开中学和北京清华学校），与当时业已堕落的文明戏形成强烈反差。

从"五四"时期胡适写的《终身大事》来看，作者认定"这一类的戏，英文叫做 farce，译出来就是游戏的戏剧"[①]，由此可见，"五四"新文学戏剧（话剧）文体的确立，就纯粹的文体角度看，和文明戏一样，晚清时期的学生剧（游戏剧）也是起了某种过渡与衔接作用的。

六

根据上文的考察分析，可以认识到如下几个问题。

首先，在整个晚清时期，各种文学样式（诗歌、散文、小说、戏剧）的各自原有的且带有代表性的文体流派，除极个别者（如"骈文派"）外，整体上都有或大或小，或强或弱的改革。再加上有若干新的文体流派的发生发展，这确实表明，面对"西学东渐"，本土文学事实上予以了回应。这种回应尽管未必是自觉的或有意识的，但毕竟表明了中国文学的古今演变，以文体变革的形态而开始迈出了第一步。这种情况同时也表明，整个中国文学发展所需解决的古今演变的问题，直到晚清时期才有实际的酝酿和相应的初步运作，这主要是外力作用的结果，其中所含的历史的必然性，不免有超越文学史的一般规律之处。而这一点也就植下了中国文学的古今演变的过程中所显现的种种曲折的文化基因。

---

① 胡适：《终身大事》，收入《胡适文存》一集，黄山书社，1996年。

其次,与上述的观点相联系和相适应,晚清时期各种文体流派的演变,其趋势与结局有很大的不同,大致形成四种情形:(一)有的基本上衔接过渡到"五四"新文学文体(如散文类的"新文体派");(二)有的部分地纳入"五四"新文学文体(如戏剧类的"文明戏"和"学生剧");(三)有的客观上为"五四"新文学文体的创造作了前期的准备工作(如小说类的"谴责小说派"广泛地运用白话,"鸳鸯蝴蝶派"对于西方近代小说技巧的初步学习借鉴);(四)也有的最终还是作为传统旧文学的主要代表性文体而不可避免地衰亡(如诗歌类的"同光体""常州词派"和"南社派",小说类的"传统小说"派,散文类的"桐城派",戏剧类的"北剧派"和"传奇剧派"等)。前三种情况表明了晚清时期各体文学所具备的不同程度的近代文学性质及其在中国文学发展史上的意义。而后一种情况的普遍性,则是更深刻地反映了中国传统的旧文学的文化惰性,它同时表明,民族文学在近代以来的发展,总要面临着民族性与时代性的矛盾,并且又往往首先集中反映在文体问题上,由此昭示的一条经验教训是:凡夸大并固守文体的传统的民族形式的特征特点,而只是承认其所表现的内容可作适应时代的置换,其实并不足以维持其生命力。

此外,就上述第四种情况作进一步的探究:为什么这些文体流派虽然有过某种改革但最终还是作为传统旧文学的主要代表性文体而不可避免地趋于衰亡?这就涉及文体发展的基本原理问题——一般说来,文体存在的理由,是因为它能够适应于社会生活的反映;其生命力的强弱,又决定于它对反映社会生活的适应性(深度与广度)的大小;而这种适应性的大小,则受到文体本身在艺术表现手法技巧方面的特征特点的制约,唯其如此,当一种文体在艺术表现手法技巧方面的特征特点,发展成熟到程式化凝固化的地步,足以妨碍对迅速变化了的社会生活的反映,仅仅对之作枝节的改造而未有根本性的突破,那么,这种文体的衰亡就是必然的。或者说,在这样的情况下,也必然有另一种更适应于反映新的社会生活的文体横空出世,占据文坛,争领风骚。从晚清文学史现象看,例如,善于咏志抒情的"江西诗派""常州词派"或"南社派",其原有的表现手法与技巧,已不可能相当准确地表达出富有时代气息和特点的复杂的思想情感,所以最终步入衰亡;以"诗界革命派"而言,虽然对传统的旧诗体的改革强于前者,但毕竟因缺乏根本性的改造,殊不知大量的新事物、新思想、新术语和新的社会现象(统称"新名词"),是难以嵌入不肯打破程式化的五言或七言句式的,所以终究未能开一代新诗风。举一反三,其他诸如"桐城派"散文,或"北剧派""传奇(杂)剧派"戏剧的没落,也是同样的道理。

最后,根据文学演变的一般规律,以及文学思想理论观念与创作实践的互动关系的原理,晚清时期之所以没有在整体上实行文体变革,由此也未能完成的中国古今文学演变的任务,因而不得不留待"五四"新文学运动来解决,关键的问题,还在于当时的人们的文学观念尚存在着误区或盲区。其中,涉及文体问题的一点是,虽然已经向往一般意义上的"文学革命",但在理论批评上,对于目标不够明确,至少很不全面,即更多的是关注和强调内容方面与社会现实的切合,殊不知在一定历史条件和文化环境下(如民族文学传统特别深厚的中国)进行文学革命,形式改革较之内容革新更具迫切性,所以理应选择其作为文学革命的突破口。众所周知,"五四"文学革命的导火索正是在于:当南社成员谢无量的古诗和鸳鸯蝴蝶派小说家苏曼殊的文言短篇小说都刊登在《新青年》上,还得到了陈独秀的高度评价时,胡适对陈独秀作了重要的批评提醒。① 由此反观"五四"新文学文体的真正确立,的确只能是建立在"文学革命程序论"的基础上,如胡适所说——

---

① 谢无量的旧体诗刊于《新青年》一卷3、4号,苏曼殊的旧小说则连载于《新青年》二卷3、4号,陈独秀曾都写有夸奖性的按语,对此胡适写信给陈独秀予以批评。陈独秀接受批评,并约请胡适就文学改革问题发展意见,胡适即撰《文学改良刍议》,由此直接引发"五四"文学革命。

我们认定文字是文学革命的基础,故文学革命的第一步就是文字问题的解决。我们认定死文字定不能产生活文学,故我们主张若要造一种活的文学,必须用白话来做文学的工具。我们也知道单有白话未必能造出新文学,我们也知道新文学必须要有新思想做里子。但是我们认定文学革命须有先后的程序:先要做到文学体裁的大解放,方才可以用来做新思想新精神的运输品。①

换言之——

　　新文学的语言是白话的,新文学的文体是自由的,是不拘格律的。初看起来,这都是"文的形式"一方面的问题,算不得重要。却不知道形式与内容有密切的关系。形式上的束缚,使精神不能自由发展,使良好的内容不能充分表现。若想有一种新内容和新精神,不能不先打破那些束缚精神的枷锁镣铐。②

〔初刊《复旦学报》(社会科学版)2003年第5期〕

---

① 胡适:《尝试集自序》,收入《胡适文存》一集,黄山书社,1996年。
② 胡适:《谈新诗》,收入同上书。

简论晚清"新文体"散文

19世纪中叶以来,中国社会开始趋于剧烈的大变动,它势必也影响并且反映到文坛上。就文学创作(尤其是散文)而言,虽然中国两千多年来的散文传统还在自然延续,但毕竟已呈没落之势。至于在清代前中期曾是声势浩大几乎独占文坛的"桐城派"散文,尽管到了本时期有过所谓"中兴"局面,然而同样是不可避免地走向颓败与衰亡。道理应该说是简单的:文章合为时事而著,面对眼前一切为古代中国所未尝有过的新的社会现象,以及文化上自西学东渐以来所涌现的大量新事物和新名词(包括译名),原先那种以"阐道翼教"为宗旨的"桐城派"散文的"义法"已无法对之熔铸。换言之,欲表达一个新的社会历史时期的人们所特有的思想、情感,"桐城派"散文的"义法"不啻构成了一种阻碍力量。正是在这一社会文化背景中,有识之士开始倡导散文改革(稍后又称"文界革命"),由此就有晚清"新文体"的崛起,并且迅速地蔚为大观,从而取代"桐城派"而成为整个晚清时期的散文创作的主流。

一

对于晚清"新文体"散文,治中国近代文学史和新闻史的学者向有不同的解释和描述,由此也提出了若干与之有关联的概念名词,如"报章文""时务文"("时务体")和"新民体"等。① 在笔者看来,晚清"新文体"当是一个动态的总概念。即是说,晚清"新文体"本身有一个比较清晰的演变过程,而有关"新文体"的几个不同的概念名词,大抵只是对其中某一环节过程的特点的概括,不应该事实上也不可能以偏概全。简要说来,晚清"新文体"散文的演进轨迹如下:

(一) 酝酿与萌芽:"新文体"的滥觞

早在鸦片战争前后,龚自珍(1792—1841)、魏源(1794—1857)等人从政治角度提出了散文改革问题,惜未涉及文学理论。到了冯桂芬(1809—1874),他明确指出:文学所载之道,"非必天命、率性之谓,举凡典章制度,名物象数,无一非道之所寄,即无不可著之于文",这就是说,文学作品的内容应包括一切反映现实的东西。由此出发,冯氏反对形式主义,强调内容决定形式,认为凡有切实内容的文章都能够"不烦绳削而自合",所以在写作中应当"称心而言,不必有义法也"。② 显然,这是首次从文学理论的角度冲击了"桐城派"散文的"义法"教条。冯氏本人的散文作品也呈现新气象,如《校邠庐抗议》中那些理直气壮、语言流畅而又富有情感的篇什(代表作如《采西学议》《制洋器议》),是前无古人的。

类似的还如薛福成(1838—1894),他虽然出身于"桐城派"作家阵营,但在实际的著述活动中认识到"桐城派"的"义法"之弊,尤其是出使欧洲后,因直接与西方近代科学文化相接触,也就更自觉地与"桐城派"的"义法"决裂。薛氏自述"縻于使事,卒卒无余闲,不遑复研古文辞,时而自恶"。③ 在这里,"自恶"云云,当是遁词,不得已而说

---

① 夏晓红著《觉世与传世——梁启超的文学道路》(上海人民出版社,1991年)对有关学者的一些主要观点作了分析介绍,可参看。
② 冯桂芬:《复庄卫生书》。
③ 薛福成:《庸庵文编·自序》。

之。事实上,有《巴黎观油画记》一类足以新人耳目的精美文章在,是根本用不着"自恶"的。

对冯桂芬、薛福成等人明显相异于"桐城派"的散文作品,学者们似乎并未冠之以专门的名目①,但把它们视之为整个晚清"新文体"的滥觞,则符合文学史的实际情况。

(二) 形成与发展:从"报章文"到"时务文"

洋务运动高潮期间,中国早期一批由封建士大夫转化而来的资产阶级知识分子,仿效西方来华传教士,也在国内创办了一批近代报纸,并且学写政治时事评论性文章。② 这些篇什,大都文字浅显,语言流畅,说理透彻,也富有鼓动性,颇受读者喜爱。所谓"报章文",当是专门指此。最典型的"报章文"是王韬(1828—1897)在其主编的《循环日报》(1874年,香港)上发表的政论文。王韬自述说:"知文章所贵乎纪事述情,自抒胸臆,俾人人知其命意之所在,而一如我怀之所欲吐,斯即佳文","于古文辞之门径则茫然未有所知"。③ 从王氏的这些作品来看,其文体的活泼,语调的畅达,较之冯、薛确又进了一步,与封建士大夫笔下的"桐城派"散文,更拉大了距离,反映了一种新的文风。同时期或稍后的郑观应(1842—1922)、马建忠(1845—1900)等人的文章也大致如此。

殆至戊戌维新运动,众多的维新派人士也纷纷办报,又亲自撰稿,宣传维新变法,其中主要有《中外纪闻》(1895,北京,康有为)、《强学报》(1896,上海,梁启超)、《时务报》(1896,上海,梁启超)、《国闻周

---

① 复旦大学中文系1956级编《中国近代文学史稿》(中华书局,1960年)以"散文的变化"为标题论及冯、薛等人的散文,如果说是冠以名目,则毕竟含糊了些。

② 曾有学者指出:当时来华的传教士如李提摩太、林乐知和李佳白等,他们在报刊发表的汉文文章,对康有为等人写"时务文"有很大影响。见杨世骥:《英美传教士》,收入《文苑谈往》第一集,中华书局,1946年。按:这当然是事实,不过,王韬写的"报章文"则更早一些。

③ 王韬:《弢园文录外编·自序》。

报》(1897,天津,严夏、夏曾佑)和《湘报》(1897,长沙,谭嗣同、唐才常)等。在这种情况下,王韬式的"报章文"就被广为仿效。由于其中由梁启超(1873—1929)主办的《时务报》上的文章,除了梁氏本人作品外,还有徐勤(1873—1945)、欧榘甲(？—1910)、汪康年(1860—1911)和麦孟华(1875—1915)等人的作品,在宣传维新、抨击顽固守旧问题上的立场态度更为坚决,文章本身的气势更大,慷慨激昂,明快有力,汪洋恣肆、新鲜活泼,所以时人称之为"时务文"或"时务体"。至此,所谓晚清"新文体"基本定型,社会影响也进一步扩大,诚如梁氏本人后来所描述的那样:"甲午挫后,《时务报》起,一时风靡海内,数月之间,销行至万余份,为中国有报以来前所未有,举国趋之,如饮狂泉。"①

当然,除了梁启超和《时务报》的诸作者外,康有为(1858—1927)、黄遵宪(1848—1905)、谭嗣同(1865—1898)和唐才常(1867—1900)等人的作品,对于"时务文"的形成和风靡也起了积极的推动作用,尤其是康有为的《上清帝书》以及进呈所著书刊的奏折等,对于扩大"时务文"的影响力所起的作用很大。

(三) 改造后的典范:"新民体"

这主要是梁启超个人的文化贡献。戊戌政变后,梁氏流亡日本,即在横滨先后创办《清议报》(1898)和《新民丛报》(1902)。梁氏虽然早年也熟读过《古文辞类纂》之类,并精研过帖括之学②,但从1890年接受西学以来,决然舍去旧学;又如严复所说,"任公文笔原自畅达,自甲午以后,于报章文字,成绩为多,一纸风行,海内观听为之一

---

① 梁启超:《本馆第一百册祝辞并论报馆之责任及本馆之经历》。本馆,指《清议报》。
② 参见梁启超《三十自纪》。后来梁氏在《清代学术概论》中又称自己"夙不喜桐城派古文",则是曲语。

耸"①；再加上赴日后学得日语，颇受日本文化影响，对仿效"日本文体"（主要是明治散文中盛行的"欧文直译体"）极有兴趣②；另外，以梁氏当时的政治处境和社会责任感，也感到有必要寻找一种较之"时务文"更为解放的文章形式来宣传自己的政治主张，况且梁氏本人对于文章的通俗性问题自有独特的理解。③ 上述各种原因就促使梁氏对"时务文"有自觉的进一步的改造，由此形成了为人啧啧称颂的"新民体"。其基本的风格和特点，按梁启超自己的解释是："……至是自解放，务为平易畅达，时杂以俚语、韵语及外国语法，纵笔所至不检束。学者竞效之，号'新文体'。老辈则痛恨，诋为野狐。然其文条理明晰，笔锋常带感情，对于读者，别有一种魔力焉。"④

"新民体"的典范之作，首先是在《清议报》发表的如《少年中国说》《呵旁观者文》《过渡时代论》等文，梁氏就自认为是"开文章之新体，激民气之暗潮"⑤。而有人之所以称之为"新民体"，主要原因在于《新民丛报》的办刊时间更长、梁氏在上面发表的文章更多，相对说来社会影响也更大。⑥

因此，所谓"新民体"，实指梁启超在《清议报》《新民丛报》乃至《新小说》等报刊上的政论性散文的风格，是梁氏对冯桂芬、薛福成式的散文、王韬式的"报章文"，以及戊戌期间的"时务文"的一种综合性的改造与发展。它虽然是整个晚清"新文体"的一个重要发展阶段，但也并非代表整个晚清"新文体"散文的全貌。

---

① 严复：《致熊纯如书札》。
② 关于梁启超仿效"日本文体"问题，夏晓红著《觉世与传世》有较详的分析论述，可参看。
③ 梁启超这方面的论述比较多，而且早在戊戌前夜就已经提出，以后又是坚持的。至少可以参看其《变法通议》中的《论幼学》篇(1897)。
④ 梁启超：《清代学术概论》。
⑤ 梁启超：《本馆第一百册祝辞并论报馆之责任及本馆之经历》。
⑥ 如钱基博著《现代中国文学史》（世界书局，1933年）称："新民体""以创自启超所为之《新民丛报》也"。

（四）再发展与再改造：后期"新文体"的分流

这个阶段大致与梁启超推出"新民体"同时或者稍后。尽管这时严复与梁启超之间就"文界革命"问题发生公开论争，严复以古文大师和曾是启蒙主义的领袖的双重身份对梁氏的"新民体"多有诋诬攻击①，然而，由于"新民体"最适宜做宣传鼓动的工具，因而在武昌首义前的十余年间，众多的文章作者都甘心受"新民体"影响，自觉地仿效"新民体"写作——无论是资产阶级革命宣传家，如邹容（1885—1905）、胡汉民（1879—1936），还是信奉政治改良主义的"保皇派"或"立宪派"中的宣传家，如裘廷梁（1857—1943）、林獬（1874—1926），也无论是有旧学根底的一般持文化保守主义立场的新人物，如刘师培（1884—1919）、柳亚子（1887—1958），还是完全受革命风潮影响而成长起来的新进少年，如薛锦江、陈君衍（生卒均不详）；更无论是职业性的报人，如张继（1882—1947）、詹大悲（1887—1927），还是主要从事实际的政治活动的人士，如秋瑾（1879—1907）、吴樾（1878—1905）。这一情形无疑促进了梁启超式"新民体"的再发展。

不过，在这一再发展过程中也出现了某种程度的改造，并且在事实上导向了两大分支：

一支是至为明显的袭用"新民体"，从语言、词法、句法到词调等，力求毕肖。这一支是基本的。在这一支中，所谓的再发展再改造具有两重性：或是学得皮毛，甚至只学得"新民体"本身的弊病，由此使"新民体"成为逾淮之枳；或是从根本上学习把握"新民体"的风格，且有意识的尽可能地纠正"新民体"本身的若干弊病，如使之语言更浅近，文字更简洁，篇幅更简短等。前者以若干革命派报刊上的文章为代表，后者如《警钟日报》《大江报》上的社论（社说），篇幅已不像梁启

---

① 严复与梁启超的公开论争发生于《新民丛报》创刊之初（1902），如该报第 7 号发表的严氏《与梁启超书》，认为"新文体"并非"文界革命"，而是对文学的"凌迟"。

超的"新民体"那么长了,往往一二千字,甚至仅几百字而已,虽是言简意赅,但仍不失其思想震撼力和文字感染力,其中詹大悲发表在《大江报》上的《大乱者救中国之妙药也》就是显例。还有些篇什的语言文字风格,已经接近了中国现代文学史上的所谓"随感录""杂感"的文体样式,如张继发表在《警钟日报》上的那些短文。

另一支是受到梁启超式"新民体"的间接影响,即主要受其思想内容观点的启迪,或者较多地着眼于把握宣传鼓动的语言的浅近性和亲切感,并且干脆完全采用白话文,如陈天华(1875—1905)的《警世钟》,陶成章(1878—1912)的《龙华会章程》,甚至像刘师培这样的人物也写纯粹的白话文。

上述两支的再发展和再创造,意义是深远的。前者大抵衔接和过渡了1911年以来至"五四"文学革命前夜的"逻辑文"(以章士钊等人为代表)①,而后者则是作为晚清白话文运动的最初成果,衔接过渡了1917年以来的"五四"白话散文(胡适、陈独秀等人为代表)。② 晚清"新文体"作为一个包容性较大而历史却较为短暂的散文流派,即使为一种更新的流派所取代,实在也是一种光荣。而这又同时表明,晚清"新文体"散文在整个中国文学发展史(散文史)上的作用和地位不容忽视。

二

关于晚清"新文体"散文的内容、形式等方面的特殊性问题(尤其是梁启超式的"新民体"的长处和弊病),以及它的社会影响问题等,似乎也值得再作一番考察和讨论。

---

① 参见胡适:《五十年来中国之文学》。关于"逻辑文"渊源问题,后来钱基博也有所分析。

② 胡适、陈独秀等人在辛亥革命前写作发表的不少白话文,受梁启超"新民体"的影响也是明显的。

（一）关于"新文体"在内容和形式上的总特点

应该承认，晚清"新文体"在内容和形式方面有许多迥然相异于中国古代各个流派散文的特点。这主要是：

第一，从文体的适用性范围来看，主要限于议论文。换言之，晚清"新文体"极为明显的以议论文为主体，鲜有纯粹的抒情文和记叙文，至多在议论内容中插入若干抒情成分。

第二，就议论的内容题材而言，不像历代各流派的散文那样丰富多彩，而是大都限于社会政治问题，或者说是以社会批评为主，即使涉及一些比较专门的问题，也大都从政治上着眼作分析议论。例如，从论据材料看，虽然作者的政治观点与思想倾向互有歧异，但选用的支持论点的论据却大致相同，一般不出以下范围：中国历史上的民族斗争（含清代的满汉关系）、近代以来的中外关系、欧美日等国的资产阶级革命史实，世界近代史上的亚非国家的历史命运，以及中国社会现实中的黑暗面等，所以多少显得有些单调。

第三，与此有联系的是，晚清"新文体"散文又有浓厚的宣传意味，且特别重视强化鼓动性成分。不过，它主要不是依靠理论逻辑力量，而更多的借助于语言修辞方法以及对于论据的情绪化的解释（渲染）。

唯其如此，晚清"新文体"散文中的具体作品的重要性和社会影响力，除了个别代表人物的作品外，一般与作者的身份地位以及活动所涉及的社会政治历史事件的轻重大小成正比，而不是更多的取决于文章本身的语言文字功力即狭义的文学成就。这一点也决定了晚清"新文体"散文的代表作，大都带有重要的或比较重要的历史文献的性质和价值，所以对于这类作品，往往也不能简单的衡以狭义的文学批评的标准。显然，以上所说的晚清"新文体"散文在内容和形式上的总特点，乃是之所以能够诱发"新文体"的那个特殊的社会历史条件所决定的。

(二)关于晚清"新文体"的具体语言艺术特点

第一,晚清"新文体"散文作为一个整体,一般说来难以概括出它们在具体的语言艺术方面的共同的特点,因为它们的发展阶段性相当明显,而各个阶段代表作的语言艺术特点也各有侧重。如果非要作概括性的描述,那么可以这么说:相对"桐城派"散文而言,晚清"新文体"在整体上用典较少,文字不过于僻涩,语言比较流畅,语调比较活泼,也不太讲究谋篇布局起承转合,总之,是在文体上一步步求解放,即一步步地从清规戒律甚多的文言散文趋于文白参半,并向白话文靠拢。

第二,相对说来,在整个晚清"新文体"的演变发展过程中,梁启超式的"新民体"最具有语言艺术的鲜明特点,因而也最富有美学意义上的散文流派的性质。根据胡适的理解,梁启超"新民体"的艺术魔力含有四点:(1)文体的解放,打破一切"义法""家法",打破一切"古文""时文""散文""骈文"的界限;(2)条理的分明,梁启超的长篇文章都长于条理,最容易看下去;(3)辞句的浅显,既容易懂得,又容易模仿;(4)富于刺激性,"笔锋常带情感"。① 这大抵是概括得准确的。当然也不必讳言,梁启超式的"新民体"也有较为明显的弊病,主要是太滥的排比,反复的堆砌,有铺张过度,重叠冗赘之感。但这种弊病在梁启超笔下又通常是与那些足以体现"魔力"的优点和长处不可分割地交织在一起的。撇开那些为人交口称赞的名篇不论,且看曾经招致苛评的篇什如《罗兰夫人传》中两段文字:

> 罗兰夫人何人也?彼生于自由,死于自由。罗兰夫人何人也?自由由彼而生,彼由自由而死。罗兰夫人何人也?彼拿破仑之母也,彼梅特涅之母也,彼玛志尼、噶苏士、俾士麦、加富尔

---

① 胡适:《五十年来中国之文学》。

之母也。质而言之,则十九世纪欧洲大陆一切之人物,不可不母罗兰夫人;十九世纪欧洲大陆一切之文明,不可不母罗兰夫人。何以故?法国大革命为欧洲十九世纪之母故。罗兰夫人为法国大革命之母故。

虽然,天不许罗兰夫人享家庭之幸福以终天年也!法兰西历史世界历史必要求罗兰夫人之名以增其光焰也!于是风渐起,云渐乱,电渐进,水渐涌,喜喜出出,法国革命!嗟嗟咄咄,法国遂不免于大革命!

说它们铺张过度也好,重叠冗赘也好,但总很难判定它们是一种纯粹的弊病,因为这种弊病同时也是一个与其优点和长处有联系的语言特色,舍此,梁启超的"新民体"的"魔力"或许不能不受到影响。就梁启超本人来说,他何尝不知道自己的文章语言有此弊病[①],但直到《新民丛报》后期仍是我行我素,可能也正是出自这样的理解。

(三)怎样认识他人仿效梁氏"新民体"而产生的流弊及其批评意见

这一问题的答案应该是明确的:其责任在于东施效颦者,而不能推到始作俑者身上。这就是说,有些人在仿效梁启超式的"新文体"时,由于只见树木,不见森林,小处着眼,力求形似,所以往往只是承袭那种铺张过度、重叠冗赘的手法,而它一旦脱离梁启超文章的特定的内容和语境,自然会成为一种孤独的移植,从而呈无源之水,无本之木状,非但毫无生气,而且足以产生妨碍作用。

例如,当年白话道人(林獬)曾撰文说:

……记得有一篇"家庭革命论"。那篇文章劈头就是:"革

---

① 例如,梁氏在《清议报》第19册(1899年6月)发表《论中国人种之将来》时有"撰者自志"称:"篇中因仿效日本文体,故多委蛇沓复之病。"

命！革命！吾中国不可不革命，吾家庭不可不革命。"又有一篇文章劈头也是这个腔套，道："革命！革命！吾中国不可不革命，吾江苏不可不革命"。也有的劈头说道："怪！怪！怪！"也有的中间忽然加了许多"！"，有的加了一个，有的连加了二个三个。有的说道："快哉革命！快哉革命！堂堂哉革命！皇皇哉革命！"这种文章，真正令我目迷五色，精神炫惑了。

……我今试问这劈头大喝"革命、革命、革命"，可算是"持之有故"么？可算是"言之成理"么？这种没头没脑的文章，他说会开通人的智识，鼓舞人的精神么？我到（倒）有点不敢相信。况且梁启超的屁，有什么好吃？他说文界革命，已经被严又陵碰了大钉，你们大家还要敬法祖，把他的文字很（狠）命模仿。①

应该承认，林獬对于当时仿效梁启超式"新民体"的文章的那些流弊的批评是有根据的，基本上也算中肯。但他把仿效者的过失栽赃到梁启超头上，则含有明显的政见歧异的意气之争。至于他抬出严复（又陵）来，则更是反映了他作为晚清白话文运动的积极倡导者在学理和道德上的双重失足——殊不知，诬称"文界革命"为"文学凌迟"的严复，此时已是顽固的文化保守主义者，浓厚的贵族意识决定了他从根本上反对"新文体"；而不管梁启超的政治立场如何变化，他对文学的进化、文体的解放，言文合一以及文学语言的通俗化、现代化趋势却是从根本上支持和拥护的。林獬仅仅出于政见歧异，改而拥严而反梁，多么不值得。他或许没有想到：严复可能对他的反梁态度表示点头，可是对他那篇用白话写的文章的本身，必然嗤之以鼻。

这就引出了似乎是题外的问题：在一段时间里，有些人对于"新文体"（具体如对梁启超式的"新民体"）的指责、批评、诋诬，并非是纯学理性的，抓住仿效者所产生的流弊，往往也是找个由头而已。《翼

---

① 所引文字出自白话道人《国民意见书》中《论国民当知旧学》篇，原刊《中国白话报》（1904）。

教丛编》的作者是如此①,晚年的严复甚至晚年的康有为也是如此。②

由此可知,整个晚清"新文体"(包括构成其重要组成部分的梁启超式的"新民体")的价值是多元的,除了文学价值外,也有其政治思想意义上的价值,而其中作为新思想载体本身的特殊价值更具有相对的独立性。这或许是文化史的一个通则。以此去分析"五四"文学革命运动的某些现象,也可以作如是观。

〔初刊《复旦学报》(社会科学版)1995年第3期〕

---

① 《翼教丛编》里有《长兴学记驳义》(叶德辉)等文,对《时务报》上的文章从内容到形式都有攻击。

② 康有为晚年也攻击"新文体"说:"秽语鄙词,杂沓纸上,视之则刺吾目,引之则污吾笔。"转引自前揭《中国近代文学史稿》。

关于晚清"新文体"的"恶评"
问题及其他

所谓晚清"新文体",据笔者的研究,可作如下的概念表述:

晚清"新文体"是作为"桐城派"的对立面而出现的、并且在事实上又是取代"桐城派"而成为整个晚清时期的散文创作的主流。"新文体"是一个动态的总概念,其本身的发生发展经历了(一)冯桂芬和薛福成式的散文、(二)王韬式的"报章文"和"戊戌"时期的"时务文"、(三)经梁启超改造的"新民体"三个阶段,而"新文体"在其第三阶段的发展的同时,则又分别导向了仿效并改进"新民体"(以"逻辑文"为代表)和转向更纯粹的白话文的两大分支,由此衔接、过渡到了"五四"式的白话散文。[①]

正因为晚清"新文体"与传统的又是长期在文坛上占据正统地位的"桐城派"的尖锐对立,且有取而代之的力量和趋势,所以,在"新文体"发展的各个阶段,都招致了它的对立面人物的种种诋诬、攻击,即所谓的"恶评"。[②]

问题的深刻性还在于:对"新文体"予以各种"恶评"的,大都为晚清思想文化界的有代表性的重要人物,而且他们的政治立场和思

[①] 参看拙稿《简论晚清"新文体"散文》,《复旦学报》(社会科学版)1995年第3期。
[②] "恶评"之说,参见陈炳堃:《最近三十年中国文学史》,太平洋书店,1930年。

想文化倾向又各不相同,着眼点也多有区别。正因为这样,这些"恶评"的思想文化内涵就显得格外的丰富和复杂。与之有联系的是,现代学者对于晚清"新文体"的研究,也涉及了一些同样值得作深入分析探讨的问题。本文的目的,就是对此提出一些个人的看法。

对"新文体"率先予以"恶评"的,还在"报章文"——"时务文"阶段,是以叶德辉为代表的那些戊戌维新运动的反对者、封建主义顽固派的思想文化代表,即《翼教丛编》的编纂者。如叶德辉说:这种体现"新学之猖狂"的"藩篱溃裂"的"时务文",从根本上冲击了"桐城湘乡文派之格律严谨"。① 叶氏还说:这些作品大量出现"异学之诐词,西文之俚语",使得"文风日趋于诡僻,不得谓之词章"。②

如果说,以叶德辉的鲜明的"翼教"、"卫道"立场,他对"新文体"的攻击还是容易理解的话,那么,同是戊戌维新运动的重要的启蒙主义思想家的严复,他对"新文体"的蔑视,则令人惊奇。严复当时致函梁启超,对"时务文"的语言文字风格多有指责,此函现已不可寻得,但从梁启超回信的内容推知,为严复所不满的,主要是"不复自检束,徒纵其笔端之所之"。③ 问题并未到此结束,迨至1902年,当梁启超借评论严译《原富》而对严氏提出反批评,即指出严氏"文笔太务渊雅,刻意摹仿先秦文体,非多读古书之人,一番殆难索解"④后,严复作了以下的回答:

> 窃以谓文字者,载理想之羽翼,而以达情感之音声也。是故理之精者,不能载以粗犷之词;而情之正者,不可达鄙倍之气。……仆之于文,非务渊雅,务其是耳。……若徒为近俗之

---

① 叶德辉:《叶吏部与石醉六书》,收入《翼教丛编》。
② 叶德辉:《〈长兴学记〉驳义》,收入《翼教丛编》。
③ 梁启超:《与严又陵书》,转引自《梁启超年谱长编》,上海人民出版社,1983年。
④ 梁启超:《介绍〈原富〉》,原刊《新民丛报》第7号,1902年5月。

辞,以取便市井乡僻之不学,此于文界,乃所谓凌迟,非革命也。①

由此看来,严复对"新文体"的"酷评"原因有二,一是文化保守主义,二是文化贵族立场。

倘仅止于此,严复对"新文体"的"酷评"还不出学理性范围。然而,随着思想落伍和政治倾向的倒退,他在晚年再次论及"新文体"时,完全是政治性的攻击了。如他说:

> 大抵任公操笔为文时,其实心救国之意浅,而俗谚所谓出风头之意多。……嗟乎!任公即以笔端搅乱社会,至如此矣,然惜无术再使吾国社会清明,则于救亡本旨又何济耶!②

在这里,梁启超的"新文体"作品简直成了"一言以丧邦"的东西,如此口吻,接近了叶德辉。严复的经验教训是深刻的:文化保守主义者最易于在政治立场上反复,而一旦如此,被改变了的政治立场对于学理问题的腐蚀更为可怕。

和严复相近的还有一些人。不过,这些人从本质上说并非文化保守主义者或持文化贵族立场的,相反,他们曾经是中国近代思想文化史上的进步人物,甚至还受过梁启超的积极影响,身体力行地为倡导白话文出过力,或者也写过梁启超式的"新文体"的人。

例如林獬(白话道人)。这位晚清白话文运动的代表性人物曾撰文说:

> ……记得有一篇"家庭革命论"。那篇文章劈头就是:"革命!革命!吾中国不可不革命,吾家庭不可不革命。"又有一篇文章劈头也是这个腔套,道:"革命!革命!吾中国不可不革命,吾江苏不可不革命。"也有的劈头说道:"怪!怪!怪!"也有的中

---

① 严复:《与梁启超书》,1902年,收入《严复集》。
② 严复:《与熊纯如书》,1916年,收入《严复集》。

间加了许多"！"，有的加了一个，有的加了二个三个。有的说道："快哉革命！快哉革命！堂堂哉革命！皇皇哉革命！"这种文章，真正令我目迷五色，精神炫惑了。

……我今试问这劈头大喝"革命、革命、革命"，可算是"持之有故"么？可算是"言之成理"么？这种没头没脑的文章，他说会开通人的智识，鼓舞人的精神么？我到（倒）有点不敢相信。况且梁启超的屁，有什么好吃？他说"文界革命"，已经被严又陵碰了大钉，你们大家还要敬宗法祖，把他的文字很（狠）命模仿。①

这是通过攻击那些仿效梁启超"新民体"而产生的流弊，来诋诬梁启超文章的本身。尽管该文对于那些仿效式作品的流弊的批评是有根据的，也基本上是中肯的，然而，把仿效者的过失，栽赃在梁启超头上，却是不公正的，这只能说明作者是含有明显的政见歧异的意气之争。

与林獬的做法相似的，又几乎在同一时期发表的李伯元的《文明小史》中有这样一段文字：

颜轶回（按：书中影射梁启超）的著作，有些地方千篇一律，什么"咄咄咄，咄咄咄！"还有人形容他，学他的笔墨，说："猫，四足者也；狗，四足者也，故猫即狗也。莲子，圆者也，而非扁者也；莲子，甜者也，而非咸者也；莲子，人吃者也，而非吃人者也。香蕉万岁，梨子万岁，香蕉梨子皆万岁！"②

李伯元本也是拥护维新变法的，大抵可以说是梁启超的同党，但在小说创作中以影射手法对其"新文体"作品的特色特征，作如此讽刺，多少也表明他本人的政治倾向与思想文化上的矛盾性。

---

① 白话道人：《国民意见书·论国民当知旧学》，原刊《中国白话报》，转引自《辛亥革命前十年时论选集》。

② 《文明小史》，1903年5月至1905年8月，连载于《绣像小说》。

对于"新文体"最终持"恶评"的,还有刘师培,但他在这一问题上反映出来的思想文化的矛盾,显得更特殊一些。

刘师培和林纾一样,也一度倡导白话文,并在理论上论证过"白话之势力与中国文化相随而发生"①的问题。另外,他一度作为一个激烈的革命派人士,写下了一些有影响的白话政论文,具代表性的如《论激烈的好处》②,其语言文字风格也完全可以入"新文体"之林。然而,当他以纯粹的"经学家"、文学家的立场研究中国文学问题时,心灵深处的文化保守主义立场也抬头张扬了,以致对于"新文体"有如下的诋诬:

> ……文学即衰,故日本文体因之输入中国,其始也译书撰报,据文直译以存其真,后生小子厌故喜新,竞相效法。夫东籍之文,冗芜空衍,无文法可言,乃时势之所趋,相习成风,而前贤之文派,无复识其源流,谓非中国文学之厄欤?③

讲来讲去,还是接续了叶德辉和严复的观点,完全否定了"新文体"在中国文学史(散文史)上的革故鼎新的积极意义。

相对而言,同样是对"新文体"的评价意见前后有反复的,而其政治偏见更明显,文化思想矛盾更鲜明的,要数康有为。

康有为作为梁启超的老师,对梁氏的影响可谓大矣。然而,自师生因政见不合而分手之后,康有为的态度变得相当恶劣。他作为一个对晚清"新文体"的形成与发展起过重大积极作用的人,晚年以忏悔的口吻诋诬"新文体"说:

---

① 刘师培:《论白话报与中国前途之关系》,初刊《警钟日报》1904年4月,收入《刘师培论学论政》,复旦大学出版社,1990年。
② 此文原刊《中国白话报》1904年3月1日,收入《刘师培论学论政》。
③ 刘师培:《论近世文学之变迁》,初刊《国粹学报》第26期,1907年3月,收入《刘师培论学论政》。

> 比岁举国文章，背经舍史，秽语鄙词，杂沓纸上。视之则刺吾目，引之则污吾笔。盖文字之义，与声乐相通，鄙悖之声，与国风相应。大雅即坠，淫哇鄙亵，能无乱乎？若其句不成章，语不成调，是谓俚语，岂曰成文？
>
> 今之时流，岂不知日本文学皆出自中国？乃俯而师日本之俚词，何无耻也！始于清之末世，滥于共和之初，十年以来，真吾国文学之大厄也。①

其实，就康有为本人而言，撇开他的那些脍炙人口、传诵一时的"时务文"暂且不说，即使他晚年办《不忍》杂志时，他的那些文章，就语言文字角度而言，诚如有的学者所分析指出的那样，仍然是——

> 文气浩瀚，词旨悲切，人称之为老成金玉之音。而文中则时时糅杂经史子语，旁及佛语耶教语，以至声光化电科学语，而冶于一炉，利以排偶，桐城派义法，至有为乃摧坏无余矣。②

唯其如此，才能说明康有为对于"新文体"的"酷评"完全是自相矛盾的，至少是理论与实践的严重脱节。当然，这种学理性矛盾，从根本上说又是受被转变了的政治倾向腐蚀的结果。

应该说，完全从思想文化观念以及学术文化流派的角度来否定"新文体"的，代表性人物首属章太炎。

中国学术文化史上有"古文经学"与"今文经学"之争。章太炎作为"古文经学"的一派代表，恪守门户之见，其对自龚自珍以来的"今文经学"家的作品一概贬斥，当是题中应有之义。由此出发，主要由"今文经学"一派传人康有为和梁启超等人鼓吹起来并作实际性推动的"新文体"作品，不能合乎章太炎的口味，也就十分自然。所以章太

---

① 康有为：《中国颠危误在于全法欧美而尽弃国粹说》，收入《康有为集》。
② 张振镛：《中国文学史分论》第二册《叙文》，商务印书馆，1934年。

炎对晚清文学——散文的一个总评价就是:

> 文不足自华,……致使中华文学扫地。①

另外,值得重视的是,章太炎之所以对"新文体"毫无好感,鄙视"报章小说,人奉为宗"②的现象,还有一个原因,即在学术文化问题上的唯我独尊的自负,用他的话来说:"上天以国粹付余,……至于支那宏硕壮美之学,而遂斩其统绪,国故民纪绝于余手,是则余之罪也。"③既立"国粹"为参照系,一切不合者即为"斩其统绪"者,如此的逻辑,又从根本上表露了章太炎作为真诚的文化保守主义者的理念。

至于林纾,大抵也是如此。他作为"桐城派"散文大家,尽管他以古文笔法译述西洋小说,在客观上对"桐城派"散文的理论和程式多有冲击,但是,从文化思想上看,他的文化保守主义理念是坚定的。他如此评论"新文体"作品:

> 所苦英俊之士,为报馆文字所误,而时时掺入东人之新名词,……惟刺目之字,一见于字里行间,便觉不韵。而近人复为马班革命之说,夫马班之学,又焉何及。④

由此可见,林纾以"马班之学"作为文学(文章)的范本,以古绳今,当然不会对"新文体"有所首肯,尽管他自己的作品——尤其译本文字,与"马班之学"早已不可同日而语了。

总之,从章太炎和林纾来看,他们对"新文体"的"恶评",基本上限于学理范畴,还不是以政治立场为出发点。就这一点而言,毕竟是值得肯定的。

---

① 章太炎:《诛政党》,收入《章氏丛书》。
② 章太炎:《菿汉微言》,收入《章氏丛书》。
③ 章太炎:《癸酉狱中自纪》,收入《章氏丛书》。
④ 林纾:《林纾选评古文辞类纂序》。

"五四"以来,对于"新文体"的研究大抵沉淀为一个学术史问题了。在这种情况下,应该说,对于"新文体"的不同认识,已都限在了学理探讨范围。然而,尽管是从学理角度谈问题,分歧依然是明显的,观点甚至是对立的。典型的如,针对胡适对于"新文体"的价值意义的肯定性评价——

> 这种文字在当日确有很大的魔力。这种魔力的原因约有几种:(1)文体的解放,打破一切"义法""家法",打破一切"古文""时文""散文""骈文"的界限;(2)条理的分明,梁启超的长篇文章都长于条理,最容易看下去;(3)辞句的浅显,既容易懂得,又容易模仿;(4)富于刺激性,"笔锋常带感情"。①

"学衡派"代表人物胡先骕有专门的驳斥,他说:

> 梁启超之文,纯为报章文字,几不可语夫文学。其笔锋常带感情,虽为其文有魔力之原因,亦正其文根本之症结。如安德诺论英国批评家之文,"目的在感动血与官感,而不在感动精神与智慧。"故喜为浮夸空疏豪宕激越之语,以炫人之耳目,以取悦于一般不学之"费列斯顿",其一时之风行以此,其在文学上无永久之价值亦以此。②

从以往对"新文体"作"恶评"的情况看,切入点大都是抓住其语言文字方面的问题,包括梁启超自己所概括总结的"时杂以俚语、韵语,及外国语法;纵笔所至不检束"③几条。现在胡先骕就"笔锋常带感情"一条入手予以"恶评"可谓别开生面,但是,如此的意见毕竟也缺乏学理上的力量,因为对文学的"价值"——"永久之价值"问题,胡先骕与

---

① 胡适:《五十年来中国之文学》。
② 胡先骕:《评胡适〈五十年来中国之文学〉》。按:"费列斯顿",当为英语 feeling-stone 的音译,意为"感觉迟钝者"。
③ 梁启超:《清代学术概论》。

以胡适为代表的新文化—新文学运动的倡导者之间,其理解与把握有太大的差异。这也就是说:对学术文化问题作学理性的讨论固然是可贵的,但也不能仅满足于此,因为学理性意见,它本身还有正确与否的区分。

另外也不妨指出,近几十年来,人们在研究"新文体"问题时,大都援引吴其昌的一段话:

> 当时一班青年文豪,各家推行着各自的文体改革运动,如寒风凛冽中,红梅、腊梅、苍松、翠竹、山茶、水仙,虽各有各的芬芳、冷艳,但我们今天立于客观的地位平心论之:谭嗣同之文,学龚定庵,壮丽顽绝,而难通俗;夏曾佑之文,杂以庄子及佛语,更难问世;章炳麟之文,学王充论衡,高古淹雅,亦难通俗;严复之文,学汉魏诸子,精深邃密,而无巨大气魄;林纾之文,宗法柳州,而恬逸条畅,但只适小品;陈三立、马其昶之文,桃祢桐城,而格局不宏;章士钊之文,后起活泼,忽固执桐城,作茧自缚。至于雷鸣怒吼,恣睢淋漓,叱咤风云,震骇心魄,时或哀感曼鸣,长歌代哭,湘兰汉月,血沸神销,以饱带情感之笔,写流利畅达之文,洋洋万言,读时则摄魂忘疲,读竟或怒发冲冠,或热泪湿纸,此非阿谀,惟梁启超之文如此耳! 即以梁氏一人之文论,亦惟有戊戌至辛亥以前(约 1896—1910 年)如此耳。……就文体改革的功绩论,经梁氏十六年来洗涤与扫荡,新文体(或曰报章体)的体制、风格,乃完全确立。①

从整体看,这段话是说得不错的。但似乎值得指出的是,这里还是过于强调了所谓的"百花齐放"——"各自的文体改革运动"。事实上,在晚清时期,其他的散文家的作品虽说自有某种特点,但属于受局部

---

① 吴其昌:《梁启超》,胜利出版社,1944 年。

的师承影响,没有形成明显的流派性,惟有梁启超才是开一代文风,领导了一个文学(散文)新流派。固此,讲近代文学史,尤其是晚清散文史,如果说其他作家作品可以忽略不计,那么唯有以梁启超为代表的"新文体",是不能不充分关注的。换言之,梁启超的同时代的一些散文家,尽管在较为狭义、纯粹的学术文化研究的深度广度方面,未必比梁启超逊色,然而终究未能如同梁启超那样,有明显地打上个性特色印记的"新文体"的创造,究竟根本的原因,在于缺乏像梁启超那样的文化——文学的创新意识和创新能力。

顺便说,当代学者对晚清"新文体"的研究,有一种情况,即以"叫嚣之文"的名目,把梁启超和章太炎的散文归为一大类作某种比较分析,例如郭预衡著《中国散文简史》。①

在笔者看来,这是不太恰当的。其原因,除了上文所指出的章梁两人分属"古文经学"和"今文经学"两大学术文化流派,因而几乎没有共同点之外,主要还在于:以章太炎论,他的散文代表作当推"闳雅"的《訄书》,并非"雅俗所知"的几篇,而且,恰恰是那几篇,如《革命军序》和《驳康有为论革命书》等,倒正是自觉不自觉地沾染了晚清"新文体"的某些影响,所以才有一定程度的"叫嚣"的色彩。联系到上文所论及的章太炎对于"新文体"的那种诋诬性意见,这与作为《訄书》的作者的根本的文化思想和理念是完全吻合的,倒是那几篇"雅俗所知"者,暴露了章太炎的某种程度的自相矛盾。唯其如此,把章太炎、梁启超等同视为晚清时期的"改变文风的跨时代的作者"②,是缺乏说服力的——因为这不符合历史的实际。

〔初刊《江淮论坛》2001年第4期〕

---

① 郭预衡:《中国散文简史》,北京师范大学出版社,1994年。
② 同上。

"中国现代小说史先声期"作品的再解读

所谓"中国现代小说史先声期"的概念,乃是中国现代小说史家赵遐秋、曾庆瑞先生在《中国现代小说史》(上册,中国人民大学出版社,1984年)一书中首先提出的学术命题。该书的"导论"部分有说服力地论证说,以王瑶《中国新文学史纲》为代表的一批现代文学史专著所认定的自1917年(或1919年)的"五四"文学革命以来的小说创作为"中国现代小说史"开端的意见,并不合乎"中国现代小说史"发生发展的实际情况,——因为在"五四"文学革命之前的一段时间里(大致为1896—1917年),事实上存在着一个可以被称为"中国现代小说史先声期"的阶段,在这一阶段里,"无论是理论的动员,还是创作的实践,都为现代小说的诞生作了必要的准备",甚至"随后虽有辛亥革命前后小说创作的逆流出现",但仍然有"鲁迅、叶圣陶等一代新人",受时代的召唤而"挣扎着度过了历史的曲折,以创作上的大胆实践叩响了现代小说的大门,从思想内容到艺术形式,即将结束这历史的过渡"。①

---

① 赵遐秋、曾庆瑞:《中国现代小说史》(上册),中国人民大学出版社,1984年,第19页。按:笔者还认为,"中国现代小说史先声期"甚至具有文学史意义上的相对独立的阶段性,所以曾提出"五四前二十年"的概念。参见拙稿《着重研究五四前二十年的中国近代文学潮流》,收入《中西学术》第二辑,复旦大学出版社,1996年。

笔者完全赞同这样的看法。换言之，如同整个中国现代文学现象并非突兀而来，而是中国传统文学以自己的特有的规律发展到一定时期，又受到某一特定的（相对新的）社会历史条件（经济的、政治的和文化的）的催发和刺激应运而生一样，从中国传统文学中的小说文本，到中国现代小说作品的形成与问世，两者之间必有难以分割的联系，而这样的联系，正是表现为与中国古代近代小说的没落（衰亡）期交叉并行的"中国现代小说史先声期"的客观存在。显然，这一情况对于我们现在探讨中国文学的古今演变的课题，非但不能忽视，而且还是一个值得重视与把握的具体切入点。所以，通过对于"中国现代小说史先声期"作品的再解读，将有助于我们进一步理解和认识中国文学的古今演变的某些规律性的问题。

一

至于所谓"中国现代小说史先声期"中的能够从不同侧面表明"向现代小说的内容形式过渡"的代表性作品，据上述《中国现代小说史》一书提到的主要是——

除了收入在《南社小说集》（1917年4月，文明书局版）中的部分篇什，如《予之鬼友》（王钝根）、《伤心人语》（孙阿瑛）、《红爪郎》（王钟德）等（因为它们多少反映了民初时期的人们对于辛亥革命前后的社会现实的真实的认识）；以及苏曼殊在1915—1917年间创作的几篇描写"爱情悲剧"的作品，如《断鸿零雁记》《绛纱记》《焚剑记》和《非梦记》等，尤其是发表在《新青年》上的《碎簪记》（因为这些作品对于当时的知识青年在恋爱与婚姻生活问题上的"反封建的要求"的揭示以及"民主意识的觉醒"的描写，"都有一定的时代意义和社会意义"）。还有这样几类：

"一类是反映劳动人民的痛苦生活的"，如《工人小史》（焦木）、《欧战声中的苦力界》（企翁）、《罢工人》（毅汉）、《檐下》（周瘦鹃）、《卖

花女》(韦士)、《渔家苦》(无愁)、《农家血》(髯著)等;

"一类是揭露社会上种种丑恶黑暗现象的",如《新社会现形记》(贡少芹)、《不倒翁》(觉迷)、《交易所的一幕》(少兰)、《某县令》(观奕)、《诈财新术》(培均)等;

"一类是宣传爱国、鼓吹反抗外来侵略的",如《黑籍魂》(待飞生)、《真假爱情》《为国牺牲》(周瘦鹃)等;

另有一类也是"反映婚姻和家庭生活的","又带有一定的反封建性质的作品",如《采桑女》(韦士)、《碧海沉珠记》(荫之)、《婚姻苦》(静芳女士)。

此外,还有若干可以视之为"呼唤新小说诞生"的"启蒙作家"的作品,它们主要如:

周树人(鲁迅),1914年发表在《小说月报》上的文言小说《怀旧》(署"周逴");

叶绍钧(叶圣陶),1914—1916年间,以"叶逯"等笔名在《礼拜六》等杂志发表文言小说共二十二篇,其内容题材大致也主要是"反映劳动人民的痛苦生活"或"揭露社会上种种丑恶黑暗现象"。①

笔者认为:该时期的明显具有"向现代小说的内容形式过渡"性质的代表性作品,其实远不至于上述这些,在某些重要方面别具特色而又有一定的文学史地位、至今仍然值得重视的作家作品至少还有如下一些:

胡适、陈独秀于20世纪初在上海分别编辑进步刊物时所创作发表的白话长篇章回小说(因故未能连载完毕)《真如岛》与《黑天国》②;

---

① 赵遐秋、曾庆瑞:《中国现代小说史》(上册),中国人民大学出版社,1984年,第152—164页。按:关于叶圣陶的这些早期小说作品,后由叶至善集为《穷愁》(选收14篇),编入《叶圣陶集》第一卷,江苏教育出版社,2004年。

② 《真如岛》(标为"社会小说",署"希疆")最初连载于胡适主编的《竞业旬报》第3—37期,1906年—1909年,共十一回,未完;《黑天国》,陈独秀撰,连载于其主编的《安徽俗话报》第11—15期,1904年,共四回,未完。

前者的思想主旨,据作者的解释,乃是"破除迷信,开通民智"①,而后者则"借对沙俄社会的专制主义和黑暗统治的揭露,来抨击中国社会现实,由此鼓吹争取民主自由斗争的正义性"②。

几乎与叶绍钧同时在上海的"鸳鸯蝴蝶派"刊物发表各类题材和类型的小说的重要作家(甚至稍后也像叶绍钧一样改而投身五四新文学运动并加入"文学研究会"的),还有王统照和刘延陵。根据王统照本人自述,他在民元时期(时年十六岁)就试写过章回小说《剑花痕》(20回),稍后还在《小说新报》《妇女杂志》和《小说月报》(未改革之前)发表过多篇短篇小说。③至于刘延陵,大致也自1915年起在《礼拜六》《妇女杂志》和《小说月报》(未改革之前)发表小说。④

还有,留美学生陈衡哲,她在1917年之前就发表了以纯粹的白话写作的西式短篇小说,如《一日》等。⑤ 顺便说,就白话短篇小说而言,叶绍钧与王统照的上述早期作品中,也各有纯粹的白话短篇小说,而且具体发表的日期与鲁迅的《狂人日记》相接近。⑥

---

① 胡适:《四十自述》。

② 参见拙著《终身的反对派——陈独秀评传》,青岛出版社,1997年,第41页。

③ 参见王统照:《王统照短篇小说集·序》,收入王统照《王统照文集》第二卷,山东人民文学出版社,1981年。按:王统照写作与发表在"五四文学革命"之前的小说作品,没有完全收入《王统照文集》。

④ 刘延陵1916年毕业于复旦大学后,在江苏南通师范、如皋师范任教,大致在1915—1918年间经常为上海的"鸳鸯蝴蝶派"刊物写稿,除了译作,还发表过短篇小说《莲台情劫》《奇女》《晥儿》以及《两难》等,主题思想乃是关注与同情旧时代妇女的生活命运。对于上述小说,《刘延陵诗文集》(葛乃福编,复旦大学出版社,2002年)只收入其中的《两难》一篇。

⑤ 陈衡哲的《一日》等作品当时主要发表在《中国留美学生季(年)报》,而该刊物由上海商务印书馆出版发行。《一日》等篇后来收入陈衡哲的短篇小说集《小雨点》(开明书店,1928年),胡适为该书所写的序文,曾特别强调《一日》等篇发表于五四"文学革命"爆发(1917)之前。

⑥ 叶绍钧与王统照的早期白话小说分别有《春燕琐谈》和《纪念》,先后发表于《妇女杂志》第四卷第2—3号(1918年2—3月)和第四卷第8号(1918年8月)。而鲁迅的《狂人日记》则发表于《新青年》第四卷第五号(1918年5月)。这表明,就小说的语言形式而言,"新""旧"小说之间有过一段交叉的时期,所以难以单纯地以语言形式来划分两者所属的历史阶段性。

另外，近代文学（翻译）史上有一特殊现象，即对外国作品（尤其是小说）往往采取"编译、改写"的方法，具体表现之一，乃是借原著的某一因头，干脆插入译者的个人创作部分，典型的如苏曼殊、陈独秀合译的［法］嚣俄（雨果）著长篇小说《惨社会》（《悲惨世界》）①，其中的第7—13回即属于这种情况，这部分文字乃是"借着虚拟的法国的历史地理环境，通过塑造几个中国人式的法国人的形象，相当尖锐地揭露和批判了处于封建专制主义统治下的中国社会的黑暗现实以及腐朽的传统思想，也借作品人物之口，提出了一些反映了当时中国资产阶级革命家所能达到的最高水平的革命主张"②。

值得重视的是，上述作家（除了苏曼殊不幸早逝）均为稍后的"五四"新文学运动的倡导者与先驱者，有的还是卓有成就的新小说家。有那么多的优秀的现代作家，都曾经一度活跃在"鸳鸯蝴蝶派文学"的圈子里，或者说是不约而同地假道所谓"旧文学"（"旧小说"）的阵地而开辟了"新文学"的战场，这种文学现象本身就雄辩地说明了"新""旧"文学（小说）两者之间的那种深刻的难以割裂的血缘关系。

应该说，对于上述这样一份近代（？）作家的小说作品的清单，当年的"五四"文学革命的倡导者在整体上却是予以漠视的，于是以一个笼统的"游戏和消遣"的"旧文学"的恶谥而简单地予以否定③，尽管这在当时的情况下是可以理解的（可能他们当时为了倡导"文学革命"而故意强调自身的"横空出世"的形象），但这里毕竟反映了思想

---

① 《惨社会》最初由苏曼殊翻译，得11回，未完，曾连载于上海《国民日日报》，1903年。后来经陈独秀整理、润饰和补充（续译和改写等），形成14回译本，署"苏子谷、陈由己合译"，由上海镜今书局于1904年出版。另外，叶圣陶以叶匋的笔名发表在《礼拜六》第十七期（1914年9月26日）上的《黑梅夫人》其实也是"根据别人的译稿重新撰述"的。（赵遐秋、曾庆瑞：《中国现代小说史》上册，中国人民大学出版社，1984年，第169页）

② 参见拙著《陈独秀评传》，青岛出版社，1997年，第41页。

③ 《文学研究会宣言》（《小说月报》第十二卷第一号，1921年1月）称："将文艺当作高兴时的游戏或失意时的消遣的时候，现在已经过去了。"按："五四"新文学家正是据此而对发表于"文学革命"之前的文学作品（尤其是发表在"鸳鸯蝴蝶派"刊物上的作品）的价值意义予以整体性的否定。

方法上的一种形而上学的片面性。因此,我们现在重新解读"中国现代小说史先声期"的作品,以上述那份经扩充了对象内容的材料为依据,该是恰当的和无可非议的。

二

"中国现代小说史先声期"的作品与1917年以来在"文学革命"的号召下新创作发表的那些"五四新小说"之间的历史联系,自然首先反映在题材内容方面。

人们知道,五四"文学革命"的首倡者胡适曾著文批评说:"近人的小说材料,只有三种:一种是官场,一种是妓女,一种是不官而官、非妓而妓的中等社会(留学生、女学生之可作小说材料者,亦附此类),除此之外,别无材料",据此则郑重提出:

> 我以为将来的文学家收集材料的方法,约如下:
> 甲,推广材料的区域　官场妓院与龌龊社会三个区域,决不够采用。即如今的贫民社会,如工厂之男女工人,人力车夫,内地农家。各处大负贩及小店铺,一切痛苦情形,都不曾在文学上占一位置。并且今日新旧文明相接触,一切家庭惨变,婚姻痛苦,女子之位置,教育之不适宜,——种种问题,都可供文学的材料。……①

在这里,胡适认为新文学创作必须在小说所表现的内容题材方面有重大的突破,这无疑是正确的意见,事实上,"五四"时期的小说创作正是遵照胡适的意见与设计而不断拓宽题材,即广泛触及各种现实的社会问题的,甚至还形成了"问题小说"的名目。

但是应该说,胡适认为"五四"文学革命之前的一段时间里,国内

---

① 胡适:《建设的文学革命论》,《新青年》第四卷第四号,1918年4月。

的小说题材完全限于"官场妓院与龌龊社会三个区域"的说法,则与文学史事实不符。换言之,胡适所倡导的那些理应为中国现代小说所表现的内容题材,在上文列出的那份"中国现代小说史先声期"的作家作品清单里,其实已有了比较鲜明的反映,甚至可以说,胡适的理论(尤其是倡导对下层劳动人民苦难生活的表现)可能还是受到了这些"中国现代小说史先声期"在客观上形成的某种创作倾向与趋势(如上述被《中国现代小说史》论及的那"一类是反映劳动人民的痛苦生活的"作品)的启发。至于说到表现"今日新旧文明相接触,一切家庭惨变,婚姻痛苦,女子之位置,教育之不适宜"等问题,可以说,在五四"文学革命"之前的一段时间里,同样没有被刻意回避,如上述被《中国现代小说史》所论及的那一类也是"反映婚姻和家庭生活的","又带有一定的反封建的作品",其实可以说已经大抵如此,即使是苏曼殊的几篇作品乃至典型的"鸳鸯蝴蝶派"的"言情小说"或"社会小说",所触及的又何尝不是这样的内容题材,问题只是在于因时代的局限而表现的思想深度明显不足,但即使如此,从中还是多少透露出了一些思想新质。如苏曼殊的多部作品中均刻意描写生活于新旧社会转型期的主人翁(青年男子)在追求理想的爱情生活的过程中因面对种种复杂的社会政治文化因素的制约而表现出来的艰难抉择的痛苦,徐枕亚的著名长篇小说《玉梨魂》把男女主人翁的感情关系设计为双方均因受封建礼教的严重束缚而不敢逾越"发乎于情,止乎于礼"的底线,这在客观上也正是揭示(甚至控诉)了非人道的旧文明(封建礼教)对于人性的戕害。

唯其"中国现代小说史先声期"的作品中实际上多少已经触及了"五四"新小说的基本的和主要的内容题材,那么就完全可以认为,"五四"新小说在内容题材的表现方面,无论理论提倡还是创作实践,其实都是对"中国现代小说史先声期"的自然衔接,或者说是承袭与发展。

进一步看,与小说的内容题材问题有紧密联系的是思想主题问题。曾有学者揭示说:"五四"文学(小说)体现了五四新文化(文学)运动的两个深刻的"思想主题"(即"农民主题"与"知识分子主题")。① 这是确实的,然而也可以说,这样两个深刻的"思想主题"在"中国现代小说史先声期"的作品中其实已经初见端倪。

先看"知识分子主题"。应该承认,"中国现代小说史先声期"不少的作品,已经首先自觉地也初步集中深入地刻画了一批近现代的中国知识分子的形象,上引胡适在《建设的文学革命论》一文所说,"近人的小说材料"广泛涉及"非妓而妓的中等社会"(留学生,女学生之可作小说材料者,亦附此类),就是指出了这样的事实。

具体看来,那些作品对于近现代的中国知识分子的形象的描摹,在一定程度上又初步探究了他们的思想人格形态,由此也或多或少或深或浅地触及了"改造国民性"这样深刻的思想命题。如叶圣陶早期小说中的男主人公大都是属于"知识分子"行列的中小学的教员,(典型的如《某教师》)②这批人大都不新不旧,半中半洋,处于社会乃至教育体制的转型时期,他们种种的与之适应或不适应的言行,使得他们所扮演喜剧或悲剧的角色,具有了特别深刻的思想文化内涵。而在"五四"以来的新小说创作所形成的人物画廊里,又正是拥挤着类似的人物形象。两者相比较,虽然有所差异,但思想精神上的历史联系却是密不可分的。例如作为"五四"新小说家的叶圣陶,在其作品中塑造得最成功的两个知识分子的典型分别是"潘先生"(《潘先生在难中》)和"倪焕之"(《倪焕之》),其实他们的性格特点等,不能不说在同一作家的前期作品所刻画的某些人物形象中,已有初步的而不失为传神的留影。另外,王统照在"五四"时期创作的白话中篇小说《一叶》,无论是表现手法上的某种"自叙传"色彩,还是内容方面的吐

---

① 参见李泽厚:《中国近代思想史论》,收入《李泽厚十年集》,安徽文艺出版社,1994年。
② 《某教师》,署谷神(叶圣陶),刊《礼拜六》第65期(1915年8月28日)。

露青年知识分子在面对不良社会而难以展开人生的(包括在爱情生活方面承受痛苦等),分明留下了受当年的苏曼殊小说影响的痕迹。上述几种情况,显然又正是说明了"五四"时期的小说创作与"中国现代小说史先声期"作品的有机联系。

还不妨指出,在"中国现代小说史先声期"期间,某些"鸳鸯蝴蝶派作家"一度热中写的"滑稽""诙谐"类作品,稍后又往往择选知识分子为主人公(讽刺对象),典型如《冰教师》《冬烘先生》《古董先生小传》,以及《茶寮小史》①等。在这样的文学背景下,人们就不仅容易理解早年鲁迅(周遑)写的第一篇(文言、短篇)小说《怀旧》,为何着力讽刺的是一位教私塾的"秃先生",又不难认识到鲁迅在响应"文学革命"以来的小说创作,为什么一以贯之地爱用讽刺手法写知识分子的形象。换言之,鲁迅笔下的方玄绰(《端午节》)、鲁四老爷(《祝福》)、四铭(《肥皂》)、高尔础(《高老夫子》)乃至涓生(《伤逝》)等人物形象,人们大都也可以从上述"中国现代小说史先声期"的有关作品中寻找出他们的前一阶段的面目。不过,就鲁迅在"五四"时期的小说创作而言,他的超越性的成就之一,在于对曾为"中国现代小说史先声期"的小说家们所忽视的辛亥革命前后那个历史阶段的某些重要类型的知识分子的形象,认真地作了补充性的描摹,例如狂人(《狂人日记》)、孔乙己(《孔乙己》)、"假洋鬼子"(《阿Q正传》)、陈士成(《白光》)、吕纬甫(《在酒楼上》)和魏连殳(《孤独者》)等。

由此看来,上述种种情况,其实也是从另一个侧面表明:"中国现代小说史先声期"的作品对于"五四"文学(小说)的发展,在"质的规

---

① 《冰教师》,署南村,标注"滑稽小说",刊《小说丛报》第3期(1914年7月20日);《冬烘先生》,署双热,标注"滑稽小说",刊《民权素》第2集(1915年7月15日);《古董先生小传》,署天白,亦标注"滑稽小说",刊《礼拜六》第59集(1915年7月17日);程瞻庐:《茶寮小史》,商务印书馆,1920年,该书虽未标注"滑稽小说",但实际上通篇充满"滑稽"意味。如果说前三篇所讽刺的仅是知识分子的个体,那么后一篇则是多少学《儒林外史》的手法,对中国近代知识分子作了群体性的讽刺。

定性"方面,也产生了某种潜在的影响,换言之,"五四小说"在发展过程中事实上接受过"中国现代小说史先声期"的作品的思想基因,所以,"五四"文学革命以来的新小说进步与发展,乃是建立在"中国现代小说史先声期"的已有成绩的基础之上的。

再看关于"农民主题"。在"中国现代小说史先声期"里,虽然出现的农民形象并不多,而且所作的描写还比较一般化,但在相关的作品里,如上文提到的《渔家苦》(无愁)、《农家血》(犟著),等①;毕竟是把挣扎在生活最底层的贫苦农民(渔民)作为主人公形象来刻画。正是从这一点上说,这批中国文学(小说)史上未曾出现过的艺术形象的显现,是具有显著的文学史意义的。而从"五四"以来的新文学(新小说)创作来看,衔接这一点的,甚至是以发表同名小说作为标志之一的,是如"新潮社"小说家杨振声发表的《渔家》(《新潮》第1卷第3号,1919年3月)。

这里值得对《这也是一个人》(叶圣陶)②作专门的分析。该篇主人公"伊"乃一农家女,从小干粗活,十五岁时便出嫁,因所生的儿子夭折,由此招致公婆的埋怨指责;而其夫又是嗜赌如命,输钱后就当掉伊的冬衣,伊作劝阻,反遭毒打。无奈之下,伊逃到城里做佣妇,但最终被公婆逼回家,在丈夫死后,公婆把她卖了二十千钱,"把伊的身价充伊丈夫的殓费,便是伊最后的义务"。这里对农家女的悲惨命运的揭示,由此去对照鲁迅稍后发表的《祝福》中的"祥林嫂"形象,应该说很容易发现两者间的有机联系。这表明,在"中国现代小说史先声期"的"农民主题"的作品中,客观上甚至已经自觉不自觉地含有突破单纯的"农民主题"的意义,这对"文学革命"以来的现代小说的发展就有着某种程度的直接引导。换言之,"五四"以来的新文学(新小

---

① 《渔家苦》(无愁),刊《小说大观》第2集(1915年10月),被标注为"写实小说";《农家血》(犟著),刊《小说大观》第12集(1917年12月),被标注为"悲惨小说"。

② 《这也是一个人》(叶圣陶),该篇最初发表于《新潮》第1卷第3号(1919年3月),但却是文言小说,后来被作者收入自己的新小说集时,改题为《一生》。

说)创作的发展,之所以在短时间里形成了一个可以被称为"乡土文学"的流派,虽然说主要是由于新文学运动本身的思想张力影响的结果,但是也不能不看到"中国现代小说史先声期"的相关作品的实际影响,例如,体现了"乡土文学(小说)"的思想文化内涵的深刻性之一的较为鲜明的人道主义思想情感,在"中国现代小说史先声期"的"农民主题"的某些作品中,其实已是一种思想基调。

三

现在进而值得探讨的问题是,为什么"中国现代小说史先声期"的作品能够含有较多的思想新质,从而使得它们具有重大的文学史意义,由此与"五四"以来的中国现代小说的发生发展之间,构成了重要的历史联系?

在笔者看来,在这里发生根本性作用的,乃是中国文学(小说)史上的传统的现实主义创作思想与方法的积极影响,而这一点又正是整个中国文学发展规律的反映。

众所周知,自古以来的全部中国文学发展史所体现的基本特征之一,乃是现实主义创作思想与方法大致上未曾中断地构成了主流。这是因为,所谓"文章合为时而著"的观念,由于与正统的儒家文学思想没有根本的冲突,所以不仅为一班儒家士大夫(以诗文家为主,代表性人物如杜甫、白居易等)所接受,同时更为那些因故未能顺利走入儒家士大夫的政治文化序列由此多少有点异端思想的布衣文人(以小说戏剧家为主,如代表性人物如蒲松龄、吴敬梓等)所不断阐发。进一步看,在中国古代文学史上,古代的诗文家因受"诗文正宗"观念的影响较大,往往更倾向于"贵族文学""庙堂文学"和"山林文学"之类;而小说戏剧家则因长期与"不入大雅之堂"的东西为伍,往往天然地接近"民间文学""民俗文学"的审美观念。这样,小说戏剧家较之诗文家,就往往更有"满肚子不合时宜"的东西,所以也就更天然地服膺现实主义创作思想与方法。在这样的情况下,作为一种传统及其影响,中国古代文学史上的小说戏剧文本的现实主义文学成就也就更为突出,影响更加深远,即使它们本身有所缺点或不足之处,也易于获得读者的谅解,例如一般读者都对《金瓶梅》那样的作品持宽容的态度,至于对晚清的"小说界革命"的高潮中大量涌现的"急就章"式的"政治小说"以及稍后蔚然成风的"鸳鸯蝴蝶派小说",同样表示相当的欢迎。单就晚清的"小说界革命"的情况而言,尤其是那些连篇累牍的旨在"揭发伏藏,显其弊恶,而于时政,严加纠弹,或更扩充,并及风俗"①的"谴责小说",它的成就与不足的两个方面,其实都是与当时的小说家对于"现实主义创作思想与方法"的理解的偏颇紧密相联系的。至于本文专论"中国现代小说史先声期"中的从内容和思想主题上看足以表明了向"五四新小说""过渡"的作品,它们之所以能够在"鸳鸯蝴蝶派小说"的盛行时期问世,有的甚至还是赫然发表在"鸳鸯蝴蝶派小说"的重要刊物上,而没有遭到一个时代的文学主流的有意排斥,显然也只能从这一角度作出合理的解释。

其次,从"中国现代小说史先声期"中那些创作了明显具有"向现代小说的内容形式过渡"的性质的代表性作品的那支文学家(小说家)队伍来说,他们中的不少人之所以也能够成为稍后的"五四"新文学运动的倡导者和先驱者,表明他们并非是淹没在当时庞杂的"鸳鸯蝴蝶派作家"队伍中的碌碌之辈,而是当时的一支待机勃发的新兴的文学革新力量,他们暂时假道"鸳鸯蝴蝶派"的文学阵地,完全由于自然的历史的原因(因为作家总有一个成长的过程),就他们本身的情况而言,较之当时的一班"鸳鸯蝴蝶派作家"所具有的显著的新东西主要是:相对进步的思想政治倾向,比较熟悉社会现实(尤其是底层生活的情形),作为进步知识分子的生活敏感,以一定的文学使命感(含创新意识)等。另外,上述中国文学(小说)史上的现实主义创作

---

① 鲁迅:《中国小说史略》。

思想与方法的传统,当时经由著名思想家文学家梁启超的结合了"开启民智"的政治考虑的积极鼓吹,又在发生重大影响。如梁启超当时鼓动说:"今日提倡小说之目的,务以振国民精神,开国民知识",而创作小说应"处处有寄托,全为开导中国文明进步起见。"①这在实际上是为他们共同接受的。② 唯其如此,这批刚刚步入文坛的新小说家就能够不约而同地以各自的别具新质的作品而崭露头角,由此共同创造了一个被称为"中国现代小说史先声期"文学史现象。

当然,上述两点分析意见,可能推测的成分较多,是否得当,盼请方家指正。

(2008年9月)

〔初刊《中国文学研究》第十三辑,中国文联出版社,2009年〕

---

① 语见《新小说—第一号》,刊《新民丛报》第20号(1902)。该文未署名,但一般认为乃出自该报之编辑者(梁启超)的手笔。

② 关于这一点,大都可以从这批作家的各自的传记资料中得到证实,而叶圣陶的情况似乎更有典型性和说服力。此可参见顾颉刚为叶氏的第一本新小说集《隔膜》(商务印书馆,1922年)所做的"序"。

我的几个基本观点

——关于中国现代文学史的分期

《复旦学报》重新开展关于中国现代文学史的分期问题的讨论，当然是有意义的。我愿意陈述自己的几个最基本的看法。

第一，回顾已过去的一百多年来的历史中的文学现象，在通常所说"五四"文学革命之前，确乎存在着一个可以称之为"近代文学史"的阶段，而这一文学史阶段所呈现出来的种种文学现象，与它之前和之后的情况，在文学性质的诸方面，差异是十分明显的。关于这一问题，我已发表的几篇论文，如《西学东渐与中国近代文学的萌芽》（《广东社会科学》，1994-5）、《五四前二十年中国文学潮流的基本性质》（《江淮论坛》，1993-5）、《着重研究五四前二十年的中国文学近代文学潮流》（《中西学术》第二辑，学林出版社，1996），有过相当的分析讨论，兹不赘述。

第二，与上一点有联系的是，我虽然不同意所谓"20世纪中国文学（史）"的提法，但同时认为，即使把整个20世纪的中国文学看作一体，而在作具体的研究考察时，仍然不能不把从戊戌维新前后到"五四"前夜的那一段（近二十年），作为一个具有相对独立性的文学史阶段，其根本原因，还是在于两者间的基本风貌的差异过于明显，读读"五四"文学革命时期的人们（无论是赞同者还是反对者）的言论——例如，当年的一位普通读者所述说的对比阅读章士钊、苏曼殊等人与鲁迅的小说后的不同印象和感受：

> 《双枰记》等载在《甲寅》上是1914年的事情，《新青年》发表《狂人日记》在1918年，中间不过四年的光阴，然而他们彼此相去多么远。两种的语言，两样的感情，两个不同的世界！……（前者）保留着我们最后的旧体的作风，最后的文言小说，最后的才子佳人的幻影，最后的浪漫的情波，最后的中国人祖先传来的人生观。读了他们再读《狂人日记》时，我们就譬如从薄暗的古庙的灯明底下骤然间走到秋日的炎光里来，我们由中世纪跨进现代。①

对此似可获得比较明朗的认识。

第三，"五四"前二十年的中国近代文学现象，虽然与"五四"文学革命有某种程度的联系，包括文学思想和观念上的一定的沿袭，但毕竟不足以把两者视为同一文学史现象。如果过分地强调所谓的"源流"—"源头"问题，（晚清？晚明？抑或魏晋？）文学史分期问题的讨论，其实就失去意义了。譬如，"五四"新文学的"浪漫主义"与先秦时期的古代"浪漫主义"何尝没有某种联系，难道可以据此认定《楚辞》与《女神》是同一阶段的同一性质的文学史的产物吗？同理，魏晋时期的"重视个体价值的社会思潮"以及晚明文学中的某种"人性张扬"，作为一种思想材料，与"五四"期间的"个性主义"思潮，也未必没有丝毫联系，据此难道又可以认定"五四"式的新文学当以魏晋或晚明时期为启端吗？——顺便说，在我看来，当年周作人著《中国新文学的源流》，虽然基本上属于学理性问题的讨论，但其中显然也含有某种非学理性的考虑（或曰"意气之争"），即通过对"五四"新文学的源头的强调性追溯，压低那个已经发展成"左翼文学"的"五四"文学革命的划时代意义，由此强化自己的那种业已改变的文学思想（从主

---

① 张定璜：《鲁迅先生》，《现代评论》第一卷第八号，1925年1月。

张"思想革命"到倡导"闲适")。

第四,所谓的中国现代文学史以"五四"文学革命为发端,即使是约定俗成的提法,但以其对客观事实的吻合,也是正确的。至于现代文学史的下限,我在前几年已撰文指出:不应定于"文革"结束的1976年或20世纪70年代末,而以定在80年代中期为宜,其主要理由是:

> (前一断限)本身还未脱"根据政治变动来分界"之嫌,况且从实际的文学史现象来看,这一段时间里的文学思潮和创作(姑且主要以小说为代表),无论是"伤痕文学"、"大墙文学"还是"反思文学"之类,其整体的创作思想尚缺乏新质,即大都还是对50年代中期("干预生活"式)的回归,只不过"干预"的对象的政治性有某种角色的转换。
>
> 而大致从80年代中期开始,才有另一股文学思潮(即文学的本体论的观念)出现并为大多数作家所接受。其诱发力量是80年代中期兴起的"文化热"与"方法(论)热",显著的标志则是所谓"寻根小说"、"文化小说"之类的作品大量问世,影响所及,文学理论批评界也有"后现实主义"或"新现实主义"一类的新提法。①

第五,我因坚持上述观点,所以对"尚未完成的现代"(郜元宝)的提法,难以苟同。在我看来,中国的"现代文学史"阶段,可以说在事实上已经结束了,相应的文学史现象也已经沉淀,由此构成了比较完全意义上的科学研究的对象。至于80年代中期以来的文学现象,我认为,这是属于另一个新的文学史阶段的开始,尽管它的发展趋势还不那么明朗和确定,甚至在事实上也有若干的曲折。同时,我也认为,如果我们现在还要使用"当代文学"的习惯性提法,那就不妨专指80年代中期以

---

① 《也谈文学史断限》,《文汇报》1998年11月20日。

来的文学现象。因为在任何国家的任何时期,除了已构成文学史范畴的东西,总有"当代文学"的现象的存在与发展,直到一定的时候,会再有人把它视为"××文学史"阶段,如此周而复始。

第六,归纳总结上述意见,近来我在为研究生开设"近百年中国文学研究纲要"的课程时,对19世纪末以来的中国文学的演变与发展的基本轨迹,分析为三大时期八个阶段。即:

一、近代文学时期
　　["西学东渐"与古今文
　　学的初步嬗变]
二、现代文学时期
　　[文学的泛政治化]

1. "五四"前二十年(1898?—1917)
　　近代文学的涌现与向"五四"新文学过渡
2. "五四"文学革命(1917—1926)
　　中国文学的现代化
3. 革命—左翼文学(1926—1937)
　　主流文学在多元文学格局中的竞争
4. 文学与战争(1937—1949)
　　主流文学的巩固和发展
5. 新中国十七年文学(1949—1966)
　　主流文学的单一发展
6. "文革"文学(1966—1978)
　　主流文学的异化
7. "新时期"文学(1978—1985?)
　　否定之否定,主流文学的恢复与回归

三、一般意义上的"当代文学"
　　[文学的本体化和多元化]

8. 20世纪80年代中期以来(1985?—)
　　新质变与新曲折

最后需要说明的是:如此的分期意见,并不意味着否定中国近百年文学的"整体观",也不是主张以"近代""现代""当代"的名目来割裂近百年来的文学，而是出于这样考虑——人们既然承认讨论和划分文学史的分期问题是有学术意义和价值的，同时又不否认对文学史现象作分阶段考察研究的正当性，因此，从一定的学术角度出发，袭用"近代""现代""当代"的习惯性提法（当然对它们的概念内涵的把握与前人有所不同），把中国近百年来的文学现象划分为若干时期和阶段，大概是可以成立的。

〔初刊《复旦学报》（社会科学版）2001年第5期〕

关于中国现代文学传统问题的初步思考

一、几点基本的看法

（一）如果说现在编写"20世纪中国文学史"还过于匆忙的话——因为20世纪中国文学的发展中的不少问题尚未明朗化，那么，审视中国现代文学自"五四"以来的发展，大致到20世纪80年代中期，因出现明显的新质，此前的那一段文学史现象也就构成历史的沉淀，所以现在确实可以对所谓的中国现代文学传统的问题，来作梳理、归纳和总结了。

（二）如同"中国现代文学史"与"中国新文学史"是有所不同的两个概念一样，首先也需要明确："中国现代文学传统"与"中国新文学传统"的概念内涵也是有差异的。据此，才能确立"中国现代文学传统"的研究对象和范围。

（三）应该说，中国现代文学传统，既有某些一以贯之的东西，也有若干曾经中断而又被接续的东西。如果出自总结历史经验教训的考虑，或许可以把后者也纳入研究考察的视野。另外，传统的意义，本是中性的，不能单从"优秀"或"积极"的方面去发掘，事实上，中国现代文学史所留下的消极性传统也不少，从某种角度上说，分析总结这些消极性的传统，或许具有别一种意义。

（四）由此看来，中国现代文学传统具有明显的复杂性和多元成分，而远非单一的。对此，需要从不同的角度去把握，如果只是依据某种单一的理论框架予以分析，显然将失之偏颇。

（五）稍稍具体地说，中国现代文学传统的多元成分，至少可以从如下几个并立的视角作梳理：文学与社会政治、文学理论观念、创作思想、文学批评、理论批评与创作的互动关系、处理中外文学关系、文学家的创作心态，如此等等。但从上述几个方面看，涉及的人多是文学外在性的问题，属于文学本体方面的问题并不太多。然而这恰恰是反映了中国现代文学传统在内容上的构成特点。

（六）上述中国现代文学传统，实际上的影响和意义，带有明显的双重性乃至多重性：有的积极，有的消极，但更多的是两者交错，或以积极面为主，却有某种消极性；或以消极面为主，但含有某种合理的内核。

（七）唯其如此，中国现代文学传统的基本的价值意义不能不是复杂的，从中可以直接继承的东西并不太多，大量的乃是可以作为经验教训而资借鉴。

（八）总的说来，如果我们今天探讨和总结中国现代文学传统，主要目的在于继承发扬的话，那么其前提应该是对此作科学的分析，去粗存细，去伪存真，择善而从之，而即使在继承的时候，也应该结合新的时代生活和文化环境进行适应性改造，否则，上演的可能是一出"橘逾淮而枳"式的喜剧，如同中国近现代思想文化史上曾多次出现过的现象：虽然照搬西洋的"良法美意"，但到头来却是龙种生养了跳蚤。

二、主体性的传统——泛政治化

所谓中国现代文学传统的一以贯之的东西，即足以构成主体性的传统，不能不是一种可以称之为"泛政治化"的现象（从文学观念、理论批评到创作实践），它的基本表现形态和特征是：片面强调文学与社会政治的联系，夸大文学对社会政治的作用（影响力），主张文学创作为某一特定的社会政治集团的既定路线服务，又以这一服务的实际功效的大小作为评判文学作品优劣的尺度。如果从相反的角度来表述，即否认文学的本体性，否认文学的相对的独立性，否认文学思想、理论、创作的多元化的天然合理性，甚至还否定文学的娱乐作用以及对于一般意义上的"人性"的表现。

这种"泛政治化"的传统，从文化理念上说，显然承袭着中国古代的儒家正统的文学观，即"文以载道"论。它的形成，一般可以追溯到晚清时期由梁启超所倡导的"政治小说"（或"小说界革命"）论，这在当时甚至也为梁启超的政治对立面（革命派人士）所接受。迨至"五四"新文学运动开展，虽然先是有"为人生的文学"的口号的提出，但由于这是作为"消遣与游戏"说的对立面而强调的，因此很快地接续了梁启超的逻辑思路，无论是周作人强调"思想革命"，还是早期共产党人直接呼吁"革命文学"。唯其如此，从20世纪20年代的中后期以来，就有"革命文学"—"左翼文学"的空前发展，并蔚成文坛主流，至抗战军兴，更是合乎逻辑地演变为几乎是清一色的"抗战文学"。而当时的根据地，由于在理论上明确倡导"文学从属于政治"和文学批评的"政治标准第一"，以及"文学为工农兵服务"等，更是把"泛政治化"的传统凝固了，由此还成了建国后十七年里整个国家的文学政策的蓝本。至于"文革"文学，只不过把这一传统发挥到了极点而产生"异化"。再看"新时期"（1978—1985?）文学，在整体上，也只是回到了十七年，试看那些具有代表性、经典性、也是引起过重大社会反响的作品，莫不如此，它们与"文革"文学的主要差异，仅仅在于对"政治"的具体内涵的把握作了某种置换。

这种"泛政治化"的传统之所以得到延续，应该说，是由现实的中国社会政治局面以及与之相适应的社会文化思潮所决定的——无论是现实的救亡任务，还是启蒙主义的要求和责任，都诱导和刺激了中国现代作家（理论批评家），使得他们的文化心态在"泛政治化"的问题上定型。的确，绝大多数的中国现代作家的传记材料（包括他们的自述性文字）无不表明，作为文学家，他们不满足于做一般意义上的文学家，而期待同时成为思想家或革命家，即"诗人与战士"的统一；作为文学理论批评家，他们也不是追求一般意义上的文学批评的建树，而以指导作家如何成为"诗人与战士"为己任，或者更乐意成为文学家及其创作的政治性裁判者。从这一意义上说，"泛政治化"传统的形成、延续，其实是与中国现代作家（理论批评家）的文化心态互为因果的。

三、"泛政治化"与现实主义传统

在体现中国现代文学史上"泛政治化"传统的种种理论中，相对说来，既涉及了文学的本体问题，又是最具理论（美学）色彩的，乃是所谓的"现实主义"理论。

笔者曾写有论文《关于中国新文学现实主义传统的几点考察》。[①] 现在看来，此文所提出的意见是粗略的，也有失当之处。其实，深入考察中国现代文学理论批评史中的各种"现实主义"理论的文献材料，可以这样说：虽然大致上从同一个起点出发，即承认文学作为上层建筑——意识形态的构成部分，乃是对经济基础——社会生活的反映，但具体的阐述以及结论性意见，则是形成了大小两支分叉：

（A）一部分论者（以鲁迅为代表，包括若干民主主义，自由主义作家批评家），主要是在比较纯粹的美学理论的范围内（在学理上不同于"浪漫主义"等），探讨文学如何反映生活的问题，所关注的重点是如何强化作品的审美价值；

---

① 收入《中国新文学研究》第 1 辑，复旦大学出版社，1986 年。

（B）大部分论者（主要是"革命文学""左翼文学"作家批评家，以及工农兵作家等），本着"泛政治化"的基本观念，把文学"反映生活"视为一种政治性的行为，所以明确要求文学家在对社会现实生活作描绘和反映时，能够鲜明地体现出政治党派的倾向，从而为该党派的现实的社会政治斗争服务。

比较以上两支现实主义文学理论的内涵，两者的主要差异如下：

	A	B
文学观念	承认文学承担一定的思想启蒙的责任，但认定须从文学的本体出发，不可把文学等同于宣传。	片面的乃至绝对的强调文学的社会功用，把文学对社会政治的影响夸大为唯一的和排它性的。
创作思想	强调从生活出发，真实地反映广阔的社会生活以及人们的思想情感，并主张用艺术形象本身表达对于社会生活的理解和认识。	主张从观念出发，"主题先行"，对"生活真实"与"艺术真实"的关系作曲解，一味强调"本质的真实"。
创作方法	注重艺术创新，在题材择选和艺术形象的塑造等任何问题上不受限制。	奉行"唯物辩证法的创作方法"，对艺术创作的有关问题预设框框，尤其对"典型环境中的典型人物"的命题作机械的理解。
评判标准	追求美学价值与历史价值的统一。	把美学价值与历史价值相割裂，而对历史价值的把握，又片面地理解为现实的社会政治功利目的和效果。

再从中国现代文学史的创作现象来看，大致也分别受上述两种不同的"现实主义文学"论的影响，但相较而言，似乎后者的影响更为

明显,以至在各体文学创作中,也就形成了一些各自的派生性的传统,例如:

小说,题材择选方面,重视"现实重大题材",对之多作及时的反映;人物形象塑造方面,争相描写具有阶级特征的"英雄典型"之类。尤其是上世纪四十年代末以来的一段较长时间里,"合作化"—"人民公社化"题材的作品(其中不乏长篇)持续不断,而其主人公大都为体现政策要求的"高大全"式的角色,足以证实这一点;

戏剧,就新编历史剧(话剧)一支而言,无论在抗战前夜、"孤岛"时期、"国统区",还是在"十七年"里,绝大部分作品本着"为现实斗争服务"的意图而创作,所以"影射手法"带有普遍性,区别和差异仅在影射程度的大小而已;

散文,至少是所谓的"鲁迅风"杂文,从《新青年》的"随感录"到《申报》的"自由谈",一脉相传。"匕首"和"投枪"说,至为形象和典型;

诗歌,其中占大宗的(政治)抒情诗,即使不是"标语口号"式的,但也是以政治性鼓动为基调——"歌和诗,是炸弹与旗帜,歌手的声音,能够唤起整个阶级"(马雅可夫斯基),此诗在现代中国诗坛的影响,足以证实这一点。

这样一些较为具体的文学传统,在中国现代文学史上是一种客观的存在,它们的意义并不单纯,对于当代文学创作的影响也是复杂的,值得作实事求是的分析。

〔初刊南京大学中国现代文学研究中心编:《中国现代文学传统》,人民文学出版社,2002年〕

郑振铎对五四新文学运动的理论贡献

——纪念郑振铎先生诞生一百周年

作为五四新文化运动的重要组成部分的"文学革命"——新文学运动,在整个中国近现代思想文化史(文学史)上的划时代意义,在八十年之后,愈加清晰地显示出来了。镌刻在这一伟大的思想启蒙(解放)运动史册上的;有一串光辉的名字,郑振铎先生无疑是其中的一位。

郑振铎(1898—1958),原名木官,字警民,主要笔名有西谛、CT等,原籍福建长乐,出生于浙江永嘉(今温州市)。少年时代在永嘉求学,因接触中国传统文学(包括民间文学)而形成文学兴趣。1917年底由永嘉赴北京,并于次年初入学北京铁路管理学校后,通过广泛阅读西方哲学社会科学论著和以俄国文学为主的西方文学作品,接受了五四新文化运动的洗礼,而在作为本校学生代表切实地参加了五四爱国运动之后[①],更是进一步自觉地投身于正向纵深发展的新文化运动。自1919年秋至1920年夏,郑振铎在北京先后发起创办了宣传"五四"新思潮的进步刊物《新社会》和《人道》,在这前后又先后加入"联合改造""批评社"和"曙光社"等进步团体,甚至还参加了北京

---

① 参见郑振铎:《记瞿秋白早年的二三事》,《新观察》1955年第2期。

的社会主义青年团的活动。①

由此可见,郑振铎是典型的"五四"新青年,他吮吸了"五四"的奶汁,随即又回报社会,以自己的思想与活动再施积极影响于更年青的一辈。他在这方面的最显著的历史功绩,乃是于1920年年底发起组织了中国新文学运动史上的第一个新文学社团——文学研究会,并且在此后的一段时间里,他毅然放弃所学专业,改而在上海专门从事新文学活动②,作为文学研究会的主要负责人,为中国新文学运动的发展做了大量卓有成效的工作。也正是在这一过程中,郑振铎毫无愧色地成为五四新文学运动的最杰出的理论批评家之一,为"五四"新文学运动的理论建设,作出了自己独特的贡献。

谈到五四新文学运动的理论建设,作出开创性贡献由此影响中国新文学的发展方向的,自然是"文学革命"的倡导者如胡适、陈独秀以及钱玄同、刘半农和周作人等人。而从郑振铎一辈的先驱者来看,傅斯年、罗家伦、沈雁冰、郭沫若、成仿吾和宗白华等,也各有相应的劳作。乍看起来,郑振铎似乎只是其中的一位,并无太大的特殊点。然而,如果我们全面考察整个五四新文学运动的理论批评的风貌,结合对"五四"以来的新文学运动中的正反两方面的经验教训的梳理分析,便可以认识到:郑振铎所提出的关于五四新文学运动的一系列理论见解包括一些具体的观点和主张,其实是更加切实并且创造性地阐发了"五四"文学革命的倡导者所提出的基本的思想命题,既不乏理智的光芒,又有为他人所不及的学理深度。本着重估一切价值的思想方法,从建立在"民族文化反省"③基础上的文化启蒙主义立场出发,强调追随世界文化潮流,为中国创造有助于中国社会发展与进

---

① 参见陈福康编著:《郑振铎年谱》,书目文献出版社,1988年。
② 郑振铎在北京铁路管理学校毕业后,因应聘为上海《时事新报·学灯》编辑和进入商务印书馆而放弃原学专业,开始专门从事新文学运动。
③ 关于"民族文化反省"问题,参见拙稿《试论近代中国的"民族反省"思潮》,《复旦学报》(社会科学版)1993年第3期。

步的新文化(新文学)的文化使命感,郑振铎真正地坚持和弘扬了"五四"的这一文化精神。

一、坚持新文学的使命和现实主义方向

以"白话文学正宗论"为理论基石的"五四"文学革命运动的发展,所触及的中国新文学的建设问题,先有陈独秀的"三大主义"的提出,迨至文学研究会成立前后,又有:"思想革命""人的文学"或"平民文学"一类旗帜的张扬,以及"为人生的艺术"的宣言。从当时文学界的新旧思想的尖锐斗争的轨迹来看,诚如郑振铎后来所总结揭示的那样:那"是一步步的随了反对者们的突起而更为进步,更为坚定;他们扎硬寨,打死战,一点也不肯表示退让。他们是不妥协的!"[①]就郑振铎而言,他在这一"扎硬寨,打死战"的战役中,主要是通过主编《时事新报》的《文学旬刊》[②],始终坚持"五四"文学革命的立场,坚定而明确地"鼓吹着为人生的艺术,标示着写实主义文学",同时"反抗无病呻吟的旧文学,反抗以文学为游戏的鸳鸯蝴蝶派的'海派'的文人们",由此"比《新青年》派更进一步揭起了写实主义的文学革命的旗帜"。[③] 其中,在确立新的文学观的基础上而提出新文学的使命问题,与此相适应又加以倡导"血与泪的文学"而更具体地指示"五四"新文学的现实主义的方向,这几个方面的有机结合,事实上构成了一个较为完整的理论体系。

---

① 郑振铎:《中国新文学大系·文学论争集·导言》,原书系上海良友图书印刷公司1935年10月初版。
② 《时事新报》的副刊《文学旬刊》始于1921年5月,迨至1923年7月,改名为《文学》,系周刊,到1925年5月的第172期,又改名为《文学周报》而独立出版。该刊由郑振铎主编,但从1923年年底起,部分编辑事务由叶圣陶承担。
③ 郑振铎:《中国新文学大系·文学论争集·导言》,原书系上海良友图书印刷公司1935年10月初版。

郑振铎当时发表的最重要的论文之一是《新文学观的建设》①，该文指出：中国的传统的文学观——无论是"娱乐派"还是"传道派"都是"谬误的，而且是极为矛盾的"，必须打破，换言之：

> 我们要晓得文学虽是艺术也能以其文字之美与想象之美来感动人，但却决不是以娱乐为目的的。反而言之，却也不是以教训、以传道为目的的。文学是人类感情之倾泄于文字上的。他是人生的反映，是自然而发生的。他的使命，他的伟大的价值，就在于通人类的感情之邮。

从这段话看，似乎是回避了文学的思想内容的进步性问题，与当时的文学革命论的其他先驱者对于文学的思想性的强调不那么合拍，由此使"为人生"的问题变得抽象与模糊了，然而郑振铎又在其他论文中指出："理性是难能使革命之火复燃的，因为革命天然是感情的事，一方面是为求光明的热望所鼓动，一方面是为厌恶憎恨旧来的黑暗的感情所驱使"，殊不知"文学是感情的产品，所以他最容易感动人，最容易沸腾人们的感情之火"，"革命就是需要这种感情"。② 据此，郑振铎又认为：文学的使命就是"扩大或深邃人们的同情与慰藉，并提高人们的精神"——

> 现在的世界是如何残酷卑鄙的世界呀！同情心压伏在残忍冷酷的国旗与阶级制度底下，竟至不能转侧。而人们的高洁的精神，廓大的心境也被卑鄙的实利主义，生活问题泯灭消灭而至于无有。救现代人们的堕落，惟有文学能之。③

很显然，郑振铎在这里提出并阐述的文学观，虽然也结合探讨了文学与革命的关系，但是他却坚持了文学的本体性，又把文学的本体性主

---

① 郑振铎：《新文学观的建设》，《文学旬刊》第37期，1922年5月11日。
② 郑振铎：《文学与革命》，《文学旬刊》第9期，1921年7月30日。
③ 郑振铎：《文学的使命》，《文学旬刊》第5期，1921年6月20日。

要落实在人的感情问题上,换言之,他把"为人生的文学"或"人的文学"的关键理解为人类感情的沟通,这就避免了五四新文学运动的某些追随者事实上从另一种角度接受并宣传的那种"文以载道"的文学观的偏颇。

谈到这一点,还应指出,郑振铎在当时也阐发过另一种"文学工具论"。他鉴于世界进步文学的某些历史经验——例如,"稍治俄国文学的人,莫不惊异他们和社会关系之密接。由俄国文学,我们得了一个印象,就是文学的本质,实际上虽然不以改造社会为极致;不替社会建设一种具体的方案;可是激动改造的根本精神之物,当以文学之力为优"①;又如"俄罗斯的艺术家与批评家,自倍林斯基与杜薄罗林蒲夫后,他们的眼光,差不多完全趋于'人生的艺术'的立足点上"②,因此郑振铎提出:

> 应当把艺术当作一种要求解放、征服暴力,创造爱的世界的工具。③

在这里,郑振铎的基本的文学观也是辩证的:既承认以文学促进革命的必要性,如他表示,"把现在中国青年的革命之火燃着,正是现在的中国文学家最重要最伟大的使命"④;但同时又认定这一使命的落实要从承认文学的本体性问题入手,如上文所援引的那些话。结合郑振铎对于戏剧改革的意见来看,其表述得最为完准:"纯艺术的戏剧,决不是现在——尤其在中国——所应该演的。因为现在的丑恶,黑暗的环境中,艺术是应该负一部分制造光明的责任的",所以新文学家就有两重责任:"一重是改造戏剧,一重是改革社会。"⑤

---

① 郑振铎:《文学之力》,《文学旬刊》第57期,1922年12月1日。
② 郑振铎:耿济之译托尔斯泰《艺术论》之《序》,写于1920年8月20日,转引自陈福康编著:《郑振铎年谱》。
③ 同上。
④ 郑振铎:《文学与革命》,《文学旬刊》第9期,1921年7月30日。
⑤ 郑振铎:《光明运动的开始》,《戏剧》第1卷第3期,1921年7月。

正是本着上述对于新文学使命问题的正确把握,具体到新文学的创作思想和创作方法问题,郑振铎提出了"血与泪的文学"的命题。当然,从另一方面看,诱导郑振铎提出这一命题的实际原因,主要在于鸳鸯蝴蝶派旧文学的刺激——包括它们在当时对于新文学运动所作的反扑性的攻击。① 郑振铎指出:

> "雍容尔雅""吟风啸月"的作品,诚然有时能以天然美来安慰我们的被扰的灵魂与苦闷的心神,然而在此到处是榛棘,是悲惨,是枪声炮影的世界上,我们的被扰乱的灵魂与苦闷的心神,恐总非它们所能安慰得了的吧。而且我们又何忍受安慰?……我们所需要的是血的文学,泪的文学,不是"雍容尔雅""吟风啸月"的冷血的产品。②
>
> 血与泪的文学,恐将成为中国文坛的将来趋向。你看,像这种不安的社会,虎狼群行于道中,弱者日受其鱼肉,谁不感受到一种普遍的压迫与悲哀呢?③

在这里,郑振铎明确地把他所倡导的"血与泪的文学"当作鸳鸯蝴蝶派的"消闲"和"游戏"之作的对立面,而他对"血与泪的文学"的本质特征的阐述,不仅在理论上融合了"为人生的艺术""人的文学"或"平民文学"的题旨,而且由于把它视之为新文学的创作方向,因此这也是在实际上认定了新文学的现实主义所应含有的时代性和民族性的特质,由此比之一般性的提倡"为人生的艺术"而更加具体深刻了。

郑振铎把"血与泪的文学"作为新文学的现实主义的创作思想和

---

① 近年来有学者对"鸳鸯蝴蝶派"作家作品乃至整个文学现象似有一种新的评判,对其客观的文化意义和价值有所肯定,这自有其一定的合理性。但是应该承认:"五四"时期文学革命论者对于"鸳鸯蝴蝶派"的批判,总的说来是正当的和正确的。
② 郑振铎:《血和泪的文学》,《文学旬刊》第6期,1921年6月30日。
③ 郑振铎:《无题》,《文学旬刊》第44期,1922年7月21日。

方法予以倡导,其深刻性还集中地表现在如下的两段话中:

> 血与泪的文学不仅是单纯的"血"与"泪",而且是必要顾到"文学"两字。尤其必要的是要有真切而深挚的"血"与"泪"的经验与感觉。虚幻的浮浅的哀怜的作品,不作可以。①

> 我们不立刻求我们的创作,能美丽如屠格涅夫,能精巧如莎士比亚;只求其能不落平凡,只求其能以自己的哭声与泪珠,引起读者的哭声与泪珠而已。②

从前一段话来看,郑振铎虽然承认文学的内容题材和思想倾向的相对独立的意义以及与审美指向的有机联系,或者说也是一般性地强调了新文学的现实主义精神理应充分表现为对于现实社会生活的关注,但是郑振铎却没有由此走向"题材决定论",甚至明确反对那种仅满足于关注题材问题而对之作虚幻浮浅的反映。郑振铎强调"必要顾到'文学'两字",正是从文学的本体论立场出发,强调新文学的现实主义必须重视审美内涵的天然性。对此,郑振铎还联系到对当时创作倾向的分析指出:有些新文学作品,虽然它们"都是说家庭的痛苦,或是对劳动者表同情,或是叙恋爱的事实",但"千篇一律,不惟思想有些相同,就是事实也限于极小的范围。并且情绪也不深沉;读者看了以后,只觉得平凡,只觉得浅薄,无余味,毫没有深刻的印象留在脑中",造成这种"思想与题材太浅薄太单调"的原因之一,在表现方法技巧上,或者"描写的艺术太差了,……不能表现所描写的人与事物的个性、内心与精神";或者"艺术很好,却又病于纤巧;似乎有些专注意于文字的修饰而忘了创作的本意的毛病"。③ 由此可见,郑振铎在这里强调"平凡与浅薄"的"致命伤"问题,其实是在中国新文学运动的理论批评史上首先提出了值得警惕的反对公式主义和概念

---

① 郑振铎:《无题》,《文学旬刊》第44期,1922年7月21日。
② 郑振铎:《平凡与纤巧》,《小说月报》第12卷第7号,1921年7月10日。
③ 同上。

化的倾向的命题——当然,与此同时郑振铎也表明了反对形式主义的理论立场。郑振铎当时还有"提倡修改的自然主义"的理论主张,在他看来,"好的作品,所叙述总是极真切,浮光掠影的叙述,永远不会成好作品,现在大部分的作品所欠缺的就是真字也"。① 如此加上对于真的肯定和推崇,郑振铎对于"血与泪的文学"的现实主义性质的把握,无疑是更完整了。

第二段话所涉及的问题则又更深入了一步。在这里,郑振铎是从"世界观与创作"的关系层面上提出了现实主义文学的创作思想与方法的另一条重要原则,即作家本人对于生活的认识、理解、把握的程度高低以及思想情感的深浅得失,对于创作起着重大的制约作用。诚如郑振铎在另一篇文中所说:"写实主义的文学……的特质,实在于(一)科学的描写方法与(二)谨慎的,有意义的描写对象之裁取","写实主义的文学,虽然是忠实的写社会或人生的断片的,而其裁取此断片时,至少必融化有作者的最高理解在中间"。② 联系到郑振铎又在中国现代文学史上首先提出希望知识青年"能够快些觉悟、早些去和那坦明可爱的好朋友——农工——去一块儿生活"即"到田间和工厂里去"的口号③,还可以认定,郑振铎关于新文学的现实主义创作思想和方法的理论见解的深刻性,表明他当年的确初步接受了马克思主义的社会革命的积极影响,但难能可贵的是,他毕竟没有逾过真理一步,即在坚定不移地倡导"血与泪的文学"的现实主义方向的时候,也坚持着文学的本体论。

诚如有的学者所指出:五四新文学运动其实含有两种启蒙,即"启蒙的文学"(以文学为手段,承担起新文化运动的思想启蒙任务)和"文学的启蒙"(摆脱传统的文学观念,使文学与人的自觉联

---

① 郑振铎:致周作人信,1921年9月3日,转引自陈福康:《郑振铎年谱》。
② 郑振铎:《文艺丛谈》,《小说月报》第12卷第3期,1921年3月10日。
③ 郑振铎:《再论我们今后的社会改造运动》,《新社会》第9期,1920年1月;《学生的根本上的运动》,《新社会》第12期,1920年2月。

系起来)。① 由此去观照郑振铎当时发表的一系列关于新文学运动的理论主张,正是他才较好地把这两种启蒙结合起来,至少在知识形态上是如此,而"血与泪的文学"的命题的提出,则是一个最典型的反映。顺便说,"五四"以来的中国新文学运动的历史经验表明,现实主义的创作思想和方法只有建立在文学的本体论的基础上(即如郑振铎所说必要顾及"文学"两字)才有真正的创造力和生命力,所以郑振铎的上述关于坚持新文学的使命和现实主义方向的主张的理论价值和意义也正在于此。

二、正确介绍和诠释文学原理和基本知识

在五四新文学运动中,"文学的启蒙"工作,除了确立新的文学观念外,重要的一方面还在于输入和介绍西方近代文学理论的一般原理以及有关文学的一系列基本知识,以此来规范和引导新文学的创作。如果说胡适和鲁迅等人主要是在新文学的"文体论"问题上提出了建设性乃至经典性的论述的话,那么郑振铎在这方面的贡献,则在于更加切实具体地介绍和诠释了另一些其实也是相当重要的文学原理和基本知识,诚如郑振铎当年所说:鉴于"中国读者社会的文学常识的缺乏是无容讳言的"②,因而"我们现在的责任"就要极力介绍"正确的文学原理","把文学的根本常识,简简单单地介绍给大家"。③

郑振铎对于近代文学原理和基本知识的正确介绍和诠释是多方面的,除了郑振铎推荐西方近代文学理论的代表作以及专门评述几

---

① 参见陈思和:《中国新文学发展中的两种启蒙传统》,《中国现代文学研究丛刊》1990年第4期。
② 郑振铎:《明年的〈小说月报〉》,《晨报副镌》1923年12月25日。
③ 郑振铎:《致孙祖基信》(1921年10月20日),刊《文学旬刊》第19期,1921年11月2日。

位重要的西方近代文学理论批评家的基本理论主张①外,还对文学体裁的分类问题系统地提出了建设性意见②,甚至还就"文学上名辞的音译问题"以及"审定文学上的名辞"等问题,发表了自己的深思熟虑的意见。③ 上述这些工作,在中国新文学运动的理论批评史上,都带有开创性的意义。

相较而言,郑振铎对于近代文学原理和基本知识的正确介绍和诠释,事实上对于整个新文学运动的理论建设乃至指导新文学创作的实践方面起到了明显的积极影响的,至少有如下几端。

关于"真率"与"质朴"的诗学观。郑振铎指出:

> 诗歌是人类的情绪的产品。我们心中有了强烈的感触……总想把它发表出来:诗歌便是这种情绪的最好的工具。……我们要求"真率",有什么话便说什么话,不隐匿,也不虚冒。我们要求"质朴",只是把我们心里所感到的坦白无饰地表现出来,雕琢与粉饰不过是"虚伪"的遁逃所,与"真率"的残害者。④

这里是从坚持文学的本体论出发而阐述文学的真实性问题,所触及的主要是对文学作品的"艺术真实"的理解。在郑振铎看来,"真实"并非是孤立的标尺,它是与"质朴"互为表里的,而两者的表现形态均是作家(诗人)的情感,因此,文学(诗歌)的"艺术的真实",归根结底是作家(诗人)的思想情感的"真率"与"质朴"——那是作

---

① 郑振铎这方面的主要文章有《关于文学原理的重要书籍介绍》(《小说月报》第14卷第1期,1923年1月)等。

② 参见郑振铎:《文学的分类》(《文学》第82期,1923年8月6日)、《诗歌的分类》(《文学》第85期,1923年8月27日)。

③ 郑振铎这方面的主要文章有《审定文学上名辞的提议》(《小说月报》第12卷第6期,1921年6月)和《文学上名词译法的讨论》(《小说月报》第14卷第2期,1923年2月)等。

④ 郑振铎:《雪朝·短序》,上海商务印书馆,1922年。

家(诗人)的"人格或个性的反映"。① 由此可见,郑振铎提出的"真率"和"质朴"的诗学观,其实具有文学的普遍性,即把"艺术的真实"视之为最基本的审美要求。再联系到"五四"的白话新诗创作局面来看,郑振铎的这一诗学观不仅坚持张扬了"五四"时代的思想解放(个性解放)的旗帜,而且也有针对性地提醒了新诗人对于艺术性的重视。

关于文学的统一观。这是郑振铎在介绍和诠释近代文学原理和文学基本知识中的最具光彩的一笔。他借鉴英国著名文学理论家莫尔顿(Moulton,1849—1924)的理论而提出:应该"以文学为一个整体,为一个独立研究的对象,通过与地与人与种类一以贯之,而作彻底的全部的研究"②,由此出发,郑振铎稍后还进一步阐述了"世界文学一体化"的观念:

> 我们研究文学,我们欣赏文学,不应该有古今中外之观念,我们如有了空间的或时间的隔限,那末我们将自绝于最弘富的文学的宝库了。
>
> 我们应该只问这是不是最好的,这是不是我们所最被感动的,是不是我们所最喜悦的,却不应该去问这是不是古代的,是不是现代的,这是不是本国的,或是不是外国的,而因此生了一种歧视。③

这些观点,无疑都是正确的。

另外,郑振铎还有意识地在中国首先倡导儿童文学,这不仅为中国现代儿童文学(作为新文学创作的一个组成部分)的理论建设奠定了第一块基石,而且结合着《儿童世界》(周刊)的编辑活动和相应的著译,还直接促使了中国儿童文学的形成。从理论倡导上看,郑振铎

---

① 郑振铎:《雪朝·短序》,上海商务印书馆,1922年。
② 郑振铎:《文学的统一观》,《小说月报》第13卷第8期,1922年8月。
③ 郑振铎:《文学大纲·叙言》,商务印书馆,1927年。

指出：

> 儿童需要精神上的粮食，正像他的需要物质上的粮食一样……同样的，为了适合儿童的年龄与智慧，情绪的发展的程序，他的"读物"，精神上的粮食，也是不能完全相同的。……凡儿童读物，必须以儿童为本位……这个原则恐怕是打不破的。①

至于儿童文学的宗旨，郑振铎还吸收外国儿童文学理论家麦克·林东的意见而指出这样三点："使他适宜于儿童的地方的及其本能的兴趣及爱好"；"养成并且指导这种兴趣及爱好"；"唤起儿童已失的兴趣与爱好"。② 总之，"儿童本位""精神粮食"和"兴趣及爱好"这三个关键词，表达了郑振铎提倡中国现代儿童文学的最基本的思想。另外，郑振铎还说：虽然安徒生讲过"人生是最美丽的童话"，而以中国当前的情况看，"如果'地国'的乐园不曾实现，人类的这个寻求恐怕永没有终止的时候"。③ 由此可见，郑振铎倡导儿童文学的思想理论的出发点，依然是追求"文学的启蒙"与"启蒙的文学"的结合，但又可贵地着眼于"中国的最可爱最有希望的第二代"。④

还是在郑振铎认真严肃地做着上述工作的时候，已经有人对这一工作的价值意义作了充分的肯定，如陈望道致函沈雁冰说：郑振铎"提议先输入文学原理和文学常识"，是"很有理由"的，"尤其是目下的急务"。⑤ 回顾当时新文学运动的理论建设的实际情况，此当为不刊之论。

---

① 郑振铎：《儿童读物问题》，收郑尔康、盛巽昌编：《郑振铎和儿童文学》，上海少年儿童出版社，1983年。
② 郑振铎：《儿童世界宣言》，《时事新报·学灯》1921年12月28日。
③ 郑振铎：《稻草人·序》，商务印书馆，1923年。
④ 郑振铎：《天鹅童话集·序》，原书商务印书馆，1925年。
⑤ 陈望道：《讨论文学的一封信——整理中国文学和普及文学常识》，《民国日报·觉悟》1922年11月12日。

三、倡导对于外国文学的学习和研究

五四新文学运动对于外国文学的介绍在整体上是重视的,郑振铎作为当时重要的翻译家之一也做了大量的翻译介绍工作。不过,就郑振铎而言,并且较之同时代其他翻译家,他更重要的理论贡献在于从学理上充分论证了学习外国文学经验以及对之作深入研究的必要性,由此切实地扫除了"中国人何必吃外国药"①一类的陈腐观念。

首先,郑振铎本着"文学的统一观"和由此派生的"世界文学一体化"之说而强调指出:

> 文艺是没有国界的。印度人的一首恋歌,被远在冰岛的人民读之,也如出于他们自己之口似的同样的受感动。北欧人作的一篇故事,不同种类不同俗尚的日本人、中国人读之,也如北欧人一般的能了解,能赞美。我们已在许多世界的名著里,见到我们在我们名著里所不能见到的美的情绪、沸腾着的热情、现代人的苦闷,以及伟大的思想了。②

这段话其实也是介绍和诠释了一条文学原理或基本常识。然而,由此出发郑振铎切入了中国现代文学理论批评史上的一个重大的争论问题并明确地指出:"因此,我们觉得,我们现在应该分些创作的工夫,去注意到世界名著的介绍,不能视'创作'过高,而以'介绍'为不足注意。"③

其次,郑振铎主张尽可能翻译介绍世界各国优秀的文学作品,其

---

① 此语转引自胡适《文学进化观念与戏剧改良》,《新青年》第5卷第4期,1918年10月。
② 郑振铎:《最后一页》,《小说月报》第16卷第4号,1925年4月。
③ 郑振铎:《最后一页》,《小说月报》第16卷第4号,1925年4月。

中针对当时新文学阵营内部关于外国诗歌能否（适合于）翻译的争论也鲜明地提出了自己的意见。在郑振铎看来，根据一般的文学原理，文学作品是能够翻译的，因为无论外国人还是中国人，人们的思想是共通的，所以可以从一种文字转移到另一种文字中来，即使是文学作品的风格，同样也可以转移，而就诗来说——

> 诗的本质与音韵是分离的；人的内部的情绪是不必靠音韵以表现出来的。……诗的音韵，虽是不能够移植，而其本质却是与散文一样，也是能够充其量的转载于原文以外的某种文字上的——就是：诗也是能够翻译的。①

这样的论述，显然有着理论的说服力。可以说，随着在学理上解决诗的可译性问题，五四新文学运动时期对于外国诗歌的翻译介绍很快地呈现出新的气象，这里就含有郑振铎的理论贡献。

复次，为促进介绍翻译外国文学并提高其水平，郑振铎还比较深入地探讨了文学翻译的有关问题，由此提出了文学翻译的三原则，即：

> 不仅是要译文能含有原作的所有意义并表现出同样的风格与态度，并且还要把所有原作中的"流利"（case）完全都具有。②

从这三原则来看，尽管留下了受严复提出的"信雅达"的启迪的痕迹，但是郑振铎对此所作的具体的诠释，则是相当深刻地总结了"五四"前后的文学翻译工作的经验教训，从而也更切合于对此后的文学翻译工作的指导。

还值得指出的是，郑振铎倡导对外国文学的学习与研究，又以自己的相应的研究成果，在方法论等方面为同时代的人们初步地成功

---

① 郑振铎：《译文学书的三个问题》，《小说月报》第12卷第3期，1921年3月。
② 同上。

地构建了某种学术范式。且以那本《俄国文学史略》①为例,从由郑振铎编纂的前十三章的内容看,可谓在中国首次完整系统地勾勒了俄国文学发展史的基本线索,或者说是对俄国文学发展史的基本风貌作了鸟瞰式的把握。此书有几点是值得重视的:(1)重点评述介绍俄国19世纪批判现实主义的作家作品,这是抓住了俄国文学史的特质和长处;(2)对于19世纪以来俄国几位最重要的作家的评述无一遗漏,这表明对俄国文学史的认识是准确的;(3)对于俄国文学史发展的历史文化背景予以充分重视,同时也对各种文学领域的相应成绩予以肯定,这是反映了研究视野的开阔性和切入视角的全面性;(4)对于19世纪末20世纪初的一批中小作家的文学成绩予以客观评述,这不仅与当时中国文学翻译界对于他们的关注相适应,而且有助于引导人们对之提高重视的程度。总而言之,尽管受历史条件的限制,郑振铎对于俄国文学史的把握与理解在今天看来不免有若干疏漏,但这样的研究与介绍在当时所起的作用却是积极的,并且多有学术上的价值。

四、弘扬科学的近代的文学研究的精神

五四新文化运动的发展,其在客观上所形成的轨迹与态势之一,确如胡适当年就揭示并予以提倡的那样:输入学理—研究问题—整理国故—再造文明。② 在这里,所谓"再造文明"无疑是表明了"五四"知识分子精英的明确的文化使命感和相应的奋斗目标,而"整理国故"则被视之为方法途径的不可或缺的一环——尤其就建设新文学而言。当然,由于胡适当年的表述尚欠严密,再加上其他一些非文

---

① 郑振铎编纂:《俄国文学史略》,商务印书馆,1924年。该书第十四章"劳农俄国新作家"系郑振铎约请瞿秋白补写。
② 参见胡适:《新思潮的意义》,《新青年》第7卷第1期,1919年12月。

的原因,所以"整理国故"问题的提出,在客观上也留下了若干消极性,以致影响了人们对于这一文化命题的理解和把握。不过,以郑振铎来说,他的理解和把握却是正确的,因而在接手主编《小说月报》伊始,就在该刊组织了"整理国故与新文学运动"的讨论,并且自己撰文明确表示:"我主张在新文学运动的热潮里,应有整理国故的一种举动。"①

回顾当年新文学阵营的人们围绕"整理国故"问题所发表的种种意见,就局限于较纯粹的文化学理范围的言论来看,郑振铎的理论主张是闪烁着深邃的理性思考的光芒的。首先,郑振铎认为:在整个新文学运动中,提倡新文学建设与"整理国故"两者并不矛盾,甚至是一个问题的两个方面而表现出一致性:因为"这种运动的真意义,一方面在建设我们的新文学观,创作新的作品,一方面却要重新估定或发现中国文学的价值,把金石从瓦砾堆中搜找出来,把传统的灰尘,从光润的镜子上拂拭下去"②;郑振铎进而还肯定了"整理国故"的本身的学术意义,即可以"去建造许多古所未有的功绩,去写作许多古所未有的批评著作,去把向来混浊不清的文艺思想与常识澄清"③;另外,郑振铎又提出了"整理国故"(具体如中国文学史的研究整理领域)的基本方法和思路:

> 一方面以现代的文学批评的眼光,来重新估定中国古文学的价值,一方面以致密谨慎的态度去系统的研究中国自商周以迄现代的文艺的思想与艺术。④

---

① 郑振铎:《新文学之建设与国故之新研究》,《小说月报》第 14 卷第 1 号,1923 年 1 月。
② 同上。
③ 郑振铎:《研究中国文学的新途径》,《小说月报》第 17 卷号外《中国文学研究》上册,1927 年 6 月。
④ 郑振铎:《小说月报第十五卷号外中国文学研究号征文启事》,《文学》第 94 期,1923 年 10 月 29 日。

以上几个层次的意见,无疑是环环相扣,互有联系的,构成了对于"整理国故"和中国文学史研究问题的理性思考。这样的理性思考的基本的积极的文化意义,可以归纳为两点:一是因肯定"整理国故"为整个新文化(新文学)运动的题中应有之义,所以在实际上便是在纠正"五四"时期某些新文化运动代表人物对待中国传统文化的某种偏激言论主张的同时,真正地坚持了"五四"的文化方向;二是因提出"整理国故"的正确的观念、态度、方法乃至下手途径,从而把"五四"的文化批判精神和科学思想方法,具体地引入了学术研究领域。应该说,这两点的结合,便是郑振铎所反复倡导的"近代的文学研究的精神"①。如果说,这样的理论主张是接受了胡适的影响的话,那么应该说:第一,如果我们实事求是地承认胡适的意见是合理的,则理当也肯定郑振铎意见的正确性;第二,把郑振铎的意见与胡适的主张相比较,则可以认定郑振铎的阐发,以其更具体更明确甚至更具有可操作性,将施积极的影响于"五四"以来的现代学者从事"整理国故"和中国文学史研究的工作。

郑振铎本人对于"近代的文学研究的精神"也是身体力行的。就研究中国古代文学而言,他一生既写下了许多重要论著,又整理编辑了大量的史料。而在那些重要的学术论著中,也随时提出了许多带有方法论的启迪意义的见解,这些见解其实又是他对"近代的文学研究的精神"结合具体的研究工作而提出的补充性的阐述。

且以他的最负盛名的代表作《插图本中国文学史》和《中国俗文学史》②两书所涉及的文学史观念问题为例。依据法国文学批评家泰纳(Taine,1828—1893)的"时代,环境,民族"的三要素说以及丹麦文学批评家勃兰兑斯(Brandes,1842—1927)重视考察"文学主潮"演变

---

① 郑振铎:《整理中国文学的提议》。
② 《插图本中国文学史》,商务印书馆,1930 年;《中国俗文学史》,商务印书馆,1938 年。

的理论,郑振铎指出:文学史著作不仅仅是"作家传记的集合体,却也不能不着于作家的自身的生活的记述","文学史的主要目的,便在于将这个人类最崇高的创造物文学在某一环境、时代、人种之下的一切变异与进展过程表示出来,并表示出:人类的最崇高的精神与情绪的表现,原是无古今中外的隔膜的"①。据此,郑振铎也声明,他的《插图本中国文学史》的学术意图,就是——

> 写一部比较的足以表现出中国文学的整个真实面目与进展的历史。②

在郑振铎提出上述文学史观念之前,中国学者和某些外国学者已经编写出版了多部中国文学史专著,但郑振铎经分析研究,负责任的指出:这些著作都是不完备的,有的"连文学史是什么体裁,他也不曾懂得"(如林传甲),更多的则是"没有什么自己的主张与发见"(如谢无量和曾毅)③,至于英人翟理斯(Giles,1845—1935)的《中国文学史》(1911),"有地方未免太误会了,有许多地方并且疏漏得利害"④。因而郑振铎还提出:中国人应新写一本"比较完备些的中国文学史",其至少要注重这样两点:"(一)文学上的完全知识;(二)中国文学的片断的研究的根据。"⑤由此可见,郑振铎所把握的文学史观念,不仅是在理论上对于泰纳、勃兰兑斯的意见的阐发,而且在结合分析总结了以往中国文学史著作的经验教训的基础上提出了新的见解,其中特别强调对"文学在某一环境、时代、人种之下的一切变异与进展过程"的揭示,特别强调反映文学史的"真实面目"并追求知识形态上的"完备"性,这都是抓住了文学史观念中的关键问题,也是充分

---

① 郑振铎:《插图本中国文学史·结论》。
② 郑振铎:《插图本中国文学史·自序》。
③ 郑振铎:《我的一个要求》,收入《中国文学论集》,开明书店,1934年。
④ 郑振铎:《评Giles的〈中国文学史〉》,收入《中国文学论集》。
⑤ 郑振铎:《我的一个要求》,收入《中国文学论集》,开明书店,1934年。

反映了他对"近代的文学研究精神"的理解的准确性与深刻性。更值得指出的是,根据郑振铎的理解,文学史著作在揭示文学史现象的真实面目与发展过程时,其最终应该着眼于"人类的最崇高的精神与情绪的表现",两者的结合乃构成文学史著作的基本线索。回顾"五四"以来的学术史可知,人们对于文学史著作的基本线索提出过种种意见,如"活文学"(与"死文学"对立)线索,"现实主义"(与"反现实主义"对立)线索、"人民性"(与"非人民性"对立)线索、"民主性精华"(与"封建性糟粕"对立)线索,乃至"法家文学"(与"儒家文学"对立)线索,如此等等。相比之下,郑振铎的文学史观念的科学性是显而易见的。

最后不妨指出:"五四"以来的中国学术文化界的进步是巨大的,单就对于中国传统文学的整理与研究而言,包括郑振铎在内的"五四"新人物(还如胡适、鲁迅、郭沫若、朱自清、闻一多、阿英等)的辛勤劳作,不仅在具体的研究成果上,重要的还在于近代科学精神的倡导和弘扬方面,其成绩和积极的深远的影响,并非当时的那些旧式学者(甚至王国维、章太炎、梁启超、陈寅恪等)所能比肩的。当然,五四新文化(新文学)运动自有它的一些可以理解的缺点和不足之处,但这并不意味着所谓造成中国文化传统的"断裂",何况"五四"初期的某些偏颇之处,也已是由"五四"一代人物自己提出纠正意见并付诸实践的,"整理国故"和对中国文学史的科学的整理研究,即是典型一例,至于郑振铎在这方面的相应的学术活动和理论主张,至今看来还是非常可贵的。

〔初刊《文学评论》1998年第6期〕

走向 21 世纪的中国作家

一、引言

伴随着粉碎"四人帮"的欢呼声,逐步觉醒的中国作家们以一种新的姿态着手建设了被称为"新时期文学"的事业。十年过去了,其间尽管免不了还有些风风雨雨,但令人欣慰的是,"新时期文学"事业终究是按其本身的规律不断地得到了发展。与此相辅相成的是,逐步扩大了阵营的中国当代作家又日趋成熟:从整体上说,中国当代作家们正以坚实的脚步走向 21 世纪。

如果说,"五四"以来的中国新文学的第一个十年的成绩和历史经验尽管是非常值得总结和回顾的,而这种总结和回顾却晚在 1934—1935 年间以《中国新文学大系》的编辑出版为标志才得以有意识地进行的话,那么可以说,人们(作家本身和批评家们)对于"新时期文学"的十年的回顾总结,则是相当及时的,因为早在前几年,就有人着手进行了这一工作,而且在这一工作中又援引了未来学的某些方法,对中国当代文学发展的前景和趋势作了预测。这无疑是反映了中国文学事业在当代发展的自觉和进步。

笔者对此也曾作过尝试,如在一篇文章中预测说:在今后二三十年内,即在 20 世纪末 21 世纪初,将是"中国当代文学走向世界当代文学高峰的起步和在探索中前进的时期"①,换言之,到那时,在整个中国当代文学获得进一步繁荣发展,整个水平都有很大的提高的基础上,将会涌现出一批足以同当代世界文学名著匹敌的鸿篇巨制,且将有若干作家作品为世界同行所公认,对这些作家来说,将主要是靠作品本身而不是靠其他非文学因素,理所当然地获得世界声誉。对于这些基本观点,笔者至今仍是坚持的。本文拟从对中国当代作家队伍有关状况的分析的角度,补充预测中国当代文学发展趋势和前景的有关问题。

二、目前中国作家的几个基本类型和层次

目前中国作家阵营应该说是比较庞大的,在具有全国或各地作协会籍的数以千计的作家中,既有横枪跃马于五四新文学运动的第一代新文学作家,也有在 20 世纪 30 年代左翼文艺运动兴起前后脱颖而出的不同思想倾向和艺术倾向的第二代新文学家,还有在抗战前后分别崛起于"国统区"和根据地(解放区)的第三代作家。此外,则有大量的从中华人民共和国成立前后到 50 年代中叶,以及在粉碎"四人帮"后成长起来的第四、第五代作家。对此,丁玲曾有"五世同堂"之说。从作家的创作经历来看,"五世"之分,当是客观的。但是,如果对全部健在的中国当代作家的情况从文学角度作现实的区分,那么,归属不同类型和层次的最基本要素,显然是看其现有的创作能力及原有作品的社会影响程度。据此,笔者认为,中国当代作家大致可以划分为如下四个基本的类型和层次。

一是新文学的星宿,以叶圣陶、冰心、沈从文、巴金、曹禺和夏衍等人为代表。他们或是五四新文学运动的开拓者,或是这一文学运动的不同形态的继承者中的优秀的或著名的代表人物。他们的成名

---

① 朱文华:《中国当代文学发展趋势和前景的预测》,《当代文艺思潮》1983 年第 3 期。

之作，大都发表于新文学运动的第一、二个十年。尔后，除了个别人外，他们的艺术创作能力基本上趋于低谷，很多人在建国之后还因种种原因基本上中断了重大的创作活动，至多是写些散文、小诗和回忆录之类，偶有大型作品，大体上都无法追踪其成名作的水准。这样，他们目前在文坛上发生的影响，除了某种政治性质之外，更多地带有历史性质，例如，他们的作品及创作谈之类的文字主要是成了目前的青年作家了解新文学史、借鉴新文学创作的某些经验的媒介物。

二是现代文学史上的老作家，以臧克家、艾青、姚雪垠、马烽、路翎等人为代表。他们大都是20世纪30年代以来蓬勃高涨的抗日救亡运动的文学产儿，其创作活动同抗日战争、解放战争的形势有密切联系。另外，这一类型和层次的作家又很可以分析的：有的曾发表过在现代文学史上有影响的作品，而有的人的作品从整体上来说则一直是平庸的。建国以来，他们虽然大都还继续从事创作活动，但创作能力的分化已经较明显了，继续奉献优秀之作者比例较小。这类作家还有一个重要特点，即由于非文学方面的原因，他们中有相当一部分人在建国后担负文艺事业的组织领导工作至今，且有服膺于以毛泽东《在延安文艺座谈会上的讲话》为主体的文艺理论，因而对于中国当代文学的发展时常施以某种积极的与消极的相交叉的影响。至于从创作能力来说，他们整体上已日趋减弱甚至接近了衰退。

三是"新时期文学"的中坚力量，其构成成分主要是被称为"五七年作家"的那些人，代表人物如王蒙、陆文夫等。他们大都是在建国前后步入文坛的，在20世纪50年代，曾有过一个旺盛的创作期，其作品的文学影响和非文学性影响都十分深远，不久由于一种强大的社会政治原因，他们随着在政治上陷入绝境，创作活动也被迫中断。粉碎"四人帮"后，他们在经过了长时间的挫折性的沉默而复出以来，迸发了更为高涨的创作热情，目前所取得的成绩也尤为显著，整体的水平也较整齐。唯其如此，他们已毫无愧色地充任了当代文坛的中坚力量。他们的创作能力表明，他们具有较高的文化素养、马克思主义的思想理论水平和相当的生活根底。他们在两个高峰时期的创作,前呼后应,衔接和恢复了"五四"以来中国新文学的现实主义传统,并且直接影响着他们的后一辈作家。

四是"新时期文学"的生力军,即初露才华而潜力极大的被称为"新时期青年作家"的一批人,从数量上看,他们的比例很大,目前全国各家各期文学杂志的一半以上的篇幅为他们所占,人们常说的"××作家群",也无不以他们为主体,代表人物不胜枚举。这一类型和层次的作家的年龄,一部分与"五七年作家"接近,虽然没有在那个年头崭露头角,但不少人却遭受过如同"五七年作家"那样的政治磨难。对自"反右斗争"以来直到"文革"闹剧闭幕的长时期的"左"倾路线及各种派生物,有着切肤之痛。另一部分人(数量更多)则大都出生于1949年前后,又大都有过"红卫兵"和"下乡知青"一类的生活经历,以及从狂热到迷茫再到探索的思想历程。上述情况,决定了他们成为"文革"的叛逆性的产儿,或称之为党的十一届三中全会以来思想解放运动的产儿。作为作家,他们的生活环境的下层性(长期与普通群众接触)、受教育情况的特殊性(大都被迫采用自学形式,又以向社会学习为主要内容),以及年轻人固有的敏锐性和强烈的创造性,形成了他们最可贵的特点:总的来说,比其他几个类型层次的作家更熟悉更了解社会现实生活,也最少受传统思想观念(包括文艺思想观念)的束缚,又最敢于吸收一切新鲜事物,且充满强烈的进取心(尽管有时是以好胜性和冲动性的形式表现出来的)。唯其如此,就目前的情况而言,虽然他们的文化修养略嫌不足,但由于知识结构相对说来更合理些,因而能够在新时期的文学环境中独树一帜,而且还蕴藏着远未发掘的潜力。

江山代有才人出。这虽是一个普遍的规律,但在一个短时期内,也并非完全如此,中外文学史上的众多的迂回曲折的情况可以证明这一点。然而从中国当代文学史来看,在粉碎"四人帮"后的短短十年中,竟然复出了一批能够充任文坛中坚的"五七年作家",又迅速地崛起并日益巩固地形成了一支堪称强大的充任文坛生力军的"新时期青年作家"队伍,并且这两个类型和层次的作家的实际创作能力和作品的社会影响已经超过了他们的尚健在的前辈,个中原因,显然不是单从文学的角度可以解释清楚的。"文革"这样一场空前的民族灾难,将会产生许多"异化",上述情况大概便是这种"异化"的一个具体表现。论者谓不能离开社会政治背景谈文学,诚哉斯言!

三、21世纪初中国作家阵容的新格局的预测

一切发展着的事物都是可以预测的,作家队伍的格局变化也是如此。

到21世纪初,由于自然规律的不可抗拒性,上述第一和第二个类型层次的作家将有相当一部分人谢世,但从整体上说,这两个类型层次还不会完全消失,只是就尚能健在的那部分作家来说,他们在文坛上的地位和实际影响,将发生更大的不可遏止的衰退性变化。例如:

新文学星宿一辈,将完全丧失任何文学活动的能力,由此全面地退出文坛;

现代文学史上的老作家一辈,他们的创作能力将几乎接近完全衰退的程度。与此相适应,在我国继续推行体制改革的背景下,他们也将不断地退出各级文艺工作的领导岗位。唯其如此,他们在文坛上的实际地位和影响也就越来越多地呈现出历史性。

这样,结论当是明显的:到21世纪初,中国作家阵容的格局会有一种顺应自然的、更加名实相符的调整。就是说,文坛上将主要有下列两种作家成分:

"五七年作家"一辈,由于不断地会有新的成功之作问世,因而必将当仁不让地从内容到形式取代目前新文学星宿和现代文学史上的老作家的地位,担任文坛盟主的角色,由此也切实地担负起文艺组织

领导工作。而且,他们还将吸取他们的前辈的教训,在一般情况下不会再长期中断创作活动,即不会再出现同一作家在前后两期分呈创作高峰和创作空白的情况。

"新时期青年作家"一辈,由于他们在文坛的崛起带有一定的机遇性,况且近几年的文坛风气的不良方面已对他们产生了某种消极影响,再由于他们本身思想水平、艺术修养和创作才能有差异,因而在走向21世纪的过程中将会发生一定程度的分化。也就是说,在经过一个自然筛选的基础上,真正有创作潜力的人将由目前文坛的生力军而跃为文坛的主力军。他们的创作能力也将形成一个新的高峰期,其中最优秀者,也完全能够同"五七年作家"中的佼佼者一样雄踞文坛,并在各方面发生相近似的影响。

当然,在现在的中国作家走向21世纪的过程中,从目前的青年学生(或在职的文学青年)中还将陆续涌现出一批新进作家,从而到21世纪初也形成一支新队伍。但是,这支新队伍的组成人员由于对"文革"缺乏感性的理解和认识,以后又将是在一种相对安定的社会历史环境中成长的,由此不具备"愤怒出诗人"或"国家不幸诗家幸"的客观条件,因而至少在21世纪初,他们中的一些人尽管有较高的艺术天赋,但思想水平和艺术气质将主要是"才子型"的,所以暂时也难以同"五七年作家"和"新时期青年作家"成三鼎足之势。换言之,这一代未来作家作为杰出的文学大家的成长和成熟,还需要更长一些的时间,而且,如果他们在21世纪初之后的某个阶段里成了令人瞩目的文学明星,那么他们的作品的题材内容侧重面和相应的思想主题,也将区别于"五七年作家"和"新时期青年作家",从而具有相对独立的新的时代感。这也就是说,对这批未来的新进作家来说,他们将主要成为中国当代文学在继"新时期"之后的又一个新的发展时期的代表人物。

总而言之,到21世纪初,在目前的中国当代作家中将有若干人将创造出一批真实而深刻地反映中国社会的现实风貌(以20世纪中叶以来的中国民族的社会政治、物质生活及精神世界的复杂性、特殊性和多变性为基本内容)的巨著,由此标志着中国文学真正地走向了世界文坛,也表明那时的中国作家获得巨大的世界声誉,靠的是作品本身而不是任何非文学因素。之所以强调这一点,是因为我们承认这样一个事实:在当今世界上,某一民族某一作家的作品在世界范围内产生的影响的程度,往往还要较明显地受到各种非文学因素的制约。中国是一个大国,其悠久的文化传统令外人注目,新中国在世界政治舞台上日益显示出来的举足轻重的地位,也会使得许多外国人士有意无意地在评价中国当代文学时掺入非文学因素,从而影响这种评价(承认、赞誉、奖赏等)的客观性。

讲得再明确一些,这些世界性的大文学家,只能产生于目前的"五七年作家"和"新时期青年作家"的圈子里,对此笔者也曾作过预测性的分析并仍然持这样的看法:这些人在21世纪初的时候,年龄不过六七十岁,但已有了三四十年或更长的创作生涯,也已经发表了将近一二百万字的各类作品,而且他们除了在后二三十年内所发表的作品获得更大的成功之外,其早期之作也能够经受后二三十年的历史检验,从而在艺术创造的各方面,前后之间既有清晰可寻的血缘联系,又有显著的进步和发展。

四、作如上预测的基本依据

本文对21世纪初中国作家的新格局的预测,有赖于以下几个基本依据:

第一,近年来许多作家(以"五七年作家"和"新时期青年作家"为主体)同广大批评家一起,自觉地参与了对于当代文学的评价,也从各个不同侧面和角度对自己的创作作了较为深刻的反省。

这种情况表明,中国当代作家中的具有现实的创作能力者,作为一个整体,业已获得了对于当代文学的体认的发言权,而不是如同

"文革"前的十七年乃至更早一些时候那样,这种发言权主要集中在文艺工作的领导者和权威的文学批评家之口。以"创作经验谈"一类的文字来看,以往某一作家写这方面的文章,大都是极为拘谨的,其所涉及的内容也基本上限于生活与创作的关系以及具体的写作技巧方面的问题。如今却完全不同,以福建人民出版社编辑出版的《中篇小说选刊》杂志为例,它有一个定例:凡转载一文,必附有作者谈论该作品的短文,而这些短文却不以凑几条干巴巴的"写作体会"为满足,而是借着一点因由,"随意"发挥,纵横驰骋,从宏观的角度或新异的视角,对中国当代文学发展中的若干重大的理论和现实方面的课题,明确地提出自己的见解,即使具体地谈到了自己的作品,也大都取自我反省的态度。至于这种反省的总背景,又无不是围绕着对中国当代文学的体认及其对发展中国当代文学的有关重要问题的思考和探索。

与这一情况有密不可分的关系的是,作为当代文坛上最有创作能力和实际影响的"五七年作家"和"新时期青年作家",他们对于文艺理论的重视、对于文化观念所涉及的种种问题的兴趣,也是"文革"前的作家们所不能比拟的。最明显的一点是:他们的文化观念大都呈开放型,由此不同程度地出现了文化心理的改换的情况。例如刘再复(他本人也是优秀的散文作家)所提出的"文学主体论",近年来已越来越深刻地影响了上述作家的思想和创作,使得他们以各取所需或部分改造等形式所接受。还如,在这些作家中,视文学作品为"文化载体"、对于"文化小说"的倡导、"寻根"问题的提出、对"文学是人学"的命题的新的理解,以及对于"五四"以来的中国新文学史的重新估价,如此等等,这一切也都大大丰富了以他们为代表人物的文学新潮的内涵。

上述情况显然是中国当代有抱负有出息的文学家的一种更高层次的社会责任感的充分体现。应当说,这样层次的社会责任感曾经在"五四"新文学的开拓者和先驱者身上闪烁过,之后,由于种种原因，从整体上说是衰退了。如今它在中国当代作家身上得到复兴，其根本意义，表明中国当代作家已经萌发了并开始巩固了强烈的当代意识，其中又显著地包孕着一种同世界当代文学对话的自觉意识，用有的批评家的话来说，即是"加入世界的争取"①意向："全世界艺术越来越多地展示在我们面前，能否踏上世界的行列，取决于我们清醒的认识和竞争。"②的确，在花了沉重的代价而获得"清醒的认识"的基础上，中国当代文学竞争于世界的舟船，已经扬起了风帆。仅此一点，也足以表明：中国当代作家已经切实地踏上了走向21世纪的征途。

第二，中国当代作家文学观念的更换，和对中国当代文学的体认，反映在他们的创作实践上，则是呈现出了有重大意义的探索性和创造性。

这种探索性和创造性的基本表现，不只囿于作品的题材、创作方法、艺术形式和语言风格的多样化的初级层次，而且还涉及了审美观念、艺术功用观念以及相适应的艺术方式的更新等更高的层次上，从而在文学创作的诸要素中，普遍地形成了变单一为多元、变平面型为立体型的趋势，既是多侧面、多视角的，又是全方位的。而这种探索性和创造性的核心点，则是在认识生活、理解生活、表现生活和干预生活方面，执着地追求一种为每一个作家所各自钟情的能够充分体现独创性和个性化的东西。例如，与"文革"前十七年的情况相比，当前文学创作倾向中最令人瞩目的特点之一，是普遍地变侧重于对生活作政治的、社会的把握为追求对生活作审美的、心理方面的把握。由此作为文化载体的文学作品的文化意识得到了明显的加强，即使仍有一部分作品（如被称为"伤痕文学""反思文学""改革文学"乃至某些"法制文学"中的优秀之作），依然以对生活作政治的、社会的把握为基本宗旨，但同样没有停留在"文艺是……工具"的水准，而是同

---

① 谢冕：《冲突与期待：加入世界的争取》，《文艺争鸣》1986年第3期。
② 此为江河之语，见《请听听我们的声音》，转引自谢冕文。

时有机地浸透了审美和心理方面的因素,其艺术容量也就更丰富。从这一点来说,中国当代作家的新的文学观念和创作潮流,也的确开始与文学的内容题材和艺术处理方法等方面的某种世界性认同倾向接近了。显然这一接近,又是中国作家走向 21 世纪、"加入世界的争取"的有决定意义的一步。

还值得指出的是,中国当代作家中具有现实的创作能力和创作潜力者,其近年来的创作活动又鲜明地表明出旨在建立一种有我无他、非我莫属的类似"势力范围"的企图,如在题材的选择、生活的地域性、主题思想的侧重点、表现手法的特点和语言风格等方面,有相当的专一性。应当说,这是好现象,也是当代作家的一种负责任的个性化表现。这是因为,要使中国当代文学在注重文学的世界认同倾向的同时,既不丧失其思想内容的民族特点,在艺术表现方法和艺术形式方面也体现一定程度的民族化,将主要通过这样的途径。换言之,这方面的探索和创造,所取得的经验是可贵的,它们也将是衔接 21 世纪初中国当代文学的新发展、新繁荣的不可或缺的一个环节。

当然,在上述探索和创造的过程中,不免有些失误,甚至含有某种性质的消极性。如某些被称为"文化小说"的或地域狭窄的"乡土文学"作品,当作家的理性思考触及道德、宗教、风俗、传统文化乃至性心理方面的问题时,或者对民族文化中陈旧落后的东西持某种留恋反顾的态度,或者多少带着欣赏性的笔调去展览乃至赞美国民性的缺陷,或者在表现人与生存环境的关系以及人的异化的问题上流露出"返朴归真"的意识等,似乎有加以商榷的必要,或者也应成为作家们对当代文学的体认及对自己的作品作反省的一个基本内容。但是,笔者同时又认为,对于这种情况,又要多作具体的分析,因为在目前,这种失误的消极性,常常是同作家探索和创造的成绩与积极意义交叉在一起的。只是在今后,作家们创作前程的分化,可能也将在这一问题上表现出来。不过,即使产生了这种分化,中国当代文学的发展前景也是可以乐观的,因为即使是将一以贯之地坚持目前的艺术主张和创作方法的那部分作家,届时在更为宽容的文学气候中也将作为相对独立的流派代表,成为同时代的走向世界文学高地的中国同行的衬托者,从而平衡作家群的"生态"。

第三,我国新时期的文学作品,也主要是"五七年作家"和"新时期青年作家"的一些优秀之作或"有争议"之作,已越来越多地引起国外批评家的重视,从而使得中国文坛有了一个重要的反馈信息系统的存在。

应该说,到目前为止,国外批评家对于中国当代文学的兴趣和注意,其政治性的着眼点仍是基本的。撇开某些带着政治偏见的评论不谈,在正常的情况下,这种文学信息反馈系统的存在,表明中国当代文学同世界当代文学的对话,在经过了长时期的相互隔绝之后,已经以一种初级的形式开始了。也由于种种文学的和非文学的原因,中国当代作家对于这种信息反馈是极为重视的。在这种情况下,反馈对于中国当代文学发展的制约,就不能不具有如下客观的积极意义:

首先,反馈的继续存在,决定了中国当代文学的发展再不可能倒回封闭式的状态中,它将时刻提醒中国当代作家认识本民族的当代文学在世界文学格局中的地位。

其次,如果说以上这种积极意义的表现形式是被动的话,那么,从主动性方面来说,这种反馈的继续存在(还可能强化),将促进中国当代作家对于世界文学的认同倾向的进一步把握,即有意识地把这种反馈所依据的当代世界(主要是西方)的文学观念、文学思潮、文学批评方法等等,作为不容忽视的参照系,由此不断提高中国当代文学的水平。

不妨指出,这种反馈作为当代世界任何一个民族的文学发展所必需的外在条件,在"文革"前是不存在的,新时期文学的第一个十年与"五四"新文学的第一个十年,两者的文学新潮产生的世界文化背景有不少相似之处,有这种反馈正是主要的一点。然而,就中国当代作家的主观条件来说,在许多地方已经优于"五四"新文学的开拓者和先驱者,因而,现在那样一种世界文化背景的再度衬入,也就完全有理由构成我们预测中国作家将如何走向21世纪的基本依据之一。

五、21世纪初中国作家新素质的预测

中国作家在走向21世纪的道路上将不断地改塑自己,这已经是毫无疑问的了。因而,还可以作这样的预测:到21世纪初,以目前的"五七年作家"和"新时期青年作家"为主体的中国文学家,他们各方面的素质将会出现一种与创造世界文学新格局中的中国文学相适应的新变化,其要点将是:

(一)文化素养方面的学者型

目前,他们中的相当一部分人没有受过严格系统的高等教育。他们的创作冲动,一定程度上得之于社会环境的刺激和个人生活感受的冲击。他们的创作潜力也主要决定于他们受中外文学名著、各种文艺理论的熏陶、感染或启迪的程度,因而稳定性是不十分强的。然而他们中的许多人,现在已经深切地认识到了这一点,于是有的暂时放松创作而潜入书本,有的则是使自学更为系统化。如此做的必然结果,无疑将在更为合理化的知识结构的基础上逐渐具备一个文学大家所必需的学者型的文化素养。

(二)艺术师承方面的多元型

从整体上说,目前的"五七年作家"和"新时期青年作家",他们创作之初所反映出来的艺术师承的影子大都是较为显明的,而且这种艺术师承又基本上是单一的,即师法于中外某一著名作家的

笔法,或服膺于某一流派的创作方法和技巧。近几年来,情况开始发生变化,并具有了这样的趋势:变单一性的选择借鉴为多元型的揉合。显然今后又将在揉合的基础上,强化独创性的追求、定型和发展。

(三) 驾驭艺术样式方面的全面型

和"五四"时期的新文学家不同,"五七年作家"和"新时期青年作家"在步入文坛之初,尚无面临"创造新形式"的紧迫的问题,也不必急于涉足各个艺术样式全面作战。但是近几年来,由于文学新潮冲击波的扩大,不少小说家、诗人和剧作家开始表现了不甘受本人最得心应手的艺术样式束缚的骚动,"客串"的情况与日俱增。这一倾向虽然同建立"势力范围"的现象有所矛盾和抵触,但两者对于促进作家走向 21 世纪,却具有同等的积极意义,也就是说,在这一倾向继续健康发展的基础上,到 21 世纪初,中国作家还将普遍具有驾驭各种艺术样式的全面型的素质。

另外,与上述几点有共同联系的,还有作家的文化观念的个性化发展,这主要是指作家还将兼有文艺理论家的特质,他们在与文学观念有关的一系列问题上,虽然不企求说服别人接受自己的观点,但也不会再盲从被他们认为是可以商榷的其他理论主张。总之,他们都将宽容地相互承认并尊重异己的文学观念存在的合理性。

最后可以说,中国作家素质将在 21 世纪初出现的上述变化,是对五四新文学运动中涌现出来的以鲁迅、郭沫若和茅盾等为代表的一代文学大师的素质的一种否定之否定。因为这些文学大师,大都是在受 20 世纪初世界文学潮流的感召而投身于中国新文学运动的首役阶段,基本上具备了上述素质的。而在他们之后,尤其是那些于抗战前后踏入文坛的作家,由于当时面临着最紧迫的民族救亡任务,社会斗争形势又需要他们用文艺形式来主要地发挥社会政治功用,因而他们无暇在提高自己作为文学家的各种基本素质方面多花力气。这样在上述几方面的素质上,就大都有所缺陷,到了创作晚期,再要改塑自己,就显得困难了。唯其如此,到 21 世纪初,中国作家的素质将出现上述预测的变化,也就不能不是波浪型发展的"五四"以来中国新文学运动的必然趋势了。

〔初刊潘旭澜等主编:《十年文学潮流》,复旦大学出版社,1988 年〕

附录

一、主要著述目录(1979年以来)

[专著与论文集]

《胡适评传》
　　重庆出版社,1988年12月;青岛出版社,2007年5月新一版
《终身的反对派——陈独秀评传》
　　青岛出版社,1997年5月;红旗出版社,2009年5月改版《陈独秀传》
《鲁迅胡适郭沫若连环比较评传》
　　上海文艺出版社,1991年10月
《郑振铎评传》(与金梅合著)
　　百花文艺出版社,1992年2月
《胡适——开风气的尝试者》
　　复旦大学出版社,1992年4月
《传记通论》
　　复旦大学出版社,1993年8月
《风骚余韵论——中国现代文学史背景下的旧体诗》
　　复旦大学出版社,1998年4月
《上海现代文学史》(与王文英、袁进合著,朱撰第三编(40年代))
　　上海人民出版社,1999年6月
《再造文明的奠基石——五四新文化运动三大思想家散论》
　　上海教育出版社,2000年3月
《中国近代文学潮流——从戊戌前后到五四文学革命》
　　贵州教育出版社,2004年9月
《中国近代文学思想述略》
　　大众文艺出版社,2012年2月
《中国近代教育、文学的联动与互动》
　　复旦大学出版社,2015年12月

[参与编撰的或编选的有关书稿]

《比较文学三百篇》(智量主编)
　　上海文艺出版社,1990 年 5 月
《中国古代诗歌欣赏辞典》(马美信等主编)
　　汉语大词典出版社,1990 年 6 月
《新诗鉴赏辞典》(公木主编)
　　上海辞书出版社,1991 年 11 月
《叶圣陶散文选集》(朱文华编)
　　百花文艺出版社,1992 年 1 月;2004 年 8 月
《学生现代文学作品导读》(吴中杰主编)
　　汉语大词典出版社,1993 年 9 月
《中国古代小说百科全书》(黄霖等主编)
　　中国大百科全书出版社,1993 年 4 月
《现代作家情书欣赏》(许道明等主编)
　　汉语大词典出版社,1994 年 2 月
《元明清诗鉴赏辞典》
　　上海辞书出版社,1994 年 7 月
《台港杂文精品鉴赏》(李安东、朱文华编著)
　　河南人民出版社,1995 年 1 月;1999 年 5 月
《新编中国现代文学作品选》(三卷本,朱文华、许道明主编)
　　复旦大学出版社,1996 年 12 月
《近代新文体派》(朱文华编选注,收入蒋凡等主编《古代十大散文流派》第五卷)
　　湖南文艺出版社,1997 年 7 月
《20 世纪中国新诗辞典》(辛笛主编)
　　汉语大词典出版社,1997 年 1 月
《自由之师——名人笔下的胡适,胡适笔下的名人》(朱文华编选)
　　东方出版中心,1998 年 8 月
《反省与尝试——胡适集》(朱文华编选)
　　上海文艺出版社,1998 年 10 月
《新编中国当代文学作品选》(三卷本,许道明、朱文华主编)

复旦大学出版社,2000年3月
《小学古诗词注释》(朱文华、姚大勇编著)
　　广东省语言音像出版社,2000年7月
《中学古诗文注释》(朱文华、姚大勇编著)
　　广东省语言音像出版社,2000年7月
《台港澳文学教程》(曹惠民主编,朱撰第二章部分)
　　汉语大词典出版社,2000年10月;复旦大学出版社新版,2013年1月
《大学语文(增订本)》(徐中玉、齐森华主编,朱文华为编写组成员之一)
　　华东师范大学出版社,2001年6月
《经典新视野:20世纪中国文学精短选读》(五卷,朱文华主编;第五卷,朱编选)
　　上海文化出版社,2002年3月
《新视野　新开拓》(陆士清主编,朱文华、李安东副主编)
　　复旦大学出版社,2002年10月
《胡适全集第11卷(国语文学史、白话文学史)》(朱文华整理)
　　安徽教育出版社,2003年9月
《中国文学思想史》(敏泽主编,其中"近代编",朱文华撰)
　　湖南教育出版社,2004年4月
《文科研究生治学导论》(冯光廉主编,朱撰第七章部分)
　　安徽教育出版社,2005年9月
《新国风》(朱文华编著)
　　广西师范大学出版社,2011年7月
《上海文学志稿》(朱文华、许道明主编)
　　上海社会科学院出版社,2014年3月
《承上启下(复旦大学中文系学科丛书·中国近代文学卷)》(朱文华编)
　　商务印书馆,2018年1月

[主要论文]
正确认识和对待无产阶级的领袖人物
　　《复旦学报》(社会科学版)1979年第2期
试论胡适在五四新文化运动中的作用和地位

《复旦学报》(社会科学版)1979年第3期

怎样看待《乔厂长上任记》的思想倾向和人物塑造——与召珂等同志商榷(与人合作)
  《新港》,1979年第11期

从三十年实践看认识高等教育的客观规律(与人合作)
  《教育研究》,1980年第1期

从历史和现状考察我国的知识分子问题(与人合作)
  《文汇报》,1980年1月25日

要把《讲话》作为历史文件看待(与人合作)
  《复旦学报》(社会科学版),1980年第6期

论鲁迅的教育工作实践及其教育思想
  《锦州师范学院学报》(哲学社会科学版),增刊第8期,1981年7月

鲁迅旧诗和毛泽东诗词比较——兼论五四以来旧体诗创作的得失
  《纪念鲁迅诞生一百周年论文集》,复旦大学出版社,1981年8月

鲁迅与人道主义思想
  《中国现代文学研究丛刊》第二辑,1981年6月

"重功利"说不同于"功利主义"
  《读书》,1981年第9期

也谈人口质量
  《经济科学》,1981年第4期

鲁迅研究史的六个阶段
  《江汉论坛》,1982年第1期

关于鲁迅传记编写的几个问题——兼评国内已出版的鲁迅传记
  《锦州师范学院学报》(哲学社会科学版),1982年第1期

高校本科生写作毕业论文的几个问题
  《河南大学学报(社会科学版)》,1982年第2期

也谈鲁迅学的体系
  《鲁迅学刊》,1982年第3期

无名氏唐诗初论
  《人文杂志》,1982年第4期

对《孙中山年谱》的几点补充

《学术月刊》,1982年第9期

论胡适《中国章回小说考证》的方法论

　　《江淮论坛》,1982年第6期

怎样阅读十九世纪批判现实主义小说

　　《文艺与鉴赏》,上海文艺出版社,1982年11月

评胡适的《终身大事》

　　《安徽师范大学学报》(哲学社会科学版),1983年第1期

中国当代文学发展趋势和前景的预测

　　《当代文艺思潮》1983年第2期

新探索的深浅得失及其他——评彭定安新著《鲁迅评传》

　　《学习与探索》,1983年第3期

通俗文学纵横谈(与人合作)

　　《文汇报》,1983年8月30日

中篇小说艺术特点初探

　　《清明》,1983年第4期

关于毛泽东与鲁迅思想联系的几点考察

　　《求索》,1983年第6期

《怀旧》系年考兼论该文在鲁迅思想发展和文学活动中的意义

　　《辽宁教育学院学报》,1984年第2期

鲁迅和中国知识分子的道路

　　《新疆大学学报》(哲学社会科学版),1984年第2期

论鲁迅文艺思想体系的构成特点

　　《学习与探索》,1984年第4期

《鲁迅研究史》第一章

　　《鲁迅研究》,1984年第5期

关于"改革文学"的几点思考

　　《学习与探索》,1985年第3期

略论鲁迅研究中的庸俗社会学倾向

　　《复旦学报》(社会科学版),1985年第4期

简论胡适与易卜生

《社会科学》,1985年第10期

"改革文学"中知识分子形象塑造的几个问题

　　《文艺评论》,1986年第1期

鲁迅《故事新编》与郭沫若历史小说的比较

　　《江西社会科学》,1986年第1期

关于"文艺活动系统"的考察——兼论文艺的本质、特征与功能

　　《学术月刊》,1986年第3期

关于中国新文学现实主义传统的几点考察

　　《中国新文学研究》第一辑,复旦大学出版社,1986年8月

论《朝花夕拾》的文献价值

　　《新疆大学学报》(哲学人文社会科学版),1986年第4期

走向21世纪的中国作家

　　《十年文学潮流》(潘旭澜等主编),复旦大学出版社,1988年3月

把叶圣陶研究引向深入——评金梅著《论叶圣陶的文学创作》

　　《文学评论》,1987年第2期

提高"改革文学"的美学层次——兼评《眩惑》和《急流》

　　《文艺评论》,1988年第1期

许世旭和他的华文创作

　　《香港文学》第9—10期,1990年6月

"晨报"事件与胡适的右倾

　　《解放日报》,1989年3月5日

改造中国人的文化心态是中国现代化的前提——五四新文化运动的一条历史启示

　　《复旦学报》(社会科学版),1989年第3期

评胡适"整理国故"的理论和实践

　　《江淮论坛》,1989年第4期

胡适与雷震案

　　《胡适研究丛录》,生活·读书·新知三联书店,1989年2月

试析孙中山的领袖意识

　　《党校论坛》,1989年第8期

苏曼殊

《十大文学畸人》,上海古籍出版社,1989年8月

关于胡适生平思想的几个问题

《安徽史学》,1990年第1期

台湾近代爱国学者连横(雅堂)传略

《台港文谭》,1990年第1期

《新文化运动前的陈独秀》求疵

《学术月刊》,1990年第2期

台湾近代爱国志士丘逢甲(沧海)传略

《中国语言文学研究的现代思考》,复旦大学出版社,1990年10月

读《陈独秀遗诗辑存》

《安徽师范大学学报》(人文社会科学版),1990年第3期

论传记作品的本质属性

《江苏社会科学》,1990年第6期

作为杂文家的胡适

《文坛这一边——现代杂文二十家》,上海文艺出版社,1990年10月

社会政治革命家文化心态的折射——读《孙中山全集》

《遁世与救世—中国文化名著新评》,上海文艺出版社,1991年3月

胡适与近代中国传记史学

《江淮论坛》,1992年第2期

论叶圣陶建国前的散文创作

《江苏社会科学》,1992年第4期

着重研究"五四"前二十年的中国近代文学潮流

《中国文学研究》,1992年第4期

重新发表于《中西学术》第二辑,复旦大学出版社,1996年11月

试论近代中国的民族反省思潮

《复旦学报》(社会科学版),1993年第3期

简评黄霖先生新著《近代文学批评史》

《文学评论》,1993年第5期

"五四"前二十年中国文学潮流的基本性质

《江淮论坛》,1993年第5期

"民族文化反省"与中国文学的变革
  《上海文化》创刊号,1993年11月
台港杂文的基本风貌(与人合作)
  《作家报》,1993年11月至1994年1月连载
胡适文学革命论的文化意义
  《胡适与现代中国文化转型》,香港中文大学出版社,1994年1月
重视"口述历史"
  《光明日报》,1994年3月28日
中国传统文学综论三题
  《河北学刊》,1994年第2期
陈独秀在新文化运动前期的思想特点
  《学术月刊》,1994年第3期
西学东渐与中国近代文学的萌芽
  《广东社会科学》,1994年第5期
适可而止,过犹不及——关于传记作品文学色彩的度
  《天津文学》,1994年第11期
张文达杂文创作的总印象
  《作家报》,1995年1月14日
简论晚清"新文体"散文
  《复旦学报》(社会科学版),1995年第3期
资本主义在近代中国的曲折发展
  《中西学术》第一辑,复旦大学出版社,1995年6月
论胡适的"民族反省"思想
  《胡适研究丛刊》第一辑,北京大学出版社,1995年5月
也来重新审视陈独秀与杜亚泉的论争
  《近代史研究》,1995年第5期
梁启超研究的新成果——简评耿云志、崔志海著《梁启超》
  《近代史研究》,1995年第6期
鲁迅与杂文体
  《中国新文学六十年》(朱德发等主编),春风文艺出版社,1996年7月

1924年围绕太戈尔访华的文化论战
　　《上海文化》,1996年第3期
胡适研究所涉及的学术课题——试为"胡适学"初拟内容框架
　　《胡适研究》第一辑,东方出版社,1996年8月
《藏晖室札记》的文体特点和价值意义
　　《胡适研究丛刊》第二辑,中国青年出版社,1996年12月
孙子思想的探索
　　(马来西亚)华社研究中心《资料与研究》第25期(革新号),1997年1月31日
当前"传记热"潜伏的危机
　　《文汇报》,1997年10月14日
关于自传的几个问题
　　《传记文学研究》,湖南文艺出版社,1997年10月
新闻与文学
　　台北《国文天地》第十三卷第8期,1998年1月
　　《现代文学名家的第二代》(张堂锜等编),台北,业强出版社,1998年8月
读书札记两则
　　《海上论丛》(二),复旦大学出版社,1998年7月
也谈文学史断限
　　《文汇报》,1998年11月20日
刘少奇与1936年文艺界"两个口号"论争
　　《刘少奇在上海》,中共党史出版社,1998年10月
郑振铎对"五四"新文学运动的理论贡献——纪念郑振铎先生诞生一百周年
　　《文学评论》,1998年第6期
关于中国历史上的"食人"问题:对鲁迅思想的一点诠释
　　《东方文化》,1999年第2期
"五四"与中国思想文化的进步(与人合作)
　　《文汇报》1999年4月17日,《新华文摘》全文转载
关于陈独秀的"随感录"的几个问题
　　《陈独秀研究》第一辑,东方出版社,1999年3月
失踪少女回家之后——对澳门文学前景的展望

《香港文学》第 176 期,1999 年 8 月
重新审视陈独秀的"最后的政治意见"
《陈独秀研究文集》,香港新苗出版社,1999 年 8 月
移民作家与上海现代文学
《文汇报》,1999 年 11 月 20 日
审己与知人的初步结合——中国比较文学发轫期的几个问题
《中国学研究》,中国书籍出版社,1999 年 9 月
再造文明的必由之路
《海上论丛》(三),复旦大学出版社,2000 年 4 月
近 20 年来出版的胡适著述新选本品评
《胡适研究》第二辑,安徽教育出版社,2000 年 7 月
抵制文学的诱惑——我的传记立场
《人物》,2000 年第 12 期
关于晚清"新文体"的"恶评"问题及其他
《江淮论坛》,2001 年第 4 期
我的几个基本观点——关于中国现代文学史的分期
《复旦学报》(社会科学版),2001 年第 5 期
文体问题新探
《中山大学学报》(社会科学版),2001 年第 5 期
关于鲁迅讥评"胡适之法"的几个问题
《鲁迅研究月刊》,2001 年第 12 期
关于文学史观念的几个问题
《中山大学学报》,2002 年第 3 期
试论周文的小说创作(与人合作)
《周文纪念集》,上海文艺出版社,2002 年 6 月
从方法论角度看世界华文文学研究的演进
《华文文学》,2002 年第 6 期
梁启超的传记作品及其理论的文史意义
《南京师范大学文学院学报》,2002 年第 4 期
关于中国现代文学传统问题的初步思考

《中国现代文学传统》,人民文学出版社,2002 年 12 月

改良主义问题考释

　　加拿大《文化中国》2002 年第 3 期

近代新文体的滋生发展及其演变

　　《中国文学研究》第六辑,江西教育出版社,2002 年 2 月

文学观念与古今文学演变问题——以白话小说的彻底白话形态问题为例

　　《中国文学古今演变研究论集》,上海古籍出版社,2002 年 5 月

晚清各体文学的走向和中国文学的古今演变

　　《复旦学报》(社会科学版),2003 年第 5 期

陈独秀是不是文学家——论作为中国近代文学家的陈独秀的基本风貌

　　《陈独秀研究》第二辑,安徽大学出版社,2003 年 8 月

传记文学作品的史学性质与文学手法的度

　　《理论与创作》,2004 年第 3 期

《秋水斜阳芳菲度——中国现代女作家传记研究》序

　　人民日报出版社,2006 年 12 月

从《镜花缘的引论》等文看胡适的妇女观(与人合作)

　　《晋阳学刊》,2007 年第 4 期

郑振铎与五四以来的中外文学交流

　　收入会议论文集(俄语版,彼得堡,2008 年)

"《胡适文存》精读"课程教学大纲

　　《胡适研究论丛》,黑龙江教育出版社,2009 年 6 月

"中国现代小说史先声期"作品的再解读

　　《中国文学研究》第十三辑,中国文联出版社,2009 年 5 月

《宁鸣而死,不默而生—胡适的言论写作研究》序言

　　《胡适研究通讯》2009 年第三期(2009 年 8 月),原书巴蜀书社,2010 年 5 月

现代"小说创作论"文体(文类)的滥觞

　　《中国文学研究》第十四辑,中国文联出版社,2009 年 12 月

五四新文化运动"偏激"说驳议

　　《安徽大学学报》(哲学社会科学版),2010 年第 1 期

把握矛盾,求得统一——传记写作理应把握的几个原则方法

《中华传记文学国际学术研讨会论文集:理论探讨与文本研究》,(香港)中华书局,2010年7月,又收入中国青年出版社2011年版《传记文学新近学术文论选》

论胡适的文化使命感

《徐州师范大学学报》(哲学社会科学版),2011年第3期,
又,中国社会科学网,采访影像

胡适与辛亥革命

《文汇报》,2011年8月29日

近代报刊革命诗话的创作与传播(与人合作)

《合肥工业大学学报》(社会科学版)总第112期,2012年8月

近代散文文本蕴含重大政治思想意义的典范之作——评梁启超著《意大利建国三杰传》

《传记传统与传记现代化》,中国青年出版社,2012年10月

为历史作诠释,为文学树典型——评寒山碧《他乡》

(香港)《百家》第25期,2013年4月;原书之"代序",香港东西文化事业公司,2013年

点滴的回顾与思考

《心长路远——胡适研究的历程》(胡适研究论丛第三辑,耿云志宋广波主编,黑龙江教育出版社,2015年6月)

关于现代汉语逆序词现象的整体考察

待发表

二、历年所指导的研究生及其学位论文一览

姓名	性别	学位	国籍	毕业时间	论文题目	备注
王群	男	硕	中国	1997年7月	中国散文的文体格式的近代转型	导师推荐发表
*周双全	男	硕	中国	1998年7月	梁启超《清代学术概论》提出的"学术通则"	
*常立	男	硕	中国	2002年7月	关于儿童文学研究	
*刘海霞	女	硕	中国	2003年7月	当代通俗歌曲歌词研究	
马翀	男	硕	中国	2005年7月	论《李自成》对"茅盾历史小说奖"获奖作品的影响	
汪广松	男	硕	中国	2004年7月	关于胡适传记的研究	
王贝贝	女	硕	中国	2006年7月	中国现代作家自传简论	
*孟晖	女	硕	中国	2008年7月	邹韬奋《经历》等自传的研究	
金到熹	女	硕	韩国	2008年7月	试论无名氏的小说创作特色及其韩国人的形象	

（以上共9人带＊者为后来又读博士者）

姓名	性别	学位	国籍	毕业时间	论文题目	备注
魏韶华	男	博	中国	2002年7月	鲁迅与克尔凯郭尔比较研究	正式出版，导师序
马为华	女	博	中国	2003年7月	中国现代的西部文学	
金芳实	女	博	韩国	2003年7月	中韩现代文学史上的双子星座	
刘起林	男	博	中国	2003年7月	中国知青作家论	

续 表

姓 名	性别	学位	国籍	毕业时间	论 文 题 目	备 注
李卫国	男	博	中国	2004年7月	中国现代文学史的权威评论家	
李生滨	男	博	中国	2004年7月	关于鲁迅	
杨学民	男	博	中国	2004年7月	现代性与台湾《现代文学》杂志小说	
周双全	男	博	中国	2004年7月	大陆作家在香港(1945—1949)	
常 立	男	博	中国	2004年7月	"他们"作家研究	
李 丹	女	博	中国	2004年7月	在知识阶级里的鲁迅	
袁红涛	男	博	中国	2005年7月	新文学中的家族叙事	
黄 蓉	女	博	中国	2005年7月	丁玲文学编辑活动研究	
朱旭晨	女	博	中国	2006年7月	中国现代女作家传记研究	正式出版,导师序
刘春水	男	博	中国	2006年7月	晚清谴责小说研究	
焦雨虹	女	博	中国	2007年7月	城市文化研究	
郭小英	女	博	中国	2008年7月	中国现代学术性自传研究	
王爱金	女	博	新加坡	2008年7月	王润华现代华文观的论述与实践	
汤景泰	男	博	中国	2008年7月	胡适的报刊言论写作研究	正式出版,导师序
汤伟丽	女	博	中国	2009年7月	中国解放区复仇文学主题的法律文化解释	
杨 方	女	博	中国	2010年7月	周扬思想文化活动研究	
翟 超	男	博	中国	2010年7月	中国现当代游记文学研究	

续 表

姓　名	性别	学位	国籍	毕业时间	论　文　题　目	备　注
贾国宝	男	博	中国	2011年7月	传统僧人文学近代以来的转型	摘录发表
孟　晖	女	博	中国	2011年7月	传记式批评研究	正式出版，导师序
刘海霞	女	博	中国	2015年7月	前期创造社同人的自传文本研究	正式出版，导师序
杨　飞	女	博	中国	2016年7月	叶圣陶研究	
张新璐	女	博	中国	2018年7月	中国近代小说的妇女题材	
裴柱爱	女	博	韩国	2018年7月	中韩两国对于余华研究的异同	

（以上共27人）

三、历年所讲授的部分课程教学大纲

教学大纲(一)
课程代码与名称：311.221.1.01《胡适文存》精读(学分：2)
任课教师：朱文华　教授
选修对象：中文系本科生
教学形式：课堂讲授(16周)为主,适当作课外辅导;期末考试(写作课程论文)
教材：任课教师自编讲义
指定教学用书：

1,《胡适文存》上海亚东图书馆旧版；黄山书社(四集本),1996-10
其他版本亦可,最好为《胡适全集》版,安徽教育出版社,2003
2,《尝试与反省》,朱文华编选,上海文艺出版社,1998-10
3,其他的胡适著作选本(由任课教师推荐)

[讲授提纲与教学时间安排]

绪论 ·· 第1周
一、胡适生平活动与思想发展 ································ 第2—3周
　1. 幼年：台湾来去
　2. 九年的家乡教育
　3. 上海求学：自命为"新人物"
　4. 留学美国：中国的实验主义者
　5. 在五四新文化运动的漩涡中
　6. 大革命前后与游历欧美
　7. 新月时期与"人权"论战
　8. 北大教务长和"独立评论"
　9. 抗战时期：驻美大使前后
　10. 北大校长："学者"与"战犯"
　11. 流寓美国

12. 老死台湾
二、胡适的著述 …………………………………………… 第 4 周
　　1. 基本情况
　　2.《胡适文存》与版本认定
　　3. 对《胡适文存》按集、卷的介绍
三、《胡适文存》所涉及的思想文化论争 …………………… 第 5—6 周
　　1. 文学革命
　　2. 东西文化问题
　　3. 问题与主义
　　4. 整理国故
　　5. 科学与玄学
　　6. 人权与约法
　　7. 中国社会史
　　8. 民主与独裁
　　9. 中国文化本位
四、《文存》所涉及的主要学科领域及其理论贡献 …………… 第 7—10 周
　　1. 哲学：中国古代哲学史（逻辑思想史、禅宗史）
　　　　　　实验主义哲学与思想方法论
　　2. 史学：历史观与史学观
　　　　　　史料与考证
　　　　　　传记理论与实践
　　3. 政治学与社会学：民主与宪政
　　　　　　　　　　　好人政府与工具主义政府观
　　　　　　　　　　　研究社会问题的方法
　　4. 伦理学：健全的个人主义与社会不朽论
　　　　　　　妇女观与贞操论
　　　　　　　科学的人生观
　　　　　　　知识的快乐
　　5. 教育学：教育的功用论
　　　　　　　教育独立论与学术独立论

       学潮论

       终身学习论

  6. 语言文字学：白话论

       训诂学原理

       国语语法论

  7. 文学：文学革命论

      新文学文体论

      整理国故论

  8. 文学研究的主要成果：白话文学史

         中国近代文学研究

         中国古代白话小说考证研究与"新红学"

  9. 文学创作主要成果：《尝试集》及其他

       现代白话散文与政论文

五、《文存》的思想要旨及其价值意义 ················· 第 11 周

  1. 倡导文学革命，引导中国文学的现代化

  2. 宣传实验主义：传播科学的思想方法

  3. 倡导个性解放与思想自由，推动思想解放运动的深化

  4. 中西文化观方面的独特见解（尤其是"民族文化反省论"）

  5. 整理国故的理论与实践的典范意义：奠定中国现代学术研究的新格局

  6. 自由主义思想理念对于中国现代知识分子的政治影响

六、《文存》所暴露的胡适思想的局限性 ················· 第 12 周

  1. 残存某种封建士大夫意识

  2. 对中国社会政治的某种隔阂

  3. 思想方法的某种片面性与自相矛盾

七、《文存》所触及的重大思想文化课题 ················· 第 13—14 周

  1. 中西文化观：现代化、西化、再造文明

  2. 民主政治观与自由主义：人道主义、自由与容忍、民主宪政体制

  3. 改良主义：三个思想元典、改良与革命、中间道路与中国革命的逻辑

  4. 中国现代知识分子问题：教育背景、社会角色与社会责任、独立人格与参政、文化使命感及其实践

5. 近代爱国主义问题：列强与中国、理智与感情、国家与政府、爱国主义与民族主义

八、胡适与同时代的思想家比较……………………………………第15周
   胡适与孙中山："为国造因"与"毕政治革命社会革命之功于一役"
   胡适与梁启超："铮友"角色与"内阁总长"
   胡适与陈独秀："容忍的自由"与"终身的反对派"
   胡适与鲁迅："点滴的改良"与"韧性的战斗"
   胡适与梁漱溟："新思潮"的领袖与"新儒家"的始祖
   胡适与毛泽东："拿证据来"与"实事求是"

九、小结………………………………………………………………第16周
   "新文化中旧道德的楷模，旧伦理中新思想的师表"
   "尝试实验皆科学，自由容忍乃人权"
   "连篇累牍，无不为国造因；千言万语，皆是教人不惑"

附：《胡适文存》重点阅读篇目

序例／文学改良刍议／历史的文学观念论／建设的文学革命论／论短篇小说／文学进化观念与戏剧改良／谈新诗／实验主义／问题与主义／清代学者的治学方法／《水浒传》考证／《红楼梦》考证／易卜生主义／不朽／新思潮的意义（以上第一集）

《国学季刊》发刊宣言／读梁漱溟先生的《东西文化及其哲学》／五十年来中国之文学／我们的政治主张／我的歧路／《镜花缘》的引论／评新诗集（以上第二集）

我们对于西洋近代文明的态度／请大家来照照镜子／漫游的感想／名教／治学的方法与材料／整理国故与"打鬼"／《南通张季直先生传记》序／爱国运动与求学／慈幼的问题（以上第三集）

说儒／校勘学方法论／辩伪举例／我们走哪条路／惨痛的回忆与反省／信心与反省／我们今日还不配读经／试评所谓"中国本位的文化建设"／充分世界化与全盘

西化/介绍我自己的思想(以上第四集)

[主要参考文献]

《胡适来往书信选》(上中下),中华书局,1980
唐德刚译注:《胡适口述自传》,台湾原版;大陆有多种翻印本
耿云志:《胡适研究论稿》,四川人民出版社,1985
耿云志等:《现代学术史上的胡适》,生活·读书·新知三联书店,1993
耿云志等:《胡适论争集》,中国社会科学出版社,1998
朱文华:《胡适评传》,重庆出版社,1988;青岛出版社,2007
朱文华:《鲁迅胡适郭沫若连环比较评传》,上海文艺出版社,1991
朱文华:《再造文明的奠基石》,上海教育出版社,2000

教学大纲(二)
选课序号: 311.267.1.01
课程名称: 现当代人物传记研究(学分:2.0)
选修对象: 中文系本科,汉语言文学专业(含武警班)/硕士研究生
任课教师: 朱文华　教授
教材: 任课教师自编讲义,发"讲授提纲"
教学形式: 课堂讲授为主,课外适当辅导
教学安排: 课堂讲授15—16周,期末考查(写课程论文)

[教学目的与要求]

　　鉴于现当代中国乃至世界范围内传记热发展迅猛,而传记理论批评相对薄弱与滞后的情况,根据教师本人的课题研究专长与研究心得,开设本课程,旨在引导学生关注当代热点文化—文学现象,以及对于传记写作与理论批评问题的学术兴趣。

　　本课程的教学内容,从传记理论批评问题的基础知识的介绍入手,切入对中国现当代的传记写作局面的考察研究,拟通过对若干代表性作品的品评,总结相关的经验教训。

　　期待学生通过本课程的学习,能够把握传记文学的理论批评的一般原理,

具有举一反三地认识古今中外的传记作品的深浅得失及其原因的学术能力。

[讲授提纲及时间安排]

绪论 …………………………………………………………… [第1周]

文体概念—史学性质——文化形态—人的认识

第一部分　传记理论批评问题的基础知识

 一、传记释义 ………………………………………………… [第2周]

  1. 传记[biongraphy]、传记文学[biongraphical literature]与传记作品

  2. 传记文本的史学性质

 二、传记作品的分类 ………………………………………… [第3周]

  1. 古今中外的主要分类意见

  2. 科学分类的原则与方法

  3. 教师本人的具体分类意见

 三、传记作品的基本要素与功用 …………………………… [第4周]

  1. 传记作品形成发展的原因与规律

  2. 传记作品的基本要素

  3. 传记作品的社会功用

 四、传记作品与其他学科的联系 …………………………… [第5周]

  1. 与史学、档案文献学、新闻学的联系

  2. 与文学、文章学的联系

  3. 与人才学、心理学的联系

 五、中外传记发展史的基本轮廓 ………………………… [第6/7周]

  1. 西方传记的发展简史

  2. 中国传记的古今演变的轨迹

 六、传记写作实践中提出的主要问题 …………………… [第8/9周]

  1. 传记写作的准备工作

  2. 传记写作的一般原则方法

  3. 传记写作的谋篇布局

  4. 传记写作的语言文字技巧

  5. 几种主要的传记类型的一般体例

6. 传记写作的技术细节处理和附录性工作
  七、传记作品评论的几个重要角度 …………………〔第10周〕
   1. 自传与他传
   2. 官方编修与私人撰述
   3. 写作与发表的时间与环境
   4. 原稿与整理本
   5. 其他
 第二部分　中国当代人物传记的现状
  一、1949年以来的曲折 ……………………………〔第11周〕
   1. 左翼史学家的影响：否定"个人主义"、影射手法及其他
   2. 知识分子思想改造运动：确立"原罪"意识
   3. "阶级分析"的标签与样板
   4. "文革"：特殊形态的传记
  二、1978年以来的发展和繁荣 ……………………〔第12周〕
   1. 环境的宽松
   2. 传记理论的发展带动观念的进步
   3. 其他学科的积极影响
     史学／人才学／心理学—精神分析
   4. 写作的自由度的提高
     立传范围的扩大／立传意图的多元化
   5. 主要传记类型的确立
     年谱／小传／评传／自传与回忆录
   6. 方兴未艾的新品种
     "口述历史"／学术性自述
   7. 暴露的新问题与潜在的危机
     所谓"纪实文学"／"明星自传"／商业化传记
     故意编造／戏说与媚俗／色情
  三、1978年以来的几种主要传主类型的传记作品 ……〔第13/14/15周〕
   1. 领袖人物的传记——领袖怎样走下"神坛"
     以毛泽东传记为例

兼谈周恩来、邓小平、江泽民传记

2. 将帅传记——"过五关斩六将"与"败走麦城"

以解放军出版社的"将领传记丛书"和"自传回忆录丛书"为例,并与1959年版《星火燎原》《红旗飘飘》对照

3. 中共党史人物传记——"好在历史是人民写的"

以《中共党史人物传》[陕西人民版]为例,另参照陈独秀、瞿秋白、李立三、王明、张闻天、王稼祥、陈望道以及刘少奇等人的传记

4. 反派政治人物传记——蛆蝇的生长史

以叶永烈的"黑色系列",以及林彪传记为例

5. 三教九流人物传记——

以徐铸成等人写的传记为主

6. 现当代文学家传记——作为文学家的"这一个"

以鲁迅、胡适、郭沫若、周作人、茅盾、老舍、巴金、林语堂、丁玲、张爱玲、冰心、胡风、周扬、赵树理等人的传记[含自传]为例

7. 现代学者传记[含自传、回忆录]——世俗人生与学术文化人生的联系

以梁启超、王国维、章太炎、胡适、冯友兰、顾颉刚、吴宓、陈寅恪等人的他传与自传作品为例,如《国学大师丛书》[百花洲文艺出版社]、《中国现代社会科学家传略》丛书[晋阳学刊编辑部]、《中国当代社会科学家传略》丛书[书目文献出版社]

8. 现代科学家传记——普通人与天才

以李四光、梁思成、袁隆平、杨振宁的传记为例

9. 当代影视明星自传——闪光的不一定是金子

以刘晓庆、赵忠祥等人的作品为例

10. 当代企业家传记——闪光的金钱与提前发表的悼词

个别稍好,整体的"诶",以地市级报刊作品为例

11. 普通人传记——以蠡测海与滴水折射太阳的光辉

以短篇作品为主,传主以一般的"右派"和"文革"的受难者[如普通知青]为主;

结集的如《一百个人的十年》[冯骥才,1986—]

四、小结:中国当代传记写作的发展趋势 ·············· [第16周]

［主要参考书目］

《中国历史研究法补编》［内有《人的专史》章，专门讨论传记文学］
　　　梁启超，收入中华书局版《饮冰室合集》，"专集"之九十九
《传记文学》［三十卷增订本《新大英百科全书》条目，中译稿］
　　　收入《传记文学》第一辑，文化艺术出版社，1984年

《什么是传记文学》	刘绍唐等，台北，传记文学出版社，1967年1月
《莫洛亚研究》	罗新璋编选，漓江出版社，1988年
《史传通说》	［美］汪荣祖，中华书局，1989年11月
《中国传记文学史》	韩兆琦，河北教育出版社，1992年8月
《传记》	［美］艾伦·谢尔斯顿，昆仑出版社，1993年
《传记通论》	朱文华，复旦大学出版社，1993年8月
《传记文学概论》	李祥年，安徽文艺出版社，1993年12月
《传记文学史纲》	杨正润，江苏教育出版社，1994年11月
《自己的视角》	［美］董鼎山，学林出版社，1997年12月
《20世纪中国传记文学论》	陈兰村等主编，天津人民出版社，1998年12月
《中国的自传文学》	［日］川合康三，蔡毅译，中央编译出版社，1999年4月
《中国传记文学理论研究》	俞樟华，湖南文艺出版社，2001年1月
《自传契约》	［法］菲力浦·勒热纳，杨国政译，生活·读书·新知三联书店，2001年10月
《中西传记文学研究》	何元智、朱兴榜，中国文学出版社，2003年1月
《传记文学写作与鉴赏》	郭久麟，中国三峡出版社，2003年5月
《传记文学理论》	赵白生，北京大学出版社，2003年8月
《当代传记文学概观》	全展，黑龙江人民出版社，2004年8月
《八代传叙文学述论》	朱东润，复旦大学出版社，2006年11月

其他：传记作品（选读）

教学大纲（三）

课程名称：中国近现代重要作家研究（代码CHIN8176，2学分）
选修对象：中国现当代文学专业博士研究生

教学安排：每周二学时，课堂讲授为主，间以课堂讨论，计15周左右；
　　　　　期末考试（写课程论文）

［讲授纲目］
绪论：几个基本的文学史观与方法
　　　　"点评式"
　　　　把握思想文化史的大背景
　　　　树立"文学比例尺"
　　　　掌握比较批评的原理与方法
　　　　基础：传记式批评
　　　　特别切入点：个别单一的评判标准
　　　　关于文学史定位
一，龚自珍(1792—1841)：所谓"近代文学的开山"
二，曾国藩(1811—1872)：旧"道统"与"文统"的结合
三，王韬(1828—1897)：处于新旧夹缝里的探寻
四，黄遵宪(1848—1905)：未成功的"诗界革命"者
五，梁启超(1873—1929)：启蒙时代的大家
六，章炳麟(1869—1936)："有学问的革命家"
七，王国维(1877—1927)：文学的哲学思考者
八，李伯元(1867—1906)：近代第一职业文学家
九，吴沃尧(1866—1910)：社会谴责与言情引导
十，苏曼殊(1884—1918)：近代"僧人文学"的代表
十一，柳亚子(1887—1958)：旧名士与新风流
十二，陈独秀(1879—1942)：作为近代文学家的一面
十三，胡适(1891—1962)："但开风气不为师"？
十四，鲁迅(1881—1936)：两种人生
十五，周作人(1885—1967)：文与人的分离
十六，郭沫若(1892—1978)：瑶琴弦断有谁听？
十七，茅盾(1896—1981)：走了一条怎样的路？
十八，巴金(1904—2005)：晚年的真话与矫情

十九，老舍(1899—1966)：世界性影响与民族性局限

二十，曹禺(1910—1996)：成功的秘诀及其他

二十一，丁玲(1904—1986)：中国特点的"女权文学"

二十二，胡风(1902—1985)：创作、理论与人格

二十三，徐志摩(1896—1931)：自由主义的歌手

二十四，张爱玲(1920—1995)：被夸饰的一切

二十五，赵树理(1906—1970)："工农兵文学"的早期样板

二十六，林语堂(1895—1976)：中西文学的沟通者

二十七，沈从文(1902—1988)：进步的文学成就与落后的文化观念

二十八，琼瑶(1938—)：言情小说的翻新

二十九，金庸(1924—2018)：新武侠小说的两面性

三十，周扬(1907—1989)：现代"注经者"及其反思

三十一，王蒙(1934—)：作为当代作家的社会影响

三十二，韩寒(1982—)：作为一种社会文化现象

说明：

选修本课程的学生，需课前重新温习中国近代(现代)"文学史"和"作品选"课程教材，并尽可能阅读相关参考材料。

附：建议重点关注的若干作家(或可成为课程论文的选题)：

郑振铎 /田汉 /夏衍 /郁达夫

蒋光慈 /钱锺书 /无名氏 /萧乾 /路翎

王蒙

莫言

教学大纲(四)
CHIN6343　中国现代文学专题研究(之二)：
五四前二十年中国文学潮流(1898—1917)
选修对象：中文系现当代文学专业硕士研究生

[讲授提纲]

第一次

  绪论：关于"五四前二十年中国文学潮流"的总认识

  一、中国近代文学史的概念问题

    中国近代史时期的文学史

    中国的具有近代性质的文学史

    "二十世纪中国文学史"

    "近百年中国文学"

  二、中国文学的"近代性"（"现代性"）问题

    相对于中国封建社会时期的传统文学（古代文学/古典文学）而言

    中西文化冲突与融合的一种形态

    社会政治文化属性：资产阶级旧民主主义；

    文化社会学：完全的近代性质

    文学表现形式：平民化与通俗化

    小结："民族（文化）反省"的具体化——为适应世界文化潮流而自觉地对中国文学从内容到形式的逐步改革

  三、中国近代文学发生发展的特殊性

    主要受外来思想文化的刺激

    社会政治思潮引导文学潮流

    经济基础变革与文化（文学）变革的时间差

    中国近代史时期的文学潮流的两大阶段

      1840—1898，中国古典文学的挣扎性延续

        文学近代性的微弱萌芽

      1898—1917，完全意义上的中国近代文学的发展

        即"五四前二十年中国（近代）文学潮流"的涌现

  四、"五四前二十年中国（近代）文学潮流"的主要特征

    1 文学观念：极力夸大文学的社会功用，乃至不恰当的地步

    2 创作思想：过于强调文学为政治服务，致使作品凸现浓烈的政治色彩

    3 发展方向：因西洋文学参照系的确立，渐趋中西文学经验的交融

    4 小结：变与不变以及渐变与突变的辩证法/过渡到五四新文学运动

的必然性

第二次

"五四前二十年中国(近代)文学潮流"的三个时期及其相应特点

一、鼎盛期(1898—1905):骤然的繁荣和可观的收获

  (一)从白话报刊的蜂起到文学报刊的出现

    1 白话报刊普遍刊登小说的风尚

    2 其他报刊对文学新潮流的响应

    3 专门性文学报刊的出现及其主要特点

  (二)"新文体"和白话文章

    1 "新文体"的形成及其主要特点

    2 "新文体"对于白话散文的影响

  (三)翻译文学的勃兴

    1 自觉的文学翻译局面的奠定

    2 可以理解的缺点与值得肯定的成绩

    3 中国第一代文学翻译的几种类型和此消彼长的趋势

  (四)小说创作概况和主要收获

    1 近代文学家(小说家)的集结

    2 小说创作的主要成绩

    3 "四大谴责小说"的价值意义

    4 其他几部有代表性的作品

二、分流期(1905—1911):作家作品的分野

  (一)文学潮流发展的若干新特点

    1 小说创作与翻译的数量质量的反比

    2 小说技巧渐趋成熟

    3 近代文学理论批评的自觉

  (二)三派作家的思想与创作的歧异

    1 改良派作家:面对革命风潮的迷茫

    2 革命派作家:政治革命论与文化保守主义的二律背反

    3 其他作家:孤军作战与默默无闻

三、枯竭期(1911—1917):沉寂种种和死水微澜

(一) 作家队伍与文坛风气

1 民初作家的政治身份和精神状态的变化

2 民初文坛风气的浑浊

(二) 沉寂现象的主体性状况

1 "鸳鸯蝴蝶派"作品以及"黑幕小说"

2 "同光体"诗歌的死灰复燃与"南社"诗歌的分化

(三) 死水微澜：其他文学现象

1 "文明戏"的兴起、堕落与影响

2 一些具有过渡形态的小说

第三次
"五四前二十年中国（近代）文学潮流"对于"五四文学革命"的催发与刺激

一、客观上的催发

(一) "五四前二十年中国（近代）文学潮流"留下的经验教训

1 形式与内容的关系

2 国粹与西学的关系

3 启蒙与救亡的关系

(二) 五四前二十年"中国近代文学潮流"留下的思想材料

1 关于文学的独立价值

2 关于文学的进化观念

3 关于文学的目的与功用

4 关于中国文学的变革与发展

(三) 黄远生与章士钊的争论及其他

1 黄氏怎样"提倡新文学"

2 章氏的不同观点

3 争论所涉及的其他问题

(四) 催发的主要意义

二、文学现实的刺激

(一) "选学妖孽"与"桐城谬种"的刺激

1 "死文学"的局面

2 刺激与批判

（二）"古诗赝品"的刺激

1 胡适的预言与自我反省

2 社会刺激之一：《新青年》刊登谢无量旧诗

3 社会刺激之二：柳亚子的言论

（三）旧小说与旧戏剧的刺激

1 对旧小说的批判

2 对旧戏剧的批判

（四）刺激问题的几点分析

三、催发与刺激的结合：新文学运动的展开和胜利

（一）新文学运动的全面展开

1 新文学理论的逐步完善

2 关于理论渊源的再认识

3 创作实绩由点到面的展示

4 五四第一代作家队伍的形成

（二）关于"五四文学"的几个问题

1 根本的划时代的意义

2 所谓的"反思"

3 "五四"的缺点问题

4 "再造文明"：未完成的任务

[主要参考文献]

胡　适：五十年来之中国文学，收入《胡适文存二集》，亚东图书馆，1924

陈子展：中国近代文学之变迁，中华书局，1929

　　　　最近三十年中国文学史，太平洋书店，1930

钱基博：现代中国文学史，世界书局，1933

阿　英：晚清小说史，商务印书馆，1937

　　　　晚清文艺报刊述略，中华书局，1940

郭延礼：中国近代文学发展史，山东教育出版社，1990

黄　霖：近代文学批评史，上海古籍出版社，1993

朱文华：中国近代文学潮流——从戊戌前后到五四文学革命，贵州教育出版

社,2004

中国文学思想史(近代篇),收入敏泽主编《中国文学思想史》(下卷),湖南教育出版社,2004

教学大纲(五)
博士学位课程:近百年中国文学研究纲要(讲授提纲)
[总论部分]
一,导论
  1. 概念和释题
  2. 内容结构和研究对象、范围
  3. 基本史料
  4. 文学史观念
  5. 学习和研究方法
二,学习与研究的整体性提示
  1. 近百年中国文学发展的特殊性与阶段性
  2. 近百年中国文学发展与五四文学革命的划时代意义
  3. 中国近现代思想文化史背景与近百年中国文学发展的关系
  4. 中国近现代社会政治局面的特点与近百年中国文学发展的关系
  5. 中外文学(文化)关系与近百年中国文学
  6. 近百年中国文学的创作与思想观念和理论批评的互动
  7. 中国近现代知识分子与作家
  8. 近百年中国文学与新闻史、教育史的联系
  9. 近百年中国文学史提供的主要经验教训
  10. 中国文学古今演变的某些规律
  11. 海外学者对近百年中国文学研究的深浅得失
  12. 对海内外已有的研究成果的基本认识
三,问题讨论
  1. 近百年中国文学史的分期
  2. 如何寻找深入研究的突破口

[分论部分]

A　纵向——史的线索

甲、近百年中国文学史的分期(三大时期八个阶段)

　　一、近代文学时期　　　　　1. 五四前二十年(1898—1917)
　　　　　　　　　　　　　　　　近代文学的涌现与向五四新文学的过渡

　　二、现代文学时期　　　　　2. 五四文学革命(1917—1926)
　　　　　　　　　　　　　　　　文学的改革与解放,中国文学的现代化

　　　　　　　　　　　　　　　3. 革命—左翼文学(1926—1937)
　　　　　　　　　　　　　　　　主流文学的形成
　　　　　　　　　　　　　　　　多元文学的兴衰

　　　　　　　　　　　　　　　4. 文学与战争(1937—1949)
　　　　　　　　　　　　　　　　主流文学的巩固与发展

　　　　　　　　　　　　　　　5. 新中国十七年文学(1949—1966)
　　　　　　　　　　　　　　　　主流文学的单一发展

　　　　　　　　　　　　　　　6. "文革"文学(1966—1978)
　　　　　　　　　　　　　　　　主流文学的异化

　　　　　　　　　　　　　　　7. "新时期"文学(1978—1985)
　　　　　　　　　　　　　　　　否定之否定:主流文学的恢复与回归

　　三、真正意义上的当代文学时期　8. 文学的本体化与多元化(1985—)
　　　　　　　　　　　　　　　　新质变与新曲折

乙、分时期评述

　　第一阶段:"五四"前二十年(1898—1917)

　　　　一,要点提示
　　　　二,本阶段的主要文学史现象
　　　　　　1. 中国古典文学的挣扎性延续和近代文学的萌芽
　　　　　　2. 中国近代文学潮流的涌现及其特征
　　　　　　3. 近代文学潮流发展的三个时期及其相应特点
　　　　　　　　鼎盛期——骤然繁荣与可观的收获
　　　　　　　　分流期——作家作品的分野
　　　　　　　　枯竭期——沉寂种种与死水微澜

4. 近代文学潮流对"五四"文学革命的催发与刺激

三，问题讨论：

1. 关于晚清文学流派

2. 关于近代文学的余波

第二阶段："五四"文学革命(1917—1926)

一，要点提示

二，本阶段的主要文学史现象

1. 文学革命的倡导

2. 新文学社团

3. 新文学报刊

4. 新文学作家队伍

5. 新文学的实绩

6. 文学思潮的演变

三，问题讨论

1. 关于"五四"的缺点与历史局限

2. "整理国故"问题

3. 对"鸳鸯蝴蝶派"的再认识

第三阶段：革命左翼文学(1926—1937)

一，要点提示

二，本阶段的主要文学史现象

1. 文学社团和流派

2. "左联"问题

3. 重大的文学论争

4. 其他若干现象

三，重要的作家作品

1. 鲁郭茅巴老曹

2. 其他左翼作家作品

3. 其他各派作家作品

4. 重要的理论批评家

四，问题讨论

  1. 对"三十年代文学"的整体把握和认识

  2. 左翼文学的深浅得失及其原因

第四阶段：文学与战争(1937—1949)

 一，要点提示

 二，本阶段的主要文学史现象

  1. 地域文学

   上海(孤岛)

   大后方(以重庆为中心)

   根据地(以延安为中心)

   桂林

   香港

   沦陷区(东北/平津/沪宁)

  2. 抗战题材的各体文学

   小说

   诗歌

   戏剧电影

   散文(报告文学，杂文)

 三，主要文学成绩

  1. 孤岛文学(鲁迅风杂文/历史剧)

  2. "七月派"(路翎小说/田间新诗)

  3. 根据地文学(民族形式的诗歌、小说、戏剧)

  4. 民主主义文学(巴金、钱锺书)

  5. 新都市通俗文学(张爱玲)

  6. 现代诗的新流派(九叶派)

 四，其他文学史现象

  1. 延安文艺整风与《讲话》

  2. 关于"战国策"派

  3. 抗战后对胡风的批判

  4. "斥反动文艺"

  5. 第一次文代会

五，问题讨论

    1. 文学地域的多中心的积极意义

    2. "抗战文学"潮流化的两重性

    3. 关于《讲话》的探讨（包括产生的必然性，之前的思想理论材料等）

    4. 相对"抗战文学"的"民主主义文学"

    5. 张爱玲对都市通俗文学的改造

    6. 研究的薄弱点：沦陷区文学和汉奸文学

    7. 中外（苏联）战争题材文学之比较

第五阶段：新中国十七年文学（1949—1966）

一，要点提示

二，文学路线与文学政策

    1. 文学界的政治斗争

    2. 流行的文学理论

    3. 苏联文学的影响

三，本阶段文学创作的基本得失

    1. 小说

    2. 诗歌

    3. 散文

    4. 戏剧

四，所构成的热点问题

    1. "工农兵"文学的政治文化内涵

    2. 老作家修改旧作问题

    3. 对"土改—合作化—人民公社"题材作品的评介

    4. 对革命历史（战争）题材作品的评介

    5. 十七年文学中的若干普遍性问题（人性、情爱、知识分子形象等）

    6. 文学创作的"借古讽今"问题

第六阶段："文革"文学（1966—1978）

一，要点提示

二，"文革"文学的几个主要侧面

    1. "样板戏"

  2. 主流创作(浩然,工农兵作品,其他)

  3. "天安门诗歌"

  4. 特殊创作(潜在写作,监狱文学,其他)

  5. "文革"文学的余波

  6. 有关理论批评

 三,问题讨论

  1. "文革"文学的特殊性(文学的异化)的表现形态

  2. "文革"文学与晚清"政治小说"的异同

  3. "潜在写作"的文学史地位

  4. 对"白洋淀"派作为"朦胧诗"源头的社会文化原因的分析

第七阶段:"新时期"文学(1978—1985)

 一,要点提示

 二,本阶段的主要文学史现象

  1. 思想理论的突破和曲折

  2. "朦胧诗"和新的美学原则

  3. "五七"作家的复出

  4. 一代知青作家的涌现

  5. 现代派文学的再现

  6. 都市通俗文学的新特点

  7. 台港澳暨海外华文文学

  8. 中篇小说:相对独立的文学样式

 三,本阶段的主要文学成绩

  1. 小说:重新干预生活

  2. 新政治抒情诗:思想的现代意识

  3. 新报告文学:迟到的新闻

  4. 新杂文:思想文化的深度

  5. 新剧作:多种色彩

 四,问题讨论

  1. "新时期"文学的基本成绩、意义、局限

  2. 恢复"十七年"与回归"五四"的异同

3. "新时期"文学与西方现代文学的联系

4. "新时期"文学与同时期台港暨海外华文文学的关系

第八阶段：文学的本体化和多元化(1985—)

一，要点提示

二，20 世纪 80 年代中期以来文学思潮

1. 文化热

2. 方法论热

3. 对文学本体化的认同

4. 对文学多元化的追求及其"主旋律"的提出

三，主要创作倾向

1. 新文体与新话语

2. 文化小说和新历史主义

3. 女性文学

4. 先锋文学

5. 新写实小说

6. 纪实文学和通俗文学

四，各文体创作的其他情况

1. 小说（官场——反贪题材，历史小说）

2. 诗歌（后期朦胧诗，长篇政治抒情诗）

3. 散文（新杂文、学者散文、思想文化随笔）

4. 戏剧—电影（重大革命历史题材，娱乐性，外奖片）

五，文学理论批评的基本倾向

1. 新名词轰炸

2. 泛文化批评

3. 商业化批评

4. "酷评"

5. 文学批评的"缺席"问题

六，问题讨论

1. 新质变：80 年代中期以来的文学发展方向的确定性与不确定性

2. 新曲折：80 年代中期以来的文学创作的不良倾向

3. "新写实主义"小说的新与旧

4. "反腐败"题材与"主旋律"

5. 关于追踪当代文学发展的问题

6. "诺贝尔情结"

B 横向——专题研究

一，文学观念、思潮

(一) 已有研究成果

(二) 按三大时期八个阶段的梳理

1. "五四"前二十年

 文以载道

 世界的中国

 变器不变道—中体西用

 民族文化反省

 政治小说

 写实主义

 超功利主义—唯美主义

 悲剧观念

 消遣—游戏说

2. "五四"文学革命

 文学进化观念

 白话文学正宗论

 文学革命程序论

 为人生的文学—乡土文学—平民文学—血与泪的文学

 人的文学—人道主义—个性主义

 现实主义—自然主义

 为艺术而艺术

 浪漫主义—象征主义

 白璧德主义

 现代主义

 革命文学

3. 革命——左翼文学
   革命浪漫缔克
   宣传——工具论
   大众文学
   自由主义文学和人性论
   阶级论——文学的党性原则
   民族主义文学
   闲适主义
   现代主义文学
   救亡文学—国防文学
   中国文化本位论
4. 文学与战争
   抗战文学论
   与抗战无关论
   民间形式论
   中国作风和中国气派
   工农兵文学
   主观战斗精神——精神奴役创伤论
   战国策文学
   新浪漫主义
5. 新中国十七年文学
   社会主义现实主义
   革命现实主义与革命浪漫主义相结合
   干预生活
   舆论一律
   百花齐放和六条标准
   "文学—人学"论
   现实主义深化论
   中间人物论
   封资修文艺论

6. "文革"文学

"文艺黑线"——"黑线专政"论

"三突出"

"古为今用""洋为中用"

7. "新时期"文学

"伤痕文学"

"反思文学"

"异化"论

"精神污染"——"资产阶级自由化"

8. 80年代中期以来

文化热

方法论热

文化小说

寻根文学——新乡土文学

民俗文学

先锋文学

新写实主义

二、文学创作与文学流派

（一）已有的研究成果

（二）关于文学流派

1. 时代、地域、社团、文体、题材、创作思想和方法、审美倾向等

2. 结合与交叉

（三）按文体区分为主

1. 小说文体

政治小说—谴责小说—黑幕小说

鸳鸯蝴蝶派小说——言情、社会、武侠

"五四"人生派小说—乡土小说—问题小说

创造社自述小说

婚姻家庭题材小说

革命加恋爱程式化小说

京派小说

新感觉派——心理分析小说

东北作家群抗战题材小说

七月派小说

后期浪漫派小说

民国旧派小说

新鸳鸯派小说

根据地新章回小说

"山药蛋"派和"荷花淀"派

右派作家干预生活小说

土改、合作化、人民公社化题材小说

革命历史题材小说

新时期现代派小说

知青题材小说

大墙题材小说

文化小说

先锋派小说

新现实主义小说

另类小说

新历史小说

台港新言情小说

台港新武侠小说

2. 诗歌文体

同光体——江西诗派

晚清"诗界革命"派

南社派

"五四"白话诗派——自由体、格律体、象征体

30年代政治抒情诗

七月诗派

新民歌体

九叶集现代诗派

　　　台湾现代诗——现代、蓝星、创世纪、笠诗社

　　　新时期朦胧诗派——后期

　3. 散文文体

　　　桐城派

　　　晚清新文体派(报章文、时务体、新民体、白话文、逻辑文)

　　　"五四"白话文(新青年派、语丝派、论语派)

　　　鲁迅——鲁迅风杂文

　　　京派散文

　　　海派散文

　　　新杂文(大陆、台湾地区)

　　　学者散文(内地、香港地区)

　4. 戏剧文体

　　　旧剧派

　　　传奇派

　　　文明戏

　　　社会剧

　　　历史剧

　　　喜剧

　　　"战国策"派剧作

　　　新歌剧

　　　样板戏

　　　现代派——布莱希特体系(大陆、台湾地区)

　　　荒诞剧

　　　戏说派

三，理论批评

　(一) 已有成果

　(二) 与文学思想、观念的交叉

　(三) 按三大时期八个阶段区分

　1. "五四"前二十年

接受对象：国民文学
文学本体：纯文学
创作主体：创作自由
语言工具：倡导白话文
文体结构：推崇小说戏剧
审美倾向：典型化原则
创作方法：若干新识
美学观念：悲剧论
文学史观、进化观
比较文学方法、技能

2. "五四"文学革命
胡适文学革命理论
陈独秀文学革命理论
鲁迅文学思想
文学研究会成员的文学观
郭沫若和创造社文学思想
郑振铎的文学批评
沈雁冰的文学批评
学衡派文学思想
新诗美学探讨
早期共产党人的"革命文学"论

3. 革命——左翼文学
革命文学论争
"左"联的文学观
大众文学讨论
新月派——京派的自由主义文学观
"第三种人"的文学观
小品文问题
京派与海派的论争
两个口号之争

马列文论

车别杜文论

《新文学大系》导言

茅盾、瞿秋白等人的文学批评

李健吾等人的文学批评

4. 文学与战争

民族形式的讨论

与抗战无关论

《讲话》与毛泽东文艺思想

胡风文学思想的形成

"战国策派"文学思想

汉奸文学理论

茅盾的抗战文学评论

郭沫若的历史剧理论

李长之等人的文学批评

傅雷等人的文学批评

周扬等人的文学批评

东北对萧军的批判

香港对胡风的批判

第一次文代会的理论总结

"可不可写小资产阶级"的讨论

冯雪峰等人的文学理论

5. 新中国十七年

对《武训传》的批判

对丁玲、冯雪峰的批判

对胡适的批判

"三十万言书"与胡风案

双百方针和六条标准

社会主义时代与"悲剧"

反右斗争和周扬的总结报告

反对文艺上的修正主义

新民歌和中国诗歌发展道路的讨论

文艺十条

批判"中间人物"论

两个批示

姚文元的文学评论

6. "文革"文学

座谈会纪要——"文艺黑线专政"论

样板戏与"三突出"

毛泽东的几个批示(红楼梦、创业、水浒、评法批儒、鲁迅著作)

文艺与"无产阶级全面专政"

"四人帮"的文艺大批判代表作

7. "新时期"文学

对《讲话》的再认识

人道主义与异化论

朦胧诗和新的美学原则

伤痕文学、反思文学、大墙文学

知青文学

"纯文学""严肃文学"与通俗文学

中篇小说问题

歌德与缺德论

自由化与精神污染

8. 80年代中期以来

文化热与文化小说

方法论热与西方现代文学批评方法

先锋文学

新写实主义

"重写文学史"

对"五四"的反思

"20世纪文学"论

四，研究之研究
  （一）已有成果
  （二）涉及的主要课题
  1. 文学史编撰
  2. 重大的专题研究
  3. 重要作家作品研究
  （三）问题讨论
  1. 研究的新思路和新方法
  2. 相关课题研究的择选及其理论框架的确定

教学大纲（六）
［博士学位课程］"中国近现代思想文化史"讲授纲目
（2000年初拟，2004年夏修订）

绪论 中国近现代思想文化史的研究范围和对象
  1. 范围：从鸦片战争到改革开放（1840—2004）
  2. 对象：广义——社会政治文化思潮
      狭义——各种社会政治文化的学理性意见
  3. 载体：文献——媒体材料和思想理论家论著
      社会政治运动中所体现出来的社会思潮和群众心理等
  4. 基本线索提炼
  民族觉醒与解放
  社会经济层面：资本主义的曲折发展
  社会政治层面：反帝反封建
        革命高潮
        民主政治
  思想文化层面：民族主义/民族文化反省
  连接点：改良主义的全面张扬与此起彼伏
     革命逻辑的胜利

5. 基本史料和参考文献：报刊
　　　　　　　　　　　别集
　　　　　　　　　　　资料汇编
　　　　　　　　　　　研究论著

［附：主要参考书目］
石峻主编：《中国近代思想史参考资料简编》，读书·生活·新知三联书店，1957
蔡尚思主编：《中国现代思想史参考资料简编》，浙江人民出版社，1983
张枬、王忍之主编：《辛亥革命前十年间时论选集》，读书·生活·新知三联书店，1963
侯外庐主编：《中国思想通史》（第四卷），人民出版社，1959
李泽厚：《中国近代思想史论》（修订本），安徽文艺出版社，1994
李泽厚：《中国现代思想史论》，安徽文艺出版社，1994
李龙牧：《五四时期思想史论》，复旦大学出版社，1990
启明：《新儒学批判》，上海三联书店，1995
高瑞泉主编：《中国近代社会思潮》，华东师范大学出版社，1996
许纪霖等主编：《中国现代化史》（第一卷），上海三联书店，1995
熊月之：《中国近代民主思想史》，上海人民出版社，1986
熊月之：《西学东渐与晚清社会》，上海人民出版社，1994
耿云志等：《西方民主在近代中国》，中国青年出版社，2003
刘志琴主编：《近代中国社会文化变迁录》（三卷本），1998
顾卫民：《基督教与近代中国的社会》，上海人民出版社，1996
钱穆：《中国近三百年学术史》，商务印书馆，1977
方汉奇：《中国近代报刊史》，山西人民出版社，1981
陈旭麓：《陈旭麓学术文存》，上海人民出版社，1990

第一部分　总论　中国近现代思想文化史的总特点
1. 回应与变革/历史的灾难与补偿
2. 变与不变的辩证法

3. 变的内容、意义的多重性
　　4. 变的形态：制度的、知识的，心理和行为的
　　5. 思想文化与文学的关系

第二部分　纵向考察：中国近现代思想文化史的几个发展阶段
　　1. 鸦片战争与封建统治集团的自改革思潮
　　　　中国资本主义的萌芽
　　　　旧思想旧文化的没落
　　　　新形势与旧药方
　　　　西学东渐与睁眼看世界
　　　　师夷的意义
　　2. 太平天国的政治思想文化怪胎
　　　　旧式斗争与新的思想杂质
　　　　若干文献：理论与实际的脱节
　　　　对于中国近代社会走向的深刻影响
　　3. 洋务运动与中国社会的近代化
　　　　近代化方向和目标的确立
　　　　回应中西文化冲突的第一步：变器不变道
　　　　中国资产阶级的形成及其民族近代工商业的建立
　　4. 戊戌维新与西学东渐的高潮
　　　　甲午战败的刺激和维新思潮的形成
　　　　中国近代知识分子的启蒙意识
　　　　回应中西文化冲突的第二步：政治改革及其挫折
　　　　失去时代机遇的晚清新政
　　5. 辛亥前后：排满革命和旧三民主义
　　　　名曰拒俄，实则革命
　　　　革命与保皇（民主共和与君主立宪）的论战
　　　　旧三民主义
　　　　无政府主义思潮的传播
　　　　新民说与改造国民性
　　　　民初的政治斗争和文化复古主义

6. "五四"新文化运动:民主、科学及其他

   新启蒙主义(民主与科学)

   民族文化反省和中西文化论战

   文学革命和新文学运动

   人道主义与个性解放

   中共的反帝反封建纲领

7. 从大革命到新中国成立:救亡与阶级斗争

   国共合作与新三民主义

   工农武装割据

   军政、训政、宪政

   抗日统一战线

   新民主主义论

   联合政府论

   第三条道路

   新政协与共同纲领

8. 社会主义革命与社会主义建设

   人民民主专政

   土改

   镇反与肃反

   资本主义工商业改造

   农村合作化与人民公社化

   三面红旗

   庐山会议

   调整、巩固、充实、提高

   中苏论战与反修防修

   社会主义教育运动

   支援世界革命

9. "文化大革命":极"左"与极右

   无产阶级专政下的继续革命

   现代迷信

血统论和红卫兵

怀疑一切和打倒一切

"913事件"与"571工程"

批林批孔与评法批儒

破除资产阶级法权和对资产阶级实行全面专政

整顿与反击右倾翻案风

"两个凡是"

10. 改革开放与邓小平理论

真理标准讨论

理论务虚会与四项基本原则

改革开放

资产阶级自由化与"89政治风波"

社会主义初级阶段与中国特色的社会主义

以法治国与以德治国

科教兴国

三个代表

政治文明

甲申文化宣言

第三部分　横向考察：中国近现代思想文化史上的主要社会思潮和事件

1. 补天

2. 造反

3. 卫道

4. 进化论

5. 民族主义

6. 富国强兵

7. 维新变法——改良主义(实业救国、教育救国、科技救国)

8. 启蒙主义

9. 反清革命

10. 国粹主义

11. 科学与民主

12. 无政府主义

13. 马克思主义与社会革命论

14. 人道主义与个性解放

15. 实验主义

16. 自由主义

17. 国家主义

18. 法西斯主义

19. 新生活运动

20. 中共与"左"倾路线

21. 集体主义

22. 现代迷信

23. 极"左"与怀疑一切

24. 封建臣民意识与派性

25. 割资本主义尾巴

26. 改革开放

27. 资产阶级自由化和清除精神污染

28. 新儒家和文化保守主义

29. "告别革命"论

30. 法轮功事件

第四部分 专题研究：中国近现代思想文化史上的一些重大课题

1. 社会政治

   近代爱国主义（民族主义、排外）

   国内民族矛盾（满—汉）

   君主立宪与民主共和

   殖民地政治（台港澳、伪满、汪伪）

   无政府主义

   国民党与三民主义

   党派政治和抗日统一战线

   第三条道路

   马列主义与中国共产党（新民主主义论、以阶级斗争为中心、四项基本原

则、改革开放、三个代表）

　　一国两制

2. 经济

　　亚细亚生产方式

　　中国资本主义萌芽

　　土地与农民问题

　　半封建与半殖民地经济

　　官僚买办资本

　　民族工商业和民族资本家

　　国家资本主义

　　土改

　　农村合作化与人民公社化

　　对资本主义工商业的社会主义改造

　　苏联模式与计划经济

　　中国特色的社会主义

　　社会主义初级阶段

　　社会主义市场经济

3. 军事

　　鸦片战争及其影响

　　太平天国及其影响

　　甲午战争及其影响

　　北洋军阀

　　军阀割据与地方势力

　　国民党新军阀

　　中共领导的人民革命战争

　　抗日战争与民族复兴

　　抗美援朝与新中国

　　军垦戍边

　　军事工业

　　三支两军

裁军与科技建军
4. 外交
　　中西礼仪之争
　　传教士
　　教案
　　租界
　　不平等条约
　　英—美、苏俄与日本的对华政策
　　中共与第三国际
　　一边倒
　　和平共处五项原则
　　关于国际共运总路线的论战
　　恢复联合国席位
　　三个世界理论和不称霸立场
　　中美、中苏俄、中日、中欧关系
　　不结盟和独立自主的外交路线
　　人权问题提案
5. 思想文化
　　科举制
　　新式教育
　　教会学校
　　留学生
　　近代传媒（新闻出版）
　　翻译活动
　　"五四"新文化运动
　　国粹主义与东方文化派
　　左翼文化
　　延安文艺座谈会讲话
　　知识分子思想改造运动
　　胡风案

胡适批判

　　反右斗争

　　两个批示与文化部整风

　　"文革运动"

　　真理标准讨论和思想解放运动

　　新儒家

　　文明冲突论

第五部分　学理探讨：哲学社会科学各领域的学理发展和相关研究课题

　　1. 哲学

　　　　注经与经世致用

　　　　变器不变道

　　　　进化论

　　　　科学与民主

　　　　无政府主义

　　　　马克思主义

　　　　实验主义、人道主义与个性解放

　　　　科学与玄学论争

　　　　国粹主义

　　　　白璧德主义

　　　　唯物史观与唯物辩证法

　　　　上层建筑与经济基础

　　　　百家争鸣与舆论一律

　　　　斗争哲学

　　　　一分为二与合二为一

　　　　时代精神汇合论

　　　　现代迷信

　　　　儒法斗争

　　　　真理标准

　　　　自由主义与激进主义

　　　　科学方法论

文化哲学与泛文化主义

　　　精神文明与物质文明

　　　人文关怀精神

2. 文学

　　　文以载道

　　　消遣与游戏

　　　无用之用

　　　悲剧

　　　政治小说

　　　为人生的文学

　　　为艺术而艺术

　　　人道主义与文学

　　　现实主义与浪漫主义

　　　民族形式

　　　人性论和阶级论

　　　革命文学

　　　工农兵方向

　　　社会主义现实主义

　　　人民性

　　　两结合

　　　古为今用和洋为中用

　　　样板戏

　　　现代派文学

　　　马克思巴黎手稿

　　　新方法论

　　　文学本体论

　　　重写文学史

　　　人性的文学史

　　　主旋律

3. 历史学

今经文学与古经文学
　　帝王家谱与相研史
　　唯物史观与唯心史观
　　疑古学派
　　史料学派
　　马克思主义史学
　　中国社会史论战
　　欧洲中心论
　　人民与历史发展动力
　　改良主义的历史评价
　　若干历史人物的评价
　　让步政策
　　清官问题
　　厚今薄古
　　打破王朝体系
　　农民革命战争论
　　中国历史上的民族关系
　　社会史研究
　　中共党史研究（路线斗争、托派、与第三国际关系）
　　"文革"史研究
　　20世纪中国研究
　　学术史研究
4. 经济学
　　近代对外贸易
　　中国海关
　　官督商办
　　外资外债
　　江浙财团
　　近代人口问题
　　三线建设

三自一包

　　农业学大寨

　　家庭联产承包责任制

　　经济特区

　　计划经济与市场经济

　　股份制

　　利改税

　　现代企业制度

　　知识经济

　　WTO

5. 社会学

　　社会学的确立

　　社会调查

　　社会慈善事业

　　人权保障

　　社会救济

　　新生活运动

　　土改

　　农村合作化与人民公社运动

　　阶级分析和出身成分

　　劳资关系

　　家庭婚姻制度

　　户籍制

　　人口政策

　　知识青年和上山下乡

　　右派改正和地富摘帽

　　公民意识

　　民工问题

　　城镇化

6. 教育学

新式教育
　　　留学生
　　　教会学校
　　　教育救国
　　　壬寅学制
　　　党化教育
　　　教育独立
　　　教授治校
　　　党委领导下的校长负责制
　　　学衔与学位
　　　学潮问题
　　　重点大学与高校合并
　　　义务教育
　　　职业教育
　　　教育产业
7. 法学
　　　大清律
　　　晚清宪政和法制
　　　民初的法制
　　　护国战争与护法战争
　　　国民党政府的法统
　　　言论、新闻出版和结社自由
　　　中共在执政前的法制
　　　人民民主专政
　　　新政协的共同纲领
　　　中共执政以来的法制建设
　　　四项基本原则
　　　法律面前人人平等
　　　以法治国和以德治国
　　　反腐败

    法律援助
  8. 宗教学
    太平天国的宗教怪胎
    义和团与宗教
    晚清的佛学思潮
    晚清的反迷信(道教)思潮
    20年代的反基督运动
    基督教在中国社会的多重影响
    宗教信仰自由
    "文革"中的毁神与造神
    禅学热
    封建迷信活动回潮
    法轮功与邪教
第六部分　重点把握：中国近现代思想文化史的几个论战主题
  1. 中西文化观
    严夷夏之大防
    委心向西，全盘西化
    中体西用
    国粹主义与东方文化派
    中国文化本位
    新儒家
  2. 改良与革命
    改良主义
    君主立宪与民主共和
    建设与破坏
    两次革命
    继续革命
    告别革命
  3. 启蒙与救亡
    造因，非政治的基础

根本解决

   攘外必先安内

   民族统一战线

   人民战争

   文学与泛政治化
4. 民主与专制

   开明专制

   宽容，费厄泼赖

   民权与约法

   法西斯主义

   人民民主专政

   民主集中制

   百家争鸣与舆论一律

   大民主

   资产阶级自由化
5. 社会主义与资本主义

   所有制革命

   计划经济与市场经济

   两个阶级两条道路的斗争，防止资本主义复辟

   社会主义初级阶段

   中国特色的社会主义
6. 中国近现代知识分子问题

   阶级属性与阶层

   自由主义立场

   独立人格与党派政治工具

   人文关怀精神和社会责任感

   启蒙意识、精英意识与文化使命感

   参政意识和幕僚意识

   思想改造与原罪意识

   个人主义与集体主义

与工农相结合

媚俗、名利欲和文人相轻

第七部分　知识纲目：中国近现代思想文化史上的主要思想家的代表性论著和思想要点

1. 龚自珍(1792—1841)：《龚定庵全集》,衰世/更法、改图、变功令/疾专制

2. 林则徐(1785—1850)：《林文忠公政书》,夷务不能歇手

3. 魏　源(1794—1857)：《海国图志》,师夷之长技以制夷/东海之民犹西海之民

4. 洪秀全(1814—1864)：《洪秀全集》,拜上帝会/原道救世-醒世-觉世

5. 李鸿章(1823—1901)：《李文忠公全集》,外须和戎,内须变法

6. 曾国藩(1811—1872)：《曾文正公全集》,借洋兵助剿

7. 张之洞(1837—1909)：《劝学篇》,旧学为体,西学为用

8. 冯桂芬(1809—1874)：《校邠庐抗议》,耻之莫如自强/夷务第一,剿贼次之/采西学,制洋器

9. 容　闳(1828—1912)：《西学东渐记》,予之教育计划

10. 王　韬(1828—1897)：《弢园文录外编》,报章文/富国强兵,先富后强/官办不如民办

11. 薛福成(1838—1894)：《庸庵全集》,导民生财,为民理财,夺外利以润吾民

12. 马建忠(1845—1900)：《适可斋记言记行》,《马氏文通》,讲富以护商为本,求强以得民心为要/学校建而智士日多,议院立而下情可达/关税自主/纠股立公司

13. 陈　虬(1851—1903)：《治平通议》,设议院、兴制造、奖工商、开铁路、变营制

14. 陈　炽(？—1899)：《庸书》,商战,商之本在农,之源在矿,之体用在工/议院制为强兵富国之本

15. 倭　仁(1804—1871)：《倭文端公遗书》,立国之道,尚礼仪不尚权谋；根本之图,在人心不在技艺

16. 康有为(1858—1927)：《康南海集》,三世说：据乱世、升平世(小康)、太平世(大同)/托古改制,能变则全,不变则亡,全变则强,小变仍亡/人理

至公 /只可行宪,不可革命 /以孔教为国教

17. 梁启超(1873—1929):《饮冰室合集》,不变亦变 /欲兴民权,先兴绅权 /政治小说论 /新民说 /新史学 /革命导致瓜分论 /异哉国体问题 /东方文化论

18. 严　复(1854—1921):《侯官严氏丛刻》、《严译名著丛刻》,进化论,物竞天择,适者生存 /自由为体,民主为用

19. 苏　舆(1874—1914):《翼教丛编》,明教正学,攻击维新派"背叛君父,诬及经传""影附西书,潜移圣教" /凡泰西之善政,一入中国,则无不百病丛生 /权既下移,国与谁治;民可自主,君亦何为? 是率天下而乱也

20. 孙中山(1866—1925):《孙中山全集》,社会革命政治革命毕其功于一役 /旧三民主义 /抑制资本主义 /孙文主义 /新三民主义

21. 章太炎(1869—1936):《章氏丛书》及续编、三编,种族革命论 /日亲满疏论 /国粹论

22. 邹　容(1885—1905):《革命军》,革命为人类进化之规律 /文明革命 /为建设而破坏

23. 陈天华(1875—1905):《警世钟》、《猛回头》,洋人的朝廷 /文明排外

24. 吴　樾(1878—1905):《暗杀时代》,个人恐怖主义 /先破坏,再建设;先流血,再和平

25. 蔡元培(1868—1840):《蔡子民言行录》,思想自由,兼容并包 /以美育代宗教

26. 陈独秀(1879—1942):《独秀文存》《陈独秀文章选编》,科学与民主 /文学革命论 /发展资本主义 /最后的政治见解

27. 胡　适(1891—1962):《胡适文存》(凡四集),白话文学正宗论和文学革命程序论 /实验主义思想方法论 /易卜生主义 /人权与约法 /民族文化反省

28. 李大钊(1889—1927):《守常文集》,马克思主义唯物史观 /布尔什维克主义

29. 鲁　迅(1881—1936):《鲁迅全集》,礼教与吃人 /改造国民性

30. 毛泽东(1893—1976):《毛泽东选集》,新民主主义论 /无产阶级专政下

的继续革命
31. 顾　准(1915—1974)：《顾准文集》,史官文化/东方专制主义/社会主义的经济与政治
32. 邓小平(1904—1997)：《邓小平文选》,完整论,改革开放,中国特色的社会主义,社会主义初级阶段
33. 江泽民：2001年七一讲话,三个代表
34. 胡锦涛：政治文明/科学发展观,以人为本,和谐社会

图书在版编目(CIP)数据

泥泞足迹深/朱文华著.—上海:复旦大学出版社,2021.9
(复旦大学中文系荣休教授纪念文丛)
ISBN 978-7-309-15617-1

Ⅰ.①泥… Ⅱ.①朱… Ⅲ.①中国文学-现代文学-文学研究-文集 Ⅳ.①I206.6-53

中国版本图书馆 CIP 数据核字(2021)第 071194 号

泥泞足迹深
朱文华 著
责任编辑/杜怡顺

复旦大学出版社有限公司出版发行
上海市国权路 579 号 邮编:200433
网址:fupnet@fudanpress.com http://www.fudanpress.com
门市零售:86-21-65102580 团体订购:86-21-65104505
出版部电话:86-21-65642845
江苏凤凰数码印务有限公司

开本 890×1240 1/32 印张 16 字数 415 千
2021 年 9 月第 1 版第 1 次印刷

ISBN 978-7-309-15617-1/I·1274
定价:88.00 元

如有印装质量问题,请向复旦大学出版社有限公司出版部调换。
版权所有 侵权必究